收获

NOVEL HARVEST

长篇小说 2020 夏卷

上海文艺出版社

微不至的照顾，但因为对教育持有理想主义的态度，希望从小可以培养雄大的独立性，所以常常对他发火，说他一直做得这么"过分"的话，等于让雄大"失去了学习生活自立的机会"。表面上他同意我的说法，但说归说做归做，他每天还是照旧做。我看得出他是在应付我。

大约一个月前吧，丈夫的妹妹一大早打电话来。跟多数大阪人一样，她说话的声音听起来也是很急切。相互问过好，不等我说话，她就有点儿不耐烦地问了我两个问题："哥哥的出版社有没有好转？还有，哥哥借的一百万什么时候能够还给我？"

一开始，我不明白是怎么回事儿，但脑子里突然涌现出近来的许多预感。丈夫的妹妹等了我一会儿，见我总也不开口，解释说："也不是急着要你们还钱，但是，哥哥说等银行的贷款到手，出版社就会归还给他。过了这么久，我想银行的贷款应该到手了，出版社也应该归还给他了。"

跟喝了一整瓶红酒似的，我的心忐忑起来，忐忑得越来越快了。丈夫的妹妹说再见的时候，我意识到她要挂电话了，急忙让她再等一等。

我问她："你哥哥跟你说出版社已经不在他的手上了，这是什么时候的事？你哥哥跟你借了一百万，这又是什么时候的事？"

她沉默了一会儿后，反过来问我："你什么都不知道吗？"

我老实地说："不知道。"

她对我说："这样的话，你直接问我哥哥好了。他跟我借钱的时候是这么跟我说的，具体的详情我也不是十分了解。"

这一次，不等我说话，她很快地挂了电话。

从小到大，我最讨厌做的事情就是跟人家借钱。放下电话后，我有了一种近于疯掉的感觉，血液一直往脑门上冲。整整一天，我觉得自己像一个膨胀的球。终于等到丈夫回家，不等他洗完手，我立刻提起他妹妹来电话的事，要他解释一百万是怎么回事，出版社又是怎么一回事。他假装急着洗澡，抱着睡衣往浴室走。

我让他站住，大声地对他说："你是在逃避吗？因为你跟我撒了谎，因为你背着我跟你妹妹借了钱，因为出版社出现了问题。"

雄大在旁边提醒我说话的声音太大，连房子外边的人都会听到。我自己也没想到会叫得这么凶。

丈夫站在浴室的门前，背对着我听完我的话。他转过身，抱着睡衣走到我眼前。他先是跟我道歉，说对我隐瞒这些事对不起我，但又解释"不说"跟"欺骗"完全是两码事。按照他的意思，即便跟我说这些事也解决不了问题，根本没意义，不过多了一个不安的人而已。

从某种意义上来说，他的话有一定的道理，但我很难过："我们是夫妻啊。"

他竟然笑起来。他笑的时候，我的心又忐忑了。他对我说："你想说夫妻要同甘苦共患难吧。这是理想而已。"

我说："如果是你个人的事，我不会追究的。但事情涉及我们共同的生活，你隐瞒事实，就是不尊重我，也是没有把我放在眼里。"

他犹豫了一下说："说实话吧，没有人比我更了解你的性格了，包括你。你可能想不到你知道了事实后会怎么样。问题在于，我承受得了现实，而你却承受不了。

你是一个缺少安全感的人。"他停顿了一下，深深地喘了一口气，接着说，"缺少安全感的人，通常都比较脆弱。我只是不想让你受伤害，不想事情变得更加复杂更加糟糕。"

他的样子看起来很累。

从另一种意义上来说，被蒙在鼓里面的感觉，跟受到欺骗的感觉是相同的。我们结婚已经有十年多了，一直像两条平行线，从来没有碰撞过。说白了，就是从来都没有吵过架。究其原因，也许是我们之间的关系过于客气了。但今天，我有一种奇怪的感觉，仿佛两条平行线突然间纠缠到一起了。我说的是纠缠，不是交结。所以我觉得很烦。

意识到这烦恼是他带给我的，我有点儿恼火。我还是第一次冲他发火："你把隐瞒说得好像是避免我焦虑恐惧的唯一方式，但是你瞒我一次，就等于失去了我对你一生的信任。我一辈子都没有办法再相信你。"

他以古怪的神情望着我说："说得太夸张了吧。"他转身去了浴室。

我真想再一次叫住他。如果将人生比喻成一条小路，他是跟我牵手走到终点的那个人。那么我想告诉他：失去了对他的信任以后，我不知道以后要凭借什么，才能跟他一起走下去。

整个晚上我都表现出不痛快，他让我坐下来好好说话。我刚刚洗完了澡，穿着棉布睡衣，舒舒服服地坐到沙发上。他坐在我的对面。橘色的灯光笼罩着他，使他看起来比任何时候都显得温柔。

他叹了口气对我说："以前，贷款的时候不需要担保，有银行的信义就可以了。但时代不同了，尤其是出版业，真的很不景气。想跟银行贷款的话，银行要担保。但对我来说，房子、车以及存款，全部都是你的名义。我没有任何用来做担保的可以称为财产的东西。前一阵，出版社跟银行贷款，因为我拿不出担保，所以古贺让我暂时把社长的名义让出来，等贷款下来后再把名义还给我。"

我打断他："于是你就把社长的位子让给人家了。"

"编辑长板仓有房子。"看到我不相信的样子，他又说，"板仓之所以肯拿出房子做担保，是因为贷款的数额不大。"

我问他："多少钱？"

他回答说："一千五百万。"我觉得喉咙发干，不想说话。他补充说，"这个数额的话，出版社肯定能还得起。"

现在的出版业，像一个轮子的自行车，有银行贷款才能支撑下去。出版社里有那么多的社员，为了社员的生活，如果能从银行贷出款来，我相信他暂时会把社长的位子让出来。他对出版社的爱，似乎超过对家人的爱。2011年东日本大地震的时候，我在公园里给他打电话，好不容易接通了，告诉他家里的衣橱都倒了，余震不断，我一个人不敢待在家里，希望他马上回家，但是他说出版社的书柜也倒了。那天晚上他回来得很晚。他到家的时候，天已经完全黑了。我以为他是我有需要的时候，会第一时间出现在我身边的男人，原来不是。虽然已经好多年过去了，但我依然在这件事上耿耿于怀。想到他是这样的一个人，我的心里开始让步。

我问他："贷款下来了吗？"

他说："下来了。"

"那么古贺和板仓把出版社还给你了吗？"

三个很大的木樽。木樽里种植有草木和树，树是高的，草是矮的。小不点儿就是在其中的一个木樽里出生的。

我伸长脖子张望木樽的时候，身边不知不觉地多了好几个人。一个我觉得很好看的女人问我："斑嘴鸭是从什么时候开始孵蛋的？"我说不知道。这时候，那个瘸腿的老头来到我身边，笑嘻嘻地问我看见了没有。我说看见了。他说蛋藏在斑嘴鸭的肚子下面，猜不出有几个蛋。根据去年的经验，我想是十个左右吧。

斑嘴鸭的脑袋正好冲着石拱桥。我清晰地看见了斑嘴鸭肚子上的那个"心"。我想告诉老头，但知道这个"心"的，只有我、大出和五十岚，所以就忍着没说。对于我来说，木樽里趴着的斑嘴鸭是小不点儿。我等它等了很久了。而对于老头和其他的人来说，木樽里趴着的是一只随便出现在公园里的斑嘴鸭。与周围的人不同，我的激动是具体的，是亲切的，是好久不见。正如我的想象和猜测，小不点儿是母的。

回家的时候我故意走草坪。风带着白昼的气味。我的心情比早上好了很多。心里憋着的郁闷一点儿一点儿地弱下去，烟消云散了。我从来没有想到这一层：有时候，有些东西会覆盖另外的一些东西。好像这个时候的我，很兴奋，被一种安慰覆盖着。或者就像我终于耐心地等到相见时的某一种拥抱一样，我觉得很舒服。

五

敲门的时候，从小在国内养成的习惯是敲三下，但日本人是敲两下，所以我很小心地在办公室的门上敲了两下。透过门上的玻璃窗，我看到木村老师正从几个同事的椅子间穿过，向我走来。木村老师问我愿不愿意去会议室谈话，我说可以。木村老师又问我在意不在意年级主任也参与这次谈话，我说不在意。木村老师带我去会议室，要我先坐在那里等一等。

我还是第一次到会议室，从窗口可以看到身穿体操衣的学生们在操场上运动。不久，木村老师跟年级主任一起到会议室来。年级主任是个高大的男人，肤色黝黑，神情坚毅。我赶紧站起来，相互问过好以后，一起坐下来。年级主任的一双眼睛，好像总是在默默地窥视着我。

雄大这个名字是我起的，意味着雄伟高耸的山。

雄大在六岁的时候考上了东京都内一所比较有名的私立小学。为了叫起来方便，取校名的第一个英文字母，干脆叫"S小学校"吧。接到入学通知书的时候，我哭了。入学式的时候，我又一次哭了。S小学校的学生，基本上都来自附属幼儿园，所以从外部考进去的孩子极少，用考试圈里的行话来说，S小学校是"窄门"，很难挤进去。尤其S小学校的原身是女子校，改成男女共学后，依然是女生的比例大于男生。好像雄大入学的那一届，一共有五十名新生，而男生只有十八名。

我家住东京都足里区，富裕的人比较少，相反以吃国保的人多而出名。又因为物价便宜，外国人也多。雄大上小学的前一年，我到处收集有关小学校的情报，结果受到的打击很大。足里区的小学校，全国学力模拟考试的成绩，连年居东京都排行榜的倒数第一位。我很后悔，早一点考虑孩子受教育的事，也许就不会在足里区买房子了。那年春天，我决定让雄大去学习塾。

S小学校在文京区。文京区的学力在东京都排第二。从家里出来，走五分钟到车站，换两次电车，再走五分钟就到学校了。大约需要五十分钟。

时间过得真快。雄大现在是六年级的小学生了，个子又长高了很多。我刚刚给他订制了一套新的校服。藏青色的短裤西装，藏青色的圆边帽，藏青色的领带，藏青色的真皮书包，亮铮铮的高腰黑色真皮皮鞋。

几年来我一直坚持送雄大去车站。雄大喜欢仰着脑袋看天空的白云和街道上的树。在足里区，从小学就上私立的孩子可以扳着手指头数。走在马路上的雄大，总会引来好多羡慕的目光。

学校的家长会基本安排在周六的午后。从这个安排上可以看出学校的用心，就是那些平日上班的妈妈不用特地跟单位请假。每次有家长会的时候，我都带着雄大跟几对要好的母子一起午餐。

最近的一次午餐，地点是乔纳森饭店。还记得我跟雄大到饭店的时候，童真、一马和哲士母子已经先到了一步。妈妈们靠窗坐着，孩子们坐在通道旁边。雄大坐到一马的对面。人到齐了，开始点套餐。四个小男孩，几乎不约而同地点了附带炸薯条的三明治套餐。也许是孩子们的肚子都饿了，吃得很快。吃完后不约而同地从书包里拿出游戏机，开始玩赛车的游戏。玩赛车是雄大最拿手的，几乎全战全胜。

每次进饭店之前，雄大都会嘱咐我说话的时候声音小点儿。他说我的发音比较特殊，容易引起人家的注意。他说的是真的，我的母语是中文，说日语时总是带着一股外国腔。但话题扯到教育方针，妈妈们会兴奋起来，我呢，就把雄大的嘱咐忘到九霄云外了。

童真的妈妈跟我同岁，也是四十岁才生孩子。跟雄大一样，童真也是独子。童真的妈妈毕业于音乐大学，钢琴弹得很棒。她对S小学校赞赏有加，认为比她们家附近的小石川小学校要好出很多倍。用她的话来说："S小学校有空调，有上千万册藏书的图书馆，有游泳池，甚至有水族馆。"

雄大不太喜欢她的声音，说她吐字的时候跟弹钢琴似的，太快，直刺耳膜。哲士的妈妈喜欢慷慨陈词。她留给我印象最深的一句话是："我们的孩子，因为都是经过考试才入校的，所以学力的差距不大。"

经历过小学考试的人，差不多都知道小石川小学校这个名字，是有名的国立小学校。在日本，国立小学校是抽签考试制。抽签在先，抽签抽中的人，才有资格参加考试。运气一半，实力一半。但抽签在先，所以主要还是靠运气。除了教学质量好，国立小学校的学费也非常便宜。这些都是我后来才听说的，但是我并没有后悔。我之所以让雄大到S小学校读书，是因为比起一个校长的教育方针，更希望雄大在某种哲学的理念下接受教育。S小学校是教会学校，信仰基督。

事实上，在考上S小学校后的几个月，雄大时常尿床。雄大告诉我，他睡觉的时候，会反复做一个相同的梦。梦中的他想尿尿，但找不到厕所，即使好不容易找到了厕所，便器周围却都是他人的粪便，没有下脚的地方。他觉得恶心，想吐，但忍不住尿意，醒来时发现自己又尿了床。

我带雄大去医院看过医生。在一间白色的诊疗室里，干瘦干瘦的、戴着白边眼镜的男医生只对我提问，提的都是一些很想法，但没有一个想法是好意思说出口的。我迫切地寻找借口，想把眼前的尴尬敷衍过去。我说事情发生得太突然，需要跟雄大好好地谈一次话。我答应谈完话后，再将自己的意见汇报给学校。木村老师小心翼翼地建议我，要"好好地"跟雄大谈，要"慎重地"做出决定。她说得对。按照她的意思，学校最终尊重的是家长的意见，但也不能伤害了雄大的感情。她对我说："现在的孩子都早熟。这也是我们要家长来学校的原因。学校和家庭要沟通好。"

做为雄大的妈妈，我知道他有一个了不起的本领，就是会解读所谓的"空气"。这里所说的"空气"，是指生活中需要意会的那些部分。

比如文艺中的"留白"，可以说是审美的极致，比如齐白石的虾，能够想象出水的清澈；再比如司空图《二十四诗品》中的"不着一字，尽得风流"；再比如贝多芬的名曲《悲怆》第一乐章的引子中，相当多的静静的休止符，给人的感觉却是喘不上气来的沉重。

应用到生活上，我个人觉得，"白"可以说是人性化了的环境。而"留白"是智者的一种生存方式，或者说是处事精髓。小小年纪的雄大能够读"白"，我觉得是与生俱有的。

雄大是在贝尔蒙特公园玩大的。其他的小孩子玩沙场荡秋千，但雄大却会注意站在乌鱼形滑梯旁边的那个白发老头。一年四季，老头从早到晚地待在公园里。我发现他患有一种奇怪的皮肤病。并非全身，只膝盖到脚的一部分是紫红色的。可能是痒痒，所以经常用手指甲抓挠，被抓挠过的地方流出丝丝血迹。他喜欢穿运动套装，但却赤脚穿着凉鞋。凉鞋是粉红色的，特别显眼。他的腿脚不灵，走路时左右摇晃着看起来显得单薄的上半身。他总是随身携带着一个很大的帆布包，里面装的是方便面、鱼罐头和面包等食物。他用公园里的自来水冲方便面。他就着鱼罐头吃面包。他会把剩下来的面包分成一个个小碎块，投给池塘里的那些鲤鱼。

关于这个老头，雄大问我："是流浪汉吗？"

我说："应该不是。你看他的衣服，非常干净。"

"你知道他为什么用自来水冲方便面吗？"

"因为他没有牙。常温水冲出的方便面，放上三十分钟会变得特别软。"

"他是个男人却穿着一双粉红色的凉鞋。"

"也许他的身后有女人的影子。"

"他每天会在亭子下的长椅上睡觉。"

"但他肯定有家，因为他总是在固定的时间离开公园。"

"他有皮肤病。"

"但只是膝盖以下的部分红肿，应该是他的内脏有问题。"

类似的问答很多。有时候我故意试探他："不上不下的状态时，空气是怎样的？"

"暧昧的。"

"模棱两可的状态时呢？"

"尴尬的。"

"那么，僵住的状态时呢？"

"凝固的。"

"想吐的状态时呢？"

"发了霉的。"

但是他总结说："你问了这么多，没有一样是真的空气，不过是人的一些感受而已。我还是喜欢那种自然的空气，用鼻子吸到身体里，再通过鼻子吐出来。"

他的回答出乎我的意料。他是我生的孩子，我对他却感到神秘。

我家附近的房子，很多是木制的二层小楼，看起来跟一幢幢别墅似的。雄大出生那年，我用多年工作积攒下来的钱做头金，买了一栋三层的白色小楼。余下的贷款要十五年还清。十五年！十五年后我六十岁！这是一个令人担忧的年龄。我买了一份生命保险。万一我有什么三长两短的话，剩下的贷款由保险公司一次性支付。死对于我来说就没什么可怕的了。

房子坐北朝南。每层楼梯都装有扶手。二楼和三楼的南面是坐地大窗，附带很大的阳台。阳光明媚的日子，满屋子都是阳光。买房子的时候我曾经觉得是花钱买阳光。到现在我还是这样想。冬日坐在阳光里有一种无法形容的幸福感。只要出太阳，我就将被褥拿到阳台上曝晒。因为家附近的房子几乎都是二层楼，所以我家的三层小楼看起来鹤立鸡群。有朋友来家里玩的时候，我会带他们去三楼的阳台，给他们看世界最高的电波塔——晴空塔。七月，荒川和隅田川的烟花大会，成了我念念不忘的两个日子。站在三楼的阳台上，就能看见绚丽的烟花与晴空塔交相辉映。

我说了这么多琐事，不过想说明我和雄大的日常是多么美好。但丈夫出事以后，这些美好的日常被打破了。除了家长会，我几乎不参加其他的活动。观摩教学、运动会、文化节，因为成了情绪上的负担，我全部逃避了。所谓黑暗的日子，我想把它定义为精神和物质同处于贫瘠的一种状态。归根结底，我失去了安全感。我老是做着相同的梦，总是房子马上就倾倒了，或者雨水顺着墙壁的裂纹已经渗透到家里。

我在醒着的状态也不正常。雄大有事叫我的时候，我总是被他的叫声吓一跳。以前我会读一点书，但现在我一个字也读不下去。我常常在屋子里瞎转悠却想不起要干什么。学校开家长会的时候，一马和童真的妈妈邀请过我聚餐，但我以血压高需要减盐为由拒绝了她们。

而这一切呢，雄大当然感觉得到。

年级主任终于说话了。他说昨天跟雄大聊过一次，主要是比较了公立学校与私立学校的利弊。他将这利弊跟我也说了一遍：公立学校的班主任每年都要更换，而私立学校的班主任会跟班到小学毕业。公立学校每个班只有一个老师，学生的人数多，老师根本看不过来，而私立学校每个班级的人数有限，一个班级有两个老师，所有的学生都在老师的眼皮底下。

他说的这些我看得清清楚楚，所以才会让雄大选择私立学校的。不过我不能告诉他，想要"一大堆"朋友，其实是雄大瞒天过海的一个借口。事情发生后，他和木村老师特地找我谈话，征求我的意见，说明学校对自己的学生是真的负责任。我非常感动。同时，这件事证明了我没有看走眼，S小学校确是我理想中的学校。我更不想就这么轻易地放弃了。我对他说："您说得对。"我的样子一定是诚恳的，因为他笑了。

虽然S小学校是小中高一贯制，但形式上的考试还是有的。木村老师说中学部已经要求小学部提示升学者的名单了。我让他把雄大的名字也报上去，但之后却难为情地对她说："有一个问题，就是有可能我要去中国工作一阵子。如果我去中国工作的话，也许要带着雄大一起去。"我说的是假话，脸马上就热了。木村老师看了年级主任一眼。我知道她正在为难，于是解释说："去中国工作的事，因为还没有最终决定，所以我需要一点儿时间才能做确切的答复。"

年级主任沉默了一会儿后，说出了他的主意。他让木村老师先把雄大的名字报到中学校长那里，之后由他本人去打招呼。也就是让中学先备个案：雄大有可能去中国读书。我觉得这样的话，雄大去哪个中学就可以见机行事了。我连着点了好几次头感谢木村老师和年级主任，还说了两遍"给学校添麻烦了"这种客套的话。

我觉得快完事的时候，年级主任问我："您去中国工作的事，最晚能在中学考试之前确定下来吗？错过考试机会的话，无论有什么样的借口，无论有什么人帮忙，恐怕都是无法选择的了。一句话，雄大只能回地区的公立学校了。"

我答应在考试之前一定给学校明确的答复。我补充说："基本上，我会选择留在日本工作的。"

木村老师说："不过，雄大是一个伸缩性很大的孩子。无论处在什么样的环境，都能够适应并且活得很好。"

说者无意，听者有心。不知道为什么，我就是认为木村老师的这句话，是刻意说给我听的。

七

东墙上的照片是雄大五岁的时候拍的。那年的十一月十五日，我跟许多家长一样，给雄大穿上盛装的羽织外衣与和服裙裤，去家附近的神社，祈愿雄大的健康成长。在日本，医学不发达的时候，疾病曾经夺走了很多幼小的生命。所以，日本人认为，七岁之前的孩子，是受神庇护的"神的孩子"。孩子到了七岁，才正式作为世俗社会的一员，迎来所谓的"再获新生"。健康祈愿这一古老的仪式，也被称为"七五三"节。雄大那天穿的和服是白底配墨绿色的花样，裙裤是茶色和白色相互交织的条纹，看上去十分可爱。雄大的手里提着参拜后买的千岁糖。千岁糖装在一个画有仙鹤与乌龟的纸袋里，是一种呈棍状的糖果，非常坚硬。

或许是因为第一次穿和服，也因为紧张，雄大的表情严肃而生硬。雄大的身边是我，身穿藏青色的西装，坐在一把古色古香的椅子上，脸上荡着温柔的笑。在我和雄大的身后站着丈夫。日本夫妇，男人称女人妈妈，女人称男人爸爸，是随着孩子称呼。但我在去小原的出版社之前，跟丈夫也是同事。我就是因为跟丈夫谈恋爱以后，两个人在同一家出版社工作觉得别扭，才跳槽到小原所在的出版社的。我跟丈夫面对面地坐了六年，叫他的名字已经是我称呼他的习惯，结了婚，有了孩子，还是改不了口。

我决定跟丈夫结婚的时候，跟小原汇报。小原不说祝福的话，反而问我："为什么呢？为什么你会选择黎本这个人呢？"

我意识到她的话里有话，她不解释，我也就没好意思追问。但这句话给我留下了深刻的印象。小原跟丈夫做过十几年的同事，应该很了解他。

西墙上的照片是雄大六岁的时候拍的。虽然距离拍"七五三"的时候还不到一年，无论是在神情上，还是在个头上，雄大看上去都有了明显的不同。其实，当时我并没有到照相馆去拍照的意思，但小原打电话来，说雄大连这么难关私立小学都考上了，一定要庆贺一下。我说照相馆拍照太贵，几张照片要花十几万，太浪费了。我想用手机随便拍几张生活照留作纪念就算了。小原说什么都不肯放弃，还坚持十几万的拍照费用由她来出。拍照的那天早晨，雄大穿上学校刚刚寄来的校服，藏青色的西装上衣和短裤，藏青色的领带，黑色的革制皮鞋。雄大看上去非常帅气，让我觉得有点儿炫目。

小原一大早就开车赶来我家了。临上车的时候，我忽然想起了没有带手帕，于是回家去取。拿着手帕出门的时候，丈夫和小原正站在路边上说话。两个人的身后，远远地有一个女人骑着自行车过来。女人接近两个人的时候，丈夫冷不防挥动了一下胳膊，正好碰到了骑自行车的女人。我还来不及惊呼，女人已经从自行车上摔了下来。小原把女人从地上扶起来。丈夫在旁边不断地弯腰道歉。女人的手心因擦破了皮，有一丝血迹渗出来。丈夫急忙从家里取来创可贴。小原一边给女人贴创口一边说："如果你回家后感到哪里不舒服，请马上去医院。如果需要治疗，请与我联系。"小原拿了一张名片给女人。

我一直不说一句话，心里面特别生女人的气。明明是一个喜兴的日子，却被她给破坏了。再不出发的话，也许无法在预约的时间赶到照相馆。我希望女人赶快离开，偏偏她伸胳膊跺脚，好像非要查出哪里骨折了不可。我走近她的身边："自行车属于轻自动车。刚才的情况是，骑自行车的你在他们两个人的身后。你能看到他们，而他们看不到你。是自行车撞到了人。从法律上来说的话，责任在你对前方不注意。如果要追究的话，对您是非常不利的。"

小原先是吃惊地看了我一眼，然后问女人："怎么样？伤口还痛吗？"

不等女人回答，我抢先问女人："看到有人在，您为什么不绕开而是对着人冲上去呢？"

女人不看我，也不回答我的问题。她告诉小原手已经不痛了。小原弯下腰为女人拍裤脚上的土。说真的，最令我惊讶的是小原的修养。她为女人所做的事我绝对做不到。今天我的言行缺乏教养。

女人骑上自行车走了。我们坐上了轿车。我对小原嘟囔着说："纪念日碰到这种事真是丧气。这个女人简直就是个瘟神。"

车跑起来了，我的心痒痒起来，然而我把它归罪于丈夫，当着小原的面冲着他发起火来："你也是，做事不看前后。说话就说话呗，突然间那么猛烈地挥动胳膊干什么？"

他说了一句对不起。小原替他解释，说如果知道会发生意外的话，当然就不会挥动胳膊了。我不是不能理解小原说的，但就是觉得生气。不管他是不是故意的，事情到底是他引起来的，不吉利的感觉是他造成的。我还说我相信缘起。纪念日突生的事，要么带来好兆头，要么预示着不吉利。

女人摔倒的时候，我的一颗心也直直地掉到地面上。

没想到雄大在就学问题上真的陷入了危机。女人果然是一个不吉利的预兆。我的预感不幸地落实了。但对于还是小学生的雄大来说，我不希望人生的试炼来得太早。

晚饭非常简单。豆芽和粉丝用开水煮过，加调料拌在一起。豆腐和西红柿切成指甲大的方块，西红柿码在豆腐上，淋上柑醋。韭菜炒鸡蛋。

　　雄大从学校回来了。不过他好像已经忘记了我被老师叫到学校的事，一进屋就嚷着肚子饿。他先去洗手间洗手，回到客厅后我们马上吃饭。他看起来有点儿狼吞虎咽。我问他今天的菜好不好吃。但是他问我怎么没有肉。我就是在等他问我这句话。我对他说："妈妈小的时候，妈妈的妈妈曾经说过这样的一句话：手里有一万元的时候，可以吃相当一万元的饭和菜。但手里只有一千元的话，那么就吃相当一千元的饭和菜。虽然跟你说这样的话我觉得很难过，但是，以后的日子里，也许在相当长的一段时间里，我们家的饭和菜，会以豆芽、豆腐、纳豆和鸡肉为主。你知道的，这些东西都是市场上比较便宜的。至于牛肉，不能说不买了，但至少不能像以前似的，天天都能够吃到。"

　　他把眼前的菜挨个看了一遍："这么节约，是因为那个人的工资少了一半吗？"

　　"有一点儿关系，但不能说是原因。"看他似懂非懂的样子，我进一步地解释说，"我想说的不是钱的问题，是节约的问题。所谓节约，就是一种调整。而调整呢，是妈妈应该做的事情。怎么说呢，社会是需要分工的。比如老师要教书，而你是学生，所以你要听课。听课是社会分给你的工作。话说回来，我们家也需要分工，比如钱少的时候应该调整什么。假设只有一千元却过一万元的生活，后果一定不是闹着玩的。"我犹豫了一下，看了他一眼，"但是，因为只有一千元钱所以不吃饭也不读书的话，后果就会更加糟糕。"

　　他小声地说了一句我明白。他的肤色天生白皙。在日光灯下看，似乎可以感觉到大理石一般的凉。我去冰箱取来橙汁，给他的杯子注满。他说谢谢。我有意淡淡地说："今天，妈妈去过学校了。"他不说话。我接着说："老师告诉我，中学你想去地区的公立学校读。"他还是不说话。我去厨房给自己冲了一杯咖啡。"其实呢，你之所以这么做，我知道你是在担心钱。因为私立学校的学费太贵，而你不想让我为难。谢谢你的心意。不过，刚才已经说过了，钱方面的事不需要小孩子考虑，是妈妈应该操心的事。至于家里的一些情况，也许你了解一下比较好。"我站起来，去抽屉取来存折，一边给他看一边说："家里有一千多万的存款，别说你选择私立中学，去私立大学都没有问题。那个人的工资虽然少了一半，但是妈妈也在工作。只要以后少去外边的饭店吃饭，少去海外旅游，吃的和用的节省一点儿的话，少了那一半的钱也就补上了。"

　　他说有一件事一直不敢问我。我让他问。他低声地说："有一天，妈妈以为我睡着了，其实我还醒着。妈妈给小原打电话。我听见妈妈说死之前会把房子卖了，然后把卖掉房子的钱，加上存款，加上我，一起拜托给小原。"他的声音变得胆怯起来，"妈妈为什么会想到死呢？"他注视着我，样子看起来非常伤心。

　　对于我来说，虽然不是每时每刻，偶尔产生不想活下去的心情却是真的。我觉得自己也有病。我曾经在一篇文章里写过：十八岁的时候，爸爸在后院的仓库里自杀了。那时候还没有忧郁症这个病名，所以不知道爸爸其实是死于忧郁症。症状就是莫名其妙地想死。大概是遗传，我十九岁的时候也得了忧郁症。发病的时候，哪怕一点点儿的小事都会流泪，越哭越伤心，伤心透顶的时候觉得自己像茧，内里一片无限的黑暗,就想死,但总是没死。因为去贝尔蒙特公园走走的时候,会看到蓝的天、白的云、绿色的树叶、池塘里的金鱼和灿烂的阳光。我自己也说不明白,这时的我为什么会化茧为蝶,一下子飞出内里的那片黑暗。我总是觉得我身体里有另外的一个人,她与我的距离好像白天与黑夜的距离。而我知道,在这个地球上,白天与黑夜是同时存在的,打一个比喻,好像日本是白天的时候,美国却是黑夜。黑暗从我的感觉里退出之后,明快会覆盖我,然后黑暗会再一次地覆盖我。这种反复好像会永远延续下去。

我觉得很难用语言来回答雄大提出的问题。我想了想,起身去他的书桌那里取来了一张纸和一支圆珠笔。我很快地在纸上画了两条道路,然后在其中的一条道路上素描了房子、人和树,又将另一条道路涂成漆黑的一团。我给两幅画分别起名为"步向死亡"和"死亡"。我问他哪一幅画从意向上感觉比重比较大。他用手指了指漆黑一团的"死亡"。我又问他有什么感觉。他说:"压抑、恐惧、黑暗以及孤独。"我称赞他说得好。我说"死亡"这幅画里没有过去未来,也没有现在。我让他告诉我对另一幅画的感觉,他很聪明,利用我刚才的思路说:"能看到时间和存在。"我真想抱抱他。

以下的解释已经变得十分容易:"我在感到痛苦和恐惧的时候,想从那种感觉中走出来,于是会想到死。同样,想死,是对一种非常痛苦的状态的表达方式,并不是真的去死。好像我给小原打电话,因为我知道她是我的好朋友,会帮助我,所以我打电话告诉她我很痛苦,快受不了了,快帮帮我吧。"

"小原帮你了吗?她在那个时候是怎么回答你的呢?"

"小原当然帮我了。她说雄大又不是我的孩子,我才不会接受他。你自己的孩子你自己养。"

"哦,小原说得对。"

"所以我及时地想起来,在这个世界上,雄大的妈妈只有我一个人啊。能保护雄大的只有我一个人啊。想想看,意识到这一点,我还会真的去找死吗?"

"那你以后会不会反复呢?"

我笑起来:"现在我只想好好地活着。"

事实上,我不能把握雄大是否真的理解了我的一番推理。重要的是我看到他笑了。有一股欲望野草般在我的心里滋生出来,很单纯。我要为一个人好好地活着,因为我是一个人的母亲。

有时候,我觉得内心的感觉很多并且凌乱,像长在脑袋上的头发。

但爱是本能的,也是唯一的。活着是爱一个人的基本。

吃完了饭,我跟雄大有一搭没一搭地聊了很久。我聊到了小不点儿。他说想看看小不点儿,于是我们一起到了贝尔蒙特公园。小不点儿趴在木樽里。木樽的草堆上散乱着一块块面包。

"一直到小鸭子孵出来,鸭妈妈都会一直一动不动地趴在木樽里吗?"

我说:"为了调整蛋的温度,鸭妈妈会不断调整姿势。肚子饿的时候,鸭妈妈会飞去什么地方找东西吃。吃饱了,再飞回来。"

"鸭妈妈飞走不在的时候,蛋不要紧吗?"

"听说鸭妈妈飞走的那段时间,蛋里面的婴儿会停止生长。鸭妈妈回来后,蛋里面的婴儿会接着生长。"

"鸭宝宝的爸爸呢？为什么不来替换鸭妈妈呢？"

我说："自然界比较独特。就斑嘴鸭的世界来说吧，一旦鸭妈妈开始孵蛋，鸭爸爸就会离开。据说这个时期的公鸭们会凑在一起共同行动。直到鸭宝宝出生，鸭爸爸都不会露面。还听说鸭爸爸不参加育儿，是为了鸭妈妈能够专心育儿。"我指着中心岛上的那只公鸭说："但事情总有例外。比如今年的鸭爸爸，好像是天天来呢。"

"也许今年的鸭爸爸对鸭妈妈格外地爱吧。"

雄大的神情特别真诚。他对爱的联想令我感动。从池塘吹来的风仍然带着我熟悉的臭味。我喜欢这臭味。来看小不点儿的人，好像约好了似的，一个接着一个地站到石拱桥上。白发老头坐在公园管理处旁边的椅子上。

我跟雄大围着池塘转了一圈，发现池塘里比去年多了好几只乌龟。雄大数了数，说他找到了五只。去年的这个时候，池塘里只有一只巴掌大的密西西比红耳龟。仔细看了一下，多出来的四只乌龟有三只是外来种。两只密西西比红耳龟一大一小，大的有人头那么大，小的有拳头那么小。黑颈龟应该是中国种。另外的一只是日本原种的石龟。公园的管理人路过我身边的时候，问他原因，他说这些乌龟都是被人养过，然后被人偷偷地丢到池塘里来的。雄大说这么浅的人工池塘，除了鱼什么都没有，这些乌龟根本没有东西吃，真可怜，真不知道丢乌龟的人是怎么想的。我说扔掉小动物的人可能缺心少肺。我这么说可能有点儿缺德，但是丢弃动物跟虐待动物没有区别，一样不可以原谅。我觉得，动物一旦成为家族的一员，就要照顾它一生一世。

空气凉起来，身体感觉到冷。我告诉雄大该回家了。

我们走过一小段绿色的草坪。说是草坪，大概有一段时间没有修整，所以可以叫草地了。脚踩下去，鞋子陷进去，鞋子周围留下露珠，亮晶晶的。出了公园的门是一条细长的小路。

在菲律宾人创办的教会前，雄大突然牵住我的手说："只要妈妈每天都在我身边，我每天吃豆芽也无所谓。"

八

我刚在电脑前坐下，系长就带着刘燕燕过来了。今天她穿了一套银灰色的西装，戴了一副白边眼镜。也许因为她的表情生硬，给我一种陌生的谦恭的感觉。我知道系长带着她来找我是为了昨天吵架的事，马上站起来。系长问我休息得怎么样。我说很好。系长后退了一步，笑嘻嘻地说我跟刘燕燕是两个大人，今后要在一起工作很久，昨天的事根本算不了什么大事，就在这里和好算了。我跟刘燕燕只隔着几步远，脸对脸地看着对方。我以为系长或者课长会找我谈话，然后将我调回窗口服务系，但照系长话语里的意思来看，只要我跟刘燕燕两个人和好，事情就算解决了。

刘燕燕淡淡地对我说了一句对不起。因为没想到她会道歉，我困惑地点了一下头。

系长看着我说："刘燕燕已经道过歉了，你也表个态吧。"

我也想马上道歉，但身体有点儿发僵。意识到回窗口服务系可能没有想象得那么简单，我有点儿泄气。刘燕燕一声不响地看着我。但我也不能长时间无言以对，就咬了咬牙说："昨天我也有点儿冲动。我也做了失礼的事。对不起。"

系长使劲儿拍手，说这样互相原谅对方真的是太好了。他还说我们两个人都来自中国，应该好好地相处。在我看来，这一切好像是在电视剧里看过的镜头，是演戏，根本解决不了实际的问题。但系长看起来很高兴，好像解决了一件大事似的回到他自己的座位。系长一离开，刘燕燕马上也离开了。

有一句话叫覆水难收。我跟刘燕燕一整天都没有说话。

噩梦开始以他人看不见的方式降临了。以后的几天，刘燕燕以我是新人为借口，每天都安排我做同一样工作，就是往电脑里输入申告书。客人来的时候，她打发坂本去窗口，而自己寸步不离地坐在我身边。这一招真可怕，我彻底失去了能够自由喘息的空间，情绪也很混乱。

比起平时，我出错的地方明显多了起来。我每次出错，刘燕燕都会高兴地告诉在场的其他职员。她的做法令我非常吃亏，就是大家觉得我是一个不断出错的新人。有一次我让她离开我，让我安安静静地工作。但她客气地对我说："系长让我多关照你。如果你需要我为你做点儿什么的话，我愿意帮忙。"我不说话，她就进一步地问我："你没有什么要问的地方吗？你什么都懂吗？"

她问我话的时候声音很大，系里的职员都能听到。我觉得很不自在，这样我在他人的眼里，就是一个不懂又不虚心请教的人。魂不守舍的我，因为害怕再跟刘燕燕打起来，只能默默地承受着。

本来只是我跟她单枪匹马地斗，但一个星期后，我觉得有点儿不对劲儿。我说不清哪里不对劲儿，反正是职场的气氛渐渐地变了。我常常觉得是一群人的目光和神情使我难受。

我试着跟那些人解释，刘燕燕设置了一个盲井，我掉了进去，不要说工作了，连喘气都费劲儿。但是我没有勇气解释。在人生的道路上，刘燕燕比我超前了一大段。她会利用头脑和手段，而我只会沉迷在自己的心境里。关于刘燕燕，我总是在愤怒和伤感之间转来转去，而最终二选一，选的永远都是伤感。

刘燕燕用特殊的方式将我与群体自然地隔离开后，很快放弃了死守在我身边的行为。接下来的日子真不好过，脸色苍白的我，总是坐在最后一排的角落里，低着头工作，不跟任何人说话。也没有人跟我说话。这样每天经历的事和人，因为会构成我内心的背景，所以这段时间的背景非常糟糕。好像被抛在风暴眼里，眼前一个人都没有，我的样子孤零零的。每天下午五点钟离开区役所，七点钟离开贝尔蒙特公园，九点钟上床睡觉，第二天早上四点半就醒了。

有一天，雄大这样对我说："妈妈，你的脸看起来更像动漫里的某一个面具，很痛苦的面具。"

刘燕燕也经常出错。但在其他职员的眼里，她出错不是因为不懂，是因为不小心。她只要哈哈大笑两声，事情就完了。我给小原打电话，说了一大堆烦恼的话，然后悲愤地说："我无法理解，明明是役所里的一个系，而刘燕燕不过是中国出身的一个普通职员，但在我的感觉里，记录系简直是她的帝国。她被赋予了某一种力量，一种任意支使周围的力量。而这力量又好像一盏灯照着周围的那群人。灯照亮哪里，那群人就看哪里。"

有人说最不能直视的就是太阳。这一段时间我不敢直视周围，感觉上有点儿像对着太阳看，如果我不马上躲闪的话，会被灼伤。

小原认为我说的这种情形是洗脑，是记录系里的人都被刘燕燕洗了脑子了。我不太喜欢洗脑这种说法。我觉得那群人心里面什么都明白，知道是怎么回事，只是不想惹麻烦，也怕刘燕燕把矛头指向自己。放下电话前小原鼓励我："你要挺住，绝对不能输。"

放下电话后我很苦恼。我觉得小原不理解我。我一直在想一个想不通的问题：我应该争取的胜利是什么呢？

小原要我挺住，就是不能输给自己。但我已经输了。在记录系，我的存在可以形容为，在那里同时也不在那里。所有的人都当我不在场似的。

这是一种新的痛苦。我开始学着喝酒，每天醉醺醺的。

有一天，坂本去吃午饭，刘燕燕突然坐到我的身边。她小声地对我说："黎本，你的胆子真大。在户籍住民课，还没有一个人敢跟我回嘴。"她用右手的食指，从左到右地指点着正在校对和审查的那些职员的后背，"也包括这一些人，哪个敢不听我的话，敢跟我回嘴的话，我就不教他怎么工作。记录系是什么地方？你以为是你可以闹着玩的地方吗？你想在记录系干下去，就得跟这些人似的，乖乖地听我的话。"

刘燕燕如此傲慢是因为她有一个很牛B的名称，就是"前辈"。在日本，比你提前一天提前一分钟入社的人，都是你的前辈。前辈也是一种资格。前辈与后辈的关系也是上下关系。前辈说的事情是绝对要服从的。有一次看电视，著名演员梅宫辰夫对用身体模仿他的秋山龙次说："后辈是可以利用前辈的。"

碰到这样的前辈是好运。我遇到刘燕燕这样的前辈，只能说我的运气不好。

有一次，我们一大群后辈在一起喝酒，说到前辈这个话题，有一个人打了一个比喻：好比前辈教你怎么打乒乓球，前辈让你俯下身体，用眼睛瞄准球，击球的时候一定要注意观察球的方向。但是，前辈一局都不会输给后辈。前辈带你走路，告诉你往左拐弯是对的，但左边基本上是死胡同。我想打这个比喻的人，一定是喝酒喝多了。我记得所有在场的后辈都使劲儿地鼓掌。

我比刘燕燕晚十五年到役所。一般来说的话，役所里的职员，差不多两三年换一次部署。表面上是为了让职员掌握所有的工作，实际上也是为了公平。户籍住民课这个地方，是役所里最忙最辛苦的地方，职员们巴不得一年就可以从这里移动出去。我从福祉课移动到户籍住民课的那一年，在一家中国饭店开欢迎会，位置刚好在滨田课长的对面。他对我说："因为大多数职员两三年换一次部署，所以很少有人将某一样工作精通到百分之百。但是，有一个叫刘燕燕的，十几年，像一颗钉子似的钉在户籍住民课的记录系。遇到不懂的地方，只要问刘燕燕，没有她解答不了的问题。你还年轻，像刘燕燕似的，在窗口服务系干它个十年八年的话，你也会成为第二个刘燕燕。"

一天下午，小泽办完事路过我的身边，问我有没有受坂本的欺负。我说没有。我觉得提了好久的心放下来了。看来他还不知道我跟刘燕燕吵架的事。他也是刘燕燕的后辈，如果知道我跟刘燕燕吵过架，不知道会不会改变对我的态度。窗口服务系的系长，可能听见了我跟小泽的对话，小泽离开后过来问我："你每天从早到晚地盯着电脑，眼睛不痛吗？滨田课长说你的眼睛非常好。"我没有理解他的意思，说两只眼睛的视力都是一点五。他说："原来滨田课长说的是视力啊。"

我点了点头，模模糊糊地理解了他话里的意思时，他已经走开了。我已经不再是他的部下了。

另外的一天，我刚坐在椅子上，坂本拿了一大堆图纸走过来："这本来是住居系的工作，但住居系只有三个职员，一个老请病假，另外的临时工只能校对一下错别字。所以，办理住居的手续以及画地籍图，也成了我们三个人的工作。"

其实我每天都看到刘燕燕跟坂本两个人在画图，但还是第一次听说图的名称。在日本，新房盖好后，建筑主或者房主，将指南图和配置图拿到役所，役所根据正门的位置和方向来决定门牌号码。

坂本对我说："等日后有客人来的时候，我再教你具体的做法。"

她让我先学习画地籍图。我很高兴，因为这是第一次由刘燕燕以外的人安排我工作，也是我第一次做输入申告书以外的工作。所谓地籍图，就是按照规定的比例，把房子的形状和出口画出来。然后把房主的名字写在画出来的房子上。坂本给了我两支专用笔，说这种笔很贵，使用的时候一定要小心一点儿。她先画了一个房子给我做示范。我数了数图纸，一共有二十八张。她让我把画好的地籍图放在身后的台子上。

这时候，刘燕燕走过来说："黎本，你必须在下午三点之前把所有的地籍图都画出来。"

我不明白为什么这么急，转过头看坂本。

坂本对我解释说："画好的地籍图要由其他的人校对两次，没问题的话，还要在下午五点之前扫描到电脑里。你先画吧，有不明白的地方就问我和刘燕燕。"

画图专用的台灯很亮。一只极小的虫子，围着台灯飞了几圈后被我抓住。我用纸巾包住虫子，去外边把它放了。十一点的时候，刘燕燕指使我先去吃午饭。说真的，因为聚精会神地画了几个小时，又紧张又疲劳，根本没有食欲。我本来想去咖啡店喝一杯咖啡，吃一盘意面什么的，结果我去了一家私人茶馆。我在茶馆里喝了一杯柠檬茶，吃了一块草莓蛋糕。

十二点我准时地回到了记录系。还没坐稳，刘燕燕已经到我面前，兴奋地挥动着手里的图笔说："坂本告诉过你了吧，这种画图的笔很贵，一定要小心使用。刚才我想使用图笔，但是发现图笔的头没有了。笔头怎么会断掉了呢？你怎么这么不小心呢？"

我说："我记得我戴笔帽的时候，笔头还在。"

"那就是你戴笔帽的时候，用劲儿不对，搞断了笔头。"

我从她手里接过没有笔头的笔，摘下笔帽在桌子上磕了磕说："你看，笔帽里并没有什么笔头。"

"难道是笔头长了脚或者翅膀自己飞走了吗？"

她的话令我感到难过。坂本忍不住哈

哈大笑起来，笑完后说今天上午只有我一个人使用过图笔，因为她跟刘燕燕没有画图。我觉得更加难过了，不仅没有办法说明不是自己搞断了笔头，反而被坂本提示的一个事实搞得更加被动。这样的事情简直就是灾难。我又觉得浑身凉飕飕的了。说真的，我感到刘燕燕非常恐怖，在她异想天开的行为里，有一种原封不动的非常坚固的东西。我无法调整我的世界和她的世界，只能让这两个世界并存。如果不是我需要这份工作，也许两个世界分开了更好。她为什么会这么想，为什么要这么做，我都无法想象。比如笔头这件事吧，她把每一步都安排好了，既抓不到凶手，也没有物证。一切都是真的，一切又都不是真的。只有舆论如铁证，铁证如山。现在大家都看着我，好像在说：看看你还有什么好说的。

有一阵我什么都干不下去，感觉自己身处的地方跟牢房差不多。其实刘燕燕也未见得有我想象得那么恐怖。只不过痛苦的感觉跟恐怖有相似的地方。不久她到我身后的柜橱里取东西，路过我身边的时候，悄悄地对我说："不想工作也没关系，但你可以看看工作指南嘛。"我怔了一下，于是她微笑着说："坂本不是给你特地做了一部工作指南吗？"

我的心猛地沉下去。她是怎么知道这件事情的呢？她又是什么时候知道这件事情的呢？

太阳开始西逝。我的心情越来越灰暗，甚至可以说越来越黑暗了，已经看不见心的轮廓了。

我看见菊池抱着我画的二十八幅图纸到了刘燕燕那里。坂本说的那个老请病假的人就是她。

菊池站起来的时候，刘燕燕大声地对她说："对不起啊，今天的地籍图，因为我事先没有看一遍，给你添麻烦了。"

一定是我画的地籍图出问题了。果然不出所料，坂本叫我过去，告诉我连接道路的点线，应该画在房子的正门口。我说对不起。

刘燕燕在旁边说："自以为什么都懂，不过是照着葫芦画瓢罢了。"

我没有说话。

坂本小声地对我说："今天是你第一次画地籍图，出错是难免的。以后多画几次就好了。"

我谢了她。但我觉得时间似乎停止了运转。我的脑袋里是一大片的空白。

九

我去了医院。因为我说心忒忒得厉害，医生为我安排了心电图测量，但是从图上没有看出物理性的病变。医生想知道我是否有精神或者心理上的压力。我说有。他并不问那些压力是什么，只问我什么时候忒忒得最厉害。我说早上和晚上。他为我开了安定药，建议我有时间的话，尽量去外边散散步。还说最好去公园那种有树有花、空气比较新鲜的地方。他问我家附近有没有公园。我说有。我告诉他公园的名字叫贝尔蒙特。

跟医生的建议有关，跟小不点儿正在孵蛋有关，我在公园待的时间明显多了起来，心思也慢慢地转移到小不点儿的身上。有一次，我对站在身边的女人说："无论刮风下雨，也无论风吹日晒，小不点儿总是不弃不舍地趴在樽里，趴这么久，虽然觉得可怜，但又觉得它很伟大。也许比人还要伟大。"

女人说对，于是我们在一起感动了半天。

平时我是下了班后再去公园，所以待不了多久天就会黑了。园灯亮了，散步和玩耍的母子渐渐离去，池子里的鱼聚成一团，木樽变得混沌起来了。我常常有抱一抱小不点儿的冲动。我觉得小不点儿很孤独。我的这种感觉有点儿怪。但从另一个意义上说，小不点儿使我暂时忘记了役所和刘燕燕。有一次，我想起已经好久好久没有抓口袋怪兽了。

五月初是日本的黄金周，连休好几天。心思不再放到役所后，我的心情逐渐明快起来。五月二日傍晚，进了公园的大门，我看见南面的天空有一颗很大的奶油色的星，星光泛滥，像挂在天际的一盏灯。走去石拱桥的时候，我故意走到园灯的影子下，园灯的影子像竹竿，所以我的影子看起来好像正被一支剑击中了要害。到了石拱桥，无意间我听见了几下短促而又微弱的叫声。我熟悉这个声音。去年小不点儿出生的时候，我曾经听到过这样的叫声。我把身体伏在栏杆上，竖起耳朵。石拱桥上四顾无人，有一阵微风吹过了我的额头。我站直了身体，心开始咚咚地跳起来。我知道，这一刻，是那段时间的开始。那段时间真的又来了。

这一瞬，我满脑子都是斑嘴鸭的影子了。

我给大出打了一个电话。大出很快就跑来了。她穿了一件米色的防风用的夹克衫，一溜烟似的跑到石拱桥上。五月初的天气，虽然白昼热得像一个大烤箱，但晚上的气温还是很凉。不知道从什么时候开始的，日本少了春季，气候变得跟亚热带似的。但就是因为晚上会比较凉，日本的气候便跟亚热带的气候区别开了。我把手指竖在嘴上，让大出屏住呼吸。大出把身体伏在栏杆上，竖起耳朵。从这个时候开始，我和大出都不说话。不久，我和大出听见了几下短促的、微弱的叫声。大出看着我，两只眼睛闪闪发光，然后一个高跳到我跟前，跟我拥抱了一下。

大出算了算日子，今年的斑嘴鸭比去年的斑嘴鸭早出生两个星期。

去年，听到鸭宝宝的声音时，是五月十六日的晚上。五月十七日早上五点，鸭妈妈第一个跳下木樽，鸭宝宝紧跟着一只接一只地跳到水里。十只鸭宝宝跟着鸭妈妈左往右往，游水时掀起的层层涟漪给人一种懒洋洋的感觉，很温馨。

自从发现了斑嘴鸭在贝尔蒙特公园的木樽里孵蛋，我从网上查看了好多关于斑嘴鸭的事。蛋攒到十个左右的时候，母鸭就开始孵蛋了。通常需要孵二十四天左右。宝宝破壳的时间不一，全部都破壳了，鸭妈妈才会率领宝宝们一起离巢。我在某网站上看到的一个帖子把斑嘴鸭说得很神奇。斑嘴鸭属于野鸟，所以有一种天生的本能。宝宝们想破壳的时候，会敲着蛋壳相互询问："我已经准备好了，你们准备好了吗？"出于这样的原因，宝宝们差不多在同一时间破壳而出。但凡事都有例外，总会有一两只宝宝出来得比较晚。

小不点儿是成长最慢、也是最后离开贝尔蒙特公园的斑嘴鸭。我记得很清楚，小不点儿飞走的那天是七月七日，是七夕。有一股很强的台风正好穿过日本列岛。我一直坐在电视机前看天气预报。预报说台风的进速相当慢，所以大风大雨会持续到深夜或者第二天黎明。大出也担心小不点儿，我们两个人一直用手机保持着联系。午后，台风和雨势渐渐增强，天像漏斗，雨水倾盆般地往下漏。大约是傍晚五点左右吧，我跟大出都觉得忍不住了，担心到这种程度，不如亲自去公园确认一下。我们决定在公园见面。我跟大出最初的想法是，万一出了什么意外的话，至少可以趁着天光还亮的时候，把小不点儿保护起来。去公园的时候，我特地带去了一个大号的蜻蜓捕捉网。

风太强雨太大，我和大出只好站在公园管理处的屋檐下。石拱桥离我们并不远，但看起来已经是模糊的一片。小不点儿躲在石拱桥下面的石阶上。有好几次，强风差一点就卷走了我手里的雨伞。其实，雨伞根本不起作用，除了头发和肩头的一小部分，其他的地方早已经湿透。大出的情形比我要好很多，因为她不仅撑着雨伞，还穿着雨衣。

"这么大的风雨，小不点儿的兄弟想也来不了。"

我说："是。"

"过一会儿天就完全黑了，小不点儿不会害怕吧？"

我说："孤单单的，又是第一次经历这样大的风雨，害怕才是正常的吧。"

"看到这样的情景，我想回家都回不了。"

这种对话毫无意义，但我觉得，至少我们的心意使我在想象小不点儿的时候，不觉得它过分凄惨。是的，至少有人惦念它。五点半左右，发生了令人不敢相信的事，雨突然停下来了。天空只有底层积了少量的白云，几乎感觉不到有风。我和大出跑到石拱桥。一群鸟飞过我们的头顶。大出兴奋地告诉我："无云无风加上飞鸟，毫无疑问，此时此刻，足里区进入了台风眼。"

我也听说过"台风眼"，想不到今生今世能够亲身经历。大出说晴空会持续五六个小时。

我对大出说："小不点儿的兄弟也许会来。"

但是我来不及等待大出的回话了。突然间，池塘里"扑通扑通"地响了几下，我控制不住地惊叫起来。因为我惊叫时的声音很大，公园管理处的职员慌慌张张地跑出来看我们。我用手指着池塘说："小不点儿的两个兄弟来了。真的来了。"

大出也看到刚刚飞来的两只斑嘴鸭了，几乎是跳着到了我跟前，也许因为我们的身上都是雨水，这次她没有拥抱我。说真的，虽然小不点儿的兄弟天天都来，但此时此刻的感动却属意外。大出拖长声调说："真不敢相信，奇迹发生了。"接着，她一连说了好几次"感动"。

好像约好了似的，人陆陆续续地来公园，没过多久石拱桥上已经站着一群人了。五十岚也来了。那个花白头发的老头也来了。他走到我和大出的面前，笑嘻嘻地说："我觉得小不点儿会在这一两天飞走。但是这么大的台风，又害怕它飞走。"

刚刚飞来的两只斑嘴鸭，因为脑袋比较大，身体也比较大，所以我们擅自判断它们是小不点儿的哥哥。鸭妈妈最早带走了两只宝宝，第二次带走了四只宝宝。小不点儿途中受了伤，成长比其他的宝宝慢。其他的宝宝都飞走了，小不点儿才开始练习飞。鸭妈妈带着这两个兄弟来过公园一次，待了差不多三个小时。其间多次追逐着小不点儿，小不点儿被赶得到处逃。我想鸭妈妈是在逼着小不点儿练习飞翔。但继那次以后，鸭妈妈再也没有出现过。我想鸭妈妈把小不点儿托付给这两个兄弟了。两个兄弟天天来公园，用大出的话说："到底是家族，兄弟们绝对不会放弃小不点儿的。"

两个兄弟每次来公园都会带着小不点儿飞一会儿。但不过是绕着公园管理处的洋楼飞儿圈而已。两个兄弟从来没有留下来过夜，这是我觉得小不点儿可怜的地方。因为两个兄弟飞走后，小不点儿会追着哭，会哭五六分钟。知道哭也哭不回兄弟后，小不点儿会独自练习飞，从石拱桥的左边飞到石拱桥的右边，飞好几个来回。

人群热闹起来。两个兄弟带着小不点儿飞向天空。这一次的感觉跟以往不同。我仰着脖子，凝视远处的树木尖端，那里能看到三个不断移动的黑点。

大出说："但愿今天这两个兄弟能够留在公园里过夜。"

所有的人跟我一样，也仰着脖子。我们总是仰着脖子看斑嘴鸭飞翔的。慢慢地，树木的尖端那里看不见斑嘴鸭的踪影了，只剩下彩带一样的白云。所有的人都无意垂下脖子。不久，我第一个看见小不点儿独自返回池塘。小不点儿在石拱桥右边的池塘里呱呱地叫。

大出说："小不点儿今夜不得不经受严重的考验了。"

所有的人都往右边的池塘移动。这时候，还是我第一个看见了小不点儿的两个兄弟。它们在头顶的半空中扇动着翅膀，呈弧线垂落下来，冲击感越来越近，"刷"的一声冲进池塘的水面。

我大声地喊："回来了，两个兄弟也回来了。"

人群爆发出一片欢呼的声音。大出也激动地说："原来斑嘴鸭的家族爱是这么深。"

五十岚对我说："你的眼睛真好。"

我说："左右都是一点五。"

刚才还是蓝天白云，这时候多了一些黑云。风偶尔吹过池塘，越过水面刮到我的面颊上，像一层薄薄的水幕。三只斑嘴鸭在水里游来游去。不久，小不点儿的两个兄弟突然开始上下点头，看得时间长了，每个人都知道斑嘴鸭点头，是它们要起飞的信号。我对大出说："看来小不点儿的兄弟还是要离开啊。"可是，我的话刚说完，小不点儿也开始上下点头，动作跟两个兄弟协调一致。说时迟那时快，三只斑嘴鸭同时飞离水面，一溜烟似的消逝在东面的天空里。

一瞬间发生的事。人群被什么裹住了似的，好半天，没有一个人移动或者说话。每个人都看着东方，好像时间停止了。过了好久，五十岚拍了拍石拱桥上的栏杆说："啊，啊，今年的夏天也结束了。"

就这样，小不点儿也离开贝尔蒙特公园了。那个瞬间，我的心里充满了安笃和谢意。小不点儿终于跟家族在一起了。谢天谢地。发现四周都是沙沙的风声时，我意识到台风会再度来临。人群波动起来，一个接一个地离开公园。五十岚回家前说："愿明年斑嘴鸭再来。今年的夏天又开心又感动。"

只剩下我跟大出两个人了，我们互相瞪着对方。我说："忽然觉得很悲伤。"大出点了点头。满足了心愿的悲伤有点儿像花。我已经好久没有这样的感觉了。

现在回想起来，那种感觉瞬间又在心里花开花落了一次，仿佛是站在去年的石拱桥上了。

断定小不点儿不会在今天晚上带着鸭宝宝离巢，我跟大出决定先回家，明天一大早再来。我们约好了凌晨五点在公园见面。

十

我一直睡不踏实，三点钟起床，吃了一片面包后，脸也没洗就打算出门了。出门的时候，还不到四点，我有点儿害怕。我还是第一次这么早独自上街。丈夫迷迷糊糊去卫生间，问我一大早去哪儿。我说去公园看斑嘴鸭。

他说："是宝宝生出来了吗？"

我说："生出来了。"

晨曦已经划破了天际，街道和公园一片澄明。天气真好。以为一大早到公园的只有我一个人，结果在石拱桥看见了那个花白头发的老头。目光碰到一起，两个人相视而笑。他还是第一次对我做自我介绍。原来他的名字叫大岛。大岛上下穿一套深灰色的运动衣，捆在腰际的黑包油光发亮。裤脚挽到膝盖。脚上还是那双特别显眼的粉红色凉鞋。我说过他有皮肤病，所以不喜欢接近他。还有，每次看到他血淋淋的腿和脚，我都会因为恶心而想吐。出乎意料地我竟然控制不了自己地朝他的腿和脚看了一眼，半天没敢咽唾液。

他示意我看木樽。隐隐约约地，我看见小不点儿半蹲半站的肚子下面有几个小脑袋。我问他一共生了几只。他说他也不清楚，因为鸭宝宝都藏在妈妈的肚子下面，没有办法数。他说得对。

下了石拱桥，在桥边的长椅上坐下来，我用手机给大出发了个短信，告诉她我提前到公园了。回头看了看，大岛还站在石拱桥上。没事可做，我想起口袋妖怪。我已经好久好久没有抓怪兽了，所以抓到的十几只怪兽都是新面目，很开心。

大出朝我走来的时候，系在摄像机上的绳带，秋千似的荡来荡去。我看了看时间，还不到五点。她笑着对我说："我根本就睡不着，几乎可以说一夜没睡。一看到你的短信，马上就出门了。"接着她笑出声来，"我老公，去年对斑嘴鸭那么热心，今天竟然埋怨我吵醒了他。"

我说："今年赶上黄金周，好不容易才有这么长的连休，你老公是想好好地休息一下。"

"哪里啊。我老公正在犯病呢。"

"什么病？"

"忧郁啊。因为他从干了好几年的部署中被移出去了。虽然他被移出去是自作自受，但他已经习惯了那个部署，所以也挺可怜的。"

说者无意，听者有心。我觉得心被什么戳了一下似的，有点儿痛。我没有接她的话说下去，拉着她去了石拱桥。

鸭宝宝的叫声听起来比昨天晚上清晰了很多。我让大出看小不点儿肚子下面的那些小脑袋，她说眼睛不太好，看不见，但可以用摄像机摄下来回家看。她开始用摄像机摄木樽。木樽里的草比较高，尤其草的颜色跟斑嘴鸭相近，只有鸭宝宝活动身子的时候，才会顺着摇动的草找到它们。我的视力很好，所以无论鸭宝宝动与不动，都能看得一清二楚。有几次，几只鸭宝宝跑出小不点儿的肚子，我会控制不住地喊："啊，跑出来了。看到了。真可爱。"

大出已经拍了好多录像，但小不点儿的样子还是不急不慌的，看不出有离巢的意思。我的腰有点儿痛，让大出跟我回刚才坐过的椅子那里。我们聊了很多，都是去年斑嘴鸭一家的事。提到去年死了的三只鸭宝宝，我说我很担心，因为来公园的时候，看见了对面大树枝上的那个乌鸦巢。前几天有人说看到了新诞生的两只雏鸦。还有人说鸦宝宝出生后，鸦妈妈和鸦爸爸神经兮兮的，连成年猫都攻击。提到乌鸦，我又想起了去年被乌鸦抓走的那两只鸭宝宝，不禁咬牙切齿地骂起那个牵着狗散步的主人。

我对大出说："明明看见鸭妈妈带着鸭宝宝走过来，却不抓紧狗链。如果狗不冲着斑嘴鸭家族冲过去的话，鸭宝宝就不会惊得四处逃窜。乌鸦也不可能有机会一下子抓走两只鸭宝宝。两只鸭宝宝的死，纯粹是人为的。"

大出说："最起码知道鸭宝宝是怎么死的。关键是那只失踪了的鸭宝宝，我总觉得怪。按理说，长得有鸽子那么大了，乌鸦和猫已经对付不了的。总觉得是人干的。退一步说，就算是猫干的，公园里应该有残骸。可是公园的管理人连根鸭毛都没找到。"

雄大最讨厌怀疑人，有一次对我说："一个人之所以怀疑他人，是因为怀疑人的那个人的心已经开始腐烂了。"他说这样的话，我觉得是因为他在学校受了基督教义的影响。我也试图不去怀疑任何人，但现实很难做到。就说现在吧，我对大出说："我也觉得是人干的。最狠是人的心，而且防不胜防。"

她说："也不要想得太绝望。但愿今年不要发生同样的事。"

我刚好抬头，看见大岛从石拱桥那里向我们招手。一定是鸭妈妈要离巢了。这时候，他已经扯着嗓子喊起来："鸭妈妈要跳了。"

我和大出飞跑起来。她比我年轻，跑得比我快，先到了石拱桥。我赶到石拱桥的时候，小不点儿已经跳到池塘里了。鸭宝宝们聚成毛茸茸的一团，看起来很可爱。好几分钟过去了，没有一只鸭宝宝跳水。大出一个劲儿地摇头，说这种情形很不正常。照斑嘴鸭的习性来说，宝宝出生后睁开眼睛看见的第一个会动的东西，会认作是自己的妈妈，妈妈到哪儿就跟到哪儿。鸭妈妈已经在水里了，鸭宝宝们还留在木樽里。

小不点儿"呱呱"地叫了几声，又围着木樽转了几圈，鸭宝宝们反而簇拥着回到木樽中央的草丛里。小不点儿重新跳回木樽，又一次跳到池塘里。小不点儿朝着木樽更大声地"呱呱"了几下。这一次好了，顺着小不点儿的声音，鸭宝宝们移动到樽口，终于有第一只鸭宝宝跳到池塘，接着是第二只。每跳下一只我都会跟着数："两只。三只。四只。五只。六只。七只。八只。九只。十只。十一只。十二只。十三只。一共有十三只。"

三个人一同惊喜起来。我说小不点儿这么小，想不到会生这么多的鸭宝宝。大出笑着说："不是小不点儿生的，是从鸭蛋里生出来的。"

一定是兴奋得有点儿迷糊了，我笑起来，连声说："是啊是啊。"

这时候，我看了一眼挂在正门口的大钟，时间是五月三日上午五点十七分。

八点钟，我去管理处找处长，戴眼镜的高个子男人说处长不在。我问去哪里了。他说去买鸭粮了，还说很快就会回来。

去年跟小不点儿同一个时期出生的几只猫，现在长大了，三两步就能跳上池塘里的中心岛。知道鸭宝宝快出生后，处长怕猫糟蹋鸭宝宝，特地用木板做了一个浮漂，安置在猫够不着的地方。小不点儿带着十三只鸭宝宝在水里转来转去，累了就去浮漂上晒太阳。我和大出跟着小不点儿一家转来转去。大出一直忙着摄像。九点左右，浮漂附近的栏杆处已经聚满了人。十二只鸭宝宝作秀似的，毛茸茸地排成"一"字，剩下的一只孤单单趴在"一"字的外边，看上去像一个句号。阳光灿烂，池水亮晶晶的，鸭宝宝萌得让人受不了。我感到心在融化。啊，这个瞬间，如果能持续一辈子就好了。

我一直心神不定地看公园的大门口。处长终于拎着一个大塑料袋走进来了。我飞跑过去，问他能不能马上给鸭宝宝饭吃。他说马上就准备。我兴奋地回到石拱桥，拿出手机，准备把鸭宝宝们第一次吃饭的场面拍下来。

因为是野生动物，动物商店里买不到斑嘴鸭专用的粮食。但斑嘴鸭是杂食动物，处长买了小鸡食用的碾碎的玉米谷。他把玉米谷放到白色的塑料盒里，再加上水，再把塑料盒放在中心岛。一切准备就绪后，他开始敲手里的红色小水桶。我想那个红色的小水桶是哪个孩子忘在公园里的玩具。他对我们说："如果鸭妈妈真的是去年在这里出生的斑嘴鸭，听到我敲水桶的声音，应该会立刻过来吃饭。"

话音刚落，小不点儿立刻去了中心岛。但是去中心岛吃饭的只有小不点儿。池塘里的鸭宝宝们三五成群，乱成一片，有的在捕捉水面上的昆虫，有的在池塘和栏杆之间的草丛里寻找草籽。

我问大出："去年的鸭宝宝一直跟着鸭妈妈，是群体行动。今年怎么不一样呢？"

她又开始摇头，说这种情形很不正常，她也不理解鸭宝宝们为什么会四分五散。但是她让我放心，因为鸭宝宝在鸭蛋里的时候吸收过营养，出生后一个星期不吃东西也不会饿死。

大岛一直跟在我和大出的身边，这时候接过大出的话说："反正粮食一直放在中心岛，早晚鸭妈妈会带鸭宝宝们去那里吃饭。"

我说即使鸭妈妈有意思，但鸭宝宝们不跟随不模仿的话，岂不是永远都不知道中心岛有饭可以吃。他笑了，对我说："吃是动物的本能，根本用不着担心。"

觉得两条腿走不动的时候，看到管理处旁边的休息处有一张桌椅空着，就去那里坐下来。大出跟过来，坐在我的对面。发现她的鼻子被晒成了茶色，我笑着对她说："刚进五月，想不到太阳这么毒。你的鼻尖都晒成茶色的了。"

想不到大岛也跟着我们过来了。他走近我身边的时候，我闻到了一股腥臭味，马上联想到他的腿和脚。本来我的背包是放在一张椅子上的，我把背包拿下来让他坐。看起来三个人的身上都是热气。

一直以来我都会在公园看到大岛，但正儿八经地一起聊天，还是第一次。一开始谈的都是斑嘴鸭的事，也许我的日语发音暴露出我不是日本人，他突然说他的女朋友也是中国人。对他有女朋友的事，我跟大出都觉得很意外。他从腰包里掏出钱包，从钱包里掏出一张照片。他让我看照片。我不想碰他的东西，只是歪着头看了一眼。

我对大出说："女人长得蛮漂亮的。"

大出把照片拿在手里看。我觉得遗憾，这么漂亮的女人竟然是大岛的女朋友。提到女朋友，大岛的情绪高涨起来，开始滔滔不绝地说起女朋友的事。我不知道他为什么要跟我们说起他的女朋友。说到他住在他女朋友的家里时，大出用怀疑的目光看了我一眼。我没有说话。具体的内容已经记不太清楚了，大致的情况是：他一直在建筑公司工作，工作内容是在现场拆房子。去年三月末，公司找他谈话，希望他自己提出辞职。他都快七十岁了，腿和脚又不方便，建筑公司让他辞职也是他早已料到的事。辞职后，他不能继续住在公司的宿舍里，而少得可怜的年金收入根本不够借房子，准备睡公园的时候，这么巧有一天遇见了照片上的女人。女人听说他没有住的地方后，就让他住到了自己家里。照他的话来说，女人住的公寓就在建筑公司的宿舍的对面，他们经常见面，寒暄的次数多了，就成了好朋友。

大出问大岛："你女朋友没有家室吗？"

他说他女朋友结过婚，但是离婚了。可能是怕我们不相信，他从钱包里掏出一张折叠的纸。他一边打开那张纸，一边说："这张纸可以证明我跟我女朋友住在一起的。"

其实，他一打开那张纸，我就认出是居民票了。我对他说："你最好收起居民票，上面都是个人情报，不要给别人看。我也不想看。"

他重新折叠好居民票，放回钱包里。为了我跟大出不误会他，他说虽然他女朋友说过不收他房租，但他坚持每两个月给他女朋友八万。

大出问："为什么是两个月一次呢？"

我替他解释，说年金是两个月发一次。他就接着我的话说："每次我可以拿十二万。我给我女朋友八万，剩下的四万是自己的零用钱。"

我说："两个月八万的话，你女朋友一个月才拿你四万。四万只能租一个不带洗澡间的房子。"

他说所以他很感谢他女朋友。不过他又说钱的事不足挂齿，真正令他感动的是，他女朋友不仅天天给他做饭，每天早上还会用胡萝卜和西红柿做蔬菜饮料给他喝。他给他女朋友八万的那一天，他女朋友会特地去超市买新鲜的鱼煮给他吃。他女朋友白天要上班，担心他总是一个人在家，万一出了什么事，连救护车都叫不了，所以特地嘱咐他尽量去外边走走，最好整天待在人多的地方。

我说："你女朋友是怕你会突然死。"说完了觉得有点儿失礼，赶紧看了看他的脸色。但他没什么不高兴的样子。我又问："你没有申请生活保护吗？"

他摇摇了头说："没有。"

大出说："你一定是一个好人，不然你女朋友不会让你住到她家里，还对你这么好。"

他笑得合不拢嘴。对他女朋友的所作所为，我无法做出评价。不是我不赞同大出的观点，是我的心理有问题。他的腿和脚令我无法亲近他。

十一

五月四日。早上去二十四小时便利店付健康保险费，途经公园的时候，看见吉泽神色不安地站在大门口四处张望。

我问她："怎么了？"

她紧张地对我说："没有了。"

我问："什么没有了？"

她说："鸭宝宝失踪了，一只都找不

到。只有鸭妈妈在。"

我想这是不可能发生的事，就让她等一会儿，说去一下二十四小时便利店就回来。我这样安慰她："说不定在草丛里找东西吃。"

左拐弯的时候，我回头看了一眼。鸭宝宝们拥在小不点儿的身后，小球跟着大球滚动似的，正穿过马路的中央，往公园的方向跑。于是我笑起来，站着看小不点儿一家安全地进了公园的大门。付完费回到公园，吉泽在入口处的椅子上坐着。

我说："回来了。"

她说："嗯。"

我说："不是我回来了。是小不点儿一家回来了。我亲眼看见小不点儿带着鸭宝宝们从马路的对面跑回来了。"

她站起来，悲喜交加地说："我怎么没有看见呢？"

我们先去石拱桥。果然小不点儿跟宝宝们在浮漂上休息。吉泽用手指着一只站在中心岛的斑嘴鸭说："刚才我来公园的时候，看见它孤单单地站在那里，以为是小不点儿。但现在小不点儿在浮漂上，那么它是从哪儿来的呢？"

中心岛上的斑嘴鸭长着一副雪白的脸孔，看上去气昂昂的，它就是那只三天两头来的公鸭，也许是鸭爸爸。

听了我的解释，吉泽高兴地说："今年的鸭爸爸不错啊，会参加育儿。"

我和吉泽数了数，浮漂上只有十一只鸭宝宝。我跟她分头找。我去远一点儿的草坪，她围着池塘转。结果都没有找到。她对我说："刚才去对面公园的时候，说不定又被乌鸦抓去了。"

我说不可能，因为那个时间天刚亮，乌鸦还没有活动呢。我猜是那几只流浪猫干的。我问她愿不愿意跟我一起去对面找那两只鸭宝宝。她二话没说就跟着我去了。树底下，草丛里，全都找遍了，但没有发现那两只鸭宝宝。我知道这里的流浪猫有人喂，不会吃鸭宝宝，怕就怕鸭宝宝成了流浪猫的玩具。我知道吉泽不喜欢猫，所以只字不敢提猫的事。回到石拱桥，我给大出发了一条短信。她很快就回信了，问我都找了哪些地方。听了我的回答，她问我为什么不去小右卫门稻荷神社找一找，因为公园附近有池塘的地方，只有小右卫门稻荷神社。我说我不知道名字这么长的神社在什么地方。她说她去找找看。

我回家吃了早饭。再回公园的时候，池塘边围着一大群人。大岛也在，一头银发看起来特别显眼。立刻有人告诉我少了两只鸭宝宝。因为去年乌鸦害了两只鸭宝宝，人们都认为"肯定是乌鸦干的"。我本来想把早上看到的光景说出来，但那个光景并不能证明不是乌鸦干的。还有，人们肯定会问这问那，我也害怕没完没了的解释。我最担心的是，如果说出了我的猜测，也许会将人们愤怒的矛头转向那些可怜的流浪猫。最近我特别关心流浪猫。关注流浪猫也许跟我的心情有关：人越多，我越觉得孤单。

大出从小右卫门稻荷神社过来，看她的神情，我就知道她也没有找到那两只鸭宝宝。不知从什么时候开始的，我发现身边有好多人在骂那只白脸公鸭。原因是这样的，白脸公鸭一直寸步不离地跟着小不点儿，而小不点儿可能是担心白脸公鸭会伤害鸭宝宝，所以躲来躲去。但是，小不点儿从池塘躲到池塘外边的草坪，白脸公鸭就追到草坪。要是小不点儿从草坪躲到池塘，白脸公鸭再追到池塘。一个是躲，一个是追，永远反复。去年也出现过类似的情形。有一只公鸭来过两次池塘，鸭妈妈不躲不藏，相反主动扑上去攻击。两次而已，公鸭再也没有来过公园。

眼前的情景令我心痛。我对大出说："可怜的是这些鸭宝宝，本来就没吃过东西，没有体力，再跟着鸭妈妈从池塘到草坪，从草坪到池塘，连休息的时间也没有了。"说到这里我再次焦虑起来，"为什么鸭宝宝不去中心岛？为什么鸭宝宝不吃鸭粮呢？"

大出的目光掠过那只白脸公鸭，又落在池塘里的鸭宝宝身上，"我也不知道为什么。按理说，鸭妈妈去中心岛吃鸭粮，鸭宝宝们没有理由不跟着去。"

"会不会是今年买的鸭粮不好吃呢？"

"怎么会呢？这些鸭宝宝一口鸭粮都没有吃过，哪里会比较好吃或者不好吃呢？"她说得对。没有比较，怎么可能知道好与不好呢？她接着说："穿过对面的公园，再往前走就是小右卫门稻荷神社。也许是小不点儿为了躲开那只公鸭，想带着鸭宝宝们搬家，但在对面的公园遇到了意外。"

我想告诉她对面的公园里有三只可爱的流浪猫，名字分别是"羽生""三色"和"小白"，天天早上在对面的草丛里出没，可能是它们干的，但是我忍着没说。大出只是喜欢鸟而已。鸟类中又特别喜欢会飞的鸟。据她自己说，第一讨厌的是青蛙，第二讨厌的就是猫了。我不想增加一个本来就讨厌猫的人对猫的憎恶，因为我是个猫痴。正所谓人各有志，不可强求。

人群突然喧哗起来，我问站在身边的老头发生了什么事，他说有个女人捧着一只鸭宝宝来，放到池塘里了。鸭宝宝有十二只了。我问那个女人在哪里，他说已经走了。我说应该留住那个女人，问她在哪里找到了鸭宝宝。说不定另外一只鸭宝宝也在同一个地方呢。他以为我在埋怨他，对我说："那个女人捧着一个小纸盒来，一声不响地从里面取出鸭宝宝，一声不响地放到池塘里，还没反应过来是怎么回事，她已经匆匆地走了。"看到我失望的样子，他接着解释说，"事情来得太突然了。我只记得她穿了一件粉红色的衣服。"

他说到粉红色的衣服，我马上想到了惠子。惠子喜欢穿粉红色的衣服。还有，惠子在照顾那三只流浪猫。这下我敢肯定是流浪猫干的了。大出说另外那只鸭宝宝也许还活着。我知道活着的可能性不大，但也不愿意放弃希望，就跟着大出去对面的公园又找了一遍。灰心丧气地回到池塘那里，看见我满脸都是汗水，老头说："斑嘴鸭可是水鸟，天这么热，已经失踪这么久了。"

他没有把话说完。大出也明白他的意思，对我说："剩下的就看鸭宝宝的命了。"

几天后，我在对面的公园里看见惠子正在给流浪猫喂粮。单刀直入，我问她是不是那个放鸭宝宝到池塘的女人。她老实地承认了。她说有一家人养的猫，叼了一只鸭宝宝回家，因为还活着，就放回到公园的池塘里。惠子家离公园不近，她也不说是谁家的猫。我问她："只有一只鸭宝宝吗？"她说是。我觉得不好再问下去，事情到此也就结束了。再说这并不是她的错。猫也没有错。鸭宝宝的死，也许就是希腊人所说的命运。

大出说要回家做饭。我想我也该回家了。一起往外走的时候，大出说："昨天五十岚约好了说来，但却没有来。"

其实，好几次我也想过同样的问题，

想来想去只有一个结论，就是五十岚有了什么脱不开身的事。我之所以说得这么肯定，是因为有去年的那段时间为证。斑嘴鸭在池塘的日子，只要是休息天，总能看见她跟我，跟大出，跟着斑嘴鸭一家转来转去。特别是乌鸦糟蹋了两只鸭宝宝之后，有一些人几乎天天到公园保护剩下的鸭宝宝，但风雨无阻的只有我们三个人。大出说斑嘴鸭出生后的生存率相当小，只有百分之二十。所以我觉得，是人对生命的敬畏与爱，维系并发展了斑嘴鸭一家的生命。所谓对生命的敬畏，乃是一个过于庞大的主题，涉及生命观以及生命伦理，我根本说不明白。不说也罢。

我对大出说："五十岚深夜会来。她说她每天深夜都来看鸭宝宝的。"

大出说："不会是她儿子出事了吧？"

"她儿子？"

"她儿子不是有病吗？"

看到我不解的样子，她用手指了指自己的脑袋。我知道她误会了。有好几次，我看见五十岚跟一个比她稍微年轻的男人在一起，有时候是看斑嘴鸭，有时候是抓怪兽。有一次，我对她说："你跟你老公的关系真好。"

她解释说："是我儿子。"

从某种意义上说，我挺羡慕她跟儿子的亲密关系。日本男人，基本上从中学开始就不太跟妈妈一起上街了。大男人跟着妈妈一起逛公园，一起抓怪兽的话，难免会让人家产生误会。后来她告诉我，她儿子大学毕业后一直换工作，到现在还是个临时工。她还说，做妈妈的只是瞎操心，帮不了什么忙。

大出很聪明，看我不说话，立刻换了话题，问我夜里有没有来过公园，还说她很害怕。夜里我也没有来过公园，不知道夜里的公园是否可怕。但五十岚曾经告诉过我，公园里几乎二十四小时都有人在。回家的路上，我发现马路上街灯的影子很可爱，像极了小蘑菇。

时间过得真快，连休一眨眼就完了。想到明天要去役所上班，我的心又开始忐忑了。那种上不去下不来的感觉真难受。跟大出约好了早上在公园见面，但她给我发来了短信，说傍晚才能到公园。她解释了一大堆。连日在公园转来转去，体力消耗得很厉害，如果不休息一下的话，明天上班也许会崩溃。还有心理上的问题。心思都投在斑嘴鸭身上，明天都不想上班了。用她的话来说："要在家里温习一下工作的情绪。"

我决定一个人去公园。起床的时候，雄大还在睡觉。我在饭桌上留了一张纸条：我去公园看一下就回来。

有没有太阳，身体的感觉真是不同。没想到会这么冷，想回家加一件衣服又觉得麻烦，干脆缩着双肩小跑起来。

大岛把面包撕成小块扔向池塘。其实，出门前我也特地拿了一片面包装在一个透明的塑料袋里。看到我手里的面包，大岛笑出声来。他看上去很高兴，对我"嗨"了一声说："早上好。"

我说："早上好。"

大岛举起手上的面包说："本来是想喂鸭宝宝的，但是鸭宝宝根本不吃，都被两只大鸭子吃掉了。"

我看了一眼池塘："啊，鸭爸爸又来了啊。"

"刚来。大约十五分钟前来的。"

"小不点儿真善良。去年的鸭爸爸，来了两次就被鸭妈妈赶走了。"

大岛笑嘻嘻地说:"去年的鸭妈妈赶走公鸭时的那股劲儿,看得出是真的,根本就不让公鸭着水。小不点儿不来真的,要么张着嘴巴示威,要么就是躲来躲去的。到底是不是鸭爸爸,其实也搞不清楚。照斑嘴鸭的习性来看的话,鸭妈妈育儿的时候,鸭爸爸应该在另外的地方。我总是觉得这只是刚刚爱上了鸭妈妈的公鸭。"

我笑着说:"你知道小不点儿的胸前有一个'心'吗?不赶走公鸭,说明小不点儿是个情种。"

"有一个'心'吗?我怎么不知道?在我的眼里,所有的斑嘴鸭长得都一样。"

"你看小不点儿的胸脯,真有一个'心'的。"看见大岛在笑,我说,"你先别笑。你看了那个'心'再笑。"

"我的眼睛不好。看也是白看。"

"我,还有大出和五十岚,我们都知道那个'心',吉泽也知道那个'心',好像很多人都知道那个'心'。一传十,十传百,传得很快的。"

"难怪大家都叫鸭妈妈小不点儿。总算明白原因了。原来这些鸭宝宝,都是小不点儿的孩子啊。"

我说:"是。"

"真有点儿感动了。"

大岛对重逢和新生如此感动,我一时觉得无语。去年小不点儿是最后一个离开公园的。想象中她应该在天涯海角,却突然回到眼前,还做了妈妈。命运与角色的转变,是生活中小小的奇迹,很神秘,超出我的想象。不知道为什么,我觉得有点儿喜欢大岛了。因为不想喜欢他,心里有点儿茫然。

喂完了手里的面包,大岛在离得最近的椅子上坐下来。他问我要不要坐一会儿。我说不坐。他挽起裤腿,开始用手指甲抓腿和脚,被指甲抓过的地方有血流出来。他用手掌心拂去血,把血擦在裤子上。平时我看到他这样做会恶心得想吐,但今天竟然没有这样的感觉。可能这就是所谓的爱屋及乌吧。他说他四点半就来了,来的时候看见中心岛上有一只黑色的猫,就把猫吓跑了。我本来想在公园再待一会儿,但雄大的早饭还没有准备,不得不马上回家。对大岛吓跑黑猫的事,我表示谢谢。他说反正女朋友让他尽可能待在人多的地方,待着也是待着,能保护鸭宝宝,也是顺便的事。他从包里取出一盒鱼罐头,让我拿回家吃。我撒谎说我不吃罐头。我走得很快,一溜烟似的,连头都没敢回。

雄大刚刚起床。我问他想不想吃鱼罐头,他说无所谓。吃罐头的时候,我告诉他有一个老头,刚刚要送我鱼罐头,但是我拒绝了,还一溜烟地跑回家。雄大说拒绝就拒绝了,干吗要跑。我说:"说了不知道你懂不懂。如果你拒绝一个人的好意,不是因为这个人不好,而是因为你在生理上厌恶这个人,那么你就会觉得对不起这个人。"

雄大用他在学校刚刚学到的单词说:"妈妈,你说的是'颓丧感'。"

我真想抱抱雄大,但是我没敢抱,以后也没有机会抱他了,他长大了。

下午,进了公园的大门,我听见鸭宝宝尖厉的叫声持续不断。池塘的排水口正聚集着几个人。我快步跑了过去。声音从排水口里面传出来的。连接池塘和排水口的是一个拳头大的圆洞。小不点儿脑袋钻在洞里,疯了似的想进排水口。我问那几个人,有谁通知了管理处。他们都回答说没有。我撒腿往管理处跑,途中碰见职员铃木正在草坪那里跟什么人说话，于是气喘吁吁地告诉他鸭宝宝困在排水口里，请他赶紧去救。铃木去仓库，来排水口时手里拎着一个大号的蜻蜓捕捉网。他用两个铁钩子钩起盖在排水口上的铁盖，还好水中浮着的五只鸭宝宝看起来安然无恙。他用蜻蜓捕捉网将一只鸭宝宝捞上来，扔石头似的扔回池塘。我求他动作轻一点儿，不要扔。他照我说的把剩下的几只放回池塘。

可是我马上发现有什么地方不对劲儿，池塘看起来空空荡荡的。我开始数鸭宝宝，数来数去都是六只。另外的六只鸭宝宝去哪里了呢？问身边的人，都说不知道。我想起问大岛，也许他知道。环顾四周，看见他睡在木亭下的椅子上。我走过去，想叫醒他，但看到几只苍蝇在他那尚有血迹的腿和脚上爬来爬去，不由得起了一身的鸡皮疙瘩，于是打消了叫醒他的想法。

我围着池塘转了一圈又一圈，在草坪中找了很久，无法理解六只鸭宝宝为什么会突然消失了踪影。可怕的事情继续发生。回到石拱桥，我眼睁睁地看到两只鸭宝宝喝醉酒似的，左右摇着它们的小脑袋和身体，慢慢地倒下去。接下去是第三只鸭宝宝第四只鸭宝宝第五只鸭宝宝，跟跟跄跄地，慢镜头似的倒在中心岛和岛周围的草坪上。凉风一阵阵吹过池塘，风吹处池水荡起轻微的涟漪。我的心被什么东西抽紧，觉得快喘不上气来了。

不知如何是好的时候，有一个肤色很白的女人问我发生了什么事，我上气不接下气地说了个大概，她说这种症状是低体温症，得赶紧把鸭宝宝们捞上来取暖。她坚定地说："也许还有得救。"我想再去找铃木帮忙，但是她说找人帮忙就来不及了。她跳进栏杆，这里那里拾起了鸭宝宝。

我用手帕包着两只鸭宝宝，放在膝盖上。女人用刚才系在脖子上的丝巾裹着另外三只鸭宝宝。看见她用嘴巴往鸭宝宝的身体上呼气，我也照着她的样子做。她说她叫青山，偶尔到妈妈家玩儿，偶尔路过贝尔蒙特公园，想不到竟然碰到了这种事。原来她妈妈跟五十岚住的是同一幢公寓。我觉得膝盖冰凉冰凉的，用手触摸了一下鸭宝宝，手指的感觉也是冰凉冰凉的。我对她说："鸭宝宝冰凉冰凉的。"

她想了想，问我能不能等她一会儿，她想去妈妈家拿一个保温的盒子来。我当然愿意等。她用丝巾捧着三只鸭宝宝去妈妈家，回来的时候带了一个白色的泡沫盒。照她的吩咐，我把膝盖上的两只鸭宝宝，轻轻地放到盒子里的毛毯上。我重复刚才说了好几遍的话："鸭宝宝的身体冰凉冰凉的。"

她一边掀开毛毯给我看，一边对我说："我在毛毯的下面放了好几个暖宝宝。"

围观的人多起来，有人打听是怎么回事。青山不回答，我想如果我不解释的话，会一直被一群人围着，于是把刚才发生的事简单地说了一遍。人群一阵唏嘘，对我说的话并没有人进一步提问。我看到大岛也在人群里，不知道他是什么时候醒过来的。他走到我身边，看着盒子里的鸭宝宝说："这些鸭宝宝，我觉得够呛能活下来。一口鸭粮都没有吃过，哪有体力啊。三号就出生了，身体跟刚出生的时候一样大。再说排水口里的水可是死水，特别特别凉。"

有人接着他的话说："那么鸭宝宝就是饥寒交迫了。另外的六只鸭宝宝，八成也死了。"

说这话的是一个女人，我想叫她"闭嘴"，话出口却成了："请你先不要说这种话。"我的脸色一定不好看，女人马上就离开了。

每年的5月到8月，有斑嘴鸭的池塘是贝尔蒙特公园活着的风景。但十二只鸭宝宝突然消失了一半，只剩下一半斑嘴鸭的池塘空空荡荡。其实我也觉得另外的六只鸭宝宝已经死了，但无法想象的死亡比眼见为实的死亡更令人难受，是一种潜伏的痛苦，没着没落，很虚幻，却一直晃荡在脑子里。

青山用手指触摸着盒子里的鸭宝宝说："啊，还是硬了三只。"我的眼泪一下子涌出来，只差失声了。她无语地看了我一会儿，然后对我说："剩下的两只鸭宝宝，我想带回我妈妈家，试着用电灯泡给它们取暖。你觉得我可以带它们回家吗？"

我反问："我可以拜托你这么做吗？会给你添麻烦的。"

"不麻烦。我很喜欢小动物，也曾经救过一些小动物。"

我说："那就拜托你了。"

"但是，我不敢保证一定能够救活鸭宝宝，只能试试看。"

我说："我懂。"

"那么，明天早上我会联系公园的管理处。你可以通过管理处了解鸭宝宝的状况。"

我说："谢谢你。"

我们去公园管理处，把死去的三只鸭宝宝交给铃木，顺便请示了是否可以带鸭宝宝回家的事。得到铃木的认可，青山跟我打了声招呼，马上回她妈妈家了。气温更低了，我去石拱桥，看见池塘里只剩下小不点儿和一只鸭宝宝了。鸭宝宝还是我行我素，根本不在乎小不点儿。有人开玩笑，说鸭宝宝是不良少年。这个时候的我，哪有心思开什么玩笑。我还是第一次在同一天里感知到这么多的死亡。我也是第一次尝试着挽留生命。我问大岛："你觉得那两只鸭宝宝会活下来吧？它们一定会活下来的吧？不然就是我们的努力还不够。"

他沉默了一会儿才对我说："该做的都做了。其实这里的鸭宝宝足够幸运，有这么多人自觉地保护它们。"

看到大出，我才想起刚才发生的事忘记通知她了。对鸭宝宝失踪和死亡的事，她表示很难过，但看起来她并没有我想象得那么吃惊。她真是个冷静的人。

消息传得很快。傍晚来公园看斑嘴鸭的人，都知道失踪了六只鸭宝宝，死了三只，两只被一个女人带回家了。传话的人多起来，斑嘴鸭的事故变得像事件。只是没有人知道细节，比如六只鸭宝宝是什么时候失踪的？是怎么失踪的？凶手是乌鸦还是流浪猫？使我烦恼的是，多数人认为，造成鸭宝宝大量死亡的原因是那只白脸公鸭。这些人的逻辑很简单：如果公鸭不一直纠缠小不点儿的话，小不点儿就可以专心育儿，可以教鸭宝宝们去中心岛吃饭。小不点儿不在池塘和草坪之间躲来躲去的话，鸭宝宝们就不会得不到休息。鸭宝宝们吃了饭，就不会得低体温症。不得低体温症的话，即使误进了排水口，也不会一下子死了那么多。我也是这么认为的。

有一个老头说："那只公鸭简直就是痴汉，是凶手。"

大岛说："公园管理处也有责任，管理没有到位。宝宝们出生之前，应该用石头把那个洞口给塞上的。"

于是人们的愤恨也指向了公园的管理处。

有人说："应该给役所打电话申述苦情，建议役所更换公园的管理人。"

大出苦笑着对我说："把一只斑嘴鸭说成痴汉是不是太荒唐了？"依我看，一只公鸭追求一只母鸭是自然，但死亡跑在了生命的前头。说实话，灾难来得太突然了，大家都没有心理准备。就说我吧，我感到非常紧张、慌乱以及无能为力。我能理解人们的心情，但是不理解怎么会一下子失踪了那么多的鸭宝宝，而且连一只残骸都看不到。她对我说："只有一个可能，就是鸭宝宝们死在连接池塘和排水口的管道里。"

我被她的语气吓着了。

五点，下班了的铃木从管理处的大门走出来。我截住他，问那几只死掉的宝宝是怎么处置的。他带我和大出到南边那棵茂盛的橄榄树下，说鸭宝宝们睡在这里。一阵风吹过树枝，树叶沙沙地响。其实我每天散步都会经过这里。我喜欢这棵年龄很大的橄榄树。橄榄树的旁边有一小块花园，我问铃木可不可以摘一朵花给鸭宝宝们。他回答说可以。我挑了一朵黄色的小花，把它插在橄榄树下。我觉得风消失在这朵小黄花上。我在感情上很混乱，觉得做了想做的事，但是做得还不够好。我对铃木说谢谢。他严肃地朝我点了点头。

晚上，雄大说我看上去心事重重的。丈夫在一旁替我解释，说原因是明天要去役所上班。他自言自语地说："如果觉得太痛苦的话，不如辞了职待在家里。人啊，身体才是最重要的。"

十二

我不断地看时间，离不得不出门的时间还有三十分钟，还有二十分钟，只有三分钟了。天气预报说今天白天多云，但我出门的时候阳光灿烂。阳光拥抱着大地。阳光下的大地看起来起伏叠嶂。我很疲惫，明明是想压抑心里的悲伤，悲伤却像阳光下的影子，藏也藏不住。

想跟职员们问好，但嗓子里却发不出声来。默默地坐到椅子上的时候，有两个职员不可思议地看了我一眼。我不自然地朝他们点了点头。我的心忐忑得很厉害。我知道不跟大家问好是一件很失礼的事，但"早上好"几个字肥皂泡泡似的漂浮在我的脑子里。我觉得很沮丧。

刘燕燕手里拿着那支断了头的画图笔走到我身边，一本正经地说有事要告诉我。我被她脚上的黑凉鞋吸引了注意力。我在很多商店里见过这种款式，脚后跟漏在外头，前半部像编织的网。很多男人穿这种凉鞋。真皮凉鞋。男式凉鞋穿在一个女人的脚上，给我一种滑稽的感觉。她示意我看画图笔。我不大清楚，问她怎么又说起这件事。她说我从今天开始不能画地籍图了。我说无所谓，下意识看了看四周，大家都低着头在干自己的事。我的呼吸突然变得自如了。对于刘燕燕的话，我发现自己什么感觉都没有，什么感情都没有。我打开眼前的电脑，因为我知道今天的工作是什么。

刘燕燕还不走，站在我身边说："你不擅长使用这种很贵的画图笔。你那种一天坏一支笔的使用方法，会浪费役所很多钱。买画图笔的钱，是区民们交的税金。如果区民们知道你这么浪费钱的话，一定会有意见的。这件事已经决定了，没有商量的余地了。我跟系长也谈过了，系长也认可了。"

我心想她真会上纲上线。我对她说了一声"哦"。

她去前边抱来一摞子申告书，放在我眼前的桌子上。她对我说："相当长的一段时间内，你的工作就是输入这些资料。"

我咽了一口唾液。四周非常静寂，所以咽唾液的声音听起来很大，冲击着耳鼓。从某种意义上来说，无论我做哪一样工作，结果都是一样的。她绝对不放过任何一个见证我出错的机会。她让我显得像一个大傻瓜。我对她的敬重早在她破口大骂的时候就烟消云散了。我只是畏惧现在的情形：为了工作，不得不彼此往来，却又相互憎恨。老实说，有时候我觉得混乱并且崩溃。比如我老是琢磨日本人会怎么看我们。户籍住民课就我跟她两个中国人，我觉得日本人可能把我们俩看成了所有的中国人。再说一遍，一想到我跟她被看成是所有的中国人，我就很崩溃。

我经常陪雄大一起看动漫。动漫里有一种人，因为在身心两方面拥有金属般坚硬的盔甲，所以受再大的伤，都会在一夜之间自动愈合。有时候我会想，我要是《妖精的尾巴》里的纳兹·多拉格尼尔就好了。如果有人对我进行火系攻击的话，我将使用古代魔法灭龙进行还击。不要说伤害不到我了，连伤害我的对手都会被我直接吸收。但这种想象挺蠢的，毫无现实意义。反正，人有时候需要自我安慰一下。好多人喜欢读书看电影，也许就是为了自我安慰吧。

进入工作状态之前，我做了一下深呼吸。刘燕燕突然朝我大吼了一句："你叹什么气呀？要叹气的是我们才对。想想看，你给我们添了多少麻烦。"

她不说"我"，说"我们"。我对语言很敏感，一字之差隐喻出她心底的恶意。她吼完了，什么事都没有似的去干活了。

我感到一种冲动。但慢慢我发现她庞然大物般地占据了我。她在我的身边，在我的脑子里，在我的心里，在我的喘息里。她挤压着我，令我喘不上气。这是一种灰溜溜的感觉。我对她毫无招架之力。这是真的，我突然想触摸一下她的身体，看看她是否跟我一样，也是肉长的。有几分钟我什么都不想干，因为我迷迷糊糊的。这种状态最容易出错。我想回家，但不现实。我离她相当近，就几步远。她的脸庞跟她的躯体一样尖瘦，头发从左侧分开，分开的地方有新长出来的白发。我始终盯着她。我是下意识的。她突然问我为什么老盯着她看。我回过神来，想了想后告诉她想换个位置。

她的眼球左右转动了一下，生硬地对我说："随你的便。"

我去了排在最后的那张桌子。这一招我以前怎么没有想到呢？我跟她的距离远了。所有的人都背对着我了。没有人能看到我了。我本来想找一个地方休息一下，但意外的是，我突然觉得很孤单。不是孤独，是孤单，好像站在高台上的肉体，看游离出去的一缕魂。

偶尔有电话打来，刘燕燕和坂本会去接电话。客人来了，刘燕燕和坂本会去接客。她们的声音和脚步声在我的心里激起回音。她们走到哪里，我的心依旧会跟到哪里。无论我如何努力都无济于事。我死死地抓住那一缕魂，随着它晃动，心想它能带我离开这么痛苦的地方就好了。

中午，刘燕燕去休息的时候，坂本拿来一摞子信封和刻着役所地址的印章，要我帮忙把印章盖在信封上。坂本跟我一起做这件事。她身上的香水味特别浓，一阵阵地刺激我的胃。我简直不敢喘气。役所规定职员不许使用香水，不许穿大红大绿那种原色的衣服。她没有认真对待。可能是惧怕刘燕燕，平时她不太敢跟我说话。我明白她是有话要跟我说。"你比在福祉课的时候衰弱很多。"怕我不明白，她补充说，"我是指工作方面。"

我本来以为她是理解我的，比如刘燕燕那么仇恨我，我总是处在一种非常糟糕的状态里，越是全力以赴，越是容易出错。结果我总是精疲力竭，而这种恶性循环永远持续下去。其实，最令我痛苦的是，刘燕燕对我的攻击，已经到了人格和人身方面。日本汉字跟中国汉字的区别十分微妙。"黑"字用日语写是"黒"，上面是"里"。"别"字用日语写是"別"，下面的"力"不出头。看起来相似，但是不同。我有时会不小心，随手将日本汉字写成中国汉字，刘燕燕就说我，连小学生都会写的这么简单的汉字也出错，真的是笨蛋。有一次，刘燕燕突然小声地对我说："你是不是患有老年痴呆症，最好去医院检查一下。"

最令我感到痛心的是，坂本说我"衰弱"并没有说错，但我还是希望得到她的理解："我知道不应该说这样的事，但说出来对理解我非常重要。就我所知，来记录系的几个人都是同样的结局，还没等学会新的工作，已经被人为的环境糟蹋病了。"说完后我真想抽自己的嘴巴，因为我突然想起了山崎和坂本之间的事。虽然我并没有说错什么话，但说话的对象是坂本，所以跟说错了话是没有区别的。坂本没说什么，也没什么表示。我机械般地往信封上盖戳。过了一会儿，我小声地说："对不起。"她装着没听见。我接着对她说："为了那个丢失的笔头，我连画地籍图的工作都被罢免了。"

"你真觉得役所会在乎一个笔头吗？"

我有气无力地说："役所当然不会在乎一个笔头。"

"也不全是刘燕燕的错。"

"我承认。但是她做的好多事情都很过分。"

"说公道话，第一天你被她指出打错字的时候，应该马上道歉才对。"

"我想道歉的，但刚好客人来窗口办事，她去接客了。没想到途中她到复印机那里复印，突然间破口大骂。也就是说，我还没有来得及道歉，事情已经变得不可收拾了。话说回来，即使我没有道歉，她也不该当着大家的面破口大骂。我觉得她是有意针对我。"

"就算她是针对你，也不能成为你衰弱的理由啊。"

她说她刚到记录系的时候，因为出错，也被刘燕燕骂得很惨。但是她每天睡觉前会把刘燕燕骂她的话，一遍又一遍地在脑子里过，反思自己错在哪里，从此绝对不在同一个地方出错。她对我说："你觉得你有退路，大不了回窗口服务系。我一来就被分派在记录系。我可不想因为没有工作能力而被移动到其他的部署。"

我觉得她很了不起，有着钢铁般的意志。我跟她真的有天壤之别。我从来不会惹是生非，却总是将身边的事情搞得乱七八糟。同样是被刘燕燕骂，我不过是想着如何把刘燕燕从脑子里和心里赶出去。但结果很糟糕，我越想赶走她，越是神魂颠倒。越想不出错，越是破绽百出。我这种类型的人，大概就是所谓"人化了的环境中的牺牲品"。我说我没有办法学她，也没有信心像她那样保证自己不出错。我没有战斗精神，也没有战斗力。我想说我心里纠结得很厉害，但是却没有说出口。

她对我说："真糟糕。如果你想离开记录系，或者你想辞职的话，我想我不会劝你留下来。"

她的话也属自然，但我感到一丝失意。停了一会儿，她说想问我一个问题。为什么我早上来上班的时候，不跟大家问好。我说我想问好，但不知为什么，就是说不出口，也许是心忒忒得太厉害了。其实，最近我已经感到身体正在发生着某种变化，会经常想起山崎患的所谓"恐慌症障碍"。但是我不想再一次刺激坂本，只说了一句："我好像病了。"

坂本说："你太在乎刘燕燕了。"

我说："是的，我真的非常在乎她。虽然她归她我归我，但这么大的部署里，就我跟她两个中国人。我不想当着日本人的面闹得你死我活的。这种事让我觉得悲哀和羞耻。我们中国有一句话是退一步海阔天空。我的存在已经跟影子差不多了，但她还是不肯收敛。"

坂本问我是否后悔跟刘燕燕闹翻脸了。我说不如说我觉得闹心，觉得烦。她让我想开点儿，并嘱咐我："最起码早上要跟大家问好。如果连问好都没有的话，恐怕真的没有一个人想理解你了。"

在日本，早上相互问候，除了寒暄之意，还包含赞扬和感激对方的勤劳刻苦之情。稍微说一点儿题外话。在窗口服务系工作的时候，好心情是从早上的问候开始的。相互问候之后，话题肯定是天气。从理论上来解释的话，日本人崇尚自然，讲究顺从并感恩于自然，也就是所谓的"天人合一"。由寒暄到天气，不知不觉中大家就拥有了共同的话题。在共感中一起工作，关系自然变得亲密而温馨。

所以坂本让我跟大家问候，我就很感激她，甚至想中午跟她一起吃顿饭了。幸亏她及时地提醒我："虽然我也想找个时间，像在福祉课的时候那样一起吃顿饭，好好地说说话，但你知道的，刘燕燕不可能安排我们俩在同一个时间午休的。"

她看了一眼手表。我知道刘燕燕快回来了。

快下班的时候，刘燕燕要我去一下会议室。我以为移动到窗口服务系的事有了新的进展，很兴奋。但进了会议室后，看见的却是一个陌生的男人。男人坐在靠墙边的椅子上，神情非常严肃。按照他的示意，我坐到他的对面。他开始做自我介绍。原来是人事部的部长斋藤。我吓了一跳。

役所里职位最高的是区长，再往下是部长，再往下是课长，再往下是系长。系长是最出力不讨好的差事，连工资都跟普通的职员没什么区别。

斋藤部长说他正在调查一件事，希望我可以合作。我不安地说好。他说事情与户籍住民课的滨田课长有关。我点了点头。他一脸小心地对我说："有人检举滨田课长对女性有痴汉行为。不过呢，我们不能听一面之词。这就是你被叫来谈话的原因。不是只跟你一个人谈话，课里所有的女职员都会被叫到这里谈话。"我又点了一下头。于是他问我："你在户籍住民课工作的期间里，有没有受过来自滨田课长的性方面的骚扰?"我说从来没有。他在笔记本上把我的话记录下来。他又问我:"你有没有看见过滨田课长在性的方面骚扰过哪个女性职员?"我回答说没有。他再一次把我的话记录在笔记本上。他接着问我:"你觉得这种事有可能发生吗?"我说绝对不可能发生这种事。他问我为什么说得这么绝对。我对他说:"户籍住民课就这么大块地方,有墙有门的就只有这个会议室。"

他说他明白我的意思了。然后他谢了我的合作,就让我回记录系工作了。我出门的时候,他让我顺便通知坂本到会议室。坂本也是去了一下就回来了。我听见她对刘燕燕说:"问了我好几个问题。我每次只回答'没有'两个字。"

十三

刘燕燕曾经交代我,关于那些打印出来的资料,不要一份一份地去印刷机那里取,太浪费时间。她让我攒到最后,取一次就行了。跟斋藤部长谈完话,因为是顺便,我就取了打印好的一摞资料,结果在整理时发现少了一份。役所有一个规定:凡是跟个人情报有关的印刷物,即使是一张纸,如果丢失的话,一直到找到为止,整个系的职员都不能回家。

印刷机是公用的,所以我想那张纸也许夹在某个人的印刷物里。汇报给刘燕燕和坂本,刘燕燕不说话,坂本让我拜托其他的职员看看有没有混在自己的资料里。每个人都说没有。窗口服务系那边虽然也有印刷机,但偶尔也会有人使用这边的印刷机,所以我去窗口服务系,拜托那里的职员们也找找看。结果还是没有人找到。

丸山负责校对审查,跟坂本很要好。他看着坂本说:"我在役所工作了十多年,还是第一次发生这种事。"

坂本将事情汇报给系长,系长命令把那些还没有投寄出去的信封都拆开,看看是否混在信里面。结果也还是没有找到。能想到的地方只剩下资料架了。所有职员处理过的当日的资料,都统一保管在资料架里。我去资料架的时候,看见坂本和丸山已经先我在那里寻找了。我过去的时候,两个人正低着头,没有注意到我。

我听见丸山说:"又是那个家伙惹的麻烦。"

坂本说:"就是啊,又是那个家伙惹的麻烦。"

我的心猛地沉下去。可能坂本感觉到身后有人,回头发现了我,偷偷用胳膊肘碰了一下丸山的后背。丸山看坂本时,眼睛与我的眼睛相对,但他平静地告诉我:"这里我们已经找过了,也没有。"

我知道他们俩口口声声说的"那个家伙"指的是我。虽然我觉得有点儿伤心,还是说了声:"谢谢。"使我烦恼的是,虽然不是我搞丢了那份资料,但那份资料是我打印的。马上就是下班的时间了,但所有的职员却不能回家。

事情被汇报给滨田课长。他特地来记录系。我把事情的经过从头到尾说了一遍,一边说一边想他是否知道人事部正在调查他。说真的,赶这种时候给他添麻烦,我觉得挺抱歉的。他问我是否可能没有打印过这份资料。我告诉他已经查过电脑记录了,印刷时间是十六点三十七分。他又问我是否不小心把那份资料当废纸切碎了。我说不可能,因为我从印刷机取回的资料中根本不存在少的那份资料。

后来,关于这件事,再加上几个细节,被传得满城风雨。有一个跟我要好的朋友骂我蠢。我问蠢在什么地方。朋友说："你真以为那么大的役所，从来都没有丢过一张纸吗？这么点小事，换个人的话，再印刷一份就完了。你不说，永远都没有人知道的。"

千叶小姐的工作其实就是给系长做秘书。我喜欢她是因为她非常安静。没想到这时候打破一片沉默的竟然是她。她看着课长说："那份资料应该没有打印出来。"课长问理由，她说在整理自己的资料时，也少了一份，马上去印刷机那里寻找，原来是印刷纸用光了。她强调说："因为我发现得比较早，及时补充了印刷纸。"

印刷机由电脑控制。如果她补充了印刷纸，我那份资料也应该印刷出来。但是我没有说话。我无法解释自己心头的困惑。这只是一种感觉，说不清道不明。再说我也想尽快有一个答案。课长松了一口气，断定资料的丢失不是人为的，是印刷纸没有及时补充造成的。

我也松了一口气，总算可以按时下班了。但是我总也抹不掉心头的困惑。我老是会把今天的事跟笔头联系起来。两件事发生的时间真是挨得太近了。我模模糊糊地觉得刘燕燕是凶手。她演得干净利落。但这样想的时候，我又觉得自己的心地不干净，像一个小人。到记录系后，我的身体经常起鸡皮疙瘩，凉飕飕的。鸡皮疙瘩退了又起，起了再退。这个过程持续了很久，好像一次马拉松长跑。鸡皮疙瘩退了后，我忽然意识到，虽然所有人找得翻天覆地，但刘燕燕从头到尾没说一句话。

可以说我是趁人之危吧。我有一种感觉，就是眼下的课长比较软弱，向他提出的任何要求他都会同意。满怀渴望地去课长那里的时候，我不得不穿过客人使用的中央大厅。即便是这样，我还是没有料到那么多人看我。记录系的职员看我。窗口服务系的职员也看我。平时根本没有这么多人关注我。我觉得自己穿越了一个新的世界，现实被留在我的身后。这情景好像我当年乘飞机来日本，把中国留在身后似的。我已经坐在飞机上了。我非这样做不可了。

课长让我坐在他对面的椅子上。我坐下来。他对我说："已经知道是机器的故障了。你可以不用在意了。"

我说："我想回窗口服务系。"

他问为什么。然后他自己回答说："还是跟那两个人合不来吗？"

我点了一下头："主要是事情太多了。一言难尽。就一个要求，我要回窗口服务系。"

他的样子跟平常一样和善，只是今天看起来有点儿忧郁。他对我说："你知道，调令刚下来没有几天。下调令的是人事部。我不能让人事部马上撤回调令。"

听到"人事部"三个字，我又觉得对不起他了，不由得说了句："对不起。"他以为我妥协了，嘱咐我再忍耐一段时间，时机到了就解决这件事。

好不容易有这样的机会，好不容易才鼓起这么大的勇气，我不想就这么不了了之。但我找不到合适的话，于是小狗似的，一声不响地坐在他的对面，一刻不移地盯着他的眼睛。他对我说："还有什么事吗？"我摇了摇头。他说："我说过已经知道了你的愿望，会记着你的事，会找机会把你调回窗口服务系。"

我问他："大致我要等到什么时候？"

他说最早也要等到明年的四月。四月是日本的新年度，役所从上到下有一场人及高兴，老头手里拿着一块石头回来了。他走近池塘，做出往池塘投石头的姿势。我叫他住手。他问为什么。我说那些鸭宝宝的死跟这只公鸭无关。他说我没有看见鸭宝宝死亡的经过，怎么能够断定与公鸭无关呢。我说我正是亲眼目睹了鸭宝宝死亡的经过。他看上去有点儿急，结结巴巴地说："你亲眼看见又怎么样呢？归根到底，鸭宝宝们死亡的原因就在这只公鸭身上。是它死缠着小不点儿不放，把小不点儿从池塘赶到草坪，又从草坪赶到池塘。鸭宝宝们一直跟着小不点儿，当然没有时间吃饭，也没有时间休息。如果不杀了这只公鸭，剩下的两只鸭宝宝也会死。"

我的心中涌过一阵苦楚。真叫不幸，实际上老头说的话，是以前我跟大出说过的话。可能我说这话的时候被其他的什么人听见了。但想不到人们以讹传讹，发展到现在，老头愤怒到要杀了公鸭。我做了一个动作，但是连我自己都不知道表示的是什么。我瞅着老头，老头瞪着我，并不放下手里的石头。我觉得不自在，还恨自己，后悔当初不该当着人的面说这种话。从某种意义上说，老头的行为是由我造成的。我接近于求他："这些斑嘴鸭是野生鸟类。自然界发生的事，我们人类最好不要插手。"

我没有责备老头的意思，只想劝他住手，但是他根本不看我，把刚捡来的石头用力朝池塘扔过去，差一点砸在公鸭的头上。我皱起眉头，难以置信地看着他。死了十一只鸭宝宝，我理解一些人的情绪会比较高涨，但旁边有那么多人在看，一定会有什么人出面阻止。我想我一个外国人尽可能不出面为好。我等了一会儿，但没有人出面。我期待老头扔完了石头就消了气，但他看了我一眼，又去树下捡石头了。

我只好出面了。老头拿着石头回来，刚刚举起手，我扯着嗓子大叫一声："住手。"我从未如此确信，我在愤怒的时候也是强大的。我站到他的对面。

他一边儿绕开我一边对我说："你可以不看。你也可以装着没看见。"

我感到血液都冲到脑子里，冲着他吼道："但是我已经看见了，现在正在看。"

他偏不听我的劝阻，还是将石头投到了池塘。公鸭明显被吓着了，惊恐地四处张望。这一次是我惹到老头了，所以他故意挑了一块很大的石头，似乎要跟我作对到底。"该死的老家伙！"我在心里恶狠狠地咒骂着，一步跨到他前面，一个字一个字地说："请你放下手里的石头。"

两个人面对面地看着对方。老头背后的天空很蓝，阳光泛着橙黄色的光，天气真好。僵持了一会儿，他把石头摔到脚下说："你为什么不走开呢？你不看就好了嘛。告诉你吧，并不是我要杀死这只公鸭，是公园管理处的人让我杀的。"

我说我这就去问问管理处。我开始往石拱桥那边走。我知道，凭我一个人的力量无法阻止他的暴行。途中我突然返回，再次走到他的身边说："我现在就去跟管理处确认这件事。如果你撒了谎，我就打110报警。斑嘴鸭是野生动物，你用石头砸斑嘴鸭，等于触犯了野生动物虐待法。警察会来抓你。结局你想过了吗？要么进监狱，要么遭受罚款。"

老头怔愣了一下没有回话。我相信那只公鸭暂时不会出事了。

从公园管理处回来，老头已经不在了。我问站在身边的短发女人："人呢？"她说刚走。我知道老头是被我的话吓跑的。刚才还在喊喊喳喳的人群，突然静下来。我看得清清楚楚，所有的人都在看我。我有了一种刚喝完酒的感觉，很冲动："如果不是我刚好到公园来的话，公鸭可能已经被杀死了。你们一大群人，为什么没有一个人出面制止老头呢？结果要我这个外国人出面。"这个声音明明是我自己的，我却觉得是回荡在体内的他人的声音。

距我最近的短发女人看着我说："你这个人怎么这个样子啊？又不是我要杀死那只公鸭的，你冲着我发火干什么啊？"

我对她说："我不是冲着你发火。刚好你站在我身边。是误会。"

她将瞪着我的眼睛转向人群，顺着她的视线，我看到了两个矮个子的女人。我认识她们。她们总是同时出现在公园，双胞胎一样。她们来到我身边。其中的一个女人告诉我，虽然她也知道老头朝公鸭扔石头的行为不对，但却不敢出面制止。因为她害怕老头会冲着自己来。她对我说："现在这世道，人是最可怕的。只有人才会什么样的事情都干得出来。"

另外的女人对我说："你真伟大。没有几个人有你这样的勇气。我们都没有。就凭这一点，足够证明你对斑嘴鸭的爱是真的。"

我苦笑，发现她们并不理解我的行为。即便不是斑嘴鸭，哪怕是猫狗，如果发生了同样的事件，我也一样会出面阻止。我不是想说我有多伟大。我这个人一向只对动物动感情，人死了我几乎不会流泪，动物死了我会崩溃好几个小时。可能我的前世是动物吧。

两个矮个子女人其实是吉泽的熟人。她们三个人几乎天天去老年馆。后来吉泽告诉我，那个短发女人叫西川，也是老年馆的会员。有一点我觉得奇怪。今天我竟然当众提示自己是外国人。这样的行为不像平时的我。这么说吧，我分明在纠结一些我自己也说不清的什么东西。

过了好久，铃木才从公园管理处的大门口出现。人群已经散了。扔石头的老头的朋友们坐在池塘边的椅子上聊天。铃木走过去，对那几个老头大声地说："希望大家以后不要往池塘里扔石头。斑嘴鸭是野生动物。不能杀野生动物，只能保护。"

他转个身就回管理处了。跟着是管理处的处长来了。几个老头从椅子上站起来围住处长。我听不见他们在说什么。过了一会儿，处长来到我身边，请我放心，因为他已经"严厉地警告过老头们"了，以后再也不会发生同样的事了。我谢了他。于是他很和气地问我："还有什么问题吗？"

我说那个扔石头的人没有听到他的警告，因为他已经离开公园了。他说今天没听到警告没关系，反正那个老头天天来公园，明天见了面，再警告他一次。我又一次谢了他。他去草丛那边转了一圈，跟一个退休的中学老师聊了一会儿。之后他又一次到我身边说："刚才跟小幡老师聊起扔石头的事，老师说那个老头要杀公鸭也是出于一种善意，就是希望剩下的两只鸭宝宝不死。"

我说："我当然知道他是出于善意。但善意跟暴行是两码事啊。"我说的是真的。一下子死了那么多鲜活的鸭宝宝，目睹生，目睹死，人多少要找出一些理由才能接受死。我解释说："我说打110，其实不过是吓唬吓唬他，让他住手罢了。"

天空已经转变为深灰色，一如我的心情。想不到处长对我说："也还是要感谢你。如果你不制止老头扔石头，而是直接但我能感到他的绝望。日本有"言灵"一词，指语言本身有威力，有内在的神灵。所以他这样说使我觉得不吉利。我对他说："够呛也得试一试啊。总不能眼睁睁地看着它死啊。"

他说我说得对，还问我需要什么帮助。我想不到他能帮我什么。他就回管理处了。过了没有几分钟，我看见他背着肩包下班了。说真的我很意外，我以为他会等鸭宝宝的事情有了结果再回家呢。

我揣着鸭宝宝在管理处的附近走来走去，胸口一点点儿凉起来，感觉怀里抱着的是一小块石头。有两个女人过来问我："又不行了吗？"

这时候我正使劲儿控制着不让泪水流下来，没有办法回话。大出帮我把发生的事情说了一遍。其中的一个女人从脖子上取下丝巾递给我说："这个比手帕保暖。"

我说丝巾给鸭宝宝用了，人就没法再使用了。她说丝巾不用还。我谢了她，将丝巾裹在手帕上。

三个人都知道，除非鸭宝宝活过来了，或者鸭宝宝死了，否则谁都不好意思先告辞。慢慢地我开始感到焦虑。五十岚若有所思地说："如果昨天我也在场的话，我会带着鸭宝宝去医院。"大出看我，我跟她交换了一下眼神，但是我们都没有说话。五十岚突然对我们俩说："我们带这只鸭宝宝去医院好吗？"

我说好，然后我看大出。她沉默了一会儿，低声地说："如果每个人承担的费用不超过两千的话，我也同意去医院。"

事情总算有了进展。五十岚给公园附近的动物医院打电话，然后沮丧地说："太不巧了，动物医院休息。"

三个人又不知如何是好了。我的焦虑变成了双重的负担，一是鸭宝宝一直不见好；一是雄大快从学校回家了。又过了一会儿，我想无论如何都必须回家给雄大做饭了。我说看起来鸭宝宝一时半会儿不知结果，不知该怎么办。大出和五十岚都不说话。我又说我很想带着鸭宝宝回家烤电灯泡，但家里有一只很大很大的猫。我还说猫是刚刚保护的流浪猫，野性尚在，对鸭宝宝来说肯定是危险的存在。大出说她家里虽然没有猫，但做人有一个原则，就是绝对不把野生动物带回家。五十岚说她家里有一只狗。三个人又沉默了。

我想给雄大打电话，让他来公园取钱，然后去二十四小时便店买盒饭吃。但五十岚突然开口骂公园管理处的处长，说他不该在发生了问题后，毫不负责地溜掉。我也跟着骂了两句。站久了，我的两条腿累得又酸又胀。但我忍着。我想最先忍不住的人必定是带鸭宝宝回家的人。五十岚先开口了，但是她看起来很不高兴，语无伦次地说："那么我就带鸭宝宝回家烤电吧。我家也有狗啊。真想救鸭宝宝的话，跟猫狗都没有关系。"

大出不说话，我一再向五十岚表示谢意，并觉得自己很虚伪。她说她不敢保证一定能够救活鸭宝宝。我小心翼翼地告诉她，那个裹着鸭宝宝的手帕和丝巾不用还了。她问可以当垃圾吗。我说可以扔掉的。她带走了鸭宝宝。我的心轻松起来。说真的，从一开始我就知道，最终带鸭宝宝回家的肯定是五十岚。

不过大出看起来也很累的样子。我对她说："明天，也许只剩下一只鸭宝宝了。"

她点了点头，对我说以后会尽量减少来公园的时间。我问为什么。她说去年的斑嘴鸭家族，带给她的是感动和治愈，但今年的悲剧使她感到压抑和苦闷。她问我有没有同样的感觉。我说："有是有，但好不容易才诞生的生命，还是想保护到底。"

她说："你知道吗？每次我看到鸭宝宝濒临死亡，或者死亡，心情就变得糟糕透顶。不知不觉地我开始害怕来公园。"我点了点头。小不点儿的孩子们确实过于悲惨了。她带着疲倦的表情说："说到底，斑嘴鸭是野鸟，你担心也没用。你插手也避免不了它们的死亡。这是命。但大多数人以为自己可以改变他们的命运。总之，让我坦率地说吧，我来公园不过是想得到某一种愉悦。"

我觉得很佩服她。因为她拿得起放得下。而我过于感情用事。就因为这个原因，我的生活总是乱糟糟的。已经活了几十年了，看到很多人无忧无虑地活着，而自己连所谓的稳定期都没有尝试过。不过，我也有属于我自己的生活经验：发现陷入泥潭的时候，想办法跳出来继续往前走。反正以后的时间会解决那时候的问题。打一个比喻来说，好像脚上的鞋子在走路时发出的"踢踢踏踏"的声音，我感觉到这声音，而时间在我感觉的同时不断地向前。活着就是向前走，就是从眼前的生活向前走，从身处的世界向前走。我觉得活着的每一天都像仪式。

太压抑了，我想换一个话题。我对她说了老头用石头砸鸭爸爸的事。她对我说："如果当时我在场的话，我也不会站出来阻止。"

我问为什么。她说怕那个老头也向她扔石头。我问她："那就眼睁睁地看着鸭爸爸被石头砸死吗？"她说那种情形下应该先打110报警。我想警察还没有到，鸭爸爸已经死了，于是有点儿激动地问她："难道不是救鸭爸爸在先吗？"

我还是第一次在她的脸上看见这种奇特的神情。她咬着嘴唇，歪头沉思了一阵，突然弯下腰，慢慢地从我的眼前往后退。她一边倒退着走，一边对我说："对不起，我想我该回家了。"

我无意识地说了一声再见。直到她的背影消失在公园门口，我才恍惚理解了她突然离去的真义。我觉得她再也不想见我了。我在昏暗的石拱桥上待了一会儿。风吹过的时候，我闻到了池水的臭味。我的心慌乱地忐忑着。这一刻，我觉得特别特别孤独。我累了，一些事也不愿意多想了。雄大还在等着我回家做饭。

刚吃完晚饭，突然接到了五十岚的电话。她说鸭宝宝抱回家后特别精神，满屋子乱跑，抓都抓不住。考虑到斑嘴鸭是水鸟，还考虑到野生动物在人的家里可能会产生心理负担和压抑，想把鸭宝宝还给小不点儿。我说好。但是她要我去公园为她作证，证明斑嘴鸭已经不在她家里了。关于斑嘴鸭，日本法定的狩猎时期为 11 月 15 日到 2 月 15 日三个月。之外的时间里，除了保护行动，狩猎或者擅自饲养斑嘴鸭，都属于犯法，会遭罚款等制裁。我答应为她作证。

我比五十岚先到公园。小不点儿搂着唯一的那只鸭宝宝在中心岛休息。不久她捧着一个纸盒箱来了。她要我出主意，看看在什么地方放出鸭宝宝。但是，因为纸盒箱里传出了鸭宝宝的叫声，小不点儿已经冲着我们游过来了。她小心翼翼地打开纸盒箱的盖，把箱口冲着小不点儿。鸭宝宝从纸盒箱里出来，跟迎过来的小不点儿嘴对嘴地碰了几下。小不点儿带着鸭宝宝去了中心岛。很快，两只鸭宝宝都睡在小不点儿的翅膀里了。

她说她试着掰开鸭宝宝的嘴，用滴定管滴了几滴米汤，但米汤可能没有全部灌到肚子里。最主要她不敢长时间地接触鸭宝宝，怕沾上了人气，惹小不点儿放弃育儿。

我们依着栏杆看小不点儿。晚风吹拂，我的心变得温馨。因为吃过了饭，我们都不急着回家。五十岚跟我讲她与动物的故事。我很感动。原来她跟她儿子救过好多小动物。关于那一只受伤的鸽子，被她带回家里治疗，虽然伤治好了，但因为伤的是翅膀，鸽子已经不能飞了。她对我说："把一只不会飞的鸽子归还自然，鸽子就成了乌鸦和流浪猫的粮食。所以呢，我一直把它养在家里，足足养了十年。"

我觉得她很伟大。小时候妈妈和老师都告诉过我，野鸟的身上有寄生虫，如果看到受伤的野鸟，最好不要直接用手去接触。她说我自我矛盾，因为小不点儿的孩子也是野鸟，我却将它们抱在怀里。她哈哈大笑。我对她说："小不点儿的孩子跟野鸟是两码事。小不点儿是我看着长大的。鸭宝宝是我亲眼看着从蛋里孵出来的。凡事都有例外。"

她说："我倒觉得不是例外，是你把小不点儿、鸭宝宝、冲动、爱情，全部都绑在一起，打成一个包裹了。"她说得很形象，我忍不住地笑起来。她又说："所以我没有你想的那么伟大。我根本没想那么多。受了伤的鸽子被我碰上了。我觉得鸽子可怜，觉得不忍心，于是就出手救了它。"

这一刻，我觉得有点儿喜欢她了。不过，喜欢她是因为她对动物好。她不一定非是我要喜欢的人。她的热情超出了我的想象。她告诉我，如果小不点儿和它的孩子有什么问题的话，保证全力以赴。我被她的话感动了，不由得抱了她一下。从这时起，我们之间的关系一下子亲密起来。日本人不太对别人展示自己的内心和隐私，但是她开始跟我谈起大出。她说她不太喜欢大出。我觉得很意外。她对我说："像她那种人，我可是看得清清楚楚。让我给你举一个例子吧。"她告诉我，她是新干线的清扫员。她希望我可以保密，不要把她是电车清扫员的事告诉任何人。我答应了替她保密。有一次，她跟大出闲聊，听她说每天上班时要赶早上的始发车，大出做出惊诧的样子，说这么早出门的人基本上干的都是体力活。她"啧"了一声说："换了是我，看到对方沉默的表情，会意识到自己说错了话，马上住嘴。偏偏她不会解读空气，说我很伟大，换成她的话，根本不可能有体力来公园看斑嘴鸭。她当场问我干的是什么工作。我很厌烦，说差不多就是她想象的那种活。"

我觉得，人跟人之间之所以难以维持长久的友情，根本原因在于人对他人的事情太感兴趣。五十岚跟大出的事，再一次证明了我的看法是对的。五十岚问我："你有没有问过她是干什么工作的？"我说没有。她又滔滔不绝地说起来："鸭宝宝大量地死了以后，她跟我说想成立一个动物保护中心，让我也参加，但是被我拒绝了。"我"哦哦"了几声。她愤愤地说："你知道吗？她最近经常去元渊江公园，因为那里也出生了十几只鸭宝宝。听她说成活率很高，至少也活了八只。问题不在这，问题是她劝我也去元渊江公园。她说虽然远了点儿，但是比这里愉悦。这里的鸭宝宝这么惨，她却让我到别的鸭宝宝那里寻找愉悦。我有贝尔蒙特公园的鸭宝宝就足够了。

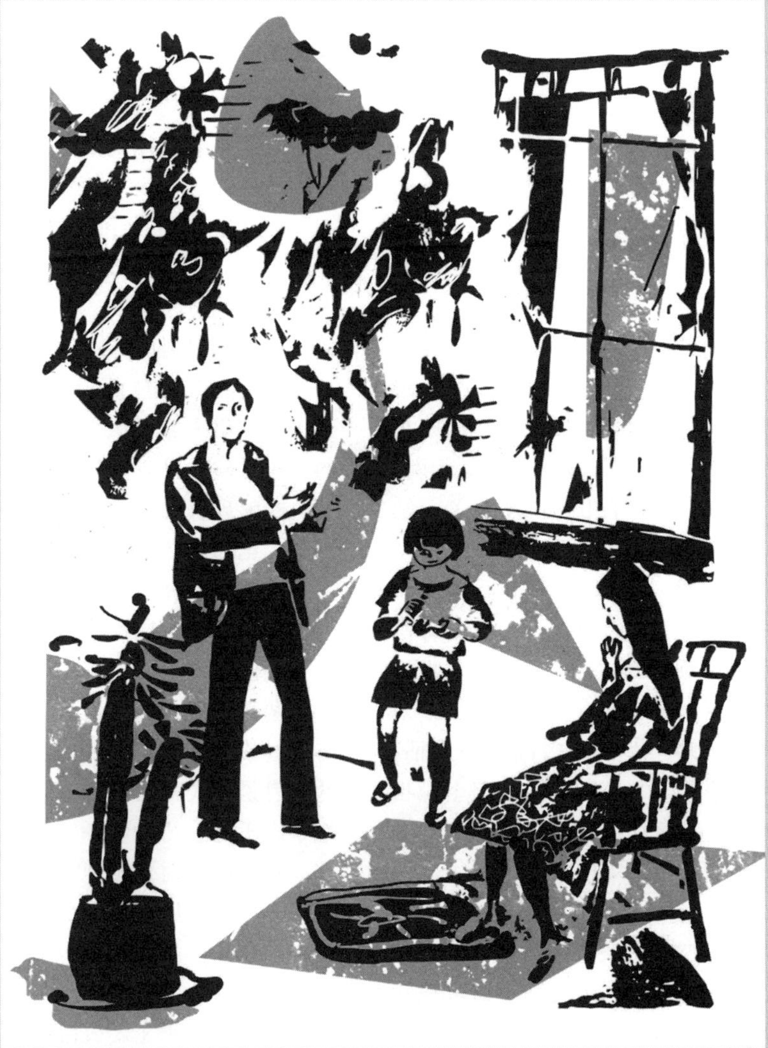

这种自私自利的人，竟然要搞动物保护中心，简直就是个笑话。"最后的一句话她说得很快，好像话是从她的嘴里蹦出来的。

我也不理解大出为什么想成立动物保护中心。她那么讨厌青蛙和猫。我喜欢动物，对一切动物着魔。但我还是讨厌毛毛虫。毛毛虫也是动物。有谁可以告诉我，为什么蝴蝶是由毛毛虫变化出来的，而我喜欢蝴蝶却讨厌毛毛虫？有时候我的情感和信仰是背道而驰的。所以我相信大出的逃避正缘于她的悲痛。五十岚说："你认为她悲痛？她已经在算计那只公鸭跟小不点儿的孩子了。"我说小不点儿刚孵完蛋，不可能这么快来第二茬。再说小不点儿在育儿呢。她"唉"了一声说小不点儿跟去年的鸭妈妈不一样。还说有人看见小不点儿跟公鸭交配了。她带着敌意说："大出在我面前说过好几次新家族了。她只是想满足自己的欲望罢了。说实话，她不来公园更好。她要是来了，我反而觉得这两只鸭宝宝可怜呢，让可怜的鸭宝宝治愈她。啊，她想得真美。她还是不要再出现了。"

回家的时候，为了能多说一会儿话，我们故意穿过对面的公园，在道路上说再见。眼前一个人影都没有。路的两旁是一家家黑乎乎的院子。风很温柔。

第二天晚上，我在公园管理处的门前遇见了处长。他问我大出在不在。我说不知道。他说如果碰见大出的话，请帮他转告，管理处并没有介意她提的那些意见，相反很感谢她。我说："什么意见？什么感谢？我一点儿也不明白。"于是他解释说，大出一大早跑来道歉，说自己不是公园管理处的人却不知深浅地提了那么多意见，希望处长原谅她的失礼。他还说："这话我跟你也说过，凡是来公园的人，就是我们的客人。让客人高兴，满足客人的愿望，是公园管理处的工作。所以呢，请你把我的话转告给她，希望她继续给我们更多的建议。"

我半天没有说话。如果说提意见，提的最多的人是我。我也不是管理处的人。我觉得大出说的"不知深浅"同时也包括了我。我有了一种说不出来的感觉，觉得不太愉快。

昨天她突然丢下我独自离开了公园，无疑在我的心头留下了一个伤口，我本来没有注意到有伤口的，但这件事使伤口恶化，令我意识到伤口的存在。

我的心情坏透了，最近干什么都失败，到哪里都碍人家的眼。以前不是这个样子的。这时候的我心眼比较小，竟然希望处长也能够理解我。"我知道管理一个公园不容易，也知道自己没有提意见的份。"我对处长说，"但是小不点儿回来了。小不点儿的孩子出生了。以为小不点儿的孩子们会长大，但一下子就死了十一只。希望活下来的两只可以长大，但是它们连鸭粮都没有碰过。公园里有乌鸦，还有流浪猫。我的意思是，我真的很焦虑，但指手画脚可能令您不舒服。"

我说话的时候，他一直点头。他安慰我说："你想得太多了，对于管理公园的我们来说，同样希望小不点儿的孩子可以长大。说真的，我们非常感谢小不点儿。因为小不点儿回来了，公园里的热闹比平时多了一倍。"

我怀着感激的心情看他。他看起来很真诚。今天他穿了一件金黄色的衣服，真的很好看。

十六

我处于一种很少有的状态里了。纯粹是因为担心，每天早上四点半我就会醒来，半个小时后我会跑去公园查一下鸭宝宝少了没有，我总是担心流浪猫，因为流浪猫经常在中心岛过夜。

到公园的时候，大岛正在休息处吃方便面。我问他池塘里有几只鸭宝宝。他说只有一只。这说明不了什么，因为有一只鸭宝宝是单独行动的。跑上石拱桥，我看到小不点儿和公鸭趴在浮漂上睡觉，独来独往的鸭宝宝在捉水面上的虫子。沿着池塘的栏杆找下去，在喷水附近，我看见鸭宝宝一片枯叶似的浮在水面上。

大岛来到我身边。我对他说："死了。"他顺着我手指的方向看了一阵，然后对我说："看到了。"我问他能不能把尸体捞上来，因为我想埋葬它。他说尸体靠近栏杆的话没问题，但尸体在喷水附近，需要蜻蜓网。我跟他去公园管理处的后面找蜻蜓网，但是没有。可能蜻蜓网是放在仓库里的。我看了看时间，到公园管理处的人来开锁，至少得等两个小时。

回到喷水附近，我看见一只乌龟在尸体旁打转。我问大岛乌龟想干什么。他结结巴巴地说："乌龟是杂食动物，可能想吃鸭宝宝的尸体。"

我着急起来，不过除了使劲儿拍手，用声音吓跑乌龟，没有其他更好的办法。乌龟根本没有反应。我问大岛怎么办。他不说话，一脸无奈地看着乌龟。我从脚边捡了一块花生米大的石头投到乌龟附近，也一点作用不起。乌龟咬住了鸭宝宝的一只脚。我全身发热，抬起右腿试着跳过齐腰的栏杆，但没有成功。大岛对我说："没用。"因为我不明白，他就指着乌龟说："跳过栏杆也没有用，除非你敢下水。"他指了指我身边的一块广告牌。牌子上写着"不可擅自进入池塘"。

我感到很无奈。不知什么时候身边多了两个人，是那对每天来公园散步的中年夫妇。男的对我说："大家都说乌鸦和流浪猫糟蹋鸭宝宝，其实最可怕的是乌龟。从看不见的水底深处咬住鸭宝宝的脚，拽下去，然后吃掉。乌龟不仅什么都能吃，还很凶猛。"

这对夫妇姓小根泽，妻子患了脑血栓，半身不遂，每天来公园散步是为了康复训练。我说我想把尸体捞上来埋到对面的橄榄树下。他没有说话，但是皱着眉头似乎在考虑要不要这么做。我就说鸭宝宝太可怜了。他说："自然界的规则就是强者生存。"

这一次，我盯着他的眼睛说："可是这只鸭宝宝从生到死，连一口鸭粮都没有吃过。没有吃过鸭粮的宝宝却要被乌龟吃掉了。"

他好像下了决心，对我说："好吧。我试试看。"他跟妻子借来拐杖，一个高跃过了栏杆。但是天算不如人算，意外的情形发生了。乌龟拖着鸭宝宝的尸体躲到了木樽的下边。那里离栏杆更远了。他提着拐杖，无奈地站着不动。阳光下他的眼睛看上去很亮。他环视四周，跟我的目光相遇。他摊开两只手说："没办法了。"

我重复他的话："没办法了。"

他跳出栏杆。我谢了他。

不久，从木樽下漂出一团团绒毛。绒毛散开，覆盖了比我想象要大的一块水面。过了一会儿，绒毛看不见了，水面看起来非常干净。刚才的那只乌龟活泼地游来游去。我起了一身的鸡皮疙瘩。

回过神来的时候，吉泽站在我的身边。她一脸紧张地问我："乌龟吃鸭宝宝的时候，鸭宝宝是活着的呢，还是已经死了？"我说是死了的。她说："没想到乌龟这么可怕，竟然吃斑嘴鸭。"

我觉得脑子里有东西闪亮了一下，大声地对她说："现在我终于知道真相了。失踪的六只鸭宝宝，我知道凶手是谁，也知道消失在哪里了。"

她盯着乌龟说："被乌龟吃了。"

她说从来没有人往乌龟的身上去想，如果不是亲眼看见的话难以相信是真的。然后她问池塘里怎么这么多乌龟，都是从哪里来的。我说是人偷偷地扔在池塘里的。她问池塘里的乌龟是什么种。我说基本上是外来种，只有一只日本种。她说可以驱除日本种以外的外来种。我说不能这么做，因为乌龟没有罪，有罪的是扔掉乌龟的那些人。她同意我的看法，不安地说："但乌龟已经尝到了滋味，接下去也许会吃另外的那只鸭宝宝。"

小根泽先生告诉她："乌龟只吃衰弱的或者死了的鸭宝宝。"

她不相信。我说："是真的。弱肉强食正是为了生态平衡。"

没想到她开始哭起来，并一直重复地说："真可怜。真可怜。"

我被她哭得心痒痒的。为了安慰她，对她说："我跟你一样难受。但鸭宝宝本来就是死的，所以我们可以这样想，就是鸭宝宝的生命在乌龟那里得以延伸。"

小根泽先生附和我的话说："对。乌龟肚子也饿，也要吃东西，不然乌龟也得死。"

傍晚，我从役所直接去公园。管理处的处长向我招手。他带我去石拱桥看中心岛。他高兴地对我说："你自己看吧。"

我看见鸭宝宝在跟着小不点儿一起吃鸭粮。

十七

因昨天受的冲击很大，虽然四点半醒了，但是觉得身心疲惫，好像虚脱了似的。我决定休息一天。请假时间规定在八点十五分，我想就睡到八点十五分吧。丈夫以为我睡过了头，跑上楼来叫我。最近我常常有一种感觉，只要丈夫在我的眼前晃来晃去，立刻会觉得闹心。有一天，我对雄大说了这种感觉。他问我："你自己不明白这是怎么回事吗？"我说不明白。他说："你在大学院攻读的是心理学，所以你应该知道，假如你非常讨厌一个人，那么你看他就会觉得他的身体障眼，你听他说话就会觉得他的声音障耳。"看到我怔怔的样子，他告诉我，"你已经非常讨厌那个人了，非常。说得再明白一点儿，你已经在生理上讨厌那个人了。"

我没有搭理丈夫，一动不动地望着天花板。去年刚换过壁纸，木纹模样，给人温暖的感觉。他很快离开了，再回来的时候，手里端着一杯咖啡。我没有在被窝里喝咖啡的习惯，翻身下楼，坐在饭桌前。他端着咖啡跟下来。

他已经穿好了西装。他穿的西装仍然是藏青色的。他穿的衬衫仍然是浅蓝色的。他一直喜欢藏青色和浅蓝色。他说藏青色是浅蓝色的延伸。他说他喜欢"青"是因为"青"有洁净感。也许因为我蓬头垢面地坐在沙发上不动，他不安地问我："不用上班吗？"我没好气地说我打算请假。他很惊讶。这是当然的，因为我几乎没有无事请假的先例。但是我也懒得跟他解释。他担心地问我："是身体不舒服吗？需要去医院吗？"我还是不搭理他。他无缘无故地问："是公园里的鸭宝宝有事了吗？"

我气汹汹地说："你能不能不要提这么多的问题。我已经够烦的了。"

他说："我知道了。一定是刘燕燕。如果你觉得辛苦，干脆就这个机会辞职好了。"

他的话刺激了我。我问他："我敢辞职吗？现在你连自身都不保了，保护得了我吗？保护得了雄大吗？"我实在不理解他一再鼓励我辞职的心理。"房子的贷款，雄大的学费，煤气和水电费，以及通信费和饮食费，你的那点儿工资能负担得起吗？"每次我瞪他或者骂他，他都会无声地低着头。

雄大在一旁说："睁开眼睛就开战，简直就是灾难期。"

我对雄大说："妈妈最讨厌的人就是笨蛋。想想看，作为一家出版社的社长，如果自己不签字不盖章的话，会有人把他从社长的椅子上硬拉下来吗？一个人怎么可以笨到这种程度呢？他是自己砍了自己的头！我想有一只蟑螂跑进他的脑子里了。关于出版社，我本来想等你长大了就让你接管。我还打算在你上了高中以后就辞职，旅游全世界。啊，我的计划和梦想，就因为有人是笨蛋，全部都被毁掉了。"在我失去理性的骂声中，丈夫对雄大说了一声对不起。我的心又痒痒了，尖着嗓门对他说："说对不起有什么用？一句对不起，能把失去的东西找回来吗？我的人生被你搞得乱七八糟。你添乱没有关系，但应该选择我年轻的时候。最主要你不该跟我撒谎。如果事情发生的时候你跟我说实话，跟我一起商量的话，结局绝对不会糟糕到这种程度。你为什么要撒谎呢？归根结底，我不能原谅你的地方，是你对我撒谎。"我把他骂得狗血喷头。这本来不是我的意思。虽然不能确定是什么，内心有什么东西坏掉了却是事实。我已经控制不了自己了。我接着骂他："你一个大男人，希望你做的事，你做不来。你做的事，都是我不需要的。"我突然住了口。这句话是我到记录系的第一天，刘燕燕用来骂我的话。真的很糟糕。意识到自己其实也很蠢，我不禁悲从中来。结果难过的还是我自己，受惩罚的也是我自己。他还是一声不响地低着头。我对他说："你快滚吧。别在我眼前烦我了。最好从我的人生中消失吧。"

他走了。

打过请假的电话，我又去了公园。在家里待着，从早到晚想役所的事，心会忒忒。在公园里，满脑子都是鸭宝宝的事，心一样会忒忒。但两者之间有着很大的差别。役所给我的感受是压抑和痛苦。公园像一面镜子，观看鸭宝宝的同时也在体验它，阅读它。这种感觉很像所谓的"临场"，或者说"现场"也可以。

在恐惧和不安的边缘，我仿佛可以看到另一面的东西，也就是付出很大代价后才能得到的那个东西。我还不知道那个东西是什么，但我相信有一天会看见或者得到那个东西。而我现在要做的，就是绝对不放弃鸭宝宝。

大岛在喷水池那边，我先过去跟他打了声招呼，转过身发现小根泽夫妇和吉泽也在。前一天吉泽告诉我，她年轻的时候跟小根泽的太太在同一家二十四小时便利店打过工。他们早就认识了。吉泽示意我看浮漂。我很惊讶,因为多了一只斑嘴鸭。新来的斑嘴鸭通体发黄,脸却是灰色的。吉泽说新来的灰脸肯定是公鸭,因为只有公鸭的羽毛才会漂亮如彩。小根泽先生遗憾我来晚了一步,没有看到刚刚结束的火拼。我想知道火拼是怎样的情形,他回答说:"用鸭喙啄对方的翅膀和脖子,水花四溅。"

吉泽补充说:"情绪很激动,死劲儿扇动着翅膀。叫声听起来很苍老。"

吉泽的话音刚落,两只公鸭再一次火拼起来。灰脸一次次飞过中心岛,逃到对面的池塘。原来的那只白脸穷追不舍。公鸭为了争夺配偶大打出手的时候,鸭宝宝正好有机会跟妈妈在一起,若无其事地在中心岛吃鸭粮。几只鸽子在木制楼亭和鸭粮之间飞来飞去。令我惊叹的是,鸽子想蹭鸭粮的时候,是鸭宝宝冲上去赶走鸽子。看到的人兴奋无比。我拍手拍得手心痛。

吉泽对我说:"看到鸭宝宝比妈妈还勇敢,我觉得它一定不会死。"

五十岚来的时候,灰脸刚好被白脸赶到池塘外,从草坪远远地眺望着这边。吉泽自言自语地说:"同是斑嘴鸭,为什么就不能好好相处呢?水鸟不能待在水里,倒觉得灰脸可怜了。"

我们都担心地望着灰脸。灰脸的背后是公园的侧门,那个短头发的女人正好走进门。我说:"西川来了。"

小根泽先生朝西川看了一眼,转过头对太太说:"我们该回家了。"夫妇俩微笑着跟我们说再见,很快离开了公园。

我觉得小根泽夫妇不喜欢西川。每次西川来公园,夫妇俩能躲即躲,躲不掉的时候寒暄两句就离开。但我觉得西川本人并没有意识到这一点。吉泽忍不住去草坪那边看灰脸了。大岛去长椅那里休息。喷水附近只剩下我跟五十岚。五十岚用下巴对着越来越近的西川说:"你认识那个短头发的女人吗?"

我说:"前两天因为一场误会刚打过一次交道,听吉泽说她的名字叫西川。"

"因为是你我才说的。两天前,我跟她站在这里,你从正门口进来。看到你,她说她很讨厌你。可是,当你来跟我们寒暄的时候,她又什么事都没有发生似的跟你打招呼。我理解不了这种人,两面三刀。"

我想了想,我跟她俩打招呼的时候,正好是老头扔石头砸鸭爸爸的第二天。于是对她说:"那天老头扔石头砸鸭爸爸,我生气骂人的时候,正好她站在我眼前,所以误会了我是朝她发火。如果她因为这件事讨厌我,我觉得情有可原。"

五十岚说:"她不只是这样对你,对其他人也很过分。有一次,看见小根泽夫妇进大门,她竟然当着我的面,说那两个老家伙来了。称人家两个老家伙,太失礼了吧?不管怎么说,我觉得这个女人不怎么样。你也小心她一点儿。"

我说:"好。"

我还是第一次仔细地打量西川。她又矮又瘦,肤色白而细嫩,粉红色的衬衫跟她的气质很配。黑色的水洗布裤子紧紧地箍在细细的腿上,粉红色的球鞋,头顶的黑色遮阳帽很大,她的脸看起来显得更小了。她一来就开始挑毛病,说盒子里的鸭粮太少,一大半都是水,根本不够吃的。她说话的时候嗲声嗲气的,所以后来我知道她已经七十岁的时候,真是大吃一惊。五十岚不想跟她说话,故意跑到几尺外的地方看鸭宝宝。我呢,心想既然她讨厌我,还是不要主动跟她说话为好。吉泽从灰脸那里回来，西川又跟她埋怨刚才的那些话。吉泽说："那么你去找处长说啊。"

她真去管理处了。我担心处长误会我跟她是一伙的，故意跑到五十岚身边。不可思议的是，我偷偷地在心里感激她。自从大出跟处长道歉，我尽量不跟管理处的人指手画脚。她回来后说处长答应补充鸭粮。我从心底谢了她。我们都去石拱桥等着看处长补充鸭粮。不久，处长拿着那个红色的塑料桶到中心岛。他大声地对西川说："盒子里还有好多鸭粮啊。"

西川说："可是从这里的角度看上去，盒子里装的都是水。"

处长说："斑嘴鸭是水鸟。鸭粮是米谷。米谷不加水的话，斑嘴鸭怎么吃得下呢？"

我的脸热起来，暗自庆幸的同时又有点儿幸灾乐祸。西川对吉泽做了个鬼脸，悄悄地说："叫他加点鸭粮而已，至于发这么大的火吗？"

吉泽说她也觉得盒子里面都是水。我说我也觉得盒子里面都是水。我们都不说话了。过了一会儿，我有点儿难为情地说："我没觉得处长不高兴啊。说真的，我倒是觉得管理处做得不错了。尤其是处长，不仅亲自做了浮漂，还亲自去市场买来鸭粮。一般人恐怕做不到这程度的。"

西川撇了撇嘴说："你干什么要感谢他？买鸭粮的钱用的是税金，是你跟我交的税金。"

晚上，家里发生了一件意外的事。丈夫到家后，从包里拿出了一张纸。他对我说："这是我考虑的有关出版社今后的企划书，你帮我看看怎么样。"

我冷笑。他让我看完了再笑。我说我不想浪费时间，不要逼我说更难听的话。

他就把纸放到我的眼前。我对他说："你的脑子里是不是又进蟑螂了？你只是一个契约社员，我理解不了你为什么要展望出版社的未来。出版社的未来跟你有什么关系吗？在我看来，你这样做，就是把你自己当笑话了。"

他说："求求你。"他的样子跟当年向我求婚的时候一模一样。

我说："不。"

他沉默了一会儿，然后说他知道我不信任他，但这一回绝对是真的，这份企划书至关重要，决定他最终是否能够夺回自己的出版社。

不过我让他说说"夺回出版社"的可能性。他说出版社的特聘律师、现任社长板仓，都站在他的立场上。我问他："凭什么要站在你的立场上，尤其板仓，他自己做社长不是更好吗？"他问我记不记得老板死后到手的生命保险金。我说："记得，有两个亿。"

他说："对。古贺利用做会计的权限，偷偷为自己办理了退职手续，以退职金的名义从保险金里拿出了上千万，之后她又偷偷地为自己办理了再就职。"

我觉得古贺在手续上并没有触犯法律。但他说已经咨询过律师，虽然古贺的行为构不成犯罪，但可以通过理事会迫使她返还退职金，不返还就强迫她自动辞职。其实，我觉得古贺不是他说的这种人，但如果涉及钱的话就很难说了。他还说古贺已经答应辞职了。至于板仓呢，除了编辑之外对什么都没有兴趣。我熟悉板仓，这一点他倒是没有说错。虽然我仍旧是半信半疑，但他说得有鼻子有眼的，所以让他给我点时间好好地考虑一下。

他高兴起来，话也多起来。他说出版

社到手后，工资自然会恢复到以前的数。既然我在役所工作得那么痛苦，干脆辞了职去出版社帮他。他已经提前给我安排好职位了。他说："你来出版社做主编吧。"他看出我动了心，接着说："你帮我看一看企划书。我希望这份企划书可以一次性地得到银行的信赖。如果银行也支持我的话，理事会决定我当社长就是板上钉钉的事。"

我开始考虑什么样的书能赚钱。他认识的作者多是医学和心理学的专家和学者，所以这方面的书照旧出版，但中心还是要放在教科书上。在日本，教科书基本上由老师自己挑选。很多老师自己写教科书。新生入学的时候，出版社一下子就能卖出去几百本书，第二年会接着卖出去几百本。年复一年，一直会持续卖下去。教科书从来没有赔过钱。说到新增项目，很多年轻人阅读电子书，我自己也读亚马逊Kindle的电子书，所以想增加几个电子书平台。

他向我表示感谢："你这样全心全意地帮助我，我很感动。"

三个人一起吃晚饭，饭桌上的气氛很好。好久没有这么好的气氛了。但是，我不好意思这么快就改变对他的态度，尽可能跟雄大说话。没话找话，我说起公园里那几只乌龟的事。一次，一大一小的两只密西西比红耳龟想晒太阳，奋力从水里往缘石上攀。其实是那只大的乌龟在攀，左往右往。小一点的乌龟跟着大乌龟左往右往。差不多有一刻钟的时间，两只乌龟就专注这一件事。我想动物世界也有所谓自我实现的境界吧。当时，除了我，身边还有好几个人也在看乌龟。一个女人不禁喊着"加油"。我在心里也跟着她一起喊"加油"。大乌龟终于攀上了缘石。人群发出一阵欢声。我担心小乌龟的时候，小乌龟一下子就攀上缘石了。喊"加油"的女人使劲儿地鼓掌。我以为一大一小的两只乌龟是母亲和孩子，但鼓掌的女人说它们不是母子。她说她亲眼看见它们交配，大乌龟在下，小乌龟在上。我以为"公的"应该比"母的"大，结果却相反。真的是很惊讶。

十八

高桥系长对坂本说课长有事跟她商量，让她去会议室。也许是无意的，他看了我一眼，我的心马上忐忑起来了。没过多久，坂本回来了，直奔刘燕燕的身边。我眼睛盯着电脑，却伸长了耳朵听她俩的对话。坂本说课长让她考虑去窗口服务系。可能是不想我听见，刘燕燕说话的时候，将嘴巴紧贴着坂本的耳朵。不久，刘燕燕叫丸山过来。坂本对丸山说："课长认为我跟刘燕燕不在同一个部署比较好，想把我移动到窗口服务系。"

丸山看了我一眼。我听见他劝坂本不用太担心，因为只要跟课长表示不去就行了。他还说课长肯定会征求大家的意见，到时候他会说出不同的意见等等。之后他们三个人突然将脑袋靠在一起，开始用小声说话。我听不见他们在说什么，但猜出他们是在说我或者商量什么对策。使我烦恼的是，分开刘燕燕和坂本，这原本是滨田课长的意思，我却没有办法对他们解释。再说了，解释也没用。归根结底，事情是因我找滨田课长谈话引起的。

整整一个上午，坂本看起来很不高兴，经常给我点脸色看。不过，我能够理解她的心情，所以一直保持着沉默。我想找个适当的机会跟她单独解释一下。没想到，下午突然有一个客人来电话，说回到家后才发现，刚刚申请的住民票，跟户主的关系的那个栏里，应该是"父亲"的地方成了"弟弟"。在记录系，住民票有错误出现的时候，通常由负责审查的人用职权将错了的档案删掉，之后重新输入正确的内容。如果客人已经回家了，高桥系长会亲自将新的住民票送到客人家里。想不到坂本开始追查"犯人"。她让丸山将当时的输入记录找出来，看看是谁"干"的。我发现所有的职员都看着我。最近，出现了什么错误的时候，他们都是用这样的目光看着我的。我知道坂本也认为是我出的错，还想利用这个机会来惩罚我。

没等丸山查出来，刘燕燕已经冲到我面前，问我记不记得松本这个名字。我摇头。她提示我："是搬进足里区的申告书。"

我苦笑着说："不记得。"说真的，每天输入那么多的申告书，我哪里记得住所有人的名字呢？

坂本在一旁说我："你这个人啊，知道自己最大的问题在哪里吗？就是永远都慌慌张张的。"我已经决定了不生她的气。但她说得这么过分，我还是挺难过的，就一声不响地坐着。她问我："说你慌慌张张的，你就闹情绪。你是不服气吗？"

我告诉她我在等丸山查寻的结果，如果证明了是我"干"的，我会亲自跟高桥系长和大家道歉。刘燕燕在旁边小声地笑，我不理解她在笑什么。

十一点，刘燕燕要我午休。我一声不吭地离开了记录系。一点儿食欲都没有，我只吃了一个饭团子。为了下午不至于昏倒，我去二十四小时便利店买了一罐可可。十二点，刘燕燕午休。下午一点她回来后坂本午休。坂本刚离开记录系，丸山悄悄地来到我身边，对我说："上午说的那个错，不是你干的。"接着他开了个玩笑，"犯人是刘燕燕。"不过，我很难高兴起来。我只是觉得松了一口气。想不到他转了个圈又回到我面前，"刚好出错的那天你休息。你休息是你的运气。"

我完全理解他的话里所包含的意义。如果那天我不休息，那么就会是我输入资料，出错的人就是我了。也就是说，换了是我的话，同样也会出错。问题不在于他是怎么想的。毫无疑问，我已经是个被一棒子打死的人了。实际上，在他告诉我事实之前，连我自己也认为"一定是我干的"。不知不觉中，我也习惯了将"出错"与自己联系起来了。原以为自己跟"洗脑"这个词永远都不会沾边，到头来发现，自己也会被洗脑的。真实与非真实纠缠在一起，难以分解。有时候我想，真实的世界有血有肉，而非真实的世界只有血没有肉。或者换一个比喻，真实的世界是自我在生活，而非真实的世界是角色在生活。现实给角色赋予了跟自我同样真实的身份。这样想好像在绕来绕去的，不想也罢。

去厕所的时候，路过正门，天空看起来很蓝，太阳看起来很温暖。一直忒忒的心稍微安静下来。我感到了一丝安慰。因为我想起了公园里的那只鸭宝宝。对于鸭宝宝来说，今天的天气绝好。

丸山去他的座位后，刘燕燕悄悄地来到我身边，小声地说："丸山已经跟你说了吧？"我抬起头，但没有说话。丸山证明了不是我"干"的，我觉得已经足够了。再说我也不想跟她说话。她在我身边的椅子上坐下来，对我说："住民票的错是我出的，但我冤枉了你。对不起。"

她竟然对我说了"对不起"这三个字！

因为太出乎我的意料,感觉上好像还没有来得及接住,一下子掉在我的心脏上,心脏反而被重重地击了一下。正敲击键盘的手指一下子僵硬了。究竟是自己释怀了呢,还是自我满足了呢?或者是一时的解脱呢?不过它们之间有那么大的区别吗?

她从口袋里掏出一块糖递给我,是一块薄荷糖。我剥下糖纸将糖块含到口里,立刻觉得满嘴都是冷气。可能我急于表态,语无伦次地说我并没有在意那件事。再说事情已经过去了,根本没有必要再提起了。她看上去很高兴地说了声:"谢谢。"

她的口吻使我有了一种心生慰藉的感觉。我觉得我在她身上发现了一点儿东西。说到底,没有什么人是十恶不赦的。如果我没记错,应该是在尼采的书里看到这样的比喻:人并没有好坏之分,跟树一样,有的树是会生病的。这时候我满脑子都是尼采的这个比喻。我告诉她不用说谢谢,最糟糕的是,过了一会儿我对她说:"如果哪一天可以一起午休,我们应该一起吃顿饭。我想我们需要好好地聊一聊。"

我以为我们终于有了一个和好的机会,但是她只是以古怪的神情看了我一下。她没有回答我,没有告诉我行或者不行。我觉得有点儿丢脸。

坂本午休回来,听说她要找的"犯人"是刘燕燕,哈哈大笑。她调侃刘燕燕:"把人家的爸爸换成了弟弟,你这是在干预人家的家政啊。"

刘燕燕也大笑。刘燕燕的一个错,让她俩笑了一个下午。我试图不去在意她俩的笑声,但是没有用。笑声一直在我的耳边鼓噪着,刚才的感悟令我觉得自己简直是个白痴。我工作得比以往的任何时候都慢。每输入完一份申告书,我都会校对好几遍。

还有五分钟就下班了,我关掉电脑,开始整理写字台。坂本突然叫我跟她一起去窗口。她对我说:"从明天开始,我现在教你做的事,就由你来做。"她从笔筒里拿出几支铅笔,"这些铅笔,每天下班之前,你要用自动削笔机全部削一遍。我提醒你注意的是放铅笔的位置。你总是到处乱丢。从你来了以后,铅笔总是东一支西一支的。铅笔要放在固定的位置。"她说得实在没有道理。我工作时只使用电脑,根本不用铅笔。我想为了让她去窗口服务系的事,她的心情不好,而事情又跟我有关,我不应该再刺激她。她又让我把台历以及印章的日期都改成第二天的日子。我照做了。然后她带我去碎纸机那里,指示我将一天积攒下来的纸张全部切碎。我也默默地照做了。干完了这些事情,正好是下班时间,我想她已经用我撒了气,应该满意了,所以去后边的水池把手洗干净。当我拿起手包往外走时,她突然叫了一声"黎本"。我停下来看她。她对我说:"刘燕燕还没有回家,你怎么可以先回家呢?"

这是我到记录系后听到的最陌生的一句话。一直以来,无论工作多忙,她俩都不让我加班。役所的加班费按小时递增,是一笔相当可观的收入。说真的,我当然也想多挣点儿钱,但刘燕燕曾经对我说过这样的话:"加班没有你,我们反而干得更快。"一般的情况是,五点的钟声一响,刘燕燕或者坂本就会对我说:"你该下班了。"所以我问她:"不是说好了我不加班吗?"

她对我说:"但是,今天我们并没有说你不用加班。"

我没有回话,因为没话好说。我试图不去惹恼她,于是看高桥系长,希望他能够出面。他正好也在看我。尴尬的沉默中，坂本朝刘燕燕看过去。刘燕燕走到她眼前，对她说："我不在乎黎本先回家的。"然后把头转向我说，"你可以下班的。"

这时候，坂本突然微笑地对我说："刘燕燕这么说的话，你可以下班了。"

我耸了一下肩膀。刘燕燕不动声色地笑着。也许是我过于敏感了，在她嗤笑的面影里，我似乎看到了一种近于胜利者的鄙视，但又不完全是鄙视的东西。

我像逃跑似的离开了役所。回家的路上，我的心情非常糟糕。我的脑子里浮现的都是一些不安的念头。回家前我去了贝尔蒙特公园。石拱桥上站着五六个人。吃过鸭粮的鸭宝宝，身体明显大了起来。鸭爸爸依然执拗地追逐着小不点儿，但鸭宝宝独来独往，根本不受影响。在公园管理处邻接的休息处我看到了大岛。他躺在长椅上睡着了。几只硕大的苍蝇在他的腿上爬来爬去。前天我劝他去皮肤科，他说他有去，医生也有给他开药。据医生说，他的皮肤病比前两年好多了。但是我看不出好在哪里。很多人跟我的想法一样，就是他患的不是皮肤病，而是他的内脏有毛病。我想是糖尿病吧，又或者是肝炎。吉泽曾经对我说："他的中国女友，为什么不督促他去医院做全面检查呢？"我也是这么想的。有时我觉得不可思议，他整天用指甲将双腿抓得鲜血淋漓，却不会被细菌感染，不会得败血症。有一种人，他们的生命力很强，非常强。我想他就属于这一种人。

但我跟坂本的关系，却是意想不到地恶化了。刚进家门，我的手机就响起来了，屏幕上显示出坂本的名字。我吓了一跳，马上不安起来。我以为在工作上又出了什么错。坂本单刀直入地问我："你很想跟刘燕燕搞好关系吗？"

我说："为什么这么问呢？事实上已经是不可能的了。我跟她都不是小孩子，可以互相道个歉，然后转个身就将什么都忘记了。"

"既然如此，为什么趁着我不在的时候，你竟然要请刘燕燕吃饭呢？"

我说："因为住民票的事，刘燕燕中午跟我道歉。我从来没有想到她会跟我道歉，所以很吃惊。也许你不相信，我还有点儿感动。说真的，我以为我们终于有机会和好了，慌乱之余不由得对她说，如果赶巧了一起午休，想一起吃顿饭，好好地聊一聊。"

"你真的没说请她吃饭吗？"

我说："真的没有。"

"如果你背着我，想跟她搞什么特殊关系的话，那么我现在就警告你，你最好小心点儿。你知道我是什么样的人，我想我会彻底地报复和打击你。"

感觉她在电话的另一边是咬着牙齿说话的。由她嘴里发出的音符，好像是被一个个地挤出来的。这时候，内心的动摇和不安，已经不再是一种感觉，而是我皮肤和神经的一部分。我的身体开始出现了剧烈的变化：心上上下下地跳，呼吸急促，全身都是汗，双臂充满了鸡皮疙瘩，几乎无法站立。我想跟她解释什么，能发出来的声音却是暧昧的"哦哦"两个字。

她还在滔滔不绝地说："山崎跟我闹别扭的时候，你竟然替她出主意。之后你去滨田课长那里告我的状，说我在福祉课的时候也欺负人。你还举了本间做例子，说本间因为我的原因而不得不离开福祉课。"

我明白我的处境不妙了。如果连她也跟着刘燕燕一起攻击我的话，我在记录系连跷跷板都坐不成了。我一边听她说话，一边在房间里走来走去。我第一次觉得，最消耗能量的恐怕是内心的这种抗争。我无非想靠自己的汗水挣几个钱，但有人却想让我失去工作。进一步来说吧，即便我想请刘燕燕吃饭，坂本有必要反应得这样激烈吗？不过我没有时间理论这些事。我以尽可能友爱的语气对她说："你说的都不是事实。事情跟你说的完全不同。"

"那么你能告诉我，在我跟山崎闹别扭的那段时间里，你为什么突然间跟她热乎起来了呢？还有，滨田课长找你谈话的时候，你跟滨田课长说的关于我的那段原话是什么呢？"

我只好把当时的情形再说一遍。于是她问我："你为什么要提本间的事呢？"

"就是所谓的话赶话吧。"

她沉默了一会儿，然后对我说："好吧，今天我就相信你一次。但如果刘燕燕再一次告诉我你请她吃饭什么的，我会不再相信你，会让你吃不了兜着走。那时候，我会公开跟她站到一起，跟她一起打击你，把你赶出记录系。"

"用不着说得这么狠吧？"

"没有办法，谁叫我们的关系是三角关系呢。三角关系是所有关系里最难摆平的一种关系。如果是四个人或者五个人的话，也许就是另一种状态了。不用我说，你也知道刘燕燕是记录系的一颗钉子。所以我跟你的关系就是你死我活的关系。从这个意义上说，我不是冲着你个人去的。换成是其他的人，我也会这么做。"

"为什么非要你死我活呢？"

"啊，我给你打电话，不是为了跟你理论这些事。"

我软软地坐到沙发上，差不多全明白了，对于坂本来说，其实只有一个要求，就是不管是谁，假如在记录系工作的话，绝对不可以跟刘燕燕搞好关系，把她甩在外边。我想这跟她从小没有被人爱过有关。一起在福祉课工作的时候，她曾跟我说过一些她家里的事。她年少的时候父母离异，有一个姐姐。她妈妈一个女人把她和她姐姐抚养成人。她很聪明，考上了日本理工大学。那可是难关大学，学费也很贵。她妈妈告诉她，如果她想上大学的话，就去借奖学金，毕业后由她自己挣钱还。如果不想欠债，就放弃上大学。她分别从两个地方借了两笔奖学金。在日本，所谓的奖学金，其实就是无利息或者低利息的贷款，是一种社会福利制度。就是没有钱交学费的人也有读大学的机会。她说她在上大学的时候就开始打工还债了。还债令她的生活很艰辛，好在后来结了婚，丈夫帮她还掉了全部的残债。跟她相处得久了，我常常觉得她没有安全感。但是我还是第一次意识到，为了保护自己，她会不择手段的。

我说："好吧，我答应你，绝对不单独请刘燕燕吃饭。"

"你能跟我保证吗？"

我说："我保证。"

放下电话，从紧张中释放出来的同时，新的不安也萌生了。通过这件事，坂本也成了我的敌人。我根本控制不了事情的发展，已经无能为力了。从明天开始，只要我稍微不小心，就会有两个人来折磨我。我觉得自己像秋末的蚊子，不知道还能坚持多久。大学院我攻读的是教育心理学，学习如何对待人以及人的尊严和自由。现在我感到自己非常不幸。也许我应该学习山崎，放弃役所，尝试着在某个新的地方工作。留下来也许我会被刘燕燕和坂本折磨死的。山崎辞职后，我还没有见过她，听说她至今不敢走进役所，连役所附近都不行。如果我离开了役所，会不会跟她一样，也不敢走进役所呢？

十九

午休我去了设置在役所北馆一楼的银行提款机。几个人在排队，轮到我的时候，心脏突然就开始忐忑了。按"照会"（查询）键，将存折塞入取款机的时候，我觉得就要喘不上气来了。一阵咯吱咯吱的印字声后，存折自动地退出来。我看了一眼上面的数字，立刻就变得不安了。总是在感到恐惧哀伤的时候，黑暗会覆盖我。明明是正午，阳光灿烂，但是我感到眼前是漆黑一片。

我去了外边的公园，在人听不见我说话的地方给丈夫打电话。电话打通了，但是他根本不接。我知道他又是在故意地躲避我。我漫无目的地走了几步，站在一棵大树的下面，有了一种天要塌下来的感觉。我说的是真的。这一刻我突然想到了死。但是我怎么也摆脱不了对雄大的牵挂。我死了，雄大就只剩下"那个人"了。我想起了小原，并想给她打电话。但是我知道打电话给她也没有用。关于我拜托她照顾雄大的事，她已经拒绝我好多次了。关于我说的想死的话，她已经很生我的气了。在她的眼里，我选择丈夫这种人，以及碰上刘燕燕和坂本这样的同事，都是我的命。最主要小原认为人的命运可以通过"革命"而改变。我觉得她也不可能理解死。某种意义上，死是不需要他人理解的。一个没有死亡勇气的人，又怎么可能理解死亡呢？

正胡思乱想的时候，我的手机响了。竟然是丈夫打来的电话，我立刻就接了。好像他已经知道了我想跟他说什么，不等我开口，先对我说了声"对不起"。我问他工资是怎么回事儿。他不说话。我说我刚刚才离开了提款机。他还是不说话。我急了，大声地说："你说你已经是社长了。你说从这个月开始恢复原有的工资。但是工资还是上个月的那个数。到底是怎么回事？"他回答说："对不起。"

这三个字令我难受，等于告诉我之前他说的话全部都是谎话。我问他："社长的事、律师的事、银行的事以及古贺的事，全部都是谎话吗？"他说不是。然后他用暧昧的语气拜托我等一等。我问等到什么时候。他说他已经追问过古贺了，是古贺往账号里汇款的时候，不小心使用了上个月的记录。还说古贺刚刚道过歉，答应午饭后去银行，把剩下的钱补到他的账号里。

他重复了好几遍："你等一等。下午就应该收到钱了。"

对我来说，他让我"等"的时间是最难熬的一段时间。等待的过程中，我会想象两个正相反的可能性。令我感到沮丧的是，我总是觉得负的可能性大于正的。除了我不敢相信他，还与我的思维方式有关。发生什么事情的时候，我总是会把结果往坏的方向想。比如现在，我觉得他让我等到下午，说不定又是在跟什么人借钱。他妹妹已经不可能借钱给他了。他妈妈和爸爸没有钱。我想到了那些融资广告，那些高利贷，于是恐惧野草般疯狂地蔓延开来。我已经没有勇气听他的声音，只好给他发了一条短信，告诉他绝对不要再用借钱的方式来骗我，不要再坑妹妹了，更不要借高利贷。我的心比上午跳得还要厉害，感觉要从嗓子眼里跳出来。小原曾经教给我一个方法，快喘不上气的时候，深呼吸，然后把吸进来的气，慢慢地吐出去。小原给我做了示范，说深呼吸好像踩油门和刹车，可以相互调节，能够安神减压。我深呼吸了几次。

正如我的想象，下班后我去车站附近的银行，他的账号里根本没有钱汇进来。我本来想去贝尔蒙特公园看小不点儿和鸭宝宝，但是我直接回家了。回家的路上我给他打了几次电话，他一次都没有接。雄大还没有回家，房间非常寂静。我突然感到一阵轻微的耳鸣。我一直拿着手机在房间里走来走去。不久，眼前的东西开始模糊，那一瞬突然开始了，天花板开始旋转，然后天旋地转。我身不由己地扑倒在沙发上。有一刻，我好像听见窗外有一阵鸟啼，但啼声很快就逝去了。

醒来的时候，丈夫坐在我身边。虽然没有那么晕了，但我觉得恶心，简直坐不起来。他帮忙扶起我的身体，想让我靠着他坐。现在想起来了，扑倒在沙发上后，我马上就睡着了，所以那种铺天盖地的恐怖，是不知不觉地挨过来的。其实，我有一种特殊的本能，就是以睡眠逃避痛苦和恐惧。我是生雄大的时候发现这一点的。我四十岁才生雄大，是高龄产妇。可能骨盆太硬的原因，明明看到雄大的头发了，但无论我怎样使劲儿，骨盆就是开不到十指。最可怕的是，我一使劲儿，雄大就停止呼吸。只好等。从开始到结束，阵痛长达十八个小时。其间我睡睡醒醒，但睡的时间明显比醒的时间要长。医生那个时候对我说，这种事没有科学记录，但应该与我身体特有的本能有关，用睡觉来逃避疼痛。

我不想靠丈夫的身体，于是抓过坐垫放在沙发的靠背上。我靠着坐垫，我觉得这样更舒服。从窗玻璃望出去，天空是一朵朵黑色的云，乌云密布。我想晚上可能会下大雨。他知道我这时候正生着气，知趣地坐到饭桌前的椅子上。他面对着我坐，两只手放在膝盖上。该是开电灯的时候了，开关在沙发后边的墙壁上，我顺手按了一下开关。光铺天盖地而来。我跟丈夫四目相遇，但我很快将视线移开。相视的那一瞬，我相信我彻彻底底讨厌他了，已经从生理上讨厌他了。我真的不想再看见他，也不想跟他说话了。可能我在沙发上睡得太死了，脖子有点儿痛。

他问我："哪里不舒服吗？"

说真的，我不想回答他的问题，但事情也不能就这么不了了之。我问他："为什么你一句真话都没有？"

他认真地回答说："我真的没有说谎，请你相信我。"

"那么你说的钱呢？昨天你说今天可以拿到，到了上午你又说下午可以拿到。现在已经是晚上了。"

"古贺说好了下午把钱打到我的账号里，但她吃完午饭后，不巧来了一个很重要的客人。客人待到三点钟。你知道的，三点以后银行就不办理汇款了。古贺答应明天上午把钱打到我的账号里。你放心吧，一定没有问题的。你再等一天，就一天。"

最近我发现，他每次说谎都说得有鼻子有眼，跟真格儿似的。他的样子看起来也很真诚。我对他说："你又在哄我了。你总是这样。你说是上午。上午过去了，你又说是下午。下午也不行了，你就推到明天。到了明天你一定会推到后天了吧？你会永远这样推迟下去的。你把我当傻瓜啊？你骗了我这么多次，我怎么还会相信你呢？

我已经没有办法相信你了。"

"现在你当然不会相信我。但是到了明天，当你拿到现金的时候，自然就会相信我了。那时候就可以证明我说的是真的，不是谎话。"

我说："又跟我说明天了。你嘴里的明天已经不值钱了。你说的明天已经一点儿分量都没有了。我听你说明天都听厌倦了。你答应我的明天没有一次是兑现的。我只是不明白，你为什么一定要说谎呢？还有，你说的谎为什么会那么具体呢？那些骗我的细节你是怎么想出来的呢？你为什么不写小说呢？你明白不明白，我现在感到最痛苦的，不是你拿回来的钱少了，而是你撒谎。因为你撒谎，所以你说什么我都无法相信了，而你是雄大唯一的父亲。"

他一连声地说："我知道。我知道。"

"你知道为什么还撒谎呢？"

"我没有说谎。"

我摆了摆手说："算了，算了。翻来覆去的，我们老是在说同一件事，你不烦我可是非常厌倦了。我不想这么无聊。你说你没有撒谎，那么你用结果来证明给我看吧。"

这时候我看见雄大站在客厅的门口。从他的神情上，我能看出他听到了我跟丈夫之间的对话。雄大说："我回来了。"

我说："啊，你回来了。你的肚子饿了吧？"

他说："不饿。"

于是我问他在学校过得怎么样。他生硬地回答我说："挺好的。"

丈夫拿出面在锅里炒。面里加香肠、豆芽和韭菜。他把面端到饭桌上的时候，我跟雄大都没有说谢谢。一边吃，我一边觉得难过。想到雄大小小的年纪就要承担大人们的负担，我觉得对不起他。吃完饭，我对雄大说我有点儿不舒服。我说的倒是真的。但他看了我一眼说："不要以为我什么都不知道。"他说话的时候，我在他脸上看到了一双清澈的眼睛。晚上，丈夫去浴室洗澡的时候，他突然对我说："妈妈，你还会相信一个患有谎言癖的人所说的话吗？如果你相信的话，以后的痛苦就是你自己找的。"

我点了点头，有气无力地说："我懂。你已经不是第一次警告妈妈了。"

他用清澈的双眼死死地看着我说："他就是那个样子的人。他绝对改不了的。"

我对他说："我知道的。你不用担心，妈妈会没事的。"

第二天，我根本没到银行查看钱有没有进账。但恐惧带着活生生的热度一直捂在我的怀里。我的心忐忑了一整天。晚上，雄大想吃西红柿，我去了超市，回家时在门口遇见了丈夫。我在前，他在后，我们先后上了二楼。说真的，我已经失去追问他的心情。结果是他主动提起钱的事。他对我说："说到那件事情的结果，快把我气死了。我觉得那个女人的脑子有毛病。那个女人是个神经病。说好了上午把钱打到我账号上的，突然就变卦了。"

又是老一套。我叫他不要再演这么拙劣的戏了。他说他没有演戏，明天就跟"那个女人"认真地谈一下。他让我再给他一天的时间。我说："白天你不来电话我就知道结果是什么了。所以你也不要装模作样了。你早一点说实话，也可以尽早得到解脱。你老是被谎话牵着走，你不觉得累吗？"

从这个时候开始，我们再没有说话。夜里，雄大去自己的房间后，我突然对他说:"言归正传,我想你回答几个问题。"他说你问吧。我希望他不要撒谎。他说好。我问他:"你说律师在帮你,那么古贺的事情进展到什么地步了?"

他迟疑了一下,回答说:"实际的情形就是,虽然表面上我拿回了出版社,但因为古贺以前是做会计的,出版社的钱一直由她一个人掌控,所以她不交出存折的话,暂时就动不了她。"

我没有经营过公司,也不了解出版社的近况,无法判断古贺的情况是真是假。我就是觉得他在欺骗我。"算了,"我说,"你不要浪费我的时间了。我知道古贺并没有出事,你也没有拿到出版社。你还是住嘴吧。"

他看起来一副挨打的样子。我想,他空气似的在我的视野里消失就好了。不久他一本正经地对我说:"对于我来说,只剩下最后的一个办法了,就是将古贺解雇。"

如果用动物来形容一个人,我觉得可以用马来形容丈夫。是的,他的脸很长,双眼皮很大,肤色不白不黑。从整体上来说,他的相貌具备马的一切特征。而马给人的印象是忠诚并且老实的。换一句话说,他给人的印象是诚恳的,是和蔼可亲的。我又想起结婚前小原说的那句话:"嗯,请告诉我,为什么你结婚偏偏要选择黎本呢?"当时我觉得小原很失礼,回答说我结婚是冲着他的忠厚和老实,小原无语地歪着头。

我跟他之间的缘分是这样的,去役所工作之前,曾经是他的同事。两个人的办公桌正好面对面。他经常趁着身边无人的时候给我小纸条,上面用日本的片假名写着"ウォアイニ",读起来就是汉语的"我爱你"。有一次,办公室就我跟他两个人,他叫我看他的电脑,我看了一眼脸就热起来了。他给我看的是毛片。

"性"对日本人来说是文化,渗透在生活的方方面面。所以他让我看电脑里的毛片,我也没有太当一回事儿。但因为是工作时间,觉得他有点儿不正经。但我觉得没有几个男人是"正经"的。再说毛片刚看了一个开头,有同事进来,他立刻更换了画面。看毛片成了两个人共同拥有的小秘密,反而增加了我与他的亲密度。还有一次,我也是犯迷糊,因为走路危险,他开车送我回家。那时我在一个叫北绫濑的车站附近租了一间公寓,一室一厅。他搀扶我进了房间。我躺到床上,他帮我盖好了被子。他叮嘱我好好休息。在他说要离开的时候,突然冒出了一句话:"干脆你辞了这么辛苦的工作,让我养活你吧。"这话让我的血液都沸腾了,眩晕一下子就好了。我理解他是在向我求婚。我真的希望那个时刻能够永远地延伸下去。那时候我独身一人在日本,经常生病,身心都十分十分脆弱。我愿意如他所希望的,把自己像一只宠物似的交给他。休息日,他开车到公寓接我,带我去台场玩。他穿着我喜欢的款式的球鞋踩油门的时候,我忽然觉得他其实蛮"帅"的。当天晚上他留下来过夜,我们同居了。

那份我与出版社的契约书,是丈夫不久后拿回家的。我对他的暴言暴行也是从这件事情开始的。

他解释说,虽然解雇了古贺,但因为有一些工作和账目需要交接,古贺会在出版社再待上一阵。他让我等到夏天,那时古贺肯定会从出版社消失的。那时候我就可以去出版社上班了。关于工资,他说一半就一半吧,反正是暂时的,古贺离开了出版社以后，作为社长，他想给自己多少工资就给多少工资，因为再也没有人会控制他。听起来，他说得合情合理。既然一切都坏在古贺那个女人身上，那么她离开后问题自然就会迎刃而解。

好久以后我才意识到，我之所以这样被他骗了又骗，相当大的程度是我自愿的。对于我来说，他的谎言一直随带着副产品。他的谎言似未来的憧憬，总是给我希望，让我觉得可以逃离眼前的苦海。有时候，他的谎言的确像发动机似的拖着我往前走。这么说我还真有点儿不好意思。嘴上说讨厌他欺骗我，他欺骗我的时候也真生气，但我就是在乎他的谎言。他的谎言像止痛药，在我觉得特别痛的时候为我止痛。而止痛药吃得太多是会上瘾的。雄大早就看出这一点了，所以会一再提醒我。

想尽快辞去役所工作的愿望，变得一发而不可收。我等待着夏天的来临，第一次觉得讨厌春天。整个春天我都是提心吊胆的。但是，有一天我忽然觉得不对劲儿。他下班回家，我对他说："有一点我觉得很奇怪。你每天准时下班回家，但你说你已经是社长了，社长能这么早就回家吗？古贺那里不是有很多账目和工作要交接吗？"

"我讨厌古贺啊，一分钟都不想多看见她。"他耸了耸肩，"我觉得古贺走了再努力也来得及啊。"

"你一直都没有告诉我，你是哪一天解雇古贺的。"

他愣了一下说："应该是二十五号吧。"

雄大在旁边悄悄地告诉我："妈妈，你看墙壁上的挂历吧，那天是星期六。"

他听到了雄大对我说的话，不自然地说："现在我也想不起具体的日子。明天我去出版社查一下。"

我拖着长音对他说："拜托你说实话好不好啊？"

"如果你不相信我说的话，可以给特聘律师打电话，手续都是经他办理的。我可以把他的电话号码告诉你。你直接问律师吧。"

"我不可能做这么没有常识的事。"

"除此之外我也想不到让你相信我的办法啊。"

"好吧。那么我什么时候可以去出版社上班呢？当然我的希望是越早越好。"

"干脆就定在古贺离开出版社的那一天吧。"

第二天，他果真带回来一份雇用契约书。雇主是出版社。他是代表取缔役（社长）。雇用条件不坏，除了每个月可以拿二十八万的工资外，一年还有两个月的奖金。他履行诺言，给了我一个主编的职位。出版社的大红印章盖在右下方。他是甲方的代表。他说你也签名吧。我把大红公章举到头顶的荧光灯下，问他这个大红公章是真的还是假的。他反问我："公章怎么可能是假的呢？"

我再一次问他："这个公章不是彩色复印吧？"

他说："当然不是彩色复印。"

我这么问他也是有原因的。说起来已经是十几年前的事了。他搬到我的公寓不久，把住民票也迁过来了。从役所接二连三地来了几次信，督促他尽快缴纳区民税。最后的那封信里警告他，如果再不缴纳税金的话，将会动用法律手段强制性解决问题。问他拖欠的原因，他说忙。我特别不喜欢被人家追着还债的那种感觉，再说缴纳税金是所有公民应尽的义务。我让他马上付钱，并吓唬他不尽快缴纳的话就跟他分手。他答应我马上办理这件事。但没过多久，役所又寄来了督促状。我真的不高兴了，问他到底是怎么回事。他说："好吧。我现在就去付钱。"他去了二十四小时便利店，回来后把收据交给了我。但很快家里又收到了役所的督促信。我给他看信的时候，他对我说："你不是已经拿到收据了吗？一定是役所搞错了。"我抓起电话打到役所的纳税课。接电话的是一个男人。说明了来龙去脉后，我很不高兴地指责对方："几天前就付过钱了，过了这么多天，为什么还会搞错。"

男人先跟我道歉，然后说他想知道是在哪里付的钱。我说是二十四小时便利店。他问有没有留下收据。我说有。他说他这就调查清楚，也许会用得着那张收据，所以千万不要搞丢了。

我刚放下电话，他立刻把电话又打回去。他对男人说："对不起，刚才说税金已经缴纳了，但那是我家人的误会。税金还没有支付。"我莫名其妙，要他跟我解释。他坦白说那张收据是假的。我将收据举到眼前说："不可能是假的。二十四小时便利店的公章好好地盖在上面啊。"他抓了抓自己的头发说："公章是我用彩色复印机复印的。"我大吃一惊。一般人绝对想不到这种作假的方法。问他为什么要这么做。他说刚买了茨城一家高尔夫球场的会员资格。我问多少钱。他说两千万。我不相信有人会拿两千万买一个球场的会员资格。他立刻拿出会员证给我看。结果是我替他支付了那笔税金。因为是婚前留下的麻烦，我也没有过于追究。本来早就忘记了这件事，但看到契约书的公章，突然就想起来了。

我强调说："你的工资还没有恢复。我的收入对生活费和教育费来说都十分重要。万一你用假公章来骗我，万一这个契约书是假的，而我真的将工作辞掉的话，你知道结果会怎么样吧？"

他说："我知道撒谎的话会有什么结果，但这个契约书是真的。公章也是真的。所以你就放心地辞掉工作吧。出版社绝对没有问题。"

虽然我没有从心底相信他的保证，但我的心情好起来却是真的。前面已经说过了，对于我来说，有时他的谎话并不是一个死结，我的期望也被搅在里面。也许我的身心也需要这样的调整。是的，一方面我讨厌他说谎，一方面又被他的谎话拯救。这样的矛盾也许正显现了我内心的挣扎。

《玫瑰的名字》的作者翁贝托·埃科说："一个空洞无内容的秘密具有强大的魔力。"

这是另一类独特的人生经验。至于具体的，我说不清楚。

二十

刘燕燕说："今天你坐这个位置。"然后她问我，"你知道坐在这个椅子上对你来说意味着什么吗？"

我说："不知道。"

她说："你不是跟人家说想做新的工作吗？"

"嗯，我说过。"

"好吧。我今天就是来成全你的希望的。今天你就坐这个位置好了。但是坐这个位置的人，除了要输入那些申告书，还要接电话，还要去窗口接待客人。"

记录系的电话基本上是户籍照会，照会时必须遵循独特的规则。以前坂本说有了机会就教我如何照会，但一直没有机会。我在窗口服务系干了好多年，去窗口接待客人并不可怕。但窗口服务系的主要手续是搬迁，比如搬进足里区，搬出足里区，在足里区里面移动。其他的手续有结婚、离婚、死亡、住民票的发行、印章的登录等等。原则上，新人来的时候，通常要学习两个星期的工作指南。然后再用两个星期在后边校对。然后前辈职员去窗口接客的时候，坐在前辈的旁边实习两个星期。然后实际接客的时候，前辈职员坐在旁边辅助两个星期。

而记录系的主要工作是搬迁申告书的电脑输入，以及外国人永住者的国籍变更、外国人永住者的子孙的永住申请、新建或者改建房子时的住居表示，也就是确定所谓的门牌号码。

关于住居表示，一般由盖房子的人拿来建筑物的指南图和部署图，然后职员根据指南图所指定的位置，加上部署图标识的建筑物的大小和形状，以及正门的方向，以及建筑物与周围道路和相邻土地的边界线的距离，当场决定门牌号码并交付门牌。我对这一切可以说是一无所知。

我问刘燕燕："记录系的新人都是这样直接上阵吗？"

她说："不。因为是你自己要求干新的工作。"

她跟坂本一起有说有笑地画地籍图。我一边用电脑输入申告资料，一边接电话，一边去窗口接待客人。我一直都是慌里慌张的。因为坂本说有什么不懂的地方可以问她，我就不断地找她给我解释。我就这样在窗口、电话和电脑之间跑了一个上午，浑身都是汗。

下午，我接到母子支援课打来的电话，说记录系刚刚输入完的出生资料，不知是同名同姓，还是同一份资料输入了两遍，希望确认一下。放下电话后，我的心开始忐忑，立刻去查看电脑。说真的，我觉得血液一下子凝结了，满脑子只有一个想法：如果双重输入这个错误被大家知道了，我会怎么样。

我想这下我完蛋了。打错字或者搞错了身份是可以修改的，但双重输入等于我给同一个人发了两个身份证号码。在日本，每天都有大量的婴儿出生，身份证号码是按出生顺序取得的。删掉一个人，就会出来一个空号。换一句话说，我凭空捏造了一个根本不存在的婴儿。最麻烦的是，日本各役所使用的系统管理服务器，因为是全国共通的，所以在我敲下结束键的同时，所输入的资料就在全国备案了。我想跟刘燕燕汇报，两条腿却挪不动步。一定是我的样子非常惊慌，刘燕燕走过来问我："出了什么问题了吗？"我没有说话。于是她问我："刚才的电话是什么内容？是谁打来的？"

我生硬地告诉她："对不起。我将同一份资料输入了两遍。"

她二话没说就去高桥系长那里了。

高桥系长对我说："你来记录系的那天早上我跟你说过，出生和死亡绝对不能出错。让一个不存在的人出生，让一个活着的人死去，你一个键敲下去，这里要处理一天或者好几天，是庞大的事务工作。"

我觉得被什么人打了一个耳光似的，脸烧得很厉害。我不断地说对不起。在日本，如果你做错了什么事，最好就是道歉。你越解释，日本人越是不肯原谅你。周围的气氛一下子紧张起来，所有的人都看着我。一个叫松本的职员甚至跑到我身边，冷漠地对我说："拜托你以后要格外注意，绝对不能再出同样的错误。"

我去丸山那里道歉，因为是他处理这件事。他没有看我，头也不抬地说："没关系。"我咽了好多回口水。

以为事情就此可以告一个段落，想不到母子支援课的职员又来电话，说同样的情形又出现了，这一次竟然是两份，但都是出生申告。一瞬间，我整个人像被注满了空气的自行车的轮胎，膨胀得快要失去支撑。放下电话，我直接去高桥系长那里道歉。他一个箭步冲到丸山那里，要丸山查一下是否我将所有的申告书都输入了两遍。不久，丸山汇报说只有出生申告书是双重输入，幸亏今天的出生申告书只有三份。

高桥系长一声不响地看了我一会儿，之后严肃地说："不怕你在其他的地方出错。关于出生和死亡，错字什么的已经是很糟糕了，双重输入简直糟糕透顶。拜托你再也不要在出生和死亡上出错了。真的拜托你了。"在连续说了好几次"拜托"之后，他突然压低了声音对我说，"这种错，是无法原谅的错。你懂吗？"

我说："对不起。"

他的样子给我的感觉是：连他也疲倦了。

我偷偷地跑去厕所哭了一阵。不仅仅因为自己做错了事，也为了使自己平静下来。我觉得，如果坂本那天来电话的时候，我不说"想学习新工作"的话，也许刘燕燕不会如此刁难我。之后再看坂本，觉得她比刘燕燕还要可怕。疑心生疑心，她到底利用刘燕燕的性格报复了我。

刘燕燕让我第一个去午休。我说我不饿。这是我到记录系后第一次反抗她。今天我不在乎她会对我怎么样了。如果一个人想破罐破摔的话，胆子也就大起来了。我觉得我出的"洋相"是她算计好了的。对于我来说，这一次的屈辱远远超出了以往，甚至会成为记录系的一大"记录"。

坂本得到了心理上的满足，看起来对我温和了许多，竟然自告奋勇地第一个去午休了。刘燕燕让我停止接电话和去窗口接客的工作。她拿来一摞子信和信封。我按照她的指示将信装到信封里。她坐在我的旁边给信封粘糨糊。我一句话也不想说。但她突然压低了声音，用中文对我说："你想让我教你新的工作，但我辛辛苦苦地学了二十年的东西，凭什么要教给你呢？我刚来役所的时候，根本没有人教我，都是我自己看自己问自己琢磨出来的。我当然不可能白教给你。但是话再说回来，你想我教你，那么你为什么不求我呢？你求我的话，我也许会教给你的。不知道你妈妈是怎么教育你的。我妈妈有一次问我鼻子下面是什么？鼻子下面当然是嘴巴了。嘴巴是干什么用的呢？当然是用来说话的。不能动脑子的时候，动嘴巴也好啊。"

说出来并非夸张，她一再问我鼻子下面是什么，我不在乎也就算了，但是她提到我妈妈，而我觉得这样谈及妈妈简直就是一种罪恶，所以干脆不搭理她。再说那么大的骚动和混乱之后，我已经不想抗争，也感觉不到愤怒了。她还在滔滔不绝地说着："我叫你输入申告书的资料，你却跟坂本说我故意不让你干新的工作。其实，我是想等你百分之百地不出错的时候，再让你干新的工作。想想看，自从你来记录系，有过百分之百不出错的时候吗？"她等着我回答。我不说话。于是她自己回答道："当然没有。"

我忍不住问了她一句："有百分之百不出错的人吗？能告诉我这个人在哪里吗？"

她说："也许我说百分之百有一点儿夸张，但我真正想告诉你的是，一个脑袋不好使的人，最好顺从脑袋聪明的人。像你这样的人，听从他人就对了。"

她的每句话都像在骂人。忍无可忍，我问她："不知道你是通过什么看出来我的脑袋不好使的？"

她回答说："从你的工作可以看出来啊。"

我终于按捺不住心头的怒火了，气汹汹地说："你什么都没有教我，却故意要我同时做所有的工作。今天我出错，不是正好帮你达到目的了吗？你应该感谢我才对。"

她笑着说："说真的，我没有想到，也不知道我们两个人的关系，怎么会变成现在这个样子。"

我说："之前我们是同胞，是同事，是前辈和后辈。但这些关系都已经结束了，不存在了。不对，是我们之间已经不存在什么关系了。我们之间只存在忍受。我忍受你。你也忍受我。相互间的忍受。"

她脸朝着我说："我不喜欢你，也不喜欢你在我身边工作。你为什么非要到记录系来呢？"

我说："你愿意我反过来说吗？我也不喜欢你，也不想在你身边工作。如果不是你们这里一年之内走掉了三个人，我也不会被调到这里来。我在窗口服务系干得好好的。对于我来说，来记录系是一件非常不幸的事。"她愣了一下，想说什么。我知道她要说什么，所以有意不给她时间，一口气地说下去："你还不满意吗？不到一个上午就达到目的了。你做了一个很大的圈套让我钻。而我呢，明知道是圈套也不得不钻。你太了解我了。你知道只要让我喘不上气来就行了。毫无疑问，现在整个户籍住民课都确信我既没有工作能力，又会制造麻烦了。"

她微笑地说："所以我说嘛，你不该来记录系。你不来的话，什么事情都不会发生的。"

这时，窗口来了一个客人。我想去接待客人，但是她不让我去。她自己去了。

我急不可待地给丈夫打了一个电话。

我问他："再确认一次，我真的可以去出版社工作吗？那份契约书是真的吗？"

他回答说："是真的。"

"我真的可以辞去现在的工作吗？"

"可以。"

"那么，我明天真的可以跟课长辞职吗？"

"可以。"

"真的可以吗？"

"真的可以。"

"如果我现在就去找课长说辞职的事呢？"

"那也没有关系。你就去吧。"

打完这个电话，我觉得丈夫说他拿回了出版社的事是真的。上午的冲击和抑郁忽然变得无所谓了。说真的，我已经厌倦了记录系的一切，无论是那里的工作，还是那里的人。事实上，我真去了课长那里。

下班后我直接去了贝尔蒙特公园。小不点儿不在。小不点儿常常会离开二十分钟到半个小时，我想它是去什么地方找好吃的东西了。鸭宝宝一天比一天大，有我的拳头那么大了。除了我们几个人的守护，我大概还要感谢后来的那只公鸭。

鸭爸爸忙于赶走那只公鸭纯属意外。

吉泽感慨地说："本来，我们都担心鸭宝宝生出来后，会受鸭爸爸的欺负。结果鸭爸爸天天跟另外的那只公鸭火拼。"

而我呢，感慨的却是另外的一些东西。公鸭们火拼的时候，无意间铸就了鸭宝宝逃避攻击的一小块空间。我总是把两只公鸭跟刘燕燕和坂本联想到一起，心想她们俩也相互火拼就好了。我知道这种联想很荒唐。

有人开玩笑，说小不点儿一定是具有特殊的魅力和魔力，除了年轻，也许还温顺，也许是斑嘴鸭世界里的美女，不然怎么会有这么多的公鸭为她大打出手呢。但关于结论，小根泽先生说："唯一令人感叹的是，看起来这么可爱的斑嘴鸭，它们的世界竟然也是充满了死亡和暴力。"

鸭宝宝老是吃不饱的样子，一会儿吃中心岛的鸭粮，一会儿吃水面上的虫子。它又长大了一点。树枝间和草坪里，开始有虫子嗡嗡地叫。大岛说去年热得早，斑嘴鸭吃了很多知了，所以营养好，长得非常快，早早就能飞上天了。但今年是冷夏，到现在为止还没有听见过知了的叫声。也许今年不会出现知了了。我的脑海里也保留着去年斑嘴鸭吃知了的印象。特别是那一次，老头将停在我身上的知了活生生地喂了斑嘴鸭，虽说吓了一跳，总觉得那只知了是故意来找死的。心里的感觉却是怪怪的。

二十一

那本来是一个很普通的傍晚。屡屡纠缠我的那些心思，像小孩子嘴里吹出的肥皂泡一样，飘在空中，然后失去了它们的踪影。我到家的时候，丈夫已经在厨房做饭了，问我怎么这么晚才回来，我说去了公园。他问鸭宝宝怎么样了。我说因为吃了鸭粮，一天比一天大，看样子乌鸦和猫都能对付了。他好像很高兴，把刚刚炒好的回锅肉和酱汤端到桌子上，还为我放了一瓶啤酒。雄大从冰箱里拿来橘子水。

一家人坐下来吃饭。我说了跟课长提出辞职的经过。他问我："课长有没有挽留你呢？"

我说课长是否挽留我并不重要，重要的是我离开记录系的决心已定。他说他了解这些当官的，在这种事情上也许会做做样子。于是我对他说："在辞职被批准之前，我想跟你一起去出版社感受一下。干脆就明天吧。明天早上我会打电话请假。我还剩好多带薪休假，既然要辞职了，不休白不休。"

他回答说："好啊。"但吃完了饭，他突然问我，"你能不能拖几天再去出版社？"

我问为什么。他说古贺还在出版社，再过几天应该就不在了。他说话的时候，眼睛不自然地看着地板。我有了一种不太好的预感，不高兴地说："不行。明天我必须跟你一起去。不然我又会担心出版社的事是假的。我不想一直都提心吊胆的。"

从这个时候起，他变得沉默了。他一声不吭地做着家务，先是洗碗，之后去阳台把晒干的衣服收进房间。他把那些衣服折叠得整整齐齐。我默默地等他做完了这些事，然后拜托他坐到我的对面。结婚以来，客厅的摆设一直没有改变过。朝东的是沙发，朝西的是电视。北面是厨房，南面是一扇很大的窗。他坐下去之前关掉了厨房的灯，我让他打开。二楼的灯要么就是全都点着，要么就是全都关了。我不喜欢一半明亮一半黑暗的那种感觉。光线从天井洒下来，覆盖着他。

我对他说："我保证不生气，也不发火，所以你不用担心告诉我实话。照实说吧，为什么明天我不能跟你一起去出版社？"

他沉思了好久才回答说："那么我就说实话吧。古贺并没有被解雇。出版社也没有拿回来。"

虽然对他说的话我早有预感，但对冲动下提出了辞职的我来说，冲击还是非常大。我对他说："看来雄大说得对，你真的有病。你真的是不可救药的。"

他丝毫不做解释，却说："我同意你的说法，我也觉得自己有病。"

我问他："现在的社长是谁？"

"板仓。"

"那么你是什么？是社员吗？"

"是契约社员。我答应让出社长的时候，跟古贺和板仓签了一份契约。"

"这么说，你连正社员都不是了？"

他低下头说："对。"

我又问："契约是几年一签？"

"一年。"

"工资就是二十五万了？"

他摊开两只手说："对。"

一种更加可怕的预感冲击了我，心狂乱地忒忒起来："出版社跟银行的贷款，都是你做连带保证人。你该不是背着几亿的贷款被古贺和板仓赶下台的吧？"

他说："这一点你不用担心，连带保证人已经转到板仓的名义了。银行也不允许一个契约社员当连带保证人。"

我抓起桌子上的手机。对于日本的公务员来说，私下里有一个"三分钟"的原则。万一出了事故或者发生了什么案件的话，三分钟之内必须跟自己所属课的课长联系。出于这个原因，我在这个时候给课长打电话，无疑会惊吓到他。我本来想明天再打电话，但我怕到了明天就来不及了。果然，课长马上就接了电话。我刚刚报了姓名，他就急切地让我"快说发生了什么事"。

我本来坐在二楼的沙发上，但不知为什么却跑到二楼跟三楼之间的楼梯上。我急急地告诉他不用担心，因为并没有发生事故或者事件。他觉得惊讶。我对他说："白天我跟您提出辞职，但晚上回家后，知道我丈夫在公司里出了事。怎么说好呢？就是我家里的生活，需要我现在的工资。出尔反尔，实在是对不起。如果还来得及的话，我想撤回辞职的事。无论如何都请您谅解。拜托您帮一次忙吧。"

他问我："你丈夫要不要紧？"

我说："不要紧，不是那种跟生死有关的事。"

他"哦"了一声后说："你提出辞职的事，我还没有来得及跟人事处汇报呢。既然如此，我也就当没有这件事好了。"我松了一口气，跟他说了好几次"谢谢"。他对我说："役所的事加上家里的事，也够你受的。不过人生都有这样的时期。你不要想得太多，要加油啊。"

没想到会流泪，但我尽力保持着平静的声调说："谢谢您。我会加油，所以从明天开始请您多多关照。"他大声地说："好啊好啊，明天你就照常来上班吧。"

或许我们每个人的身体里，都住着与本格不同的另外的一个人，甚至更多。放下电话后，回到现实的我是一个受了伤的、失去了理性的人。我愤怒得已经不是那个能够自我控制的我了。

我一连问了丈夫几个问题："我再三跟

你确认出版社的事是真是假，我再三跟你强调过我这份工资的重要性。你撒谎不是最主要的问题，问题在于，为了隐瞒谎言你不惜让我辞掉工作。你不怕雄大失去现在的学校吗？你不怕现在的生活水平一落千丈吗？你不怕房子的贷款还不上吗？"他不回话，只是一声不响地看着地板。我大吼了一声："你回话啊。"我还是第一次用这么大的声音跟他说话。他惊讶地看了我一眼，支支吾吾地解释说，拿回出版社，解雇古贺，再一次成为社长，增加工资，虽然一样也没有实现，但是都已经企划好了，总有一天会实现的。

我问他："你是这么以为的？"

他回答说："是。我是这么以为的。"

我在房间里走了好几个来回，突然问他："你爱雄大吗？"

他回答说："爱。"

我又问："你爱这个家吗？"

他说："爱。"

我站到他面前，大声地对他说："如果你真爱的话，为什么要撒谎呢？你明明知道我辞职的话会有什么后果。"

他将身体往后退了几步，对我说："以我现在的处境，我怕你会赶我出去。我不想你责备我。我不想失去你、雄大和这个家。因为撒谎能保证我待在这个家里，待在你跟雄大的身边。对于我来说，能多待一分钟都是赚的。"

他爱的只是他自己。他想保护的只是他自己。我曾经也以为，雄大和我是他生命的一个部分。但是我错了。我愤怒地喊道："保护你自己不受伤害，比雄大和这个家的命运更重要吗？"我觉得非常热。

出乎我的意料，他说他从来没有比较过什么，一心想的都是事情能够朝着希望的方向发展。说到谎言，他说雄大说得对，他真的觉得自己有病，因为他的脑子里充满着想象，有鼻子有眼，跟真的一模一样。很多场合他会不由自己地把"对于将来的那些想象"当成现实。

我一屁股坐到沙发上。

雄大早在我们开始吵架的时候就去自己的房间了。但我还是关上了客厅的门。我走到丈夫眼前，突然在他的脸上抽了一个耳光。显然他吃了一惊。我咬牙切齿地说："我真的没有办法理解你，恐怕永远也不能理解你。为什么你撒谎做戏特别逼真，但却毫无生存的智慧？你自己把自己的头砍了，出版社被人拿走了，但你不是想办法把失去的拿回来，相反回家骗妻子和孩子，伤害我和雄大的感情。"他没有还手，萎缩不堪地低着头。我接着说："既然你爱的只是你自己，为什么要跟我结婚呢？为什么要生雄大呢？"

他顺势坐到地板上，用额头抵着地板，一连声地说"对不起"。这时候，我有了一种极其荒诞的感觉。我还是第一次有这样的感觉。我特别想打人，特别想打他。刚才我打他的时候，有一种感觉挥之不去。如果用语言来形容的话就叫做"快感"。他就在我的脚下，距离我不到一米。他的眼神不知所措。我觉得心情好多了，至少比刚才好多了。

丈夫好像在导演连续剧，每一集演完了都会告诉我，不要走开，下一集更让你受不了。有一句话说打人不打脸，但刚才的那个耳光，是我自出生以来打在他人脸上的第一个巴掌。说真的，我的手掌剧烈疼痛，跟骨头开裂了似的。于是我换成脚，用脚踢他的小腿。他换了一个姿势，把后背对着我。我踢了他的后背。也许疼痛传

88

递到他的肋骨，他咧着嘴，一边喊痛，一边用两只手抱着肚子。我开始骂他："你真是一个混蛋。一个不可救药的混蛋。"

这时候，雄大回到客厅，看到我抬起腿，马上站到我跟他的中间。雄大的声音都变了，厉声对我说："你不应该喝酒的。你喝醉了。我说过他是一个病人，你打死他，他也改不了撒谎的病。再说了，你不怕邻居笑话我们吗？我都不知道以后用什么面孔出门见人。"

我跟雄大说了声对不起，在沙发上坐下。丈夫还坐在地板上。雄大让他上三楼。他跟雄大一起去了三楼。我站起来，走到窗前，将双臂抱在胸前。这时候，我有点儿感谢雄大。如果不是雄大，可能我会没完没了地打他。

不过，慢慢地我开始感到难过和沮丧，之后又感到恐惧。说真的，在我抽丈夫耳光的时候，感觉是近来最为愉悦的一个瞬间。那时的我，觉得身体轻盈虚无。对我来说，这种不经意的暴力行为中，或许蕴含着某一种东西，说出来很接近于"解脱"二字。我有一种感觉，长时间积压的愤怒和恐惧，被压缩在一秒中，随着那个耳光彻底干净地泄出去了。

我悄悄地洗了澡，又喝了一罐啤酒。上床后一直睡不着。翻来覆去地折腾了半个多小时，我从床上爬起来，抓了一件外套穿在身上。路过二楼的时候，门开着，我看见丈夫坐在黑暗中的沙发上，像一个不动的鬼影。我没有跟他说话。出了大门，我在黑乎乎的门前站了一会儿。黑乎乎的一团很像我内心的世界，我感到了一丝安笃。街道上寂静无声，偶尔有人路过我的眼前。我决定去贝尔蒙特公园。

没想到晚上的气温非常凉，虽然加了一件外套，还是有点儿哆嗦。小不点儿和鸭爸爸并排趴在浮漂上。鸭宝宝想钻进小不点儿的翅膀，但几次都被小不点儿躲开了。有几次，小不点儿甚至用嘴巴啄鸭宝宝，悲哀以及对现实越来越多的怀疑，紧随着来到我的心里。可能是太冷了，鸭宝宝坚持不懈地往小不点儿的翅膀里钻，最后到底将脑袋和嘴巴钻了进去。

我呆呆地看了很久，想回家的时候，五十岚来了。我问她为什么拿着扫把来。她说她每天半夜都来公园，经常会碰到流浪猫，扫把是用来吓唬流浪猫的。我求她："几只流浪猫是那对双胞胎姐妹照顾的，已经做过绝育手术，所以只要吓唬一下，绝对不能动真格儿的。"

她说她知道。我告诉她小不点儿不搂鸭宝宝。她自己也亲眼看到鸭宝宝脑袋以外的身子都露在外边，于是感叹地说："天气这么凉，又只有一只鸭宝宝，连个相互取暖的兄弟姐妹都没有。真可怜。"我也很难过。去年的鸭宝宝们真幸福，直到鸭妈妈的翅膀包不住它们了，才挤成一团地睡在一起。她说："哪怕有两只鸭宝宝也好啊。"我说今年的小不点儿怪怪的，天这么冷，鸭宝宝这么小，却不肯让鸭宝宝去肚子下面取暖。她回答说："也许小不点儿的肚子里已经有蛋了。"我吓了一跳。她说她昨天下班比较早，路过公园的时候，正好看到小不点儿跟公鸭交配。她还说最近的这段日子里，小不点儿经常出入那个木樽，说不定里面已经攒了好多蛋了。我"唉唉"了好几声。她"咀"了一下嘴巴："比起去年的鸭妈妈，今年的小不点儿不行。也许是第一次当妈妈，根本不懂得怎么照顾孩子。最要不得的是，它放弃了做妈妈而选择了做女人。"

我们两个人站在石拱桥上又聊了一会儿。她跟我说了很多她自己和她家里的事。原来她丈夫因病在医院躺了十一个月了，一直靠一根胶管维持生命。我问她："一个人靠一根胶管能活这么久吗？"

她说："是啊，我身边的好多人都感到惊讶，都说能活这么久是奇迹。说真的，我并不是在乎钱，但是我辛苦挣来的钱，确实都扔在医院里了。"

不知为什么，我想起了刚刚在家打丈夫的事，心隐隐作痛。家家都有苦恼的种子，家家都有一本难念的经。此时此刻，我的心里只剩下无奈了。我问她是否知道东京都有高额医疗费补助制度。她说她知道，并且正在利用这个制度，但因为补助是以月为单位，又有限额，所以还是很花钱的。我说："真不容易。"

她突然低下头，看上去一副疲倦的样子说："我不敢深想，想深了，就不知道自己是为了什么在工作。"然后她靠近我，放低了声音说，"你听了不要害怕，有时候，我真的希望他早点儿死。"

我还是吓了一跳。死是无法确定的事。我自己常常就有轻生的念头。刚才在家踢丈夫腿的时候，心里也是想踢死他的。我小心翼翼地问她："不一定非死不可。难道没有其他的解决方法吗？"

她说她已经在考虑离婚了。我没有说话。不久她突然问我："如果我跟他办离婚的话，他会怎么样？会被医院赶出来吗？"

我问她："你说你丈夫靠一根胶管维持生命，那么他应该写不了字吧？离婚申告书要有双方的签字才生效啊。"

她叹了口气说："他已经不能写字了。"

我们都不说话了。过了一会儿，我问她："你为他申请残疾人手帐了吗？按他的状态，至少可以申请到二级。残疾人手帐有很多好处，比如可以免交都民税和区民税。再比如东京都营业的地下铁和停车场都可以免费使用。每年可以拿两万元的出租车补助金。水道和手机的基本费半额。"我说了一大堆残疾人的福利。她说已经申请了，但是迟迟没有批文。我告诉她，同时还可以申请障碍年金，如果批下来的话，一年怎么也能拿到一百万左右。她沮丧地说她丈夫从来没有交过社会保险和年金，所以没有资格申请障碍年金。我觉得跟她不好再谈这方面的问题了。在日本，一个不曾交过年金的人，多半就是目光短浅、对自己的人生和社会都不负责的人。

二十二

我之所以一眼就注意到了，不仅仅因为白纸黑字特别醒目，而是因为白纸上写的是中文。在户籍住民课，除了刘燕燕，能读中文的人，就只有我了。

"知其然而不知其所以然"，这句话写在一张四五开的纸上。纸贴在白板上。白板用磁铁固定在我座椅后面的铁柜上。句子的后面没有加标点符号。我知道这句话出自唐代李节的《饯潭州疏言禅师诣太原求藏经诗序》。后来梁启超在《论小说与群治之关系》里引用过。金庸的《射雕英雄传》第二十八回里也引用过。大致的意思就是：知道是这样，但不知道为什么是这样。我心里清清楚楚，知道这是刘燕燕写给我看的，暗指我对工作一窍不通。不过，有了昨天辞职的那个插曲，我今天的心情好像死里逃生了。所以我假装没有在意，但趁着刘燕燕午休，坂本去洗手间的时候，我用手机将它拍成照片存了下来。

坂本一大早就嚷嚷窗口专用的文件夹不够用，刘燕燕顺手从桌子上拿了一摞子递给她。但是不久，坂本来到我身边说："一再跟你说了，用完的东西要放回原处。可是你呢，根本没记性，还是到处乱丢。"

我的心又开始忐忑。犯了双重输入的滔天之错以后，我只去过几次窗口，使用的文件夹不超过五个。但既然坂本要针对我，跟她解释也毫无意义。再说我不想跟她的关系搞得越来越僵。我不说话，低着头干活。结果她说我的态度不好，甚至上纲上线地说我"麻木不仁"。她好像越说越生气，突然大声地质问我："你是不是认为到处乱丢文件夹的是我和刘燕燕？"我摇了摇头说没有。于是她接着说："你来记录系之前，这里从来没有发生过这样的事。自从你来记录系，不是文件夹找不到了，就是铅笔找不到了。除了你，还会是谁干的呢？我跟刘燕燕不可能干这种事。"

只要来记录系，天天都是这些令我招架不住的意外的事。我真想疯狂一次，也许疯了就不用苦恼并畏惧什么了。坂本还站在我面前，等我回话。我想敷衍一下，赶快了结眼前的不愉快，于是回答说："我并没有想过是谁干的。这么点儿小事，没必要像警察查小偷似的。以后我勤看着点儿就是了。"

但我马上意识到这话会损害她的心情，感到后悔，却是来不及收回了。我等着她火冒三丈，很意外她迟疑了一下对我说："不管你承认不承认，反正大家都认为是你干的。以后你要加倍留心。"

十点左右，刘燕燕给了我一个信封和一张纸。她让我把纸上的地址写在信封上。我还是第一次使用这种白信封。后来知道这种信封是跟专门人联系时专用的。我问刘燕燕，书写的格式应该是竖着的还是横着的。她说我："你来记录系这么久了，怎么连写个信封这么简单的事都不会？我记得以前有教过你啊。"我说不记得有人教过我，印象中是第一次使用这种信封。于是，她转过头，不怀好意地对坂本说："黎本说我没有教过她怎么写白信封。怎么你也没有教呢？"

坂本哈哈大笑地说："是啊是啊，我是没有教过，真是对不起了。"

刘燕燕转过头看着我说："好吧，如果你非要说我们没有教过你的话，我们现在来教你。但是你想好了没有，你是想让我教你呢，还是想让坂本教你呢？"

她们俩在双管齐下。她坐的位置比坂本离我近，于是我冷静地走到她身边，很客气地说："请告诉我这种白信封的书写格式。"

连审查和校对那边的职员都在看刘燕燕的反应。刘燕燕看我。我一动不动。我想我的神情一定很严肃。于是她变得温和起来："你应该先在信封上盖役所的地址公章。格式由你盖的地址公章来决定。地址公章是横着盖在信封下面的话，人名就横着写在公章的上边。相反，地址公章是竖着盖在信封的右下角的话，人名就写在公章的左边。"

她说得简明易懂，我一下子就明白了。我谢了她。因为我喜欢竖着写地址，所以把地址公章盖在信封的右下角。我去役所门前的邮政信箱投寄了那封信。回来后，没打几个字，有一份外国人归化日本国籍的资料引起了我的注意。因为窗口服务系不办理外国人归化，对我来说，无疑又是第一次接触的工作。使我烦恼的是，我不得不再一次请教刘燕燕和坂本。我想她们又要嘲讽我了。

不出我的所料，刚才的一幕重来了一遍。刘燕燕不耐烦地说："你在役所干了这么多年，来我们记录系也有很长一阵子了，凡是你不会的工作，你都说是第一次干。"

这一次我决心不做任何解释。假如是一对一，我单独对刘燕燕，或者我单独对坂本，也许我能打一个平手。但现在是一对二，我想我必输无疑。她们俩绑在一起，有一种压倒性的存在感。再一个就是，我觉得她们俩已经商量好了要一起赶走我。

有时候我想，闹吧闹吧，闹大了我就可以借机离开记录系了。小原到底是最了解我的人，前天在电话里说我有点儿自暴自弃。我叹了一连串的气。小原说："我想象你的脑袋是叹息，你的胳膊腿是叹息，你整个人是一连串的叹息。"

那天跟滨田课长提出辞职的时候，我说最苦恼的是坂本也跟着刘燕燕一起欺负我。他为我总结了三个原因。第一，山崎跟坂本对立时找我倾诉过。对坂本来说，我是山崎的倾听者。第二，坂本跟我是同期，如果不随着刘燕燕，怕自己也会成为被刘燕燕排斥的对象。第三，因为我的原因，坂本差一点被调到窗口服务系。我没好意思告诉他还有第四个原因，坂本怕我跟刘燕燕搞好关系而排挤她。

我默默地将归化申告书放到刘燕燕的桌子上。她问我什么意思。我说我不懂怎么输入，为了不出错，还是由懂的人输入才对。她站起来，让我跟她一起去我使用的电脑那里。关于申告书，因为种类多，输入的程序也比较复杂。举例来说的话，好像一幢楼房里的居民，每家有每家的出入口。

刘燕燕让我好好看着她是从哪个入口进去的。我拜托她在输入的时候慢一点，以方便我做笔记。她一边输入，一边指点我容易出错的地方。我将笔记做得很具体。她看上去非常满意，对我说："下一次，不要再说我没有教过你了。你自己的笔记可以为我作证。"她说"作证"两个字，我听了后觉得心又痒痒了。我谢了她。她看了我一眼，居高临下地说："你自己不是办理过归化吗？整个过程应该比我还清楚。想想自己在办理归化时都做过什么样的准备，自然会明白是哪个入口。"然后她又加了一句，"我还是不明白，为什么有些人为了能到处旅游而放弃国籍？"

刘燕燕回她自己的座位了，我怔怔地想了好久。我怎么就没有联想到自己办手续的事呢？这是我做人迟钝的地方。不过，我记得办归化的手续非常简单，向日本法务省提交申请资料后，只有过一次面谈和一次家访。拿到日本国籍的同时，原来的国籍就算是自动放弃了。是共同进行时。而刚才的电脑程序则是，先消除原来的国籍，再记载新的国籍。如果归化者的配偶是日本人，消除和记载之间要把归化者的户籍移动到配偶者的户籍上。这个过程使我第一次对归化有了具体的感应。仿佛某一种情感突然苏醒过来，那些曾经构成我生活背景的东西，鲜明地浮现到眼前。比如北京的东四十二条街，比如鼓楼的爆肚。

刘燕燕曾经告诉我，来日本前她也住在东四十二条。那时候，她问我为什么要放弃国籍归化日本，我记得我说："持日本护照可以走遍全世界。"她说放弃国籍的人跟放弃爱国是一样的。我嘴上没说，但在心里想：既然说自己爱国，为什么却在日本生活呢？她在日本生活的时间比我还长，已经超过三十年了。不仅如此，她还办理了日本永住，根本就没有回国的意思。我对她说："不要把归化看得那么严重。对于我来说，归化就像换了一件衣服。心是不会变质的。"听我这么说，她生硬地指责我："你说的话非常虚伪。"我不想跟她争执。对于我来说，只想知道真的"本地"在哪里。而且方法很简单，就是看哪个地方给我安全感。

快到中午的时候，我听见刘燕燕对坂本说："你知道人的脑子是会进化的吗？如果一个人长期经受语言暴力的话，这个人的脑子就会进化，只接受自己喜欢听的那些话，而不喜欢听的那些话，都可以装作听不见。"

我知道她说的是我的脑子和我。原来她自己也承认对我施以职场性的暴力。这使我无法集中精力输入，浮想联翩。照日本的官方定义来看，所谓职场暴力，就是"利用自身在职务上以及人际关系上的有利性，对同事施加超过业务范围的精神性以及肉体性的痛苦的行为"。至于所谓具体的标准，对刘燕燕和坂本来说，每一条都似确凿的事实："损害对方的人际关系及职场环境。无视对方，将其隔离，或是联合其他人将对方孤立等行为。不教给对方工作所需的内容，将对方的席位隔离开等幼稚的行为也包含在内。要求过大：交给对方明显不可能完成的任务量，并且在对方没有完成的情况下大声呵斥或殴打对方。要求过小：只交给对方无关紧要的工作内容"。等等。

坂本没有回答。她并非没有听见刘燕燕的话，只是她比刘燕燕聪明，知道自身承认施暴的话会有什么样的后果。从某种意义上说，职场暴力是当代一部分人所承受的痛苦。据我看，职场暴力是某一个人的行为导致了集体意识的产生。

午休，我在大门口遇到了窗口服务系的神田。有些事，特别是跟记录系有关的事，我不太喜欢跟别人谈，但在窗口服务系工作的时候，跟我关系最好的是小泽，而我最喜欢的却是神田。她身材不高，瘦瘦的，喜欢穿黑色和灰色的衣服。虽然不主动跟他人说话，但如果有事请教她的话，她会不厌烦地帮助你。她的年龄跟刘燕燕相仿，但几乎干遍了所有的部署。我对她的印象是，她的知识面很广，无论哪个方面的问题都懂，没有她解释不了的。我的工作目标是刘燕燕而不是她，因为她令我觉得高不可攀。我觉得她像一部电脑，把整个役所的业务都装在脑子里。

我问她带盒饭了没有。她说没有。我说想一起去饭店吃午饭。她同意了。附近有一家卖摩托车和自行车的商店，商店的二楼是一家韩国人开的烤肉店，店里的座位全部用木板隔开，所有的座位看起来都像是一个小单间。我们走进去，挑最里面的位置坐下。她点了女性套餐，我根本没有食欲，到饭店是为了跟她说话，所以想都没想也点了女性套餐。她问我在记录系工作得怎么样。在我跟她交往的记忆中，这是她第一次打听我的事。我觉得有点儿心酸，咬了咬牙，把在记录系所遭遇和感受到的事，全部说出来了。

她一直很平静地听我把话说完。我信任她，她对我表示感谢。然后她对我说："记录系一直在莫名其妙地折腾人。而高桥系长和滨田课长毫无解决问题的意思，才是最根本的问题。"我说是。她突然问我："你打算回窗口服务系吗？"

我说我一直有这个想法，但是最近有点儿胆怯。她问为什么。我说最近才知道窗口服务系的好多职员都做过刘燕燕的后辈。我跟刘燕燕吵架的事，最近被传到各处，连带得一些职员都不敢跟我说话了。我举了几个人的名字，比如山杉、篠崎、冈本等。这些人刚开始都担心我受坂本的欺负，最近却尽量躲着我跟刘燕燕了。她说大家其实心里明白是怎么回事，但是怕惹麻烦。我当然懂"怕惹麻烦"的意思。日本人最怕给别人添麻烦，但也怕别人麻烦自己。她有点迟疑地对我说："其实，个人番号制度开始后，窗口服务系的工作一下子复杂了很多，即便你回去，从头开始学习的工作也不少，要有思想准备。"说到解决的方法，她劝我去找滨田课长。我说我已经找过了，正赶上人事部调查"那件事"。现在想一想，恐怕课长也是自身难保的。她说"那件事"根本影响不了课长，顶多就是升部长的时候有点儿难。吃完饭，走出饭店大门的时候，她告诉我："既然她们俩不肯教你新的工作，你就跟课长明说，就说你只干你自己能干的工作。"

我答应她尽早去课长那里。下午干活的时候，我觉得心里轻松了很多。

还是那句话：人算不如天算。没想到，还没等我找滨田课长谈话，他已经被人事部调到了其他的部署。新来的课长姓臼井。谁都知道滨田课长是因为什么被调走的，谁都不提这回事。我很沮丧，因为我所有的努力都泡汤了。

二十三

5月20日。正吃饭的时候，五十岚来电话了。她说小不点儿离开公园很久了，一直不回公园。她还说很想回家，但鸭宝宝孤零零的，眼看着台风要来，不忍心回家。我让她等我一会儿。

跟她见面的时候已经是晚上八点了。她说是下午五点半来公园的，所以小不点儿离开公园至少也有两个半小时了。她担心小不点儿放弃育儿。我让她再等等看。九点了，还是不见小不点儿的踪影。她打算先回家吃点儿东西，往家走的时候对我说："我马上就回来，如果小不点儿在我回家的工夫回来了，你就给我打电话。"

夜幕低垂，台风前阵的天空看上去就是一块无边无际的灰色的布。孤零零的鸭宝宝在水里转来转去。我晃荡着跟在它的身后，感觉很虚幻。有人向石拱桥走来，我认出是那对双胞胎的姐姐惠子。去年，对面公园出生了五只流浪猫，我们一起照顾了一年，直到姐妹俩给五只猫做了绝育手术，还将它们和猫妈妈一起带回家里饲养。因此，我跟姐妹俩的关系很亲密。三个人在 LINE 里建了一个群，她们俩经常会把六只猫的照片发到群里。我问惠子这么晚了来公园干什么。她说在附近的一家超市里做临时工，刚下班，路过公园的时候顺便看一眼鸭宝宝。

我跟她说了小不点儿的事。她也说很担心。我说我跟五十岚都觉得小不点儿放弃育儿了。但她不死心，认为刚刚九点而已，动物对天气先知先觉，尤其小不点儿是母亲，不可能不知道台风要来了，不可能不顾鸭宝宝的安危，台风来临前一定会回到公园。我听大出说过，鸟的眼睛在夜里看不清东西，所以天黑后基本上不会移动。这个时间不回来的话，我想小不点儿就不会回来了。但我没有把这个想法说出来。跟惠子相处了一年，我知道她的性格。

我们正聊着的时候，五十岚回来了。鸭宝宝在浮漂那里转悠，我去了那边的栏杆。不知道五十岚和惠子说了些什么，两个人突然呛起来了。惠子非常激怒，大声地说："什么叫没办法，事在人为。"五十岚气汹汹地站在石拱桥上。我犹豫要不要参与的时候，惠子已经朝我走过来，对我说："既然鸟在夜里不会飞，小不点儿就是回不来了。我想在台风上陆之前保护鸭宝宝。你可以把鸭宝宝带回家里吗？一个晚上而已。"

我对她说："啊，让我想一想。"

这时候的天空完全是漆黑的一团。一阵阵强风带着凉意吹过我的身体。惠子一动不动地看着我。不久我告诉她，虽然我很想带鸭宝宝回家，但是家里有一只大猫。她显出不高兴的样子，让我不要跟她提猫的事，因为她家里的猫更多。其实，她家里不仅猫多，狗也多，有七只娃娃狗。那些狗都是动物商店卖剩下的，姐妹俩觉得它们可怜，所以就一只只地买回家里。

五十岚曾经对我说过，只要是跟动物有关的事，尽管跟她说，她能做到的都会做。我盯着她看，心想她一定懂我眼神里的意思。但是她突然对我说："斑嘴鸭是野生动物，人最好不要插手自然界的事。"

我十分十分惊讶。老头扔石头砸鸭爸爸的时候我说过同样的话。惠子冲着她说："照你说的话，等于看到鸭宝宝很危险，却置之不顾。你自己做不来的事，最好不要干涉人家。"

五十岚用眼球白了她一眼，连声招呼也没打就回家了。

我很不安。我本来是寄希望于五十岚的。现在她撒手不管鸭宝宝了。不知如何是好的时候，惠子问我："那个老太婆是什么人？"我说是对面那栋公寓的住民。她说老太婆怎么这个德行。我说一定是有什么误会。五十岚从去年开始一直保护着斑嘴鸭，这事她也看在眼里。所以她不再提五十岚的事，让我再考虑一下带鸭宝宝回家的事。她对我说："你只有一只猫，就照顾一个晚上而已。台风过了，你把鸭宝宝放回池塘就可以了。"

我想了想说："好吧，那么我就把鸭宝宝放到浴缸里吧。"她担心浴室太冷，我就说："那么我将浴缸注入温水好了。再说浴室有空调，我可以开暖气。"

惠子回家取蜻蜓捕捉网和箱子了。趁惠子不在，我给五十岚打电话，说惠子其实是个好人，只是太喜欢动物，所以跟动物有关的事，特别容易冲动。我还说我已经决定带鸭宝宝回家了，所以请她回公园帮我和惠子的忙。她根本不接惠子的话题，冷静地对我说："我也知道鸭宝宝很危险，也想为鸭宝宝做点儿什么。但是，斑嘴鸦是野鸟，自然界的事，我们插手也帮不上忙。我觉得顺其自然比较好。再说都这么晚了，我还要吃饭。我儿子也要吃饭。"

有时候，人翻脸改口真的很快。再说我不能太不懂事了，不能打扰人家吃饭啊。我说了句"对不起"就挂掉了电话。风比刚才大了，已经可以感觉到逐渐增强的势头了。我觉得冷，将外套的拉链一直拉到最顶，将下巴埋到外套和脖子之间。鸭宝宝还是在池塘里转来转去。

惠子回来的时候，手里抱着一个塑料箱，她的身后跟着妹妹雯子。雯子手里提着两个很大的蜻蜓捕捉网。我曾经见过她们使用网和箱子抓猫来着。雯子从肩膀上取下背包对我说："我们现在要下池塘抓鸭宝宝，你好好看东西，我的包里面可是有钱包的啊。"

我说好。姐妹俩将裤脚挽到膝盖，先

后跳进了栏杆。我问她们："就穿着鞋子下水吗？"

雯子说："谁知道池塘里有什么东西啊。穿鞋子比较安全。再说鞋子可以洗干净啊。"

按照惠子的指示，我把蜻蜓捕捉网递给她们。虽然公园里只有我们三个人，我还是站在原地不动，一步也不敢离开惠子的背包。

池塘的水高正好抵姐妹俩的膝盖，比我想象的要浅很多。但鸭宝宝逃得比我想象的要快很多。姐妹俩跟着鸭宝宝在水里跑了几个来回，池塘的水溅到她们的大腿和屁股上，她们的裤子全湿掉了。不久，姐妹俩喘着粗气从水中上来，看起来十分疲劳。惠子对我说："没想到鸭宝宝游得这么快，根本抓不到。"

于是我们只好想其他的办法。我说可以在浮漂上放置一个防风防雨的箱子。惠子反对，说箱子会被台风刮跑。雯子说可以将箱子绑到中心岛的树上。我和惠子都觉得雯子的主意比较好。我家比较近，由我回家取绳子和大的垃圾袋。雄大一个人在家，正在做作业。我问他："那个人还没有回来吗？"

他说："还没有。"

我觉得有点儿奇怪，但顾不上深想，一溜烟地跑回公园。

惠子和雯子谢了我，重新跳过栏杆。不用惠子指示，我把从家里拿来的绳子和垃圾袋递给她们。涉过一小段池水，她们上了中心岛。我看到她们用垃圾袋把箱子包起来，用绳子把箱子绑在树上。我还特地带来了一片面包。我把面包抛到中心岛，惠子将面包撕成一个个小块，放在箱子里。最后，雯子在中心岛的树下捡来几块砖头压在箱子上。我觉得心头的担忧终于卸下来了，不由得松了一口气。惠子说："真不错，完全能够遮风挡雨。野生动物很聪明的，为了自卫，肯定会到箱子里避难。"

是的，当时我们都这么想。

惠子和雯子打算回家的时候，已经有雨滴掉在我们的头上和肩膀上。惠子对着鸭宝宝喊："贝尔，今天晚上，你要加油啊。如果你遇到了危险，我随时会来保护你的。再见，贝尔。"我还是第一次听见有人用名字称呼鸭宝宝，问她为什么起了个"贝尔"的名字，她解释说，这里是贝尔蒙特公园，取公园名字的前两个字。还有，英语"贝尔"的读音是熊，希望鸭宝宝能够长得跟熊那么大。想到熊是庞然大物，我为惠子的愿望所感动，内心涌过一种冲动，有点儿迷迷糊糊的了。往外走的时候，雯子对我说："我们也是刚刚才下班，明天还要工作，这么冷的天，如果感冒的话会很麻烦，家里还有那么多猫等着我们呢。"

为了证明丈夫没有出什么意外，我不断地给他打电话。但他就是不接。实在忍不住心里的恐惧，我给小原打了一个电话。小原说："你担心什么啊。如果他真出什么意外的话，警察早在第一时间内就打电话通知你了。"

小原让我该干什么干什么，但我就是觉得发生了什么不吉的事，心忐忑得非常厉害。结婚这么多年，丈夫还是第一次不回家过夜。我让雄大去他的房间睡觉，然后给丈夫的手机发短信："如果你在今天不回信，也不回家的话，你就永远都回不了家啦。"

这一招很管用。没过多久，他真的给我打电话了。他先是跟我道歉，但我很愤怒，让他废话少说。问他为什么不回家，他沉默了好长时间，才说他被古贺和板仓解雇了。他的话好像晴天霹雳。关于丈夫，所有最坏的结果我都想象过，唯独没有想到会被人解雇。有一阵，我一句话也说不出来。不久我问他在哪里。他说在朋友的办公室。问他在干什么，他说在沙发上休息。问他为什么不回家，他说马上就要来台风了，怕影响到交通，怕电车中止运行。我没有进一步揭穿他不回家的真实意图，很想破口大骂，但也许他的朋友正在他的身边。我挂掉了电话。

"生活堆积在岩头，瀑布一样倾泻下来，眼前出现了几十个世界。忧愁埋在深深的谷底，那谷底，是我的心窝。"这是我上大学时同学写的一首诗，二十多年后却突然清晰地被我想起来。不久，我听见一种强烈的声响。一次两次，当我听到第三次时，终于明白了，那是风猛烈地扑打在窗玻璃上发出的声音。台风终于上陆了，已经在我的身边，在我的眼前了。

哗啦啦的声响令我十分害怕，总觉得窗玻璃随时会被风压挤碎。说出来也许没有人会相信，这一刻，我竟然想到了贝尔。不知贝尔是否躲在我们为它搭建的小房子里。我决定去贝尔蒙特公园。在一楼的衣柜里，我找到了那套新买的天蓝色的雨衣。我想带一把伞，但知道伞马上会被强风毁掉。雄大已经睡着了，根本不会意识到我出门，但为了防备万一，我还是回二楼写了一张纸条放在饭桌上。纸条上写着："我在公园看斑嘴鸭。"

一眼就看见了大岛。真难相信，在这样一个暴风雨的夜里，会有人跟我一样到公园来。大岛没有穿雨衣。奇怪他手里的雨伞竟然完好无损。但他的衣服从上到下都是湿透的。我不自然地跟他打了个招呼。

他告诉我，有一只像老虎似的灰色的猫去了中心岛，躲在楼亭的下边。其间他上过一次中心岛，用声音吓唬猫，但是猫就是不肯出来。之后他高兴地告诉我，有人为鸭宝宝搭了一个防雨的小房子，但是因为猫也在中心岛，所以鸭宝宝并没有在小房子里。

我顾不上跟他解释小房子是我和那对双胞胎姐妹搭的，问他鸭宝宝在哪里，他说他也刚到，因为忙着吓唬猫，还没有来得及找鸭宝宝。我们开始围着池塘的栏杆转悠。风由西南方向刮来，雨形成帘，一次次斜斜地扫过来。大岛紧挨着我，边走边大声地说，他回家后非常担心鸭宝宝，担心得不得了，根本睡不着觉，反正公园离家也近，所以干脆跑公园来了。我告诉他我也是这样的，跟他一样。以前因为他有一个中国出身的女朋友，我觉得跟他的关系比较亲近，此时此刻，亲近感却是倍增的了。

是我先看到贝尔的。贝尔出生的木樽是被石墩托出水面的。此刻，贝尔正蹲在东北方向的石墩上。说真的，突出水面的石墩，因为上面放着木樽，只有四个边角露在外边，所以面积很小。并且，对贝尔来说，木墩看起来似乎有点儿高了。毫无疑问，贝尔能攀上石墩，一定使尽了全身的力气。我让大岛看贝尔，还让他看风雨。风雨从西南方向吹来，而贝尔蹲在东北方向的石墩上。风雨被木樽阻挡，贝尔既吹不着风，也淋不着雨。大岛望着我，笑嘻嘻地说："这只鸭宝宝不愧是十三分之一。因为它有这样的智慧，所以才能够活下来。"

泪水涌上了我的眼眶。只有我知道自己为什么会如此感动。我觉得贝尔比我伟大很多。大岛跟我说了一句话，但淹没在风雨声里。我让他再说一次，他大声地说："不知为什么，看见鸭宝宝这个样子，觉得自己其实挺幸福的。忽然想加油，想好好地活下去。"

这时我想，贝尔一定会战胜这场台风，它已经全力以赴了。一股热流涌遍我的全身。我一分一秒都不愿意从贝尔的身上离开目光。好几次，我的心里闪过亮晶晶的线，像闪电，像裂口，像万家灯火的一个窗口。风雨更加强烈了，我想下水，想把贝尔抱在怀里。但我知道我下水的话，反而将贝尔置于苦地。我只能眼睁睁地看着贝尔，想象它的恐惧和寒冷。

我跟大岛一直在风雨里站到黎明，谁都没有提过回家的事。大岛问我要不要回家休息一下。我说不需要。说真的，就在这个瞬间，我突然决定辞职了。是决定，不是打算。我告诉大岛有人为鸭宝宝取了一个叫"贝尔"的名字。他愣了一下说："这名字好。"但是他又问我这名字的意思。我对他说："贝尔蒙特公园的贝尔。还有就是，英语说贝尔，是熊的意思。"这一次他惊讶地张大了嘴巴。

台风后气温很高，空气很温暖。不到五点，公园里已经陆陆续续地有人来健身。看到贝尔，每个人都松了一口气。大岛把我跟双胞胎姐妹搭小房子的事说给人们听，说的时候就像他亲眼看见了似的。没过多久，人们都知道鸭宝宝叫贝尔了。我很高兴。为了证明贝尔了不起，他让我把拍的照片给人们看。照片里暴雨在水面上溅出的点点光影一目了然，只有贝尔所在的石墩附近像一小面神秘的镜子。好多人看得目瞪口呆。有一个我叫不出名字的男人对我说："你的爱很深。你很伟大。对于贝尔来说，你才是真正的妈妈。"

但他的话使我觉得不舒服，我没有搭理他。贝尔已经在捕捉水面上的虫子。吉泽说没想不到小不点儿会放弃育儿，还说小不点儿不该在台风的日子放弃育儿。

小根泽先生感叹地说："这是对贝尔的试炼。"

我接着小根泽先生的话说："试炼来得太早了一点儿。贝尔还这么小。"

我想在管理处的人出勤之前撤了中心岛的那个小房子。大岛自告奋勇地表示他去撤。他穿着粉红色的凉鞋涉过池水去了中心岛。那只猫从楼亭下探出脑袋，噌一下跳出水面，从我的脚下跑掉了。

跟吉泽和小根泽夫妇打了招呼后，我离开了公园，到家的时候，雄大还在睡觉。我觉得非常非常累，但是我睡不着。最后我坐在饭桌前喝起了咖啡。

二十四

雄大去学校不久，丈夫回来了。他什么事都没有发生似的，很平静地、淡淡地对我说了一声："对不起。"

我用手机给高桥系长打了一个电话，说我突然发高烧。他马上让我休息。丈夫舒舒服服地坐在沙发上。我默默地走到他眼前，突然在他的腿上踹了一脚。他一动不动，脸上毫无表情。我说："出了这么大的事，你应该知道我担心得不得了。这种时候你却一个人躲到朋友那里。你永远只想你自己。"

他说："对不起。"

我在他的腿上又踹了一脚："至少一个月前你就知道会被解雇，但你却装得跟什么事都没有似的，甚至让我辞去工作。"

"我真的不知道会被解雇。昨天他们通知我的时候，我还以为是开玩笑。"

我大吼一声："又撒谎。你以为我不知道吗？照日本的法律规定，公司不跟社员续约的时候，必须提前一个月通知对方。至少一个月以前你就接到通知了。"

"自从古贺和板仓管理出版社，没那么守规矩了。"他一副委屈的样子接着说，"我是出版社跟银行融资的连带保证人。单凭这一点，我就没想到他们敢解雇我。"

我以为自己听错了："你不是告诉我，连带保证人已经转到板仓的名义了吗？怎么又成了你啦？"

他的神情明显动摇了一会儿："一共有两笔融资，转换名义的只是其中的一笔。"

"好吧，请告诉我，你保证的那一笔是多少钱？"

他说："四亿多吧。"

我吓得倒退了一步，然后在他的腿上一连踹了几脚。这次我是真的用劲儿了。我觉得还不解气，又在他的脸上抽了一个耳光。我骂他："你真是个混蛋！"

他用手捂着脸说："连带保证人是会长逼迫我做的。"

我声嘶力竭地吼道："你可以拒绝的。"

"但是会长当时给了我两个选择。要么做连带保证人，要么被解雇。"

"被解雇也不应该当连带保证人。四个多亿，你一辈子也还不起。"

他说："不用我还。因为是出版社跟银行的贷款，出版社会还。"

"你说的只是一般的情形。万一出版社破产的话，这笔融资会全部转到你个人的头上。"

"出版社应该不会破产的。"

"我说的是万一。"

"那也不用担心。我个人名义的债不会牵连你跟雄大。"

他说的是真的。但是他的债虽然不会牵连家人，万一出版社真出事的话，他名义下的财产是会被银行收走的。好在房子、车以及存款都是我的名义，银行的确在他身上收不走一根毫毛。我说："有一点我不能原谅你。如果婚前你跟我坦白这件事的话，我想我不会跟你结婚的。"

他说："对不起。"

"话说回来了，古贺和板仓让你做契约社员的时候，你为什么不推掉连带保证人呢？"

"那时候他们说融资下来了会把出版社还给我。"

"蠢货。如果他们想还你出版社的话，还会跟你签契约吗？"

"我没有想那么多。他们让我签，我就签了。"

我在他的头上拍了一下。

过了一会儿，我觉得自己稍微平静了一点儿，开始给雄大参加的课外学习教室打电话。除了英语，国语、钢琴和篮球都被我取消了。我默默地给自己冲了一杯绿茶。

房间很安静。他还是一动不动地坐在沙发上。他闭着眼睛。他的样子看起来很疲倦。我默默地看了他一会儿。不久，我问他打算怎么办。他睁开眼睛，因为不懂我的意思，问我什么怎么办。

我说："对你自己以及这个家的今后，你打算怎么办？"

他让我不要担心，因为他会拿到一千二百万的退职金。至于工作呢，他说他有一个做出版的朋友，很早以前就希望他过去帮忙了。我怀疑所谓"做出版的朋友"，是他刚才闭着眼睛的时候想出来的。我问他什么时候能够拿到退职金。他说下个星期应该没有问题。我又问他什么时候能够去工作。他说什么时候想去都可以。

关于他突然被解雇的事，也就吵到这个程度而已了。模模糊糊地，我觉得我跟他，以及现在的生活，好像一个段落，到了终结的时候了。如果用游戏比喻人生，那么跟打麻将或者扑克牌似的，已经到了重新洗牌的时候了。

我觉得手痛。我发现刚才拍过他的那只手全是乌黑的青。

有时候我想跑得远远的，跑了又跑。我觉得那个想抓住我的其实正是我自己。看恐怖电影的鼻祖《闪灵》时，虽然很害怕，但不看人物的表情动作就无法理解影片的精髓，所以我屏住呼吸，用手遮住眼睛，从手指的缝隙里看。我觉得那个"跑了又跑的我"，就是我的手指缝。事到如今，百思不得其解的几个问题，我想我必须问明白了。我在电视里看过那些开庭审判的镜头。于是我坐到他的对面，严肃地说："我们言归正传。但是你要起誓你说的都是真话，不掺杂任何谎言。"

他说："我起誓。"

我问他："为什么你要跟你妹妹借钱？"

他说："这么说你也许不相信。工资突然少了一半，我怕你发现了会担心。最主要我那时还以为融资下来后，他们会把出版社还给我。妹妹的钱可以慢慢地还。"

"那么出版社的事呢？你重新当社长了，出版社拿回来了，古贺被你解雇了，让我当主编去帮你的忙了，从头到尾没有一样是真的。这还不够，最令我觉得恶心的是，一次我给你打电话，你说正跟板仓在一起谈出版社今后的事，还说两个人正从山上旅馆出来。记得我当时很高兴，让你带我向板仓问好，希望他有时间可以到家里做客。你当时说传达给板仓了，说他很高兴，愿意找个时间到我们家里来。结果是板仓跟古贺亲自解雇了你。你没有自尊心吗？不觉得丢人吗？"

他说："事情发展到今天，毫无疑问我也觉得很丢人。但那时你被刘燕燕搞得痛苦不堪，连雄大都说你的脸像一副痛苦的面罩。我想你病倒了怎么办，唯一的办法就是让你能够安心地辞职。要知道，你的健康对我来说才是最重要的。正是为了解脱你的痛苦我才撒谎的啊。"

他的脸上带着自然的微笑。我知道自己的丈夫是日本人，但这时我比任何时候都更加深刻地感到，这个日本人的思维方式与我是多么的不同。

"有一次你去大阪，明明住在你妈妈家，却骗我住在旅馆。连自动贩卖机那么具体的细节你都想象得到。住妈妈家有什么不好？为什么连这样的小事也撒谎呢？"

"这个啊，也许是我思虑过多了。你跟我结婚这么久，我从来没听你叫过我妈妈一声妈妈。原因你也知道的。你坐月子的时候她不照顾你。雄大住院的时候她不帮忙，结果你连个澡都没有洗过。结婚的时候，生雄大的时候，她都一点儿表示也没有。你跟我埋怨过好多次，说她根本不接受你。我想如果说我住在妈妈家，也许会伤了你的感情啊。"

……

他问我是否还有什么要问的，我觉得问下去也没有什么意义，结果肯定是一无所获。关于辞职的事，我本来不想告诉他，但觉得应该给他一点儿压力，就对他说："并不是因为你希望我辞职我才这么决定的，我倒是真的决定辞职了。怎么说你都是一家之主，在我找到新的解决方法之前，这个家要靠你想办法来支撑了。"

他的神情一下子明快起来，高兴地说他可以帮我找到解决的方法。我想他就是这么没脑子的，于是警告他："你又犯病了。如果是谎话就不要说给我听了。我真的没有时间和精力应付你的谎言了。"

他说这次是真的，只要我愿意，他可以介绍我去武藏野大学教中文。我知道他编辑出版过校长的几本书，跟校长的关系很好。也知道大学的校刊是出版社在发行。所以这件事也许是可行的。我让他给校长打电话试试看，他说干脆跟我一起去见校长本人。事情就这么定下来了。

另一个方面，他对我的态度也使我感到非常惊讶。我骂他、打他，他好像转过脸就会忘记似的。有一个朋友曾经对我说过："如果你丢弃他，永远也找不到像他这么爱你的人了。"

这一刻，除了我觉得他真的是个病人，还想起了这句话。从我坐的地方，可以看到他的嘴唇有点儿肿起来了，我的心也受到了震动。我明白我的行为太过分了。我们一起吃午饭。他的话很多，聊的都是去大学教中文的事。他这样对我说："你去武藏野大学教书，如果雄大也去武藏野大学就读的话，可以享受家属待遇，入学金折半。"

午饭后他洗了澡，然后去三楼睡觉了。我跑去公园看贝尔。大岛取笑我回来得太快。他示意我看中心岛。我看见小不点儿和贝尔正在那里吃饭，不由得吹了一声口哨。他对我说："小不点儿是七点十五分左右回来的。"他又用手指了指在浮漂上睡觉的公鸭，"一起回来的。"台风之夜，小不点儿原来跟鸭爸爸在一起。

太阳开始晒人的时候，我和大岛去管理处旁边的休息处。坐下后，他说他女朋友的姐姐和姐夫要从中国来日本玩，但是他女朋友要上班，所以他白天要陪他女朋友的姐姐和姐夫出去玩，晚上还要买菜做饭。他跟我道歉："对不起，这几天我无法监视流浪猫和乌鸦了。"

我知道他担心的是贝尔，于是说我会比平时早一点儿来公园。下午我回了一次家，睡了差不多两个小时。傍晚再去公园的时候，吉泽和西川已经比我先到了。西川说小不点儿和鸭爸爸刚刚飞走，小根泽夫妇刚刚离开。吉泽心神不定，担心小不点儿晚上会再次放弃贝尔。

我在公园待到八点，小不点儿一直没有回来。第二天听双胞胎姐妹说，她们夜里十一点到公园的时候，贝尔独自在浮漂上睡觉。22日也一样，小不点儿跟鸭爸爸一早飞来，下午飞走，夜里没有回来。23日和24日，小不点儿和鸭爸爸傍晚才来公园，夜里虽然留下来了，但小不点儿还是不肯让贝尔到翅膀里取暖。25日，小不点儿和鸭爸爸一大早就飞走了，起飞的时候，贝尔一边啼哭一边拼命地追赶。它拍着翅膀在水面上奋力疾走，眼睁睁看着小不点儿和鸭爸爸飞远。

二十五

刘燕燕请了两天假去中国办事。

刘燕燕不在，坂本比以往温和，教了我很多新的工作。到记录系以来，我第一次感到工作的愉快。辞职的事我想先搁一搁，等刘燕燕回来了再说。

刘燕燕来役所的时候，带了一大包中

国礼物。没想到她给我也带了一份，是一个小铁盒，里面装着十几块薄荷糖。一上午她都坐我身边说国内的事。她妈妈住在北京的东四十二条，她想将自己的户口落在她妈妈那里，但是东四十二条查得特别严。按规定，她不在她妈妈家住半年以上的话，户口就没有办法落进去。但是她有一个路子很野的朋友，出主意让她找一个容易登记的地方先落户，日后再以搬家的形式转到东四十二条。

这几年国内的房价大涨，她妈妈已经九十多岁了，我以为她历尽千辛万苦也要落户，是为了她妈妈的财产。结果我错了。后来有人传话给我，她回国办居民登记，目的是为了将来在国内领养老金。我很惊讶，她在日本已经生活了三十多年了啊。传话的人问我出国前在国内工作了几年，我说九年，于是传话的人说我一次性地补交六年保险费的话，也可以拿到养老金，还让我抓紧时间申请。我半信半疑。传话的人从网上找出国务院侨务办公室的通知给我看。真假不知，但的确有这么个说法。我早已经加入了日本国籍，北京的房子也早卖了，甚至连自己的档案放在哪儿都不清楚。要去北京找档案什么的，只要想一下就令我感到泄气了。我决定放弃。

好久以前我跟她说想办理一张中国的银行卡，想不到她还记着这件事。她从钱包里取出一张金灿灿的卡，一边让我看，一边对我说："你说你想要一张银行卡，这倒是提醒了我去办一张。结果银行让我办金卡。我朋友听说我办的是金卡，说我牛B呢。"

我真羡慕她。对于我来说，银行卡永远遥不可及。我是日本国籍，没有中国居民身份证，如果没有正式的在留资格并在中国住上几个月的话，永远搞不到银行卡。不过，来记录系后，我们还是第一次，用中文普普通通地聊了大半天。我甚至这样想：如果我或者她，其中的一个人是日本人的话，我们的关系会不会像现在这样糟糕？我问她现在的北京怎么样。她回答说："高楼大厦。街道比日本漂亮。商店里什么都能买到。"

我想我问的不是这些事。

我没有想到的是，刘燕燕跟我用中文聊天这件事激怒了坂本。但这是后话。以后再说。

23日早上五点，我去公园的时候竟然看见了大岛。不知他跟她女朋友的客人相处得好不好。问他，他说那些中国话一句都听不懂，很无聊。还说昨天他女朋友在回转寿司店请客人吃寿司，也叫他去，但是被他拒绝了。他说他女朋友今天休息，带着客人去景点观光了。他忽然急着要离开，说是他女朋友让他在家刮土豆皮、切白萝卜条。他穿了一件白底带青色格纹的T恤衫，纯白色的一头银发好像漂浮的一片蘑菇云。我还是第一次看见他穿球鞋，黑色的，用棉布做的黑色的球鞋。今天他看起来非常洁净，有一刻我好像忘记了他有皮肤病。他说走就走了。

25日晚上，我跟丈夫要工资。虽然他去朋友的出版社帮忙还没有几天，但也能拿几万。他说还没有拿到工资，因为他朋友在体检时发现了癌细胞，已经住院了。我一声不响地看着他。他说他朋友打电话跟他道歉，答应他出院后马上将工资付给他。凭以往的经验，我知道他说的百分之百是谎言。我命令他："别瞎晃荡了，赶快找一份工作，保证能拿到现金的工作。"他说好，然后去车站拿了一本免费的求人杂志回来。但也许是连锁反应，我忽然觉得退职金也不可靠了。我问他："被解雇有好几天了，退职金为什么还没有拿到呢？"他说退职金是会长死前定好的事，绝对不会出岔。他求我再等一等。我说："那么我去武藏野大学教中文的事呢？如果是你信口说说的，就不要给我希望。"

他保证教中文的工作是真的，因为学校已经在办手续了，通知应该快到了。跟小原在电话里聊到这些事的时候，问她怎么想，她认为从丈夫嘴里说出来的事，没有一件事是真的。可能怕给我的打击太大，她对我说："与其整天担心是真是假，不如直接给古贺和学校打电话问清楚。"

我一个电话都没打。明知道是假的还打电话，跟自杀有什么区别呢？再说我根本不想跟古贺通话。一想起古贺，我的脑子里全部都是诅咒。

26日傍晚，下班后我直接去了公园。在石拱桥上碰见吉泽的时候，她迫不及待地告诉我，大岛的女朋友一大早来公园的管理处找处长了。我问出什么事了。她说大岛失踪了。我很惊讶。她说大岛的女朋友问处长这几天有没有看见过大岛，如果看见大岛的话，请转告他务必要跟她取得联系。我说："有贝尔在，大岛肯定会来公园的。"

但是她请我注意，大岛说他不能来公园是为了陪女朋友的姐姐和姐夫啊。我们都开始担心大岛了。不知道这几天晚上他睡在哪里。没有人能想象得出他到底躲在哪里。吉泽说："大岛看起来很认真，会不会因为就他一个人是外人，故意躲开一阵呢？"

睡觉前我跟雄大道歉："对不起，没有经过你的同意就取消了几门课外补习。"他说那些课外学习并不是他本人的希望，所以停了就停了，无所谓的。他个子又高了不少，肩膀也变宽了。我感到一阵冲动，真想上前抱抱他。不过他已经长大了，我如果抱他，他会感到羞耻，还会生气。

二十六

刘燕燕又要去中国了。用她自己的话说："这一次不过是为了一个签名。"说真的，我挺佩服她。她虽然是中国籍，但身份是日本永住，这相当于持有中国和日本两个国家的护照，可以在中国和日本之间自由来去。现在呢，她不但可以在中国领退休金，等到了六十五岁，又可以在日本拿年金了。双份保险。她将自己的晚年设计得安然无恙。

中午，我去了名叫悟空的那家中国饭店。上午我被坂本折磨得死去活来，想吃黑醋咕咾肉提提神。进门后看见高桥和小川。她们俩也看见我了，冲着我招手。我们三个人曾经在福祉课共事过一年。我去了她们坐的那张桌子。她们也刚到，还没有点套餐。我说这里的老板是我同乡，只要想吃，无论菜单上有没有，打声招呼就会替我们单独做。她们说不知道什么菜好吃，干脆就由我决定。我问她们能不能吃黑醋。她们说能吃，还说黑醋对身体好，有美容作用。于是我叫了三份黑醋咕咾肉套餐。

高桥一向沉默寡言，相反小川的话比较多。说到我被移动部署的事，小川说："你们那里的刘燕燕很有名，听说她一直守着户籍住民课，钉子似的，二十年不挪窝。我们课里的人，这么巧跟以前在你们记录系干过的镰田一起吃饭。据说她在记录系只干了两个月就要求移动了。镰田在饭桌上对大家说，记录系窗口只有三个人在干活，跟刘燕燕的帝国似的，坂本对她言听计从。刘燕燕跟坂本像两只虎，每天虎视眈眈的。跟她们一起工作的人，有一个病一个。"

高桥笑着调侃我："你是不是也生病了？"

在福祉课的时候，我们三个人的关系很好，部署分开后也经常一起吃饭。所以我毫无顾及地骂道："不是虎，是两只狐狸，狐假虎威。高桥系长才是老虎。"

小川大笑。她笑的时候我的心忐忑得更厉害了。小川说："你说给我们听听啊。"

我忍不住地说："都怨我自己，不该同意去记录系。现在我每天都在受她们俩的煎熬，动不动就喘不上气。"

这时候，三份套餐被端到眼前，高桥帮我和小川拿筷子。小川说："你一边吃一边说，不要憋在心里。"

我向她们讲了今天上午发生的事。

有一个客人来窗口办理门牌号码，赶上坂本在接待其他客人，我独自办理了手续。虽然是三栋房子，因为建筑场所是同一个场所，所以跟办理一栋房子的手续没什么区别。客人拿着我给他的门牌号码刚走，坂本来到我身边说："你干得快没有关系，但是希望你再仔细一点儿。你看看这份复印的图，上面没有注明缩小率。"

我对高桥和小川解释说，坂本是在骨头里挑刺。复印时的缩小率有固定法则，从来没有人在复印件上注明过。她是故意跟我过不去。小川说："我不想说坂本是个坏人，但她在福祉课的时候，除了你，几乎没有人跟她合得来。那时候你为什么跟她相处得那么好？"

我说我也不知道是为什么，也许因为她跟我说了很多她家里的事。比如她父母离婚，她妈妈一个人把她跟她姐姐养大。比如她上的是名牌大学，但因为学费是贷款，她在大学期间就开始半工半读了。虽然她有很多毛病，但是她很努力。努力是她的本事。我一直喜欢努力的人。但现在我不得不辩证地看坂本。也许正因为她的境遇不好，从小没有被什么人爱过，所以她好像也不会爱身边的人，也没有安全感。她特别在意跟我、跟刘燕燕的关系，从某种意义上说就是为了保护她自己。比如她听说我要调到记录系，在搞不清我跟刘燕燕的利害关系时，偷偷地给我做了一份工作指南，还提醒我不要让刘燕燕知道。刘燕燕跟我吵架后，因为比我有优势，她马上站到刘燕燕那边。特别是那次她误会我请刘燕燕吃饭，竟然大动干戈地打电话来，声言要报复我。至于今天上午呢，她之所以骨头里挑刺，我想跟刘燕燕用中文跟我聊了大半天有关。

也是上午发生的事。一位客人来窗口取为刚出生的孩子办理的特别永住许可书。我将证书交付给客人，客人准备离去的时候，坂本突然出现在我的身边。她问客人："对不起，刚才有没有跟您说明，关于特别永住许可书，每个人一生只交付一次，必须好好保管。"

刚开始，客人不大清楚是怎么回事，但很快反应过来。可能客人不喜欢坂本这么做，爱搭不理地说了一句："听过说明的。"

小川说我怎么能跟这种人一起工作。我解释说，正因为如此我才痛苦得喘不上气。但是木已成舟，我已经决定辞职了。

小川说为了一个坂本辞职多亏啊。她问我儿子是不是上私立。我说是。她说那不是要用很多钱吗。我说我也不能拼上命啊。她让我找课长谈。我说我谈过了，但是运气不好，我刚跟课长诉完苦，课长就因为其他的事由被移动到其他部署了。小川说："那就去人事部啊。人事部也不行，就找区长谈。"

高桥说找区长谈有点儿兴师动众，再说区长也未见得肯见我。她建议我找人事部谈。我说跟人事部谈有什么用，结果还不是听课长的。而课长听系长的，记录系的系长听刘燕燕的。她说我如果这么想的话，不妨试试另外的一条路。

前几天，她在一家超市遇到了山崎。她跟山崎站着聊了几分钟。山崎生病时课长让她找产业医生。产业医生让她去心疗内科。结果呢，心疗内科的医生建议她休一年半的大长假。我说山崎的小孩马上要上中学，听说她选择私立，正是花钱的时候。高桥说："这你就不知道了，其实我也是通过山崎才知道的。"

她说很多人都不知道有这样的福利，所以很少有人利用。她说的福利是伤病手当金。

关于伤病手当金，高桥解释得非常具体。有保"伤病手保险"的人，因为生病或者受伤而无法工作的时候，可以申请伤病手当金。基本上可以拿到工资的三分之二的钱，最长可以拿十八个月，而且不算收入，不扣税。小川说："有这么好的事！"

高桥问我想不想休息十八个月。她这样对我说："这可是十八个月的有薪休假啊。"因为我半天没说话，高桥问我是不是动心了。我老实地回答说："是。"

小川跟高桥高高兴兴地回她们所在的部署了。我非常感谢这次的相遇和谈话。我感到惊奇，知道不用到役所上班也有金钱上的保障后，我的心情变得轻松起来。中午的街道很安静，道路上各种车辆开过来开过去。一辆小轿车鸣了三声，不知道小轿车为什么要鸣。

整整一个下午，坂本一直舒舒服服地坐在电脑前的椅子上，一会儿吩咐我在信封上写地址，一会儿又吩咐我去接客。我有权利不听她的吩咐，心里也有怨恨，但用不了多久，我就不再为这种事情烦恼了。这点儿小小的痛苦已经不值得我注意了，我懒得反抗了。阳光从百叶帘的缝隙里齐刷刷地射进来，我老是觉得热。

下班后我给山崎打电话。山崎说："我等你的电话等了很久。"

我径直去了公园。吉泽和西川正在石拱桥上跟大岛说话。我走过去，吉泽抢先告诉我，大岛失踪的几天是住在鹿滨。我问大岛为什么住那么远。西川代替大岛回答，说鹿滨那里有大岛租的公寓。看到我惊奇的样子，西川解释说，大岛在接受生活保护，公寓是役所为他安排的，是五个人合住的那种。但大岛跟其他四个人合不来，所以才住到女朋友家。这时我想问大岛，那次我问他是否接受生活保护的时候，他为什么回答我没有。但是我没有问。再看他的表情，跟平时没什么不同。我想他一定是忘记了跟我有过的那一次对话。

他还是穿着那件漂亮的衬衫，黑色的球鞋。因为离我很近，他的一头银发看起来相当柔软。其实，有了白头发以后，我一直向往有他这样纯粹而又洁净的银发。有时我觉得奇怪，他有皮肤病，牙齿都掉光了，腿也瘸了，甚至有人怀疑那个中国女朋友的存在是真是假。但不知道为什么，大家就是喜欢跟他说话。

事实已经证明，他真的有一个中国出身的女朋友。西川正在谆谆地教导他，说愿意为他付出这么多的女人，再也找不到第二个了，一定要好好珍惜。我不由得想起我的好朋友也跟我说过同样的话。他一边听一边笑，从头笑到尾。我问他是否见过女朋友了。他点了点头。我问他道过歉了吗，他说上午就专门回去道歉了，但房门的钥匙被女朋友没收了。吉泽问他为什么要失踪。他就举了几个例子给我们听。比如他住的那间屋子，客人在的时候，女朋友不允许他开门，说他的房间不干净，气味熏人。再比如一起去吃寿司的时候，女朋友只照顾自己的姐姐和姐夫，令他觉得自己很多余，所以吃了一盘就走了。这时我又想问他，前天早上匆匆一见的时候，他不是说女朋友让他一起去寿司店，而他自己拒绝了吗？我还是没有问。吉泽和西川还在开大岛的玩笑，让他早点儿回家，好好哄哄女朋友，争取早点儿从女朋友手里拿回钥匙。我一直在想生活保护和回转寿司的事，怎么都开不出玩笑来。

睡在浮漂上的贝尔，看上去有鸽子那么大了。小不点儿不在。不久，大岛要回女朋友家，笑嘻嘻地走了。我朝他摆了摆手，第一次没跟他说再见。小根泽夫妇也来了，先生跟在拄着拐杖的妻子的身后，在步道上散步。跟吉泽和西川一起去老年馆的那两个女人也来了。我觉得有意思的是，她们俩好像形与影，总是一起来公园，一起离去。还有，每次看到她们，我都会想起我阻止老头扔石头砸斑嘴鸭的事，想起她们曾经说过我"伟大"。

真的是天注定。回家的路上，这么巧碰到了金尚宪。他用自己的房子开了一间行政书士事务所，专门代办签证申请、公司登记等业务。他家在贝尔蒙特公园的附近，我从家里去车站的时候会路过他家。我就是看见他家门上贴的广告，才找他帮朋友代办签证的。日本的行政书士多如牛毛，也许因为他的客人不是太多，所以他每周会在役所帮两天忙，工作内容正好是倾听区民的苦情。我们算半个同事。看见对方，我们都笑了。我想他很了解苦情的处理方式，就把在记录系的现状简单地对他说了一下，请他帮我出个主意。他说他会帮我打电话给人事课咨询一下。

我刚回家，他的电话就来了。他对我说："人事课的职员说了，如果你本人不去申述的话，谁都没有办法帮你。"

二十七

光线从南面的一扇大玻璃射在窗前的两棵观叶树上。树旁边的三排椅子上，坐着六七个一动不动的男人和女人。坐在柜台内的女人微笑着向我问好，我递上医疗保险证，告诉她我叫黎本，昨天打电话预约过，是一个叫山崎的人介绍来的。

候诊室安静温馨，光亮中呈现的每一张脸的神情，看起来一模一样，给我一种特别的感觉，但我无法用语言来形容。

十几分钟后，医生出来叫五号。我站起来跟着他走进诊室。他看起来有四十多岁，一头卷发非常自然。我想他的卷发是天生的。他让我坐在他旁边的椅子上，开始的时候并不看我，低头在病历上写字。我从旁边看过去，他的字写得跟符号似的。过了一会儿，他转过头，用一双深沉的眼睛看我。我以为他会问我的症状，但是他说你来这里并不是很近啊。我回答说："是的，要坐一站电车。"

他这才开始问我："有没有食欲？觉睡得好不好？"

我用手指着自己的胸口说："我是这里难受。"

他说："哦，是心里难受啊。"

他问我是心痛还是心慌。我说两种感觉都有。于是他问我心慌的时候，也就是所谓的不安感，是对现在还是对未来呢？我觉得这个问题毫无意义，未来转眼间就会到来，现在必然会冲击未来。我说我也搞不清楚。他总是点头，把我说的每一句话都写在病历上。他问我这种症状是从什么时候开始的。我说很早很早以前就开始了。我说的是真的。很早以前我就很会做梦，乱糟糟的梦，醒来后记不住内容，只是觉得压抑。遇到不幸的时候，第一个产生的念头肯定是死。比如爸爸死的时候，妈妈死的时候，我都想跟着一起死算了。不过每次都挺下来了。我用手指按着心口对他说："我的心老是忒忒，老是觉得很害怕。有时候我会喘不上气来。我觉得很难受很痛苦。"我深呼吸了一下说，"您能帮我停止这痛苦吗？"

他笑了一下，说我的症状是忧郁。他问我的职业，我说在役所工作，顺便把在役所的遭遇说了一遍。我说的时候他静静地听着，我觉得很舒服，好像将内心的痛苦一点点地排出去。"至于你的情形，"他对我说，"我觉得你需要休息。"我心想事情成功了一大半。他给我开了一个星期的药。他说吃了这种药后，我的心情慢慢会明快起来。他说"慢慢"的时候，两只手合在胸前，抬高，再向外伸开，再回到胸前。从我坐的位置看上去，他正好画了一个心。我问他这种药有没有副作用，比如

麻痹神经了，或者令思维变得迟钝了。他说所有的药都有副作用，但这种药是新开发的，副作用极小。他将拇指和食指捏在一起说："就一点点儿。多数人觉得口渴。但是七天后你的心情就会好起来。"我问为什么是七天。他说这个药的效果是"一点点儿"来的。他又说了一次"一点点儿"。不知道是不是因为效果是"一点点儿"来的，所以副作用才会是"一点点儿"的。他说六天后我应该感到他说的明快感。我提出诊断书的事。果然如山崎所说，他告诉我诊断书得六天以后。约好了六天以后再来，我谢了他走出诊室。我绝对不会吃他开给我的药，但是缴费后我还是去药房取了药。回家后我给高桥系长打电话："我今天去医院了。医生让我休息一个星期。"他让我提交医生的诊断书。

一周后我再次坐在那个椅子上。他问我心情是不是好一点儿了。我跟他说没有。这时候我觉得难为情，因为我当天就把药扔到垃圾袋里了。他问我身体有什么异样的反应。我说有。他问我："是口渴吗？"

我说夜里去厕所的次数多起来，一个晚上会起来四五次。他说这是药物反应。一个晚上起来四五次的话，他觉得会影响到我的休息，决定给我的药减量。实际上，连我自己也不知道是为什么，在他低着头往病历上写字的时候，我突然对他说："告诉您吧，我爸爸就是因为忧郁症自杀的。"

我没有想做戏的意思，但我的眼睛里突然涌出了泪水。有一股凉气从心底涌到我的喉头。他看起来吃了一惊，马上把这句话也写到病历上。我说过他的字写得像符号，但"自杀"两个字写得很规矩很大，看起来非常醒目。突然我觉得很累，一句话也不想说。他温柔地对我说："我要给你

写诊断书。你需要慢慢地休息。你觉得休息三个月怎么样？"

今天来医院，就是为了等他说这一句话。我谢了他。这一次他给我开了两个星期的药。约好了两个星期以后再来，我走出诊室。出门前他叫住我："诊断书要花三千元。"

我说："我知道。"

山崎在我家的门前等我。我告诉她拿到了医生的诊断书。她很高兴。我说我其实很震惊，没想到心疗内科的患者会那么多。虽然每个人看上去跟普通人没有什么不同，根本不像个病人，但确实又需要医生的治疗。她说她其实也注意到这一点了。她叹了口气对我说："很多人都感到活得不称心。有时候人们无法照自己的意思去工作或者生活。整个时代都病了。所以人能不病吗？"

我说："真是不幸的时代。"

她说："不过我们管不了他人，还是先解决你的困境吧。"

我把准备跟人事课说的话大致说了一遍，她拍着我的肩膀说我准备得不错。她告诉我，万一谈话的时候过于紧张，别忘了深呼吸。我从包里拿出一张纸，告诉她为了不白白去一趟，昨天夜里已经把要说的话用文字写出来了。因为我有一个毛病，紧张的时候脑子会变得一片空白。她哈哈大笑，说当初怎么没有想到有这一手。我说："我真的要去人事课了啊？"

她说："嗯。你去了可就没有回头的可能了。"

我说："我知道。我有心理准备，连最坏的打算都做好了。"

她使劲儿地握住我的手说："加油。"

金尚宪让我带着他的名片去人事课。人事课在十楼，因为几乎没有外来的客人，走廊的天井只点了两盏灯，光线很暗，很混沌。整个楼层一点儿声音都没有。我一出现，离走廊最近的男性职员马上过来接待我。我递上金尚宪的名片，说我是户籍住民课记录系的职员，想汇报我正在遭受的职场内部的暴力。他问我有没有电话预约，我说没有，但给我名片的行政书士应该打电话说过这件事。他让我等一会儿。我看见他去了最里面的那个房间。

我觉得等了很久。他回来后把名片还给我，带我去电梯旁边的会议室。他替我打开门，我走进去，他回他自己的座位了。大约站了两分钟左右，进来了两个中年男人。本来我以为会有普通的职员来接待我，但在做了自我介绍后，我惊讶地得知他们竟然是人事课的课长和系长。这样的待遇，我想跟金尚宪的名片有关。我非常紧张。课长要我坐在他们对面的椅子上。会议室呈长方形，有小学校的一间教室那么大。我的感觉好像是开庭审理。课长严肃地问我："你来这里，是通过金尚宪老师的事务所吗？"我说不是。听了我来这里大致经过，他的神情轻松起来，态度也温和了很多。我端正姿势，深深地吸了口气。系长拿起圆珠笔，准备在笔记本上做记录。但他的两只眼睛不时地朝我这里看，我觉得他是在研究我。课长说："你说吧。你不用紧张。"

我从山崎开始讲起。其间课长不断地点头，关键的时候会应和我一句："哦，是这个样子啊。"系长一直在做记录，但是有两次引起了我对他的注意。一次我说到刘燕燕用右手的食指，从左到右地指点着正在校对和审查的那些职员的后背，说哪个人敢不听她的话，敢跟她回嘴，她就不教那个人如何工作。他停止记录，抬起头来问我："她就这么明目张胆地说吗？"还有一次，我说到坂本误会我邀请刘燕燕一起吃饭，打电话给我，声言要彻底报复我。他再一次地抬起头来问我："就为了一起吃一顿饭吗？"

原来他们在我找他们谈话之前已经知道山崎的事。课长对我说，他们已经了解了我的处境，会马上进行调查，尽快采取改善的措施。他说我离开后就给户籍住民课的课长打电话。不过我跟他提出一个要求，就是我来这里的事情不希望高桥系长知道。他问为什么。我说高桥系长会传给刘燕燕和坂本，这个时候不想节外生枝。

停了一会儿，我说我想发表几个意见。这使他们很感兴趣。我拿出昨天晚上准备的那张纸，把胳膊放在桌子上，深呼吸之后开始读起来："短短的一年而已，同一个职场，一连有几个人因精神和心理上发生病变而离去。作为系长，一直以来总是睁一只眼闭一只眼。作为受害者之一，如果我不在这里发声的话，以后还会有更多的受害者出现。我希望我是最后一个受害者。"我的嘴唇开始哆嗦起来，"欺负人的人，什么事都没有。被欺负的人的后果却很惨，要么生病，要么被调离熟悉的职场，还有人会失去工作。结果怎么样呢，在周围的人看来，被欺负的人是自作自受。谁让你没有工作能力呢？谁让你生病了呢？没有人会在意那里的职场环境是多么恶劣。这是最糟糕的事了。"

这些话都是山崎教我说的，由我的嘴巴复唱出来，听起来非常夹生。课长和系长不断地朝我点头。我之所以找山崎帮我，是因为日语说得再流利，毕竟不是母语，单词里微妙的分寸感和对待事物的看法想法也有所不同。可能我看起来混乱并且疲惫，课长说我应该休息。他站起来，系长跟着他站起来。我站起来的时候，课长对我说："你放心，今天你来这里的事，除了户籍住民课的课长，其他的人不会知道。你先听医生的建议，好好地休息三个月，但一定不要辞职。我马上给户籍住民课的课长打电话，三个月以后，你再上班的时候，我保证不会是记录系。"

我的心情比较复杂。首先是我觉得想说的话没有说尽说清楚，也因为课长最后说的那句话。结果被移动的人还是我。不过我还是觉得自己做了一件很了不起的事。晚上，给山崎打电话汇报结果的时候，我对她说："据我看，虽然结果跟我们想象的不同，但我相信，以后不会有新的受害者了。因为事情肯定会闹大的。"

山崎问我："户籍住民课的课长臼井找你了吗？"我说还没有。于是她回答说："等你跟臼井谈完了话再感动吧。"

臼井跟我约地点的时候，我们故意挑了一家离役所比较远的咖啡店。我是骑自行车去的，比他早到了五分钟。他是个小白脸，一看就知道是个不笑不说话的人。我说话时他一直看着我的眼睛使我对他产生了好感，觉得他是一个正直的人。他说他刚调到户籍住民课没有多久，如果不是我去了人事课，还不知道记录系里存在这么多的问题。我把跟人事课课长和系长说的那些事，对他又重复了一遍。可是他好像早就有准备了，告诉我三个月后直接去窗口服务系上班。我本来决定辞职，但现在可以申请伤病手当金，根本没打算上班。他不懂我特地去人事课的目的。说起来很简单，就是想改善记录系的职场环境。对我拒绝去窗口服务系他感到很意外，"难道你是想留在记录系吗?"

我说:"也不想。"他看上去进退两难。我对他说:"我离开记录系,会有人顶替我去记录系。难道非要有人自杀了你们才会认真对待职场暴力这个问题吗?"

他喝了一口咖啡,端杯子的时候整个身子都快伏到桌子上了。我看清他了。他不愿意将事情闹大。但我也没有去人事课时那样激动了。他近于讨好地对我说:"关于窗口服务系,因为你是从那里离开的,适应起来会比较快。刚开始你可以不接客。如果你愿意,也可以在后边整理整理资料。如果有中国客人来了,你就做一下翻译。"

咖啡已经凉了。与其说我对自己正在做着的努力感到疲惫失望,不如说厌烦了。正如山崎所说,区役所是最怕出事的地方。尤其职场暴力这种事,万一闹大了传到外面,很可能成为电视新闻。如果调查出上级明明知道却不闻不问的话,上级也会受到严重的处分。我知道臼井怕的是什么:我辞职的话,人事课会追究他。我也知道人事课怕的是什么:我认识金尚宪,而金尚宪通过法律手段来解决问题的话,事情真就张扬到媒体了。一个怕一个,就这么简单。我呢,其实也怕,怕挣不到钱。不知道这么说是否妥当,我的心情因绝望而穿透了悲哀之层,活下去的理由变得具体而现实。现在,我只想赶快申请伤病手当金了。

或许他猜到了我的心情,说他也想努力打破记录系窗口的三角关系,但是要等到明年的四月了。令我惊讶的是他说他也遭遇过职场暴力,非常理解我去心疗内科的心境。他说话的样子很诚恳,以致我有了一种错觉,好像他只是我的一个朋友。

他决定一个月后还在这家咖啡屋见我,希望那时候我的病可以好转。我的心又痒痒了。他执意要结账,顺便在付款处买了两袋糖。他问我想要巧克力糖还是想要草莓糖。我怕胖,不太敢吃糖,但还是要了巧克力糖。我提着糖袋跟他出了店门口。我们在十字路口分手,他突然对我鞠了一个九十度的躬,吓了我一大跳。我马上回了他一个更大的躬。

山崎听了我的汇报大笑了一阵。她笑的时候,我的心里又痒痒了。笑够后她感叹地说:"没想到臼井这个人这么聪明。他大概是心理学出身。"她说要问我几个很严肃的问题。"你打算回窗口服务系吗?虽然你担心那里都是刘燕燕的后辈,但如果系长在前头顶着,你也不至于干不下去。"

我说:"窗口服务系和记录系同属于户籍住民课,都在一楼,跟刘燕燕和坂本依旧是抬头不见低头见。我真的不想再看见她俩了。从人事课出来的时候,我觉得一辈子都不想踏进役所的大门了。"

"你喜欢现在的工作吗?"

"喜欢。何况我是通过那么难的考试才得到这份工作的。你自己也知道,这份工作非常安定。"

"伤病手当金只能拿十八个月。役所的工作可以干一辈子。你是说你会选择十八个月吗?"

"我已经决定了,我会选择十八个月。"

二十八

接下来的一个星期,好的坏的,各种各样的事情接踵而至。

先说好事。

丈夫就职时一直交失业保险,所以公

共职业安定所给他汇了五十万，正式的名称叫"一时金"。顾名思义，就是有了这笔钱，一时半会儿饿不了肚子。要我说，就是给遇到不幸的人一个活下去的机会。接着，年金事务所来了一封通知书，通知丈夫从九月开始拿养老年金。我看了一下数额，每个月有二十多万。按规定，一般从六十五岁才能开始拿满额年金，丈夫六十四岁，应该拿百分之七十才对。打电话到年金事务所咨询，原来他从十八岁开始老老实实地交年金，已经超过了必要年限的二十五年。日本的年金制度非常复杂。这里只想简单地说说国民年金和厚生年金。国民年金是基础年金，所有国民都有支付保险费的义务。打一个最通俗的比喻来说，就是楼房的一层楼。厚生年金是私营企业等加入的年金制度。加入厚生年金的同时也必须加入国民年金。所以厚生年金是楼房的二层楼。没有支付厚生年金保险的人，到了拿年金的时候，只能拿一层楼，钱数比较少。而丈夫是国民年金和厚生年金同时交的，所以是一楼二楼同时拿，数额比较大。此外我比他年轻很多，雄大未满十八岁，在我到六十五岁、雄大到十八岁之前，他的年金里还要加上我跟雄大的加给年金。年金每两个月拿一次，每次高达五十万。日本到底是福利社会。我有机会确信了福利社会的根底是为了民生。那天他在车站拿了一份免费的求人杂志，在给几家公司打过电话后，有一家让他去面接，结果第二天就让他上班了。工资加上年金，一个月下来，跟他做社长时拿的工资不相上下。

再说不好的事。

我也收到了一封信，是武藏野大学寄来的。信里要我在指定的日子和时间，带着身份证和印章去办理就职手续。信是用电脑打印的。开始我很激动，甚至想马上打电话取消伤病手当金的申请。但后来我觉得那个印章不太对劲。印章不是学校的公章，是一个叫木村的私印。我经常去百元店买东西，非常熟悉那里的东西。我看了好多次，怎么看都是百元店里卖的最便宜的那种私印。晚上他下班回来，我向他指出印章是百元店里的商品。他回答说："木村是负责这次就职手续的事务员。"

我不怀好意地说："我明天给学校的事务所打电话，亲自跟这个叫木村的人确认一下。因为我无法相信你。"

他让我看信封，说信封是大学的信封，地址是大学的地址，邮戳是大学邮局的邮戳，绝对不可能是假的。他拜托我先不要给木村打电话，因为他已经跟校长约好了带我去致谢。

见校长的那天，我一大早就起来了，洗过脸，想化妆但是根本没有面霜。我已经十多年没有使用过化妆品了。我用眉笔简单地描了描眉毛。我的头发是天然卷。说真的我不喜欢卷发，它使我看起来比实际年龄显老。我用吹风机将卷发都拉直了。一切准备就绪的时候，丈夫已经穿好西服坐在沙发上等我了。我说可以走了。他站起来，但突然从口袋里掏出手机。他将手机贴在耳朵上："是这个样子啊。我知道了。啊啊，没有关系的，那就改一天再去打扰您吧。请您多保重啊。"

模模糊糊地我觉得是校长打来的电话。果然，他用无奈的神情看着我说："校长得了病毒性感冒，正在发高烧。"

每次他撒谎的时候，不是他的朋友得了癌症，就是出了车祸。他今天的手法还是老一套。我已经回过神来，生气地对他说:"刚才的电话是你自演自说吧?校长根本没有打电话给你。大学的事看来又是你的谎话。"

他跟我"保证"没有撒谎。我不想跟他扯下去,决定一个人去大学的事务所问清楚。于是他突然跪在我的脚下,额头抵着地板说:"对不起。"我问他为什么要撒谎,有什么必要撒谎。他说:"不知道。也许是因为我有病吧。"

沉默了几秒钟,我觉得身体和心里有什么东西坏掉了,碰到了神经。洪水决堤。我突然用力在他的腿上踢了一脚:"你说啊。为什么非要欺骗我不可。我做了什么让你憎恨我的事情了吗?"他说没有。我又在他的腿上踢了一脚:"那你为什么要用这种方式折磨我呢?你给我希望,把我举得高高的,然后突然把我扔到地狱里。"我开始发热,全身都是汗。我又在他的腿上踢了一脚。他痛得整个身子都趴在地板上。而我觉得他的痛是装出来的,大声地说:"你不要演这种蹩脚戏,我看了只会感到恶心。"他咬牙咧嘴地坐直身体。我在他的后背上踹了一脚。他突然高声地喊道:"不要再打下去了。对不起。我再也不撒谎了。"

但我已经控制不了自己的手脚,"你是故意要跟我过不去吗?这一次我求你为我做什么了吗?你为什么偏要没事找事呢?是不是不挨打你就觉得不舒服,所以故意找借口让我打你呢?你说啊。你这个混蛋。"我每说一句话,就会踢他的胳膊和腿,或者他的后背。我身上的汗越来越多,衣服都湿透了。我终于累得抬不起腿了。这时候,我看见他的小腿上鼓起了一个包,大得像鸡蛋,青得像橄榄。我从未见他哭得这么厉害,眼泪流到嘴角,跟鼻涕一起垂下来。我注视他很久,有点儿伤心。我摊开两只手说:"并不是我不好,是你自己没事找事。你不撒谎的话,根本什么事情都不会发生。如果不是因为有法律束缚我,我想我会杀了你。你知道我最讨厌蟑螂了,现在,你在我的眼睛里,连一只蟑螂都不如。"我说不下去了。

他说:"我知道。我明白。"

我说:"你明白了就滚吧,从这个世界上消失吧。"

他说:"我早晚会死的。但是在雄大长大成人之前给我最后一次机会吧。我愿意当驴做马。"

他这么说,使我更加讨厌他。我甚至觉得他的脑子是空的。他的生命里什么都没有,也是空的。他不过就是一个会撒谎的机器。但同时我觉得可怕,打他再次成了挥之不去的一种快感。说不定哪一次我打他的时候会失手打死他。有好长时间他坐在地板上一动不动,任我的愤怒淹没他。如果我朝他大喊,他立刻跟我道歉。他的样子告诉我,他比我拿他自己更没有办法。

晚上,雄大问我"那个人"又犯了什么事儿。我说除了撒谎还会有什么。过了一会儿,他很平静地对我说:"那个人只是不想还手而已。如果你想离开那个人,我不会阻止了。"

二十九

申请了长期休假,肩上的重担一下子消失了。无事可做的时候,我更喜欢待在公园而不是家里。还是那种很虚幻的感觉,只要贝尔移动,我就晃荡着跟着移动。

29日是一个格外晴朗的日子。太阳泛着金色的光芒,池水粼粼闪烁。早上我找遍了左右两个池塘都没有发现贝尔。有几个很早来公园散步的人还在，问其中的一个老头有没有看见贝尔，他指着西南方向的草地说，四点半左右，看见小不点儿母子在那里找草籽吃。他反问我："贝尔不在了吗？"我说不在。

有一个叫津田的老太太正好路过，我问她有没有看见贝尔。她说五点左右看见小不点儿跟那只公鸭飞走了，但是没有看见贝尔。这时她突然笑起来，"肯定被乌鸦或者流浪猫抓走了。哈哈，结果一只都没有剩，全死了。"

我很快去西南方向的那片草地。找不到贝尔，也找不到贝尔的尸体。乌鸦一阵阵"嘎嘎"地叫着飞过头顶。头顶是无限的蓝，万里无云。我觉得很崩溃。伴随贝尔的失踪，我对现实的感触和希望好像也被卷走了。说真的，最近的我，无论家里还是家外，可以说是一败涂地。贝尔是我唯一的精神支柱。在我觉得逐渐失去很多东西的时候，唯一没被摧毁的是生存下去的欲望。台风那天贝尔躲在木樽下面的情景一直印在我的脑子里，就像发动机给我输送着源源不断的动力。如果说我的人生是一个混合着污秽的故事，而贝尔便是故事中唯一的景色，就像脚下明媚的草地。我迷醉贝尔，贝尔却消失得无影无踪无声无息。不知不觉我哭了，漫无目的地走着，忘记了在公园里待了多久。

尘埃落定，悲伤逐渐淡化下来后，我给双胞胎姐妹发了条短信。我沿着来路回家。阳光和阳光照耀下五颜六色的花草，好像镶嵌在脑子里的声声叹息，弥漫出荒凉。在我觉得精疲力竭的时候，接到惠子的回信。她说："贝尔在公园啊。"

我先是不敢相信，之后拔腿跑回公园。

除了惠子和雯子，吉泽和大岛也在。小根泽夫妇差不多跟我同时到公园的。接着西川也来了。大家都不知道发生了什么事，看到我慌里慌张的样子，觉得很诧异。惠子要我跟大家解释。我把早上贝尔失踪的事情说了一遍。惠子接过我的话，说她接到我的短信后马上来公园，结果发现贝尔趴在石拱桥的下面。"不过，"她示意我们看贝尔，"我来的时候，贝尔在石拱桥的下边，刚才移动到这里时，一瘸一拐的，好像伤得很重。"吉泽说她也发现贝尔跛着脚走路。

但是没有人知道贝尔究竟发生了什么事。我将身子趴到栏杆上，因为眼睛好，发现贝尔的后头部有一个指甲大的洞，脖子上都是被指甲抓过的伤痕。几个人都说是乌鸦干的。贝尔失踪的时候乌鸦应该还没有出巢，我坚信不是乌鸦干的。小根泽先生也说不是乌鸦干的。他解释说，如果是乌鸦干的话，贝尔就会被抓到楼顶或者树枝等高的地方。我想又是流浪猫把贝尔当玩具玩，玩够了就扔下不管了。但是当着惠子和雯子的面，不好提流浪猫的事。想象贝尔拖着严重受伤的身子自力回到池塘，我起了一身的鸡皮疙瘩。有一点可以肯定，对于贝尔来说，求生的欲望从来就没有消失过。哪怕死神一再出现在它的身边，触手可及，但依然有绵绵的力量支撑它活下来。

大岛从背包里拿出一袋面包，将其中的一片撕成小块抛到贝尔附近。贝尔看都不看。吉泽很难过，脸色都白了，一直说贝尔可能会死。西川去管理处叫来了处长。几个人七嘴八舌地跟处长说了一遍贝尔的事。西川对处长说："不能带贝尔去动物医院吗？"处长说去医院也可以，野生动物的治疗是免费的，但凭过去做过动物园园长的经验来说的话，还是不去医院比较好。他这样解释：好多受了伤的野生动物，因为使用了抗生素，反而丧失了生命，今后只能看贝尔自身的意志和生命力了。他说贝尔在三天之内不死的话，肯定会挺过这一关。

既然医院帮不上忙，贝尔的生死在命，谁都不提去医院的事了。不久，处长回管理处了。小根泽夫妇回家了。我跟吉泽和大岛，因为不放心贝尔，打算在公园多待一会儿。我们在能看见贝尔的椅子上坐下来休息。

大岛突然说他丢了钱包。我说钱包一直装在腰包里，腰包还在，钱包怎么会丢了呢。他说坐汽车来的时候，交完了钱，顺手将钱包放在裤子后面的口袋里了。吉泽认为钱包掉在汽车里。我问大岛去警察署问过了没有。他说问过了，还说最糟糕的是，所有的现金都在钱包里，银行里一分都没剩。我跟吉泽算了算，离下一次拿年金起码还得等半个月。吉泽让大岛跟女朋友借钱，但他说他女朋友本来打工挣的钱就不多，加上要扣除税金和保险，手里剩不下几个钱。我说是借钱又不是不还钱。他眯着眼睛说："其实我已经问过她了，但是她说手里没钱帮不了我。"

大岛去公厕的时候，吉泽说她觉得大岛挺可怜，想给他点儿钱。我也是这样想的。我问她打算给多少，她说五千。我说我也给五千吧。

大岛从公厕回来了。我问他丢了多少钱。他说六万。我吓了一跳。我钱包里的现金从来不会超过五万。大多数日本人的钱包里不会装太多的现金。我埋怨他为什么揣着这么多钱到处走。他嘿嘿地笑。我想从包里往外掏钱包的时候，吉泽在椅子下面用脚碰我的鞋子。我看她，她对我使眼色。我明白了她的意思。后来只有我们两个人的时候，她对我说："大岛说他每次拿十二万年金，给他女朋友八万。可是他说他钱包里有六万。你不觉得矛盾吗？双月份发年金，现在是五月，离上一次拿年金已经过去一个半月了，他手里竟然还有六万。"仔细想想，她分析得有道理，我应该感谢她。我对她说："谢谢你提醒我。我最讨厌撒谎的人了。以后再见到大岛，不知有没有心情跟他说话。"她回答说："你不要不理他，不然贝尔怎么办呢？"我默默地看着她，不知说什么好。因为我在这个时候莫名其妙地想起了丈夫。

晚上我跟丈夫问起退职金的事。因为他已经找到了工作，又拿到了年金，而我马上就可以拿伤病手当金了，生活方面也罢，我的情形也罢，都不需要他有任何的担忧，所以我真的希望他能够说实话，这样也可以证明他撒谎是因为担心我。但他慌张的样子看起来像一只受了伤的小动物，使我联想到贝尔。

之前的几天他换手机，因为不会将旧手机里的资料导航到新手机，是我帮的忙。无意中看到的一封信让我倍受打击。信是他写给小原的。他说我打他，但是他自己活该挨打。他反省地说："谁叫我只想着自己呢。"但他又解释说，"撒谎是因为我爱雄大和妻子，不想失去三个人组成的家。"他说他怕我随时将他丢掉。

我立刻打电话给小原。小原觉得他把对我的爱和恐惧混在一起了。"最重要的是，"小原说，"爱有很多很多种方式。比如黎本，跟你撒谎是他爱你的一种表达方式。你知道他那个人，考虑问题的时候只看眼下。眼下他不想你失望伤心，不想你担心。更主要是他怕你。怕你也是他爱你的一种方式。他真的非常非常爱你。"我又想起朋友对我说过的类似的话：如果你跟他离婚，就再也找不到像他这么爱你的人了。小原说我一直在疏忽他，对他的所思所想以及他的性格都一无所知。从某种意义上说，撒谎也是人类的一种品质，是与生俱有的。

我觉得很伤心，也试着理解那些错综复杂的情感，但我还是不能理解他。过去不理解，现在也不理解。信任的前提是看得见的真相。他永远不会告诉我真相。我跟他之间永远有那个无法填补的黑洞。

好像现在，他说他刚刚问过古贺了，古贺答应明天就支付退职金。我确信他又在跟我撒谎了。我曾经审判过他，上一次还打得他告饶起誓，但是现在的他已经忘记那些经历了。我再打他已经没有任何意义了。他现在的样子正好象征了我的失败。我发现我跟他那么像。我们都很失败。原以为今后的人生是一条向前延伸的小路，我跟他相互搀扶着走下去。但现在映在我眼前的小路是一条回家的路。我独自走在里面。

但我跟他也没有必要回到所谓的正常状态了，那是另外一种糟糕。因为我已经没有办法跟他在同一个房间睡觉，甚至连衣服都要分开来洗。这么说或许并不恰当，谎言的确隔开了我跟他、现在跟过去、反常与正常。

现在，我只要站在他旁边，任他扮演我人生的一个角色就可以了。这样的话听起来似乎有点儿过分，但我毕竟不爱他了，已经不在乎他了。我们已经不再手牵手了，但是我们却以不牵手的方式连在一起。我自己也无法相信，现在我感觉跟他的纠结永远都不会结束的。他迷恋谎言，我迷恋真相，我们可能是一个事物的两面吧。

三十

但那天晚上我睡不着，坐在被子里听时钟在墙壁上滴滴答答地响。凌晨四点我去了公园。贝尔睡在石拱桥下面的石头上，身边有几块面包。一只乌龟正往石头上攀，但途中掉下水。乌龟再往石头上攀，再掉下水，没完没了地重复着。不久贝尔站起来，跛着脚进了池塘，在水面上浮了没多久，又趴在了塘边的石头上。我试着扔了几块面包，它吃了最小的那块。五点钟大岛也来了。我勉强地跟他打了个招呼，借口健身去了散步道。

太阳照亮了大地的时候，我在橄榄树下碰上迎面走来的小根泽夫妇。相互问过好后，我说贝尔看起来比昨天好了很多，昨天站都站不住，今天能跛着脚走两步了。昨天滴水不进，今天吃了一小块面包，还喝了好多池水。

于是我们一起去池塘那里看贝尔。不知什么时候吉泽也来了。但是她来到我们身边，悄悄地说大岛要跟她借钱。我环视四周，发现大岛坐在管理处旁边的椅子上。吉泽为难地说："我不知道应不应该把钱借给他。"小根泽先生显出很吃惊的样子，问大岛为什么要借钱。吉泽说大岛的钱包丢了。小根泽先生皱着眉头不说话。吉泽大概是想解释为什么不肯借钱给大岛，对小根泽先生说："他说他每次拿十二万年金，给他女朋友八万。可是他说他的钱包里有六万。这不是很矛盾吗？双月份发年金，现在是五月，离上一次拿年金已经过去一个半月了，他手里竟然还有六万。我本来打算给他钱的。"她又看了看我说，"对吧。你也打算给他钱的。"我说是。小根泽先生往后退了一步说："那就不要借钱给他了。"

说话的时候，我一直注视着椅子上的大岛。他不时地朝这里张望，似乎感觉到我们在议论他。平时他总是跟在我和吉泽的身边，今天却离我们远远的。

小不点儿回来的时候，我是第一个发现的。它"刷"地一下落在水面上，径直向贝尔游去。贝尔勉强抬了一下脑袋。看见小不点儿，人群欢呼起来，但紧跟着鸭爸爸也落在水面。我还是第一次看见斑嘴鸭从自己的头顶降落下来，像一艘歪歪扭扭的帆船，强悍的气势有一种威压感。小不点儿立刻离开了贝尔。我想小不点儿是不想鸭爸爸靠近贝尔。

鸭爸爸突然骑到小不点儿的身上，用扁扁的嘴巴啄小不点儿的脖子。我们都知道这是公鸭在跟小不点儿交配，但是没有人好意思说出口。想不到吉泽指着小不点儿说："看见了吗？鸭爸爸啄的地方，跟贝尔受伤的地方是同一个地方。"过了一会儿，西川突然反应过来似的说："我知道了，贝尔的伤，是这只公鸭干的。"

想象这句话会带来的后果，我担心得肚子痛起来。西川的这句话果然点燃了怒火，没过多久，人群已经沉浸在高扬的激情里了。

西川这个人，除了喜欢在人家的背后说一点点儿闲话，还给我一种奇怪的印象。比如最近发生在她身上的一件事，令我感到十分的惊讶。想不到快七十岁的她，竟然通过上网谈恋爱。她说男人的名字叫杰克。她的舌尖滑过这个名字的时候，我听起来觉得像一个童话故事里的名字。杰克说自己住在纽约，非常爱她，很想来日本看她，但是手里没有钱。她的孩子们都说杰克是一个骗子，根本没住在纽约，反对她给杰克寄钱。她就是不听，寄了一百万。杰克收到钱就从她的手机里失踪了。孩子们都埋怨她，不该被一个不认识的男人骗走了那么多钱。但是她说她不是傻，也没有在乎过杰克是不是真名字，以及住在哪里。有一天在公园里她跟我说起了这件事："我丈夫死了二十多年了。我的心一直是一个大窟窿。快七十岁的人了，每天都有一个男人对我说爱我。你想想看，我也是一个女人啊。一百万补一个大窟窿，我倒是觉得赚了呢。"

大家决定把鸭爸爸从贝尔蒙特公园赶出去。这个决定让所有的人顷刻间成了战友，一下子亲近起来。我看见小根泽夫妇跟西川站在一起，非常亲切地说着话。吉泽笑嘻嘻地站在大岛身边。埃里克·霍弗说："恨，也是最有力的凝聚剂之一。"还说："但我们恨一个对象时，却总是会寻求有同一志向的人。"狂热者无法被说服，只能被煽动。

一群人对付一只斑嘴鸭。从开始到结束进行得非常快。女人们对着鸭爸爸拍手。男人们捡来一些碎石头。在我的再三央求下，扔石头的时候避免打到鸭爸爸，而是扔到鸭爸爸的附近。惊恐的鸭爸爸，从左边的池塘飞到右边的池塘，再从右边的池塘飞到左边的池塘。附近的碎石用光了，有人捡来比较大的石头。我不知道鸭爸爸为什么不肯逃离这个公园。说真的，此刻人们的激情太阳般烤得我的心脏直打战。我这个人，一向不喜欢激情，因为我在激情面前永远都是被动的。

小根泽先生回家了一次，但很快拿着

一个注满了水的塑料瓶返回来。瓶口系着一条金色的绳子。绳子很长。他先是表演给我们看，将塑料瓶抛到池塘，再用绳子将塑料瓶收回来。注满水的塑料瓶有重量，可以抛到池塘的中心。他说塑料瓶是他特制的"手榴弹"。我这才想起来小根泽先生的职业是制造各种各样的机器，手腕既高明又巧。附近好多饭店使用的面条制造机，都是小根泽先生提供的。看到表演的人都为他鼓掌。之后，他变戏法似的从裤袋里掏出一支玩具水枪。他把玩具水枪递给大岛说："送给你了，你要随身携带着，看见了公鸭就喷射。"

大岛看了看我，把玩具水枪举到我眼前说："不然你携带吧。"我说不。他把玩具水枪放进了裤袋里。

又是"枪"，又是"手榴弹"的，这给我带来了很多联想。我觉得小根泽先生有点儿小题大做。小根泽先生一次次将"手榴弹"朝着鸭爸爸的身边抛过去。我觉得血液一直往脑子里冲，全身都绷紧了。不过我没有出面制止。有一次鸭爸爸逃到了贝尔身边。说起来真是奇怪，鸭爸爸自己都招架不住了，但只要贝尔在身边，肯定会用嘴巴去啄贝尔。我的心提紧了。想不到我自己也出手了，对着鸭爸爸使劲儿地拍手，心想它赶快离开贝尔就好了。鸭爸爸逃到了别的地方。意识到自己也出手了，我觉得心烦。

半个小时以后，鸭爸爸终于高高地飞起来，向东，再向东，然后变成了一个小黑点。鸭爸爸从我的视线里消失了。人群再度欢呼起来。我呢，因为心忒忑得厉害，不说话，抱着手一动不动地站着。惠子说："鸭爸爸也许是去年在贝尔蒙特公园出生的斑嘴鸭，这里是娘家。它一定觉得奇怪，为什么不能待在自己的娘家。话说回来，追母鸭是公鸭的天性和工作。"

她耸了耸肩膀。我突然大笑了几声。

鸭爸爸好几天没来公园，公园恢复了以往的平静。贝尔看起来瘦了一圈，但食欲旺盛。走路时虽然还有点儿瘸，但看起来没有痛的感觉了。小不点儿飞来飞去。有两天早上我竟然看见了鸬鹚，一白一黑，先是停在公园管理处的屋顶，突然一个猛子扎到水里，半天才出来。难怪池塘里刚生出来的小鱼越来越少了。

6月2日，小不点儿突然开始在木樽里孵蛋了。因为我亲眼见过小不点儿跟鸭爸爸交配，倒是没有感到惊讶。一位脸熟的女人好奇地看着小不点儿，想知道斑嘴鸭在同一个季节里怎么可以生两回孩子。我也不知道是为什么，但我说斑嘴鸭是下蛋孵蛋，斑嘴鸦的孩子不是鸭生出来的，是鸭蛋生出来的。她以不可思议的神情看了我一眼。不知道她是否听懂了我的话，因为我自己都不知道我想说的是什么。大出是这么跟我说过的。我是鹦鹉学舌。

小不点儿偶尔去外面找好吃的，回来时跟贝尔噼噼啪啪地亲嘴，然后陪贝尔两三分钟就飞回木樽。每次小不点儿回木樽时，贝尔就"哔哔"地哭着在后边追赶，看到的人都说它可怜。我觉得它寂寞。

大岛每天早上四点左右到公园，八点左右在长椅上睡觉。他睡觉的时候，肯定有三两只苍蝇在他的腿上爬来爬去。

6号和18号，鸭爸爸出现了两次，不仅不伤害贝尔，晚上还留在公园，跟贝尔一起睡在浮漂上。这使它赢得了人们的好感。甚至我敢肯定地说，大家开始希望它天天来，陪在孤零零的贝尔的身边。我尤其希望它夜里陪着贝尔。前几天的围剿战

117

想起来像一场游戏。我始终不理解，什么状况下人会产生恨与爱。为什么爱的感觉会简单地覆盖恨。反过来，为什么恨的感觉会简单地覆盖爱。

如愿以偿。自23日开始，鸭爸爸除了偶尔去外边找食，二十分钟后肯定回到贝尔蒙特公园，晚上一直都陪着贝尔。而贝尔呢，长得有鸽子那么大了，跟鸭爸爸并排睡在浮漂上的时候，看起来像兄弟俩。

27日晚上，我在石拱桥上听见了鸭宝宝微弱的叫声。意外的是五十岚竟然来了。原来她这么久不来公园，是不想看见双胞胎姐妹惠子和雯子。但她说她一直都在惦记着贝尔，每天深夜都跟儿子一起到公园看贝尔。所以她也知道小不点儿正在孵蛋，并算出这两天鸭宝宝会出生。有一点我没好意思告诉她，其实惠子和雯子早就忘了她们之间发生的那点儿小事，或许连她的样子都不记得。

根据上次的经验，我们认为小不点儿会在明天早上带着鸭宝宝离巢，约好了明天早上再见，她先回家了。

28日早上，我去公园，池塘像一幅地狱图。

因为小不点儿在石拱桥下东张西望，所以我先去石拱桥上看木樽。鸭蛋没有了。我首先想到的就是鸭宝宝已经离巢了。巡视池塘，先是发现了一只鸭宝宝浮在水面上，看样子就知道已经死掉了。接着我看到木樽下一只乌龟的嘴里有鸭宝宝的一条腿。而在桥底下，最大的那只乌龟正咬住一只微弱的鸭宝宝的腿往水底下拽，鸭宝宝无力地扇动着翅膀。小不点儿去外边找食的时候，我曾经数过木樽里的鸭蛋，至少也有五个，但现在能看到的鸭宝宝只有三只。一大早公园的池塘里到底发生了什么，我已经看得很清楚了。毫无疑问，至少有两只鸭宝宝已经在乌龟的肚子里了。我忘记了呼吸，脚底下生了根似的无法动弹。我的脸和脖子上都是汗水，但我没有带手帕，汗水慢慢地湿了衣服的领口。

吉泽不知什么时候在旁边盯着我，好像等着我自己从冥想中醒过来。她问我鸭宝宝出生了吗。这一刻我思绪万千。我说出生了。她问我："鸭宝宝在哪里呢？看起来小不点儿好像也在找啊。"

我没有说话。她又问了我一遍。我对她说："我亲眼看见的，都被乌龟吃掉了。乌龟咬住鸭宝宝的腿，拽到水底。所以小不点儿不理解鸭宝宝为什么消失了。"

吉泽惊讶地用手掩住嘴。然后我们绝望地望着池塘，池水透明，能看见水底的几只乌龟特别活泼。小不点儿在左右两个池塘之间飞了几个来回，几次去木樽的时候都用嘴巴啄里面的泥土和草。吉泽结结巴巴地说："太可怜了，小不点儿在找自己的孩子。"

吉泽的话音刚落，小不点儿突然撕心裂肺地哭泣起来，一声接着一声。我感到喘不上气来了。吉泽告诉我小不点儿跑去草地那边了。我跟她追到草地，小不点儿跌跌撞撞地徘徊在那里，不时地张开嘴巴哭泣。我还是第一次看见听见斑嘴鸭哭泣。无限的悲哀在我的胸膛里回荡。吉泽忍不住哭起来了。她一直说："太可怜了。太可怜了。"

实际上，小不点儿的哭声传到公园附近的公寓，很快来了很多人，向我们询问发生了什么事。吉泽哭着说："今天出生的鸭宝宝都被乌龟吃了，一只都没剩。可怜小不点儿一直在找自己的孩子。"

五十岚来公园的时候，我已经平静了

很多。她说她早就想驱除那些乌龟了。她要去管理处，我说去了也没用。之前有人跟处长提过让这些乌龟搬家的事，但是处长说乌龟不吃健康的鸭宝宝。还说每个人的喜好不同，有的人喜欢斑嘴鸭，有的人喜欢乌龟。特别是小孩子，每次来公园，看见池塘里的乌龟，都会"乌龟乌龟"地叫，很欢喜。五十岚打算亲自着手这件事，趁着乌龟在石头上晒太阳的时候一网打尽，用纸盒箱装了，让她儿子骑自行车扔到荒川里。原来她的打算里是饶了乌龟的命。我松了一口气。

后来听公寓里的人说，那天夜里，小不点儿悲泣的哭声彻夜未停。

到了29日的夜晚，小不点儿好像太疲倦了，趴在浮漂上一动不动。小不点儿的身边趴着鸭爸爸。我想小不点儿是绝望了。30日下午，小不点儿跟鸭爸爸双双飞走了。7月1日，小不点儿跟鸭爸爸只在公园里待了十五分钟。以后呢，小不点儿两三天才来一次，但十五分钟左右就会离去。吉泽感到难以置信："难道小不点儿已经忘记贝尔了吗?"

贝尔已经不是十三分之一，至少也是十八分之一了。

我崩溃了好几天，精神一直停留在28日的早上。至于小不点儿为什么再次放弃贝尔，我真的无法想象。有一点可以肯定，小不点儿因为孩子失踪而备受折磨，因为是我亲眼看见亲耳听到的。也许这也是小不点儿的一种爱的方式。它不是放弃了贝尔，它是想躲过28日早晨那可怕的记忆。不知道，我真的不知道。小不点儿是一只斑嘴鸭。

贝尔长得跟小不点儿一般大了，就是翅膀看起来还比较短。日子一天一天地过去，公园逐渐平静下来。有一点变化很明显，那些厌倦悲剧，认为悲剧是负能量的人，几乎不怎么到公园来了。有时候我看池塘，觉得像一个悲哀的盲井。

去年的这个时候是炎夏，公园的树干上到处都是知了，草地上可以捡到很多知了的尸体。但今年是冷夏，进入七月还没有听见知了的叫声。我跟吉泽希望贝尔的翅膀能长得大一点，但是今年没有蛋白质很高的知了喂它。小根泽先生说蚯蚓对贝尔的成长有益，于是吉泽每天去钓鱼商店买成盒的蚯蚓。这样过了几天，到了七月中旬的时候，小不点儿突然每天傍晚都来公园了，有时候跟鸭爸爸一起来，有时候独自来，来去匆匆。

小根泽先生说小不点儿是来观察贝尔的，等它判断贝尔能飞的时候，就会把贝尔接走了。我们都盼着这一天。

但是西川说小不点儿根本没有教贝尔如何飞翔，贝尔不会飞，说不定会一直留在贝尔蒙特公园。我说这样也挺好啊。

吉泽说贝尔是天生的飞鸟，小不点儿不教也是会飞走的。

其实我发现贝尔飞过几次，飞不高，距离也非常短。这几天贝尔飞得次数比较多，我想吉泽说的是对的，贝尔早晚会飞走的。

16日，吉泽有事去儿子家没有来公园。五十岚一天没有露面。傍晚小根泽夫妇回家后，正是太阳落在房顶后面的时候。天边一片红。再有一小时天就完全黑下来。我想跟西川说再见的时候，看见一只斑嘴鸭落在水面上。鸭爸爸来了。鸭爸爸跟贝尔嘴巴对着嘴巴说了几句话，声音很奇特。西川说今天晚上贝尔不孤单了。我也很高兴。我们不知不觉地又待了一会儿。突然，鸭爸爸开始上下点头,我对西川说:"鸭爸爸要飞了,看来今天不会在公园过夜的。"

话音刚落,鸭爸爸已经飞起来了。说时迟那时快,贝尔也飞起来了。一瞬间发生的事,简直不敢相信是真的。好半天我跟西川一句话也说不出来。我一直看着鸭爸爸和贝尔飞去的方向。天空美丽如画,看上去毫无真实感。我问西川:"你相信贝尔会飞吗?我见过贝尔练习飞的情景,从来没有高过中心岛的木亭,从来没有越过石拱桥。"

西川说:"吉泽说过贝尔是天生的飞鸟啊。她说的是对的。"

我跟西川很兴奋。可惜只有我们两个人看到贝尔飞走时的样子。西川哈哈大笑,说吉泽明天来公园,看不见贝尔,一定会感到十分的遗憾。她说的是真的。最盼着贝尔快快长大的就是吉泽。买蚯蚓最多的就是吉泽。贝尔飞走了,曾经发生在公园的喧嚣变得遥远。西川问我要不要去吉泽家把贝尔飞走的消息告诉她。我说这么晚了不太合适,再说也不知道她从儿子家回来了没有。

三十一

真是令人难以相信,惠子来短信了,说她刚刚在小右卫门稻荷神社那里保护了贝尔,马上要送去贝尔蒙特公园。

我赶紧出门,比惠子先到了公园。看见惠子抱着纸盒箱,我的心痒痒的。她打开纸盒箱说:"有生以来我还是第一次抱斑嘴鸭。"

惠子带小狗出门散步,在门前遇到了邻居。邻居说有一只斑嘴鸭,坐在小右卫门稻荷神社的前面一动不动。惠子家正好在小右卫门稻荷神社的对面。她把小狗送回家,然后去神社,一眼就认出坐着的斑嘴鸭是贝尔。她说她没有办法理解贝尔怎么会出现在小右卫门稻荷神社。

我把贝尔跟着鸭爸爸飞走的事描述了一遍,然后说:"贝尔的翅膀比较小,一定是中途飞不动了,掉在了神社。"她认为我说得对。不过因为贝尔是掉在水泥地上,一定是受了伤。她去抓贝尔的时候,贝尔很老实。她说几乎没费什么劲儿就抓到了贝尔。这让她想起了台风那天的事:"我们姐妹俩在水里奔波了半天都没有抓到它。"她笑了起来。

贝尔瘸得厉害。好几次,它想上浮漂,但是攀不上去,只能在水面上漂着。很明显,这一次贝尔不仅伤到了脚,还伤到了翅膀。我想贝尔一时半时都不能飞了。不过我跟惠子都想不出什么好办法。惠子认为贝尔已经是成鸟了,虽然受了伤,但是不会有生命危险。我们都担心贝尔可能不能飞了,永远都不能飞了。惠子说大不了贝尔永远留在贝尔蒙特公园。

我们默默地站了一会儿,四周非常安静。公园的外边连一辆小汽车都没有。惠子说时候不早了。我其实早就累了。说再见的时候,她说她们姐妹要上班,还有那么多小狗要散步,可能没办法整天来公园,贝尔就拜托给我了。如果有什么进展的话,让我发短信给她。我说好。

我已经想象到了,早上西川看见我,肯定会惊讶贝尔怎么又回来了。我去公园的时候,贝尔竟然在浮漂上睡觉。仅仅过了一个晚上而已,贝尔已经能够攀上浮漂了。吉泽说她没有办法相信贝尔曾经飞走了又回来了。我说贝尔根本不是在睡觉,其实是受了伤。我把昨天晚上发生的事说

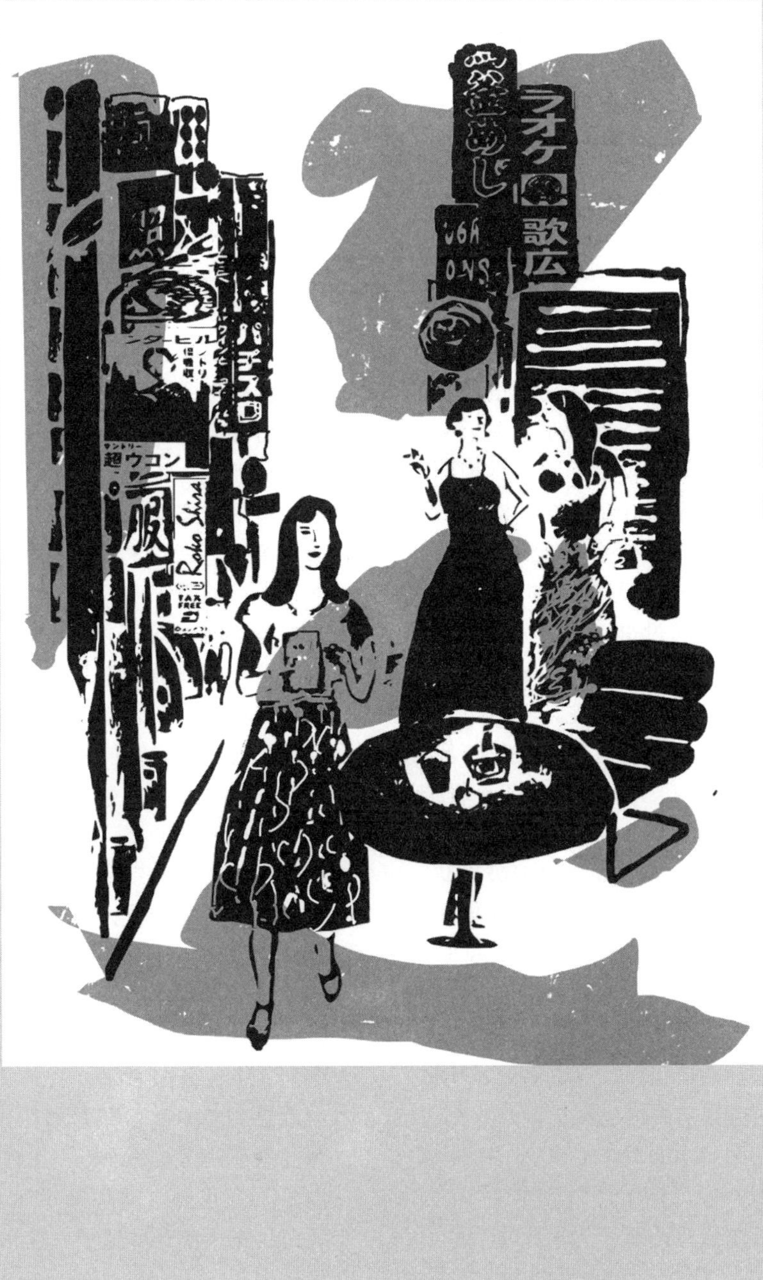
ラオケ
歌広
超ウコン
Roko Shina
TAX FREE

了一遍。小根泽先生感叹地说，贝尔的运气真好。这么巧会掉在神社。这么巧双胞胎姐妹的家又在神社的对面。西川说贝尔有好多条命，死了几次都死不了。我说贝尔是十八分之一，应该有十八条命。

我们都想贝尔能吃点儿东西，这样它的伤也许会好得快一点。吉泽特地回家了一次，拿来昨天剩下的蚯蚓。吉泽一拍手，贝尔马上从浮漂那里游过来。我很感叹，贝尔到底是野生动物，恢复能力十分惊人。仅仅一个晚上而已，连塘边的石阶都能攀上来了。吉泽用筷子把蚯蚓抛到石阶上，贝尔一瘸一拐地捡着吃。吃是生命力量的象征。我们从来没有如此欣喜若狂。

当天傍晚，吉泽再来公园的时候，手里拿着两盒蚯蚓。一盒喂了贝尔，剩下的一盒她要小根泽先生带回家。她说明天要跟孙子们一起去荒川看烟花，来不了公园，想拜托小根泽先生把蚯蚓喂给贝尔。我这才想起来，19日足里区在荒川举办盛大的烟花大会。时间过得真快啊。去年，小不点儿就是在烟花大会那天飞走的。小根泽先生说他明天也去看烟花，不过可以提早来公园。他问我明天有什么安排。我说我会在公园陪贝尔。其实我也喜欢看烟花。雄大小的时候，每年我都带他去看烟花。站在荒川的堤坝上，看绚丽划破黑暗，听阵阵爆响，人生跟果汁一样鲜活。现在的居家，站在三楼的阳台就可以看见晴空塔和烟花。出于这个原因，晴空塔和烟花，与我便有了一种模糊的附属感。总觉得烟花不如以前的美丽。晴空塔建了好几年了，从来没有到眼前看过也没觉得有什么遗憾。今年我要陪贝尔。我担心放烟花的声响会吓到贝尔。烟花会在荒川放半个小时。而荒川距贝尔蒙特公园非常非常近。

19日傍晚，小根泽先生一个人来公园。他一次夹三四条蚯蚓，每次都很准确地抛在贝尔面前。五分钟不到蚯蚓就被贝尔吃光了。他急急地跟我打了个招呼就回家了。池塘附近只剩下我一个人。慢慢地天黑下来了，天空的星光一览无余。我看了一眼手机，已经7点15分了。烟花7点半开始。再看贝尔，它睡在浮漂上，对即将开始的烟花什么感觉都没有。不知道为什么，这一刻我忽然觉得非常非常寂寞。

贝尔第一次被流浪猫搞伤了是它的命，第二次掉在神社也是它的命。

我从未想到在贝尔蒙特公园也能看见烟花。烟花开始的前几分钟，陆续有人站在石拱桥上。草坪的高地上也坐着几个人。我看着浮漂上的贝尔，不安地在栏杆那里来回地踱步。我的心因慌乱而不停地忐忑着。贝尔会被烟花吓着的想法压倒了一切。等待第一个烟花来临的心情，宛如站在悬崖边上。随着一声巨响，天空的一面绚丽如虹，接着是轰轰烈烈的声音抑扬顿挫。贝尔蒙特公园被烟花照亮，恍如白昼。贝尔急慌慌地藏到那个它出生的木樽的下面。我眼巴巴地看着贝尔露在木樽外边的屁股，从头到尾只有一个感觉，就是希望烟花尽快地结束。

烟花大会结束后，贝尔从木樽下出来。看烟花的人马上就走光了。不久我看见惠子向我走来。她还是穿着那件粉红色的衣服。对于我来说，惠子喜欢粉红色是一种熟悉的感觉。她说那只黄色的小狸猫好像跑到这边的公园来了。我知道惠子也没有去荒川，也没有心思看烟花，她担心那只黄色的小狸猫。我跟她一起找了一会儿猫，但是没有找到。她想知道烟花好不好看。我说我光顾着看贝尔了。她问我："贝尔不要紧吧？"

我说："贝尔一直藏在木樽的下面，我盯了一个晚上的鸭屁股。"

她哈哈大笑，笑过后问我："贝尔的伤好点儿了吗？"

我说："好多了，已经看不出跛脚了。"

以后的几天里，贝尔好像完全康复了，经常扇动着翅膀练习飞翔。不过贝尔飞得很低，距离也非常短。只有一次，我兴奋地看到贝尔从池塘的北边一口气飞到了南边。最大的变化是，小不点儿很少来公园，倒是鸭爸爸经常出现。大家开始把期待放在鸭爸爸的身上，希望它可以带走贝尔。不过我们都认为，贝尔一时半会儿还离不开公园，因为它甚至没有飞越过石拱桥。自从那一次掉在神社，贝尔不太敢飞高了。照小根泽先生的估计，贝尔应该在9月离开贝尔蒙特公园。我已经无法分开自己的世界和贝尔的世界，一有空就会往公园里跑。

事情发生得非常突然。27日早上，跟往常一样，五点左右我去了贝尔蒙特公园。五十岚在公园的门口等我。她说贝尔不见了，昨天夜里12点跟儿子一起看贝尔的时候，贝尔已经不在了。她认为贝尔是真的飞走了。她因为赶着上班，急匆匆地去车站了。我快步跑去池塘，那个冷血的津田坐在池塘边的椅子上。我问她早上来公园的时候，有没有看见贝尔。她说没有。

昨天晚上，我是八点钟离开公园的。我离开的时候贝尔已经在浮漂上睡觉了。有一对恋人坐在津田此刻坐着的椅子上。我转来转去，问遍了在公园里晨练的所有的人。每个人都说没有看见贝尔。

我回到津田身边："你看过贝尔练习飞翔的情形吗？"

她回答说："有啊。昨天早上，小不点儿跟鸭爸爸来了一会儿，飞走的时候贝尔也跟着飞走了。但是贝尔很快就回来了。贝尔停在中心岛木亭的尖顶，从尖顶飞到了池塘。"

"是你亲眼看见的吗？"

她立刻说："当然是我亲眼看见的。"看到我半信半疑的样子，她接着说，"你来公园的时间比我晚。小不点儿跟鸭爸爸飞走的时间比较早，大约是早上4点半左右吧。"

"你看见贝尔飞越了石拱桥吗？"

"是啊。我看见贝尔飞越了石拱桥。"

我还是半信半疑。不久，吉泽和西川以及小根泽夫妇也来了。大家都一声不响地望着池塘。后来吉泽说话了，她认为贝尔的翅膀还没有长大，不可能飞远。西川说贝尔也许又会掉在什么地方。上一次贝尔跟鸭爸爸飞去的方向是东，再往前有元渊江公园，我建议给元渊江公园附近的警察署打电话。警察说没听说有什么人保护了斑嘴鸭。八点半，我自己给元渊江公园的管理处打了一个电话。接电话的男人说，每天都有斑嘴鸭从公园飞走，但没听说有新来的斑嘴鸭。

我希望有人跟我一起去元渊江公园确认一下，吉泽很想去，不过她今天有事。

我一个人去了元渊江公园。因为是骑自行车去的，花了半个多小时。元渊江公园比贝尔蒙特公园大一倍。池塘里有五个浮漂。六只斑嘴鸭悠然过着幸福的生活。我不安地意识到，记忆中的贝尔，外表跟其中的一只斑嘴鸭非常像，但我在这些斑嘴鸭身上，找不到小不点儿胸前的那个心。我问身边的女人，元渊江公园有没有新来的斑嘴鸭。她说不可能有，因为这里的斑嘴鸭早已形成了自己的势力范围，新来的斑嘴鸭会被这群斑嘴鸭赶走。我不死心，用手指着一只比较小的斑嘴鸭说："比如那只小的斑嘴鸭，也许是妈妈从哪里带回来的呢？"

她摇了摇头，下定论似的说："那只斑嘴鸭是今年在这里出生的。"

我立刻明白了，贝尔不在这里。其实，我自己也意识到了，这里的斑嘴鸭家族都是白脸，而贝尔像小不点儿，是灰脸。想回家的时候，小根泽夫人出现在我的面前。她说她丈夫去停车场的卖店，马上会赶过来。小根泽先生来的时候捧着三个冰淇淋。我怕胖，平时不敢吃冰淇淋，但是他看起来和蔼可亲，所以我就吃了冰淇淋。小根泽先生问我："贝尔在吗？"我摇头。他说："我看看。"我和他太太跟在他后面绕着池塘走了一圈。最后我们在一处椅子上坐下来。小根泽先生说："贝尔不在这里，但肯定跟河川在一起，肯定跟自然在一起。"

我是唯一迷惑的人。8点离开公园的时候，贝尔在浮漂上睡觉。12点五十岚跟她儿子来公园的时候，贝尔已经不在了。我心里憋着好多话，但一句也说不出来。

贝尔跟时光一样，一去无返了。

三十二

贝尔蒙特公园是一个神奇的地方。从春天到夏天我一直在追逐贝尔。追逐贝尔，本来是我忘却现实和摆脱恐惧的一种手段，但贝尔为我展示的，却是一场又一场的试炼。一只小小的斑嘴鸭，活下去的意志和力量，远远地超出了我的想象，令我在危机中感受到一种永恒的存在之力。

回过头说我，虽然家里家外发生了那么多的事情，但是看看现在，自己的人生是变好了还是变坏了呢？不知道。根本说不清楚。只能说好多事情都变了。好多事情都发生了变化。就说丈夫吧，他说的退职金一直都没有拿到，我不问，他从来也不会提起来。他在家里非常非常安静。有时候，我甚至会忘记他的存在，仿佛时光从来没有在我们之间流逝过。爱情就像一场梦。

但他仍然是他。但在表面上我们还是一家人。

路过役所大楼的时候，以前总是感到失落和寂寞，而现在有别的东西覆盖了那些感觉。我觉得从未有过的轻松和解脱。其实我只是决心不再到役所上班了而已。役所是我的另外的一场梦。

日常跟从前没有什么区别。为了雄大换两辆车去学校，我们早上五点半就得起床。三个人围着饭桌吃完饭，丈夫去上班，雄大去上学，我要么去贝尔蒙特公园走走，要么就找出一本喜欢的书来读读。我觉得可以这样子读书真的是非常奢侈的一件事。有一个我不喜欢承认的事实，就是有时候我会偷偷地感谢刘燕燕和坂本。如果不是因为她们俩，我也不会像一个无赖似的，一边读书散步一边却拿着伤病手当金度日，我现在肯定还在役所里干活。我现在不必在乎什么，想吃就吃，想睡就睡，想干什么就干什么。现在我想学习做菜，因为雄大对我说，他刚刚在网上做过调查，全日本最受尊重的妈妈的资格，第一就是菜做得好吃。我的菜做得实在是非常难吃。

但每次我去贝尔蒙特公园的时候，池塘总会让我不由自主地想起贝尔。

白井课长来电话约喝咖啡的时候，我意识到一个月又过去了。我比他提前到咖啡屋。山崎教了我很多话，但我一句都不打算说。因为那些话不是我自己想说的话。

臼井课长说："你好。"

我说："你好。"

他问我："身体恢复得怎么样了？什么时候可以上班？"

我从背包里取出一个信封放在桌子上："这是辞职信。"我觉得自己很安静。

他又问我："你真的不会后悔吗？"

我说："无所谓了。"

我说的是真的。我真的觉得无所谓了。下一次我走进役所大楼的时候，是一个克服了心忐忑的普通的客人。

出乎我意外的是，他跟我说起了他自己的事。他说他马上就要再婚了，对方也是役所里的职员。关于他再婚的事，我什么都没有问。我只是祝福了他。我的祝福是真诚的。跟上一次一样，由他结账，顺便给我买了一盒巧克力糖。分手的时候，他说下一次跟窗口服务系的系长喝酒时会叫上我。我说好。但是我知道我们永远都不会在一起喝酒。

有一天晚上，我在被窝里看电视，雄大突然跑过来说："我决定中学不去公立了。我跟几个朋友商量好了，一起升到现在的中学，再一起升到高中，一直在一起。我不想离开现在的朋友。"我说："好。我知道了。"

但一阵疼痛流过我的心。雄大没有叫"妈妈"。雄大已经有好久好久没有叫我"妈妈"了。但这是他的选择。他的性格太像我了。

我有了新的目标——哪一天我回家的时候，或者雄大回家的时候，或者在家的时候，能够听见雄大自自然然地叫我一声"妈妈"。

你的姓名　■　旧海棠

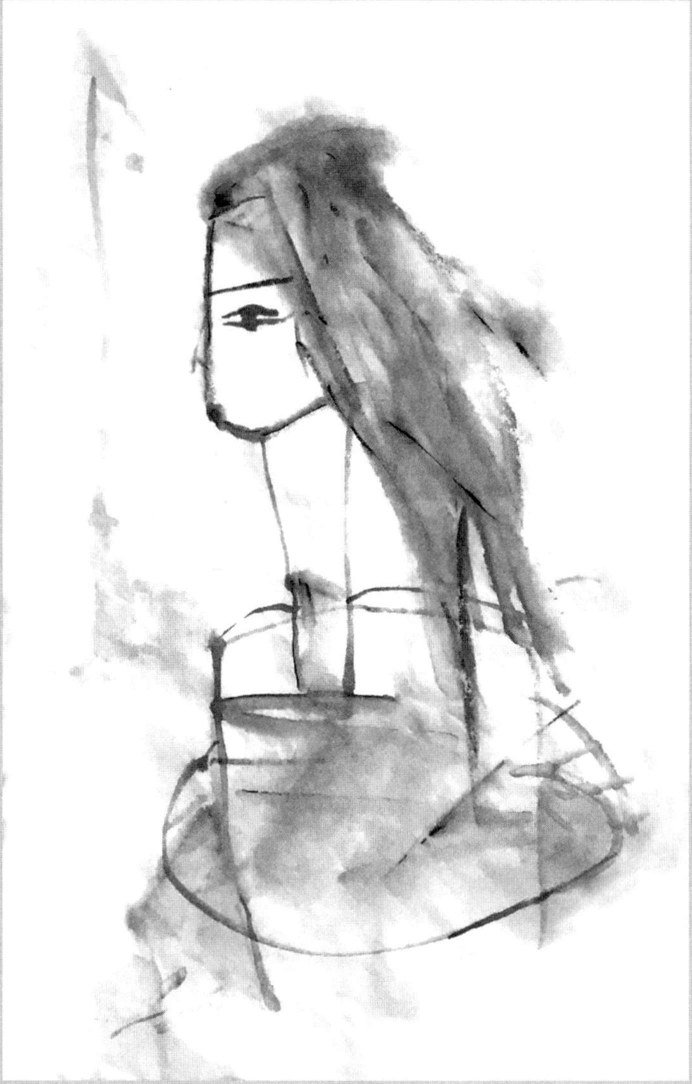

第一部分　我

1

有一年电视上播放《新白娘子传奇》，端着碗凑到巷子里吃午饭的人吃着吃着，一个人突然说，老白，你怎么不叫白素贞？那时候我们巷子里种着柳树、槐树、中国梧桐。柳树已经"万条垂下绿丝绦"了，槐树正结花米。碰巧巷子里有一棵开早花的槐树，白花瓣开始零稀地往下落。本是能吃的东西，落到面条碗里人们也不介意，和着面条就吃下去了。这时我妈却要用筷子拣出来在碗边敲掉，然后说，那是个鬼，我因为啥要叫个白素贞？一个人说，是妖怪吧，你咋看个电视都看不懂。我妈说，妖怪还不是鬼。那个人说，妖怪是妖怪，鬼是鬼。走过的桥比别人走过的路都多的大奶奶说，鬼嘛，是死了人的魂；妖怪嘛，是啥动物成了精，还是不一样。又说，妖怪和鬼差不多，都是阴物，都不是啥好东西。大奶奶年纪大，辈分长，她说话了谁也不争，各自扒完碗里的面条回自己家。

也有吃回头碗的，回家盛第二碗出来，还是蹲在自己原来的位置。好像那里是他的领土，只要这一顿饭还没过去，就占着，不让他人抢了。有吃完也不回碗也不回家的，就晾着碗坐在巷子里。好天气时天很暖了，人们乐意在外面待着闲唠嗑。

我妈姓白，有姓无名，排行老二，叫二妮。妈妈没读过书，长大后在生产队扫盲班读过夜校，认得一些数、十几二十几个字。比起识字，妈妈更愿意纳鞋底。她说识字太麻烦了，看着长得差不多，又读这又读那的。她说的是"大"和"天"，"日"和"月"，"田"和"甲"，"黄"和"英"。数字能认1到100，过了100就不太能认，总弄不清"0"是个什么情况，一会在前一会在后。写更不行，签自己的名字时更愿意画圈了事。

我妈妈虽然不愿意人家叫她"白素贞"，被叫多了，也就认了。默认大多不是认，是由不得自己。邻里谁家需要一样东西，恰好我家有，人便说"找白素贞"。后来村里人完全忘记了我妈在我家户口本上叫白二妮。结果成这样，我现在想主要还是乡村文化一直没有一个好的"调性"，像烂泥土，扶不上墙。除了叫我妈妈"白素贞"的一些伯伯叔叔大娘婶子们，有时还有晚辈中的男性，没大没小，学起长辈"胡咧咧"。只有少数持重、更年长的长辈会叫我妈妈"瑞娘"。"瑞"是我姐姐的乳名，叫我妈妈"瑞娘"的人是很让我尊敬的，觉得是好人。

妈妈要来深圳，我无所事事，数着妈妈到来的日期，想起关于妈妈的这些，也多少想起了一些其他的往事。妈妈被叫成"白素贞"的这一年是一九九三年吧，我辍学了，跟着大人一起干农活，学着赶大人的场。

我对大人的场子是陌生的，又好奇。对大人场子里的爸爸妈妈也是陌生的，常常生起讨厌，跟我在家里看到的爸爸妈妈不太一样。有次我跟姐姐说，妈妈在人场被人开玩笑了，姐姐说，大人的事，你不要管。姐姐又说，你不要去凑场子，小孩子凑大人的场像什么话。我说我不小了,我都下地干活了。姐姐不吭声。

2

妈妈九点多下了火车,十点半到家。先生去接她,我在家里的入户花园迎接她,然后把她领到她住的客房。

妈妈一路进屋,见家里有保姆做事神情落寞,刚放下行李就小声地问:"保姆什么都做?"我说保姆不都什么都做。妈妈又说:"你们请了保姆还叫我来?"我说:"这事咱就不争了,我们早就请了保姆,电话里说了几次,你又不是不知道。再说是你说来给我做鸡汤面叶的。你还说女儿生孩子哪有娘家不来人的。我就说好吧,你来吧,但也说你来到就知道了,你帮不上忙。可是你还是说得来,还说广西的保姆不会做鸡汤面叶。"妈妈说:"是这个理,也不是这个理。你爸一个男的又不能来,我不来谁来!"妈妈说完显得有点委屈,很无趣地打开行李包,一把一把地把衣物和土特产拿出来摆在窗台上。我看着妈妈这样的背影又不忍心了,捧着肚子坐到她的床上,想从身体深处的胎儿那里搜刮些好听的话安慰一下妈妈。我说:"妈,也没有不让你来,就是怕你在不住,过不了几天就要走。你又恐高,坐电梯都晕,一天坐几回电梯都够你受的。"妈妈说:"我怎么在不住,上次是你说事少都不用我做,我才在不住。这次你生孩子,我总有事做吧?坐电梯晕我就不出门。"妈妈进城来也还是习惯用在乡村时的"声大有理"的法则跟我讲话,我不好再接话下去。上次是我新婚不久,还在上班,家里周六日用了钟点工做清洁,两个大人的生活能有什么事做!我不想跟妈妈争,忙说:"对,有宝宝你能在住。"从四个月时,胎儿会在我的肚子里翻身,我和先生就称他/她宝宝了。先生下班回来会问:"今天宝宝怎么样?"

妈妈来过我家一次,老家的热水器用电,怕她忘记煤气的热水器怎么使用,还是又告诉她一遍,让她先洗个澡,缓解坐火车的劳乏。她洗完澡又洗完衣服就到中午饭的时间了。中午饭后我们咸咸淡淡地聊了些家常。午睡起来妈妈正式上岗,陪我下楼散步。晚饭妈妈要洗碗,我让保姆给她洗了。这么着,并不无趣的一天过完,睡觉前妈妈还是没忍住要我打电话问问姐姐来不来,什么时候到。我当着妈妈的面给姐姐打了电话,让她跟姐姐通话她又不肯,最后还是我告诉她,姐姐说来,十五号到。

妈妈闲了两天,实在闲着要生厌烦了,浑身难受得吃不下饭,我想总得给她找点事做,就跟她说,我想吃什么什么,让她给我做家乡的面食。妈妈高兴了,包素馅饺子,做鸡汤面叶,炸油糕,做糖三角。然后还在客厅的落地窗下给我未出生的孩子做抱被和垫被。抱被做了一个就没让做了,已经买了三个了。垫被薄的、厚的、大的、小的,让妈妈可着之前爸爸寄来的棉布和棉絮做,能做几个做几个。垫被用处多,沙发上、地上、婴儿的小床上都要用,买了两个也可以多做些,将来当坐垫用。妈妈做的垫被确实比买来的坐起来舒服,服帖,棉芯不游移。其他的婴儿用品我早就买好了,按照医院孕妇学校给的清单一样不落买的。

妈妈为我和孩子做事是真心高兴的,她觉得她在我这里有用了,不是个闲人了。她不能理解一个人什么都不干就光看电视、吃饭，一天一天的怎能生活得住。妈妈有白头发了，做针线活时针蓖过去，白发丝露出来逆着光看很明显。妈妈做活时我多陪在旁边打下手，拉布，穿针，打线格子。但只要我在旁边妈妈就停不住唠家常，东家长西家短。说别人嘛她还好声好气，说到我姐姐，妈妈是要扎手的，连扎两回。我说："妈你别说了，你看你都扎手了，你生气了。"妈妈说："怎么会没气，她不起床我就把饭做好了，她吃了连碗都不收，见哪里做不好就开始叨叨我这没做好那没做好。唉，我干脆不做了，我去广场玩去了。我是她妈，又不是保姆，使唤我跟使唤保姆一样。你姐嘛，使唤我，他胡光春凭什么也使唤我？说妈把这个收一下把那个收一下。他有手有脚的不能动吗，非叫我？"我听出来了，不光跟我姐有气，跟我姐夫也有气。更可能是对我姐夫有气，为了不显得她是直接对我姐夫的，还拿我姐铺垫一下。我笑，知道她的心思，叫她不要介意，都说女婿半个儿，当他是半个儿就心平气和了。开始这么说我发现妈妈并没有释怀，妈妈心里的事可能没这么简单。但到底是什么我不想去理，谁跟谁没点纠结的事呢？

妈妈除了陪我散步、买菜、逛街，有时还帮我洗衣服，她觉得什么衣服都用洗衣机洗不好，布丝会洗细，不经穿。她的穿衣标准仍是她成长的困难时期，里三年，外三年，缝缝补补再三年。她还说，以前我们刚出生时的小衣服小被子哪会用新布啊，都是用家里人穿破的衣服改的，刚出生的孩子衣服巴掌大，再破的衣服都能做一件出来。她见我还给未出生的孩子买了尿布，崭新的纱布做成的尿布，妈妈撇嘴，说，能做馏布子！馏布子是蒸馒头用的，做吃的东西，不能用旧衣服旧被单改，传统上馏布子得用新的。

妈妈除了给我的孩子做小抱被、垫被，最后还是没经住"无聊"，用我的旧衣服给孩子做了一些小衣服，都是一针一线缝出来的。妈妈在老家有台缝纫机，没有带到深圳来，见她一针一线地缝我有点过意不去，但见她做事比闲着高兴就又由着她了。比起童年见她做针线，妈妈现在的样子是安详的。我们还小的时候，爸爸妈妈要赶着场地干农活，只有在下雨天妈妈才有空做针线，那时的妈妈有点忧愁，也是在田地里赶农活的急切劲，除非是连阴天，滴滴答答的雨下个没完没了，一下十天半月，妈妈才安静，好像是屋外的雨吸走了她身上的烦躁，她清爽了。

3

妈妈到深圳后的半月，离我的预产期还有十来天姐姐才来。妈妈说："终于来了。"她爱数落姐姐这那，又盼着姐姐来，有时我觉得很懂她，有时又摸不清她到底在想什么。

姐姐在深圳待过八年，有些朋友，她一来，她的一个老朋友第二天也来了我家。姐姐的老朋友叫金平，儿子三岁多，很可爱，眼睛不笑时都能眯成一条缝，笑起来像婴儿还没开眼，特别像当时流行的一个玩偶"流氓兔"，因此我们都叫他小兔子。

我家三室两厅，姐姐和她的朋友来后睡在妈妈的房间。保姆自己一个房间，我和先生一个房间，妈妈自告奋勇睡了客厅。也是的，等姐姐和金平母子一走，房间空出来又是妈妈用了。妈妈不介意，她高兴家里热热闹闹的，说生孩子本就是喜庆的事，热闹好。

家里这么热闹了几天，一个傍晚，我们几个人陪小兔子下楼玩滑滑梯，我一个猛劲起身去扶小兔子，听到自己的身体里"砰"的一声，然后感觉下体有一股热流。金平是有经验的人，说，羊水破了，快回家躺着。

我也多少有点预感是羊水破了，打电话叫先生回来开车送我去医院。打完电话还是躺着，指挥妈妈和姐姐帮我收拾住院生产的东西。我用的、婴儿用的，怀孕五六月时就开始准备了，孕妇学校的老师说七个月后就行动不便了，这些东西可以提前准备。我躺在客厅的沙发上，大致告诉她们在哪里放着，需要哪些东西。我的身下垫着几层布，但好像白垫了，躺下后并没有更多的羊水流出，只像月经量一样流出很少的黄水。金平有点过意不去，觉得是儿子太皮，爬得太高，我担心她儿子摔着去扶才早产的。我说，没关系的，孕妇学校说十来天不算早产。我先生回来后也说，这下好，赶在九月一号前生，将来读书不用晚一年上。他这么一说，大家都从紧张中乐了，都说小兔子是福星，给我们带来了好运气。这多少有点善意，有些违心。但在无伤大雅的事前谁又不愿意善良一点呢？

这天是八月二十九号，路上开始阵痛，一阵比一阵来得快。当在北环路上塞得一动不动时，我都想打120了。但显得我没经验，下午五点到的医院，夜间十一点半才生。接连几天，保姆和妈妈在家里忙，姐姐留在医院陪我，先生开车接送金平和小兔子送饭，家里医院都不差人。等到出院，姐姐、金平、小兔子都去接我和宝宝。

我身上有刀口未愈合，姐姐还未生育不会抱孩子，金平是过来人，从离开病房，宝宝就由金平来抱。一路上小兔子不停地要看宝宝的手和小脚，他焦灼的样子好像是不能相信婴儿的手和脚是那么小的，比了又比。金平几次制止他，他每次都刚平息完情绪又要打开抱被，屁股坐不稳车。我刚做妈妈，心里慈爱得不得了，由着小兔子反反复复地看宝宝的手和脚，还帮他打开抱被。先生怕反复打开抱被宝宝会着凉，开着车不忘回头提醒小兔子别欺负他的女儿，不然不带他去游泳。我们小区有一个很大的游泳池，小兔子总跟我先生去游泳。我嘲笑先生无知，又没有全部打开抱被，只是打开一下手和脚，哪里就会着凉了。我说完，问小兔子他小时候是不是露露手露露脚不会着凉，小兔子不太能理会我的意思，好像又懂我在逗他，咯咯憨笑，笑了又笑，笑得很假。他这么笑又把我们逗乐了，一路上车里欢声笑语。

等回到家，车停了车库，我们从车库坐电梯上楼，原来车里的快乐跟着我们一直坐电梯到了二十三楼。妈妈早坐在入户花园里等着了，她一个人不敢敞着大门，以她期盼见到外孙女的心，不然她要到电梯间等的。妈妈可能听到我们从电梯出来，忙出来接我们，保姆也出来了，家里一阵热闹。

妈妈的事真的多了起来，保姆做不过来的都交给她做。金平帮着我带孩子，姐姐最无趣，想逗逗孩子，见孩子还不睁眼，无计可施，只好去帮妈妈。两个人说着说着不知怎么就吵了起来，姐姐说："这是在别人家，你还要这么批评我是不是？"妈妈压着声音说："谁批评你了，不是你先说我没做好的。"

4

姐姐在医院陪我时趁空做了尿检,她也怀孕了,不放心又抽了血,第二天拿报告还是怀孕。我生孩子对我们大家庭来说属于正常的最大喜事,她怀上孩子则是最大的惊喜,因为她结婚三年后终于怀上了孩子!姐姐一怀上孩子,姐夫听说后忙坐着飞机来接她,来到后满面春风的,好像已经是当爸爸的劲头。他和我先生互相拍着肩,互相道恭喜恭喜!姐姐原计划要陪我出月子的,姐夫来接她了,就改主意准备跟姐夫回去。姐夫的理由是觉得姐姐太瘦了,一米六八的人体重不到一百斤生孩子怎么行,得回去好好养养。姐姐觉得姐夫这是疼爱她,甜甜蜜蜜、高高兴兴跟姐夫回去了。姐夫追了姐姐七年,写了很多封信,姐姐相信姐夫是非常爱她的。

姐姐一走,金平和小兔子也没有在我家住下去,先生送了他们母子回去。他们都走后,我过着预想中的产妇生活,催奶、奶孩子、给孩子洗澡、按摩,凡是在孕妇学校学到的知识都用上了,一天一天的日子忙个不停。除了照顾孩子,家务我不用操心,身边有妈妈和保姆,生活里没有半点意外。

保姆四十多岁,广西人,做了二十几年保姆,煮饭煲汤一套一套的。她有点看不起妈妈,觉得妈妈不过一介农妇,什么都做不好,这样的人她老家也有很多。妈妈每要帮手,她只是让妈妈帮忙洗菜,连切也不让妈妈切,嫌妈妈切的菜不好看。妈妈知道自己不如她,便甘心听保姆的使唤。保姆也不客气,后来真的使唤起来,叫她洗锅洗碗,叫她拖地,叫她递东递西。

她还告诉妈妈,陈小姐说海绵拖把不能拖厨房,吸了油不好拖客厅的木地板,拖厨房要用另一把布拖把。妈妈听说是我说的,也没意见,听着保姆的安排。我起初不知道保姆使唤我妈,见妈妈总听保姆的,便问妈妈怎么回事。妈妈到我房间跟我说事情经过,我一听,这怎么行,我用保姆,保姆用我妈,这逻辑有点乱。我知道妈妈与姐姐心里不和才总在我面前说她,不想妈妈将来也因什么事心里不悦在别人面前说我。她是不懂得掂量什么话该说什么话不该说的,与什么人聊对脾胃了是常常不管不顾什么都说的。或者说了她也后悔,但她聊高兴时总是想不到这一点。关于这点我爸总是凶她,可是她也委屈,觉得农村妇女谁不是这么聊天的,你给我讲一个故事,我给你讲一个故事,她不聊这些又能聊什么。

我知道保姆使唤我妈后的第二天,先生吃完早餐去上班,我等先生关上大门后说:"莲姐,以后我妈除了给我做面食厨房的事不要再让我妈做了,我妈手不好,拿不稳碗,碗打了口子再用起来容易伤手。以后还是你洗碗的时候多,割了你的手不好。"说完,我觉得我的话说多了,可是还是没忍住接着说,"宝宝的尿布和衣服让我妈手洗,她不会用滚筒,需要用洗衣机洗的你还是按以前的分类洗好烫好。"我吃完早饭放下筷子说的这番话,妈妈用腿在桌子下碰我的腿,我知道妈妈怕得罪保姆,怕保姆给我下小套,我没管妈妈,说完就起身走了。妈妈见我走,赶快起身随我离开饭桌。

回到卧室看到宝宝睡在婴儿床上肉肉的脸,多少有点后悔了,这几年总有保姆虐婴事件曝出来,不怕保姆给我下小套,也应该为孩子着想啊！这么意识到，觉得刚才说话还是不谨慎，一个上午我都未出卧室，吃午饭时我说还不想吃，叫妈妈和保姆先吃。下午听到保姆在自己的房间看电视了，才抱着孩子到客厅走走。保姆隔月都有两天回家政公司接受再培训的安排，与时俱进的观念还是会跟上来，像如何尊重雇主，如何争取个人的爱好、自由，什么时候应该提出涨工资等，现在的保姆都很会跟雇主协商了。像看电视这事就是她向我申请的，说她喜欢这个电视剧，在这个电视剧播放期间她的时间会怎么安排。我说好，由着她了。追电视剧这事她做得还好，声音不大，只是追起来过于投入，这期间你要叫她停下来搭个手她会有点小情绪，一个镜头都不愿意放过。实在时间长了，夜里重播她是无论如何都要看回来的。不管怎样，我对保姆追剧的要求是同意了的，并未想过反悔，这时见她看得高兴忍不住大笑，我大松一口气，想着能那么没心没肺笑的人心眼不会坏的吧。是一个韩剧，我也看了几集，男女主角都很好看，恋爱谈得如胶似漆，女主角来自农村，常常在男主角面前闹笑话，凡是那样的情节都惹保姆笑个不停。

晚上先生带现金回来给保姆发工资，说好的有孩子后工资增加五百，我又多给了她二百，告诉她月子里另外多给的，算"利事"，以后按五百给。保姆见过世面，很会说漂亮话，高高兴兴地把钱接了。也是，可能我敏感了，早上之后她就没有再使唤我妈了，也没见她有情绪，只是煮晚饭时，她让妈妈出门去买生姜，说生姜用完了。先生下班晚，我家晚餐吃得迟，所以煮饭也晚，这么晚让妈妈一个人出门，我才觉得莲姐是故意的。我正要生气，妈妈说没事没事。妈妈这次又住二十多天了还是不太敢一个人出门，白天都不敢，何况现在天都黑了，我多少还是有些担忧。小区有三个门，几条通往商业街的路故意铺得蜿蜒曲折，她总分不清，几分钟的路都迷，我只好叮嘱她，要记得看见大游泳池了再拐弯。在乡村生活习惯了的妈妈只会往北往南往东往西拐弯，不会往左往右，所以在我家妈妈既用不了往东往西的方法，也用不了往左往右的方法，我只好给她想出一个使用参照物的方法，叫她往有游泳池的地方拐，往有小山的地方拐，往有一棵很大的树的地方拐。但是天要黑了，路灯已经亮起，不知道妈妈在这样的昏暗时段能不能找准参照物。妈妈识不了几个字，不能凭路牌指示认路，想想真是要命的事，我们小区的楼不是用数字标识的多少多少栋，是以英文字母打头的如"C座·百合阁"。妈妈下楼后，我焦灼不安地计算着时间，几次想抱着孩子下楼找妈妈，几次又把这种焦灼按捺下来，当预计的时间过去之后，我没有忍住，把熟睡的孩子裹好抱着下了楼。

小区的树木和假山影影绰绰，而路灯又是昏黄的，风一动，好像把这种不稳定的影像带出来一块，风走远，那块影像又再弹回，像个调皮的恶魔。平时妈妈连小孩子的衣服都要在天黑前收回屋，天黑更是不准抱孩子到阳台上，我那时自然是不听妈妈的，几次抱了孩子到阳台看月亮。孩子开眼不久，哪里会看月亮，难说是要与妈妈作对，我还是故意抱孩子去阳台走几步。这时在小区没走多远，想起妈妈的话，我抱着孩子返回了大堂的沙发上坐着。我一心地为自己辩解，不管迷不迷信了，为了孩子不要去黑夜里。

妈妈果然走错了路，在 E 座半天刷不了卡，后来跟着别人上了电梯才发现错了。知道错了妈妈又下楼，还好妈妈有信任他人的淳朴思想，她去一个大门口找了保安，让保安带她到 C 座。她跟保安说，像个"0"（零）一样的那座。大约保安机灵，知道小区没有"0"座，也没有"O"座，就带了妈妈来"C"座。妈妈刷了卡进大堂见了我，还怪我怎么抱孩子下来了，我说我没出去，下来就在大堂里没出去。说完又说还不是怕你找不到地方。母女间互相起的嗔心并不想掩饰，等到了电梯，我说按"2"和"3"一起的那个数，妈妈说："我认识23。"说着按了下去，电梯上行。但到了家里，妈妈又和颜悦色了，故意把说话声弄得轻松又嘹亮。

5

生产后二十一天，月子才坐了三分之二，因为已经下去一次了，第二天天气也好，我就推着宝宝下楼透风。妈妈虽然不许我下楼，拗不过我，就陪我下楼走走。我很好，就是汗多，随随便便地一动就出很多汗。深圳的九月还很炎热，好在入秋后天气干爽，下了楼并没有在楼上那么热。

起初下楼，我戴着妈妈织的线帽，穿着长袖长裤，过两天就不想戴帽子穿长袖了。妈妈很生气，说："我的话你不听，等上年纪你就知道了，月子里风吹哪里将来哪里就疼。"

我那时真是还年轻，听不进妈妈的话，觉得怎么可能风吹一下就疼呢，人又不是泥巴做的，吹一吹就酥。在楼上捂了半个多月，一下楼光顾贪图风吹在皮肤上的凉爽了，根本想不到未来。

终于要出月子，妈妈代表她和爸爸送宝宝一对银镯一个红包，看着像在老家就准备好的。给了礼物，妈妈又非要出去吃满月酒。在深圳我跟先生都没有什么太要好的朋友，他又不想惊动公司的人，想省了满月酒。妈妈说，一个家添人口是大事，这哪能省。她非要出钱请我们吃一顿，说就当接我回娘家了。妈妈这一说，我才心头一热，知道世间最诚挚认真的情感只能是父母待儿女的这份，便由了她的意思。种种不可言，妈妈并没有长期住下来的意思，她坚持摆满月酒也让我知道妈妈想完成使命回老家了。原来妈妈此番来不光是她一个人来，她还带着爸爸的意思，带着我们村庄里世世代代流传下来的习俗。

说起来好寒酸，想了两天也想不到可以邀请什么人来吃满月酒，怕叫了 A 不叫 B 不好，怕叫了 B 又不好收人家的红包。在深圳，我与先生都没有七姑八姨和沾亲带故的亲戚，我们也都还来不及像父母各自的家族用世世代代结交出远亲近邻，我们搬来小区的时间太短，还没有来得及与什么人结交下深厚的友情。也可能先生是做市场的，太在意利益往来，摘剔一遍各自的人际关系，觉得还是谁也不叫了，就一家人利利落落地吃一顿满月酒好了。说是不叫，金平发了信息祝贺阿宝满月，于是我让先生去接金平母子，加上保姆去外面吃了一顿饭算作满月酒。这样，阿宝的满月也算庆祝过了。又过两天，妈妈提出回去，我没有挽留，让先生把妈妈送上火车，那边通知了爸爸去月台接她。

也许先生的生活早已回归原来的轨道，上班，下班，应酬，出差，一样不落地进行着。我的生活则天翻地覆，像进入了另一条生活的生产线。我在每一天里都重复着相同的节奏，争分夺秒地吃，争分夺秒地喝，争分夺秒地睡，争分夺秒地醒。我希望和孩子一起同睡同醒，怎奈我不能像孩子一样扭开开关就醒，关上开关就睡。不管她是醒还是睡，我需要每两个小时给她喂一次奶，换一次尿布。有时被什么吵着睡不着，或偶尔醒来，我恍惚地发现我身边多了一个婴孩，难免地想弄清我是谁，她是谁。当战栗着明清过来我是一个母亲，她是我的孩子，我又会迷惑于我们的明天会是什么样子。孩子一个动静，一个嘤嘤哭啼，我要判断她怎么了，我要怎么做。我惊讶于孩子的先天智慧，传达给我隐秘的信号，也惊讶于一个女性浑然天成的母亲本能，我从未知晓的事情，在一个瞬间的反应里全然懂得如何处理，动作娴熟流畅，宛若一个操练许久的工匠。就这样，我每天无不是在欢喜又乏味、繁忙又单调地过着分分秒秒、日日夜夜。我最大的收获，是我得到一个确定的信息，我是一个母亲，我从此要为这个孩子负责，并且懂得我们将在此一生中不离不弃地相伴和牵挂着生活。确定这个，我似乎才终于安心下来。但安心下来的生活还是一样地过，只是心不慌张了，不急迫了，可以慢条斯理地洗一件孩子的衣服，给她洗澡，看她醒来和入睡。一天午后，我给孩子洗完澡放在阳光照耀着的床上，让她趴着练习抬头和支撑身体，不想她突然蹬起腿来，往前拱了一步。

6

一晃到了年底，姐姐怀孕五个月，爸爸妈妈商量过去照顾姐姐。好像是姐姐先打的电话邀请。姐姐怀孕后一反以往的态度，变得很会撒娇，她打电话跟爸爸妈妈说云云有保姆，她又请不起保姆，只好请爸爸妈妈过去给她当保姆了。"保姆"这个词本是以前他们之间忌讳的词，姐姐生生说出来了，看来邀请爸爸妈妈过去是诚意的了。多少还带有悔过后的诚意？爸爸想了又想，跟妈妈说："自己的儿，当真计较也狠不下那个心，她有难处了当父母的怎么能不帮？"妈妈是个没有主见的人，爸爸这么说，她也下决心忘记跟姐姐相处时的种种不快，他们俩又把老家收拾收拾锁了大门，带了几只母鸡去了苏州姐姐家。

很快过了年开了春，姐姐怀孕八个月了，要考虑生产的事了，姐姐也已早早地购置了生产用的东西。离每月产检还有几天，姐姐突然尿红，打电话问我是不是正常的，我说肯定不正常。我又问她还有其他状态没有，姐姐想了想说腿上有小红点，我说小红点正常，有些孕妇会有，但尿红不正常。姐姐跟姐夫说了，叫姐夫陪着去产检，姐夫说还有几天才到产检的日子，不疼不痒的再等等呗。姐夫那时在创业，有些忙，什么事不细想，以为姐姐为了解便秘吃了太多红色火龙果所致。姐姐想想，是吃了红色火龙果，也就没有要求姐夫开车陪她去医院。我第二天打电话问姐姐的情况，我说不行，必须去医院，让爸爸陪着也得去。

去了医院正常产检似乎也没有什么，但一周后姐夫突然在傍晚打电话给我，语言不成趣，说："孟云，我刚从医院拿结果出来，还没回家，还没跟你姐姐说，我打电话给你说，你姐得了白血病，你得来苏州一趟，你弟弟也得来，你们得抽血配血型给你姐生完孩子做骨髓移植。"我一听就紧张了，也可能是被姐夫紧张的语气吓的。

我说:"姐夫,你别乱,这病要是真的,我们给我姐治,我们给我姐做骨髓移植,但是现在姐姐有危险吗?"姐夫说,一时半会儿没有危险,可以先输血小板,但是危险能看得见,没有多长时间了。我问那是多长时间,姐夫说:"你姐快生了,不管什么时候生,只要生就是坎,生孩子会出血,她这病出血是止不住的。"姐夫又补充说,"她自己已经没有血了。"简单商量了需要着手做的事情,我立刻订了去苏州的机票。姐姐得了白血病其中的一种,正式名叫再生障碍性贫血。

我的孩子正在断奶,还没有完全断掉,此去苏州只能抱着孩子,第二天坐最早一班飞机去苏州,下机后直取高速去医院抽血。弟弟也到了,我们一起抽的血。抽血时我还抱着宝宝,她才七个多月,正是不要生人的时候,她开始以为护士要给她打针,哭得不行,后来见针扎在妈妈胳膊上,是妈妈"打针",才一脸惊诧地停止了哭声,抱着我脖子不动弹。

这事也不能隐瞒姐姐,因为要安排她住院了,一刻也耽误不了。姐姐听了哭,只是哭,半天才摸着肚子说:"我怎么这么命苦,一天好日子还没过上。"是啊,姐姐跟着姐夫在深圳打工八年,姐夫去年才辞职到苏州创业,跟人合资的小工厂才刚运作起来,她就得了这不要命的病。更不要命的是她肚子里还有个孩子。孩子踢她,姐姐又笑了,说:"阿宝你看,小妹妹要找姐姐玩了!"大家不敢笑,都看着我,我忙代表怀里的孩子说:"哈喽哈喽,小妹妹,姐姐也想跟你玩!"说完,我觉得缓解气氛的责任到了我身上,没话找话起来,"也可能是小弟弟哟,阿宝说不定想要个弟弟呢,阿宝说是吧?"这种话实在太无聊,我有些说不下去。

爸爸妈妈已经知道姐姐得病了,也知道得了不要命的病,大气不敢出一声。妈妈还围着坐了过来,爸爸远远地坐在门口望着窗外不说话。二〇〇七年,苏州项城区一个新开发小区里,多层的楼房,姐姐家在七楼,父亲望着的窗外是一栋栋整齐有序排列的白顶红墙楼房,楼房边绿化带种的灌木还未长大,微小的绿色伏在楼层底部断断续续连接不上。

我一直逗着阿宝,让阿宝摸摸姐姐的肚子,又随着姐姐肚子里孩子的脚把她的手移来移去。阿宝咯咯地笑,姐姐说,这是妹妹的小手喔,这是妹妹的小脚喔。从这情景看,姐姐笃定肚子里的孩子是女儿了。或者她想要个女儿。

晚饭我们还是正常吃,妈妈煮饭时还稳重,洗碗时开始哭。爸爸下楼散步了,很长时间不见回来,我让弟弟去找爸爸。等姐姐被姐夫陪着洗了脚上了床躺下,爸爸才回来。爸爸也去哪里哭了,眼睛肿着。不知弟弟哭了没有,可能年轻,皮肉紧实,泪水里的盐没有伤害到他脸上的皮肤。弟弟说:"二姐,我明天一早就去上班,你带宝宝起不了早,我就不跟你说话了。这里的事就交给你了,有什么情况你给我打电话。"我说:"好,你去上班吧。"

有什么办法呢,我们每一个人都在已知的恐惧中假装平静、镇定,弟弟在模具工厂上班,那点工资对于姐姐的病来说能帮上什么!但我们都知道姐姐这病需要钱,谁也不敢小瞧了一分钱,我们需要倾其所能来筹到一大笔移植费,四十万。

四十万当然只是个开始,但这时谁也不知道只是个开始。

7

我们一时都不知道如何面对这场灾难，每个人的心里都只有恐惧，躲避一样，各自早早地进自己的屋里装睡。可是这一夜谁也没有睡，隔着墙我能听到爸爸妈妈叹息，听到姐夫在说情话，听到姐姐抽泣。

到了陌生的地方，阿宝也不肯睡，好不容易把她哄睡着，却比往常更早地醒来。我刚有点睡意，看手机，才四点，可她闹着要起床，我只好抱着她去客厅。人一走动，我的眼泪还是要从胸腔往头上走，堵得鼻腔胀疼。我想哭，为我们面对的巨大困难而哭，也为姐姐而哭，她真的还没有开始享福。前些年她把爸爸妈妈接去深圳开超市，虽有爸爸妈妈在帮着打理，但她要进货，要上架，要早早晚晚地手动整理数据。虽然那时也有电脑了，但那时的电脑还很落后，太多的东西需要她手动去做。妈妈不能认字，爸爸眼睛花，除了简单的收银结账他使用不了电脑。那时还是486电脑，荧屏闪得他的眼发糊。

我抱着阿宝刚到客厅，爸爸也到了，看我眼睛睁不开他说他抱阿宝，叫我再去眯会儿。可能又是一阵折腾，我躺下后在昏沉中想睡，听到客厅里爸爸教阿宝唱歌："小燕子，穿花衣，年年春天来这里。我问燕子为啥来，燕子说，这里的春天最美丽……"宝宝还不会唱歌，但听着好像蛮高兴的，奶声奶气地啊啊呀呀。四月了呢，春天就要过去了。

不一会，姐夫也起床了，姐夫走到客厅，听声音说："阿宝你起得好早啊！你起这么早是不是想陪大姨一起去逛街呢？"

我听着忙起身问他们怎么起这早。姐夫说，姐姐想去上海看看，趁现在还走得动，就去看看呗！我问要我们陪吗？姐夫说我抱着孩子不方便。我说那好，你们小心点。我看看姐姐的卧室门还关着，没去打扰，也可能是内心不敢面对此。然后见姐夫出门了，他说他要出去借一辆车。我跟爸爸看着姐夫出门。妈妈也起来了，也看着姐夫出门。似乎是他此番出门会给我们带来什么希望似的。

虽然大家都起了，弟弟还是悄悄地走了。

妈妈知道了姐姐要出门，忙着去准备早餐。妈妈说："她晕车，吃点东西在胃里人能舒服点。"我跟爸爸没有阻拦妈妈，也不知道姐姐会不会想吃早餐。爸爸仍在客厅哄阿宝玩，因为有动静，我反而能睡着了。不知道姐姐是不是也是这样。她的房间一直没有动静。

第 二 部 分　　你

1

立刻移植被姐夫否决了，因为姐姐已经怀孕八个月五天，若是移植不成功，又遇着孩子瓜熟蒂落的一天到来，姐姐会遇着大出血，那时不光是目前的方案舍弃孩子这么简单，完全有可能丢掉两个性命。姐姐生孩子必定会大出血，而孩子因为姐姐移植用药，也要不成。因为孩子连着母体，母体用药孩子同时也会吸收，那可都是抗生素类的药，剂剂要命。

不知姐夫、姐姐两个人怎么商量的，他们改变了马上移植的方案，改成打催熟针，等孩子可以降生先剖出孩子，然后为了防止感染，先要割掉子宫，再做移植，至少，保住孩子。

姐姐现在还像个正常人，这个方案是她签字的，作为娘家人我和父亲还没有权力帮姐姐做决定选方案。女人结婚后，如果她没有特别指认她的第一责任人，她的第一责任人是她的丈夫，然后才是有血亲关系的直系亲属，爸爸、妈妈、我和弟弟。一时间我们都恨起姐夫。但姐夫异常冷静，他说："你们也不傻，就是我们选择第一个方案，也会遇到大出血的危险，且可能因为移植后排异使这个危险增大，所以不如在她身体还没有那么脆弱前先剖出孩子，至少这时的孩子是健康的。我也能理解你们，你们是陈平平血脉意义上的亲人，觉得陈平平的生命是第一重要的，她的孩子第二重要，但你们只要冷静一想就能想通，孩子也是平平的孩子，有一个总比两个都没有强。"

姐夫冷静得可怕，他的话让我们不舒服，他说话的样子也让我们都很讨厌。但我、爸爸妈妈，都坐着一动不动，都不想出声。姐夫说完转个身，感觉很无趣，拿了换洗的衣服又出门去医院了。姐夫走了半晌，妈妈恶狠狠地说："要是大鹏在非抽他两个耳刮子不可。"爸爸还是看着原来的一个什么地方，悠悠地说："抽他有什么用呢，他说的是大实话。"

弟弟叫陈大鹏，我们都叫他大鹏。

姐夫早饭后走的，说是早饭，也是九点多了，妈妈下了面条，他吃了一半。收碗时妈妈没舍得倒掉姐夫剩下的半碗面条，自己吃了。临到中午，妈妈下楼买菜。小区门口就有菜市场，近一个小时，妈妈才提着一把青菜回来。爸爸也出去了，妈妈刚到家，爸爸也到了家。爸爸一看妈妈只买了一把青菜转身又出去了。姐姐家住的楼房没有电梯，还住七楼，妈妈上下一趟觉得很吃力，见爸爸下去了，冲他背后说："你就不能留点力气，省一碗饭。"爸爸可能听见了，没回头下楼了。

等爸爸再回来，提了二两带皮后腿上肉，两块老豆腐。爸爸说："阿宝在断奶，要吃点顶饿的，早上吃的面条，总不能一天都给孩子吃面条。"妈妈见爸爸甩给她肉和豆腐，嘴角动了动没开口反驳，抹着泪把菜提到厨房做饭去了。爸爸这时给妈妈摆脸色我有点看不过，但我不想家里再有争执，不想把大家还有的一丝力气用在争执上。这时节的是是非非都没劲头，不等燃起火苗自己先灭下去了。妈妈没知识没文化，这导致她什么事上都没有主见。或许他们年轻时妈妈在什么事上也能有一星半点看法，但都会被读了初中有文化的爸爸给压下去，久而久之，妈妈就变成一个没有主见的人，什么事都听爸爸的。曾经我跟姐姐研究过妈妈没主见的问题，结果是，妈妈没读过书，满脑子老思想，她是依了古话"嫁鸡随鸡，嫁狗随狗，嫁根扁担扛着走"的教条，虽然并非主动选择依附爸爸，但无意识中依陈旧观念接受爸爸是天，爸爸说什么就是什么。我跟姐姐也曾经研究过村里其他没有读过书的妇女，发现凡是依附了丈夫的都没有主见。村里有一个年轻时守寡的，也是文盲，却是一个非常有主见的人，因为她成了一家之主后，什么事都需要她拿主意，这也并非是她的主动选择，是她需要成为一个有主见的人。所以有主见和没主见都未必是主动选择的结果，不过是一种习惯，或说是习俗要男人当家作主，要女人听附男人。我跟姐姐也发现，没有主见的人都特别能忍，妈妈也是，妈妈总能忍受爸爸，接受爸爸的任何安排。反过来若是妈妈做了让爸爸不满意的事，爸爸对待妈妈的态度不是忍，他自己把不跟妈妈计较的行为叫宽容。"宽容"与"忍"的区别，让我跟姐姐更多时候是向着爸爸的，觉得"宽容"是主动的立场，而"忍"是一种被动地接近懦弱的接受。我们认为妈妈是可以反抗的，也认为只要妈妈有个人的态度爸爸也是可以妥协的，但可悲的是妈妈从来没有个人的态度，一旦谁说她哪里不对，她即使万般不高兴最终还是会认下"错误"。这没必要，所以我跟姐姐常叹妈妈"可怜之人必有可恨之处"。作为日渐成长中的女性，我们恨妈妈身上的太多东西，我们发誓不要成为妈妈那样的人。就说早上姐夫剩下的半碗面条吧，搁平时妈妈也不会吃，但因为现在家里马上就要很穷了，妈妈选择吃了，这搁爸爸身上是不可能发生的。爸爸会衡量这半碗面条他不吃会不会饿死，若还不至于到饿死的地步，他是无论如何也不会来吃心里正讨厌的女婿剩下的半碗面条的。

姐姐读中学时跟我讲过爸爸的两个故事，她还曾把这两个故事写进作文，并命名叫"不食嗟来之食"。姐姐说爸爸是有骨气的，是一个讲气节的人，一个人在那样关键的时候还能讲气节讲骨气是让她很服气的。

故事一：爸爸小的时候正遇着饥荒，他父亲死了，母亲多病，他跟姐姐要到河工那里捡剩饭吃。其实那个年代哪有剩饭呢，不过是河工吃红薯时咬下的头尾和剥下的皮，他们小孩子捡去吃。姑姑是不管什么的，守在别人碗边等别人一剥下就捡走。而爸爸不是，从不上前看着别人吃，不等别人吃饱端碗走人他绝不上前去捡，那时爸爸四岁。

故事二：爸爸的母亲因不堪孤寡被欺，又因带不走一对儿女就自己偷偷走了。他跟姑姑为了找母亲，流落到一个村庄。有户人家无子，告诉他和姑姑他们的母亲在路上病死了，被埋了，要他改姓供他读书养他吃穿。爸爸跟姑姑同意了，准备留下来，后来爸爸听说这户人家只要他不要姑姑，他不愿意了，连夜爬起来拽起姑姑逃跑，这年爸爸五岁半。

我知道这两个故事后自然也很感慨爸爸有骨气。故事从姐姐那里听下去，说所幸后来，他们找到了他们的外祖母家，外祖母外祖父还都健在，一时吃住有依。他的外祖父四个女儿，没有儿子，家境不错，抄家前埋了不少财产，坏时代过去偷偷挖出来还是"富裕"人家。但爸爸又生气了，他觉得外祖父外祖母能把三个女儿都嫁得很近，为什么偏偏要把他的母亲嫁那么遥远呢，以致他的母亲孤零无助，默默出走，最后凄惨而死。好在之后的两年里，他们外祖母听到那个村人的话是假的，爸爸的母亲并没有死，只是与他们姐弟俩走的路线不同，流落到另一个村子里了。又因为有病在身，实在走不动嫁了人。姐姐感叹，爸爸成长中太多挫折和苦难，磨炼他成为一个不盲从、不信吹嘘、只信奉自己的人。姐姐曾认为这些都是爸爸难得的做人品质。

这些事说起来都是那时我与姐姐年纪轻，以旁观者又是对爸爸崇拜的心态赞叹爸爸，现在事情来到她自己的身上，妈妈因为要给她治病省钱吃别人剩下的半碗面条,她若知道又将会作何感想?

妈妈叫吃午饭,桌上摆了一大钵面条,还是煮面条,旁边有一个盖碗一盘蒸肉饼。盖碗打开,里面是半碗肉糜,盘子里是咸蛋蒸肉。爸爸半天不来,我抱着阿宝坐下,先给阿宝用肉糜拌面碎(把面条弄碎),然后借阿宝的名义叫"姥爷姥爷快来吃饭了","姥爷,姥爷,您再不来吃饭,阿宝也不吃了"!这么叫两遍,爸爸出来坐下来端碗吃面。妈妈很用心,把二两肉剔出精瘦的部分用刀拍成肉泥隔水炖烂给阿宝吃,把剩下的筋皮和两块豆腐剁碎,拌上他们从老家带来的咸鸭蛋蒸上给我们吃。就这样,一个蒸锅,水里,屉子上,一锅出来两个菜,我看在眼里又怎能说妈妈是一个没有主见的人呢?

虽是一盘肉饼,我仍希望分成三份,各自一份,谁也不要推让。我希望我率先舀走一份,剩下的两份爸爸妈妈也能自然取走,但不想他们两个谁也不动。于是我只好给爸爸舀上一份,又去给妈妈舀,妈妈不接。爸爸看妈妈一眼,不知是什么眼光,妈妈端着碗往客厅去了。我把妈妈的一份咸鸭蛋肉饼放回盘子,继续给阿宝喂饭。爸爸吃完一碗面没再回头装,把碗往厨房一撂下楼去了。妈妈从客厅过来,看样子早吃完了,就是不过来。等妈妈又装了面汤坐下来,小声嘀咕说:"搁平时,这样的面他至少吃两碗。年轻时干活干捞都能吃个三五碗。"我嚷妈妈:"你现在说这个做什么?"

阿宝没吃完拌的面,我把孩子剩的吃了,自己碗里的也吃完,再吃不下回头碗。妈妈见状说:"又剩,晚上不煮饭了。"我没接话,我知道有我在,爸爸是不会同意妈妈哪一顿饭不煮的。

吃完饭,我带着阿宝午睡,妈妈照常找点家务事做。到了两点她又开电视,我听着声音,还是放着那个一百多集的电视剧,但是嬉嬉闹闹几声就没有了。妈妈关了电视。午睡后醒来三点多了,阿宝在家里玩到四点半,我带她下楼玩,妈妈帮我搬便携式婴儿车下楼,遇着爸爸回来,他知道妈妈这是要陪我下楼了,把妈妈拉了一边说什么,看样子两个人还在闹别扭,又不得不互通要紧的话。妈妈转过来跟我说:"今天不下楼了吧,你爸说路口有家人办白事,把路两边占着了,不好走。"我说:"那咱们往南去,小孩子一天不出去走走要闹的。"

小区南边是田地,田地里正是一天里的好风光,但小区到田地有一条沟过不去我也知道。妈妈说:"那咱就在沟边玩玩吧,不过去那边了。"妈妈说的那边是小区的大门口的小广场,也是那家把路占着办白事的方向。妈妈说:"你要什么叫你爸过去买。"我说:"什么也不要,阿宝吃的用的都有,鸡蛋要是没有了,叫爸爸买一斤鸡蛋,明天早上给阿宝吃蛋黄拌稀饭。"

晚上我们果然吃剩的半钵面条,又一热就成了黏稠的咸稀饭。

家里一时除了给阿宝添辅食,什么东西都不买了,连两毛钱的葱也不买了。妈妈说:"这两天天天青菜下面条,你也买根葱爆点葱油,面条好有个香味。"爸爸说:"阿宝又不能吃葱,大人吃饭是挡饿的,要香味做什么?"妈妈说:"又不是我们两个吃,不是还有云云嘛!"有时候我不知道他们怎么有那么多的拌嘴,兴许是为了过日子,好把一天一天的时光耗完。

2

姐夫上次吃过早餐走后的三天再没有在家吃过一回饭,也没有在家睡过,只是回来拿了两次换洗衣服。妈妈把他和姐姐换下来的衣服洗干净,分别用袋子装了,等他回来提。姐姐入院后的第四天,我跟爸爸去了医院,爸爸在医院的院子带阿宝,我随姐夫去了姐姐的主治医生办公室签字。姐夫对方案很清楚了,医生专门为我解释了一遍会诊方案,催熟胎儿,剖腹取子,割掉子宫,隔离恢复,同时等待配型结果,我跟弟弟任一配上都准备移植,若配不上只能等待。医生说完这些,又说,病人已经没有自主造血功能,目前每天输血800CC维持身体机能。没有造血能力也意味着没有止血能力,剖腹必定会面临大出血,所以剖腹那天,如果配额的血浆不够,可能需要直输你们的血给你姐姐。所以现在等配型结果,两个都能配上就太好了。已知的事,我是A血型,姐姐是O血型,弟弟是O血型,我不能给姐姐直输血浆,配上干细胞的可能性也无,所以,医生这么跟我说话,其实是在跟未到场的弟弟说话。事后我原话告诉了弟弟,弟弟说他请假来。我让他提前两天来,他说不用,剖腹产那天一早再来,他一天工资加上加班有一百五十块钱工资!听弟弟这么说,我在电话这一头潸然泪下,弟弟什么时候这么懂事与勇于担当了!

姐姐入院之前,我、姐夫、爸爸已经开始筹钱,目标是四十万,但我们在姐姐入院第二天就知道了,在四十万之前还有每天一万八千块的费用要支付,这一万八包括婴儿催熟针、姐姐输血浆,以及母体可能输入给婴儿的某些干预针剂,我们叫不上名字的一些进口药品。这一万八还不包括姐姐住隔离病房的住院费。

等到四月八号的剖腹日子到来,连一坐车就吐的妈妈也来到医院。姐姐全麻前,我、爸爸、妈妈和弟弟隔着玻璃跟姐姐见了面,姐姐戴着耳机跟我们说话向我们挥手。之后我和姐夫全身消毒后又穿上一次性隔离服进了隔离间,姐姐说:"阿宝呢,想看看阿宝!"我说:"阿宝给爸爸抱着,医生不给进来。"我那时用一款三星翻盖手机,用手机拍了阿宝的照片给姐姐看,姐姐说:"长大了,像个大姑娘了。"我开玩笑说:"还不到八个月,让你说得跟十八岁似的。还是你会看,我就看不出像大姑娘。"说完意识到什么,对姐姐笑。姐姐也笑:"我真看到了阿宝大姑娘的样子。"我说:"好吧好吧,你厉害!"姐姐身上肿得不行,像遇到危险时给自己充了气的河豚。才短短四天,好像比进来时胖了两百斤。姐姐握我的手,她的手也肿得不行,使不上力,我只好紧紧地握回她,然后合起她的一双手冲手心里假假地吹了"仙气"。我戴着口罩的,也戴了手套,倒是姐姐没戴口罩,光着手。她的手上我握过的地方留着我手的印痕。

"吹仙气"是小时候游戏时表示给对方加油的意思,朝姐姐吹完,我又告诉她,我会在手术室门口等着她,会一直等着她,到时一定要互相说"靓女,雷好啊,我好中意你"(陈慧娴一首歌里的对白,我们之前逗对方的时候常说)!姐姐笑了,喃喃地开口说起来,我说不能说不能说,现在还不能说。姐姐说:"好久没讲广东话了,我练习一下。"我说:"不行不行,练习也不能说出来。"说这话时我还想笑的,说完已哽咽，一下子就哭了。姐夫见我哭一把把我拉走，他可能都没意识到他使出了多大的力气，那力气有些粗暴，一下子就把我从他身前拉到了他身后。

姐夫跟姐姐说着什么，我抹了眼泪，再没有勇气过去跟姐姐说话，就跟跄出门。过了一道隔离门，是隔离仓的过道，一间间隔离室，都是玻璃的，里面都躺着人，有的有家人陪伴，有的孤苦伶仃。过道的另一头是大隔离间，分成两排，每间两人或三人。我知道走完过道出了大门，爸爸妈妈就在外面，我尽量走慢些，叫眼泪退回身体，然后乐观地对待父母和我快八个月的孩子。妈妈说："怎么肿成那个样子？"也不是问我，就是说她自己的心里话。爸爸说："那样子，不知道打了多少药水进去。"弟弟这年未满二十三岁，还有些愣头愣脑，说："是打药水打的吗？"爸爸说："明知道是打药水打的。不是打了药水，这只三四天工夫，什么病能成这样！"我们都不说话了。如果妈妈说话还是在心疼姐姐，爸爸这话就是愤怒了。但愤怒谁呢？

弟弟给阿宝买了个会唱歌的小熊，一按就唱歌，阿宝在啃小熊，可能啃到了开关，小熊一下子扭起屁股唱起歌来。小熊一唱歌，阿宝也"啊啊啊"，好像也在唱歌。我接过阿宝来抱，给她换口水巾，又检查她的纸尿裤有没有湿。一检查，原来阿宝拉过大便了，都干在屁股上了，还好不多，蛋黄样一坨。我想发脾气，想说阿宝拉了大便你们都不知道吗？但又忍了，或者爸爸妈妈真的不知道阿宝拉了大便，现在带孩子的方式和以前完全不一样了，现在的孩子都用纸尿裤，以前用尿布，屎尿一出，温度和味道就出来了，大人就感觉到了。但其实细细留意一些讯号，还是能知道，比如小孩子拉完屎尿会烦躁一下，或哭或闹。联想到阿宝现在多了一个玩具，或者她拉完大便闹了一会，大人以为她瞎闹气，弟弟去给她买了玩具就不闹了。

可是人啊，原来是越无聊时越发脾气，反而是危险与困顿时，会忍下一切，先要耐心地把紧要的事做完。面对手足无措的爸爸，面对无主见的妈妈，面对不成熟的弟弟，我突然意识到这个家我最"大"了，要顶住天塌立住地陷。可我是家里的老二啊，二三十年过来，我可有可无，没钱给孩子们交学费了，首先考虑辍学的是我。当然，比起姐姐，我学习太差了，而弟弟还小。

姐姐全麻后仍是只能由我和姐夫护送去手术间，全麻后的姐姐像睡着了，像个吃饱喝足的胖娃娃那样甜美地睡着了。

3

我们一家人等在手术室的专用电梯外，妈妈不停地说："云云，是在这儿等吗？你刚才是送到这里吗？手术室在电梯里吗？"以前妈妈问这种傻问题爸爸是要嫌弃妈妈的，会说，"瞎搅和，不懂不会等喽看，就知道张嘴问！"但这天爸爸没拿这种话说妈妈，也跟着一起问起来："云云，手术室不是应该有一个大门吗？"我说："是，手术室有一个大门的，大门进去还有小门。但是那一层不给外人进，他们做完手术从小门里推出来，还有一个大门，大门再出来就是电梯。这两部电梯都是手术楼层的专用电梯，在这儿等就等于在大门口等了。"爸爸说"喔"，背着手，又点点头，很郑重地表示懂了。

时间自然是正常过的，我们再焦急也

不能加速时间，我们也都知道。相反的，我们希望时间不要太快，一是希望医生慢慢地、仔仔细细地给姐姐做手术，二是我们不想手术太早结束。我们的这点心思被妈妈对着墙自言自语道破："不着急，不着急，手术慢慢做，我们不着急。人没出来说明人还在，还在手术。"这时过去了五十分钟，比起继续等待下去，我们庆幸手术没有过早地结束。

在一楼的电梯口等待的不只我们一家人，很多人，扎着堆或站着或就地坐着。但不管是站着的还是坐着的，都盯着电梯数字显示屏看，小小的一块液晶显示屏难以计算出承载着多重的目光。只要数字一变，人们马上就会躁动，站着的移几步，坐地上的马上起来。出来的医生和护士穿着都一样，无法识别是不是推病人进去的那一个，但大家自有自己识别亲人的方式，无需人教，大家一致看车头，看布盖着的就不动。看没盖着布的就挤上去，直到识别那张脸不是自己能够识出的才作罢。这都是因为大家太着急了，一切动作赶在医生叫家属之前。其实只要稍稍耐心一点，等电梯门开，等车身全部出来调好方向，带头的医生就会叫出这床病人家属的名字。但是谁又能等待到那一刻呢？事实是医生不但叫出名字，还会叮嘱一番，叫家属陪着病床去到该去的地方，如门诊，如住院部，如殡仪楼。

最怕的场面是电梯一开门，病人是盖着脸的，然后等病床全部推出，调好方向，医生叫出这床的家属名字。那被叫到名字的人一定是大嚎一声，失重摔倒或颤抖哭泣。摔倒在地的还可能一下子挺直身子，任由其他的家人抬开不要挡着病床的路，然后这其中还要再挺身而出一个人随着病床而去。大家像要上台演出的老演员，一切的动作都无需谁来暗示和排练，每个人都能直接上场出演自己的那出戏，动作浑然天成。

我们家最先焦急起来的还是妈妈，不停地问进去多长时间了、多长时间了。我不想答。忙什么又回来的姐夫答过一次妈妈，一个小时了。爸爸本来绷着嘴专注地镇定着，听姐夫说话也看过来。姐夫说："你们放心，这个手术上面很关注，几家媒体都来了，他们会认真对待的。"爸爸反应很快，问："媒体是谁？"姐夫说："报纸的、电视的。"爸爸问："他们来能帮上平平手术什么忙？"姐夫说："不能说能帮上什么忙。越多人关心这例手术，他们就越会重视，他们越重视，平平不就越有好的可能嘛！""喔"，听应和声，好像妈妈也听懂什么了。从姐姐检验出结果至现在半个来月，姐夫没少跟医生交流，姐夫现在说话都在使用专业术语了。他说"这例手术"。

姐夫进一步解释："这家医院第一次给平平这样患再生障碍性贫血的产妇做剖腹产手术，引来几家医院的专家会诊，所以平平的手术成败不光是咱们几个人在乎，除咱们几个人之外，还有医院，还有再障专科和妇产专科、新生儿专科，乃至整个医术界都在关注。所以，爸爸妈妈，你们现在放心了吧，平平剖腹产这一环是不会出大问题的。咱们选择这个方案还是选对了的！"姐夫是激动了，强调地说："至少在这个环节上大人小孩子都不会出大问题的。现在媒体都等在系主任办公室外面呢。"这节骨眼上我们没心思跟姐夫较真，若真较真起来，这个方案不能算"咱"选的，两个方案出来，我们并没有参与抉择。

我们只是"听到"了这个方案而已。

爸爸看着姐夫说完"吭吭"几声哭了，显然他之前一直吞着一口气，这时人一放松那口气跑出来了，呛到了他。妈妈说："这是好事啊，你老头子怎么哭了？"弟弟也说："是好事！"我的注意力多少被怀里抱着的孩子转移了些，并没有爸爸激动。可能旁观者清，觉得姐夫身上有万事一身轻、提前卸过包袱的感觉。他说的大家都很重视姐姐这例手术的好消息并没有让我多在意，但他这"提前卸包袱"的轻松感惹恼了我，于是我冲他说："别高兴太早，我姐可是还在手术室没出来呢！"我这么一说，爸爸又不哭了，使劲地憋回眼泪。他的眼泪好像是专门为了迎接喜事的，既然还说不准，那就再等等，不能浪费了。

一小时过去，一小时十分过去，一小时十五分过去，一小时二十分过去，一小时二十五分过去，这时，妈妈注意到已经有第二个护士拿着血浆叫大家让出路来，直冲电梯里的人递去。妈妈一说，电梯关门的瞬间，我和弟弟都看到血浆是长包的不是短包的。是两包，不是一包。我跟弟弟相互望。弟弟的脸比平时长。弟弟用左手摩擦右胳膊上次抽血的地方。我们再往姐夫脸上看，姐夫的脸也很长。

一小时五十三分，一小时五十四分。自从过了一小时五十分我们再也等不下去了，一分一分互相报时。主要是我报给弟弟，弟弟报给我，爸爸凑过头来听，妈妈也凑过头来听。这期间姐夫不见了，不知道去了哪里。

两小时七分，姐夫回来了，说："好事好事，手术完了，平平马上就出来了！"我们都没心思相信他，盯着电梯门看。一个包着头的五大三粗的男人从一个电梯推出来之后，医生还在交代家属，另一个电梯门打开，姐姐出来了。虽然等了这么久，但我们都还没做好准备，听医生叫姐夫的名字，我们才想到这次出来的是姐姐，大喘一口气。姐夫被交代签完字马上去新生儿科领孩子送去保温室。剩下的我们跟随姐姐的病床去重症室。一个护士还说，不要跟这么多人，一个就好了。弟弟怯场，说："二姐你去！"我把阿宝转手给他，马上跟着过去。

穿过一个长长的走廊，医生走得很快，两个护士也走得很快，我只好很快地跟着。姐姐鼻和口插着管子，戴着氧气罩，不是亲人真认不出谁是谁来。我想摸一下她，两边有护士，我只好摸了摸姐姐盖得严实的脚和腿。姐姐身上的被子盖得太厚，几乎摸不出哪是她的身体，可是我还是相信自己摸到了她的脚。还好我知道，全身麻醉的人怕冷，保温是很重要的事情。我还想再看清楚点什么，已经到了重症室门口，我被拒在门外，凡进去的都需要消毒检测后才能进去。我本来不知道接下来要干什么，爸爸妈妈和弟弟赶到，问我姐姐是不是进去了，我说是，他们又问我接下来干什么，我说，等着，会有人出来叫家属的。然而其实直到这时我也不知道作为家属的我们接下来要干什么。我们一时无趣地等着，一直等着，等了太久太久姐夫才来，才办好孩子的住院手续。孩子已做过新生儿的各项检查，为了等肺更进一步成熟，还要在温室里待五天，到时没事就可以先出院。我们谁也没问有事了怎么办。这一刻我们不关心孩子，我们的希望还在姐姐身上。

孩子在温室里，姐姐在重症室，姐夫出去接受媒体的采访。这一天，很漫长，又很快地过去了。

当什么事都干不了的时候，只有等待。当等待里只能等待的时候，人就无趣了，要找点什么事打发时间。妈妈说："插那么多管子。"她也不是问谁，就是自己这么说。爸爸也说："是插那么多管子。"又不像是回答妈妈，也不过是自己这么说。"人没一点动静。"妈妈说。"做全麻都那样，人什么也不知道。"我回。我不想他们猜来猜去的，我希望大家省点力气。

"那你说话了我就还是问问你，你说，你姐是有知觉的还是没知觉的？"爸爸问。

"没有知觉。说了全麻。"我回。

"你可能不理解我的意思。我的意思是你姐她现在到底是个什么情况？是全麻那样的，还是不是麻的也是那样？"爸爸又说。

我看爸爸一眼，说："你看你问题都不会问。你是想说你理解全麻的人是什么也不知道的，但全麻过了人会是什么情况吧？"

"对对。"爸爸说。

"谁也说不准，至少这会儿是因为全麻没有知觉。"我说。

"那你去找医生问问什么情况嘛！"妈妈说。

"没用。一是没有跟医生约找不到医生的，不接待。二是，医生要找家属首先是找姐夫不是找我们。我们不是第一家属。"我说。

"真是奇了怪了，我们生的养的还不如他一个外姓的。"妈妈说。

"胡说什么，这个时候哪是发牢骚的时候！"爸爸喝止妈妈。

窗外天黑了，阿宝在婴儿车里醒来，要吃的。我们才想起我们中午饭也没有吃。

我给阿宝准备奶粉，弟弟去接热水，冷热各半，冲好奶粉给阿宝喝着，推着她我们出去医院找吃的。

五块钱一个盒饭我们都嫌贵。弟弟这时机灵了，说饭是免费加的，于是我们四个大人要了两个盒饭，撕下盒盖又找人要了两份饭。

晚饭后很晚了，才见到姐夫。他叫弟弟留下，叫我带爸爸妈妈回家。他让我打车，妈妈不舍得，爸爸想了想说，还有阿宝呢，打车阿宝舒服。于是我们拦了一辆的士从苏州市第一人民医院打车回了项城区。

第二天姐姐没醒，但报纸出来了，报纸上说外来务工者陈平平是一位再障孕妇，昨天在苏州市第一人民医院成功剖腹产出一名健康女婴，目前母女二人平安。报纸上配的照片是姐姐上手术台未全麻之前的样子。身上穿的不是病号服，是粉蓝色的孕妇裙，耳朵上挂着长发，手脸都是肿的，但一双眼炯炯有神地看着谁，看样子对明天充满了希望。

我们看完报纸放心了许多，妈妈把姐姐的照片剪下来收着。但第二天直到中午姐姐仍没有醒来。

很意外的，晚上我们开电视，新闻上正在播姐夫的采访，姐夫神采飞扬地向记者报喜说母女平安。我们看着姐夫那个样子觉得过了，再母女平安，姐姐还没醒呢，没醒算什么平安！随着一段对医学专业方面的报道之后，镜头对准了医生，然后是姐姐。我说："快看，是姐姐。是醒来后的姐姐。"姐姐还是戴着氧气面罩，无力地动了动手。我忙打电话给弟弟，弟弟说他也是在看电视，他也不知道姐姐什么时间醒的。我又给姐夫打电话，姐夫仍是激动地说:"是的,是的,平平醒了,下午醒的,还不能说话。"听声音他周围乱哄哄的。

"谢谢菩萨谢谢菩萨!"妈妈嘴里念叨着,也不管朝着的是哪个方向跪地就磕头。

至于什么时候醒的,醒了为什么不给我们报喜,一时我们都不想追问和计较。爸爸听了就去房间睡去了。妈妈说:"他去哭去了。"爸爸这么爱哭我长这么大还真不知道。

4

大家一时忙碌起来,爸爸买菜,妈妈负责给姐姐煮饭,弟弟专门送饭,我检查姐姐给孩子准备的衣物,刷洗晾晒,等着孩子回家。

姐姐在慢慢恢复。能动了。能坐了。能吃流食了。想吃薄面条了。妈妈听了姐姐想吃面条热泪盈眶,本来坐着,即刻起身,要去厨房。

姐姐和姐夫给孩子取了大名,这一出生就经历了人生大劫,自然是合了八字取了个压得住命的好名字。但我跟爸爸妈妈还是不想因为每每开口叫这个孩子的大名就想起还在隔离室的姐姐,我们私下叫她小蜻蜓。爸爸妈妈自是不会先这个意,是我几次叫了他们才跟随。说起来这也是姐姐曾经想要给孩子取的乳名,她跟妈妈散步,看见蜻蜓,说蜻蜓真好啊,多高多矮都能到,一条沟也能一下子飞过去。她站在那里不走成群的蜻蜓,说要是女孩就叫蜻蜓。妈妈当时还打她的骂,说:"不要老想着女孩女孩的,娘想什么就会是什么,你总想女孩女孩的,到时就真生个女孩。"姐姐说:"女孩有什么不好。我们就喜欢女孩。"妈妈带着她的老思想说:"你能做得了一家人的主?"姐姐嗔妈妈:"什么一家人一家人的,我们一家人除了我不就是他,到现在了你们还对他有意见。"妈妈不肯认姐姐的说法:"我又没文化,又不知道话咋说,习惯上不都是这么说话吗?你不高兴我怎么都说不得。这出来还好好的,咋才一句话你又怼咯我。"姐姐听妈妈这么说才和气地说:"现在不是你们那一代,现在的人男孩女孩都好。"妈妈在讲述这些时,我能想象的场面是:姐姐任性了,妈妈委屈不吭声了。

接小蜻蜓出院的那天,我去见姐姐,她好起来了,人瘦了一百斤的样子。我见姐姐的样子很高兴,说:"雷好啊,靓女,我好中意你嘅。"

姐姐笑,说:"疯妮子。"

我说:"你说一遍。"

姐姐流泪了,说:"我说不好,舌头肿的。"

我光顾高兴了,她这么说我才留意她说话声音含混,发音像咬着舌头说的话,等了解了知道是舌头上肿了一块。我说:"没事没事,不就是舌头肿了,你好好养着,消炎就好了。"

我们黏黏糊糊嘻嘻哈哈地聊了几分钟,没一句重要的话,却字字句句情深意切。护士催促我走,要消毒了。我说:"姐我走了哈,你要什么打电话给我,我给你买。"

姐姐说:"月亮。"

我说:"给你摘。"

不能拥抱。我们握手。又挥手。又挥手。我走出去了,姐姐贴着玻璃挥,我几乎是倒退着走出隔离室。我不能忘记,姐姐把手贴在玻璃上朝我挥手的样子。

姐夫给姐姐买了MP3听歌。

我一路上想,姐姐为什么不提见孩子

的事？说话间我们几次差点就说到这个问题了，有一句还明确说到今天孩子出院，我来接孩子的。我们也都没提上次她陪我产后出院的情景，那时还有金平和她的儿子小兔子，小兔子总要看阿宝的小手小脚。此时此景，难道不应该谈一谈过去相同的往事吗？姐姐逃避了。我也逃避了。

弟弟护送我和蜻蜓回了家，爸爸妈妈问姐姐怎么样，我说很好，电视还会放她，我们留意这几天的新闻就好了。

当晚我们就看了电视新闻做后续的报道，首先是一个近镜头，姐姐给大家挥手，然后镜头拉远，姐夫进到镜头里，端碗喂姐姐吃饭。最后是姐夫的个人镜头，告诉媒体喂姐姐吃的是我妈妈做的鸡汤薄面条，半流食，有营养，易消化。姐夫很会面对媒体了，说面食是平平从小就爱吃的食物，出来打工多少年，这次生病才又吃到妈妈亲手做的这么好吃的薄面条。

妈妈听了不高兴，转头冲着我说："哪是这次生病才又吃到，别说是你姐姐吃多少回了，光他也没少吃！"

我安慰妈妈："他这不是跟记者面前摘好听的说吗？你计较这个做什么。"

妈妈明白过来什么一样，说："是啊，我这是怎么啦，我孩子好好的就好，他想怎么说怎么说。是我老不中用了，不知道哪跟哪了。"我知道妈妈这时说的"孩子"是指姐姐。

我们看完关于姐姐的新闻没心思看其他的，妈妈说："还是报纸好，报纸能把照片剪下来。人搁电视上放，电视一关，人也没有了。"

爸爸说："不懂还爱瞎胡说。人怎么没有了，人还是那个人，是拍人的录像没有了。"

妈妈不敢接话，生闷气。爸爸也可能觉得妈妈那么说没什么，反而是他这么一解释更不好。然后又听爸爸悠悠地说："怎么把头剃了？"

我这时才看爸爸，一诧，爸爸太严肃了。我也没问为什么不能剃头，忙搜刮肚子里的好话："她在里面不方便，又怕感染，剃了好打理吧。"

爸爸不接话。看他的样子正要找个什么事做，小蜻蜓哭了，他也忙着去，我也忙着去。两个孩子睡一个屋里，小蜻蜓一哭，阿宝也醒了。我自然要去抱蜻蜓，爸爸抱阿宝。但是阿宝不愿意姥爷抱她，躺着直摆手，叫"买买，买买"。阿宝还发不清"妈妈"的音，发"买买"的音这是在叫我，我只好又来抱阿宝。阿宝八个来月，什么还不懂，却又有占有的本能。她看我抱过蜻蜓，用手拍蜻蜓，我只好让爸爸把蜻蜓抱开，给阿宝弄水喝。等她喝好，啃着手指饼才肯叫姥爷抱走，我这时才看蜻蜓。蜻蜓拉了黑色的大便。这孩子不幸，一出生肺不成熟又被什么感染，在医院五天医护只给输液并未开奶，食道还未打开，直到我接回家才开一次奶，这黑色大便还是胎便。为什么是黑色的呢？看孩子并无哪里不适，我给她处理好大便，又喂了一次奶粉。出生后未开过奶的孩子，错过吸吮的本能，这时连奶嘴都不会吸，要很巧妙地压一压她的舌头才知道往里面吸。压的这个动作做不好，往往第一口就呛到孩子了。蜻蜓第一次自然是呛着了，所以第二次我特别小心，先用空奶嘴给她吸了，才换有奶的奶嘴。蜻蜓仍是吃得很少，但看她的状态是好的，也就放心许多。

第一夜自然是不敢睡的，蜻蜓睡她的婴儿床，阿宝跟我睡熟后把她抱到了妈妈床上，爸爸在客厅打了地铺，我一有动静他就开灯等着，看是不是要热水什么的。阿宝起了一次夜，换了纸尿裤又睡了，这一夜睡得最好的数阿宝。

第二天天气好，蜻蜓熟睡。嘤嘤小哭是饿，喂饱抱抱就好。大哭是屎尿，给她换干净了也是很乖。倒是阿宝反应过来了什么一样，发现我总抱一个婴儿，有些无缘无故的烦躁。本来跟爸爸玩得好好的，突然就叫"买买，买买"哭起来。爸爸很会哄孩子，不停地逗她笑转移她的注意力，教她说"妹妹"。阿宝自然还不会说"妹妹"，她现在高兴时发的声音是"bababa"，要我时才发"买买"的声。我妈妈总说她在叫"爸爸"，要教她叫"妈妈"。我总要更正妈妈阿宝不是叫爸爸，她只是高兴起来喜欢发"bababa"的音而已。爸爸怀里抱着蜻蜓，眼里看着阿宝，人还是很高兴的，也会逗趣说："你妈想听阿宝叫她姥姥。"我一笑，也浑身一轻松，于是也半玩笑说："那姥姥还有得等喽，要明年喽！"妈妈也开玩笑，说："还说我，你还不是想听阿宝叫姥爷。"我说："都急不了，也都跑不了，到时候两个一起叫，吵得姥爷姥姥不安生，到时候又要拿棍子赶扁嘴子一样赶开的。"

好像我不小心又说错什么了，一时都不吭声。

妈妈半天接茬说："我不舍得。"

我想，妈妈哪里会不舍得呢，我可是挨过妈妈很多打的，抓住什么就狠狠地往我身上抽。可这话我这时怎么能说？搁平常聊天，回望从前，这话我可是能对妈妈说得出口的，我还会拉起一侧衣襟给妈妈看，"您看，您当时就用柳条子抽我这里，起一串包。"

5

隔离仓内有个护士站。姐姐用护士站的电话告诉我一件事，这时我还能听清她讲什么，只是觉得她气短。我想，气短跟舌头的肿块关系可能不大，但我不能跟姐姐聊这个想法。听她说完话，我转移话题告诉姐姐听说她喜欢蜻蜓，我们在家都叫孩子小蜻蜓。还强调说我跟爸爸妈妈都很喜欢小蜻蜓，现在我带着她，觉得跟自己生了老二一样，带起来顺心顺手的。我还说蜻蜓像她，偶尔睁一下眼睛，眼珠黑黑的，可好看了。我讲这个话的时候，姐姐没有插话，能感觉到她静静地听着。然后她理解了我要表达的意思，我们私下给她的孩子取了乳名。姐姐说："叫蜻蜓好，我也想要是女孩就叫蜻蜓。你知道傍晚时蜻蜓一群一群地飞的样子吗？可好看了。那个时候，我就很羡慕蜻蜓，多高的地方多低的地方都能飞，一条沟一下子也能飞过去。云云，我跟你说实话，我还不想见，我想给自己留个念想，有个心劲。妈妈不是总爱说做事要有个心劲才能做得好嘛，我现在理解了妈妈的话，我也要有个心劲把这病治好。"

我说："我懂，你放心，我会好好带她，把她好好地交给你。我真觉得像我生的老二一样，我都想阿宝快快长大，跟我一起带蜻蜓妹妹了。"

姐姐说："我知道了。我要挂电话了，不然护士要批评我了。对喔，别告诉你姐夫我申请打电话的事。"

我说："我知道。我不说。"

姐姐跟我说的一件事是："小云，你知道吗？我没子宫了。"

我说："我知道。我也签了字。"

姐姐说："喔，你知道啊！"半响，姐姐又说，"是觉得身体里少了一样东西，没着没落的那种感觉，你知道这种感觉的吧？不过，也没什么，我怀过孩子了，以后不生孩子不是我的问题了，是我没有子宫了。"

我说："我知道你的想法。"

姐姐说："你可别跟爸爸妈妈说。"

我说："我不跟爸爸妈妈说。你的事都是我跟姐夫签名，爸爸妈妈不知道。"

姐姐说："那就好。"

我说："你的手机还没带进去用吗？你说说舌头疼，可以给我发信息。"

姐姐说："我跟你姐夫说了，他说手机要送医院检查，还要消毒才会给我用。给我用了也要每天送去消毒。你知道吗？我用什么东西都要消毒了才能用，书也要消了毒才能看，电视遥控器也要消了毒才给用。我跟你说，你们给我洗过的内衣，都要消毒了才给我用。好玩吧？"姐姐笑。

我说："不太好玩。但消毒了好，我希望每一样东西都认真消过毒了再给你用。"我没告诉姐姐，我们专门买了一个大煮锅给她煮衣服。她用的什么东西洗干净了再煮过才晾晒。

姐姐说："好吧。听你们的。"

我说："一个人很无聊吧？"

姐姐说："还好。我现在还在产后恢复期，一天要睡很多觉。但你知道吗？我现在每天都输一包别人的血，我觉得身体都不是我的了，怪怪的。"

我说："别胡思八想，生病了，身体怪怪的很正常，跟输别人的血没关系，是生病的身体它不舒服，在告诉你要好好休息。平时感冒了都觉得头重脚轻呢，更何况你还刚生了孩子！"

姐姐说："不是生的，是剖腹的。对喔，我还刚剖腹出来一个孩子，所以觉得身体里空得没着没落的。我真是傻了。"我插话说："一孕笨三年！"

"好啦，我想通了，别担心我。代我感谢爸爸妈妈，也感谢弟弟要给我捐骨髓干细胞。"

我说："汽醒（广东话神经病的意思）。要你感谢！"

姐姐说："那我挂啦！护士来了，要催我回去了。"

我说："好。你回去吧。"

其实我并不确信她觉得身体怪怪的跟输别人的血有没有关系。

其实我也感觉到了，姐姐对病情非常看好，她都在想移植的事了。

其实我也感觉到了，姐姐心里充满了恐惧，以至她讲话都是怪怪的，跟平时很不一样，丢了魂一样。

姐姐舌头肿块还未全消，肺部又感染了。本来我们准备移植的钱还没有准备齐，又要在她剖腹产手术和蜻蜓住保温室上先花去一笔。刚花过那一笔，又花舌头消炎和肺部感染的一笔，一笔一笔，四十万目前还没筹齐已花去了二十几万。我们一家人已经在为钱焦急了。但不管怎样我们都要准备好移植的钱。之前姐姐剖腹，我已经给姐夫转了九万块钱，心里估算着还能再凑多少出来，如何向先生开口。

姐夫的妈妈来了。这是我的失误，我提出等蜻蜓满月了把蜻蜓带走一起带，因为我家有保姆，而我又刚生过孩子有经验。可以让我妈妈跟我一起走，也可以让我妈妈留下来给姐姐煮饭。我说妈妈跟不跟我走不重要，重要的是我把孩子带走，让你们专心照顾姐姐，姐姐接下来要有一个漫长的治疗。

姐夫起先不出声，后来转开话题也没说几句就走了。聊天后，两天不到他的妈妈就来了，蜻蜓的奶奶。

蜻蜓奶奶来了之后，姐姐家更住不下了。我还没跟姐夫讲妥蜻蜓的事，爸爸说他回去借钱，让妈妈留下来帮手，让弟弟留下来送饭。这时我还不太明确姐夫叫蜻蜓奶奶过来的目的。

蜻蜓出院一周，我觉得有必要给孩子洗个澡了，姐夫让孩子奶奶学着洗，我也没多想，由着奶奶在一边看着。小小的蜻蜓，剖出来五斤一两，在保温室只输液瘦下去很多，即使喂食奶粉一周，好像还是没能长回到出生的样子，现在是比生下来还要瘦的感觉。我把她的衣服全部脱下慢慢浸在温水里看着她瘦弱的样子，心里难过得不得了。这么瘦，耻骨凸露，高于大腿，让人不由联想到人类最早的祖先鸟类。这么说真是不尊重这个孩子，但我真的很难过很心疼。

蜻蜓嘤嘤地哭，我知道她是因为身上除去了包裹感到没有依着而恐惧，我把她整个依托在我的手臂上，把她的头放入我的臂弯。因为这个姿势抱她，我的衣服迅速浸湿了，孩子奶奶讲普通话夹杂着方言，说小孩子不怕的不怕的，放下去洗就好。这位奶奶明显是粗鲁的，我心里生满了嫌弃，但碍于是亲家没有表现出来。最后变成她说她的，我做我的。全程也就七八分钟的时间，我把孩子洗好简易包裹起来抱去调好温度的房间，给她全身按摩舒展。这个弱小的孩子竟是十分喜欢抚摸的，高兴起来一阵一阵地蹬腿。当我把手掌挡着她的一双小脚让她使力时，很意外的，她把自己朝头的方向蹬了出去。见她腿上有力，我心里这才一阵喜悦，对这个看着瘦弱的小生命放心下来。

孩子奶奶这天起主动要学着给孩子换纸尿裤、喂奶，我也都让她做了。比起我妈妈，孩子奶奶做事是很干脆利落的，换纸尿裤一抬一颠一拉一裹就好了。我说孩子大便了要用湿纸巾擦拭干净，她说："干净了，干净了。"我说孩子喝完奶要竖着拍个嗝再放小床上，她说："拍过了，拍过了。"

在蜻蜓出生第三周、出院第二周里，蜻蜓奶奶什么都熟手了，她带着蜻蜓睡去姐姐的卧室，蜻蜓的小床也搬了过去。她多数时间讲方言，她做这一切没有跟任何人说，只是那么去做。她也不要谁搭手挪移东西，很快就把事做好了。姐夫偶尔回来也休息在那个卧室，蜻蜓奶奶还是疼她的儿子，主动睡在地上。

妈妈在厨房煮饭时没忍住跟我说："谁哩蛋谁搂，一窝是一窝。"

我小声说："说什么呢，你那是说母鸡。"

妈妈说："你都看着了，你说是不是这个理？"

我说："是这个理，你什么都别管，你就煮你的饭，叫你煮什么你就煮什么。"

第四周孩子不用我洗澡了。这是一个不好的信号，我去找姐夫商量还是我把蜻蜓抱走，姐夫说："你姐生这么重的病，孩子是个指望，你把她抱走，你叫我回到家看什么？家里没个孩子，家还是个家吗，我还回家做什么？"

我说："你不是刚好全心全意地陪着姐姐吗？她肺部感染一好就要做移植，得多少事情让你操心啊！这么多的事情难道还

150

不够你忙的吗？你把寄望不是放在跟医生沟通治疗上，不是主动寻找最合适的医治方案，而是放在孩子身上，听起来多让人寒心啊！再说这个家先是你和姐姐的家，不是没有孩子就不是你们的家！"

姐夫愤怒地说："无理取闹！小人之心！平平是你姐姐，也是我老婆，我当然希望她好，可是孩子是我们的孩子，我为什么不可以寄望孩子给我带来安慰？你姐治病有医院有医生就好了，我们要信任医院信任医生，他们也想治好每一个病人，治好了是他们的荣耀，治不好于他们又有什么好处？我一个外行，我再怎么努力了解怎么可能比医生更专业！"

我们的情绪都来得猛烈，我痛哭，他说的都对，可我的心却阵阵寒凉。从那时起我就觉得他在放弃，或他在卸压，但他不知道，也不愿体察，他在一次一次转移方向却不去面对。我们各自站在自己的立场上不能和解。

我在一个探望时间去看姐姐，告诉她好好配合治疗，姐夫、我、爸爸分别筹钱，会让她在治疗好肺部感染后有钱移植的。姐姐敏感得不得了，说："你要走了吗？"

我说："是。我回去筹钱。"

姐姐说："爸爸走了吗？"

我说："是，爸爸回去了。叫我见着你了再告诉你，叫你好好治。"

姐姐说："爸爸生我的气吗？"

我说："又瞎说，父母能生孩子什么气，过了就过了。"我知道姐姐指什么。

姐姐说："我终究还是让爸爸失望了。我终究还是伤了爸爸的心。"

我说："不要说这话。孩子能伤父母什么心，等你好了，等姐夫的公司好了，爸爸还要享你的福呢！"

姐姐说："是，我还没开始享福呢，爸爸妈妈还没有开始享我的福呢！"

我说："我的小福，爸爸妈妈又不愿享，就等着享你的大福！"我调侃地笑。

姐姐说："傻子。"姐姐说："你姐夫的公司还好吗？"

我说："不知道呢，他现在全部的精力肯定要放在你的治疗上，他是你的第一家属，医院会诊、医生抉择都要找他商量才能决定。我作为娘家人也只是作为代表签个字。但我有次听到一句他打电话说公司全部交给合伙人在管，非大事他不去公司了。"

姐姐说："我不好，公司刚运作起来我就来拖他后腿。"

我说："对啊，你不好，他追你七年，再不好，也是他努力追到手的，没有谁会同意他有怨言。"我使个坏笑。

姐姐头发长出来了，头皮一层黑黑的。我把姐姐的双手合在她的胸前，我说："像个好看的小和尚。"

姐姐说："别，我可不想做'仪琳'。"姐姐这么一说，本来我们一起经过的岁月沉去多年，这时一下子又起来了。我们一起逛街，一起做饭，一起做家务，一起看电影，煲电视剧。除了童年，出来打工后我们携同生活了五年，一时历历在目。

这次告别是轻松的，可能跟她在里面的生活充实起来有关。她有手机了，每天也能看书看电视。她的窗外是一片草坪，虽不能吹初夏的风，但景色与阳光她是能随时欣赏的。她也知道弟弟已经在分批次抽血，已经抽了两次了，再抽一次储备够提取骨髓干细胞的血浆，随时可以移植。但这时我不知道没有马上移植并不是在等足够的血浆，而是医院犹豫了。这是后话。

后来我们没有再聊起移植费用四十万的事情，姐姐是有意回避了，她知道说什么都没有用。她只知道，她要移植的心是坚定的。她不想死。在绝望和乐观面前，她意愿上选择乐观来对待她的这场灾难。她从不明确说出她得了什么病，从不明确叫出这个病的名称，她就说，"我这个病"，好像在说咳嗽、感冒。

6

爸爸回到家后我给他打过电话，问他能筹到多少。这问题很残酷，五十多岁，家里只剩几堵墙和两亩土地的老农民还能有多少钱？早在二〇〇三年，父母变卖了所有家当，拿着存款三万二千块钱跟姐姐到深圳交给姐姐，之后爸爸妈妈再无收入。姐姐怕爸爸生她的气这事，还不是说二〇〇三年的事，比这更早。

姐姐一九七七年三月生人，是村里第一个女孩子中考考出去读了省中专的人。在姐姐之前村里不是没有女孩子能考上学，而是多数女孩子小学不毕业就被迫下学了。70、80年代出生的孩子读书阶段还没有义务教育之说，一个小孩子从读一年级起就需要交学费，就需要交材料费。当时的农村还很贫穷，并不是每个家庭都能供上孩子读书。姐姐懂事太早，很小的时候就知道读书好，知道农村的孩子只有读书好才有出息，所以她小学时的目标就是读大学，去北京读。小学、初中，姐姐如愿一路上来，到了中考姐姐要考高中将来考大学，爸爸这时出来打了罢，叫姐姐选择中专。爸爸的理由是，下面还有一个弟弟在读小学，要她早点出来工作好供弟弟往上读。这是生为农村人一出生就加入的一场接力赛，棍棒交到你手里了你就得接着跑。而我在这个游戏中早早出局，既不接谁的棍棒，也不用把棍棒传下去。我的例子对姐姐是个警醒，她知道这场接力赛的游戏规则的残酷性在哪。

除此之外，姐姐也懂得的更多。爸爸在村里为人和善，大小事处处忍让，心气高是高在暗处，她知道爸爸要破个例，不但要让女孩读书，让女孩子考上学，还要把三个孩子都供上去。这可能是他没读够书嫁接给子女的理想，也可能是因为他比别人稍有些文化的目光看到的远景。反正他是暗暗地较劲的一个人，要在某一处比别人强的。这个心思就是平时对我也不显露，什么时候生气了，把棍子打在我身上时才会听到他说："你不读书能有什么出息？你不好好学习将来怎么能考上学？你一天玩，你这样下去，别说中考考不上，就连初中你都考不上，你连初中都考不上你就只能出牛力气种地。"我当时年少，顶撞他说："种地就种地，种地有什么不好，我有的是力气。"可能是我这样回复爸爸让爸爸绝望了，看出了我的劣根，小学考初中没考上好学校，爸爸也不理我。第二年，一九九二年，来我们初中实习的大学生老师集体罢课，而学费又大涨，当我又一次被爸爸说学习不好就不要上学了的时候，干脆下了学去田间干活。后来才知道这一年教师罢课不只是我们学校，也不只是我们一个县城，是全国性的。大学生不愿意实习后留在农村，民办教师工资不上涨，大学生老师、民办教师工资两重天，于是就各罢各的工。

姐姐凭着一股心劲在老师长达两年的罢工潮下还是考上了中专，虽是很不情愿地去合肥读医校，终究还是顺从了爸爸的意思，因为这是她早就懂得的游戏规则。姐姐毕业后刚拿工资不久，不想一辈子做护士，偷偷拿着姐夫的信到了深圳找姐夫。在初到深圳的两年姐姐是瞒着爸爸妈妈说她在这边做护士的，其实没做多久就转行了，她鼻子敏感，闻不了药水味，打了几份散工后在家赋闲。二〇〇〇年上下，姐夫在的富士康工业园还是偏僻的乡下，别说进城，就是工业园区到村庄都要走很远的路，也没有公交。因为姐姐的到来，姐夫从宿舍搬出来在外租了房子，姐姐就随姐夫长达三年的时间住在一个村子里。姐姐这样赋闲有一天被爸爸知道了，爸爸很生气，觉得姐姐真是太不上进了。随着富士康园区壮大，周边发展起来，新盖的房子成倍增长，还不等外墙建好就被租完了。村子越建越大，两个遥远的村子各自膨胀后连成一片，暂住人口从十几万一下子增长到几十万。这数字一点也不夸张。不管是从人口数量还是繁荣程度，一个村庄比老家的县城还要发达和热闹。姐姐终于闲不住了，想着开个超市，刚好一个机遇到来，她认识的一个朋友嫁给了本地人，新盖了一栋楼，把一楼租给了姐姐。但姐姐一个人又忙不过来，就叫来爸爸妈妈帮手。爸爸这时还在壮年，想趁余力拼一拼人生，就变卖了家里所有值钱的东西来到深圳，跟姐姐一起开了一家超市。

二〇〇三年春天至二〇〇五年冬天的两年多的时间里，超市经营还好，三个人一起做事也刚刚合适，妈妈煮饭，爸爸守店，姐姐进货和管理货架。爸爸还学会了用电脑收银，这对他来说还是很稀罕的事。那几年手机还不甚普及，超市除了卖杂货还装了十几台电话，每到下班时间，电话亭前排着队的人要打电话。超市加电话亭一起，三个人大钱没赚，小钱也赚了少许，爸爸妈妈还是很满意的。但他们长期相处，矛盾难免处处显露，父女之间、母女之间因着什么少不了伤了和气。又恰这时苏州工业园像早年的深圳一样，一个个兴起，姐夫的一个徒弟到了苏州创业，拉拢姐夫合伙。姐夫见徒弟一个个都自己出去闯天下了，也想趁好时机开工厂当老板。二〇〇五年的初冬酝酿的事，第二年开年，等姐夫办完离职，姐姐把超市也转让出去了，准备一起去苏州。在姐姐和姐夫的计划里，并没有要马上带上爸爸妈妈，他们当时的言辞是他们先去苏州，等他们稳定了再让爸爸妈妈过去。也许爸爸妈妈想过留下超市，由他们老两口经营，不知是没有正式开口说出来，还是姐姐姐夫要挪腾钱的原因没能让他们如愿。父母与姐姐的矛盾再一次升级，终于从鸡零狗碎的小事落到关超市这个爆发点上。

我二〇〇五年秋结婚，刚过上新婚夫妻的小日子不到俩月，姐姐姐夫那边一走，妈妈就到了我家。爸爸负气要出去打工，等找了两份工并不如意，发现这并不是一个凭他的乡村经验能拼搏的世界时，非常气馁地回了老家。爸爸刚回去不久，妈妈在我家也在不住了，也回了老家。至于爸爸为什么不随同妈妈一起到我家是他心里有结，他不愿意我也不勉强，毕竟那时我并无要负担起照料爸爸妈妈的意识。可能爸爸妈妈的意识也跟我一样，姐姐因为读书用了家里不少钱，姐姐有责任给他们养老。事实也是，我早早下了学，弟弟还小，爸爸妈妈面朝黄土背朝天辛辛苦苦赚了点钱都供她去省城上学了。

妈妈走前告诉我，姐姐和姐夫把超市转了没给他们一分钱，爸爸身上的两千块钱还是那一年来深圳时带来的。当时爸爸留了个小心眼,给了姐姐整数三万,私自留了两千。爸爸就是揣着这两千块钱又回到了一无所有的老家。连被子都是从深圳背回去的。等妈妈从我家回到爸爸身边,他们的两千块钱已花得差不多了,修屋补漏,砌灶添锅,没一样是不需要钱的。这一切刚添置完不到一年,他们就又因为姐姐怀孕去了苏州。

7

当时,姐姐姐夫不但带走了超市的转让款,带走了爸爸妈妈的三万块钱,还从我这里借了六万,说是给我股份。

姐夫到了苏州并没有跟他的徒弟合伙,姐姐也不知他们怎么谈的,总之是没有在他徒弟原来的公司入股这事上谈好,而是另立了自己的公司。从二〇〇六年的五月他们成立公司到二〇〇七年的四月姐姐产检时查出绝症,刚刚好一年的时间里,姐夫的工厂除了帮别人做尾单,大约自己接了三个单,两个才做完,一个回了款,另一单还未回款,第三单还在加工中。十几台机器的小工厂,除了姐夫,还有一个管理人员,听说过来工作后,入了五万的股份。姐姐这一生病,姐夫这一忙碌,工厂的所有事情都交了这个小股东处理。姐夫跟小股东商议,从公司拿出尽可能拿出的钱给姐姐治病,在给姐姐治病花钱这事上不能让人说闲话。如果这时小股东要追持股比例是最好的时机,所以小股东又注入了十万块钱。这样一来,两人几乎平股,姐夫加上我的六万块钱份额稍高一点,但他已无可能再从公司抽出一分钱了,包括第三单回款,不然他就占不住有利的份额

了。姐夫从公司到底拿出多少我始终未知。

好在姐夫是个生意人,知道变通,他找到之前几家采访过他的媒体说他没钱给我姐姐治病了,而姐姐急需移植,希望通过媒体向爱心人士借款。凡借款者,他可以把公司股份给他,也可以日后加倍偿还。但是他的这份意思并没有得到媒体的支持,而是由媒体把这番意思变通直接给姐姐发起了捐款。那时的捐款不及现在方便,微信扫码就行了,那时转款还得去银行,五块钱也得跑一趟。所以那时的捐款是很诚挚的,要特意专注地去做一件这样的事,不是现在趁上厕所时扫个码就捐款了。有一家洗车店借势打广告,要把一周的所有营业额捐出来。后来洗车店在店前拉了横幅,"资助伟大的白血病母亲生子,捐出一周营业额"。广告语把"急性再生障碍性贫血"写成笼统的"白血病"字样,不知是谁的主意,可能是想"白血病"三字更抓人眼目,让看到的人心中一惊,陡生怜悯。这家洗车店第二天就上了报纸和电视,去洗车的车辆排着长龙。除当时的几家纸媒,北京《竞报》也发起了捐款。这时我已回到深圳,陆续从网页上看到有媒体去拍姐姐,隔着玻璃拍。一次一次,同一面玻璃上不断多出爱心字条、贴纸、粘贴布偶、中国结等等表达慰问的信物。我从媒体拍的照片中也能捕捉到姐姐的变化,这次下了床,那次在挥手。姐姐有一次贴着玻璃很近,人已经很瘦了,精神尚好,也可能是出于礼貌向着外面笑着显得人精神。她那样笑,露着虎牙,腼腆又温暖。

我从网上下载图片,一张张打印出来,她穿着病号装刚刚长出头发的样子,常常看得我忍不住痛哭流涕。有一次很晚了,我哄下阿宝睡觉,姐姐发短信给我说:"云

云,你给我手机充五十块钱吧,我刚才猜电视上的谜语,怎么才发几条就没钱了。你不要告诉你姐夫哈,他这周才给我充了话费。"我二话没说,坐起来就给姐姐的手机充了一百,我说:"你想用就用,没话费别跟姐夫说了,我给你充。"说完,觉得一百也没多少,又充了一百。充完跟姐姐又聊了几个回合,还是觉得充少了,又充了二百。那时充话费也很麻烦,是一张张密码卡,刮开密码,报过去,才能充上。我把家里储备的电话卡都充完了才甘心。姐姐说太多了。我说不多不多,你想点歌就点歌,想猜谜就猜谜,还能干什么就干什么。许久,我都眯一会了,姐姐又发来短信:"窗外有神。"我看看手机时间快十二点了,平了平心绪回说:"有的,我的窗外也有神。"

我好歹又筹了十一万给姐夫转了过去。已经是六月中了,姐姐还没有移植。弟弟早已抽过第三次血。也就是说,不是供体方的问题。姐姐肺部一直没有彻底好,但也算控制住了,只是舌头又肿起来了,不是一个包,是两个。不是包,是瘤。不是良性瘤,是恶性瘤。好像说是因为这个瘤又移植不了。这个瘤是切除还是控制,院方一时并没给定论,却是不太敢用大剂量抗生素,怕越压越厉害,这边按下去那边又难以预料地出现其他问题。姐姐听说长瘤慌了,发信息跟我说:"要是切了,我以后就说不了话了,就是哑巴了。"我说不至于哑巴,只是发音不清,就像大方那样,"吃换吃换""我稀饭我稀饭"!大方是我们村里的一个姑娘,大舌头,说不清话。我逗姐姐,姐姐懂我的意思,不回话了。姐姐只知长瘤,不知是恶性的,更不知会蔓延。我说:"我去看看你吧。"姐姐马上回:"别来。在自己家自在,你好好带阿宝,你来帮不上忙,妈妈还得多煮你的饭。"我很满意姐姐这么回话,一个人还能调侃他人,总不会是多坏的心情。大概姐姐也是不想我太多担忧她,知道时不时要跟我开个小玩笑。或者,不止我和姐姐,当所有的人一旦面对真正的困难或灾难,总是需要往乐观向上的生活状态上去过的,因为绝望压人,使人负累,惴惴不安。

几方媒体发起捐款后,有一些爱心人士主动加入宣传和组织,也有人建议姐夫捐款账目找专人管理,每周公开数目,让更多的爱心人士放心捐款。这时最积极的一个组织来自网上的一个论坛,姐夫很早前在里面注册过,发过帖子。组织属民间团体,主要组织人在北京。与这个组织的有序展开同时,苏州这边医院决定给姐姐保守治疗肿瘤,进口针、调理、中药等,说不清究竟是西医为主还是中医为主。总之都说姐姐在慢慢好转。眼看着移植费四十万将要筹满,姐姐发起烧来,先是一次四十度高烧,人进入昏迷。医院一边下病危通知,一边注射强行退烧针,另加口服药、物理降温,几次轮番下来,高烧是退了,但低烧不去。医院这时劝姐夫放弃移植,回家安养。

姐夫问姐姐:"咱们换家医院试试好不好,这边说肿瘤不退不能移植叫咱们回家保守治疗,但是也说不定肿瘤并不影响移植,只是得找一个愿意尝试的医院,你说咱们怎么选择?"

姐姐难以想象这个消息终于还是来到了她身上,她本身是学医出身,她知道回家保守治疗意味着什么,她想孤注一掷拼一下。姐姐说:"我们有钱吗?"

姐夫说:"有,云云打了十一万,爸爸

借了两万，捐款十七万，公司能卖十万。"

姐姐说："卖了你不心疼？"

姐夫说："心疼，但等你好了，咱再重新开一个公司。"

姐姐说："你没钱了。"

姐夫说："没钱我先给万成财做管理。"原来他的合伙人叫万成财。

姐姐说："好。"

转院时，姐姐需要亲自签字，姐夫才发现姐姐的字写歪了，笔画重叠。姐夫看了看姐姐，姐姐看着他的眼睛像看着一个很远的地方。

姐姐转院去北京。弟弟和姐夫两个人护送。姐姐出院时在隔离间收拾出来一包东西，不知是弟弟还是姐夫带回了家。妈妈见是姐姐的东西，很珍惜地收了起来，和姐姐入院前从手上取下的玉镯放在一起。后来妈妈把这包东西给我看，里面除了棉布的衣服、手机、书、杂志，还有一本黑色封皮的笔记本。其中有一页写：我好像看不见了，又好像能看见，我看电视是黑黑一团，但又能看见人在里面。

又有一页写：可能眼睛真的不好了，看不清东西，本来想等主治医生来时告诉他，下午听说叫我回家保守治疗的消息，我没有说……

8

在爱心人士的帮助下，他们三人坐火车包一个软卧包间出发，第三日早上到达北京。软卧车厢消毒后一直封闭，里面备着氧气和急救设备。然而，医院并没有安排护士陪同。姐夫上车前学习了打针，弟弟也操练了病人昏迷下的安全保障手法，呕吐如何应对，以及几种情况下的防止窒息处理。

把姐姐送到北京已是二〇〇七年六月六日。安顿好姐姐，弟弟折回头来苏州接妈妈给姐姐煮饭，妈妈多了个心眼，觉得里面有两套姐姐的棉布衣服可能还用得上，就把姐姐交给她的这包东西带上了。她后来说，一点也没有多想，就是觉得是她用的东西，可能还用得着。

妈妈去到北京，姐姐还好。妈妈去看她，问她想吃什么，她还说要喝面疙瘩汤。妈妈十分用心地去做，小小小小的面疙瘩，用手心贴手心揉出来的，添水煮好后又软又糯又光滑，姐姐不用嚼就能咽下去。凡姐姐想吃的，妈妈定要设法做出来。妈妈说，姐姐小时候发烧就爱喝面疙瘩汤，也不放盐，也不放鸡蛋，就是光面粉仔细地揉出来的面疙瘩拿白水煮出来。

妈妈给爸爸打电话，说姐姐想吃的净是些不着边的东西，说她心里害怕，叫爸爸去北京。爸爸也是准备去了，中午又打电话给我，问我走得开不？我说走得开，到哪都是带阿宝。爸爸说他先去，看情况再跟我说。我说好。这时姐夫已经安排蜻蜓的奶奶带蜻蜓往北京去了。

就是爸爸打电话的这天傍晚，我带阿宝打预防针后经过小区的广场，遇见比阿宝早两天出生的阿俊，我便停下来让阿宝跟阿俊玩。

阿俊妈妈带了爬行毯，上面放了许多玩具，会叫的，会跳的，会说英语的，用来教儿子学习爬行。阿宝会爬了，阿俊还在想怎么才能动身体，阿宝已经把玩具抓到手了，阿俊急得哇哇哭。阿俊的妈妈哈哈大笑，说："你快爬啊，你快爬啊，看阿宝妹妹都会爬了！"看得出阿俊也想动一动身体的，无奈左右为难，身体一动不动。

我任由阿宝在阿俊的爬行垫上玩，坐在一个长椅上翻出手机。我想打个电话，问问弟弟姐姐的情况，问问爸爸上车了没有。两天后阿宝还有一针预防针要打，我想告诉他们给阿宝打了这一针再去北京。我想说什么，想跟谁说一时拿不定主意。

广场的东边有个沙坑，专供小孩子跳远的。我从阿宝阿俊的头顶上看过去，见几个大些的孩子在比赛立定跳远。西斜的太阳光往东跨，跳远的孩子跳过弧线的最高点时好像把太阳光顶高了一截，光线突然一跳。有个长发的小女孩，个头高挑，等她跳起来时，一对长辫子甩得老高，然后打在一起又落下，实在是太好看了。那时姐姐出现在照在孩子身上一样好看的光线里，好奇怪的，姐姐是齐腰的长发，扎着半马尾，站在沙坑边朝我望过来。很好看的姐姐，天蓝的半袖西装款外套，白色刚刚过膝的棉纱裙，白色的半跟软皮单鞋。单鞋的襻子上有一颗镶金边的珍珠。啊，说起来这双鞋还是我们一起逛街买的呢，我嫌太公主气，换了同系的另一款，没有鞋襻子，没有珍珠，简单得像一脚蹬。姐姐因为她的那双鞋，还专门去配了耳环，实在是让人觉得好笑啊，鞋上的珍珠是假的，却为了假的去买了一对真的珍珠耳环。一对真的珍珠耳环要跟一双鞋的价格差不多了，好几百。这件事我和姐夫笑话姐姐好久，后来她再买到很心爱的衣服，我们都要问她，要不要配个耳环？要不要配个项链？要不要配个手链？要不要再配个包包？笑话她多了，她就懒得跟我们恼了，说好啊好啊，快拿钱来，咱们去买。

姐姐的西装的袖口和前门本来配的是包口的水晶扣，本来也好看，但她硬是去买了贝壳扣。一个扣又花去十几块。她说，你不觉得贝壳的才好看吗？有光，但不闪瞎眼，那个水晶扣太亮了。我爸爸妈妈也都觉得她穷讲究。这种事在一个家庭里可大可小，最好的收场是笑哈哈连讥笑带讽嘲一下照常过日子。

姐姐微微一笑，我正要朝她去，她一转身径直往前走去。前面是沙坑啊，她的鞋子踩上去会进沙的。但她就是那么地走过去了。

我心里怦怦地疼。我想姐姐了。想她正在承受她的苦难。想她见不得风，见不得外面的空气。想她要打针，要吃药，要呕吐，要把身体弓成烧红的大虾一样让医生把长长的抽骨髓的针从腰间的脊椎上插进去，直到针口吃到骨髓。

这时，时间来到二〇〇七年六月十九日傍晚，傍晚近黄昏。

9

天很快亮了。我推开玻璃门往小区的楼下看，小山坡上，白玉兰还是白玉兰，小叶榄仁还是小叶榄仁，散尾葵还是散尾葵，远处的垂丝榕、高高的假槟榔也都在那里，它们都还在原来的地方。

夜里的风裹起的一条长影是谁的，现在它又去了哪里？

二〇〇七年六月二十日，如常的一天，带孩子，煮饭，过等待孩子长大的简单日子。自从我带阿宝从苏州回来就把停工一个月的住家保姆辞退了，换了一个钟点工阿姨，钟点工阿姨姓钟，她每天做四个小时，主要负责洗衣、打扫卫生、煮晚餐。

我们刚刚吃过晚饭，钟阿姨还在吃一条她觉得煎得很香很脆的鱼，她说倒了可惜，留明天就不好吃了。她已经把餐桌上的其他餐具收进洗碗池，只要吃完这条鱼就可以去洗碗了。我的手机响了一阵，她叫了我："小姐，你手机在卧室响。"我在客厅，比她离卧室近竟未听到，我说："好，我去拿。"我跟阿宝坐在沙发上玩，怕她独自坐沙发会从沙发上跌下来，刚把阿宝从沙发上移到地上，客厅的座机就响了。是爸爸打来的。爸爸说："你忙不？"

爸爸向来是这样，打通了电话先问"你忙不"，你说不忙他才会跟你说事。你若说在干什么什么，他就会说"那你先做完手上的事，我再给你打过去"。所以接到他的电话你一定要说不忙。

我说："刚吃过晚饭，不忙，阿宝在地上玩，我坐一边看着。"

爸爸说："那我就跟你说个事。"

我说："你说。"

爸爸说："你姐没了。"

我说："什么叫我姐没了？"

爸爸说："你别急。你姐刚刚没了。"

我说："刚刚？就现在？"

爸爸说："也不一定是现在，可能昨天就没了，医生抢救了，电脑还跳着就说过来了。以我看，就是电脑跳，人可能早就没了。"

我说："那昨天怎么不说？"

爸爸说："昨天医生说过来了。"

我说："过来了也要给我打电话啊！得让我知道啊。"

爸爸说："你妈说都通知几回了，也都过来了。"

我知道爸爸说"都通知几回了"的意思。我一时也不能在电话里再责怪爸爸什么，他昨天坐了十个小时火车到北京，去到医院可能天都快黑了。

我弃阿宝一个人在地上玩，跑去把奶瓶、奶粉、保温杯、温度计、纸尿裤等阿宝用的东西收进妈咪包。收拾完才想起还要带阿宝的衣服，还要带我自己的衣服。先生在房间，听到阿宝夹在沙发底下出不来哭了才从书房出来，正要责备我，我说："我姐没了，我要马上去北京。"

先生是很有教养的一个人，关键时候讲原则的一个人，丁是丁，卯是卯，放下种种不悦，他看了一眼我的脸色知道我是认真的，于是说："机票还没订吧？"

我说："没想到。你现在送我去机场，有一班坐一班。"

先生说："这怎么可以，你又不是没坐过飞机，飞机票要先订的。"

我说："那你马上给我订，能订到什么时候是什么时候。"

先生把阿宝又放回地上，阿宝这时十个多月，很会爬了，一放下她像上了发条的青蛙"嗖嗖嗖"地就爬去一堆玩具中，把玩具弄得哗啦啦响。先生找出自己的手机打电话给他们公司专门订机票的同事。他总是这样，一要去哪里他第一时间打同事的电话，他说一是能拿急票，二是有很低的折头。接通电话后他不时通报："今天的都没有了，最晚一班只有头等舱。这没必要，一是你去到也很晚了，二是比打折票贵三倍。明天最早六点半有一班，还有票，十二点之前每个小时都有，你要哪一班？"

我说："最早的。最早的。"

先生便订了最早的一班。我听他说订好了才喘出一口气，之前这口气一直哽着我喉咙隐隐地疼。

我说："得再给我点钱，到北京少不了花钱。"

先生说："你之前转走了九万，又刚转

158

走十一万,你也知道这十一万是怎么来的,是我抵押了妈妈的那套房子才弄到的。你现在还要,你叫我还从哪拿给你?"他可能以为我又要很多。

他说的这些都是事实,我无力争辩,但现在这个紧要关头我真的需要钱,只是他不知道,我现在不需要那么多钱了,人都死了,没地方花钱了,但我不想解释,低声下气地问先生:"那你最多能拿给我多少?"

他说:"两千。"又说:"最多五千。"又说:"只能五千,每个月还有房贷要还你也知道。再有只能到下个月我发工资了。"

我说:"好,就五千。谢谢你。"

阿宝的安抚奶嘴掉了,"啊啊啊"地往地上指。我走过去弯腰捡起来,去卫生间用温水洗了,又回客厅用开水烫好,才发现先生从阿宝专用的奶瓶消毒柜里又取了一个给阿宝。阿宝有了新的安抚奶嘴也没吸,在玩一个玩具。

五味杂陈的一夜,都知道的结局,都不想挑明的结局,都不想面对的结局,都明知不可为而为的结局,终于还是来了。三个半月的折腾好像不过是所有死亡到来前的必经之路,是坚强的面对,是用力的陪伴,是尽力的拘留,是延长的绝望和悲痛,是让你慢慢地痛,最后麻木了,它才悄悄地来。最后它真的来了,悲伤却没有减轻一点。我想再会一会昨天夜里梦见的那被风卷起的长影,想知道它长得像谁,想知道是从哪棵树上跑出来的,想知道它是不是谁的魂魄,想知道它现在在哪里。

早早醒来了,全都收拾好才把阿宝穿衣抱起,然后直取电梯间。

我抱着阿宝,斜挎着妈咪包,先生提行李和婴儿车。装车,车启,一路顺着还亮着的路灯去到机场。安检时阿宝醒了,看着周围陌生,看着有人要拿东西探测她,撇着嘴要哭。阿宝这是委屈了,怎么一睁眼什么也不认识。她试着哭几声,又趴回我肩头,又试着哭几声。等过了安检推车去登机,阿宝仍不愿坐婴儿车,我只好抱着她,把所有的东西放在推车里。

直到登机,一直不明所以的阿宝从灯光耀眼的机场大厅到机舱内才松懈下来,然后才大声地哭。大哭一会,任我怎么安抚她还是嘤嘤地哭。如果她会说话,她可能要问:"妈妈我们这是怎么啦?我们为什么在这里?我们要去哪里?"我给她喝早就准备好的清水,温温的,刚好入口,阿宝边哭边喝,边喝边哭。300CC的水喝了一半,然后咬着奶嘴不喝了还能听到她从身体里发出的暗暗抽泣声。起飞后阿宝含着奶嘴睡着了,才轮到我哭。我靠窗口,中间是空位,过道是一位男士,他从坐定就闭着眼养神,看着怎么也睡不着,却怎么也不睁开眼睛。

三个多小时的飞行,阿宝吃喝拉撒睡一样没少。到了北京,谁也没来接我们,我直接打车去了医院。

都在医院。蜻蜓跟奶奶也到了。姐姐已经送去了太平间。还未化妆,拉出柜子,掀开盖布看表情还是垂死前挣扎的样子。只是嘴里含了金币,脚上系了绳子,衣服换了寿衣。只是冷藏,还没有冷冻,有人介绍说,冷冻了就没办法化妆了。

爸爸昨天看着姐姐穿衣入殓,这会在外带阿宝。妈妈昨天没进去,这会非要进来看看,弟弟和姐夫便带了妈妈进来看。弟弟刚把姐姐抽出来,刚把姐姐脸上的布掀开,妈妈就哭了,哭得煞是惊人,把死人都要吵醒了。姐夫提醒说："这里不能哭，这里又不是平平一个人，这里很多人的，你这么哭人家家属也不愿意，是要把你赶出去的。"姐夫压着嗓子说话的声音怪怪的。刚说到这，来了一个老头，果然叫妈妈不要吵。不知弟弟听谁的嘱咐要给姐姐穿上鞋，等会要拉出去化妆。于是妈妈忍着哭泣看弟弟给姐姐穿鞋。我本来扶着妈妈，只觉妈妈的手臂一硬，她就倒下了。妈妈哭死了过去，我摔倒在地上。弟弟还在给姐姐穿另一只鞋，我跟姐夫把妈妈往太平间的门外拖。太平间门口不知几时来了一些媒体的人，好像都认识姐夫，有手上闲着的也过来抬妈妈。妈妈身子硬挺挺的，口和鼻一点气也没有。我掐妈妈人中，有人按虎口，有人扶腿，尝试让她的膝盖弯曲。好像从海底浮出，好像刚跑出一条无氧的暗道，好像刚出生的孩子第一声啼哭，妈妈像火车长鸣一样响亮地长吸了一口气，然后又哽住，半晌才啊地哭出声来。

妈妈醒了，有人接手把妈妈扶到远处去了。我和姐夫折回头看姐姐，要把姐姐送去化妆。

有人推来一个铁架子床，啊，太平间的床真是和住院部的病床没法比啊，铁架子床真就是一个铁架子，发着冰凉的铁腥味。我们把姐姐连着抽屉抬出，啊，原来抽屉还有内层，内层是可以抽出来的。

姐夫走在前面拉着铁架子，我和弟弟一边一个扶着。不重呢。我又看了看铁架子的轮子，原来如此，轮子很圆很大，转动很好。

有两个穿戴严实的人接待姐姐，先是朝我们鞠一躬，不，也可能只是对姐姐一个人鞠。他们指定一个位置让我们把姐姐放下，然后说，你们可以出去了，化好了会叫你们来接。听声音应该有一个人是女的。但是两个人中是谁说的话我并没有留意。出了一道道门，走出一个大门，不知是谁给我们准备了火纸，见我们出来烧了火纸叫我们从火上跨过去。我们跨过火，又去洗了手才各忙各的。我去见爸爸妈妈，弟弟跟姐夫去办一些手续。

一会，弟弟先回来，叫我们先回去住的地方。妈妈说她还想再坐一会。妈妈还在悲伤中不能回神，看着妈妈那样子是没力气动弹，爸爸说那就再坐坐再走。不知爸爸从哪找来很多报纸，在地上铺了一片，又用一个床单垫了一层，由阿宝坐在上面玩。阿宝起先见到我也是委屈得很，惊魂未定的样子哭了一会，安抚好坐到地上玩时还时不时往我怀里爬，确认我不会再丢下她。蜻蜓这天三个月十三天，啥也不懂，躺在婴儿车里望着会唱歌的风车跟着"啊啊啊"地唱。真好，她什么也不懂。

我忍不住要问昨天抢救的情况。爸爸说："大鹏进去的。我跟你妈在外面。"

我问大鹏："当时什么情况？"

妈妈说："她昂，咬着大鹏的手不放。"说着又哭了。

爸爸冲妈妈说："好好说话。"

大鹏说："就傍晚吧，傍晚前，四点多钟，通知又昏迷过去了。我跟大姐夫进去看，医生过来抢救。本来昏迷就什么都不知道了，这次反常，大姐很痛苦地动起来，身子抽搐。医生在弄心电图，我扶着姐姐的头，她瞪着眼看我，我以为她要说什么话，就低下头听，我就听到她喉咙好像卡东西了。我怕她吐东西呛到气管去，一时又找不到东西，就把手伸到她嘴里，给她咬着两个手指头。后来就咬着我的手没气了。"

弟弟说着伸出两个手指头，食指和中指在第二节上都有明显的黑黑的牙印。

我问："怎么是黑的？"

大鹏说："不知道，掰开嘴拿出来就黑的。"

我问："咬太久了？"

大鹏："不知道，也没太久，半个多小时吧。"

我说："那时妈妈没看人？"

大鹏说："没看，病房不给摆，很快就要拉走。我出来跟爸爸妈妈说，他们就坐着不动。"大鹏有点埋怨地看了爸爸一眼。

爸爸应该能知道大鹏看了他一眼，也没出声回应，垂眉垂眼地在地上坐着。

一时都不说话。

半晌，爸爸说："那个时候看什么，刚抢救完，魂还没走，样子看了心里难过。等魂走了人安静了再看心里好受些。"爸爸又说，"我大半辈子了见了多少临死的人，看不下去了。你爷爷死时我小，那时人穷，还要趁他有口气把衣服扒下来给活人穿。衣服扒下来人还会动。你奶奶从病到死是我一手伺候的，澡也是我洗的，衣服也是我做的，我换的。那时还不时兴化妆，穿好衣服，我看着不好看，又给你奶奶洗了脸，梳了头。我跟你姑姑讨饭那年，一起在一个屋子里过夜的小哥俩，一天死一个，都是我跟你姑姑埋的。我们才多大，挖不深坑，也没东西裹他们，就那么干埋的。那几年挖大河，死了多少人！有一回，就在我旁边，河一下子裂了一条口子把人吸进去了，软稀泥，劲大，我拽着一条腿不放，几个人过来一起拽，拉上来腿跟人都脱节了，鼻子眼都是泥浆，就没气了。拉煤，

夜里走着走着半路上倒下一个，都不停下来，就我一个人停下来陪他两天等人来收他。两个煤车，我一个人，我怎么弄，我不就是坐着陪他两天。离人家的村子不远，还不能让人知道他死了，不然不让停那。"爸爸发现他话多了，停下来了。

一时都不说话。

我说："一个大人躺着，你怎么瞒住人？"

爸爸说："我给他脸上头上敷热毛巾，干了就换换，干了就换，看着脸上水灵灵的。有人问，我就说发烧了，脸肿了。"

妈妈长叹一口气："谁知道我咋这么没出息呢！见到她昂，一下子就不出声了。要说你姥姥死，我也没害怕，谁知道见了她我咋吓成那个样子！"

爸爸说："你不是吓的，你是心疼。她姥姥走那怎么一样，她姥姥是老人家，你是女儿送娘。这不一样，你这是白发人送黑发人，是老哩送小哩怎么一样。"

妈妈又哭了。

弟弟去给大家买饭，去给两个孩子打热水备着冲奶粉。

那边姐夫预约了火葬场，订了追悼厅，只等着第二天把姐姐送过去。

我们本来在医院的一棵树下坐着，姐夫一切手续办好，过来告诉我们可以走了，妈妈一听要走了又哭，爸爸就说，那就再坐会。我们坐了又坐，彼此也无话说，就是干坐着，直坐到有人来催我们起来，说要关院子了，我们才起身。

10

北京的七月，白天炎热，夜晚清凉。妈妈与弟弟、姐夫落脚在一个老旧准备拆

迁的村子里。村子白天还不觉得冷清,天色暗下来路灯不亮,零零散散几户人家亮着微弱的灯,才让人觉得人去楼空的荒凉。下午我们回来拐进村巷前的街道上繁华热闹的景象好像从来就不曾经过。还是六点多,妈妈煮了一大锅面当晚饭,锅小,面多,很多面条都没有散开,并成一团。人员增加了我,增加了爸爸,增加了蜻蜓的奶奶,碗没有那么多,妈妈爸爸用方便面碗装面。看着方便面碗用过很多次了,软塌了。面也坨,碗也不好,这餐晚饭大家吃得潦潦草草。太阳落下后有一段时间明亮,微微的天光使发白的老杨树皮看起来温暖而慈祥。有人来看望我们,带来了两个大西瓜,没寒暄几句,爸爸趁来人还在开了一个,相对之前在屋里席地而坐吃的一顿晚餐,我们在一棵大杨树下的石桌上开的这个西瓜就显得热闹而丰盛了。红瓜瓤流着汁,汁液顺着石桌的桌面往地上淌,拧成绳一样的汁液流畅而有力,才刚出瓜瓤不久就已经滴到了地上。地上都是黄土,干旱成粉的黄土遇着带着甜汁的西瓜汁很快抱成一个个土珠子滚动,蹦蹦跳跳热热闹闹聚在一起欢喜成一片。

搁平时,农民好把式的爸爸要赞不绝口这样的好西瓜的,今天他开的,却没有一声赞赏西瓜的话。等开好了,爸爸才说:"给你洪大哥拿!"

爸爸是对弟弟说的。弟弟起身,拣个顶大块的拿起,双手呈给洪大哥。客人一接,大家都默默地上前拿。我拿一块最小的,掰下一小块给阿宝唆。阿宝已经出了好几颗牙,我怕她咬下大块卡着,她唆时我总是往外拉着。这个动作几下之后阿宝不愿意了,双手抢西瓜,爸爸看见了,切了薄薄的一片给阿宝自己拿着。然后爸爸又递给洪大哥一块。洪大哥谦让,让爸爸先吃,爸爸声音哑的,说有呢有呢,西瓜大,都有。

微光从树干上慢慢地往树梢上爬,石桌上的光也慢慢退下了。每人吃两块后,桌上还剩一块,并没有谁想拿起它。这块瓜很大,天光还好时瓜瓤鲜红雪亮,光走后,这块瓜很快黯黑下去,像一团死血。

妈妈找了个袋子收瓜皮,左右为难这块瓜,然后就哭了。大家沉默不语,怎么就偏偏剩一块瓜呢!我见妈妈哭,上前说,给我吧,我一个下午没喝水。但实际我又吃不下,掰下一块红瓤递给弟弟。妈妈去丢垃圾,爸爸舀了碗水冲洗桌面,然后站着不动看妈妈回来了没有。

姐夫在一旁跟洪大哥说话,话说完,洪大哥要走了过来跟爸爸告别。爸爸感谢人家,紧紧地握着人家的手不放。一时场面江湖气起来,洪大哥说:"老人家留步!"爸爸赶快拱手示意感谢。客气完,姐夫去送洪大哥。我爸担心妈妈还没回来,朝洪大哥和姐夫走去的方向张望。他叫弟弟:"大鹏,你去路口看看你妈。"弟弟腿长,几步迈开就要超过人家。爸爸又叫:"大鹏。"

大鹏回头说:"什么事?"

爸爸赶上去说:"你姐夫还在送客人呢,你慢点。"

弟弟懂了,客人还未走远,不要急躁躁地超过客人。我想,这也可能是爸爸没有亲自去找妈妈的原因。

洪大哥是房东,是论坛捐助小组的成员。他家这套房子拆迁,两年没人住了,家具都抬走了,他不知又从哪搬来两张旧床、一个桌子、锅和电磁炉给妈妈用。妈妈、弟弟、姐夫,他们到北京后就住在这里。两室一厅的房子,两张一米的木板床,我跟阿宝、妈妈睡一张，蜻蜓奶奶带蜻蜓睡一张，爸爸、姐夫、弟弟睡地上的几块木板。也不知哪来的木板，也不知哪来的纸箱皮，他们三个男的就睡在上面。姐姐的遗像用一个床单盖着放在房间与客厅的过道里。

都太累了，都睡下了。蚊子很多，爸爸听我给阿宝赶蚊子，听蜻蜓奶奶给蜻蜓赶蚊子，摸黑又出去买蚊香。

蚊香点上，大家熟睡，蜻蜓嘤嘤地哭。她都三个多月了，哭泣还是没力气。蜻蜓奶奶哄着，听着不像抱起来哄的，还像是都躺在床上奶奶拍着孩子的背在哄。阿宝听到哭声也哭，似乎是因为只有阿宝才能懂得蜻蜓的语言，像姐姐要用哭声陪伴妹妹，一时两个孩子都哭起来。阿宝哭，我抱起来走走一会就不哭了，但蜻蜓还在哭，我过去看，觉得蜻蜓在起热，忙给孩子量体温。孩子发烧了。奶奶太累了不经意，说哭热的。我说不是，我抱起蜻蜓走动着哄，叫妈妈起来准备温水，给蜻蜓擦身子。折腾一个多小时，孩子一直是低温，并没有烧起来，于是多给孩子喂水。两次水喂下去孩子不喝了，还是哭。蜻蜓奶奶说："你们出去说说，叫平平走吧，别舍不得孩子，看把孩子闹的。"我跟妈妈面面相觑，我知道妈妈胆小，让她去叫爸爸。爸爸早就醒了，听着动静，妈妈一叫他就出来了。

爸爸找个碗舀了一碗水，又加了什么在水里，端着出去门外的黑夜里。我跟妈妈都以为他要喝水，爸爸没有喝。爸爸开了门，走出去两步，把一碗水在门口前倒出一条线，然后说："平平，你走吧，孩子还小，别吓着孩子。你孤单也没办法，你是那边的人了，就得去那边。这边的人会记得你的，到了你的日子会给你烧纸。你走吧。你不走，别说小孩子，大人也不得安生。"我在屋里听得毛骨悚然。妈妈还在屋里，她并不敢出去，也说："你走吧，别舍不得孩子，孩子会长大的。"我推搡妈妈："别说了，让爸爸也进来，本来没什么，你们这么一说，我都觉得害怕了。"

爸爸进来："自个人，不害怕，好了好了，小孩子不会哭了。"

蜻蜓安静多了。但我想，可能是给她擦了身子，身上清爽了，安心入睡了。后来又嘤嘤哭了一会，喝了奶就好了。再后来一直睡到天亮。

阿宝醒来，我还在给她冲奶，先被爸爸抱出去了，等我冲好奶给她拿去，她正高兴地提了一只知了在玩。我问哪来的，爸爸说他四点多起来看树上爬着一只，就捉了，说着指一棵老杨树。知了被一根很细的白线拴着，白线是从哪个床单上扯下来的。我想，玩吧，孩子不闹人比什么都好。

大家陆陆续续起床，妈妈去买了早餐，包子。连水也没买。爸爸说怎么连稀饭都不买。妈妈说她烧了开水，喝开水。爸爸不出声。姐夫拿了个锅出去买了稀饭。回来说："吃吧，吃好点，医院的账结完了，还剩钱。"

爸爸说："人家捐的不还？"

姐夫说："他们表态了，钱都是散捐的，还回去也麻烦，就说不用还，剩的给咱们还借款。"

妈妈说："好人啊，咱命这么背，咋还碰着好人了！"

姐夫没吭声。爸爸难得地赞叹，也说："是遇着好人了。"

吃了饭，分了工，大约七点多。阿宝、

蜻蜓由爸爸妈妈和蜻蜓奶奶带。我跟弟弟、姐夫去医院的太平间接姐姐，把姐姐送去殡仪馆。按洪大哥的建议，也是集大家的想法，姐姐没来过北京，曾经也有愿望来北京游玩，这次却没能玩成，所以送殡队要转一下北京。路线是从医院到火车站，然后经天安门把长安街全部走完后去八宝山。这都是北京最有代表性的地方，也算了却陈平平生前的心愿：看看北京。

我们坐车到医院，拉开抽屉，弟弟说还打开看看吗？姐夫没出声。我说看看吧。姐姐这回装了袋子，袋子有个长拉链，可以从头一直拉到脚。弟弟拉开拉链，姐姐衣着整齐，很安静很端庄地睡着。姐姐的头发好像又长长了些，看着很倔强，旁边的往两边横，头顶的往上伸，根根独立。弟弟说："姐姐好看。"我也说："姐姐漂亮。"姐夫没出声，颤抖着把拉链从脚上拉起，直到脸上。有专门的工作人员来抬姐姐，还是上次看到的大轮子铁架子。有人说话，告诉我们还会跟一个化妆师。但是化妆师几乎不跟我们碰面，说是会坐专门的车去到殡仪馆，直到开完追悼会。

工作人员把姐姐送上专门的殡仪车，要我们坐两边，他们一个开车，一个坐副驾。等车装好，说好路线，殡仪车跟在开道的三辆车后面出发。陆陆续续的，后面还有很多自发前来参加追悼会的人开着车跟着。大家都打着双闪灯，任谁一看都知道这一条长龙是一个车队，变道时也不会有人想要插队进来。

按路线走完，我们到了八宝山，预约的追悼厅里，上一家追悼会还未开完。我们下车在外等着，姐姐随车去了后面。正在开追悼会的是个有官衔的军官，来了很多部队的人，迎宾的都是女的，清一色黑衣，胸前别着真的白花，高矮也差不多，她们礼貌而周到，给每一个来宾都递上一枝花，胸前还都别上一朵。来的宾客也都讲究，回礼庄重。有一个年龄不到四十岁的女的穿着一身黑，黑鞋黑袜黑纱裙黑色苹果领真丝衬衫黑无领外套，连头上的花也是黑的。虽都是黑色，因每件衣服的材料质地不同，一身黑的衣服竟是十分的显见层次，立体而有神。她时刻牵着一个三岁多的小女孩，小女孩跟她穿着一模一样，款式、面料、质地都一样，只是头上的是个红花。小女孩高高兴兴的，走路踮着脚尖，时不时还跳一下。她们有贵宾到时才站到迎宾队伍中去。他们的宾客陆陆续续来着，里面布置得差不多了，工作人员推出来一个人，把他放在花海中央，然后出来一个人通知外面的人可以排队进去了。我很想混入人群看看那个军官的年纪、长相，可是我试了几试还是不敢，他们的宾客队伍太整齐了，除了军装就是黑色礼服，我出门随便穿的衣服，既不是黑色，也不是礼服，很是不敢上前。他们那样讲究，让我心里怯懦，不敢继续看下去，只好走到一个亭子下坐着。亭子里坐的人不多，可是来了一个男的扶着一个哭晕的老妇人后，很快来了一大堆人。老妇人不听劝，撕心裂肺、竭尽全力地哭，一会又哭晕过去了。我想起妈妈。妈妈爸爸带阿宝不来是对的，整个八宝山上到处都是悲哀悲痛的气息，好像这里的空气有重量，压得什么东西都往下沉，呼吸到肺里，压得肺也往下沉，让人呼不出气来。

有人通知这一堆人中的谁要去捡骨头了，老妇人除了喘气，人完全动弹不得。一个男的问，你能走吗你能走吗？却不听老妇人应。来人说那边等不得，随便个什么人去捡吧，于是一个男的跟了来人离去。

　　我想走动一下，刚下亭子，来了个送葬队，有三十几人的队伍，看上去是刚捡了骨灰出来。打头的是个二十岁左右的男孩，捧着遗像走在前面。后来是两个中年人，一男一女，男的捧着骨灰盒，女的蒙着白色的头巾哭着。再往后是仪仗队，负责敲锣打鼓，再后面是亲属。原来也不是都很讲究的，这个送葬队也没有统一衣服，也没有都是黑色，甚至还有个女的穿着红色的丝质衬衫，下身配一条牛仔短裤，衬衫扎在腰里，很时尚的打扮。我看看她又看看自己，突然很放心自己的衣着，至少我还是一身深色的长衣长裤。他们要绕过亭子转个半圆去另一条岔道。我重回亭子看他们转过来，当我又把目光看向捧遗像的男孩时，发现遗像上的人和他长得一模一样，年纪也是二十岁左右的样子。哪有自己给自己捧遗像的？遗像不是他自己的，也不会是他的父亲，像上的人那么年轻。我往男孩的身后看，发现那对中年人是他的父母，一家四人长得那么像的！也就是，遗像中的那个人可能是男孩的哥哥，或双胞胎兄弟。

　　我目送他们而去，在远处的一个路口他们停下，队伍随即打乱散在一边。然后仪仗队收工往另一个方向走。原来请了仪仗队也就是从焚烧池送到那里啊！我们为了省钱没请仪仗队，这样看来也不用太遗憾。

　　军官的追悼会撤场，姐姐的追悼会会场开始布置。爸爸打来电话，问怎样了，我如实说上一场才撤场，姐姐的才布置。爸爸没再问话，也不等我问，他说两个孩子都乖，不闹，这会阿宝也玩累了睡着了。

　　姐姐的追悼会由洪大哥他们自发组织的爱心人士组织、主持，什么也不用我们操心，他们再三交代，两个孩子还小，不要进八宝山，就是要来也不能进追悼厅。他们还给两个孩子送了红色的头花，找专人送了过去。

　　姐姐的追悼会开始进场，迎宾也是有的，穿了统一的义工马甲，论坛来了四五十人，还有从河北、山东开车来的，我没想到姐姐的追悼会也会这么隆重，我真是白白地担心了一场。对，是隆重，我原以为只有我们一家人，又加爸爸妈妈和蜻蜓奶奶要照顾孩子不能上来，我原以为只有我们三五个人。一介无名之辈的姐姐竟享受着和军官一样大的追悼会厅，许许多多的人来追悼和送别，我真是为姐姐高兴。因为布置都是统一的，除了花圈和字幕与上一场的军官并没有什么不同。就连宾客献的菊花都是一样的。我很感动，在心里告诉姐姐"你的追悼会很隆重呢"！因为感激，向宾客谢礼时，我每一次都紧握他们的双手，深深地鞠躬。

　　最后是我们自己人献花，我这才走近了看此刻的姐姐，嗯，姐姐好看，就是头发太短了，从我记事就没见过她留过这么短的头发。直到棺床要盖上盖板我才突然难过起来，我说："就这样拉走了吗？"我一问出，发现现实正在进行中，已经盖上盖板。我拖着姐姐的棺床不放，不让他们拉走姐姐。这时姐夫和弟弟过来拉我，把我交给两个女宾，他们送姐姐去焚烧池。我一时哭得不能站立，但其实我也是想站立起来去送姐姐的，我本来不是还在为姐姐高兴的嘛，我这是怎么了！我被安置在一个亭子里，有人陪着我，我哭不出声，他们就是看着我止不住的流泪。有人给我喝水，我不能吞咽，直到我睡着了。有人给我洗脸，能感觉到一只手一次次地轻柔抹擦的过程。我被轻柔地、温柔地、柔情地对待，伴着一次一次有人叫我的名字，我见着姐姐在远方挥别，她去天上了。

姐夫和弟弟已捡回姐姐骨灰，仪仗队已朝我在的亭子这边走来，我慢慢站起，有人递水给我，我喝了整整一瓶水，然后在队伍拐弯时加入了他们。

11

加上两个孩子，我们一行八人乘火车去姐夫的家乡埋葬姐姐。姐夫也是安徽人，老家在宣城市的朗溪县。装骨灰的是个白色的圆坛子，瓷的，外面是个红漆木盒。但仍是怕破了，红漆木盒外面又用泡沫箱装着。然后又用我的一件衣服系着。火车开动，乘务员来检查行李摆放，一个很高的大男孩，山东口音，他说桌子上只能摆放水杯，其他东西要收起来。姐姐的骨灰本来摆在桌子上，却被他要求放到床底下去。我说那不行，这个不能放床底下。他说那放上层的柜子里，我说那也不行，这个东西不能放柜子里。他不耐烦地说，那你抱着！我说好，然后把泡沫箱放在我的床上。阿宝在床上玩，拿着一个玩具反复地丢在不锈钢托盘里听声响。我把泡沫箱放在我的身后，给阿宝移了个方向。我实在太累了，让爸爸看着阿宝，我挤在角落里睡觉。姐姐的骨灰就在我的头边。

姐夫的老家人昨夜已经挖好了墓穴。清晨，我们下火车直接去山上。本来叫爸爸妈妈不要上山，爸爸说这不行，这是要埋了，是最后一次见了，他要上山。妈妈也要上山，我说，你们都上山谁带阿宝。最后商定轮换上去，妈妈先带阿宝，爸爸和弟弟先行去山上看墓坑的情况，我跟姐夫一起送姐姐的骨灰上山，中午给姐姐送饭妈妈再上去。

人情冷暖难料，事情并不像在北京那样有人主持大局，每个人都服从给定的角色，使人与事理性而有序。

轮到中午给姐姐送饭，妈妈肠胃不适，只有我、弟弟、姐夫上山。去的时候不觉，就知道走了很长很长的路。下山时发现这个叫太阳村七组山的风景真不差呢，不是我们老家平原的风貌，是秀美山峦，一眼望下去，茶园、稻田、竹林、山峰，相映成画。

妈妈在一个拐弯处巴巴地等着我们，她迷路了，既找不到上山的路，也找不到下山的路，她就记得爸爸说有个荷塘，她现在就想找那个地方，好沿着那条路上去。因为上午的事大家都不愉快，我能想象为什么没有人陪妈妈上来，一时心里悲凉。我跟妈妈说别上去了，一堆黄土没什么好看的。妈妈不依，说下午就坐火车走了，我们不陪她自己上去也得上去，我们只好又陪妈妈上去。上去了姐夫又放一次鞭炮，妈妈带了纸钱，我们又烧了一回纸。

我们下山后爸爸抱着阿宝等在山下，爸爸让赶快走，一刻也不要等了，离开这里去宣城的火车站。他重复着，离开这里。离乘火车的时间还早，但因为身心都很疲惫，谁也不想吵架，只要谁有一个强烈的主意，大家就会依了那个人。好像是一种无奈，也像是一种解脱。就是向前方的路往哪里走都是走，只要走过这一段就好了。我们都知道这个理，于是都依了爸爸，趁行李都没有打开，赶快离开。

去到市区，离火车开动还早，我们找

了酒店歇息，傍晚上的火车。刚上火车就到了吃饭时间，妈妈说："该送饭了。"我们谁也没有应她。

第三部分 我们

1

我们次日三点到的阜阳，预计六点多能到临泉县陈家村一巷的家。

下了火车出了站，爸爸带阿宝，弟弟照顾妈妈，我去找出租车。后来我抱阿宝坐在副驾驶位，妈妈不适，躺在弟弟怀里。

阿宝上车很快睡着，我难入睡，睁着眼看着车子前方。大雾，车远灯照出去白茫茫一片。车开得有点快，我一再叮嘱司机慢点开，爸爸见速度未慢也说："师傅慢点开，俺这有个小孩子，老婆子还晕车。"司机原是不肯慢下来，弟弟在后座突然向前大吼一声："叫你慢点听不见是吧？"爸爸忙说："好好说，别嚷。"我说："师傅你再不慢点，我弟暴脾气，还要吼起来。"司机这时才慢。出了城约二十里，进入荒野，一个东西车前一晃。司机机智，急忙刹车，但那东西还是撞得车"咣"的一声。我说："是什么？要下车看看吗？"司机挪了挪屁股，定了定神说："不看不看。走夜路常有的事。"又说："有钢镚吗？"我说有，叫爸爸拉开我的包拿小钱包出来。爸爸问："要几个？"司机说："随意，一个也行。"爸爸给了两个。司机接了两个硬币把车窗摇下来一个缝丢了出去。开远了，爸爸问："是啥？"司机说："野猫、黄鼠狼什么的，野兔子也有可能。可真不小！"司机再没有开快，到了我家天已经清亮。

一条巷子十来户人家，只有北面巷底一户有老人留守，然后就是我爸回来住了十几天，剩下的都空了。都锁着院门。木门腐朽，铁门生锈，家家户户门上一概泛着冷清的光。

我家院门前有两棵杨树，才是七月，已经落下来厚厚的一层叶子，这样子看少不了下过一场暴雨。爸爸走前用塑料袋把铁锁包上了，弟弟卸行李，爸爸去开锁，妈妈下了车又哭又吐，说："还是少了一个啊，再也回不来了啊！"

我去妈妈旁边，说："你别哭了，阿宝还没醒。"我知道只有这么说才能止住妈妈的哭声。不是不让她哭，是觉得在悲痛面前还是不哭的好。她这么哭，让我非常心虚，对一家人接下来的生活没了底气，万般慌张。爸爸没说话，有点默许妈妈哭下去的态度，所以妈妈就继续哭着。爸爸去院子东门的菜园旁边清出来一块干净地，让我抱阿宝去坐着，躲一躲妈妈的哭声，但阿宝还是醒了，一脸诧异地左看右看。谁都不劝妈妈，妈妈也没哭长久，不哭后开始做事，很快清扫了院子，把床单和垫被抱出来晒。

爸爸去北京这一周余，西屋里来了一只母猫，下了两个崽，小小的，毛发稀得能看到皮肉。但仍能看出一黑一白，黑的带白点，白的带黑花。西屋是弟弟的，除了床还有一堆杂物，爸爸他们一时围在一起，商量着要不要动它们的窝。又说，小猫这么小，动了窝母猫不要小猫了，小猫只有等死。这是爸爸在说话。爸爸又说：

"我没走时这个猫就来瞄点了。母猫大，怀的少，看不出来要生，还以为它来找吃的。这是看没人了就选定这个地方了。"妈妈说："肯定是头胎。"阿宝这时被爸爸养在废弃猪圈里的几只鸭子下河时的"呱呱"叫吸引了，看着鸭子经过菜园，惊奇地发出"喔，喔，喔"的声音。然后她又往我的肩头趴，趴一下又拧着身子看鸭子，又稀奇又害怕。鸭子下河了，我抱她去院里，弟弟让去看猫咪，阿宝很喜欢，挣脱着往前去抓母猫。母猫哪里可能让抓，还隔一米远就冲阿宝"嘶嘶"地叫，阿宝却不怕，高兴地跺脚。爸爸一看这情境，说："别挪窝了，就由它在这把这窝小猫养大，你睡堂屋去。"这样决定，弟弟的床也不能抬，自己去堂屋拼两条长椅去了。看完猫，大家一时都有了生气，各收各的屋，上午十点半，我们就把家收拾好了。因为打算好好生活了，一家人把钱全凑出来规划生活。爸爸数的钱，分分角角加起来只有不到七百块钱。爸爸说："够，还有半袋面，够买油盐的就行。还有几只鸭子下蛋，不吃肉也能过去。"当天，妈妈就在院子东边的菜园整出两垄地下了好几种菜种，说天气好的话，半个月后就有青菜苗下面吃了。

我们各忙各的，都不谈姐姐的事。晚餐前，村里来了一个人，年纪蛮大，我叫太爷，看我们各忙各的，他一个人坐坐一会就起身走了。爸爸去送，太爷说不送不送，走到院门就把爸爸推回来了。爸爸说："也好。那我不送二爷了。我们一回来可能都知道了，您老来过就算都来过了。叫大家都不要往这里来，不来我们不谈，来了一谈一家人都难过。"太爷站院门口说："不谈不谈，就看你们刚回来缺什么，给你们拿点。"爸爸说："不缺，啥都不缺。放心吧您。"原来早上妈妈那一哭叫"报丧"，怪不得爸爸不制止妈妈。爸爸从里面锁了大院门，我们就在院子里、菜园里忙，出入走东边菜园的小过道门。没有目标的生活除了讲吃，实在没什么可忙。吃又没什么可吃，好在家里还有半坛猪油，随便炒什么都香。阿宝又不太能吃油，妈妈便想着做阿宝能吃的面食。做来做去发现还是馒头最合阿宝的意，再就是放了淡盐的菜丸子。闲淡的日子过了几天，弟弟要出去做工，说都在家闲着也不是个事。爸爸说好，说去给他借路费，我说不用借，咱们把剩下的都给大鹏拿去，过几天等阿宝爸爸发了工资汇来钱，咱们去县城取就有了。爸爸说："也好。"

除去这几天开销，我把剩下的四百多都给了大鹏，大鹏就要三百，说去上海一百多的火车票，再有一百多就够用了。到了那边吃厂里住厂里不花钱。大鹏只收三百，多的硬是不收，说留着给阿宝买吃的。

说话这天，弟弟买了第三日的票，又在家住了两天。爸爸几时把鸭子逮了三只去卖了两百多块，大鹏火了，说："说够了够了还卖鸭子做什么！"又说，"就剩两只鸭子了，一天两个蛋，你们四个人怎么吃？"

爸爸不接话，妈妈在一旁说："两个够了，阿宝又吃不多。"我说："都不要争吵，过两天我就去县城取，真穷到揭不开锅几个大活人会想办法的。"我这么说话，都不吭声，我才意识到我犯了忌，说了"大活人"。我忘了，我们现在真是太忌讳"死"和"活"这两个字眼了，上次爸爸说到大猫要是不要小猫了，小猫只有等死，大家不吭声，爸爸意识到什么，没话找话，说他走前大猫就来家里瞄窝了。于是我闭口不说话。

避着不谈也不是个事，还是得谈。家乡有三天圆坟之说，我们回到家的第二天是姐姐下葬的第三天，妈妈是偷偷地在河边给姐姐烧了纸"圆了坟"的。妈妈把地方选在一棵老柳树下，树下长着半人高的野草，烧过的纸灰站岸上看不见。但到了第七天，给姐姐送灵，爸爸买了些烧的东西回来，我跟弟弟都看见了。我们看见满满一筐的金箔纸银箔纸，明白是给姐姐买的，弟弟便问爸爸："给大姐立牌子吗？"

我爸说："咱们家都没牌位，你爷没有，你奶也没有。你大姐又是嫁出去的人，也不能在家立。按说今天是你姐头七，娘家人要去送灵的，但是咱们隔这么远，赶不过去，就远远地烧点纸好了。"

弟弟还算懂事，没有多问，只看着爸爸做。爷爷死时爸爸才两岁，他对爷爷没有一点印象。后来爸爸离开我们村十八年，回来找不到爷爷的坟了，爸爸就只在家竖了个木条，权当爷爷的牌位。

我们家平时只在过小年大年时才给"木条"上香，上香也不是一家人都上，只爸爸一个人上。我们三个孩子从小没见过爷爷奶奶，习惯了一家人就是爸爸妈妈和我们三个，也意识不到那个"木条"是什么。我家堂屋的条几案上除了有个"木条"还应该有过神位，后来不知道哪去了。反正爸爸小年大年焚香点蜡磕头跪拜什么神什么"木条"时，我们只是在旁边看，也说不清是什么特殊年份爸爸会拉过我们其中一个跪下去跟他一起拜。有一年是姐姐拜，弟弟笑嘻嘻也跟着过去拜，爸爸说，好吧好吧，你要拜也拜吧。旁边的妈妈问我："二妮拜不拜？"我说我才不拜。爸爸也脾气好，说不想拜不拜。

这天，爸爸破天荒地又把堂屋的条几案子打理了一遍，生了蜡火点了香，像我们小时候看到的一样，他又磕头大拜了一回"木条"，然后又引了香火去河边的柳树下去烧金箔。面对河边老柳树下的一堆灰，我和弟弟陡然明白他们悄悄地给姐姐烧过纸了。但姐姐的头七，我们一家人还是要一起给姐姐送灵的，妈妈叫我远远站着就行，因为我抱着阿宝。妈妈过一会上岸边来换我，叫我过去烧点。烧火的地方拔掉一片野草，几块红砖上压着一块小石子。石子有小孩子的拳头那么大。

这棵老柳树是我家在这里建房的那一年爸爸种下的，他什么时候想起奶奶了，就给奶奶在这里烧纸。

送弟弟去公路上坐大巴去火车站，我又给他偷偷地塞了一百块钱，他不知道，但他总会发现的。

院门关了几天，我们送弟弟走的时候打开后就开着了，爸爸说："开着吧。要来的早晚要来。"这么说是真的，刚送走弟弟回来，院门口等着两个人，北院的大奶奶和西院的三爹爹。都提着东西，面粉、鸡蛋。爸爸妈妈把他们让到屋里，我让妈妈抱阿宝，去倒水沏茶。大奶奶和三爹爹都是上了年纪的人，都是过来人，也都绕着话说，问爸爸秋季还种地不，要种的话什么时候要整地，什么时候埋化肥。还说，现在都有机器，不用人种，你说一声，机器来了到地里走两趟就整好地了。爸爸应着，说是是是。爸爸种地是行家呢，爸爸都懂，知道三爹爹这是没话找话。大奶奶还拿了蒜头来，说自己种的还没吃完。鸡蛋也是自己家里的，吃玉米下的蛋，黄大。说瞧阿宝来了，给阿宝吃。二十几个，也

169

不知道大奶奶攒了多长时间的鸡蛋。她们家就她一个人，孙子在县城读书，半个月回来一次。后来陆陆续续又来了一些人，本村的，邻村的，再就是亲戚。姑姑、大姨、我姥爷、我舅舅。爸爸的四姨，我叫姨奶奶，拄着拐杖也来了。

大姨抱来了一只小狗，叫起来还奶声奶气的，院里一下子猫猫狗狗都有了，很是农家长远生活的情景。

来的邻居和亲戚，女的多夸姐姐懂事，男的多夸姐姐聪明、读书好，说她一考上学，亲戚门里下一茬小哩都不听爹妈的了，都要上学，这不是，后来村上考上好几个女娃子，比男娃都争气。

一人问起我："这个二妮后来没上学，现在干啥了？"

我爸忙接话："没上学也不赖，自己知道上进，比她姐好。"

这人说："那真是不容易。"

我说："哪会比我姐好，是我姐帮我不少。还是读了书有眼见，老早就叫我学东西。"

这人说："你姐啊，那学习好哩能读大学！"

爸爸说："那时候哪供得起，底下不是还有两个小哩吗？"

这人说："大鹏哩，大鹏后来考上没？"

爸爸说："没哩。早出来工作了。"

另一人插话："不是听说跟他大姐夫学活吗？"

爸爸不接话。

还是第一个人说话："时代不一样了，到了社会也能学。"

爸爸说："是这个理。"

农村的老人家聊天尴尬得很，很少顾忌别人的感受，或者在面朝黄土背朝天的原始的人类生活面前，什么事也不过是"事"而已，有什么不可以说的呢？本来，弟弟的事也是父母窝心的事。姐夫从富士康辞职创业前就叫弟弟到苏州他徒弟的工厂做学徒，学了五个月。后来姐夫没跟他的徒弟合作成，弟弟照说也应该到姐夫的小工厂做工了，但姐夫说弟弟还未学成，再去其他地方学好了再到他的小厂做，也顺便学学人家的管理。爸爸妈妈听着也是个理，不想，弟弟一直在外面的工厂做，直到姐姐生病也没到姐夫的工厂做工。照说姐姐现在入土了，姐夫要回去管工厂了，应该提及弟弟工作的事，但是没有，提都未提。他不提，弟弟问他送爸妈回去后他回原来的工厂还是到姐夫的厂上班，姐夫竟果断地说回去原工厂，还说姐姐这事都太伤心了，弟弟要是去他的工厂两个人常见着不好。一时弟弟也没反驳，他觉得他看见姐夫自然也是要想起姐姐的。所以弟弟走前跟我说起这事，他并未有疑心。倒是我心里很不舒服，觉得并不合情理，按常理这时候要团结，好好把厂子发展起来，也算是给姐姐一个好的交代。但事实并不如此。

我没让弟弟跟爸爸说这件事，爸爸后来也不问我弟弟去哪里。

弟弟走后又过了半月，阿宝水土不服便秘总不好，我打算回深圳了。转眼我带着阿宝出门一月有余，转眼阿宝十一个多月了，要周岁了，也要回去补打疫苗了。爸爸能理解我要走，却是千言万语地想说什么又不说。

我说："爸你有话？"

爸爸说："也没啥。说没啥吧，也有点事想叙叙。"

我说："你说，你不说我不知道你想

叙啥。"

爸爸说："这么几件事：一，光你说叫我跟你妈去深圳，但是家又不是你一个人的，阿宝爸跟你谈朋友到结婚从来也没来过咱们家，当然，你们谈朋友很快就结婚了，我的意思是说，这个时候他要是来咱们家接你们多好，也算他来过咱们这个家了。他要是一次不来咱们这个破家，我怎么好往你家去，这不合情理，哪有做老丈人的先上女婿的门的。这是一，所以以后你也别叫我去你家，你妈要去随她的便，我不能去，去了你不能做主，让你麻烦。二，大鹏这事，大鹏没考上大学去做超市做得好好的都当领班了，你姐他俩非叫他去学模具，这去学了，也出师能干活了，他又不管了，这事你得看看怎么处理。三，三呢，家里没供你读书，你姐知道学，都供她了，她上班也没供大鹏，倒是你给你姐寄过钱，又供了大鹏几年。你姐也知道她没往家里寄过钱，又把我们老两口的一点钱拿去开超市开工厂，她说她养我们，她管大鹏，现在她不在了，大鹏的事你看你方便过问不？你看，就是这几件事。"爸爸说得小心翼翼，怯声怯气。

我说："你这就是两件事，不是三件事。一，去不去我家。二，大鹏的事。哪是三件事。"

爸爸说："是三件事，家里没供你读书，都供你姐了，你姐说了管大鹏，你姐不在了，你就是家里大的了。"

我说："你别这么说，我姐没管大鹏，管我了，写信都是她给我写，我写信也都是往她学校寄。后来又是她叫我学东西，这已经算是管我了，所以，你不能老这么说我姐，怪不得你们总有小矛盾。你们的老思想不行，老大就得担责任，管小的，你们给我姐太多压力了，怪不得她跟我逛街总觉得她不高兴。问她又不说。"我又说："蜻蜓爸指望不上，大鹏以后的路怎么走还是靠他自己，他不想做模具就当浪费了三年。这事没办法，谁让当初人家说什么就是什么，人家许诺你们就信。至于我管不管大鹏，我回答不了你。他也是大人了，能为自己负责了，干吗非要谁管他。再有，你要想找蜻蜓爸要回三万块钱，我就跟他说，以前我姐找我拿过几次零碎的钱不算，再除去给我姐治病打了两次钱，他还欠我六万呢，这是他找我借的，不是我姐，还说给我股份，股份现在看他是不会给了，六万可是真金白银，以后等他发财了我会找他还给我，到时一起要你们的三万。但是现在我们多穷多苦都不能要，就是捐款补了一些借款，他的公司分给了别人一半这事是真的，看在小蜻蜓的分上，得让他喘口气。等他稳当了，这个钱我势必会找他要。"

爸爸说："倒不是要三万这个事，我跟你的意思一样，孩子咱要养他不给，他要养，他要养孩子这个钱我们就算给外孙女花了。我不是要这个钱，就是想说他开着厂能带着大鹏一起做事，大鹏也有个出路。"

我没法接话了，这话题很让我意外，一是没明白爸爸为什么非要有个人管大鹏呢？二是我确实从来没想过管家里的任何事情。想想我小时候，爸爸妈妈不是在田里做事，就是去砖窑厂做工，很多年后，我回头看我的童年，发现记忆里都是姐姐，姐姐在煮早餐，姐姐在刷锅，姐姐在喂猪，姐姐在给弟弟穿衣服。妈妈恨我贪玩不归家，吃晚餐把我关在院子外，姐姐偷偷地给我留了稀饭盖在锅里。我的记忆里爸爸

171

妈妈是不存在的，是缺席的，偶有一点印象，无非是我惹事了，他们打我，打得我嚎叫。现在回想起来那叫声跑的一个院子都是，撞到老柿子树上，撞到老井上，撞到老鹅身上，把老鹅撞得嘎嘎乱叫。再后来我下了学出来打了工，跟姐姐通信，都是她在鼓励我，消解我的思乡之情，安抚我的孤独之心。也所以，这个家对我来说只有姐姐，没有爸爸妈妈，没有弟弟。我现在是很看不起爸爸的，他原来是这么自私，养大姐姐叫姐姐有出息就是为了帮弟弟？我拿不准是不是这个意思，就隐隐这么觉得。这与姐姐跟我传达的父亲形象完全不合，姐姐说爸爸独立，讲节气，有骨气，我这时一点也看不出来。但看在姐姐的分上吧，我不恼怒，我想象着若是姐姐会如何对待爸爸，便让心里升起一股温情，于是对爸爸说："先走走看吧。过了年清明，咱们是要去宣城给我姐上坟的，到时再看看他的态度。"

说走还是不舍得，妈妈做事时总不自觉流泪，你得提醒她"您又哭了"，她才知道自己哭了。妈妈说："我没哭。我就觉得你姐在我面前晃一下。"

我跟爸爸说，我走了，你要看好妈妈，她现在都恍惚了。爸爸说："有什么办法呢，我们一起生活三年，虽是叮叮当当，磕磕碰碰，总还是一个锅吃饭。你姐怀小孩她打电话给我们，你说哪有父母不能原谅的孩子呢，我们又去了。这可都是你妈伺候她。她病了，还是你妈给她煮饭，说吃啥煮啥。你姐又去北京，都昏迷两天了，醒来还是要吃面条。北京那是啥条件，你也看到了，人家借给咱的地方，就一个锅，连案板都没有，你妈和好面搁手心里搓也得给你姐做面条。这是你妈用她的办法疼

你姐。人跟人就是这样，谁伺候谁多谁的感情深，睁眼闭眼有回想的东西。这个没办法。"我理解爸爸的意思，人与人的情感建立来自付出和交往。交往的越多，记住的情节越多，回忆也越多。回忆多了自是想念。这么想着，我也想起姐姐。

我说："那我妈这样下去不会有什么事吧？"

爸爸说："得往前走着看，哪天想开了，又或者是哭够了，就不哭了。"

我说："爸，你搁北京时说我奶奶死，说要饭时见两个小孩子死，你是看多了想开了，还是心里对死麻木？"

爸爸脸一整，不是皮肤往下拉，就是整，整理衣领那样脸色一整，说："啥是看多了，啥是想开了，啥又是麻木，你说说？"

我一怵，快三十岁了，第一次遇着爸爸这么严肃地问话，我在爸爸的脸色里能看到刀刃。这时的我，本能地不敢看爸爸的眼睛。我弱下来，说："爸，我不是说你没感情，我不是也没经过事嘛！我是担心妈妈那样，你怎么想的我摸不准，才那么说话。"

我爸说："你比你姐确实受苦少，别看你去外打工早，你姐读书并不少吃苦。都以为我不心疼你姐，给你姐压力，我也心疼，但不出人头地，在这穷地上生活更苦。这个苦你奶奶吃过，我也吃过，你们生的时代好，可以往外走，不知道在巴掌大的地方生活的难。话说回来，你们现在的年轻人看不见那个时候的苦，可是那苦搁人一辈子里压着怎么能轻了。"

我说："那你到底希望她做到什么样？"

我爸说："这话怎么好说，我说什么了，我什么也没说，我就告诉她要出人头

地就得好好读书。我就跟她说你又是个女的,还不是个男的,不能拼不能打,你不好好读书有点文化,你怎么让人看得起。"

我问:"你就只说这些?"

我爸毫不客气地说:"我就只说这些。但是,你姐知道的东西又不是我一个人告诉她的。你小,你不知道,咱们去你姥姥家,她经过王庄就走不动,个个拉着她左看右看,她是那里的人,她知道。"

爸爸好生奇怪,竟觉得我打工不苦,竟觉得读书的姐姐更苦,他是以什么标准来这么评比的?

2

从我家往南五公里是长官镇,原来叫长官乡。长官乡往东三公里是爸爸的姥姥家大张庄园;往南两公里有个村子叫大王庄;大王庄西南二点五公里是我姑姑家大齐庄;大王庄东南三公里是我姥姥家白棚村;大王庄西南四公里是我大姨家王湖村;大王庄往正南五公里柳集村是我两个姑奶奶家。也就是,我们家的亲戚都在我家以南,以长官乡为坐标,平展一百八十度的以南。而大王庄除了长官乡又是一个坐标,是去其他亲戚家的必经之地。大王庄是什么地方呢?大王庄是姐姐的出生地。大王庄又是奶奶的墓地所在。这层故事,姐姐很小就知道了,我很久的后来才知道。小时我只知道村里有人恶言说我姐姐:"再哭,再哭把你送回大王庄。"或者说:"你走吧,你不是这个村的人,你去大王庄吃白面馍去吧。"姐姐听了哭得更凶了。我不懂他们说的话什么意思,但我会骂人,我会朝着把我姐姐说哭的人吐口水,骂他们:"不怕烂舌头根子的骚货!"男的女的我都这么骂。我骂了他们,他们反而哈哈笑,说:"这个厉害,这个才是俺这个村里生出来的人。"长大些才知道那么骂人是不对的,主要是骂得不准确,"骚货"多骂女人,有时是男的说,我也是那么骂过去。我也不知道这句话从哪听来的,肯定不是妈妈,妈妈不敢骂人,一旦说了脏话是要被爸爸严肃批评的。这话大约是前巷大婶子骂隔壁的二婶子,在我们村里她们两个都是很厉害的女人。

爸爸丧父后正是灾年,奶奶一个人带姑姑和爸爸。爷爷三兄弟,大爷新婚第二天就被国民党抓了壮丁,门下无子女。二爷有两个儿子,把大儿子过继给了大奶奶,老二自己养。我爷爷是老三,一女一儿,也就是我姑姑和我爸爸。大爷爷杳无音信,二爷爷和我爷爷在灾荒年相继死了。这样一来一个大家庭就成了三个女人养四个孩子。大奶奶是目不识丁的大家闺秀,这样说好像有点矛盾,但真是大户人家出来的,却又不识字。大户人家出来的好,是家教实在好,知道自己门下的儿子是别人生的,就把自己隐退了,一切听二奶奶安排。也有一说我大奶奶是大家庭的庶出,自打娘胎就知道不好与人争。我奶奶是识字的,不知道为什么也不争。或者是年纪小。她的问题得从爸爸的姥姥姥爷说起,我叫太姥姥太姥爷。他们是地主家,有四个女儿没有儿子,就把四个女儿都养得很好,都请人教了书。太姥爷自然也是读了书的人,就连太姥姥也是读了书的,那时随便读了点书的人都是有文化的人,看待世界自然比大多数人能看得远。太姥爷家被抄家时往马棚里埋了不少东西。听说就是在马棚的粪池下挖的坑。马棚里有坑,马棚外也有坑,马棚里是个小坑,马棚外是个大坑。

抄家的人也去了马棚，但见马棚里都是马粪，小坑连着大坑，把两匹马牵走后往里丢了两块土坯就走了。太姥爷和太姥姥后来虽也按着别人的贫苦日子生活了动荡的几年，但家底还在，时代过来了，太姥爷家也过来了。但这时也是晚了，太姥爷也是没有办法地在家家户户急着嫁女时下嫁了四个女儿。

四个女儿，留了最机灵的老二在身边，另三个嫁了出去。老大嫁了隔壁村的一个长工，那时刚获得自由身；老四嫁了本村多少年娶不上媳妇的光棍；奶奶是老三，当初数她嫁得最远，却是嫁得最好的一个青年。爷爷当时还是个做香火的学徒，没有读过书，奶奶从没嫁过来就要死不活，嫁过来更郁郁不欢。爷爷小，奶奶更小，都还是不太立事的年纪。待他们生了一女一儿还没养大爷爷就死了，奶奶自己提不起精神活，一天病恹恹的。大家庭没有男人了，二奶奶管起了大家，把三个男丁按年纪排了老大老二老三，这事是在我爸爸两岁还是三岁那年吧。没有排姑姑，按年纪，姑姑是比二奶奶的二儿子还大的。三个男丁跟着二奶奶大奶奶合了一个锅吃饭，我奶奶和姑姑没饭吃，奶奶就想着往外走，想着带着姑姑走算了。姑姑那年五岁还是六岁，跟弟弟感情深，舍不得弟弟，偷偷哄了弟弟出来，奶奶就带着一儿一女走了。本来是想着回太姥姥家，可是那时正是所有人都揭不开锅的时期，都在过贫苦的日子，太姥爷看二姨奶的，二姨奶就毫不客气地用面布袋扔了半袋干粮把院门关上了，她自己两年生三个，这时有了四个儿女，小的还在哺乳。二姨奶的这个狠劲让奶奶实在想不到，但难说不是她有这个狠劲才让太姥爷把她留在身边的。那样困难的日子，没有一颗狠心如何自保，又如何活得下去呢？这是奶奶当初牵着一对儿女转身时对自己说的话。说这话也不能算是原谅她的二姐，算是为自己认命作个底。

奶奶带着爸爸和姑姑在沟边和荒野地里过了些日子，还没等有个落脚处就被二奶奶找到了，他们娘仨就又回到了我们村。

日子越来越难过，有人去大队打饭还没到地方就死了，有人饿着肚子睡的，第二天醒不来，有人偷偷吃黄土，肚子太沉坠死了。一时怎么死的都有。奶奶生病，去不了二奶奶家帮工，不帮工哪会有饭吃呢，只能靠姑姑和爸爸捡河工剥下来的红薯皮吃，小姐出身的奶奶看着都是别人嘴巴里吐出来的东西怎么也吃不下去。一天夜里奶奶想着去死，离家走了。这也就有了后来姑姑又带爸爸从二奶奶手下跑出来一路讨饭找奶奶的故事。姑姑认为奶奶肯定是去太姥姥家找吃的，就凭着记忆往太姥姥家去。那时没有大路，处处还是荒野，人烟自然也是稀少，姑姑和爸爸迷路了，找不到他们的姥姥家大张庄，十多公里的路走了二十天还没走到。自然是他们走偏了，绕过了他们姥姥家继续去了东南。路上，姑姑带着爸爸讨饭，偷戏班子的衣服和干粮。后来发现戏班子的东西最好偷，就跟定了戏班子，为了一口吃的，人家到哪她带着爸爸到哪，全然忘了要去太姥姥家找奶奶的事。直到后来，有人收了姑姑在戏班里打杂，洗衣服。据说那时候的戏班子也不像戏班子了，台上的皇帝也不能穿黄褂，只能穿贫民的衣服。说是唱戏，更像说书。

姑姑和爸爸跟着戏班子又走了些日子才跟别人说实话他们要去姥姥家。戏班子走南闯北，知道他们姐弟俩要去大张庄就告诉他们早就走过了，但眼见两个小小的孩子要走二三十公里，就许他们秋天往北走的时候把他们送到大张庄。姑姑七岁多不到八岁，对人说她十岁了，戏班的人也就真当她十岁，给了她活干。爸爸不到五岁，人本来瘦小，想说大点也没人信，没有人给他干活，他就帮姑姑打下手。等戏班子终于顺路把姑姑和爸爸交给太姥姥，太姥姥找到奶奶已经是第二年的秋天，时间离奶奶离开已经过去一年半，奶奶已经又嫁了人生了个儿子，而身上又刚怀了一个，干瘦的身子上刚鼓起一个馒头样子。奶奶这次跑出来没有去太姥姥家，自然是心里一直有恨，恨嫁了她，恨嫁得远，恨打发她像打发一条狗。奶奶经过太姥姥家继续往南，在大王庄讨水时到了一户人家，这家只有两口人，一个极矮的青年正伺候一个快死的老太太。青年见奶奶倒在他家栅门脚上，把给老太太熬的稀饭端给奶奶半碗。巧的是，第二天一早老太太就没气了，青年把熬的稀饭又端给奶奶喝，让她使劲喝，喝饱。青年跟奶奶说，如果不走，以后都有稀饭喝。奶奶想，有稀饭喝也饿不死，不走就不走吧，就再也没走了。

太姥姥找到奶奶见奶奶那个样子，转身走了，过两天就把姑姑和爸爸送了过来。太姥姥说，她有四个孩子，不会养你这两个，养这半年都是我偷偷从嘴里省下的。奶奶知道太姥姥说的"她"是谁，不吭声接过了姑姑和爸爸。

奶奶怀的孩子又出生，家里就有四个孩子了，眼看着这一家也没有吃的了。姑姑觉得这不是个事，她弟弟的年龄搁奶奶小时候就已经跟着先生读两年书了，要在这个家庭怎么可能读上书呢。她跟奶奶和后爷商量，说我只要你们管我弟弟吃饭就可以了，我自己不吃你们的饭。可我弟弟要上学，学费也是我去挣，不要你们管，但你们不能阻拦这个事。后爷是个矮子，又是个文盲，奶奶这么漂亮的人又有文化，他怕奶奶跑了，就答应我姑姑。姑姑一个人又回去找到了戏班子要求做杂工供爸爸读书。爸爸去读了书。姑姑后来嫁给了戏班子里演七品芝麻官的人，也就是我后来的姑父。

很快时代变了，都有饭吃了，姑姑要嫁人，爸爸初中差一年没读完也只好下学了。这年爸爸十六岁了。爸爸自己在家把初三的课本学完，去学校讨了一张试卷给自己考了试，之后就把书埋了地下，去了生产队挣工分。爸爸长相标致，十分清秀好看，又带着读书人的机灵劲，很快被选了去做民兵代表到乡里学打靶子。一次爸爸学习归来，家里只剩下了生病的奶奶一人，问及奶奶，奶奶才说后爷是过继到大王庄的，现在这边的人都死了，他们的老家庭好起来了，把他接了回去。所以矮子后爷就带着两个儿子一个女儿走了。后来奶奶又生了一个女儿。爸爸平时民兵不训练还是在生产队挣工分，十八岁那年终于拿了满工分十分，他本以为从此可以好好地给奶奶看病，不想就是这年奶奶不行了，爸爸好好地服侍了奶奶半年，直到奶奶死在他的怀里。姑姑随戏班不知道到了哪里，等姑姑有音信回来，爸爸已经一个人挖土坑埋了奶奶，坟上插的柳条子都发了芽。

爸爸送走了奶奶，还是当民兵，不当民兵时在生产队干活。

爸爸有一次去乡里训练时认识了同样派去乡里训练的妈妈，妈妈黝黑，苗壮，也是当民兵的好体格。妈妈大爸爸两岁，觉得爸爸好看，有些主动。爸爸虚岁十九岁了一直没有人给他提亲，都知道他是个孤儿，无依无靠。如果不是生产队大家庭依靠着，爸爸这样没根的人更是没人过问的。妈妈不识字，行事莽撞，说她无所谓我爸是不是孤儿。我姥爷正烦我妈嫁不出去，听说了马上找人找到我爸要把我妈嫁了。我爸说那不行，他得给奶奶守孝三年。我妈说她等。一等果然是三年。我妈嫁到大王庄，我姐姐自然也就在大王庄出生的。这一年是一九七七年，姐姐出生的日期是农历三月二十一日。姐姐姓王，叫王瑞平，瑞是吉祥是好，平是平安。后爷姓王，爸爸姓王，姐姐姓王，但都是虚姓，都是靠了原来的王姓人家。后爷走了，有了自己的姓。吃人家的嘴短，拿人家的手软，爸爸说做人要讲良心，还在人家屋檐下吃人家的饭就不能改回自己的姓，一天不走，一天就还得姓王。

3

时间退后一年到一九七六年九月八日，这天下午我爸爸正在乡里训练，有人通知我爸爸太姥爷死了，叫他去守孝。爸爸没忘记大张庄张家，那可是奶奶长大的家，自然是一听说就去了。他去还有个目的，是想让那边还活着人知道他长大了，也想让他们知道奶奶死了，他想看看那边人的反应。爸爸去到张家见大家都在忙太姥爷的后事，就按下自己的心事不表，听从着张家的安排，他想着太姥姥总会想起他把他叫去问话的。但第二天一早他又接到通知，要他回乡里站岗，因为伟大的毛主席零时十分逝世了，乡里要组织各大队分批到乡里有毛主席塑像的广场上追悼。爸爸把一身白孝脱去，换了通知他的人给他的黑袖章，在乡里有毛主席塑像的广场上一站就是半月。因为追悼会一开就是半月，先是各大队分批次开，然后集体开，然后代表开，然后是党员开，直到后来主持人再想不出名头了，追悼会才结束。这时爸爸才返回太姥姥家，太姥爷早就入土了。听说所有给太姥爷戴孝的人后来都脱去了一身白麻孝衣，统一换成了黑袖章，因为上面要求，先把个人的悲伤放下，先一起追悼伟大的毛主席。所以太姥爷的葬礼上没有人哭得昏天暗地的，大家都庄严地唱国歌，庄严地背毛主席语录。爸爸听说心里多少好受点，想想要是自己在也是哭不出来。觉得那个时候他也还是唱国歌好，也还是背毛主席语录好。

太姥姥听说他回来了，叫了他说话，说是知道奶奶死了，说爸爸一个人不容易，要给他半袋东西。爸爸隐约还记得发生过一次"半面布袋东西"的事，坚决不要。太姥姥说你先打开看看。爸爸见太姥姥眉宇间都是奶奶的样子，就打开了那半袋东西，吓他一跳，都是铜钱。有些事情说来真是奇怪，太姥爷死了，二姨奶反而不当家了，倒是太姥姥当起家来了。现在的张家是太姥姥当家。但不管怎样，当初他们拒绝了奶奶，这让爸爸想起来就不舒服，所以还是不能接受张家的东西。

因为悲愤还是孤独，爸爸从太姥姥家回来直接去了生产队，倾其所有换了一只羊腿扛着，一个人去姥爷家求亲。虽然只有一只羊腿，我姥爷还是把我妈许了我爸，他三年前就想把我妈嫁了。爸爸一个人迎娶了妈妈。

姐姐出生后，国家实行分田到户，安徽凤阳那边已经分完，分到土地的农民在收音机里喜气洋洋，唱歌跳舞。我爸想我们这里肯定也快了，便想借这个机会回到他出生的村子。又加他如今娶了妻有了后，想着是时候回去认祖归宗找回自己的姓名了。这样，爸爸就单枪匹马地回到村子来，跟族人说了他的意思。但是当时并不顺利，这是爸爸没想到的。他想，"我爹是这个村子的，我也是在这里出生的，现在我长大了，回来认祖归宗了，凭什么不让我回来？"我爸说他扛着枪站岗的时候突然想明白了，他是男的，还要带妻儿回来，这是要分组里很多地的，所以受到了阻拦。

爸爸本来当时只是试探，受到阻拦反而成了动力，更下定决心非回来不可。待第二年春，村里正是丈量土地分组的时候，爸爸带了妈妈和姐姐回来了。那时爸爸妈妈穷得叮当响，只有一架破架车和两床被子。爸爸拉着车，妈妈和姐姐坐在车上，加上他们的锅碗瓢盆，一辆破架车还装不满。爸爸回来后，一个爷爷少时的小伙伴出了头，说人回都回来了，哪有往外推的理，就把他家白天拴牛的牛棚让出来给了爸爸妈妈住。这个人就是后来我叫四爷爷的人。他跟爷爷是堂兄弟，他小，我爷爷大，从小一起放过牛。那时河道无人维护，暴雨冲出的横沟很多，而横沟下往往又有漩涡，四爷爷踩了空，在他快滑到漩涡时，爷爷拉了他一把。四爷爷因为那个漩涡吧，给了爸爸一间牛棚，就只一间，一米高的土坯以上都是高粱秆扎的。爸爸妈妈不嫌弃，放下架车，清理了牛粪，又用水和了泥把高粱秆子里里外外糊了一层泥巴，这就算有家。爸爸不傻，他没有在冬天回来，就是想着春天了，天暖了，怎么着都好，冻不死妻儿。

父亲扎下来不走，从组里分到了三口人的口粮和土地，开始像模像样地过日子。

事实上他若不回来，在南边分的粮食会更多，但他就是认死理了，他得回来，等组里分田到户时这里应该有他的土地，他得姓回自己的姓，他姓什么他不能忘记。后爷走后是奶奶不想回，他见奶奶病着，舍不下奶奶，不然他十八岁成年拿满工分时就应该回到这边生产队来。

这一年冬天到来之前，爸爸做够了土坯，把牛棚加固了一回。拆掉了高粱秆的部分，全部用黄土坯盖到了顶。盖好后，虽然还是低矮，但都是黄土坯的，密不透风，他想妻儿在里面可以放心过冬了。

挨过一个冬天，才一开春，爸爸就准备盖房子。组里这时分给我家一块闲置的宅地，因为靠河边，偏离村子，一直没有人要。这块宅地虽还不如四爷爷家的牛棚那块地好，因为是属于爸爸的，爸爸还是喜欢它，决定在这块宅地上盖房子。盖三房，两间堂屋，堂堂正正的堂屋，外加一间凑合着能在里面煮饭的灶屋。

不知妈妈几时怀上的我，房子见高时，妈妈的肚子也大了，那边房子刚刚上梁，还没有放鞭炮，这边妈妈见红。爸爸只好顾我妈这边，把我妈往长官乡上的医院拉。我不足月，要在医院待一阵子，妈妈先回家了我还在医院里吸氧气。爸爸趁一天夜里去找了太姥姥。太姥姥好像预知爸爸早晚要回头找她一样，又把那半面袋铜钱提出来了，事隔多少年，好像又续上了同一场戏。或者这是太姥姥为奶奶预备的，无论如何该是给奶奶的一份。就是我出生的这一年，爸爸说一个铜钱就值两块钱了。

也许因为有了自己的家，也许是因为太姥姥的铜钱，爸爸想起了奶奶，春上，爸爸在我家房子不远的河边种下一棵柳树。

我出生后，爸爸还想再要一个，又因

妈妈太累总怀不上，等到弟弟出生，又赶上计划生育，不但罚了款还不分地。交够了罚款，以为能分到土地，又迎来三十年不动地的政策，这下弟弟成了彻底没有土地的人。

从生产队分田到户是按全村人口平均分配的，但是村里又细分了组，每组人口增减与土地分配自行管理。一时，全村的适龄妇女都在生孩子，小孩子争先恐后地往地上落，每个组的人口土地出现差距。我家从我出生到现在都是四口人的土地，从八分地减到六分，从六分减到五分。

我妈生不过别人，我家又没有老人去世，别人家的土地总量是越来越多，我家是越来越少。爸爸妈妈从土地上得不到更多的收入，只好去砖窑厂去制坯、搬砖。所以，从我很小的时候开始，我的家长就只是姐姐，她系着妈妈的围裙，在腰里卷了几卷，还是像穿长裙一样盖着脚面。如果我的记忆没有出错，我对姐姐最早的印象是她还没有压水井高的时候就开始压水煮饭了。

4

我担心妈妈，说走还是没走。

姐姐三七和五七，妈妈都在路口给姐姐烧了纸。姐姐五七过后，阿宝爸爸给阿宝寄的奶粉要吃完了，眼看，我们真的要回深圳了。

阿宝爸爸转给我两千块钱，我买了火车票还剩一千余，偷偷地放在了妈妈的枕头下。此后的两个月我再也没有给爸爸妈妈寄过钱，好在弟弟能拿工资了，给爸爸妈妈买了日用品寄回来，包括过冬的棉衣和被子。

因为我和姐姐很早出外，家里九十年代中就装了电话，十几年过去了，电话机还是那一部，还是用同一块绣花布盖着。妈妈把老鼠咬碎的绣花布洗干净补了起来，又把电话机擦干净，就等着有电话打进来。可是从爸妈回到家，一个月了，姐夫从未打来一个电话。爸爸绷着劲不说，妈妈唠叨："蜻蜓会翻身了吧！"又说："翻身了可要看好，别看不会爬，一挪一挪，屁股一拱一拱，不知道啥时候就拱到床边上了，大人不留意就摔下来了。"

我说："你这都是瞎操心。人家奶奶也是亲奶奶，会照顾好的。"

妈妈说："谁知道呢，就是要操这个心，就好像眼看着似的，看着蜻蜓长大了，会翻身了。"

我说："是四个多月了，你心里算着日子，日子一天天过，孩子自然一天一天大。不是你眼看着似的，是你想着这么大的孩子是什么样。"

妈妈不服我这么说她，说："真是就像眼看着似的，就是神奇，你还别不信。"

有什么好争执的呢，妈妈说什么就是什么吧。

妈妈说："你姐是啥时候回来的呢，咱们刚回来那几天她还没回来，梦着她还都是在苏州。这几天再梦着她，就回来了，背喽书包去上学。"

爸爸说："你那不懂净是胡说，啥是回来了不回来了，你想梦着哪就梦着哪。"

我也想起就是这几天我有一梦，我说："我有一次也梦着姐姐了，好奇怪不是她长大的时候，是她还小小的跟一两个月的胎娃时候一样，但胎娃的脸又不是那样，看着又像大人，眉眼又像姐姐长大的样子。"

妈妈说："哟，那是已经投胎了吗？她

178

托梦给你，跟你说她长啥样，好叫你记得她。"

爸爸说："早该投胎了，哪会等到这个时候。"

妈妈说："你别说，大常营有一个年轻人好几年了还不走，天天闹她娘没给她套水红色棉裤，大夏天里还要找她娘要棉裤。"

爸爸说："猫有九条命，人有三条，能走一条就投胎了。"

妈妈说："平平哩？"

爸爸说："我没梦着，一回也没梦着。"爸爸突然擦眼泪，又说："你说哩，她咋就不让我梦她一回哩。让我梦一回，我也知道她啥样了啊！这多奇怪，这才五七，我都记不住她长啥样了。"

我说："你睡觉死，呼噜能响到三尖塘，梦着了也不知道，你怪她怪不着。你要想知道她长啥样，家里不是有照片吗？"

爸爸不接我的话继续说他的："我琢磨着，她三条魂早就走完了。她还没生蜻蜓那会咱一起去看她，肿成那样，动手术出来我看就走一条了。生完蜻蜓我回来找钱，找河北的瞎子算了一回，我才出八字，瞎子就说，这个人怕是已经不在了。第二回，第二回就是在北京时，我去到说抢救回来了，我看那样子哪像救回来了，魂都不在身上了。第三回肯定就是火葬了，人是肉长的，拿火烧多吓人，那边一点火，一叫她编号起身就走了。过去人土葬，五七后才肯走，现在都是火葬不等埋就吓走了。"

妈妈说："现在年纪大的活够够的了都不敢死，一听说要火葬就哭。大河跟她娘说不给她火葬，夜里偷偷埋，她娘才闭眼。"

我觉得话题是时候从姐姐那里岔开了，在她那里聊下去只会使我们更悲伤，就想了问题问我妈："后来大河娘烧没烧？"

妈妈说："咋说哩，她是没烧，大河挨个给人送礼叫大家不要举报，说他娘胆小，怕火烧。但有人跟她一样，先是偷偷埋了，又挖出来烧了。"

爸爸插话说："那是大猫娘。先是夜里偷偷埋了，后来又挖出来去火葬场烧。都臭了，还折腾人。"

妈妈说："我爹也怕火葬，回头也许他偷偷埋，好叫他早闭眼。就是不知道你舅舍不舍得花大价钱挨门送礼，不要让人举报。"

爸爸说："你这说哩跟多嫌老头活似的。"

妈妈忙解释："不是啊，我就是说不让老头害怕，许他不烧。"

爸爸说："又不是你一个，还有他大姨，他小姨，还有他舅，你一个人能说了算？"

我不知道怎么插话，觉得这时代死也是一个大难题，老一代人害怕火葬不敢死，为什么不采取过渡式，让老人用老办法死？现代的人不怕火葬，觉得人死了死了就没了，还信点什么的，认为灵魂是升天的，死去的不过一具肉体，也就无所谓怎么处理。我想试探地问爸爸妈妈害怕火葬吗，又觉不妥当，还是没问。

我走前，大奶奶又来送鸡蛋叫我带回深圳，强调说是吃玉米长大的鸡蛋黄大。我叫爸爸拿钱给大奶奶，大奶奶不收。爸爸说农村人的日子长喽哩，不收不急着给。我知道爸爸说的是礼尚往来，这事对农村人来说不是一天两天的事，它是长久的形式，是一生，是几代人，这么想想也就释然了，由爸爸去还这个礼，去还这个人情。

大奶奶是我们家族中另一门里的，大爷爷八十三，大奶奶八十岁，她不记得自己怀过多少个胎生了多少个孩子，后来活下来长成人的是四个儿子三个女儿。她常说现在的人生孩子太容易，一怀就能生，一生就能养。她说她们那一代，她们的上一代，上上一代，生孩子跟抽签似的，不定哪个能生下来，不定哪个能活下来。又说起她的一个娘家族妹，也就是嫁到这个村另一族家的五奶奶，生下来五个孩子，养大了三个。又说，说养大了也不算养大了，都是童子命，都没过一轮。我知道什么是童子，在农村说童子是养不活一轮的意思。要是谁家给孩子算命是个童子那是很严肃的事情，年年要烧替身，直到烧到十二岁。十二岁是一轮。童子搁古时候有钱的人家还会找替身去死。再后来人们意识到叫替身去死也不合适，就找替身去寺院出家。出家，也是重生的一种。因为出家意味从此不算俗世的年岁了，出了家就算腊生，从出家那一天算起，也是一年算一岁，是另一个世界。据说爷爷的长辈中就有一位从小给富贵人家做替身出了家，我叫太太爷，有个时期逼迫出家人还俗，太太爷也只能还俗。但太太爷在寺院过惯了，过不了世俗的生活，自己在荒野地里搭了个草棚当寺院。他的俗身有次有难，太太爷又替他去斩了头。

　　村里除了老人就是上学的孩子，但孩子也越来越少，村庄里非常安静，鸡飞狗跳一声，隔两条巷子都听得到。

　　二〇〇三年爸爸妈妈去深圳跟姐姐开超市那年离开村庄，用爸爸妈妈的话说，除了几面墙把什么都变卖完了。但是爸爸妈妈说老狗不舍得卖，卖了就会被人杀了炖成老狗汤。老狗叫多多，是弟弟要养小狗，从谁家刚出窝的小狗抱来养大的，这一年就十一岁了。爸爸妈妈是想着它这么老了活不长，让他在我们的院子里老死，委托了四爷爷每天过来一回添食。四爷爷也乐意，他是看上了我家的空房可以养牛，院里又有狗，刚好可以给他看牛。所以后来爸爸妈妈回来，四爷爷还是用我家的两间房子养牛。

　　不想，爸爸妈妈离开的那几年，多多不但没死，一直活到了现在。二〇〇七年这年，多多十五岁了，它太老了，一天悄无声息，凡是来过我家一趟的再来它都懒得出声。它连骨头也不想啃，喜欢吃半流食。因为吃得太少，我们都心软了，想把它当一个老人来养。骨头汤煮面，鸡肉熬粥，差不多阿宝吃什么它就吃什么。连阿宝喝剩的奶粉都是拌了玉米馒头碎给它喝。我妈笑话它托了阿宝的福，说它老了老了吃山珍海味了。不是妈妈笑话，多多以前吃得太差了，现在阿宝吃什么它吃什么，确是有点享福的意思了。我妈还说，就差给它补钙，电视上天天放"人老了要补钙"，妈妈说这句像唱戏一样。我一听，对啊，为什么不给老狗补钙呢，于是就把阿宝的鱼肝油每天给它吃两滴。好奇怪的，从我们回来一个多月，老狗愿意站起来了，虽然还是不叫，有时也愿意哼哼两声。四爷爷来喂牛见它大变样说，前几年就看着不行了，我估摸着是等你们的人回来它才想死，现在你们人回来了，眼看着它又活过来了。还是你们舍得喂它。我妈说，喝奶粉，补钙，骨头汤，能不又活过来了，快死的人一下子吃这么好也有劲了。但妈妈意识到什么，说到这忙不说了。大西院的一个奶奶拄拐棍过来串门，老远就说，听说你们的狗都叫你们养好了，我来看看你们咋给它补钙的，我这腰抻不直，腿抻不直，补钙能补好吗？四爷爷哈哈笑："照他们这么喂，那能补不好？"四爷爷叫我妈："大鹏娘，你快给拐老婆子看看你们给狗补的什么钙。"妈妈说："我不识字，我也不知道，一个小蓝瓶，我得问二妮。"我排行老二，爸爸妈妈还有村上的老人习惯叫我二妮。虽然妈妈的名字也叫二妮。

我抱着阿宝出来，认真地跟他们说："这是小孩子吃的，就是好玩给老狗每天滴两滴。你们老人家是应该补钙，有专门针对老人补钙的钙片，你们跟自己的小孩子说买老人吃的钙片就行。"

四爷爷说："电视上有放，跟小孩吃的奶片一样。"

我说："对。跟奶片差不多，就是比奶片小一些。"

四爷爷说："那拐老婆子吃不了，她就一个牙了。"

我说："能的，放嘴里含化也行。"

四爷爷说："那敢情好，就是不知道她的小孩给她买不买。"

这正聊着钙片，没前没后的，大西院的奶奶突然冲我说："你啊，就是你，你小时候，就那个小孩子那么大，你妈你爸把你腰里拴个绳子系大树上。等你爸你妈老了，你可别疼他们。"大西院的奶奶果然满口只剩一个牙了，说话包不住风，但我能听出她说什么。她说话时还不忘指一指我抱的阿宝，用拐杖画着位置说哪里有一棵大树。

四爷爷说："这事是真哩。但有什么办法呢，你们又没有爷爷没有奶奶带你们，你姐大了能到地里帮忙了，你弟又小，得抱到地里喂奶，谁看你哩，地头都是河，

怕你掉河里，不就是把你拴家里。说起来那鹅可真厉害，咬我几次裤腿子。比养个狗还厉害。"

妈妈忙什么一会出来搬了凳子给他们坐，冲大西院的奶奶说："你又在小孩子们面前翻瞎话。"妈妈这是有开玩笑的意思，"翻瞎话"是说假话。妈妈这样开玩笑，笑容里有点她年轻时开朗时的情景了。我心一松。

四爷爷和大西院的奶奶都不坐，又站站就走了。

或者人老了就是这样，讲着话好好的，动不动就往回倒带。不只是讲谁的小时候，还可能讲古时候，讲从来也没有亲眼见过的哪个先人、哪个祖先、哪个皇帝。大西院奶奶的话让我想起爸爸讲过的版本，与四爷爷这回讲的有出入，那一年不是姐姐去田里帮忙干活了，是姐姐生病了，送去了姥姥家。

5

算下时间，那年秋上我应该是四岁。那天早上我过四岁生日，早上得了一个红鸡蛋。

妈妈把一个鸡蛋煮好，从灶屋门上扯下一条红门对子纸，包起滚烫的鸡蛋在手里打圈揉。不一会，红纸服帖鸡蛋上了，妈妈把纸打开，原来的白鸡蛋壳变红了。下面的门对子经大半年的风刮日晒已经不怎么红了，我看着妈妈踮起脚从上面撕，上面的淋不着雨，还是红红的。

除了这个红鸡蛋是专属于我的，妈妈还蒸了一碗水蛋。起锅后淋上两滴稠亮的香油，淋上几滴黑黑的酱油，然后分一份给我，舀一勺给爸爸，剩下的她端着喂弟

弟。妈妈把我的一份放在小桌子上让我自己吃，她端起弟弟的一份吹着喂弟弟。姐姐不在家，不然还要分一份给姐姐，那样爸爸就没得尝一尝今天妈妈蒸的水蛋好不好吃了。这年姐姐生病被爸爸骑自行车送去了姥姥家，姥姥常年生病，做不了农活，可以在家带姐姐。

　　吃完早饭，妈妈喂过猪收拾好锅上，爸爸往架车上放工具，妈妈用一根晒被子的大麻绳把我拴在院里的一棵大桐树上，他们就去地里起红薯了。

　　我已经这样拴着好几天了，我摸摸腰上的麻绳，又摸摸桐树上的麻绳，试着走一圈，然后再转回来一圈。妈妈系好后，我每次都要这么试一下，看看跟上一次的有什么不一样。我看后觉得妈妈今天系得也挺好的，紧紧的，结子扣我掰不动，心里就很满足。我为什么要检查妈妈系得牢不牢呢，我也不知道，我是看妈妈之前这么检查，我学妈妈。后来妈妈不检查了，我还是要帮着妈妈检查一遍。我这么检查，起初爸爸妈妈会停下来看我，后来也不看了，这天我检查时他们就没看，爸爸拉着架车，妈妈抱着弟弟走出了栅门。

　　我家只有三间黄土房，两间堂屋，一间灶屋。院子是用爸爸培出来的各种各样的小树苗圈种出来的，丝瓜和梅豆秧把上面爬得满满的，不特意从栅门里往里望，难知道院子里有个孩子。我一个人在院子里玩，院里有一只老鹅，有几只鸡，再有就是从树上飞下来的一群一群的麻雀。我不喜欢鸡，鸡有些傻，拉的屎又臭，只要一有鸡进入我绳子的长度内，我就走过去把它们赶走。但我喜欢老鹅，我叫"鹅，鹅，鹅"，老鹅就走过来，我抱抱它的脖子，它用长脖子圈一圈我。这样，我们就算拥抱了一回，彼此玩乐了一回。

　　这个鸡蛋我上午没有吃，一直握在手里。鸡蛋有些大，我握累了才会放到薄棉袄的口袋里。放一会又再拿出来玩，用桐树上落下来的黄叶子包着过家家，在地上挖个小坑埋起来。一会儿又从小坑里扒出来擦干净，擦过几回，见鸡蛋的红颜色快没有了就不舍得再玩了，又放在棉袄的口袋里。

　　中午我就吃这个鸡蛋。平时的中午吃口袋里妈妈给装的馒头。

　　傍晚之前，爸爸开始用架车往回拉红薯，每次到门口开门，老鹅会比我先知道，它伸着长脖子冲栅门叫，又伸着长脖子冲我叫，这样几次之后我一听老鹅叫便知道是爸爸拉了一趟红薯回来了。农忙时半晌不夜的，没有人会来串门，只有里院的四爷爷来借过东西。四爷爷人还没进来，老鹅脖子往上伸就开始警惕了。四爷爷还在设法取栅门上的门闩，老鹅已经"啊啊啊"地伸脖子飞奔而去。四爷爷推开栅门，冲老鹅说："咋地，你还咬我不成！"四爷爷没把老鹅放在眼里直接往里走。老鹅很激动，先是喙贴着地，像小孩子撅着屁股推着锹铲东西那样直直地跟随四爷爷。可能见四爷爷不停下，像蛇一样，忽地一屈脖子又伸出去咬了四爷爷一口。没咬着。老鹅又咬，被四爷爷一脚踢飞了。四爷爷这是不把老鹅当朋友呢！我叫："鹅鹅鹅。"老鹅还是"啊啊"地冲四爷爷叫。只是它不贴四爷爷那样紧了，远远地站着。四爷爷拿了一个钉耙自在地往外走，老鹅不知道拿他怎么办，只会"啊啊"地叫。待四爷爷把栅门关好拴好门闩，老鹅才来找我，把脖子贴着我的肚子往上伸，一直伸到我的脖子上找我抱怨。我光顾着替老鹅着急了，忘了四爷爷给我说了什么话，反正我没理四爷爷。我生气。他踢我的鹅了。

经过这次，我从此便知道老鹅是远远地就会分辨自己人和外人，自己人回来，它伸着脖子贴着地叫。人要进来了，它伸着脖子连贯地从上到下，再从下升起，行云流水一样在前面引路，样子非常好看。那样子好像作揖，又好像欢迎人去屋里。要是外人来它很着急，用着全身的力气一直仰着脖子叫，只要那人一靠进栅门，它随时有可能啄人家一下，但其实它啄不着。我知道这些微妙的事后，更喜欢老鹅了。但我并没有跟爸爸说我的感觉，我稀里糊涂的，感觉只是一转念的事，好像蠓虫子停了一下鼻头我刚觉得一痒它就飞走了，还不等爸爸回来跟他说，我就把这事忘了。

爸爸把一车红薯拉进来，不等卸下红薯，忙问我饿不，问我口渴不，还不等我答，爸爸就开门给我倒水喝。用大海碗倒的水，放到我能够着的小桌子上。爸爸也给我拿吃的，随便什么吃的都好。我趴在小桌子上吃着喝着，爸爸起火在锅里馏馒头，馏早上留的炒菜。爸爸估摸着锅里的东西热透了，就来卸架车上的红薯。看爸爸卸红薯也好玩，先拿两个粗木桩顶着架车把车子顶死不动，然后把车尾的红薯往下扒。等卸得差不多了，爸爸举着车把喊一声"嗨哟"把架车往上抽，然后红薯就咕噜噜全下去了。爸爸这样抽车子惹我好笑，我趴在小桌子上哈哈地笑。

爸爸抽完车子，把车子放下来也冲我笑，问我："爸爸有力气吧？"

我回答爸爸从来不用思考的，每次都嬉笑着说："爸爸有力气！"

然后爸爸去把锅里热好的饭菜包起来一份给我妈，一份端到我的小桌子上跟我一起吃。爸爸嚼芹菜很响，咯嚓咯嚓，好像芹菜就得嚼那么响才会香。我学着爸爸嚼芹菜，不响。我又学着爸爸大口咬馒头，爸爸一口就咬下半个馒头，我怎么也咬不了那么大，把嘴都撑疼了。爸爸也不批评我，爸爸只笑我，他知道我学了他这一下接下来就会小口小口吃了。

爸爸回来有时会抱抱我，用他那粗糙的脸蹭一蹭我的脸。有时问我什么，有时什么也不问，只顾埋头干活。有一次我告诉爸爸我很喜欢老鹅，爸爸也不回我，只笑，给老鹅丢两个小红薯条子，像我的大拇指那么粗。然后爸爸卸完红薯把红薯盖好又拉着架车走了。我有时会追着车叫"爸爸爸爸"，爸爸有时回头看我，有时不看我就朝栅门走去。他任我追，他知道我腰里有绳子，追不出去。

我忘了告诉爸爸里院的四爷爷来过，拿走了一个钉耙。

天要黑的那一趟爸爸回来再去田里会把我带上，因为天黑了，我在田地就不敢到处去，会乖乖地坐在弟弟的身边，或听爸爸妈妈的话守着一堆大红薯不动。我很高兴坐爸爸拉的空架车，坐着躺着都好玩。有时爸爸顾着走路，我从车尾滑下去他才知道。虽然我没有多少斤，但他还是能感觉到车尾一轻，然后翘了上去。我有时也会从坐着的车帮上掉下来，那样头先着地会很痛，我记得那痛，后来便不淘气往车帮上坐。有时爸爸心情好，会推着架车走，一边走一边跟我说话，还在我不经意间把车子推得一会儿快一会儿慢，我知道他是为了逗我咯咯大笑。我真的就会咯咯大笑一回。

天气晴朗的时候，我偶尔抬头看见出早来的星星，会躺在架车上不动，仔仔细

183

细地看，看完大的看小的，然后再看看月亮，心里高兴得不得了。我会唱起姥姥教的儿歌："小月牙，晃晃吧，拍拍手，到俺家。俺家有棵大柳树，你就别走住下吧。"不管怎样，我是高兴星星月亮一直跟着我，我在村子里它们在村子上面，我到了地里它们也到了地里上面。

6

但到了我过五岁生日的那年的秋天，弟弟就一岁半了，会走了，喜欢上来牵我的手要跟我玩。牵我的手不是一把抓，是走到我旁边，把我的五个手指头分开，选食指和中指握着。姐姐这年秋天也未生病，也没有被送去姥姥家，收红薯的时候，我们一家人都去了田里。我已经懂事不会往河边跑了，跟着姐姐一起掰红薯上的泥。我做事还不长久，但自己不惹事又能看弟弟，常被大人夸，心里觉得自己了不起。

傍晚跟红薯车回来，弟弟坐在红薯上，我跟姐姐从后面帮着爸爸推车。爸爸卸下一车又去田里，要是弟弟哭闹着跟车，姐姐就会拿馒头片哄他叫他留下来。

这时姐姐要洗菜煮晚饭了，她嫌妈妈的围裙长，会在围裙有绳子的一头卷上很多卷，然后才系上。系上了还是长，像穿了一条长裙子。姐姐没有妈妈那样的急脾气，姐姐洗菜要仔仔细细地洗，先去泥、去黄叶、去根，然后一片叶一片叶地分开才放进水里洗。妈妈平时瞧不惯姐姐这样做事，说她才这么一丁点大就知道讲究了。不知道姐姐跟谁学的，可能是在姥姥家跟快要出嫁的小姨学的吧。姐姐才多大呢？农村人以农历年计，一生两岁，两生三岁，姐姐这是虚岁八岁了。周岁要到第二年的农历三月才八岁。而到那时她虚岁又是九岁了。这种算法，我读小学后还是算不清，怎么是八岁了，实际还不到八岁。怎么实际是八岁又是九岁。姐姐算得清自己多大。

姐姐晚上做饭，炒一个白菜，再炒一个秋天的萝卜或者梅豆角，掺一把豆皮或者猪油渣。豆皮和猪油渣只放一样，换着味道吃。

大约就是这年的秋天，姐姐去上学了，农忙过后，家里剩我一个人带着弟弟在院子里玩。爸爸出去做工赚小钱，妈妈里里外外忙得不见人，好不容易远远地见着妈妈了，走过去妈妈又不知去哪了。菜地里浇水，河边洗衣，土坡子上晒东西，妈妈一会儿在这，一会儿在那的。有时也见她割韭菜，我们便问妈妈："包饺子吗？"妈妈说是。妈妈还在河边洗韭菜，我跟弟弟就把鸡蛋从母鸡窝里掏出来了，坐在灶屋门口等妈妈。要是鸡蛋炒出来看着少，妈妈说你俩再去薅个萝卜，我跟弟弟就一起笑哈哈地去菜园里薅萝卜。也不用筐，我们一人提一个白萝卜就回来了。

看着妈妈剁馅子，看着放学回来的姐姐擀面皮子，我跟弟弟高兴得不得了。我负责烧火，等不及饺子包好煮熟就烧一块面皮子先吃着。妈妈闻到我烧面皮子还说，白面就是好，怎么吃都香。

妈妈是吃够了黑面的，但遇着哪一年地里收成不好，妈妈还是把白面留给我们吃，跟爸爸两个人吃高粱面和红薯面的窝窝头。窝窝头粘手，三个手指头拿粘三个手指头，五个手指头拿粘五个手指头。那时候我们也没有卫生意识，不管大人小孩，吃完窝窝头都啃手指头。谁也不笑话谁，很自然地啃，啃完了手还黏糊的就在地上搓一搓。那时到处都是干净的黄土，一点也不黑，搓完手指头就真的干净了。

姐姐读书后的第二年秋天，我也读了书。姐姐大我两岁半，照说应该比我高两个年级，不知道因为什么姐姐才比我早上一年。

我去读书了，就把弟弟忘了，好像不知道还有个弟弟。上学跟同学玩，放学了还跟同学玩，天黑了要姐姐找才回家。回家吃完饭就睡了。

那时我们周六还上学，只周日不用去上学。好不容易到周日这一天了，还是不带弟弟玩。妈妈要是刚巧逮住了我就会提着我的耳朵把我往家里提。我要走得很快才行，稍一走慢，妈妈的手又提高了，我的耳朵就会生疼，我就会唉哟唉哟地叫。妈妈说："知道疼啦？知道疼就走快点。"我的脚下就像生了火轮一样，一脚赶着一脚地往前走。妈妈一路上还会教训我，叫我向姐姐学习，把家当成家，把弟弟当成弟弟，做一个姐姐应该做的事情。

这种事情要是被后院的大奶奶遇着了，她就会说："瑞娘你手轻点，把小孩的耳朵提溜烂了。"

妈妈要看心情怎么接话，不高兴时就说："野哩很，能跑一个上午不进家。"要是心情还不错，会多少带着笑意地问候大奶奶，说："大婶你这弄啥去？"大奶奶也看心情怎么回，"弄啥？闲不住，狗日哩和理又跟红娘打架了，瞧瞧去。"大奶奶的儿子多，好几个，确实照她说的，不是这家有事了就是那家有事了，一点也不让她安生。和理是她的大儿子，是她亲生的，可是她每次都骂她大儿子狗日哩。大奶奶心情好的时候回话前先嘻嘻笑，露两颗银镶牙，再说什么我们就走远了。她也走远

了，说出的话我们还能不能听到，要看风往哪吹。

读书之前，我几乎没有跟别的小孩玩过。当然，姐姐也没有。所以读了书就好像开了眼，才知道这世界上还有那么多的小朋友。小朋友间虽然说着一样腔调的话，语言竟千差万别，我们彼此之间都听不太懂。但很快我们就什么都懂了，好像几十个家庭的人坐在了一起，能看见这一家的爸爸是怎么说话的，那一家的妈妈是怎么说话的。又或者是这一家的奶奶是怎么说话的，那一家的爷爷是怎么说话的。我常常会听着别的同学说话不由自主地哈哈大笑，我好像知道黄彩云的话是她奶奶说过的，一个孩子那么说话实在是太好笑了。

黄彩云撇着嘴说："活不长，过两天非死不可。等死了我叫我妈扒了皮，肉给我炖着吃，皮给我冬天做手焐子。"

黄彩云又说："我才不心疼，我养的我也不心疼，养兔子不就是为了剥皮子卖钱，剔骨头吃肉嘛！"我听到这里才听明白，原来黄彩云养的兔子病了，她盼着兔子死呢。我突然也很想养兔子，但我发誓我养兔子不为吃，我是想看着小白兔蹦蹦跳跳的。

当天回去我便找我妈说了，我说我要养兔子。我妈说："我多忙，我还有气力给你养个兔子？"

我知道我妈忙，忙拍着胸脯保证："我自己养，我薅草喂。我最喜欢薅草了。"

妈妈当时还是没答应我，不记得等到哪一天见着爸爸了，爸爸问我："你姐说你要养兔子，还保证自己薅草喂。"我本来差不多把这事忘了，爸爸一提，我心劲又上来了，忙回答我爸："对哩对哩，我保证自己薅草喂，不让妈妈喂。我最会薅草了。"我又拍着胸脯保证。爸爸看着我的样子笑，

爸爸笑我也笑。爸爸下一次又回来时真给我带了一只白兔子。

养了兔子后，我就很忙了，又想跟同学玩，又想薅草喂兔子。两厢为难就只好做了取舍，跟同是需要薅草的同学约着放学了一起去田里。这下好了，又有的玩，又不缺兔子吃的草。

但是兔子实在是太能吃了，越长大越能吃，我光下午放学薅草已经不够它吃的了，有时中午还得带个布兜子在上学的路上薅，薅了带到学校里。

很多人会把东西带到学校里，有人带着弟弟上学，有人带着妹妹上学，还有人带着捡柴火的筐上学。我带着兔子草去上学一次也没有人说过我。我就放在我的课桌下面，老师知道我们每个人的课桌底下都藏着东西，也不管我们。

我养的兔子长大后被爸爸拿去卖了，给我换回一条灯芯绒裤子，口袋和裤脚口带着白花边。爸爸说还剩了钱的，但不能给我花了，要给我留着交学费。然后爸爸又给我买回两只小小的兔子，比上一只刚买回来时还小。

放了暑假，我除了薅草喂兔子，平时在家的时间多了。但我宁愿帮姐姐烧火，也不愿意跟弟弟玩。讨厌他像个鼻涕虫，还爱哭。我愿意跟姐姐玩，可姐姐不跟我玩，她像妈妈一样忙，什么时候都在做事。要是同学来找她玩，更是不愿意让我在她眼皮子底下转悠。姐姐也有发狠的时候，但她的脾气不发在脸上，只发在眼睛上，她一瞪我，我就怕她了，跑得远远的。

我们三个孩子，我妈说数我不听话，但我面上好脾气，大多时候都高高兴兴的，谁骂我我也不生气。我看着妈妈扬手要打我了，我会跑，笑着跑。妈妈恨我的时候，跑半条巷子追上我也得把我打一顿。爸爸不这样，爸爸一看见我笑，扬起的手就打不下去了，所以我见爸爸要打我，我是不跑的，我只仰脸冲他笑。妈妈看不下去，说我爸不管教孩子，我爸说："举手不打笑脸人，小孩子都笑了就是知道错了，知道错了还打什么。"在这一点上，爸爸觉得我姐不如我，姐姐犟，不笑，谁打她都受着。对错都受着。

我不记得弟弟跑掉的时间多还是被打着的时间多，只记得他要是被妈妈打哭了就会找姐姐。姐姐心疼他，一边做着事还一边哄着他。他从不找我，经过我身边当我不存在一样还是去找姐姐。他常常是哭着去找姐姐，嘴里叫着："大姐，大姐，大姐在哪呢？"

我跟姐姐的性格太不像了，我见谁挨打也不劝，也不心疼。我看热闹，别人挨打我很激动，替他想着怎么溜掉。姐姐看情况，觉得我和弟弟没什么大错时就用身子护着不让妈妈打。妈妈在气头上是拉到谁都要打一顿的，不管打了谁，打了才解恨。所以姐姐常常替我们挨妈妈的打。

7

一觉醒来已经过去了一夜。我收拾好东西，抱着阿宝，坐上从城里叫来的出租车去火车站。妈妈让爸爸送我到火车上，爸爸看看我，我说不要送，到火车站我去找母婴室，是可以先上车的。爸爸低一下头，说："那就不送。"

从没有哪一次离开心情是这样沉重。爸爸跟着出租车走了一段，不停地挥手，好像我在跟他挥手，他与我回应。但其实我没有跟爸爸挥手，我只是抱着阿宝看着后视镜。妈妈在更远的地方站着，就是站着，没什么动静。

8

姐姐还因为我挨过别人的打。

有一次也是秋天，弟弟在院里玩，姐姐在洗萝卜准备煮晚饭，我偷偷跑到了院子外去玩。我在巷子里遇着路对过一家院子里的同学黄彩云，那同学胖胖的，有两个哥哥两个姐姐。她要我手里拿的一样东西，我不给，她便说她姑家在城里，她姑家的孩子都穿高跟鞋，说我"你见过高跟鞋吗你显摆"。我知道她家有城里的亲戚，我也见过她姑家的孩子穿着红红的高跟鞋来她家走亲戚。我生气了，我说："你就是个捡破烂的，净捡你姑姑家孩子的衣服穿。"我可能说到她的痛处了，她过来打我，她胖我瘦，跟我同年生，虽只比我大几个月，但比我高半个头，几下就把我按在地上踹了我一顿。我也不哭，默不作声地回了家。姐姐让我烧锅，我用嘴吹火时脸上的伤被火烤痛了，惊叫了一声，姐姐这才知道我被人打了。姐姐过来看我的脸，看我的手背，她心疼了，不由分说地拉着我找我的同学去评理。

我的同学不知怎么的没进院子，姐姐拉着我去时，她还在大门外缩成一团小声地哭。我姐姐便让她跟我道歉，她也倔强，就是不道歉。姐姐拉她起来，说你打了人你还哭，你是害臊哭的吗？那同学便不愿意听了，猛地站起来打起我姐来。门口有动静后，她家的大门开了，哥哥姐姐都出来了，拉着我姐让她打，直到看着她把我姐的头发揪下来一把。我急得用腿踢拉我的人，可是任我怎么踢一点也帮不上姐

姐。后来，我姐一手捂着往外渗血的头一手牵着我回家的。回到家见弟弟在院子里睡着了，姐姐还把弟弟抱到了屋里的床上去睡。我这时很老实了，把之前掐灭的柴火又点起来，继续烧火。姐姐叫我把灶台下的柴火灰摁一把在她的头上。我说那会很疼的。姐姐说她咬着嘴唇不喊。我说好吧，我帮姐姐用柴火灰盖了渗血的伤口。姐姐如她说的，真没哭，然后又去切萝卜。

爸爸妈妈回来就很晚了，想着别人家该睡了，没有去找人家说理。第二天，妈妈拿着姐姐的一小撮带着头皮子的头发去说理，回来的时候手里多了半瓶香油，他们那一家人说是用香油给我们涂涂伤口就好了。我爸恨我妈，说我妈就是讨不回理来，也不能要人家的香油啊。我姐的头上，右耳朵上方多少年了还有一块小指甲盖大小的白皮子不长头发。

伤口和香油，香油和讨理，我跟姐姐弄不懂这里面的关系，就记得我爸整天生我妈气。

我跟姐姐没什么共同喜欢的东西，但我们有一件共同不喜欢的事，我们都不喜欢城里人。不喜欢城里人什么活也不干，还能天天吃白面馍，还能天天到农村来走亲戚。我们每年田里收的麦子不管多少都要交公粮，有时遇着春季雨水多，这一年的麦子交了公粮就不剩什么了，不到高粱面玉米面下来就不够吃了。还没到腊月呢，还没到过年呢，没有白面，过年拿什么炸油果？拿什么炸馓子？拿什么炸又香又脆的豆丸子？城里人太坏了，光吃白面馍，光要麦子。特别是同样的年景里，我家没有白面馍吃，同学家还有。当然，我后来又跟那个胖同学玩了，她说她姑家拿粮票

班了,我要去上海。这次不能带阿宝了,她大了不好带,只能麻烦你了,你看这事怎么办?

先生把还没有拉紧的领带一把拽下来看着我,无比严肃地说:"我要上班!"

我说:"我知道你要上班,但你放心我带着她跑警察局跑医院吗?她不是几个月的时候,什么也不懂抱着就好了,现在她要下地走,要下地跑,我办事不定是个什么环境,让她看在眼里你觉得好吗?"

阿宝早就睡醒了,先是自己在床上玩,玩够了自己溜下床出来客厅,从玩具筐里找鞋子穿。她觉得好看的鞋子也是玩具,我们把她的鞋子放到鞋架,她总要拿出来坚持放在玩具筐内。她才一岁两个多月,哪里会穿鞋子,只是锲而不舍地在重复往脚上套的动作,一边套鞋子还一边"诶诶诶"地发出声音,好像很使劲地干一件什么事。先生去抱地上的阿宝给她穿鞋,问我:"你要去多久?"

我说:"还不知道情况,只能到了再打电话给你。"

阿宝把爸爸刚穿好的鞋子揪了下来,扔一边不管,啃一个磨牙硅胶圈。

我带了两套衣服就往机场赶。我到医院后给弟弟补办入院手续,签了字,医院才给他准备治疗方案。之前送大鹏来的同事陈俊代交了两千块钱押金,医院只接受了大鹏,并没有马上检查。签了字我又去火车站接爸爸和妈妈。等我们回到医院,已经是下午四点许,正是家属探望的时间。重症监护室只能进一个家长,爸爸说他去看。我早上看过了,明天早上医生肯定还会叫我去听弟弟的治疗方案,所以我让爸爸去了。爸爸进去,很快出来,还刚出写着ICU的大门,爸爸就瘫下了。我跟妈妈等在门口,看着爸爸身子歪,还没走到地方接住他,他已经像流水一样顺着墙缩在地上。

离爸爸更近的人比我更早去搀扶爸爸,等我去抱爸爸,那人说扶不起来就拉远点。于是我和妈妈及这位说话的人一起把爸爸拉到角落里。

妈妈可能电视看多了,手里正有一瓶水,扭开就往爸爸的脸上倒,用水拍爸爸的脸,给爸爸喂水。爸爸总算能说话了,说他没昏过去,只是眼前一黑,又说:"我不能再出事,我知道。"

我妈"哇"一声哭了,说:"那这是怎么啦,你知道你不能再出事了,你还晕什么?你晕,我们怎么办,里面有一个,还得伺候你。"

妈妈常这么发牢骚,爸爸平时不理,这时更不会理。等爸爸喘息够了,我跟妈妈一边一个搀着他出去找宽敞的地方坐下来。

我找了个背处,打了电话给苏州的姐夫,叫他无论如何送点钱来。他先是不接,我发信息后他接了电话。我的话说得很重,我说:"大鹏的事你必须拿钱出来:一,你用了爸爸妈妈的三万块钱开公司;二,你欠我很多钱,就是给我姐治病的钱你说你还不了,你开公司借我的六万砸锅卖铁也得还;三,我姐是生孩子病死的,不是跟你离婚的,我姐不在了,你仍有对父母奉养的义务,姐姐出事后你一个电话也没打,太不应该了,所以请你以后逢年过节要记得给爸妈打电话,就是你以为是形式也得做。"姐夫电话里并没有跟我争执太多,只说他现在很困难,最多能准备出一万。

我、爸爸妈妈,几乎都是空着手来的,一个人一个小包,唯独妈妈在包里临时塞了一个被单。

等歇下来无事可做,我们发现我们一天没吃饭,爸爸说:"云云,看哪有吃的,吃点东西吧!"我说好,我去打饭。我想我吃不多,跟妈妈分一份饭就行了,只打了两个快餐。但爸爸像是太饿了,把我和妈妈剩下的干米饭也都吃完了。我说:"上午没吃东西吗?"

妈妈说:"吃了,昨天刚蒸的一锅馒头剩一大半都带来了,我们早上一人吃一个,中午又一人吃一个。吃不下。"

我当时并想不到爸爸怎么会这么饿,只是怕他仍不饱,又去买了一碗泡面泡上。爸爸说他不吃了,他饱了。我妈说是她想喝点热汤才泡的,她只喝了汤剩下的面又给爸爸吃了。

我们谁也不提晚上睡哪里的问题,吃饱后谁也不说话。天黑下来我们回到重症室门外的大厅里。

大厅里有几排涂了银漆的铁椅,手摸上去冰凉扎人。但就是这样,也都被等待的家属们占满了位子。白天还有空的椅子坐,一到晚上,家属们从椅子下掏出行李、被子摊开来睡觉。随着摊开的地方大小,上方的椅子也就是这家人的了。有的裹着被子窝在冰凉的椅子上,有的睡地上,随着一排排椅子看去,地上的床铺倒也是基本整齐的。

没有一个空椅子。妈妈不死心,看了又看,问了又问,真的没有一个空椅子。我到处溜达,试着往急诊室去,看到叫号区也有一排排椅子,我叫来爸爸妈妈过来休息。急诊是二十四小时都有人的,所以并不能躺在上面睡觉。但好在是室内,比外面还是暖和多了。

睡着后,我梦见阿宝不在我的床上,惊吓醒来,才知道自己是在上海,阿宝在深圳。我看了看爸爸妈妈,难得看见的,妈妈趴在爸爸身上,爸爸抱着妈妈两个人都睡着了。我琢磨,应该是爸爸怕妈妈睡着了滑下去,所以两手扣成个环抱着妈妈防止她往下滑磕到哪里。看爸爸睡着了还是沉思的样子,他肯定反复想过,这个家再出不得一丁点意外了,一丁点都不行。

第二天一早,我到接案的洞泾派出所门还未开,比我早到的三个老农模样的男人在玻璃门外抱着自己的膝盖睡觉。之外还有一个比我爸爸强壮,肥头大耳的,却在一边沮丧地抽烟。他那样子很容易让我想起乡霸,他光头,戴金链子,摇晃着走在街上时谁都会为他让路。但眼前的这个壮汉并没有戴金链子,头皮也不是很光,黑黑的长着一层黑茬。他每抽一口烟还要"咔"一声吐一口痰,好像抽烟、"咔"、吐痰是配套的动作。

我还未吃早餐,看了玻璃门上写的开门时间是 8:30,我转出派出所去周边找吃的。走了一段路,看不出周边有早餐店的可能,又转身回去派出所门前等。

总算等到开门,有人进去,但门随即又关上了。之前抱着膝盖睡觉的一个人这时醒了,忙不迭地站起来要进去,开门的人厉声说:"出去,还没到时间呢。"我原想排在第一位进去,被他这一声吓得往后退了退。

终于大门敞开,我找到接案的警官,他先是让我确认口供,在口供上签名。有格式的两页纸,姓名、年龄、地址、事件内容都有,我认真地看了备案内容,发生时间是 11:34,录口供时间是 02:15,看来口供是报案之后把人送去医院又回到派出报案的人叫陈俊，重庆人，二十二岁。他说他们几个人下班回去路上，他在路边小解后转身，撞到走路的两个人，然后就打起来了。大鹏跟他是上下铺，两个人平时玩在一起吃在一起，关系比较好，其他几个人继续往前走了，大鹏转回来帮他。不想那两个人还有帮手，一会又开车来了好几个，陈俊见他们两个打不过就跑了。他跑了之后才想起大鹏还在后面，于是叫了其他的同事回来，等到地方大鹏就躺在地上。大鹏把自己紧紧地抱成团，躺在地上"哼哼"，他们以为大鹏这是被打疼了，上去叫他不应又掰不开大鹏的身体才报了案。然后就等着警察来，等警察来到才把人送去医院。送医院时，陈俊的堂哥也来到了，并由他堂哥支付了大鹏入院的两千块钱押金。

我签完字，拿了立案票据，又要了陈俊的电话和工厂地址，然后问警官肇事人是什么人。警察答还在查。我问接下来会怎么查，什么时候能查到？警官没好气地说："这事怎么好说，也可能今天就查到了，也可能永远也查不出来。至于怎么查，这个我暂时也不能回答你。"

我说："我是当事人家属，我有知情权。"

警官说："我跟你讲不着这个。"

我见警官态度强硬，只好弱下来问："那我什么时候再来问结果？"

警官说："查到了肯定会找你，查不到你来也没用。"

我觉得警官这样回答我哪里不对，心里有些不舒服。我人生第一次进警察局，心里不舒服并不敢放肆，只好揣着疑虑走出了洞泾派出所。

我回到医院，医生已经查过房，我去找昨天见过的接诊医生，接诊医生是急诊部的，说大鹏已经转到了住院部，换了主治医生。我又找了住院部的主治医生。

主治医生刚好也在护士台留话叫我查房时间结束后到他办公室。我坐在护士站没离开，想要在主治医生一回来就见到他。姐姐的事情让我对怎么更有效地见到医生有些经验，那就是守在医生的办公室门口，并且不能让人排在我的前面。只要风吹草动，有好像找这个医生的人在他门口观望或徘徊，就要第一时间站到门口去，表示我才是第一位，这样才能第一时间得到结果。相对医生，家属有着用不完的时间。可是即便这样，还是有人在医生进门那一刻挤了进去，我一下子嚷起来："我排在第一位，我看着你来的，你应该排我后面。"

医生看我一眼又看那人一眼，无奈地说："排队，一个一个来。"

我刷一下眼泪就掉下来了，"原来这里可以讲道理的。"

然后有助理关了门，主治医生开始问话，问大鹏在哪上班，我是谁，是否能为大鹏做主，两个方案我们希望怎么治疗。其他的都好回答，我一一答了，最后一个问题说白了就是钱的问题。大鹏的头脑因为剧烈撞击，脑膜下有一些挤压和血块。导致大鹏昏迷的不光是三个大血块压到了神经，膜下的大脑有一块被震动了，也不能说碎，碎就没治了，就是松动了，就像一块豆腐，被重物挤压过，没碎，还是一块，但组织还是破坏了，然后这个地方的豆腐就出了水渗入了周边组织里去。至于两个方案，一是动手术取掉三个大血块，但这并不能解决被震的松动的那一块的问题，并可能会因为手术取血对这块造成更进一步的伤害。因为只要是手术操作对周边就会有伤害，不然工具怎么进去呢，是吧？医生很耐心地跟我这么解释。大脑不像人身上的其他地方，受伤了可以再生，可以重组，大脑不行，人的身体里唯独大脑不能再生和重组。也就是说挤压和血块这两个问题不管怎么治疗，它已经受到的损伤是不可能复原的。

我敏感地问道："这两个部分已经造成的损伤是什么？"

医生说："目前看伤到了神经，但伤到什么神经不太好说。"

我说："您是说还不知道我弟弟治好后会是什么样子吧？"

医生看我一眼，说："是这个意思。你能这么理解就更好沟通了，很多家长往往理解不到这一块，以为只要治好人就好了。"

我说："那第二个治疗方案是什么？"

医生说："说两个方案是说一个手术取血块，一个保守治疗让他自己恢复。"

我说："这两个方案哪个可以让人先醒过来？"这时我已经知道弟弟虽然从受伤那一刻开始到现在一直扭动个不停，但是是昏迷的。我也这才知道昏迷的人不都是安静得像姐姐那样，也有像大鹏这样疼痛不堪、张牙舞爪、撕心裂肺的，所以也怪不得爸爸昨天看他出来吓成那个样子。后来爸爸说就好像人说的下了十八层地狱，刀挖火烤下油锅那个样子。

医生没答我。

我说如果不能知道哪个方案会先醒过来，就不手术。

医生问我是自费还是医保，还是有赔偿。

我如实说，人跑了，派出所说人没找到。工厂没给他买医保。我们没钱，就几个月前我姐刚死了，得的再生障碍性贫血，把几家人的钱都花完了也没治好。但我们虽没有钱，还是希望弟弟能治好，不然我爸我妈就没法活了。

医生仍是不说话，只递给我一些单子。

我也算识趣，医生递单子相当于富贵人家叫上茶，那是赶人的意思。我刚站起，一个哭泣到哑声的妇人抢着凳子坐了下去。医生还在等打印机里出我的另外的单子，那妇人已经开始哭诉了。

中午姐夫到了上海，带来了一万块钱。我让他陪我去大鹏的工厂问有没有保险，也想再见到陈俊，不一定是要再了解什么，很奇怪的就是想见一见这个人。

我们先去了工厂，老板不接见，直到下午上班，才从厂里出来一个人，说大鹏是临时工没有买保险。姐夫说他也是小老板，说临时工也应该有保险，何况大鹏都在你们厂上班两个多月了怎么可能还是临时工。来人被呛得说不出话，只一再表态说：一，是不可能给你进厂里见老板和一起出事的同事的；二，厂里最多只能出一万块钱。大鹏才在他们厂上班两个多月，老板肯拿出一万块钱已经很讲道理了。姐夫把我拉到一边，说算了吧，要是没签合同就是去告他们也没用，到时他们宁愿接受罚款，连一万也不会给大鹏。我们缺钱，我一时无主张，就听了姐夫的接受一万块钱的赔偿。

然后我们又去了他们工厂在工业园区两公里外的宿舍，上夜班的陈俊还在睡觉。这是一套三居室，还是毛坯房未装修，一屋子电线拉得乱七八糟，你从我这接一个插板，他又从你那接一个插板。插板余位上又插了好几个电线插头，连着电饭煲、风扇、喇叭、电脑。看样子天凉了风扇也不会拔掉，准备第二年夏天来了按一下开关就能继续用了。

这样三居室的房间里大约住三十人，因为三班倒，宿舍不断人，也没有关大门。陈俊起床，只穿了一条短裤，光着身子坐在床上不动，问他什么也不回答。他说，他当时傻了，不记得那么多事，后来都是他堂哥帮忙做的事。我说那你堂哥呢，他说堂哥在另一个班上班，见不着。他这么说话，我想过去抽他一巴掌，也只好忍了，我这时只想跟他确认一件事，那就是为什么报案说是车祸，明明是因你而起的打架。阿俊支支吾吾，说是堂哥让说的。我问他堂哥的电话，他说堂哥没有电话。

我忍了忍，眼前的陈俊虽说二十二岁了，真的还像个孩子，瘦弱，肋骨贴着后背，由于两手按在大腿上，一对肩胛高高耸起，好像是这对肩胛把他整个人支了起来。

"大鹏是因为你跟别人打架受伤的，后来你跑了，现在他昏迷不醒，这事你总得有个态度，你想过接下来要为大鹏做点什么吗？"我说着又起了恨，加重了语气说，"大鹏有可能醒不过了，有可能变成植物人，也有可能就死了。"

陈俊抬起惺忪的双眼看看我，一脸无辜地说："那你叫我怎么样？他可以跑啊！他帮我我承认，但他可以不帮我，也可以看打不过就跑的，他不跑就跟我没关系了。"

我走前一步火起来："你怎么可以这么说话，你爸妈没教你怎么做人吗？你这么说话还讲点良心吗？"

姐夫忙把我往后拉，一直拉到门外。

姐夫说："算了算了，我录了音。大鹏真有问题，到时再找他讲道理不迟。"姐夫从上衣口袋里掏出一个白色的爱国者录音笔交给我，他先一步下楼，意思是要走了。我看着姐夫的背影，突然想起姐姐来，想着，要是姐姐还在世多好啊，大鹏这个事现在就是姐姐在处理。我哭着下了楼。

这是一座别墅一样的小楼，一梯两户，共四层，陈俊的宿舍在三楼。听说三楼和四楼都是他们工厂的员工宿舍。二楼和一楼锁着门，不知道用来做什么的。

姐夫把我送上去医院的大巴，说他要回苏州了，公司还有事。我叫他一定要再筹钱给我，他说好。这一刻我仍是感动的，觉得不是我一个人在面对大鹏的这个事件。但后来催他给钱，叫他再来处理一些事情，他并没有汇钱过来，人也再没来过上海。

回到医院问爸爸妈妈探望时间去看了大鹏没有，爸爸说没去。我看一眼妈妈，妈妈说她想去，爸爸不让她去。我又看看爸爸，爸爸不看我。我说："不去就不去，有什么事他们会通知我的。"

又是吃晚饭的时间，爸爸说他中午吃的饭，顶饿，晚饭不吃了。我看妈妈，妈妈说是的，他们没吃早餐，妈妈到医院旁边的快餐摊上帮别人刷碗，别人给了饭吃，她吃了一半，又跟人家要了一盒饭给爸爸端回来。我问他们晚饭还卖吗，妈妈说他们只中午卖一顿，中午医院饭堂的饭买不到才有人到他们摊上吃，晚上没人买他们的饭，医院也不给摆，医院只给他们卖中午一顿。

我说还是吃点饭吧，夜里饿了更没地方吃。爸爸妈妈都没吭声。我去买了两个盒饭两包方便面、两个干馒头，说以后拿饭盒去打饭方便。方便面冲出来爸爸吃一份，没有吃馒头，妈妈喝了汤，把面都留给了我，自己吃了一个馒头，还剩一个馒头。妈妈觉得方便面是好东西。

2

第三天一早，我再去洞泾派出所，径直去二楼负责大鹏案子的项警官办公室，但门关着，敲敲无人应。我下一楼到对外窗口打听，窗口隔着不锈钢网，里面两个年轻的警官笑着在看同一台电脑。我问两遍，才有一个人从笑场中回我说："可能出去了，等等吧。"

一楼大厅没有椅子可坐，椅子都在那个挂着"对外窗口"牌子的房间里面，黑色的靠背椅好几个空闲着。那个地方门上并没有给出标识是值班室还是什么部门的办公室，里面一直是那两个年轻的警官。

我从他们开大门等到十点，又去那个窗口问，他们还是那样回我："可能出去了，等等吧。"我说："我刚才来问过，你上次也是这么回答我。你们开大门我就来了，我去二楼十次了，门一直是关着的，我也没见着项警官从这个门上去。我就是问项警官今天来上班了吗？我怎么联系到他？"

还是上次那个说话的警官，盯着我把话说完反问我："那你想我怎么回答你？一个警官的行动我能告诉你吗？你是什么人，要干什么，能随随便便地告诉你吗？"

我一听，或者是我不对，第一次没说清，所以我耐心地解释说："项警官负责我弟的案子，已经接案了，我过来问案子的情况，找到肇事人了没有，我弟在医院昏迷着，还不知道什么时候醒，我们没钱交住院费了。"我生怕我说不清楚我的意思，扯着嗓子说。

年轻警官倒也耐心地听我说话，但是听我说完并没有改变他之前的态度，还是冷冷地丢一句话过来："这种情况你可以打项警官电话，问其他人没有用。"

我说："我打了，但那是座机电话，一直没人接。我到他办公室门口打，电话在里面响，也是没有接。"

年轻警官说："那我就没办法了。"

我愣两秒，想着可能是我的方式不对，还有话也只好忍下了，想着明天再来。

派出所不远的路口有载客的摩托车，见我走过去，先是一辆车过来问我坐车不。我生气着，没有回答。摩托车就跟了一会，一直问。我仍是不想开口回答他，可能我不出声惹恼了那个人，他加速超过我时出腿扫了一腿，我一下子跪在了地上。我默默地起来拍拍手和膝盖继续往前走。经过路口，好几辆摩托车停在那里，我没敢犹豫，也没敢看撞我的那个人在不在他们其中。我迅速过马路，还未走完，又一辆摩托车过来，停在人行道上问我去哪里。我仍是不说话，继续走我的。这人说："去坐公交很远的，坐车吧，两块钱。"我一听，两块钱，很便宜啊，我上次坐的可是五块钱呢。这么想不由得侧面看了这人一眼，但我仍不想坐车，就想走走。摩托车陪我走了一小段路，见我仍不会坐车，冲我说："家里死人了吧！"然后打个弯飞驰而去。我很想转身冲他喊一声"没有""不是的"，但我不敢转身，只是冲眼前的地上说"没有"。我不想再出任何事情。

本来计划从这里出来去陈俊他们工厂的，因为摩托车的事，今天不想去了。或者明天再去，我先回去。

这个点回去医院又会是饭点，我不想在饭点上见到爸爸妈，我想我妈肯定又去那个临时快餐点主动帮人家洗碗去了。她不跟人家要钱，就是想要两个盒饭。我想到下午家属看望时间前再回到医院，所以连公交也不想坐了，想走路回去。慢慢走，走到三点半或者四点前，家属看望时间四点十五分回到就行。今天我得进去看看大鹏了，想知道他有什么变化没有。医院说的几个苏醒关键期二十四小时、七十二小时、一周、一个月……昨天从医生那里出来急着去找陈俊，没跟爸爸妈妈转述医生的话。等再回来医院正是傍晚近黄昏的时候，我跟妈妈本来找爸爸吃晚饭，后来在草坪上找到爸爸，他说他不吃，我跟妈妈就在他身边坐下来。我想，有些话早晚要说出来的，于是想着把上午医生的话说给爸爸妈妈听。说完，妈妈还问："要是不醒，人还能这样一直活着吗？"

我回妈妈："如果没有什么意外，一时半会就是现在这种情况。"

妈妈说："就你爸说的'哼哼哼'地乱使劲，叫他不知道答应？"

我说："这个使劲他不知道。我把姐夫带的一万交了后就同意医生用镇静剂了，乱动的情况应该会好点。"

我爸说："镇静剂其实就是安眠药，管神经兴奋的。"我看爸爸一眼，没想到他懂这个。我当时还告诉他们，已经给大鹏喂鼻饲了，光输葡萄糖不行。医院从接诊只是给大鹏输葡萄糖，这话我没特意跟爸妈说。我还告诉爸妈，如果我们有钱还可以给大鹏在鼻饲里添加营养剂，防止肌肉萎缩。我见爸爸妈妈不接话，忙又补充说，萎缩是长期才会出现的情况，一时半会不加没关系。

隔半响，妈妈问："要是还不醒就是植物人了？"

爸爸说："你又知道什么是植物人！"

妈妈说："电视上啥没有。"

我说："会不会成为植物人跟啥时候醒没有关系。"

妈妈说："哪跟啥有关系？"

我说："跟大脑皮层受损程度有关系，如果严重到深度昏迷，自己无意识，就可以说是植物人。"我不等妈妈再问，又主动说，"大鹏现在就是自己啥也不知道，主治医生每天早晚查房都会测试他的情况，都没反应。"

妈妈哭了，说："那不就是植物人了。你爸还说人会动就是自己不知道，不知道不就是植物人了。"

我看看爸爸，爸爸看着空气。我说："我昨天不是说了吗，他动他自己不知道。你自己不明白，爸爸可能又不想说透怕你难过。但我觉得，现在你们两个都要知道大鹏的情况，我可不希望到时医生一说什么，你们谁又昏过去一个。那时我可真是一点办法也没有的。咱们现在给大鹏治病都缺钱，他这样下去还不知道要花多少。"

爸爸说："你别管俺俩，俺俩保证不出事。你就管好大鹏，操心好他的事。钱的事咱们应该还能筹点，反正尽力，实在不行，那也没办法，算他命不好，谁叫咱没能力治他呢。"

我说："话不能这么简单一说，咱们得把问题细化了来说。分开说是这么几个事，你俩得听听：一个事是，医生知道肇事的没找到，钱都是咱们自己出，并且咱们还都没有钱，所以还没开始用最贵的药。"说完怕他们误会，我想我得一次性把话说透，然后我又解释说："也不是因为没有钱就不给他用最贵的药，是他脑子里有血块和积水，如果这两种东西还压着哪条神经，打催醒针也没有用,所以是先看他这几天血块和积水能否自己消掉一点,要是能消下去再打催醒针会更有效。有没有能力治是长远来看,眼前的事是要准备用很贵的进口药了。这个钱咱们要准备好。姐夫给了一万,明天我去大鹏工厂要钱,他们起初答应给一万,我就照一万去要,有一万比没有一分强。第二个事是,跟你们说实话,以现在看什么时候醒还不是咱们应该关心的最主要的问题。最主要的问题是他早醒晚醒对他来说造成的伤害已经存在了,醒来可能是什么样咱们心里要做好准备。第三个事,咱们心里更得明镜似的,要是就这样不醒了咱们拉不拉他回去,这些都得想好。"

妈妈似乎听得不太明白,看着爸爸。爸爸也不看我,哭着接话说:"北院里你有个姑,七岁时上树摘枣掉下来摔瘫了,谁也不认识,那不是她爹娘给养到十七岁心脏不行了才送走吗!傻了也好,不醒也好,只要人有一口气,咱当父母的怎么可能不管?只要不是像你姐那样花大钱,咱们没能耐弄不讲了。要不是大钱,就是伺候个人,平常吃点药,我跟你妈身体还好,能撑一天还得撑。这跟真没钱治,不治人就没有了还不一样。"

我心里很沉重,觉得我想到的爸爸都想到了,只是他不想说出来。我陷在思绪中,还是想知道更远的事,又小心地试探一下爸爸,于是说:"秀枝是自己不行了走的,还是不治了走的?"秀枝就是爸爸说的后院的我一个姑姑,比我大七岁,我读小学时她还在。她走时我爸爸妈妈过去帮忙,我去找妈妈看到她的棺材我还说为啥漆红色的,旁边的一个老人说,年轻闺女没出阁死了都漆红色。

妈妈说:"不都一样吗,医生说不行了,不行了还咋治。"

我看向爸爸,爸爸不说话。面对分不清细理的妈妈,太残忍的话我还说不出口。这个话题要谈下去,就应该是"自己不行了到最后一口气叫自然死亡。人为中断治疗不行的不是自然死亡"。我从深圳赶来的那天早上其实就接了病危通知,第二天到主治医生那里医生也谈到植物人状态下家属可以放弃治疗,我没同意。我说我们是没钱,但想等等他,看看他有没有自己要醒来的意识。当时我把病危通知揉碎了。此刻这些话我还是说不出口。我们默默地又坐一会,我说还是吃点东西吧。

我们刚坐下来时太阳还刚刚往下落,等太阳落下,又眼看着天一寸一寸地黑下来,从西往东,直看到天黑到我们的脚尖上。

爸爸到底为什么不回答我呢,一时也不想细究。这么凭空想或者他也是纠结的,事情不到要他做决定的时候他也不知道该怎么办。

我走得实在太累了,在路边坐下来休息,把昨天跟爸爸妈妈聊过的事又想一遍,看看接下来还有什么问题是我没有想到的。

我到上海当天给大鹏签了字之后,就给阿宝爸爸发了短信,告诉事情不能很快解决,叫他做长期打算。阿宝爸爸秒回问我,长期是多长?我回,两个星期也回不了。先生没有再回复我信息了。这会坐下来想到阿宝,想今天是周日,明天又是周一了他要上班,又编信息问先生家里怎么安排的。

先生向来用理智处理事情,他说让钟点工做了住家保姆,阿宝爷爷过来了,过几天看奶奶能不能过来。我回说,我知道了。然后又说发一张阿宝的照片给我吧。不一会先生发过来一段小视频，保姆在给阿宝冲奶粉，可能因为烫，在手里摇着，阿宝等得焦急，一边拉保姆的衣襟，嘴里一边叫"买买、买买……"我笑了，我知道阿宝是在发"妈妈"的音。她也不是叫谁"妈妈"，就是着急了，想要奶喝发出的声音。我想，阿宝很快就会叫"妈妈"的，这么想着打了个盹。醒来又走一段，还是觉得累，只好上了公交车。

到了医院我没走大门，从医院一个侧门进去，我不想看见妈妈在临时快餐摊那里忙活。她说她去给人家帮忙，我没有让她不要去，爸爸也没说不让她去，不知道她的心里是怎么想的，她是否需要我跟爸爸的支持或赞赏，她是否心里其实有委屈，我都不想知道。凡是属于谁的个人心理问题的，我都希望他们自己解决。我只想知道接下来大鹏一天要花多少钱，我们能撑多少天，我怎么跟派出所打交道，我怎么从工厂拿到他们许诺的一万块钱，我怎么开口问先生还能不能帮我借到钱。以及，大鹏醒来后最严重的后遗症是什么，真不能醒来一直是植物人状态我们是否应该放弃。若不放弃，我们怎么把他拉回去，从上海到老家租车得多少钱。

进了医院大楼，往重症监护室去的时候，我看见爸爸拿了一个黑色塑料袋背着手到处看。他腰板挺得很直，像走在我们家麦田的地头，但又没有看麦田那样的从容。爸爸此刻是站站看看，样子很犹豫不知道向左还是向右。我停下来，不想面对爸爸，转身又出了大楼，我想去急诊那边看看有没有空椅子去坐着睡会。急诊大厅不停叫着号，我等有人站起就去坐空位置，然后开始打盹。迷迷糊糊中，我刚要睡着，突然意识到爸爸是在学人捡瓶子，怪不得他那样犹豫不决的，他显然还没有找到方法。我把记忆往后翻到看见爸爸的第一幕，他背后的那个袋子，像空的，又是有东西的，可能那里面已经有一个或两个空瓶子了。我很快睡着了。

沉沉地睡了一个钟头，被设置的手机闹钟振醒，我得去看大鹏了。

爸爸妈妈已经在重症室大厅了，准备叫到号排队进去。妈妈见我来忙把抱着的一个东西给我。等递到我眼前，我见是报纸包着的饭盒。妈妈说："你才回来吧，我给你留着饭你现在吃不？"

我说："我不吃，今天我进去看看大鹏。"

爸爸本来准备排队的样子，说："我先排着，你先吃几口饭吧。"

我说："我不吃，我吃过了。"我当然没有吃过，早餐还在包里。

爸爸将信将疑地给我让出位置。让出位置他跟妈妈也不离开，看样子要就这样等到我出来。

护士叫完床号，大家排着队进去，每一个人临到门口，护士又会问一遍："你是多少床的？"回答了，护士就在本子上勾一下。

大鹏在 12 床，两个床中间拉着布帘，对面 11 床的女的不见了。

大鹏果然动得没有以前厉害了，但还是偶尔会动一下，所以他的两只手两只脚还都绑着，免得他自己不小心弄掉针头和鼻食管。我们没有给大鹏请专门的护理，他的病号服还是第一天进来时换的，脸上的血迹还是一块一块的，右边嘴角有个包也未见消。大鹏用了导尿管，现在还是由普通的护理在倒尿袋。护士特意就这个事找我说了，普通护理就只是倒倒尿，不会给病人擦澡。明天起，我们再不请专门的护理就只能早上医生查房之前家属进来给病人洗好澡换好衣服。一次最多只能进来两位家属，还得自己买一次性帽子、口罩和衣服。然后留一位家属听主治医生查房告诉病情进展。我想，大鹏没那么动了，可以给妈妈进来了，说不定她很愿意每天进来给大鹏擦澡的。

这是好事。

3

第四天，妈妈带着水桶、面盆、毛巾进来给大鹏擦澡，看见大鹏自然也是哭，心疼大鹏被五花大绑的样子。但因为大鹏几乎是安静的，又偶尔动一下，让妈妈觉得大鹏不过是睡着了伸懒腰，她在动手帮大鹏擦澡时情绪就已经好起来了。

护士把时间卡得很紧，差不多十分钟就开始通知家属准备离开，说医生要来查房了。十二分钟开始清人，最晚十五分钟必须离开。

妈妈走后，医生很快到来。今天值班的医生不是大鹏的主治医生，问他身边一个人大鹏的情况，可能是助理，从早就翻开的本子上读出一串内容，包括入院情况、进展和现状。值班医生一边听一边对大鹏做反应测试、翻大鹏的眼皮，然后一一跟我说明不同的反应是什么情况。翻眼皮眼皮会转，并能随光转，但这只是物理反应，不是人的意识反应。刺手指，无反应。刮手心，无反应。刮脚底，无反应。按腹部，无反应。我不听还好，知道他是无意识，这么一一听下来，好像要我相信一个什么结果似的，心里很不是滋味。

送走医生，我又陪了大鹏一会，握他的手，检查他头上的血痂。护士交代了不能抠，有伤口和不确认是否是伤口的都不能擦。我知道妈妈虽然很匆忙给大鹏擦了一遍身子，肯定也是一一检查过那些血痂的。

值班医生往前走着，十几个学生和助理一样的人跟着他。还约有十来床没检查的时候，转回来一个护士叫我离开。

我对大鹏说："你要醒啊，你一定要醒，妈妈头发都白了，爸爸憔悴得都快成干老头了。你不醒，我们连饭都不敢吃饱，怕没钱给你治。你一定要醒，我太累了，你醒了我要把爸妈交给你，我要回去带我的阿宝。"这么说着伏在大鹏身上哭起来。护士催促到12床，过来拉我离开。

我出医院，去大鹏他们的工厂，我想，他们不出来见我，我也要等下去。

我到了，工业园路上不见人，几个叉车在动，我想大概人都在车间里。走进大鹏他们工厂正是下班时间，他们出来，我逆行进去，但大门关着，只在门卫室旁边开了一个小门，一个老头在门卫室里。他好像记得我了，不给我进。我说你不给我进我就在这里等着，你们老板肯定要下班吧。老头是我爸的年纪，我叫他大叔，我说大叔，我爸跟你年龄差不多，他现在在医院等我弟醒来呢。你肯定也是当爸爸的人了吧，你就体谅我们一下给我进去找老板要点钱，他不买保险是他不对，我们也不想出事啊，人好好的多好，您说是不是。

老头不理我，端出一个饭盒来吃饭。我没有食欲，看着大叔吃东西很下口的样子，一时又想到爸爸在家也是这样的好胃口，吃干面能吃两大碗，吃馒头能吃半锅。

我几乎是一直打老板办公室的电话。电话好像是被拿下来了，一打就通，通了没人说话，我就在电话里一直说一直说，把对门卫大叔说的话一遍一遍说给电话的那一头去，还说你们也太不讲道义了，你们的员工出事了，你们都不去医院看一下。我实在无可奈何，只能做出这等愚蠢行为，不然我还能干什么呢？

直到又有人上班，门卫大叔接了个电话才说，你走吧，老板说晚上下班后叫人送钱到医院。我说，那好，我信他一次。他要是没叫人去，我明天还来。我对门卫大叔说我实在是没有办法了，只能用这种不讲脸面的死耗战术。大叔也不应我。

从工业园区出来，我又去了他们的员工宿舍，有人告诉我陈俊昨天离职了，说这小子最没良心，平时都是大鹏罩着他，做坏零件都是大鹏帮他修。那晚打架也是他先跟人打起来的，要不是大鹏帮他，躺医院的可能就是他小子了。说完又补充一句说，这小子真是没良心。我问这人，当时你在现场吗？这人说不是，他听说的，一起下班的还有几个人。我说，那几个人我能见一下吗。这人说，他们不在这宿舍。我说我不找他们麻烦，就是想了解一下当时怎么回事，又说是车祸，又说是打架的。这人说，我也是听说哈，说是先打架的，打着架又来了几个人，那几个人开着车，用车撞。陈俊那小子就是那个时候跑的。大鹏可能也跑了，可能被车撞倒了，几个人围着他又打一顿，陈俊那小子溜掉了。我说，不是听说是他报的案吗？这人说，那是快到宿舍了他胆小叫几个人陪他去，又打电话叫了他堂哥，见大鹏不行了才报的警。当时就不行了吗？我问。这人说，也不是不行吧，我也不知道，就是说叫他

的名字没用。我谢了这人，收拾了大鹏的被子和衣物回了医院。我们在医院过夜太冷了，有大鹏的被子夜晚也许好些。

妈妈接到大鹏的衣物，找了几件出来给爸爸穿，叫爸爸去换下脏衣服。有两件我也能穿。大鹏的被子都是新的，看来是秋天才买的，但是也很大味道了。妈妈怕我嫌脏，赶快去洗了一个被单准备给我用。妈妈这样子是要把医院当家了。

晚上，果然有人送了一万块钱来，但那人也是毫不讲道理，说他打车来的，还得打车回去，所以要从一万块钱里拿出两百来打车吃饭。从一万里抽出两百来倒也不是什么事，可这行为实在说不过去。或者是老板安排得不好，或者是这个员工的做法不对，反正这个事他们这么处理很奇怪。这事若搁以前的农村，东家让你给别人送个东西，东西送到别人给你好处是礼貌，是打狗看主人，不给你好处你硬要是泼皮。

妈妈在重症大厅抢到了位置，用纸箱皮当垫子，用大鹏的两张被子做两个被窝，然后很满意地躺下去试试。可能觉得实在不错，叫我说，二妮，来躺一会儿，多少天没躺着睡了，你也歇歇身子。去急诊那边睡她总担心有人叫12床家属我们听不见，第一夜之后她就跟爸爸轮流过来，一个值上半夜一个值下半夜。妈妈抢到的位置就是她值下半夜时，有一床的病人送去太平间，家属走了，她占了那家人的位置。

妈妈不会讲普通话，但是会听，还是打听了很多事，比如住在大厅里的家属都偷偷地在哪洗澡，什么时间；在哪洗衣服；在哪晒衣服；等等。她这么说，我就想尝试一下洗个澡。就用我们给大鹏擦澡的盆和桶。过了十点，医院里流动的人很少了，

卫生间的卫生也做过了，清洁工也下班了，妈妈告诉我地方，先去帮我接好热水，叫我在一楼一个偏僻的女卫生间第一个门里等着她提热水过去。然后她在外面用盆给我递冷水。由妈妈帮着，我在厕所里用冷热水一盆一盆搅拌，洗头洗澡竟也完成了。只是十一月的上海还是太冷了，用很热的水洗完澡整个人也热不起来。

后来，我也这么帮妈妈，让她洗头洗澡。妈妈又这么帮爸爸，让爸爸洗头洗澡。

这晚我们三人都睡在重症室门外的大厅里。听旁边的一家人说，一个家庭在这住三四天、住一个星期的比较多，超过一个星期的就是住好几个月的。妈妈听了不说话，好像还没做好准备，又好像做好了一切准备。

爸爸知道自己打呼噜，晚上人多的地方睡得少，白天找没人的地方才会好好地再睡一觉。所以爸爸这天也说自己还不想睡，到外面去了，我跟妈妈早早躺下睡了。妈妈给我的床铺下垫了三层纸箱，又垫了一个床单，这样我盖着一床被子睡已经很舒服了。第四天了，我们终于能躺下来睡一觉了。

会不会是因为我们离大鹏近了，大鹏感觉到了，才过十点，护士就叫12床，说病人发烧，要是烧到三十九度以上就会用药，叫家属签好字做好准备。妈妈紧张，要去找爸爸回来。我由她去找，心里对自己说"发烧是好事"，说明大鹏的状态有变化了。有变化可能是坏，也可能是好，不管好坏，总比不变化强。不变化你都不知道该如何去期盼，心里茫然，没着没落。

爸爸回来，一脸青色，我说没事，就把之前心里想的话跟爸爸说了，爸爸才叹一口气，说："这么说发烧是好消息。"

我们一时都不睡了，等着有新的消息。什么事就是这样，你没准备时它突然来了，你真等待了，它又不来。

两点被一家人哭醒了。什么叫哭天喊地，我想也就是那样了。十几个人围着推出来的一个病床，护士叫让让、让让，根本没用。有人拉开一个比我妈妈年纪还大的妇女，妇女腰被拉开了，双手还紧紧地拽着病床不放。折腾了十几分钟，几个男的终于把病床拉走了。

从哭声响起，陆续有人起身看过去，也有人干脆起来了凑过去。有人说，十二点就叫家长等着了，没抢救过来。我跟爸爸妈妈也坐起来了，也都朝那边看，但谁也没起来走近看。等病床拉走，我先躺下，紧接着妈妈躺下。

4

第五天。

天不亮就有人起床折被子，六点多三十几个人都已经起来收拾好了自己的东西。我起得最晚，等我一起身，妈妈迅速把纸箱皮把被子都收好放到椅子下面。银漆涂层的铁椅背对背算一排的话，共三排，坐椅底下都塞满了东西。

爸爸去买了馒头，光是馒头，一人一个。爸爸也接了热水，他喝水的杯子，一杯倒一饭盒。倒到饭盒里水就凉了，就可以喝了。我跟妈妈吃完弄好，妈妈去排队接热水等着进去给大鹏擦澡。其实离能进去的时间还早得很，可是妈妈就是要先去排队，生怕轮到她接不到了。

大鹏今天一动不动，脖子、两边腋下、大腿内外都放着大块的冰。即使这样，我们摸摸大鹏的手心，还是热的。妈妈又摸摸大鹏的脚心，也还是热的。妈妈长出一口气问我："这还擦吗？"

我说："我去问问护士。"说着走开去找护士。护士说12床今天可以不擦。我又问，烧到多少度？护士说，最高四十度，凌晨四点多降下来了，现在三十九度多。我又问，还会烧上去吗？护士说，这怎么好说。护士有点不耐烦，叫我有问题等着问医生。我也是觉得这么问护士为难人家。

我回到12床，妈妈正在跟大鹏说话。我说妈妈你说什么呢？妈妈说他在跟大鹏讲小时候的故事。我说他又听不见。妈妈说，电视里不都说讲一讲跟他有关的事，能让他醒吗？我一时无语，妈妈所有的知识一部分来自地方习俗，还有一部分来自电视剧，新旧掺杂，事情一件一件地来她也能讲好道理，一旦混起来，她根本分不清自己要遵从哪一边。我叫她不要说了，人家会笑话的。对面11床又来了一个人，是个中年男人，不知道怎么了，也是一动不动。没有凳子，我怕妈妈走动惹到谁不高兴，叫她坐在地上。妈妈看到尿袋满满的，说要去倒尿袋，我说这个有专门的护工倒，你倒弄不好又给人家添麻烦。还好过来一个护工，拧走满的尿袋换了个新的。妈妈冲人家说："谢谢你啊！"那护工可能没料到有人跟她说话，抬头一看，说："啊，你家的孩子！"妈妈硬别着普通话说："我儿子。"又说，"谢谢你照顾我儿子啊！"护工就没有理她了，可能觉得妈妈是神经病。

查房的医生先到11床，我很快围了过去。原来，这个中年男人的头骨少了一块，有成人的掌心那么大。其他是没什么好治的了，这样耗着不过是等一些赔偿。待大家都转身朝12床走来，我毫无预料妈妈扑通一下给医生跪下磕头，还说："行行好啊医生，你一定要救救我儿子啊！我刚死了个大女儿，我儿子又出事了，叫我可怎么活啊！"我迅速拉起她，叫她不要说话，吵到别人了。妈妈不管，还要给人家再磕一个头，磕着说着。我一时觉得害臊死了，冲妈妈发起脾气："你这样以后别想进来了，人家不会再给你进来了，吵死了。"

医生应该是见多了这样的家属，丝毫不乱地绕过妈妈检查起大鹏的情况。依旧有人读报一样读出一张纸上的内容，包括什么时候发烧，高烧到多少，现在是多少。医生点点头，又翻看眼睛。拿光照射，大鹏的眼睛还是会转。今天没有检查大鹏的手指腹部和脚底就走了。等他们走过去，我吓唬妈妈，你再这样医生都不给大鹏看了。妈妈还哭着，很委屈的样子说："我再也不这样了。"一个护士转身极不耐烦地冲我们说："你们赶快出去了。"我点头哈腰，说："好好好。"我说完意识到我跟妈妈又有什么区别呢，不都是希望别人能对大鹏好一点嘛！

下午四点十五不见爸爸回到大厅来，我就进去了，妈妈依旧站在门口看我进去，等我出来。我知道她要问我的，我主动说："还那样。"

妈妈说："还都放着冰块吗？"

我说："冰块还剩一点点，衣服都湿了。"

妈妈说："那要不要我进去换？"

我说："我问了护士，说是还得上冰块，不用换。"

妈妈问："脸还是没有一点血色吗？"

我说："都烧成那样了，还有什么血色。"

妈妈说："还是我第一天进去看到那个样子让人放心。"

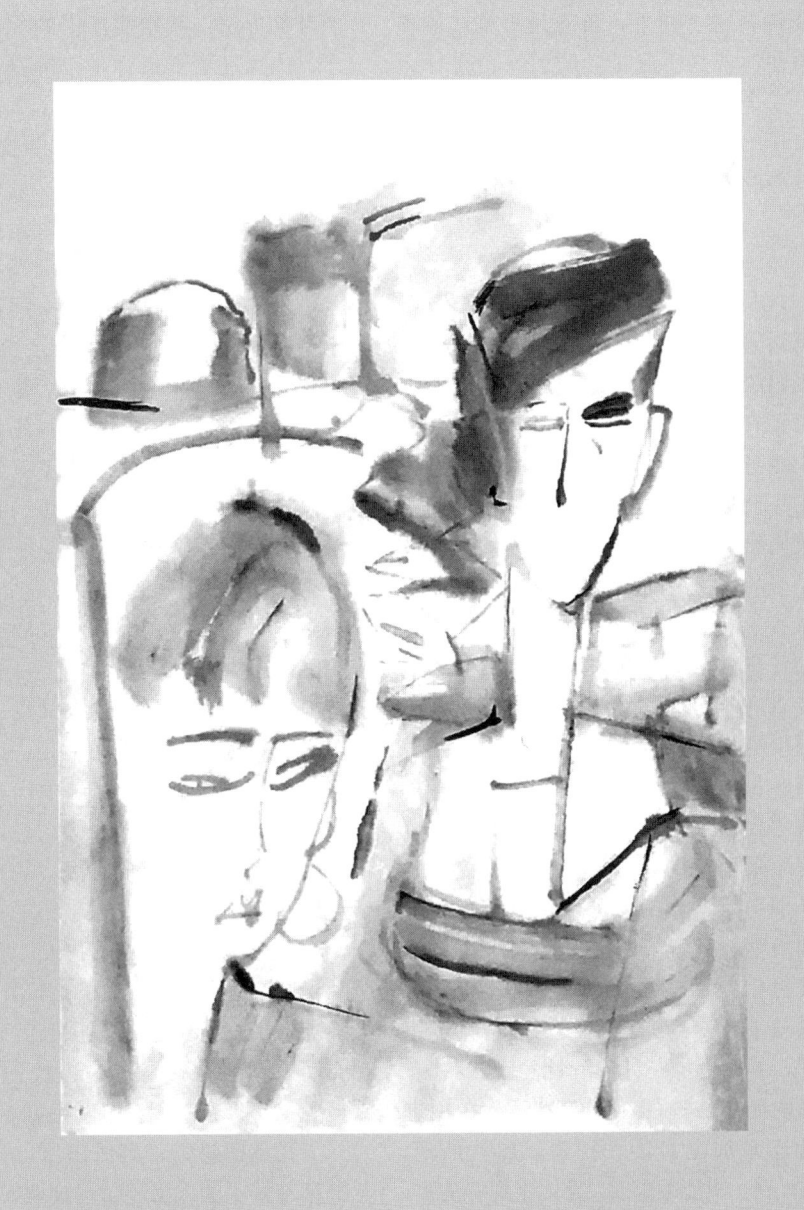

我想想，妈妈说的确实对，但光那样子怎么办呢，没个盼头啊！

自然又是煎熬的一夜，大鹏能不能熬过高烧就看这一晚了，若还是再起，能不能稳得住？若是不起了，明天又会是什么样子？三个人这一夜谁也没有睡好。这天夜里又拉出去三个病床，家人的哭声依然响彻寂静的夜晚。

5

第六天。

妈妈依然是提着热水进去，我依然去护士站领衣服。

大鹏身边没有很大的冰块了，三十八度五，头上敷着退热贴，衣服依然是潮湿的。我们给大鹏擦澡，换衣服。我看着床铺都是湿的，又要了新的床笠和纸质的保护垫来换。妈妈很利落，力气也比我大，给大鹏转身一点也不费事。妈妈说："才几天，瘦成这样了。"我心一紧，是不是我忘了叫医生给大鹏加营养剂了才这样？照说鼻饲给够量也不会瘦啊。我问了护士，护士叫我等会跟医生说。

医生来了，说除了鼻饲标准营养外是要给长期不能下床的人另外加营养的，防止肌肉萎缩。又说，明天就送来一个星期了，要再拍一回片子看血块和积水情况。说要是减小减少到一定范围之内，就不用手术了，然后再加一针催醒针看看。我问，加进口的还是普通的？医生说已经在用进口的就还是加进口的。我想，加就加吧，反正是没钱，只能顾眼前，路能走到哪是哪。

我从重症室出来后去查了账，五天过去，存进去的两万块钱还剩七千，明天拍片，再打催醒针，可能就不剩什么了。我带了三千块钱，只是住院费加鼻食也只能用两天。我跟爸爸妈妈说实话，爸爸说，怎么办呢，要不我回去看看吧。我说你能有什么办法，我姐病能借的你已经借一回了，人家还借不借你是个问题。我爸说他养了两头猪，本来就半桩子大，又养三个多月了，一头能卖一千。再找我大姨借，再找我大姑借，这两家一家最少也得借五千，不借说不过去，这是最亲的人了。我爸又说我舅人缘差，自己没钱，从他那肯定借不出钱，我小姨跟我家闹过矛盾肯定不借。这么算下来能借的亲戚真是没了，只能分任务一样给我大姑大姨一家要五千。我说，那试试吧。我看看我妈，像提到钱这种时候，妈妈都是一声不吭的。看她那无助哀怨的样子，我突然想，叫我妈跟我一起去派出所吧，他们还是不见人，就由着我妈去哭闹，她也需要一个情感出口，只要许可她，她是会依势泼洒出那份倔强的。说来大鹏出事好几天了，派出所那边打电话总没人接，找过去又见不着人，查着没查着也得给个说法不是，说不定我妈一哭一闹他们就烦了，多少出来人解释一下也多少知道点情况。这么想，我着实是没办法，不得不向现实中、戏台上、电视上借一借撒泼这个古老的方法。

爸爸说走就要走，我说，等明天拍了片子吧。上海到阜阳的火车票要一百一，我准备了三百给爸爸，叫他借到借不到都要回来，到时就是在这边找工做挨下去，至少一家人在一起。爸爸说好。

我真把妈妈带到派出所，看到进进出出穿着警服的人又不舍得让妈妈去哭闹了，我怕万一哪个人心里也不顺畅给我妈一脚也够我妈受的。这么想着，我又把妈妈拉到门边叮嘱她，叫她不要乱说话，等我找到办案的人了，他们要是不讲理非赶我走，叫她再求人家告诉我们大鹏案子的情况。我姐病逝时我妈头发还只是几根几根地白，弟弟出事这几天妈妈的头发突然花白了，这让才五十五岁的妈妈看上去像六十五了。一个老人总是能让人多一些耐心吧，我想，谁又没有爹娘呢。

我跟妈妈找到二楼，二楼门开着，有人要去吃饭。我问项警官在吗，要去吃饭的那人走到门口朝里扯一嗓子："项队，有人找，先吃饭。"我没明白这人是叫项警官先吃饭，还是说他先吃饭去。不管这一层了，我明白这时项警官就在里面，然后直接进去了。

进去，我并没有看见项警官。门对面两张办公桌并列着，上面各有一台电脑和一些杂物，椅子是黑色的软座靠椅，两个位置上都没有人。进去方向左边是满墙的文件柜，右边是两个小的独立的矮柜子，或者保险柜。另外还有一个办公桌，也是配着软座的靠椅。上次我竟未留意旁边还有一道木门。这会，木门留着一道缝，我朝里看，原来里面还有办公桌和柜子。原来项警官跟另一个人在那道门后。我有些生气，原来是这样，原来还有一道门的。我径直去推那道门，我说："项警官，我来找过您了，几乎每天都打您的电话，从来没有人接。您看您给我留的电话就在外面的桌子上，你们总有人上班的吧，怎么从来没有人接呢？您负责我弟的案子就有责任接我的电话，您怎么能不接电话呢？"我委屈得都要哭起来了。

除项警官外，那个年轻些的人看项警官的脸色，仅是一眼，立马走过来叫我出去，说他们正在谈事呢。我很奇怪，项警官脸上并没有什么表情变化，那个年轻人是怎么知道项警官的意思的。

项警官显然不记得我了，微微犯难。我扯着嗓子说："项警官，我弟陈大鹏，下夜班回宿舍路上被车撞了，您接的案，您还叫我签过字。"

这时我也想起来了，年轻警官就是上次在一楼对外窗口内坐着的那个，那个说一个警官的行动怎么能随便告诉我呢那个人。我认出是他忽又冲他说："就是你，上次就是你说项警官不在。说不定那次也是在的，你连通报都不通报，就告诉我不在。你们拿着纳税人的钱当警察怎么能这样的态度，你们太不负责任了！"

年轻警官说："你就是那个从深圳来的是吧。那个电话是我打的，不是项警官打的。你有事找我说。"

我说："你上次怎么不说找你说。我记得项警官，是他叫我签字的，所以现在我就找他。"

项警官可能想起什么了，说："到外面说吧。"于是年轻警官才没有挡着门了，叫我往外走。

年轻警官指定一个椅子叫我坐下，他坐在上次项警官接待我的那个桌子前翻东西。翻了一页又一页，看了看又去找另一个本子，然后才跟我说："这个案子归我管，项队那天是帮我顶班。你说说看吧，你想问什么？"

我还是想项警官为什么不出来，那天接警的到底是谁。正想着，年轻警官这么问我，我只好忽略自己的问题回答年轻警官："我弟还在昏迷，还不知道什么时候醒，我们为治疗费发愁，我们就是想知道肇事人是谁，你们查到没有。"这一说又来气了，"不管你们查到什么，查得怎么样了，我们是受害人的家属，我们有知情权。

所以今天我妈也来了，老人家比我着急，所以你们今天一定要告诉我们你们查到肇事人没有。"

年轻警官嘴里咀嚼着空气听我说完，然后才开口说话，他说："好，知道你是陈大鹏的姐姐了，深圳来的。"他又接着说，"你就是深圳来的，也不能这么跟我讲话，案子进展到哪了，能不能告诉你们我们自会掂量。这里不是深圳，也不是香港，不要动不动用香港电影里那一套话说给我听，什么拿纳税人的钱不负责任，这是上海，你在上海纳过税吗？陈大鹏这个案子，我说实话，报的是车祸，我们调查了，开始就是打架。你不是深圳来的嘛，你们深圳打架什么性质你能说说吗？打架是扰乱社会治安，管你谁打谁，只要打了，都一样办。你知道事情是怎么回事了吗？"

我听着悬，妈妈在外面吓坏了，匆忙进来拉我："我们走吧，走吧。"

我冲妈妈吼："你懂什么，你不要被他吓唬了，打架不好，他们不管，但是现在是出人命了，出人命就是刑事案，他们不能不管的。"我转身对年轻警官再说，"最先打架的又不是我弟弟，是他同事，打架不好，你们怎么不抓他同事？我弟弟是帮同事，才被群殴的。打架不好，拉架总是好的吧，拉架是见义勇为。见义勇为受伤了也是活该，这个社会真是糟糕透了。"

年轻警官看着年龄大不了我弟几岁的，我愤怒地冲他说话时，他盯着我竟是那样的冷静，这种冷静也让我心虚，所以我也不敢再说下去。我不说了，他反倒说起来了，他说："你怎么确定你弟就是见义勇为了，你不要太一厢情愿了。"

年轻警官说完看着我，又看看我妈妈，突然礼貌地跟我妈说："老人家，我们不是不管，是案子还没有进展，没有进展我们能告诉你们什么啊，是不是？你们先回去吧，我们查清楚了会联系你们的。你们要相信政府相信警察。"

妈妈鸡啄米一样点头，说："是是是，我们相信政府，相信你们，相信你们会帮我们的。"

项警官这才出来，也叫我们先回去，说查到会联系我们的。

妈妈一直拉着我说："走吧走吧。"

我被妈妈拉着往外走，然后下了楼，出了派出所大门。出了大门我就后悔了，我觉得不对，应该继续问他们，查录像了没有，事发地点不远处不是有个红绿灯吗，红绿灯路口不是都有录像吗？不是后来来了一辆车吗，能查到车吧，能查到车是谁的吧？我还想折回头去，看看一脸惊恐的妈妈只好作罢，想着先回去，再不带妈妈来了，老农民真是胆小不经吓。

回到医院见到爸爸，爸爸问怎么了，妈妈可能还在惊吓中："啥也没说，二妮差点给警察吵起来。"

爸爸说："那是怎么回事？"

我说："没什么，他们拿公家的钱不办事，惹恼我了。"

妈妈说："你咋知道人家不办事了，人家不是说了嘛，查到了会联系我们的，没联系我们是没查到啥吧。"

我瞪妈妈一眼，质问她："你帮谁说话呢，你还想不想知道是谁把大鹏弄成这样的？你知道什么，你就是见警察了胆小。"

妈妈不说话，垂着眼生气。我没心情搭理她。打架是事实，打架出了人命了也是事实。说起打架，我们也都知道打架不好，爸爸说打架出事农村医保都不报医药费。听爸爸提到农村医保，我忙问爸爸我姐的户口迁走没有？要是没有，是不是可以拿我姐的医疗费去报销啊，五十多万呢！爸爸也觉得这是个希望，问我姐姐的医疗单子都放哪了，我说苏州的一部分在我姐姐出院的那个包里。这时我又问妈妈，问那个包还在吗？妈妈说在。妈妈回完，我也不生气了，好像是妈妈能给我们带来一丝渺茫的希望。

夜里照旧是一惊一乍的，说来奇怪，这几天下来，我发觉病人的死亡时间多是夜间十一点，凌晨两点，四点，天亮后几乎没有推人出来过。不光是家属，也许对病人来说黑夜也是最难熬的时间。

6

第七天一大早拍完片子，下午去主治医生处看结果。积水好像很小了，小气泡一样的血块消下去了，四块明显的血块当中最小的那个也几乎消下去了，还剩三个大的，从影像上看最大的有黄豆大，小的有绿豆大，医生说这得靠他自己了，能消下去多少是多少，动手术的意义也不大了。无论如何这是个好消息，我想，至少，一大笔手术费我们省了。我实在没办法了，我们太穷了，心里时时刻刻想的都是钱，而不再是人。好像钱是一艘大船，大船能带着人们往前走，没有这艘大船一个人连活下去的资格也没有。

从医生办公室出来就到了家属探望时间，我没问爸爸妈妈要不要进去，我自己先进去了，我要把不用动手术的好消息告诉大鹏。

大鹏还是低烧，温度在三十八度至三十八点五度间徘徊。看着大鹏安静着，手手脚脚也不需要捆绑了，我一时很感动。

我俯下身，看看大鹏的头发，看看他头皮上和右边耳后的血痂，觉得那血痂快要脱落的样子像一枚枚能吃的干果。我又看看他剃掉头发的部分长出了新发，像再次得到确认了一般，觉得他还是在好好地活着的，就再也忍不住心里的感动亲吻他。我亲吻他，觉得像亲吻我的阿宝。我说："大鹏真乖啊，大鹏很努力地要好起来对吧？大鹏很快就能醒来的对吧？大鹏会帮我带阿宝去玩，会让阿宝坐在大鹏的肩上对吧？大鹏这么高，阿宝坐在舅舅肩上能看得那么高，肯定很高兴。还有啊，大鹏，你以后一定要孝顺爸爸妈妈啊，你出事这一个星期他们真是老得太快了，你醒来要不认识他们了，你醒来一定会说这一对老头老太太是谁啊！"

我真的没有比妈妈好到哪去，我对大鹏有说不完的话，我希望他听到我的话答应我。我握着大鹏的手，他的手真是太大了，我想只有这样大的手抓篮球才能抓得住。我又跟大鹏说："你记得吗？你五年级时我寄给你一个篮球，还有一套球衣球鞋，你还穿着到镇上拍了照片寄给我，你说你长大了要打篮球，可是你这样躺着怎么打篮球啊？大鹏你得醒来啊，你不醒来我们怎么把你弄回家啊？"说着我又哭了，不知道是悲多一点还是喜多一点。我仍在喋喋不休，希望大鹏能听到我在跟他说话。

我哭着，好像幻觉中的一道光打来，大鹏醒了，看着我握着他的手不说话，然后动一下左手的中指点点我。我惊喜万分，我说大鹏你再动一下，然后死死地盯着他的左手看，却是一动不动。我又试他的右手，他的右手也是一动不动。我去告诉护士，说刚才大鹏的手动了。护士淡定地跟我过来，说你试一下，然后我又说："大鹏你动一下手,你要是能知道有人在跟你说话你动一下手。"护士认真地看着我捧着的大鹏的左手,大鹏的手却是一动不动。护士等了几秒没说话,转身走了。我不死心,认真地看着大鹏,想看出他跟昨天不同的地方,想看出他能有的有意识的动静。然而大鹏一动不动。他只是眼睛在动,眼皮之下的瞳孔在转,虽然仍是这样,我想真的不只是我的幻觉,大鹏已经醒了,只是他还不会表达他已经醒来。

爸爸说他坐晚上十点的火车,第二天一早到阜阳。我说好,我买上两个烧饼,怕爸爸不饱又买了两个馒头送他去火车站。只有站票。爸爸说不怕,他在哪蹲一蹲就好了。

看着爸爸要进安检,我突然把爸爸拉到一边,我说:"爸,大鹏会醒的,说不定过两天就醒了,我看大鹏不一样了,我都觉得他的手动了,只是护士没看出来。"

爸爸苦笑一下,说:"云云,我跟你妈对不起你,我们老了跟不上形势,出了农村啥都不懂,全靠你。你姐靠你,你弟现在也靠你。但有什么办法呢,不靠你,靠我们老两口不知道事咋办。我走了你还得看着你妈,叫她想开点。你看她没主意,越没主意越是乱想,有影没影都去想。我们这么靠着你,知道给你添苦。说了可能你会生气,你苦是苦看得见的,你妈没主意的苦是苦得没边。"

我不喜欢爸爸跟我说这些,我本来是老二,家里的事都是他跟姐姐商量,跟我没有过关系。所以关于他的故事关于姐姐的故事我几乎是成人后才略知一二。还有姐姐突然生病这事,我觉得事情是突然掉到我头上来的。但这不代表掉我头上了我就准备接手了,我还没准备好接手她就走了。从姐姐到弟弟,我都是被迫的,我可能随时准备不管了。可是我不管了,事情会怎么样我也从不敢去想。我并不完全领情爸爸对我托付是对我信任,我不需要谁来信任,我只是被迫地在行动。但我多少理解爸爸说苦得有边没边的意思,看着他用一个编织袋提着一双鞋两件衣服一副老农民进城的样子,我承认他跟不上形势,他读过书没错,但那点文化在城市里派不上用场,所以我告诉自己不要跟他争什么。我跟他说:"我知道了,我会照顾好我妈的。"我说完,爸爸说:"你放心,我会借到钱的。"

我看着爸爸进站,从他离开我身边,到他被人流卷去分不清哪个是他的背影,我一直看着。

回到医院,妈妈已经铺好纸箱等我了。我从火车站买了两个烧饼,给妈妈一个,准备就着开水自己吃一个。妈妈不吃。我说趁还温乎吃两口,明天早上就不是这个味了。妈妈吃两口,说香,然后就不吃了,躺下睡觉。我就着饭盒里的热水慢慢吃着,也想留一半明天早上吃,后来还是没忍住吃完了。

等我躺下要十二点了。妈妈原来没睡着,妈妈说:"云云,我前儿梦着你姐了,你姐长头发,多高兴的样子跟我说话,你说她知不知大鹏现在是这个样子?都说人有三条魂,大鹏这样是丢了一条魂了吧,要是丢了一条魂了不是会见着你姐吗?我想跟你姐说说话,叫她看看大鹏的魂在哪,好叫他的魂回来,不回来大鹏这样子咋弄哩。这样子咋弄回去哩?"我跟妈妈一人一个被窝,听着她说话,想着她是睁着眼看着天花板的吧。

我不知道怎么回答妈妈,半响才问她:"你跟我姐说话了没有?"

我妈说:"都是她高兴地跟我说话,我能听到她说话,她听不到我说的,我着急就醒了。"

我说:"那你就别着急,再梦着她,跟她好好说。"

我妈说:"有用吗?"

我说:"有用。"

我妈说:"不知道啥时候才能再梦着她哩。"

我说:"你要是睡不着,不要睁着眼,睁着眼想的事情都没用。你闭着眼求菩萨吧,把你想给我姐说的话跟菩萨说。菩萨谁的话都能听到。"

我妈说:"跟菩萨说能有用?"

我说:"菩萨是好人,你看村里的老年人平时叙话,说谁家有好事了不都是说菩萨显灵了嘛!你有时候求什么不也是说求菩萨显显灵什么的嘛,你这时怎么不求菩萨了。你要是没办法,你就求观音菩萨吧,别东想西想的了。"

妈妈不说话。

是啊,我们怎么不求菩萨呢?我应该也求求菩萨,请她转告姐姐去找大鹏的灵魂,趁他的灵魂还没有走远叫他快点回来。

我正想着,就听得妈妈在说:"求求观世音菩萨,让我儿快醒吧。我儿要是醒了,我过年杀一头大猪供你,还放七天电影。"妈妈自是小声地说,我还是听见了。

我听着妈妈这么求着,知道她的方式不对,别说没跪着求了,就是杀一头猪都是不对的。但我不想去打扰妈妈,她正求得认真呢,什么对与错都不及认真重要。我想着也求起菩萨来,我怕起来跪着太惹人注意,想象着自己是跪在菩萨面前的,我自然也是对菩萨说了很多话许了很多愿。我闭着眼睛,迷迷糊糊间真的看见菩萨在我前方的半空中站着,她一手拿着玉净瓶,一手拿着杨柳枝,沾着仙汁露向尘世洒来。我忙给菩萨磕头。但当我抬起头再次拜谢观音菩萨的时候,她已转身飘去。那飘去的身影又明显是姐姐的样子。是姐姐披着长发,穿着月白色西装白纱裙的样子。

第八天,我跟妈妈如常给大鹏擦澡。妈妈把大鹏耳后的血痂揭掉几个。我叫她不要动,妈妈说她看着呢,她一看血疤子那样就知道下面的皮长好了。我拗不过她,由着她揭。揭掉后的地方鲜红的,干干净净,妈妈说这才是大鹏的皮肤颜色,刚生下来就是这样的。我说,大鹏现在这么黑,想想也能知道生下来也好看不到哪去。妈妈又去大鹏的头上其他地方找血痂,突然一高兴,说,云云你看,这一块大的血疤也好了。我一看,还真是,比耳后那一块还大的血痂也好了,那一块有小指甲盖大,这一块有大指甲盖大。我还在握大鹏的左手,看着妈妈高兴的样子,一时觉得大鹏在跟我们恶作剧,他在装睡。我很希望大鹏上次动过的左手中指再动一下来证明我的这个想法。

大鹏现在是低烧,护士说病人要是病情稳定了,烧退干净了,要给病人把头发剃了,护士台那边可以去登记理发,叫家属到护士站自己去填表。我去问了价格,说是八十块剃一次。我离开后跟妈妈说,八十那么贵,咱们买剃头推子自己给大鹏剃,以后推子也能用。然后我就带了妈妈到医院一楼的婴儿用品店一百二十块买了个推子,第二天再进去时给大鹏把头发剃了。剃了头发的大鹏头皮很白,发根乌青,看着人精神很多。妈妈不忘说,你看,我说他生下来时白你还不信,你看这头皮多白。我们这么聊天好像回到了生活的日常,

209

像一起拣菜聊天一样，这时只差大鹏突然一下子醒来说一声"嗨"把我们吓一跳。

第十天，爸爸回到家之后的第三天中午打电话来，说借到钱了，两万多，等他再把猪卖了就来。爸爸问大鹏的情况，我说大鹏好多了，烧退下去了，脸色上来了，我给他剃了头，人看上去可精神了。

不料爸爸一下子火了，说："谁让你们给大鹏剃头的？你们懂什么？怎么一下子交代不到就乱来！"

我吓一跳，我冲妈妈说爸爸发火。妈妈接过电话，对电话说："你个老头子你嚷什么，护士让剃的，你嚷二妮做什么？你说不能剃你走时咋不说。跟你说你以后别嚷二妮，她容易吗，她把那么小的阿宝丢下了来管咱哩事，你还嚷她。"妈妈讲完，用右手一个手指狠狠地按下电话红色的结束键。爸爸发火的时候我就流泪了，听妈妈说完话抱着她哭出声来。这可能是我长这么大第一次抱着妈妈哭。谁说妈妈不懂大道理呢，她这番话不是说得很讲道理嘛！看来还真是妈妈亲，能体谅我的心理。

原来，农村有个说法的，只有给临死的人穿衣装孝时才理发，所以上次我姐把头发剃了他就心里不舒服，现在我又把弟弟的头发剃了他才冲我发火。

7

第十一天，爸爸把两头猪卖了，揣着钱就去阜阳火车站，等天黑了坐来上海的火车。

第十二天一早，爸爸下了火车自己来到了医院。他到医院时我们已经从重症室出来了。妈妈说："没事没事，大鹏比昨天又好很多。你不放心，你下午探望时间去看看。"爸爸瞪着眼睛看我妈妈，憋着气不说话。我看着爸爸还在生气，没理他。

我想回深圳一次，一直找不好理由，现在爸爸回来了，大鹏情况也稳定了，我就想是时候了。我跟妈妈说我回去，妈妈说："按道理你有家有孩，你回去是应该的，我们也不能拦你，可是，你要回去了，大鹏要醒了，医院要叫我们做什么事，我们能弄好吗？"我想想也是，又没提这事了。

妈妈每天上午到下午三点还是去医院大门口临时快餐摊点去帮忙，最初是她自己找去要干活的，所以后来人家也一直没有提出给她工资。妈妈想提一提这事，被爸爸拦下了，爸爸说："是你自己要给人家干活换饭吃，人家不提你怎么好意思提，这不是生生向人家要钱吗？这可不行。"

妈妈说："就给两个盒饭，还有二妮呢，要不然我就跟他们要三个盒饭。"

爸爸说："两个盒饭也是你最先提出来的，做人要讲规矩。再说，盛饭时你打的饭有三个饭那么多，不相当三个盒饭了？"

妈妈不说话。

我忙说，我吃得少，三个人吃两个盒饭能吃饱，不要找人家要了，你要不想干就别去了，想干就继续干着。

妈妈还是不说话。末了，妈妈说："要是大鹏醒了就不够了。"

我说："大鹏醒了又不能吃盒饭，得吃专门的病号饭。"

妈妈听我这么说才"喔"一声释然。

大鹏醒了。

这天下午的探望时间还是我进去的。我握着大鹏的手，跟他讲我们小时候的事，我说：

"大鹏，咱们很小的时候，爸爸妈妈常

常不在家，天快黑的时候都是姐姐在煮饭，我在烧火。你呢，本来啃着冷馒头，见我开始烧火了，就要我把馒头穿在铁钩子上给你烧着吃。烧出的馒头很香，我们都喜欢吃，常常是馒头芯还没有热就急不可待要吃了。你吧，自己要吃，还要给姐姐咬一口，然后呢，姐姐就假假地咬一口冲我们说，嗯，是香，然后认真地嚼起来。姐姐把饭都弄好，叫咱们两个好好烧火，她要先去喂猪，要先去把羊找回来。这种情况一般饭好了爸爸妈妈就回来了，有时还不回来，但是星星出满天后爸爸妈妈无论如何就到家里了。

"姐姐那时也还很小，还不会做馒头，只是洗好红薯放锅里煮，上面馏上几个剩的馒头。总之馒头不是姐姐做的，是妈妈之前做好。姐姐是一直在忙事的，你等不及她带着找妈妈，就拉着我往外走，我就会牵着你去巷子里等。姐姐怕我们看不见路，会给我们准备好马灯，我提着，咱们两个的影子就在地上一晃一晃的。我要是故意晃，你就会笑，你那么小就知道我在逗你开心。你倒是很开心的，我一晃你就配合我笑起来。但是咱们两个人这么玩一会儿你又想起妈妈来，就会哭一场。我也没多大，我能有什么办法啊，只好拉着你继续往路口走。你说你奇怪吧，只要走着你就会觉得离妈妈近了，也就不哭了。

"姐姐有时会不放心我们两个人走得太远，倒不是怕坏人骗走了我们，她是听大人说小孩子走夜路会丢魂。所以姐姐做完事想起我们了就站在栅门口叫我们回去，你一听姐姐叫就缩到地上赖着不走，你怕往回走就找不着妈妈。我这时要是拉你，你就撅起屁股脸朝下哇哇地大哭。你那时也就比阿宝大一点吧，是遇到什么不如意

的事都要用哭来表达你的不情愿。这个时候就得看姐姐的办法了，她就拿着火灰里烤香的馒头片把你哄回去。姐姐那时真像个大人啊，人又聪明，知道不能给你多了，给一小片，告诉你回家拿，然后咱们三个走着走着就到家了。

"你能记得吗？那时咱们还没听说过坏人，还不知道坏人长什么样，我们遇到的都是好人。后院的大奶奶啊，前院的二婶子啊，见着了，就说，你们爸爸妈妈还没有回来吗？回家里等吧，外面有老山猫叼小孩子。你听见老山猫就不敢在外面待了。咱们没听说过有坏人，但听说过有老山猫，一个村子里的大人吓唬不听话的小孩都这么说。虽然咱们在平原，周边也没有山，但咱们那会实在是太小了，还不会去想没有山怎么会有山猫。我们连山是什么样子的也不知道对吧，但是有人这样一来吓唬你，你就拉着我和姐姐往回走，还会说，回家，有老山猫。

"你说你多好玩！

"老山猫什么样的谁也不知道，就听说'身子这么大'，'嘴这么大'，'眼睛这么大'，'满嘴里都是大白牙'，'一口就把小孩子吃掉了'。大奶奶还说，'要是被老山猫吃掉了就见不着你妈了'。所以，只要听说有老山猫，全村子里的小孩子都害怕。"

8

爸爸回到家连蒸了三锅馒头，等晾干了都用袋子装来了。爸爸去找大姑借钱，大姑把刚蒸的一锅馒头也让爸爸带来了。大姑还给爸爸拿了一罐咸菜，妈妈去儿科那边排队用微波炉热馒头，然后把咸菜夹进去，一共做了三个，我们一人一个当作

晚餐。

爸爸把地里的生姜挖了大半袋带来了，所以爸爸来时是用扁担挑了两袋东西来的，一袋馒头一袋生姜。第十三天一早，爸爸把生姜挑去附近的菜市场卖。晚上回来，见他还真卖掉了一些，爸爸还说："这边的生姜真贵！"爸爸这天卖了十七块钱。

妈妈说："卖给医院的食堂吧！"

爸爸说："还是挑去市场卖能卖贵点。"

我没参与他们的讨论，多卖一块钱少卖一块钱没有那么重要，不说弟弟打一针要四五千，就是每天加一剂营养都要好几百，所以他们去计较一斤生姜多一块钱少一块钱让我觉得非常心酸和悲痛。爸爸也并非不会算这个账，我猜想他不过想为自己找点事做，好挨过这无望的日子。

我已经忘了数日子，一天早上跟妈妈如常去给大鹏擦澡，去到一看，大鹏睁着眼睛看着一个地方。我以为是护士检查他把他眼皮翻上去没合起来，就想帮他合上眼睛。我刚合上转身给他擦手，又见他睁开了。我又给他合上。妈妈在给大鹏擦另一个手。妈妈说："大鹏这是醒了吧！"我一喜，我说："大鹏你是不是醒了？大鹏，你要是醒来了就动一下哪里，眼睛动一下也行。"大鹏还是看着一个地方，并不会自主地转动眼睛。我说："那你不会动，我再给你合上，我知道你能睁开，那你这次就不睁开，我就知道你是听懂我说话了好不好？"

大鹏一时没有睁开眼睛。我妈一下子就失声大哭，说："大鹏你这是醒了啊，那你就把眼睛开吧。"

大鹏睁开了眼睛。

我跟妈妈很高兴，仔仔细细认认真真地给大鹏擦澡，换衣服。

但是医生来，大鹏又懒了，又不合作了，叫睁不睁，叫合不合。护士叫我们出去，我让妈妈先出去，等他们转身去另外的病床我又偷偷回来看大鹏。我说："大鹏你太不听话了，医生在你怎么不合作呢？现在我要检查你，看你哪里还能动。"我尝试让大鹏动左手，动右手。但是很徒劳，大鹏仍没能动。

我出来告诉爸爸大鹏肯定是醒了的，只是他还不能动。也可能他不知道怎么动。爸爸当时没说话。

晚上我躺下了，爸爸妈妈聊天，爸爸才说他又去了河北的瞎子那里，瞎子还记得他，问他怎么又来了。爸爸说还有一个八字请先生算算。爸爸报上八字，瞎子说这个人在的。爸爸又问结果好不好。瞎子说结果不算好。爸爸说他知道了。妈妈说你怎么不问详细点，怎么个不好法？爸爸说，这个问不出来，一行一行的规矩，他们不说你问不出来。妈妈说你多给他点钱也问不出来吗？爸爸生气了说："哪有多的钱。"

爸爸说他这次一共带来了两万三，大姑借了六千七百块，大姨借了三千整，猪卖了一千九，这是一万一千六，另外一万是找牛庄大敏娘借的。还有一千多是那几户每户给二百凑的。我知道那几户是指村里大奶奶四爷爷他们几户。妈妈说："大敏家不是一直难吗？咋有钱借咱？"

重症室大厅已经关大灯了，只有门口和过道还亮着几盏小灯，微微的灯透到大厅来，逆光看过去都是银漆铁椅子的轮廓。半响，爸爸靠着墙悠悠地说："大敏爸不是在建筑队打工吗？从十三楼掉下来了，摔坏了，人家把骨灰送回来，说赔十五万块。我回去，刚送来三万，说剩下的以后打账上,我听说了就找过去了。大敏刚考上高中了,住校钱还没交,她弟弟祥祥不是生下了就残疾嘛,每年要动回手术。大敏娘本来嫌十五万赔少了,耗着不埋骨灰想多要点,人家说大敏爸是小工,年纪也不小了,赔不多,埋不埋随她,人家人要走。这不是大敏娘想着大孩子要用钱,祥祥今年到现在还没去做手术,她不就只好答应下来了。这一万,这一万就是祥祥手术费用不着的那一万。"

妈妈说:"都知道啊,知道大敏娘难,这个时候还能借一万给咱用那真是活菩萨了。"

爸爸说:"我给她跪下了。"

我躺在被窝里不敢动,不敢弄出一点声响。

爸爸这是太惭愧或懊恼了吧,一个人要承受不了才把实话说出来吧,说给妈妈听,说给夜晚听。

数来,我们跟大敏家是亲戚。大敏的姥姥是我奶奶的二姐,当时奶奶牵着姑姑和爸爸找去娘家时,她已有四个孩子,也是她,把院门关了扔出半面袋干粮给奶奶。那个穷困的年代,她们不但没饿着,她又生了老五,这个老五就是大敏娘。大敏娘是个罗锅,一嫁没生孩子,后改嫁到离我家一公里多路的牛庄才生大敏和祥祥。我们两家虽然离得近,起初并不走动,是因为我们村有个姑娘也嫁了牛庄,与大敏娘是堂妯娌,她才把我家与大敏家牵上线。两家联上线后,我们赶集经过他们家门口爸爸妈妈会停下来跟大敏娘说几句闲话。

起初也仅限于说闲话,早年我爸爸会问问老人家腿脚可还好,牙口可还好,吃东西可还好。爸爸说的老人家是指奶奶的二姐,他的二姨妈,我叫二姨姥姥。姨姥姥去世后,我爸就不怎么问了,大张庄在爸爸的心里也总算画上句号。什么事也就是这样,有句号了就可以再开始了,所以后来我爸妈赶集经过大敏家,要是大敏爸出去做工了,他们会帮着大敏娘赶个猪去卖,或扛些粮食出来晒。渐渐地我们两家逢年过节也走动了,走动,多是爸爸妈妈帮大敏娘干些她做不了的活。两家人本是靠着一根蜘蛛丝维系的血亲关系,本是爸爸主动地关照他们老弱病残的一家,爸爸肯定不曾想到在他的这一生还有向大敏娘下跪的时候,要知道这个大敏娘在爸爸心里是象征着大张庄张家的,是在奶奶求助时关过院门的姥姥家的。因为知道了爸爸的这些往事,我虽一动不动,仿佛还是看见了爸爸看着大张庄的方向,一次次委屈得不得了。

早上再去给大鹏擦澡换衣,爸爸说想进去看看,我让妈妈带爸爸进去,又交代好他们去护士站领衣服和消毒水。

半个月过去了,我、爸爸、妈妈,无不是度日如年。爸爸累了,想知道一个结局。

出来,我问:"医生怎么说?"

妈妈说:"会看人了,就是好像不认识谁是谁。眼看人跟小胎孩看人那样。"

我说:"医生没有检查吗?"

爸爸说:"检查了,看来医生心里早就有底,右边不行,手脚都没反应,左手刺手指有反应,这边脚也有点感觉,不明显。"

妈妈说:"咋不明显,我看很明显。别说伤这么重,就是平时好好的人摔一跤,你叫他动一下都难。左边能好,我看右边也能好。"

爸爸不说话。

我说:"不着急,醒了就好,养养再

说，比这坏的结果咱们不都是想过了吗？应该高兴。"

爸爸说："应该高兴！"说着抹眼泪，委屈得像个孩子。

趁着心里都在承受着最痛苦的东西，也不怕一根草再压上来，我说："派出所来电话了，叫去结案，说是录像送去分析了，查到的那辆白车是假牌，顺着这条线找不到人。"我接着说，"这个结果要结案我肯定不去签字，但他们这么说估计也不会查下去了。"

爸爸说："查到也是赔医药费赔钱，说起来又能赔多少，大敏爸人都没了才赔十五万。这个钱咱还能挣，人都这样了，计较钱有什么意思。"

爸爸这么说话怕是灰心到顶了。我和妈妈自是不敢接话。

下午我去看大鹏，也是直直地看着我。我问大鹏知道我是谁吗？他看看我，半天才眨一下眼，那一眨也是茫然，空洞无物，不可指望。人倒是听话的，叫他动一下手，能尝试着动动手指。很慢，能看见指令到他耳朵后努力往头脑里去的样子。若是听觉像血管一样有条线路，那指令应该是一个鼓鼓的气泡往上爬。气泡很努力，钻眼拐弯，终于到一个我看不见的什么地方，又转化成另一种样貌叫手指动一动。大鹏的左手这时就像一窝熟睡的柴狼，懂事的知道有人叫它了，醒来了，不懂事的懒洋洋不想动。大鹏左手的中指就是那个懂事的柴狼，半天，它抬了一下头，又一头倒下了。

总归是好消息。

试了几次，大鹏好像很累了，闭着眼要睡去。我说你不能睡啊，你要勤奋点练习。大鹏不听，很快睡过去了。他睡过去眼睛是不动的，他挣扎时眼睛才不停地转。

11床的家属几天不见，这天又来了，今天没哭，但一脸的表情像我爸爸一样，再也对生活燃不起希望。

我们不敢少了大鹏的营养，又担心这两万多花得太快，每天早上接到结算账单我爸爸都要记上一笔，然后算一算还剩多少钱。

早上还是我跟妈妈进去，下午的探望时间留给爸爸。现在，他是主动要进去看看大鹏的样子了。

大鹏转到住院部的普通病房，只能有一个人陪床，加床一天五块，含被子十块，爸爸妈妈都不愿意，还是拿纸箱皮垫着在地上睡。

进入12月，医院准备年底大排查，重症大厅不能再给家属过夜，我卷着一床被子四处打游击战，上半夜在急诊睡，下半夜可能就去了输液室。

大鹏拿掉鼻饲那天，第一次给他喂食呛到了气管里，本来打个喷嚏的事，可他偏偏连喷嚏也不会打，一时出不了气，憋得脸色发紫。关键时候，妈妈总是反应最快的，忙按急救。护士拿了一个吸鼻器把东西吸出来，大鹏才慢慢地缓过劲来。护士说呛东西会很频繁，叫我们自己去买个吸鼻器。果然，给大鹏喂食成了爸爸妈妈最头疼的事，一小碗咸稀饭要喂半小时，没有哪一口不呛的。妈妈说我小时候没奶吃喂米糊也没这么麻烦，小胎孩都知道往下咽，都知道往外呛，二十三岁的大人什么都不会了，老天爷真是奇怪，咋叫事这么弄呢！

且这会是一场持久战。老天爷真是太不怜人了！

大鹏左手恢复得很快，一周时间能握

拳了，右手还是不能动。

虽一直在补给营养，大鹏仍是骨瘦如柴。医院让大鹏转入一家疗养院，一是费用低，二是有高压舱，说是这几年临床实验高压舱对治疗大脑创伤很见效果。爸爸算算钱还剩一万零七百，够大鹏在疗养院住两个星期的，所以我们就想试试高压舱的效果。

大鹏进高压舱得有人陪，我和爸爸妈妈都去测试谁可以陪他进去，这一测，很意外爸爸是高血压，不能进，剩下我跟妈妈轮流陪他进去。

转来疗养院第三天，我决定回深圳一趟看看我的阿宝。之前两天是我跟妈妈分早晚陪大鹏进高压舱，见妈妈没有大的不适，觉得妈妈能胜任就交给了妈妈进去。

我临走前还是不放心大鹏，他平时依赖我，靠动眉眼告诉我他要什么，同时他也能耐心地表达他的意思。但是面对爸妈他总是不耐烦，急得"啊啊啊"直叫。大鹏不会分昼夜，一天里睡的时间很长，这天上午见他大好，人很清醒，我想知道他是不认识爸爸妈妈，还是他觉得爸妈不能理解才很不耐烦。他眨眼睛。我说不行，你的左手能动了，你要写给我。大鹏还不能握笔，只是用手指缓慢地在我手心里写：认识。

我说："你认识，为什么不理爸爸妈妈？"

大鹏写：你说他们是爸爸妈妈。

我觉得他有点耍滑头了，我说："你好好说话。"

大鹏写：不像。

我说："是，妈妈一下子老了，爸爸也一下子老了。"

大鹏写：做梦。

我心里一酸楚，他不知道他睡了多长时间，他还有点分不清是不是在梦中。

我说："你的梦醒了。从现在开始，你要听他们的。"

大鹏着急，啊啊地写字。我看懂了，他写：我是飞的，在沙漠里，有船，推不动，我回不到家。

我说："没事了，你现在醒了，醒了就能回到家。"

大鹏是醒了，可他还在一个含混的状态中，需要他人给他确认很多东西，以帮助他澄清。但是我的心动念要回去看我的阿宝时就已经飞走了，我要回去看我的阿宝。阿宝爸爸一周前出差去了，她跟保姆和快七十岁的爷爷一起生活着，不知道是什么样子了。我跟大鹏说再见，说要回深圳一趟，大鹏拽着我的手不放。我问他还有什么事，他在我手心里写：我想大姐。边写边哭，结果鼻涕又把他给呛住了，我们又是一阵忙给他吸鼻涕。我告诉他以后不准想，不准哭，我不在，不哭就能给爸爸妈妈少一点麻烦。大鹏眨眨眼，忍着不哭。他还不会点头。

我还是不放心，告诉他吃饭时别着急，听爸爸的指令，叫张嘴就张嘴，等爸爸把食物送到嗓子眼了再合上嘴，不然食物送不进去，全在口腔里流出来浪费，我们没有那么多钱给他买吃的。大鹏又流泪，左手乱写。我看懂了，他说难受。我说难受也没办法，要忍下去。

9

12月的深圳还很暖和。我下飞机脱去外套，连走带跑地往地铁方向去。当我推开家门看见阿宝，她笑笑地看着我，怎么也不上前，我说："宝贝，我是妈妈啊！"

阿宝说："妈妈。"我说："对，我是妈妈。"但是阿宝还是跑开了，一边跑一边喊："妈妈。妈妈。"她一直跑去保姆的怀里还在叫："妈妈，妈妈。"

我进去卧室，哭得不行。时间真是残忍，才一个月几天的工夫，阿宝就不熟悉我了。

我走后，为了阿宝对环境放心，保姆带着阿宝住了我的卧室，一个床上都是保姆的味道。

我换好干净的床上用品，放上以前给阿宝听的音乐，阿宝偷偷地来卧室门口看我。我就装着大方地跟她打招呼说："阿宝你好，我是妈妈。"

阿宝就咯咯地笑，跟跟跄跄地往客厅保姆那里跑。

我洗漱完，吹干头发再去客厅陪阿宝看动画片。她原本坐在沙发上，一会动一动，一会动一动地往我身边来。我伸手要接她，她又不动了，我只好装着镇定地坐着，等她再对我好奇起来。我们看《天线宝宝》，拉拉穿着柠黄的衣服跳起来的时候，阿宝动起来，她转个身子站起来靠着沙发跟着拉拉扭屁股，我模仿她，跪在沙发上跟她一起扭。等到拉拉跳完，丁丁出场，阿宝就不跳了。阿宝本来站在沙发上，我本来跪在沙发上，我们都面对着电视，阿宝伸手拉我的头发。她的手心黏黏的，头发黏在手上，等她又抓起一把头发，我的头发就缠在她的手上了。我就跟她说："这是妈妈的头发。阿宝喜欢的香香的头发。"

阿宝学："妈妈发，妈妈发。"

保姆送来果汁，先给了我。我很感谢保姆这么做。当我把果汁递给阿宝时，她猛地夺过去喝起来。我把她抱在怀里。

我们很快又熟悉了。天线宝宝们每一次说抱抱，阿宝就过来跟我抱抱。一集放下来，抱了很多回。我们一时像久别重逢的好朋友，抱了又抱，亲了又亲。吃晚饭时阿宝都叫我抱着。我想了想，不行的，还是得让她回到她的小桌子上去。大方的阿宝并没有生气，等吃完饭解开罩衣还是让我抱着去阳台看月亮。

一天一天过去，每天阿宝睡着后，我都要算一算医院账户里还剩多少钱。

爸爸不怎么会发信息，我打电话，他说好多了好多了。能握笔写字了。能靠着坐会。坐着坐着会倒。自己起不来。还不会说话。还是只会"啊啊啊"。但是左手会写字了也能弄懂他想干吗。我说那好，出院前我过去，咱们一起把他带回家。

阿宝不愿意睡小床了，夜里坐起来哭着要到我的床上来。把她抱到我的床上又能接着睡。有时天不亮醒了就不睡了，要起来看《天线宝宝》。她不会说四个字，一边往客厅指一边说"宝宝，宝宝"。

第一次我很纳闷，第二次我就欣然接受了，觉得当孩子真好，谁也没办法跟她计较什么，她是真的什么也不懂得，讲道理也没用。而且她不懂得什么叫忍，遇到什么不顺心的事，你不能要求她忍一忍。

我回来第四天，先生出差回来，也不问大鹏的事，好像什么也没有发生。

先生走了十二天，奇怪的，阿宝对他一点也不陌生，看着爸爸进门就"爸爸爸爸"叫个不停。

有次阿宝玩得太累睡着的早，我问他："你不问问大鹏的情况？"

先生说："有什么好问的，出事了你不是去了吗？"

我说："大鹏还不如阿宝，连吞咽咳嗽都不会。"

先生不说话，停一会倒问我："保姆还要不要继续住家？"

我说："我还得去，大鹏出院回老家爸爸妈妈搞不定。"

先生说："那就不要回来，你一走阿宝又到处找你，又得多少天哄。你不回来，跟着钟姐好好的，这么小，也想不起来想你。"

我说："你什么意思，你是说我不要回来了是吗？"

先生说："我没这么说，我是说阿宝小，一次离别就够了，你还要她经历两次离别。"

我说："那上班族的妈妈怎么办，天天离别一次。"

先生说："你想清楚，能一样吗？上班族有其他人带，依赖的是那个长久带她的人。"

我说："我也不知道事情会一件接一件地发生。我也不想。你知道我本来对娘家人也没什么感情，但这事就是摊到我头上了，你叫我怎么办？"我想想又生气，"这事你不要指责我，摊到我头上的事，你也有分。"

我说完没料到先生说："那你还想怎样？别想再拿钱出来了，咱们已经拿不出钱了。"

我说："我知道。我不是指钱，我就是说大鹏出院的事我得管。回去得上火车下火车的，爸爸妈妈两个人弄不了大鹏。"我软了下来。

我这才去想，是啊，我为什么要回来啊，为什么不等大鹏出院了再回来啊？一次离别就够了，回来就再也不走了，直到阿宝长大。虽然现在我对先生有点失望，但我再也不走了，我要陪阿宝长大。可是，我们的感情是什么时候开始这样冷冰冰的？姐姐生病时？生病前？生病前不太可能啊，

那时我刚生完阿宝，我们每天都是高高兴兴地养育阿宝，看着她一天一天地长大，会翻身了，会笑出声了，会发"bababa"的音时，我们还录了像，一遍一遍地逗她。然后会坐了，会爬了。

或者是姐姐生病时第二次找他筹钱吧，他说我姐夫知道要花那么多钱，一生病就该准备卖公司。我说他不愿意卖我也没办法，我们总不能不救我姐。先生说他做老公的都不救，你着什么急？我说，那怎么一样，我们是姐妹，他是一个外人，他甚至可以拍屁股走人，我们不能。先生说，那你这么说就是以后你出事我也可以不管对吧？我一愣，忙说对。有些话是话赶话时说出来的，但语言是蛇吐出的毒，只要射出，必定伤人。或者我们就是从那个时候都伤了心。所以弟弟出事到现在，我没说出一句与钱有关的话。其实这真是个难题，说也不是，不说也不是。说了怕他说我又伸手要钱，我太害怕那个场面。不说显然是赌着气。事实证明提到钱我确实觉得难堪得很，我需要马上证明我不是要钱。

先生的爸爸是军人，妈妈是初中数学老师。爸爸年纪大，妈妈年纪小，但在那个特殊年代嫁给军人是很光荣的事情。他们兄弟姐妹五个，三个女孩，两个男孩。大姐早早工作，顶了爸爸转业的工作。老二是男孩，也去当了兵，转业后也是在工厂工作；但转眼就下岗了，在县城开了一间录像厅；录像厅倒闭后卖光碟，这年代光碟很不好卖，惨淡地经营着。老三是女孩，读了中专，在农科所工作，卖种子。老四是他，读了师专，本来是要接他母亲的班的，时代变化太大，没有了接班一说。老五是个妹妹，跟我年岁差不多，高中后

便嫁了人，在老家什么也没干养着三个孩子。先生的妈妈本来早早退了休，因为好强，是市里的名师，又被私人学校聘了去做老师。也所以，当我弟弟出事，把阿宝扔给先生时，阿宝的奶奶并没有马上过来，她跟学校签的合同还未到期，她还带着尖子班不能请假。先生的妈妈把希望都放在先生身上了，觉得只有这个儿子让她脸上有光，读了大学，指望他子承母业，做一名优秀教师，桃李天下。但先生终于未如母亲的愿，在一所私立学校教了几年书后，到了深圳做了小家电的市场销售工作。工作总算顺利，谈了几个大型连锁商场，全国上千家零售点，有近三分之一是他的业务，他因此也荣升为副总经理。

先生是湖北襄樊人，我是安徽阜阳人，我们的老家相隔不远。我们是在一次旅途中认识，故事很老套，我们都是出差，住同一个软卧间，都是下铺，我看《瓦尔登湖》，他说，梭罗。我说是。我说你看过。他说大学看过。聊起来他有个同学是我老家的，他还去过。我后来也见了那个老乡，确实是我老家的，确实是他同学。

或者我跟先生的相识也是浪漫的吧，至少我这么以为，当我们发现双方都老大不小了就急急地结了婚。必须说那时我是情愿的，那时我也在做销售，是一个服装公司的片区主管。我们在火车上结识后，互留了电话，一时见面勤快。见面，也不算约会，都是彼此有朋友一起吃饭、唱歌。有一次他说带我去一个地方，到了才知道是一个新的楼盘，他年前买了房，还未装修。他说如果喜欢这个地方可以帮他一起想想怎么装修。我意识到这应该是婉转在求婚，虽说我们还不曾谈情说爱，还是应了邀约。我想过，如果跟他结婚，我能顺理成章地在这个城市有个安身立命之地，那我就是真的比姐姐还要强了。

从相识到结婚生子，我们两个人走了一遭社会上流传的剩男剩女闪婚生子的过程。他三十五了，我二十六，谁也没提谁失恋了多少回，谁也没问对方为什么至今单身，大龄青年应该心知肚明地默许的东西，我们都遵守了。不知道是不是因为这样，我们虽然结婚了，心还是隔得太远，一点也经不起风沙挤进来硌那么几下。

保姆钟姐在深圳有家，老公开出租车，女儿、儿子都在上大学。之前她都是做钟点工，是因为我着急离开她才答应住在我家帮我带孩子，要是我回来了，她还是会做回钟点工，这样她晚上就能回去给老公煮饭，让老公吃一回好吃的。我跟她聊天，她讲起开始只有她老公一个人在深圳开出租，她要在家带两个孩子上学，就是这几年两个孩子前后考上大学她才出来跟老公一起。她笑，说分开那些年情感也不太好，一年见不上几次，外人看不见有矛盾，但见了就是你看我不顺眼我看你不顺眼。后来嘛，谁也不管谁，就想着把两个孩子供出来就好了。毕竟还是夫妻嘛，住一块又好了。也吵架，吵归吵，好归好。夫妻不就是这样，两个人不想往一块好，情感很容易就淡了。现在他对我好，叫我不要干活。他虽是这么说，也想儿子毕业了来深圳工作，能有钱买房子，我不干活靠他一个人怎么可能有钱买房子。你们好啊，早就买了房子，那时买房便宜，这几年贵多了，我们都不知道到时候买不买得起。买不起回老家买。但是回老家买，儿子找女朋友都不好找。我老公他们车队的，儿子谈女朋友一听说在深圳没买房都不谈。人分三六九等，那些在深圳买了房的就觉得高人一等了。在家买房的自己都觉得计划错了，要把老家的房子卖了买深圳的，但哪里卖得掉，买了就被坑那里了。深圳的楼房建得这么好，城市多好看，都不想回老家。

我想着先生说我走了阿宝又要哭几天，就故意地多让钟姐带阿宝，我去做家务。我有时在洗菜，见阿宝趴在钟姐的背上摇啊摇的，心里酸楚，觉得钟姐应该是我啊，我的阿宝应该是趴在我的肩上的啊。阿宝这时还不太会挑人，晚餐后也是我洗碗，让钟姐给阿宝洗澡。深圳的12月还不冷，听着阿宝在卫生间里高兴地踩水打水不愿意出水盆，突然就难过起来。阿宝的奶奶终是没有脱开身来深圳，爷爷腿脚不好，一天坐着看电视，听说我不在时，他也是开着电视看着阿宝在客厅玩。他在就是一个监督作用，带孩子不行。

我要走了，去帮大鹏办理出院，送他回老家。我们没钱让他在上海继续住疗养院了。

从疗养院出院还要先回到原来的医院做一遍检查，医生再三交代回到老家也要尽量去做高压舱。我爸说我们那儿没有，医生说那你们看着办，大脑的事治疗上没有什么好办法，这几年的临床经验也就是高压舱效果好点。我爸说："知道，知道，让医生费心了。"

大鹏坐在借来的轮椅上流着口水歪着头朝我们这边看，突然地打起嗝来。爸爸问："总打嗝怎么治？"

医生说："没有好办法，只能看他恢复得怎么样。"

爸爸说："能会走吗？"

医生说："都不好说。一切看他能恢复成什么样。"

爸爸不放弃，继续问："多长时间能知道结果？"

医生说："半年内恢复得最明显，一年两年是什么样就差不多是什么样了。"

爸爸似乎心里有底了，说："谢谢医生，这段时间没少跟您添麻烦！"

医生见多了客气的病人家属吧，忙说："不客气，这都是我们该干的活。"

我拉了拉爸爸，示意他可以走了，他才转身去推大鹏。我带齐所有检测报告和病历档案跟着出了医生的办公室。

我们要回去了。我给姐夫发了信息，他回说走不开。爸爸说算了吧，咱们三个能把他弄回去。

我跟爸爸妈妈吃了一顿饱饭，准备好轮流背大鹏。我们没钱买轮椅，我想了个办法，去大商场买了一个行军椅，打开来跟轮椅差不多，大鹏坐上去能把整个人兜起来，看着也舒服。我们忘记提前买火车票，没有硬座也没有卧铺，买了四张站票上车。大鹏一米七几，我一米五八，背上他整个人要把腰弯得低低的。爸爸高血压头不能低，本来说轮流背，最后上火车一段长长的路都是我背下来的。爸爸背着一个包，扛着行军椅，还要腾出手从后面扶着大鹏。妈妈舍不下大鹏的两床被子，用绳子捆着全都背在身上。她跟爸爸一人一边扶着大鹏，大鹏的口水一路流下来，打湿了我的整个肩膀。

好不容易上了火车，因为没有座位，我们只好挤到走道上，把行军椅打开让大鹏坐在上面。买站票的人也很多，车厢里挤得满满的，大家七嘴八舌问我们大鹏怎么了，爸爸不愿开口，起初妈妈还回人家说出车祸了，后来被问多了，妈妈也烦了，冲人家发脾气说："老问什么，眼不见是病人？你们有同情心就离我们远点给我儿子一点空气，都挤着看什么！"

我，爸爸妈妈，站三个方位堵着人不要往大鹏边上挤。大鹏头偏着流着口水，眼睛转着四处看，好像不知道发生了什么。也有人不耐烦，说广播了有软卧，你们有病人怎么不去补软卧，非要在这里占地方。我一下子火了，我问那人："我们要是有钱坐软卧，还跟你们挤什么！"我发完脾气，好长一段时间没人再找我们聊天，爸爸长出一口气。天黑下来，妈妈把被子一床围着大鹏，一床给他垫着腰。我们三个就找地方在地上坐着。大鹏半夜醒来后打嗝，可能吵到人了，不时有人发出厌恶的长气。我们都忍着不出声，火车飞速地跑，车厢里一动不动。突然的念头，像梦境一样，人类集体陷入了末日，以为乘车能脱离黑暗的世界，可是怎么也走不到头。

10

几乎是相同的场景又重演了一遍，凌晨四点我们下了火车，乘出租车六点多到达村庄。我家的院门紧锁，门前落了厚厚的一层杨树叶子。这回不是雨打下的叶子，这回是深秋了，是枯叶往下落。出租车停下，我们把行李往下拿，我把行军椅打开去背大鹏，妈妈过来帮忙，爸爸说："急什么，把院门打开，直接到院子里。"我意会到爸爸的话，他可能不想让人看见大鹏的样子，虽然这条巷子里没几户人了，虽然这是清晨未必会有人从这里经过。于是我先拉出被子给妈妈让她折起来。那边爸爸打开了院门把行军椅往院子拿，我这边蹲下背起歪在一边的大鹏，把他硬拖出了出租车。还好大鹏不是很知道疼痛，不然就是这样拉扯一个好好的人也会让人不适。司机是个好人，帮忙扶着大鹏，我们快速

进了院子。把大鹏放下，我又折身帮妈妈快速地搬挪被子。我们紧张又慌忙，好像我们正在进行的是多不光彩的事情那样，爸爸一见我们全部进院随手就把院门锁上了。院门开关来回，推开厚厚的落叶，黄色的土地裸露出来，像把大地打开两个扇型的窟窿。院门是往里开的，或者外面的人并看不见我家院门开过的痕迹，但我们在院里的人一眼就能看到院门下的那两块扇形的窟窿。

院里到处都是落叶，上次我走后妈妈整理出的菜园里也落了厚厚的一层，难看出一个月前土壤里播下过什么种子。老狗多多在东过道的门口拴着，我们回来搬弄东西它始终没叫，等我过去看它，它站起来冲我摇一下尾巴又卧下了。因为爸爸妈妈回家长住了，四爷牵走了他的黄牛，大鹏出事这一个多月他还是每天来帮忙给多多投食。

我们都太久没有吃过一回好吃的饭菜了，妈妈和了面，泡了豆皮和红薯粉条，又到菜园割了韭菜，炒了几个鸭蛋，准备烙油饼、包素饺。又用一个蛋黄和着面搓疙瘩给大鹏做了流食。等我跟爸爸把大鹏的床挪好收拾好，妈妈那边油饼已经炸出来了，我们远远地闻着香，可是一口咬下去又觉腻了，吃不下去。我们又等妈妈煮素饺子，一人吃一碗连汤带水的素饺子，身体才觉得踏实了。

爸爸给大鹏喂饭我不忍看，骑自行车去镇上买东西。猪肉、羊腿、刚杀的鸡，什么都想买回去。

第二天一早我去县城买火车票，准备返深。我跟爸妈说，只能劳累你们照顾大鹏了。爸爸说："当再养他一回吧，不然怎么办呢！"

妈妈说:"你放心走,我跟你爸还能养他二十年,什么时候我跟你爸养不动他了再说。"

我说:"别想那么远,先养两年看看,家里空气好,能养鸡能种菜营养差不了,说不定就好了。"

妈妈听我这么说忙朝天地作揖,说:"老天爷啊,我跟你作揖了,我儿要是能好我还你两台大戏。"说着连连作揖,然后又说,"就是能下地走,能好好吃饭照顾好自个,我也放七天电影。老天爷啊,你可睁睁眼看一看我们这个家啊,可不能啥灾啥难都落我们家啊!可得让我儿好起来啊!"

我跟爸爸都看着妈妈又作揖又许愿的,我们都没动。我跟爸爸不是无动于衷,是我们太怀疑这个世界这个人间了。我们有太多的委屈不知道找谁说去。

傍晚,四爷又来了,空着手,说看看需要什么。我妈说不缺,什么都有。这么说了,天黑时四奶奶大奶奶提着东西又来了。

一切又像几个月前我们埋葬姐姐后的故事重演,陆陆续续来人看望。我走前跟爸爸说,实在不想面对那么多人就把两边的门都锁上。爸爸说他知道,该面对的还是要面对,躲不掉。我说今年我带阿宝回来过年。爸爸说都行。

第五部分 他们

1

我回了深圳,钟姐做回了钟点工,阿宝爷爷留下来不走了,说深圳暖和,要在深圳过冬。这年过年,我没能像许诺的回爸爸妈妈家过年。

阿宝说话还不会用"我",凡说"我"的什么,"我"字一概用"阿宝"代替。因为会说话早,跟同龄孩子比可谓伶牙俐齿。爷爷用带着浓郁方言的普通话教她十几首古诗,除了文不能对上题,你读出古诗的第一句,她就能把剩下的三句背完。爷爷给奶奶打电话,叫奶奶听阿宝背古诗,奶奶喜欢的不得了,声音透过电话都能把我家的屋子占满。爷爷说,你不要教别人的孩子了,来教乖孙。奶奶说,好好好,去去去。

深圳的春节温暖而冷清,家里有个孩子却是也没少欢乐和热闹。

阿宝奶奶来深圳过春节,春节后,爷爷奶奶就正式留下来了,我计划着清明去给姐姐上坟,回来再出去找工作。

我在电话里问了爸爸的意思,要不要接上他们一起去,爸爸说:"我们不去,你要去你去吧,别跟你妈妈说,不然她肯定非要去不可。"我说好,不让妈妈知道。

哪知我不说,妈妈背着爸爸给我打电话,问我清明去不去给姐姐上坟,说我要去她也想去看看。我说,那不行,你走了爸爸一个人看大鹏没人煮饭,你还是别去了,来年再去。妈妈就哭了,说:"我想大妮啊,她天天托梦给我,要吃这个要吃那个,我得给她送点东西去啊!"

我劝妈妈:"你想她才梦着她,你要是想给她送吃的,找个路口烧点纸把好吃的供一供她就能吃到。今年你就别去了,等大鹏好了,来年咱们一家人一起去。"

妈妈也不是不讲道理,妈妈听我这么说就不说话了。我也想起一梦,于是说给妈妈听，说我有次梦着姐姐淋了一身的雨，头发滴着水，我问她怎么不打伞，她看看我也不说话，朝着一片山里去了。奇怪的是我跟她离得很近，我在的地方没下雨，她淋得湿漉漉的。我又朝她去的方向看，一眼看去她走去的一片田野都在下雨。妈妈说，那你清明去上坟可要好好看看她的坟，看看哪里有没有叫老鼠打洞，你姐这是托梦告诉你她的坟漏雨了。我说好，我会认真看看。然后妈妈给我讲了一个她小时候听到的故事，说是我姥姥村上的一个人死了，他的家里总丢伞，后来发现丢的伞都在死了的那个人坟上。他的家人这才想起，他是给家人托过梦的，说他的房子漏雨，衣服被子都是湿的，他的家人不当回事，然后家里才总是丢雨伞。

宣城市朗溪县太阳村七组山上，姐姐的坟好像知道会有人来看她，很乖，哪也没去，安静地坐在一片茶园上面的山坡上等待着。坟上的草很长，枯掉的一层上面新芽苗壮挺出，像一篮小绒鸭伸着脖子往外探，虽然没人照顾它们，日子过得很欢喜满足的样子。

我约了姐夫，他从苏州开车回来，说预订的玉兰树苗下午才到，明天他再上山种树。我是等不及了，这天到就直接上山来了。看看他们家人的态度吧，或者住一晚明天再上一回山。半年过去了，上次给姐姐下葬产生的种种矛盾也应该都放下了。我想好了，姐姐的坟在这里，只要他们待我客气，我也不计较，至于姐夫的父亲讲过的粗口及姐夫的几个叔叔要打我们一顿我也能忘掉。都过去了。

我开始拔草，坟周边的先用脚踩倒，等着明天锄头来除，坟上的尽力拔一拔，像再潦倒的人梳梳头刮刮胡子总能好看些的。在坟的左后方拔草时，草皮带起来土壤，下面显露出一个洞，碗口大小，手一按又塌下一层。我一时不知道如何是好，只好跟姐姐如实说："姐姐啊，我不知道怎么办，只能等明天姐夫他们来了再剖开土看看是怎么回事了。"姐姐自然不应我，我又拔其他地方的草。坟的右后面一片搭着一套多次被雨水淋过被太阳晒得泛白的衣裳，外套是卡其色风衣，里面的是白色高领毛衣，下身是小直筒斜纹的精细棉布裤子。我拔去些深的草，停下来看了又看，觉得是大鹏来过。估算这一套衣裳的价格，再推算一下日期，应该是他从家里到上海打工的一个月后，他拿工资了，买了一套满意的衣裳来看姐姐。肯定不是从家里走时身上只有那点钱能买到的衣服，那点钱一件也买不到。着实好看的衣服呢，摆得也很平整，好像随时等待着姐姐起身穿上身出门去。看这样子，是为姐姐秋游准备的呢，若再配个包，配双小高帮的白皮鞋，真是要好看得不得了。

这两样姐姐都有，那一年我们逛街买的。

那时我还在一家商场做营业员，姐姐从关外进城来找我逛街。那天我上早班，下午四点下班，姐姐等我下了班，我连工衣也没回去换下就跟姐姐逛街了。先逛的是我上班的商场，大家几乎都认识，从一楼的鞋区到二楼三楼四楼的品牌专柜，凡是看上的，我都能拉拉熟悉的导购员的衣襟让给我们打个折。买了好看又打折的衣服，我们自然很高兴，又去吃饭，又去看电影。

看完电影要分别，姐姐说："我也来市里找工作吧？"我说好啊，你要是舍得姐夫的话。姐姐低头笑笑，说："我怎么不舍得,是他可能不同意。"我笑她:"那你活该在乡下待一辈子了。"姐夫他们的工业园区周边都是菜园和稻田,我常说他们那里是乡下。

傍晚时我下了山,在山口等着姐夫经过这里捎上我回村。姐夫的爸爸妈妈都在苏州带蜻蜓,他的大哥送来了四棵白玉兰树苗,二哥送来了一筐元宝和纸钱。一串一串,一扎一扎,很多。他的奶奶要八十岁了,很热情地给我们煮饭。他的爷爷也在忙活,又端碗,又拿酒和饮料。我坐八仙桌一边,等着两位老人家先撺菜,不想爷爷把第一筷子菜撺到了我的碗里,而不是撺给他的亲孙子。我眼眶一热,觉得姐姐以前应该也是很受老人疼爱的。姐夫兄弟五个,没有姐妹。姐姐从小又异常懂事,应该也是很会讨一家人开心的。想想,或者姐姐是很满意他们一家老小的,怪不得跟姐姐逛街,她总要给大哥家的谁买买东西,又要给爷爷买个烟盒。见爷爷的腰上别着烟枪和烟丝袋,看来爷爷是一直抽烟锅子的,自己装烟丝,哪里需要卷烟盒呢。姐姐那时是在免税店买的一个铜质的烟盒,价钱不菲,精致耐看,一次能放十根卷烟。

我跟奶奶睡一个床两个被窝,奶奶见我睡下,用一个东西搭着我的脚头。我一时想,谁心底都有温情的吧,如果是这样,那些恶又是从哪里来的呢?

第二天一早,又是奶奶煮好饭,我们吃完饭,爷爷带着我跟姐夫上山。爷爷先是去祭拜离姐姐不远的家族墓地里的列祖列宗,给它们每个坟上换上新的坟头,又起了一个回来给姐姐,然后,姐姐的坟上也焕然一新的样子。坟左后面的洞是个兔子洞,兔子已经走了,我们把洞填上,把大鹏给姐姐买的衣服烧了,把白玉兰树栽上,烧了很多纸。我也去给姐夫的列祖列宗烧了纸,告诉他们我的姐姐还年轻,让她一个人离祖坟那么远难免孤单,请他们多多关照我的姐姐,多邀请她跟大家一起团圆,不要让她一个人在外面游荡。

姐姐下葬时的不快,我们都不想提,但我此刻想起还是历历在目。因为当时我们在北京时姐夫就打了电话叫家里人准备坟坑,我们第二天下火车直接到了墓地,爸爸跟弟弟先上的山。爸爸发现他们没有让姐姐进祖坟觉得奇怪,爸爸说:"正儿八经结的婚,这还给他们留了后,怎么能不给进祖坟呢?"弟弟听了也觉得不应该,下山来找我挡了正在半山腰的姐姐的骨灰,说是得重挖坟,得进祖坟,还得有一口棺材。本来我们也没指望要有棺材,这个年代了,很少有人提前备棺材了。姐夫的父亲不依,说姐姐年轻,中间隔着他和爷爷两代呢,不能先进祖坟。我们要是嫌弃挖好的坟坑不好,可以不埋姐姐。我一听气得不行,要把姐姐的骨灰带回我们老家去。这时爸爸也下来了,觉得他们真这么不讲理骨灰可以不埋这里。姐夫的几个叔叔不知从哪里来了,软硬使着不让姐姐的骨灰往山下去。我们这边只有爸爸、弟弟、我,他们几十人,推推攘攘,我们被裹挟上了山,然后匆匆埋下姐姐。所以,这就是当初我们埋完姐姐想马上离开的原因。我们想要赶快离开,越快越好,越远越好。

想起这段,我还是难过了,但终是已经过去的事了。我匆匆下了山,去县城坐火车回爸爸妈妈家。

2

依然是第二天下的火车,又转坐大巴。

平原上也已开了春，遥看绿色一片一片。河边柳树发了许多芽苞，枝条柔软摆动。我小时读书路上的小树林里，树木都已长大，已经砍伐过一批，又种上了小树。小树们也都发了新芽，看着它们精神的样子，或者不用几年，它们又能长成我小时候看到的小树林的样子。

自然，我经历过的小树林，姐姐也每天经过，我们读的是相同小学，相同的初中。我们要好时一起上下学，闹矛盾时各走各的。春夏秋冬，风吹杨柳，又或是白雪皑皑，童年的一幕一幕一时都显现在我的眼前。我早早下了车，从镇上的学校往家里走，一条条小径还是原来的样子，一时分不清我跟姐姐的脚步是在童年里走着还是接近中年当下的我们。

我告诉爸爸妈妈我要回来看看，但没说时间。进到院里，见大鹏正扶着门要往院里来，见妈妈在井边洗菜。大鹏说："妈，妈，妈，二姐回来了。"妈妈忙起身，不是接着我，是忙着拿拐杖给大鹏塞到他的腋下。妈妈还不忘对大鹏说："你可别丢手，摔了起不来，你又得几天疼。"

原来大鹏能站起来了，也能下地了。只是右边身子还不灵便，一个人全靠左半边身子支撑着。

大鹏并不能很好地使用拐杖，倚着拐杖站立一会儿还行，走动还不行。

谢天谢地，真是已经很好了！

爸爸出去做工了，还没有回来。

妈妈说大鹏很勤奋，爸爸规定他一天要下地多少回，从床边到院里要走动多少回，他一次也不少，只要醒着就练习，不知道摔了多少回了。

我问什么时候能下地的。妈妈说就开春。妈妈还说，万物复苏，什么东西到春天都好了。我说是，春天就是神奇啊，什么东西到春天都好了。妈妈竟会说"万物复苏"呢！看来妈妈还应该知道另一个词，"一元复始"。

爸爸回家，洗漱好就可以开饭了。我端饭菜上桌，鸡肉汤面疙瘩、菜馍。大鹏还不能吃菜馍，菜馍是蒸给爸爸吃的，他只能喝鸡肉汤面疙瘩。爸爸又像年轻时一样了，能吃半锅蒸馍。看着爸爸吃饭，好像又回到我小时候天黑后他从田间回来吃晚饭的日子。

我抬头看看门外，现在是正午，屋檐和树的影子垂直落下，像倦猫安静地匍匐成一团。这种安静的光景煞是熟稔，把我们童年的样子撒满整个院子。那时弟弟穿着罩衣，刚会自己吃饭，姐姐总是在忙，一家人都坐下来吃饭了，她还在忙。每次都是等我们快吃完了，她才解下妈妈的长围裙坐下来。姐姐那时秀气得很，吃饭也秀气，一顿饭要吃很久。妈妈见姐姐那么吃饭，总要唠叨几句，说这么慢吞吞大了可怎么办，干什么都比别人慢一拍，搁生产队饭都抢不到。爸爸怼回妈妈，说这都什么时代了，哪还有生产队。又说，她这么懂事，知道读书，将来要过城里人的生活的。城里人又没什么事做，吃饭做事慢点有什么关系。那时，我也总是要接话的，我说，我吃饭快，搁生产队我也能抢到饭吃饱。妈妈笑，说那你不想进城里啊？我说，进城有什么好，什么都没得，吃个菜都要买，不如咱们自己有地，要吃什么都有。

真是童言无忌啊，没过过城市生活的孩子，大约都是只能学学大人说话的吧。但这话我是从哪里学来的也不知道。

回忆像河水一样潺流不断，晚上躺在

床上了，还是想小时候的事，一件一件，每一件都让我感慨万千，要以不一样的目光对待。想起小时候，又少不了姐姐的身影，她那时候确实已经很懂事了。

3

第二天，爸爸依然出去干活。县级公路在修，爸爸主动找去的，挑沙子，拉水泥车，拿小工的工资，干工程队最重的活。妈妈把我家大小田地收拾起来，种各种可以换钱的蔬菜，回到家又要喂猪喂鸭。总之，爸爸妈妈一下子又回到了从前，两个人携手起来像从前一样靠辛勤劳动又养育弟弟一回。我把家里看了一遍，看缺什么东西，想去县城买些回来。

村庄从九十年代初期就开始有人出外打工，到了九十年代末，村里人出去了一大半，一时村子荒芜起来。二〇〇〇年后，村子里更是只剩下老人和上学的孩子。这年是二〇〇八年，整个乡村没有太多年轻人在家了，像爸爸不到六十岁的年龄已经算年轻了。但就是到这样知天命之年，又重新挑起建设家乡的任务，配合着大型机器修起了公路，建桥，盖房，挖河。所以爸爸从年前回来，整个一冬也没有闲着，一直在工地上干活。

我的四姨奶还活着，她两个儿子和孙子也都进了城，也都出去打了工，家里只有她一个人在。她听说大鹏出事了，年前过来看望，看着我爸出去做事，看着我妈忙，主动留下来给我妈搭手。过年她的儿子儿媳从城里回来了，她回家过的年，年后她又来我家帮忙。清明这几天是她家回来人扫墓，她回去了几天。

我从县城带回电饭煲和电磁炉，大件的洗衣机和一台新的电视机要等下午送货。我回来四姨奶奶已经乘二十公里的公交到了我家。四姨奶奶最小，但几乎同时跟我奶奶一起出嫁，若我奶奶不过十五六岁出嫁，四姨奶奶那时也就十四五岁。现在，四姨奶奶七十多了，除了耳朵不太好，手脚还很灵便。我出外打工早，一晃二十几年没见过着她了。想起还是十几岁时见，那时姐姐刚去省城读书，她来给姐姐送手缝的棉衣，棉手拢子，说在外读书艰苦，冬天不要冻到手。我们姐弟三人从小没见过奶奶，奶奶是什么样的人，我们除了参照姥姥之外，想着我们的奶奶可能就是四姨奶奶这样的吧。

我到家，大鹏倒在院子里的菠菜地里，仰着脸对着天空发笑。四姨奶奶弄不动大鹏，给他的身子下面垫了棉袄，给他的身上盖着一床薄被子。见大鹏傻傻地发笑，四姨奶奶急得哭，说正想着去田地里找我妈回来，但她又不知道我家的田地都在哪里，只好坐在大鹏旁边陪着他。

我说没事没事，给她搬了板凳扶她起来坐着。我看了看大鹏，呆呆的，叫他，他也应，我想没什么大事。四姨奶奶听我说没事，才放心不哭。她说快中午了，妈妈也该回来了，她先去把菜洗好。我说好，由她去了。

我观察大鹏，看看他有没有摔到哪里。见大鹏并无大碍，胳膊腿伸缩都好，动他也不叫疼，就想菠菜地软，应该没摔着。但大鹏只知道有人叫他会应人，也不说话是怎么了呢？直到大鹏哭了，痛哭流涕。他说他好久没看到天空了，见天大晴，仰头看，就倒地上了。是的，从去年十一月回来，整个冬天没下雪，爸爸一直在外面干活，妈妈怕大鹏冷，只下午两三点把窗子打开，让他在屋子里晒太阳。妈妈除了想着他吃饱，吃营养了，再想不到他需求什么，就没有把他弄到院子里。这才开春，他刚会自己下地练习走路，也只是扶着墙扶着门挪到屋檐下看看，还从未到过院子。这天，妈妈去地里了，姨奶奶还没到家，他自己练习走路，就想走到院子里，想看看树发芽，想抬头看看天空。他像个刚会站立的小孩，还不能很好地掌握平衡，才一仰脸就倒下了。然后他就一直躺着看天，看稀薄的云自己把自己撕得片片缕缕。

大鹏出事后忘记了很多东西，甚至连自己以前是什么样的都忘记了。他这一倒下，头着了地，虽然土地不硬，还是"轰隆"一声。就是这一声把他带回了学生时期，他跟同学打球，他跳跃，他在一条很宽的河里游泳。大鹏沉浸在少年时代，很久不能回来。他不知道现在这是怎么了，怎么躺在院子里，怎么翻不了身，怎么动弹不得。他不明白四姨奶奶怎么在他身边，他也不知道怎么看不到爸爸妈妈，看不到姐姐，看不到我，看不到多多。

我说："多多在的，你起来就能看到它。只是它太老了，有时一天都懒得起来一次。"我又说，"现在你得听我的话，配合我，你这几个月吃胖了，你不配合我，我弄不动你。四姨奶奶七十多了，也出不上力。"

大鹏倔强，还是要自己起来，我生气地看着他动，直到他自己放弃，我才把他扶起，在他的身子下垫了块垫子把他拖出菠菜地。垫子拖过的地方，菠菜苗都毁了。我后来又把他扶到行军椅上坐着，把老狗多多牵来给他看。我说："你看，这是多多吧，它脑门上有一块白。你四年级时从大姨家抱回来的，给它取名多多。你今年二十四岁，它十四岁，以狗跟人一比七的年龄比例折算，它今年九十八岁了。你们的感情真好，它老得不能动了，你也不能动了，看来你是想体验一下它不能动的感觉。但你这想法肯定不对，狗比人的寿命短，它是你抱回来的，它老成这样，你得照顾它，将来也要挖个深坑把它埋好，所以你得早点给我好起来。"

大鹏不哭也不笑，不知道懂我的幽默不懂。若他醒来后把以前忘了，那么现在他就是把醒来后几个月的时光又给忘了，置换回了更长远的童年、少年。他说他的脑袋旋转个不停，轰轰隆隆，一会踢球，一会爬树，一会堆雪，他求我帮他停下来。我无能为力，只能看着他自己在那里煎熬，熬到痛苦处身体像溺水般挣扎，又像鞭打般抱头躲难。妈妈回来了，吓得不行，叫我快想办法，我说能有什么办法。妈妈说送县城医院，我说县城医院管什么用，要送只有送去省城或者上海，他这病痛连阜阳的医院也看不了。妈妈想叫爸爸回来，但叫爸爸回来何用，大鹏只是因为回忆痛苦起来的，他摆脱不掉童年少年里那个健壮的自己而已。妈妈说给他吃安定啊！喔，我才想起安定，给他灌下去一片。这个药爸爸知道其实就是安眠药，找人开了几片放在家里备着。

大鹏慢慢安静了，直到睡着，直到半夜醒来。

大鹏跟妈妈睡一个屋，妈妈早起给爸爸煮饭，他也起来了，要练习走路。这天，他什么也不让人帮他，倒地也要自己起来。

第二天我回了深圳，开始找工作。

4

五月，大鹏自己会走了，除了像拖着

一条腿走路，还口齿不清，说整句的话气短，声音到最后就送不出嗓子眼了。家乡的省道公路修好，爸爸一时无事，养起了猪。但他跟大鹏不能打照面，总要吵起来。说起来都是小事，大鹏吃东西呛，爸爸说他着急了。大鹏用左手做事，爸爸说为什么不用右手。大鹏说左手稳。爸爸说右手不稳才需要锻炼。妈妈偷偷给我打电话，说："云云，我没有求过你，这次求一回你，你把大鹏弄你那去一段时间吧，你爸高血压气晕两回了。大鹏现在自己能顾着自己了，也不麻烦你侍候，你就多给他一口饭吃就行。"

姐姐在世时，我只跟姐姐亲密，从未想到过听父母的话，也从未想到父母需要我孝敬。但此时我再无孝敬爸妈的心，再不听妈妈的话，想起姐姐不在了，也难以拒绝妈妈这样的电话。我说好，你叫他来吧。

大鹏出了火车站我看见他的时候，差点没认出来，脸微胖，身上的衣服紧，背着个小包，提了一个板凳，像个刚刚崴了脚站起来的人拖着一条腿向我走来。我忙去接他手里的东西，他朝我笑，一笑口水还是往外溢。我心里五味杂陈地把大鹏领回了家，把他安排在以前保姆住的房间。本来现在这间房大多是先生在住，我带阿宝住主卧，阿宝的爷爷奶奶住客房。

不管怎样，硬着头皮让大鹏住下。但显然他没法在我家长住，不管我几点下班回家，他都会在路口等着我跟我一起往家走。跟我回到家，才跟我一起吃晚饭。

先生有时下班比我还晚，我带阿宝睡着了，他才窸窸窣窣进门。我为他留的夜灯，他总要一巴掌拍灭，说他不用灯，当瞎子也能过。

看来是几方煎熬，总得再想个办法。我把积攒几个月的工资取出，给大鹏在一路之隔的城中村租了个房子，大鹏在那里住下，大家的生活才轻松下来。这时阿宝一岁十个月了，很会说话了，不时会找舅舅，说："喔，舅舅不见了。"或说："喔，舅舅躲猫猫。找舅舅，找舅舅。"

夏末大鹏出去找了工作，他给我发手机短信，说找到工作了，有宿舍，叫我把房子退了。我回他，不退，给你留着，工作不如意你再回来住。

大鹏陆陆续续回来住上一阵，又离开一阵，日子一晃半年。到了年底，他找我借钱买了二手摩托车做载客的生意，但过了年不久摩托车就被警察收走了。大鹏一时又不知道做什么才好。他做什么都只能做两个月就会被老板炒鱿鱼。老板嫌他慢，反应迟钝。

爸爸打来一个电话，叫大鹏回去相亲。我说这刚过完年不是相亲的时候啊，爸爸说叫他回来就是了。于是大鹏回去了。一个月后带回深圳来一个越南姑娘，两个人还是住在我给大鹏租的房子里。

越南姑娘声称她有个女儿在老家，要回家把女儿接来，大鹏便找我借三千块钱给越南姑娘叫她回家接女儿。可是一等俩月，越南姑娘并不见回来，大鹏才知道被骗了，姑娘跑了。这时我才知道，这个姑娘是有人找到我家介绍上门的。介绍费一万，另交三万给姑娘的父母。介绍人是我的一个表姑，都以为不会有什么问题，但一起拐卖人口案子把她抓起来判刑，才知道她是专门做这一行的。

我想起一个问题，爸爸哪里有四万块钱的？但一直没问。

十一放假，我带阿宝回去，我问妈妈怎么凑的四万块钱。妈妈说爸爸做工一万多，猪卖了一万块，还有她去县城给人打工了，拿了五千块。另外的是姐姐在苏州住院时期的三十几万的账单农村医保给报了一万三。我说怎么才一万三，妈妈气愤地说："都是进口药，就一点钱能报，其他的都报不了。"

喔，能报一万三已经不错了。

越南姑娘跑后，爸爸又张罗着给弟弟找媳妇，说二十五六的人了，再不找找不着了。爸爸异想天开了，以为年轻就好找媳妇。不管我们给大鹏穿得多好看，照片照得多好看，也不管他们QQ上聊得多好，等他回去人家一看他的样子，就没有下文了。

大鹏有掩饰不了的重伤后遗症，不管他多努力做事，人家还是嫌他慢。什么工作，只要人家要他，他就努力做，直到有一天人家对他说实习期到了，不能继续录用，他才流着眼泪提包走人。他想不明白，他干得慢，但他的工资也拿得少啊，为什么人家还是不愿意用他。他说他这一年多，看尽了冷眼，他越是清晰地记起童年少年，越是不能接受他现在成了这个样子，他想知道他到底是怎么了。他的病历放在老家，我口述给他立案内容及我后来了解到的情况，他仍是不能相信，他要自己去弄清楚，两年前他发生了什么。于是他去了上海。

我在工作、家庭、孩子三者之间轮转得辛苦，开始还过问他的情况，后来他不主动找我也懒得问了。工作时偶尔想起他，按一按念头又过去了。人的无情也许就是这样训练出来的，直至把那一块情感消磨得越来越薄，像一片薄云丝丝缕缕拼不起来，就会把它忘记。

又一年，就在我差不多要忘记大鹏的时候，有一天他从重庆打来电话，说他找到了陈俊。陈俊小他两岁，已结婚生子。陈俊说我们还欠他两千块钱，大鹏问我是真是假。我说是真，但我不想还给他。大鹏说陈俊也没说要，又给了他两千块算是对大鹏帮他的感谢。我问大鹏，你要了吗？大鹏说："为什么不要？虽然到现在我还回忆不起来具体是怎么回事，但我从派出所从老同事那里知道，是他先跟人打架的，我回头帮他，他趁机跑掉的。他若不跑我不至于被人打到不省人事。别说两千，给我两万我也要。"大鹏有点不满。我想告诉他或者他也是有机会跑掉的，他的重伤可能是因为他没跑才被车撞上抛起又落倒在地，之后又被人脚踢，蜷缩成一团。

我沉默，考虑他能不能接受我的这种想法，大鹏说："我知道你跟爸爸妈妈都恨我帮人打架。打架是不好，但帮人也不好吗？大姐生病，那么多人帮我们，后来大姐死了，我也想力所能及地帮助别人。帮人我有错吗？帮人就活该受罪吗？陈俊他妈的这小子太没良心了，他在厂里做坏的零件都是我帮他修，我把他当小兄弟一样。他就用两千块钱打发我。"我知道陈俊这种态度惹恼了大鹏，谁帮人谁倒霉的后果搁大鹏心里了，一时难劝醒大鹏，叫他来深圳干些杂工，多休养两年，等人好彻底了再做打算。大鹏叫我不要管他了，他说他知道我作为一个姐姐对他尽力了，就是大姐还在也只能做到这样了。

很长的时间我们没有联系，爸爸妈妈成了我跟大鹏之间的信息交换站。我打电话回去问大鹏现在做什么，妈妈说，去昆山了；又或说，去天津了。妈妈可能怕我问起什么，主动说，她跟我爸都叫他不要去苏州。我明白妈妈的意思，姐夫在苏州，他怕大鹏去找姐夫算姐姐下葬时的旧账。

有一天，我接到广西柳州的电话，问我："你是大鹏的姐姐吗？"

我似乎早就做好了准备接这样的电话，我说："是。"

电话说："大鹏是我以前的同事，现在我们一起做生意，我们有一批货，差点钱，想找姐姐借点钱。"

我说："叫他自己给我电话。"

大鹏说："姐，是真的，我跟大将一起做生意，想找你借点钱。"

我说："我是二姐，不要单叫一个姐字。你这样叫，好像你没有大姐似的。很对不起，我没有钱能借给你。"

大将说："二姐，我真是大鹏的同事，在苏州咱们见过，你去我们宿舍拿大鹏的被子，当时我告诉你陈俊辞职了。"

我说："喔，想起来了，谢谢你啊。也谢谢你不嫌弃大鹏，带他一起做生意。"

大将说："大鹏够哥们，讲义气，我最喜欢跟这样的人做兄弟。"

我说："那敢情好，请你多多关照大鹏。"

大将说："我们真的在做生意，投了二万多了，想找姐姐借五千。"

我说："对不起呢，我没有钱。"

大将说："那好吧，我们再想想其他办法。但也请姐姐想想办法，给大鹏准备点钱。"

我听着有点糊涂，不明白什么叫"给大鹏准备点钱"。

果然第二天，大将发来信息，说我不转五千块钱，大鹏就回不了家。我一惊，想到大鹏可能是被卷入传销了，人被扣下了。

我赶快给爸爸电话，爸爸说大鹏打过电话，我妈接的，没说什么。我想，或者大鹏还没有到危险的时候。

第二天我又给爸爸电话，爸爸说大鹏要两千钱，他在天津时借人家的，现在人家要他还。我问爸爸打款了没有，爸爸说打了，一早就到银行打了。

后来大鹏还向我先生要过一次钱，先生给了两千。很久后我才知道。

5

一晃二〇一一年腊月，爸爸养猪，妈妈在县城给人打工，两人加起来存了七八万块钱。爸爸打来电话说他想盖房子。问能不能再找我借点。我问需要多少，爸爸说要是两层都盖起来要二十万，但可以先盖一层，所以三五万也行，七八万也行。我想到爸爸妈妈这几年住的老房子还是我出生时盖的砖瓦房，已经三十余年，又因为有几年空置，屋顶早已漏雨，西屋的两间后山都裂了缝，觉得是应该盖新房了，让爸爸妈妈老年过得安稳些。于是我给爸爸打了五万，叫他先用着，若第二年春天发奖金再给他一两万。爸爸高兴，说刚好腊月人闲先挖地基，做好地基春天盖起来就快了。

次年五一前，爸爸来电问我有没有空回去。我问什么事要我回去。他说大鹏要结婚了，上月有人给大鹏说媒，一说就成了，两个人都不小了，成了就趁五一结婚把事办了算了。我心里踌躇要不要把事情问清楚，想想又觉是件好事，或者大鹏结了婚爸爸妈妈的心就安妥了。不然他们这几年又是养猪又是打工的为的是什么呢！姐姐去世这么几年，我顶姐姐的身份，自是少不了懂得姐姐懂得的家乡的规矩，弟弟结婚，姐姐哪有不出份子的，且这个份子要足够分量。搁古时，若一家人穷，男丁取不着亲都是要拿他的姐妹去换亲的。电话结束时，爸爸还叫我给姐夫一个电话，看看他的意思。依爸妈的旧思想，或者还是把姐夫当成女婿的，即使姐姐不在了，因为与姐夫结了婚，女婿跑不了要做他们一世的女婿。

有件事我一时瞒着爸爸妈妈没说，姐姐二〇〇七年去世，姐夫二〇〇九年春天已又得一女。从这个孩子的出生时间来看，姐夫应该是在二〇〇八年就结了婚的。他未再成家前都不想与我们交往，这已又成家，怎么可能会管我们家的事呢！但我还是给姐夫发了信息，转告了爸爸的意思。姐夫没有回复我，我就只好打了他办公室电话。姐夫二〇〇八年换了手机号码，我二〇〇九年因为到苏州出差想看望蜻蜓联系不上，托人查了他的信息，得了他新的手机号。事后一直关注着他的动静。他搬了新居，房子是女方一个人的名字，但车是他名下的。他的公司有新股东入股，工厂已换了地方。后来查到的这些，我没有用任何见不得人的手段，都是在网上透过公开信息获得的。这或者就是网络时代的便捷，我不但能弄到有关姐夫的一切信息，连他现在的妻女一切都了如指掌。打通姐夫办公室的电话，他惊吓了一下，但很快就冷静了。我告诉他不出钱可以，但得把借我的钱和爸爸妈妈的钱还了，不然我会把电话打到他妻子那里。姐夫自是不合作，我就真的打了他妻子的电话，告诉她我有证明姐夫借了我的钱，虽是跟她没有关系，但他们现在是夫妻，我会把他们夫妻一起告上法庭。姐夫的新妻姓秦，我要称她秦姐，她不许，那我就只好加了一字，称她秦小姐。

秦小姐很是恼怒，说她不小了，只能找个二婚的，本来以为找了个干净的，不想找个死了老婆的还是有这么多的麻烦，真是瞎了眼了。听她这么说话看来也不是多善良的人，那这事挺好，我也刚好不想善良，决心要回姐夫当初借我的六万块钱。但至于他们怎么商议的我不想知道，他们从未考虑过我们的感受，我又何苦再为他们着想。很快我收到一万块钱，且以我的要求寄来还款承诺。不知他们是手上紧还是狡猾，把还款分六年来还，一年一万。当年用爸妈的钱借据上只字未提。这里不得不说我还是心软，我看到蜻蜓慢慢长大，一双眼睛越来越像姐姐，我还是不想跟他们闹得太僵。

我把这一万块钱打给了爸爸，说是姐夫出的。爸爸是真信了，直到五一我回去，他还老泪纵横，说人哪有恶的，或者姐姐死了，姐夫真是伤心的，所以才不跟我们来往。爸爸这么想，我更是觉得不必言明。

弟弟结婚了，新房子刚刚建成，只装修了一楼，二楼还未装修，装修了的就做了他们的新房。弟媳与弟弟同岁，姓马，离异，带一个七岁女儿。小姑娘随母姓，叫马小花，人伶俐，在一家私人学校学戏剧。

弟弟头婚，家里隆重操办，村邻、亲戚也都来了，热闹了好几天。

我离开的头天晚上跟妈妈聊天，问妈妈弟媳虽然二婚，但人很聪明，怎么同意跟大鹏结婚的。妈妈说小马要了六万做彩礼，我问妈妈他们哪来这么多钱，房子还没建好，还欠着材料钱。妈妈对我毫无防备，说我过了年给两万，姐夫出一万，另外三万里一万是挪用了材料钱,一万是姐姐的医疗费又报下来的。说国家又放下来新政策,有些药品也给报了。我问酒席钱呢,妈妈说也是挪用房子的材料钱,份子能收上来一些,剩下的慢慢凑。妈妈还说这个钱她打工也能挣回来。说起她在县城跟人洗菜洗碗端盘子,有一年多的时间常见我的一个同学去那里吃饭,问我还记得那个人不。我说记不得了。又问妈妈跟那人说话了没有。妈妈说怎能不说话,他客客气气的只是没问起你。我说那就对了,你一个端盘子扫地的,人家公务员怎么可能认你。

第二天吃了早饭,爸爸去老宅喂猪,我想好久没去老宅了,想过去看看再走。

老宅的外观还是原来的样子,因为春天,墙头上爬满了野草藤,也有丝瓜苗在往上长,生机勃勃。只是院内原来的菠菜地盖成了猪圈,厨房也成了猪圈,就连我和姐姐小时候住的房间也成了猪圈。往东过道外的菜地和小树林一直到河岸边都成了猪圈。

老狗多多在二〇〇九年死了,弟弟把它埋在了我们小时候种的一棵柿子树下,我过去踩了踩柿子树下的那片土地,仿佛还感受到多多尸骨未寒。

爸爸在一个房间里掺和猪饲料,一些粮食的粉末扬起,弄得他身上脸上都是白的。我笑爸爸:"成白胡子老头了。"

爸爸说:"本来就是老头了。"

我说:"老头更像老头了。"我开了个小玩笑,乡语里"老头"本来就是子女对父亲的戏称,或者是对喜欢的父辈的统称。如若父亲有很多个兄弟,可以依次叫大老头、二老头、三老头。

爸爸笑,呛了一口粉末子,咳起来。

我说:"房子欠着材料钱吧?"

爸爸说:"你数数有多少头猪,年底都卖了又能有三万。"

我说:"那全部弄好得多少钱?"我自是指房子。

爸爸说:"今年钢筋水泥人工都一下子涨了,本来说十七八万能打住,现在看要二十万出头。"

我说:"那你还得再养几年猪才能还完房子钱。"

爸爸说:"还别说,我本来是这么指望的,可是现在国家不给在村里养猪,上面让我搬几回了,照情势看能耗到春上就不错了。"

我说:"这周边都没有人住了,怎么还不给养?"

爸爸说:"谁知道国家怎么想的呢!"

我又说:"那你接下来怎么打算?"

爸爸说:"能怎么打算,走一步看一步。实在不给养猪我出去找活做,大头给过了,小钱慢慢还。"

我说:"也不少,好几万呢。你跟我妈都六十多了,你以为出去干活人家会要你们。"

爸爸说:"六十多了是不好找活,女哩不行,男哩六十五前还好找。到时让你妈看家,我出去找活。"

我说:"你离六十五也没几年了。"

爸爸说:"那没办法,有一年算一年。"

我突然想把相同的问题问问爸爸,我说:"份子钱能还上酒席钱吗?"

爸爸说:"那哪还得上。以前份子少,咱给人家多少人家现在还多少。但现在的钱哪值钱,份子钱少,现在的物价贵,两头扯不平。"

我说:"说是我姐的医药费有些又给报

231

了。你问过没有，大鹏的能不能报点？你眼不好，要是能报，我把单子带走整理一下再给你寄回来。"

爸爸说："哪有，还是那一万多。"爸爸这时又掺了玉米棒子碎末，白粉又上扬起来一阵。爸爸隔着白粉末子又说："不还是那一万多。"又说："大鹏的报不了，定案是打架怎么报，不想去张那个嘴。警察找你结案，你又不签字。当时你让他们定成车祸，签字结了就好了。话又说过来，当时你也想不了这么细。都过去了。你别过问了。"

我说："你不问怎么知道就一定不能报。"

爸爸说："要问你问，我不去问。"

我一时看不清爸爸的脸。跟爸爸说："你以后要戴口罩。"

爸爸说："有。戴了不出气。"

我想爸爸是说戴了不方便出气，不是"不出气"，但我一时不想纠正爸爸的话，农村人讲话没那么细。

我又去小时候跟姐姐住过的房间看，我只站在门口往里望。墙上还贴着我小贴上去的明信片和明星画报。姐姐不喜欢我到处贴，她床头和她的书桌范围后面的墙是不准我贴的，她用来贴英语单词、课程表和她觉得有重大意义的奖状。她得的奖状太多，很不稀罕一般的成绩奖。那些期中期末的成绩奖都贴在堂屋里的东山墙上，满满一墙。现在还在。因为奖状的字都是油印和手写，大多已模糊了。在现在这个房间里，原来我们睡的床和姐姐的书桌都不知道哪里去了，如今腾空的屋子里躺着的是一头两百斤重的花母猪和一窝猪仔。猪仔有成年猫大小了，十几只卧在一起睡觉，好像睡着了，身子又一动一动的。

我也看到了这间房子的后山上有条裂缝，虽然明显，并不透室外的光，看来这房子一时也塌不了。或者房子就是这样，好好的房子，没人住了很快东倒西歪的，什么时候又有人气了，它又撑着，风刮雨淋也塌不下来。村里见多识广的老人说房子是护主的，也许就是这个意思。

我曾梦着姐姐从这间屋子里出嫁，穿着古时的红色嫁衣，盖着红盖头，她不往前门走，而是穿过后墙坐上一顶和她的嫁衣一样鲜红和好看的轿子。她的脸、她的身上都是肿的，她明明穿着嫁衣却说要去治病。我说，你不是已经死了吗，怎么还要治病。姐姐说她还没有死，治治就好了。

6

若人真有三魂，姐姐的其中一魂必是在她剖下孩子时就离开了身体出走。也是这一魂执著于她没死的意念，觉得自己只是病了，治治就好了。至于后来她在北京几次抢救终是不能续命，也是她冷静了，并绝望地放弃。所以这时她的灵魂是轻盈的，意念强时能守住一团身影，意念弱时袅袅如烟，能随风吹走。民间又有三魂一魄之说，魂指魂灵，是虚，魄指固型，是实，只有三魂拧在一起魄才成型。所以民间把疯子、傻子、病了不能主事的人称为丢了魂，说"一魂没了，二魂不定，二魂没了，三魂停尸"。民间亦有相应的叫魂之术。爸爸在姐姐生下蜻蜓后找了河北的算命瞎子，算命的说"怕是人不在了"，但那时姐姐还在的，爸爸哪里肯信他，却没去想魂魄之说。爸爸后来后悔，觉得瞎子说的也不全错，姐姐那样子肯定是丢了魂的，应该早早给姐姐叫魂。关于乡间的这些迷信，爸爸在信与不信间反反复复，直到弟弟又出事他仍是犹豫，但弟弟那次他给算命的多留了钱，请算命瞎子给大鹏"叫叫魂"。可是他那时并不想把这个事透露给我和妈妈。

我无数次梦着姐姐，她的样子不一，十七八岁时的，与姐夫恋爱时的，以及生病后身体浮肿时的。

十七八岁时姐姐最好看，额头发亮，柳眉杏眼，笑起来有虎牙，怎么看都好看。她的一张脸上最不好看的是生气时的嘴，绷着时，看起来薄薄一片。姑姑和四姨奶奶说姐姐生气时最像我奶奶。但这个时期的姐姐在我梦里时从来都没有生气过，都是笑吟吟的。就是冬天趁天晴好的中午，在院子里按着弟弟的头给他洗头也是笑吟吟的。

梦里，与姐夫恋爱时期的姐姐多不言语，总是挽着姐夫的胳膊一起散步。他们总是往一片山里去。

身体浮肿的姐姐总是从我们给她守灵的棺材中起来，当我们以农村人的习俗，让十几个壮汉抬着她的棺材去田地里下葬后，她又顽皮地坐在一边看着我们给她下葬。有时她也躺在柴草房里，挂着点滴。那柴草房里都是一堆一堆的柴火和给牛羊准备过冬的干草，天气干燥时，一屋子都是木和草的芬芳。姐姐就随便地躺在哪一堆柴草上，也无席垫也无被褥。她白白胖胖的，一会是挂点滴，一会是输血浆，一会又在医院隔离室的单间病房里听歌。起初我很害怕她这个样子，梦着多了，也就不怕了，一次次斗胆劝她，告诉她她已经死了。我一这么劝她就哭，但姐姐一向懂事，哭归哭，还是讲道理，然后就乖乖地躺下身子慢慢死去。

妈妈梦着的姐姐多是到北京后的样子，那时姐姐已病入膏肓，样子吓人。妈妈害怕，要把姐姐的东西都烧了，我叫她不要烧，趁一次过节回去把姐姐的包裹晾晒后包在一个樟木箱子里，又给妈妈请了块玉安抚她，妈妈才总算有些安心。

妈妈说："你姐活着时多心善，连只蚂蚁都不敢踩，死了咋就学坏了呢，专门变成鬼来吓我。变成鬼也不变成好看的鬼，变那么吓人的鬼。"

我说："那只是你做的梦，不是鬼。鬼是人能看见的，但光听别人说见过，事实谁也没见过，世间有没有鬼还两说。就是有，你也不用怕，鬼只有一魂，人有三魂，鬼弱人强，哪里会吓人，鬼看到人鬼要吓死的。是你害怕才觉得她吓你，你不怕她她就吓不着你。再说鬼是人的阴魂，也有好坏，人生时好鬼也好，人生时坏鬼才坏。"

妈妈说："照你爸说，她年轻，投胎快，怎么我见她还是没投胎？"

我问："你又怎么知道她还没投胎？你那一套老封建迷信，光拣不好的信。你也信点好的，就不会这么害怕了。"

妈妈说："什么是好的？"

我说："比方你信有鬼，就要信有神能收鬼你才不会怕。你要信有坏鬼，就要信有神会管坏鬼。你天天看《西游记》，你看那电视里面不是天天都演什么神在抓小鬼嘛，就是说有小鬼的地方也有专门管小鬼的，不干坏事神也不管，干坏事了就得抓起来，神就跟警察干的活一样。你要是觉得我姐变成了鬼，就信她是好鬼。好鬼不干坏事，有什么好怕的。"

妈妈说："小时候打过她，那几年住一块也没少叮叮当当，谁知道她会不会小心

233

眼变成鬼了吓我一下。"

我说："那你就逢年过节给她烧点她喜欢的东西，自己的小孩，哪有真记仇的，她高兴了就不吓你了。"

妈妈说："好了，那我不害怕她了。清明，她生日忌日，两个大节，端午中秋，家里做好吃的，我都给她端吃的，烧穿的，她不得不如意的。就是她的魂老不走，不投胎不是个事。不走，什么事不高兴了，不是还要闹人？"

我说："你都是做梦，又没有真的见过她，你又知道她不走？"

妈妈说："有次天黑了我去树林那边抱干木柴，我刚拾完一捆要抱走，她站在那里不吭声挡着我。我又不敢看她，绕着她走。她那样子实实地站在那里就是没投胎，投了胎的身子是空的。"

我去看了树林里的那个柴堆，旁边有棵大树，一抱粗，难说妈妈不是把那棵大树看成"实实地站在那里"的鬼。我想着开导她，让她要像爸爸学习。人死了若真有鬼魂倒不是什么坏事，万物都有规则，有规则就分利弊，就好分明好坏。爸爸开始是无神论者，唯物主义，成长期是背毛主席语录长大的，上学也背，干活也背，领工分也背，到公社买个东西也背。他年轻时不信人死了有灵魂，他总说人死如灯灭，死了就死了。老人都说有鬼火，后来科学发达了，证明鬼火是磷光，那就还是说明没有鬼。爸爸说他亲历那么多死亡，也没见过谁托成鬼让他见着。至于做梦梦见死过的人，他说那是心想。但后来姐姐弟弟出事，他的信念就有点动摇了，从小听到的关于鬼魂的话一下子在他身体里复活了。爸爸信了鬼魂之说，也信那一条系统，这就是他比妈妈能安心的地方。他把爷爷奶奶的牌位请回来开始供养，他觉得爷爷奶奶毕竟在阴间的年份长，资格老，是能照应着姐姐的，让姐姐能有人疼爱。这种信是一种寄托，是对悲伤的转化，这是人自救的一种方式。不然，爸爸也天天愁苦得不能活，一个家的天就塌了。爸爸作为一家之主，作为丈夫，作为父亲，潜意识里不但要救己，也要救妈妈救弟弟，他如何敢先倒下。爸爸我倒是不太担心，只是妈妈，她不能自救，还想要救人，只能是飞蛾投火，或油灯燃尽，一起灭亡。所以我想来想去，也只是劝她多祭姐姐，以求她的安心。

我没像妈妈说的见过"实实地站在那里"的鬼，我只梦着姐姐。因为无实例，对鬼魂之说只能算是出于对万物的尊重，尚不为信。我早早离开父母，在成长期遇到的人对我的影响远远超越父母对我影响。若说家庭还对我有影响的，因为童年父母在生活中的缺席，就只剩下了姐姐。我梦着姐姐，是念她太多。所以还是要把那些念放下才好。关于灵魂是否存在，我曾见人打过一个比喻，说灵魂如火，木柴和人都是实物，但火无形，也让人摸不着，这不等于说火不存在。这个比喻很妙，心里很是赞赏世间有这样智慧的人。

我想撕几张明信片走，二十几年过去，我仍能分辨出哪些能撕下来，哪些不能撕下来。我粘明信片都是偷偷用的稀饭粘，稀饭喝不完的时候就多糊些，不够喝时就只糊一点点，能撕下的应该是后者。我试着开半门进去，刚一动插杆，花母猪哄地一下起来，冲着我吼叫。我想我还是不进去了，世间所有的母亲在哺乳期都不好惹，它怕你动它的孩儿，它感到威胁能以命相拼的。

我转过去跟我爸说:"我走了。"

爸爸向来不喜送人,说车到了你就走。我说快到了,我到路口车应该就到了。

妈妈送我,非要帮我扛行李,我说不用扛,箱子有轮子,我拉着就行。家里还有远路的客人没走,我大多不认识,也未去上前告别。早上起床后我跟四姨奶奶说过我要走了,也不用再去说。妈妈把我送到车上,看着车开,仍期期艾艾地站着朝车望来,似乎有什么不放心的。如今弟弟都结婚了,妈妈还有什么不放心的事呢?

阜阳到深圳的火车上,车向南走,进了江西地界就接近夏天的气候了。车再继续向南,窗外的田野色彩变化不大,都是绿油油的。

从平原到山丘,再到山区,到九江路就走过半了。在九江地段,铁路边有几座山上的坟墓成片,一堆一堆,一排一排,十几二十个墓碑挤在一起看着很扎眼,一眼看去,让人的眼光不由得首先落在这些上面。看过了成堆成排的,才会发现那些三三两两散落的,本是有伴的,看着也寂寞了。

第六部分　我

1

重新工作后,我还是做回了老本行,想着轻车熟路的上手快。但因为对当下的市场不甚熟悉,本来应聘的是市场管理,招聘还是把我分给市场销售。我全当是公司考验我,接受了安排。

市场部又细分了拓展部和销售部,两个子部门之间有业务关联。我先是由销售部应聘进来,由普通销售员工做了两年方升为我最初来应聘的目标,片区主管。但不想刚做主管,公司又安排我去拓展部,虽是平级,却是我不甚熟悉的工作,一切又都重来。

眼下我正在与郑州一家商场谈进驻设立专柜的事。我想等等看项目进展情况,若是能签下来,我便不用辞职。但若签不下来,后面我这个片区市场拓展主管就可能要换人。换人即是把我拿下,重新做回办事员或去销售部,这结果会让我不适。办事员工资太低,我不想做。去销售部的话,我这个年龄了再跟一堆小姑娘竞争业绩我是争不过的,也很尴尬。到时业绩再做不好,就不是我辞职,而是可能被公司辞退。

商场初期结构规划已经完成,正在细分功能区,我们公司有 A、B 两个品牌,想一起进驻,但两个品牌两个风格,亦针对两个年龄段,所以两个品牌将划在两个不同的楼层区域。照公司对品牌原有的定位,A 品牌是我们的一线主打,B 品牌作为二线培养,它们进驻商场之后应该把 A 品牌设在所在楼层的周边大型专柜区,B 品牌设在所在楼层的中岛区。这家商场因为引进的商家资源不尽如意,想把我们公司的两个品牌对调一下,让 A 品牌在所在的楼层做中岛,让 B 品牌在所在的楼层做边柜。我把信息反馈到公司,公司不愿妥协,叫我设法洽谈。合同一时签不下来,我只好在郑州准备长住,天天盯着商场调度,一旦有其他商家谈不成签不妥,我好得知弟弟再次卷入传销，是弟媳小马告诉我的，我说我不管，弟媳说你不管你弟会死里面。我说那就让他死里面吧。弟媳大哭，她说："没见过你这么狠心的姐姐，亲弟弟命都没了也不管。"她显然在假哭，我不想理，但她继续说："你以为我想管他啊，你也知道你弟是那样的，我嫁给他还不是为了让马小花有个家，有个爹。我想，你得知道，要是马小花没爹了，我们在你家也待不住。"

我不等她哭诉下去，打断她说："你当然不是为了让马小花有个爹，你只是想让马小花有个爹帮她出学费。这个事我爸可以不明白，我妈可以不明白，不等于我不明白。我念你一个女人带孩子不容易，不想拆你的台，以前的事算过去了，以后我拆不拆你的台，也得看你怎么对我爹娘，也得看你在我这里知不知趣才行。"

弟媳不哭了，声音干脆地说："是，我就是为了让马小花有个爹帮她出学费，你又不是才知道，那你去拆台啊！我看你拆我的台能落什么好，不是我要养大一个孩子，你还以为谁会嫁给一个瘸子啊！"弟媳这样说完，似乎不解恨的，又补充说："你还以为你弟是刘德华呢，天下的女人都争着嫁给他！"

我说："我没这么以为。"

弟媳的话越来越狠，她说："你当然不好意思这么以为，你们都知道你弟不能生，才指望我带来的这个女儿养老吧！所以不管你怎么说，我不信你不救你这个弟弟，没了他，你家连个养女也落不上。"

"世上怎么会有这么不知进退的人！"我心里想着，恶毒的话不想说，懒得再听电话就把电话挂断了。我并不知道我弟不能生这回事。

这次是要八千块钱。爸爸手上的钱刚还完盖房的材料钱，一时拿不出来，才让弟媳给我打电话。我没有给，他们合起伙来一轮一轮地来，然后爸爸又打了先生的电话。先生应该是给爸爸转了钱后给我发了一条短信过来说："你们家这样是个无底洞，你也该想想以后要怎么处理。"

我正在处理一个传真件，需要找老板签完字传回去，看了信息后放下手机继续做事。直到把这件事做完返回自己的工作台，心里才隐隐作痛，觉得羞耻。这个羞耻让我不安，心里响起一个声音，要我赶紧把八千块给先生转过去。矛盾有了，不挑破，日子还能阴着过，一旦挑破就是战争。现在我若忍受，事情就会过去，不至于伤面上的大雅。若我反击，战争就真的开始了，就会激起浪花，水就要拍打到岸上，让无关的人也会牵扯进来。这些我都知道。但我还是没忍住，打开网银把八千块钱给先生转了过去。同银行内转账，这边转出，他那边就能收到到账通知。我想，他收到通知会再发什么信息过来呢？

我有气无力地打理着工作，一直没有再收到先生的信息。

晚上回家，直到我跟阿宝睡着仍未见先生回来。

第二天早上，床仍是空的。上班后我给他发一条信息，我说我们离婚吧，离婚了就没有无底洞了。然后我又补一条信息，弟弟残疾，弟媳贪婪，现在是孩子读书，将来还不知道他们要什么。他们确实是个无底洞，这才刚开始。

先生未回信息，下班后也未提此事，我们依旧过着各自上班下班、吃饭睡觉带孩子的生活。夫妻说是一家人，除去出差、加班，正常工作日内一天二十四小时在一起的时间也不到十二小时。就是这剩下十二小时中间又有七八个小时是在黑暗中度过。再除去早、晚两餐用餐时间，他还要看新闻、看报，我还要陪孩子玩，给孩子准备衣物，整理玩具。看似在一个屋檐下，却无时无刻不是过着各自的生活。婚姻成了一桩交易，一场合作，彼此像遣派在对方人生里的特务一样，过着事不关己又息息相关的日子。

我身体见红，以为是又来了例假，但一周后仍血流不止只好去了医院。医院检查说是流产，但不知流干净了没有，为了保险起见，还是建议我照B超。B超照完，宫内有郁积，医生仍是建议我刮宫。我说我不敢。医生说孩子都生过还会不敢。我说不一样。医生说那你想好要不要做。我说有没有不刮宫的办法。医生说那就别图一时痛快，该吃药吃药，该戴套戴套。我感到被羞辱了，可谁说医生冰冷无情的言语之中不是道出了世间最浅薄的真相呢。问题显而易见，不需要任何智商也应该想到的。我缓了缓气，说，那听医生的吧。我弱下来，医生也耐心下来。仔细给我解释说那就再等流几天看看，若是流不干净仍是要做刮宫的。但在这之前郁积的恶露可能会引起病变，若是留下病灶，到时割掉子宫又或患上子宫疾病都是有可能的。医生这话让我想起遗忘了许久的姐姐，想到姐姐切掉子宫后心戚戚的样子。我说，那好吧，我现在做刮宫手术，给我止痛。自费，医生说。那也打，我回。

我怕了疼痛。有形的，无形的。我不想再经历一次生孩子那样的疼痛，那种疼痛就如姐姐把身子弓成大虾做脊椎穿刺的日子写下的日记，她说那种疼痛，"我整个人抽离出肉体，在肉体的上空徘徊，那漆黑的上方，仿佛到达死亡前的无人之境"。我不想要那样的疼痛，以及心理的疼痛。

我在医院一夜未归。等手术的麻醉散尽，余疼把我弄醒，这时已是天亮。

夜间先生发来信息，问我还回去吗。只是一条信息，并没有多的信息追问，手机里也无未接来电。等我看到这条信息时已过去五小时。我说："我刮宫了，等会出院了回家。"

我给公司说明了情况，请了半个月假，想等全好了再去上班。记得人说，小产也是产，也要坐好月子。

这时国家已放开"单独"二胎政策，但我跟先生都不是独生子女，还不能生二胎，所以我小产并不能算产假，只能以病假计。又因为这半个月假要跨两个月，一边在月底，一边在月初，公司的人事主管告诉我要扣两个月的全勤奖。我知道这些都是事实，但心底仍不舒适，可是又不能去怪谁，只能一个人生闷气。这时我很指望先生打电话来问问我要不要来接我，又或劝我多住一天院，等身体轻松些再回去。所以我把生气变成了期待，不停地翻看手机看有没有他的信息。我想到姐姐，若是我还有姐姐，若是姐姐还在这个城市，我的身边至少是有姐姐陪伴的吧。这中间我又睡着了，等我醒来已近中午。我下午忍疼小解，然后去打了一瓶热水才爬上床。走是能走的，只是身体疼，无力，这感觉很快从脚上、腿上升到心里，直到那里泛起一阵阵酸楚，一个人蒙起被单抹泪。我想，我这是为什么啊，为什么一个人躺在医院里啊！我是可以低头的啊，我是可以撒娇的啊！但我就是提不起劲来发短信过去。直到手机在我的手里焐热了，湿漉漉的，我才打开手机玩一种叫连连看的游戏。

这游戏没意思，但能让人一时上瘾，要撇开烦恼精神集中地盯着它，把成对的图案一个个消灭。

人到底还是独立的动物，并不能因为捆绑在一起就能心心相印、血脉相连。如果结婚证曾是强大的黏连器，那么此刻，在我的心灰意冷下它已经失去黏性，不能黏连。我意识到这点，强撑着下床，换衣，准备自己办理出院手续。我来时未带行李，出院也一身轻，只需提一个拎包就可以出院了。

只是住了一夜的医院，季节好像都变换了。我在等出租的时候，秋风吹过我裸露在外的皮肤，感觉像站在北方冬天的北风天。我连忙把丝巾打开裹住头，薄如蝉翼的丝巾并不能帮我拦挡秋风，我的头上还是觉出了打开冰箱那一瞬间的冰凉。

回到家里，见阿宝在家，问她怎么没有去幼儿园，她说她生病了。我蹲下身问她哪里不舒服，她说她喉咙疼。我说喔，那就多喝水。我刚说完她就跑走了，身影像一只敏捷的小鹿。

我躺到床上，很快睡着了。

不知几时阿宝过来找我，她摸摸我的头，又摸摸她自己的头，自言自语地说："喔，妈妈发烧了。喔，妈妈要打针。喔，妈妈要喝药。"我朦胧地听她说话，又朦胧地感觉到她走开了。不一会，阿宝又拿来体温表要塞在我的腋下。我醒来看着她忙活，配合着她。体温表刚放到我腋下不久，她又着急地把体温表拿出来，还像模像样地甩甩体温表。我看着她认真的样子不想告诉她体温表放反了。我怕她把体温表打碎了，叫她把体温表放在盒子里。阿宝是一个很乖很听话的好医生，收好体温表后，又去给我倒了半杯水，帮我拿了药片来。

嗯，是她平时爱吃的奶片。她喂我一片，我咬一片。她见我吃得认真，自己也吃了起来。阿宝爬到了我的床上，我们两个人头靠着头，很快把半瓶奶片都要吃完了。四岁八个月的阿宝发现奶片快没有了，一下子不高兴了，嘟囔着说："不给妈妈吃了，阿宝要没得吃了！"我说："好吧，妈妈好了，妈妈不吃了。"

晚饭的时候，阿宝早把我生病的事给忘了，非要我喂她吃饭，我说："阿宝自己喂。"

阿宝说："妈妈喂。"
我说："奶奶喂。"
阿宝说："妈妈喂。"
我说："爷爷喂。"
阿宝说："妈妈喂。"
我说："阿姨喂。"
阿宝说："妈妈喂。"
我说："爸爸喂。"
阿宝说："妈妈喂。"
我说："好吧，妈妈喂。"

阿宝还不想坐BB椅，她把爸爸赶走，跟我坐在一排。

先生说："今天有大客户来看厂，走不开。以为就是个小手术，知道你这么不舒服，要你等着我去接你了。"

我说："过去了。已经回来了。这个事以后不提了。"说完我把快要拱到我脚头的阿宝挪上来与我并肩，然后我们各自睡去。

第二天，我送完阿宝出门，找冰箱里的东西煲汤。冰箱里几乎没什么东西，只在冷冻层找到几块海鱼。我想海鱼不好煲汤的，就又作罢，躺回到床上去歇息。爷爷奶奶每天送完阿宝上学都要到公园里去健身，要中午接阿宝了才回来。我又回去卧室睡了一觉，梦着姐姐，她哭哭啼啼地向我走来。我问她怎么了，她也不回话。我们背道而行，我继续往前走，又见姐夫在路边站着吃饭。他也没端碗，用筷子从手里挑起很长的什么东西在吃，看不清他在吃什么。我回头找姐姐，她正朝着自己的坟墓走去。

觉得这样在家待着实在无趣，想想，明天还是要去上班才行。我打电话给钟阿姨，叫她来我家前从超市买些东西煲汤。钟阿姨问我要什么材料，我告诉她小产第三天，叫她看着办。钟阿姨也没说什么，这是她们的专长，想她自是心底有数。

晚上快要吃饭时，奶奶来我卧室叫阿宝。阿宝不想出去，奶奶便站在我房间一时不出去。我以为她就是想看着阿宝，忽地她开口说："有孩子了就要，一家人一起生活，要商量着来，不能什么事都是自己说了算。"

我愣一会，琢磨不出她的真正意思，但显然觉得她管多了，于是也不客气地说："二胎要罚款的。你来这么长时间了，深圳罚多少你又不是不知道。"

奶奶说："能罚多少，四五万吧，这个钱我们还是出得起的嘛！"

我说："我出不起。"

奶奶说："那是你胡说，你哪是出不起，你是不想出，你要把钱拿给你娘家花。"

我一时火烧胸口，但见阿宝玩得专注，不想吵到她，只好忍气吞声地说："事情不是你想的那样。我还在康复，不想动气，麻烦你不要再跟我谈这个事情。你有什么话可以先找你儿子说。"

奶奶不出声，但我能感觉到她转身走了。待她出我的卧室门又似乎听到她说"真是没个教养"。

我一愣，顿时心里酸楚起来，想我在婆婆面前或者真是"教养不好"的。但从什么时候开始给她这个印象的呢，是一开始就印象不好，还是后来的哪一天？总之眼下我们的关系是坏的，以后怕也难好起来。在这个家族里我们像不得不互相作出让步又互相防范的两个邻邦，看似各不相干，实在利益攸关，谁也不能越国界半步，更甚有牵一发而动全局之势。

我看着阿宝坐在落地窗前玩一个穿珠子的游戏，她玩得认真，映在玻璃里的身影也是一丝不苟的，她那样子并不知道这个屋子里发生过什么。

我叫阿宝："阿宝，妈妈要是出差很长很长时间，阿宝会不会想妈妈啊？"

阿宝不理我。

我又说："妈妈要出去工作一段时间，阿宝肯定会听奶奶的话好好吃饭好好去幼儿园对不对？"

阿宝理我了，说："妈妈去做很重要的工作吗？"

我说："是啊，妈妈去做很重要的工作。"

阿宝说："妈妈要去做很重要的工作，阿宝会听奶奶的话好好吃饭好好去幼儿园。"她说着，手里还是在穿珠子。

工作群里在谈武汉外派的事情，这是个烂尾事件。去年公司A品牌进驻一家商场后，整个商场营业情况不好，商场未经各厂家同意，私下把商场整体转手了。现在新主要把商场重新装修，这就意味着原有厂家需要重新投入一笔资金装修柜台。但这个钱明显花得冤枉，谁也不愿意承担，公司说需要人去耗着跟紧相关事宜，花费能少一分是一分。武汉本来有区域主管，但她借口要结婚不想外派。我掂量了半天，这个事谁也不想主动接手，我若申请去跟进肯定能成。但这不是一两天的事情，关系到公司长期的利益，是要跟商场耗一段时间的，你退我进，你进我守，谁耗得起谁赢。

我要不要去呢？照理说现在交通便利，即便外派，中途见缝插针也是能回来几天的。但这些都不应该是我现在要考虑的问题，我的问题应该是我为什么这个时候想要外派，我要做什么？

俗话说当局者迷，我潜意识里或者是想抽身出去再回看一下我当下的生活，这段婚姻，以及我的一生在追求什么。若是以前不曾意识到的，那么现在这朦胧的意识是否有必要澄清，有必要看清？

我与先生闪婚后被务实的婚姻观念驱赶得疲惫不堪，以至要怀疑起最初的眼光和决定。但婚姻是什么我们又何曾追究过呢？没有，我们都不曾想，我们只知道需要跟另一个人一起完成这件人生大事。我们起初还庆幸找到了，如今看来何尝不是自己蛊惑了自己——"我们再不结婚就老了"，"都说爱情是爱情，婚姻是婚姻，它们是两样东西，爱情不是婚姻的天堂，所以婚姻里并不一定要爱情"。在这些道听途说而来的婚姻观念上，我们似乎知道得太多了。

3

我有柜台导购和店长的工作经验，又有销售部管理经验，现在是拓展主管，从个人经验上看，武汉这个事似乎没有人比我更合适。外派申请很快批下来，第二天我就要走。已是夏季，北方也起暖了。快则十天半月，慢则月余，事情应该就能有些定夺。此行我心里有底，不光是与商场周旋洽谈专柜重新布局，我的工作还应包括停业前清货、商议专柜新装修费用分摊比例。如果原片区负责人放弃武汉片区工作的话，我还得继续负责装修方案以及新张事宜。这样下去对我倒是有益，公司将极可能合并武汉的片区到我的管辖范围。看商场新主的规划，将来这家店的业绩一时半会也不会差，这意味着我将来有可能拿保底之外的业绩提成。远的不说，新张后的商场借着开业，刚好在夏末做一些促销，折头势必是当地所有商场中最低的，争取借此把开业这一炮打响，狠狠地出个风头。紧接着铺上秋装，将会掀起另一场狂欢。再接着是十一国庆，这样接二连三的下来，甜头给足，发出去一定数额的金卡银卡VIP，客源就会被牢牢拴住。

这样看一切都是好的结果。不好的结果在于商场易主后仍不见好，那么我们公司在武汉这家店将会亏损，将成为我们公司一个很不好的案例。不管是原拓展主管还是中途找上门的我，都将连同这个不成功案例记录在案，以后大会小会必提，颜面肯定不好受。但我想，我怕什么呢，就是没有这次机会，我的人生不是早已一败涂地，迷途难返了嘛。

我是来处理劣势的，不是来拓展的，很知趣没有去申请差旅费。所以我想我应该先住到当地的员工宿舍，等情势见好再去住旅馆甚至酒店不迟。

事情比我们公司收到的讯息还要糟糕，易主后的条件并不乐观，除了专柜的营业额保底和扣点都可能上涨，新装修的费用商场并不马上分担，而是要从未来十个月的营业额里分期抵扣，这就意味着装修款需要我们公司先自行垫付。再有就是专柜员工问题，一个店长、五个员工听说商场要停业装修各有想法。店长已有高就，准备辞职，剩下的五个员工也要带走两个，这样一来收尾工作就只剩下三个人，这时再招人显然不合适，也对货物不熟难以出力。想想，怕是我要亲自站柜台的。但人来都来了，如果还想把后面的事情做好，一场卖力战是少不了的。还好我有柜台导购和店长的实战经验，想来也是不怕的。但我同时也想到，我刚小产过，身子还虚得很，多少还是怕担当不下来。

我跟公司的市场经理与人事经理商议，想尽量挽留店长两周。

如果按合同，她现在要走而公司也未批准，那么她当月未到月的工资是可以不付的。但我要挽留她们，不但要支付她们实际到岗的工资，还得赔付促销期后停工期的工资，公司很不同意。人事经理更是无情，他说："谁都知道武汉这个事是个烫手山芋，连原片区主管都不接手，你偏要申请。这是工作，这个外派还是你自己主动申请的，你理当承担这个困难。"末了，他还不忘告诉我原武汉片区小杨主管被他辞退了。他说，工作就是这样，职场如战场，任谁都只能前进不准后退。

这事让我多少有些愧疚，担心是自己主动申请让小杨主管陷入工作尴尬局面。我私下问了跟小杨主管关系好的黄钰，她俩曾合租过房子。我问她小杨主管是被人事部辞退的还是自己请辞的，黄钰说，刘锋那个死胖子就会吓唬人，杨敏的老公是区里的官员，他敢辞退杨主管？人家是想做专职的官太太，相夫育子，刚好找借口辞职而已。刘锋是公司人事经理，老板娘的表亲。人很胖，瞳孔黑少白多，不管跟谁说话，只要一使劲，都像要把人瞪趴下。私底下，人人都喊他死胖子。

原来如此。

小杨主管是八〇后，比我进公司的时间还长，从出生年份上看，小我四岁，这年应是二十九岁或是三十。她中专毕业在我们市区外的工厂做仓管，又因做仓管接触到公司业务部，做了业务员。在做业务员后的三年里她自考了本科，是个很上进的女孩子。公司不少这样上进的八〇后，多与七〇后同等条件，但七〇后比他们早入世，已在社会上站稳脚步，在相同的条件里已经没有了他们的位置，而更优秀的九〇后也已汹涌而来，他们这批在夹缝中的人只有拼搏、提升自己才能找到自己的立足之地。有说她已婚，有说她未婚生过一子，这方面信息凌乱，谁也没兴趣梳理。大家对她的兴趣点在她是怎么跟区某官员认识，并将成为官员太太的。

大家都还不知道小杨主管的丈夫是什么部门的官员，黄钰也不知道，但黄钰是打算在小杨主管结婚时去吃喜酒的。她说，或者她也可以找个官员嫁了，以后就不用工作了，有车有房有深圳户口，做梦都能笑醒。

公司办公室剩男剩女不少，他们之间多是嬉闹打趣，成为情侣的少。有句时代名言说，"太熟了不好下手"，指的就是这个意思，实在是太熟了，卸了妆都能认识。在这个残酷竞争的社会，爱情像个笑话，大家都不愿谈起爱情，都务实，都直奔婚姻而去。男的追求不到同等条件的女的，会去找工厂里的女孩。但女的只想往高处去，不愿低就，这就使她们想往外走，期望在外面的世界觅得如意郎君。在没找到之前，也是谁也不敢辞职的，都知道现在的工作越来越难找。

黄钰漂亮，大专毕业，比小杨主管小八岁，比我小整整一轮，曾借调在我们市场一部工作过，与我算是老交情了。她说她要找的老公最起码得有房吧，她可不想结了婚又要回到老家小县城里去，所以只有在深圳有房子她才能永远地留在这个城市。至于婚姻是什么她觉得不用去想，嫁得好由老公养着，嫁得不好，各上各的班，除了晚上睡一个床上两个人在一起，其他时间都见不着，婚姻是什么不是什么又有什么关系！这是很务实的八〇后九〇后的思想，又何尝不是当初我的思想。我想过劝黄钰，把过来人的想法告诉她，就像劝年轻时的自己一样劝她，但个人隐秘的婚姻生活又如何方便道与他人！说起来婚姻是从两个人开始的，像一辆班车，不开动前只有司机和售票员，只要车一启动，这趟旅程就不是两个人的事了，随时会有人上来，要一同前往。而上来的是谁，谁是什么角色，没到那个时间谁又能知道呢？一旦遇见生活上的困难，支持两个人的将会是什么？

庆幸歇业促销定在下周三至周日，我还有四天时间用来养息虚弱的身子。

算着时间，阿宝周六要打一针预防针。怕老人忘了，周六一早我发了信息给先生，叫他记得提醒奶奶。

先生回信：知晓。

我看看手机提示，没有点进去打开，我知道这条信息就只有这两个字。我就盯着手机看了一会，直到它变成黑屏。

这天我准备去商场专柜帮忙，起床后一直磨蹭着等待商场营业时间到了我再出门。早餐后换衣着化简妆，看看时间还早，我又躺到床上去。员工宿舍是一套两房民居，共六个员工，含客厅刚好两人一间。一个员工已婚，没住宿舍，我来便住她的床位。她的床位对着小区院子里的一片树木，都是很老的法国梧桐树，郁郁葱葱，挡得阳光一点也进不到屋子。要见到阳光，需要耐心地等待一次一次风吹，阳光才会从茂密的叶子缝间跌落下来，还不待看清落到了哪里，又瞬间湮灭。我就这么出神地看着窗外，明明全神贯注地等待着忙碌时刻的到来，这样的清闲时光又让我入迷，想再没有比灼热的夏季里有一处清凉地躺着让人感动的了。

这么享受着，手机又振动了一下，还是先生的信息，这次字多，他说，你不是不想一起过了吧，两个人选择一起走的路，谁提前放弃都是不负责任的行为。

我想想，理是这个理，但那些细微生活中的磕磕绊绊怎么办呢，要视而不见吗？人是情感的动物，顺则喜，逆则悲，要不喜不悲，那不是麻木不仁吗？但灵敏知情地活着又为了什么呢？我回复先生：我们一直都在功利地活着，用肉体交换信任，用时光交换此生，从不问悲喜。

先生回：悲喜有用？能供房子，能养孩子？还是能让你感觉生命丰满，无有孤独？这样吧，我们再尝试一回，都再努力看看能不能把最初想要的路走下去。像我们最初结婚前那样立个白纸黑字，你希望要什么，我希望要什么，我们看看能不能给到对方。

我看到这串字愣住了，原来谁也不傻，他不过一直在装糊涂而已。这么说他是智者，他比我提前对自己揭示了生活的本来面目，不让自己盲目。我们结婚前是好像立过一些条款，想不起来都立了什么，也不知道那张纸放到哪里去了。或者他那一份还在的。

我收拾东西出门，宿舍离商场三站路，我坐上车后，看半车的白发老人，想这是武汉，不是深圳。深圳太年轻了，平均年龄二十七岁，平日里根本看不见老人。或者，我再想想，我要什么。

我说，那重新开始吧，之前不问过去，只看将来，现在不一样了，现在我们也一起了解下过去。我有过一个男友，要结婚了，他妈让他娶老家的女孩。我后来就单着，直到遇着你。我知道你有女友，是教师，但你后来来深圳了。我想知道她后来在你心里是什么位置，为什么后来你一直没有固定的女友。

他说，我告诉你吧，她不爱我，是我纠缠着不放手，直到我离开。

我沉默许久，直到下了公交车。

中午吃饭时，店员小姑娘要给我打饭，问我吃什么。我说还没想好，叫她们先吃，我等会出去看看。

我按小姑娘告诉我的地方找到小食一条街，选了热干面加冰粉。等食物端好坐下来，我给先生发了一条信息，我说：武汉的热干面比深圳的好吃。

先生迅速回我：我加班，中午吃黄焖鸡，公司前台订的饭。吃了两年了，才听说这道菜是山东菜，记得你说过你祖上是从山东迁过去的。

下午五点我下班，留下一个小姑娘看场，回去的路上我又发信息给先生，说我下班了，回去宿舍。

先生并未关心我小产后的身体情况，说他已经下班了，正去公园接阿宝和爷爷奶奶去吃晚饭。

我们一时像情感懵懂想要走进对方心里的恋爱男女，揣摩着对方，倾力地交付，生怕这次再实验不成功，面对婚姻失败的下场。

可能阿宝玩先生的手机，拨通了我的电话，我喂喂半天，也不见阿宝回我话。只听他们在外面晚餐时聊天，奶奶说："她小产你不知道？是，你们的事我不要管，我就是好心提醒你们，小产也不能马虎，闹不好以后都怀不上了。"

先生说："我看她挺好，样子跟生理期差不多吧。"又说："还怀什么，都要工作，一个都难，再生怎么弄？"

奶奶说："这个叫你们带了吗？又没叫你们带，你们不是该上班上班该出差出差？你们生就好了，不让你们带。"

先生不接话，叫阿宝把电话给他，阿宝可能不给，说："妈妈，妈妈。"我听了忙把电话挂了。想到先生是不了解我的状况的，当然，也许他不了解的事情很多，他至今都没有学会关心他人。这么想着我又觉得与他的婚姻再走下去还是重复，还是只能各过各。

天昏沉沉的，像要下雨，和早上好像不是一个天。下公交走到一个十字路口，一时迷住了，不知道要往哪里拐。绿灯起，等人群过去，我迷过来后心里有底了，知道自己这是要回宿舍。宿舍在马路对面的方向，可我又不想过马路了，退回到人行道上。我也没想好我不回宿舍要往哪里去，正努力想着，脚下一转去了跟宿舍相反的方向，就一直漫无目的地走。走着，心里百般委屈，好像是一个人孤独地活在这个世上。

想过跟妈妈打个电话，可是能解决什么呢？保不准说着说着话哭了，惹妈妈担心。要是姐姐还在，我就叫她请我吃饭，不拘吃什么，就是叫她请我吃饭。可是姐姐早就不在了，这么想着，心里抽丝地疼。我继续向前，在又一个红灯路口突然看见姐姐，她背着水蓝色背包，穿着白色棉纱裙和外套，她也是一个人在人群中孤独地走着，看上去跟谁也没有关系，更看不出她要去哪里。我跟着人群走，跟着她。她猛然转身向右，招手上了一辆的士。她比我年轻，一点也没有老，这发现真诱人，原来一个人是可以不用变老的。

第二天，我干脆走路回家。

第三天也是。

促销期后，商场给大家留了一天清理柜台。我跟三个员工点清货品，把公司要寄回的款式寄回，剩下的封存起来，等待柜台装修。

4

装修组过来之后，我本可以回深圳三天，想想又没回，混沌地睡了三天。

商场装修不是家装，不用那么精致，柜台装修都是搭架子扣木板，然后批腻子刷漆，三天足够了。再等两天油漆晾干，我们的专柜就基本好了，可以打扫卫生，上货了。

我又招了两个员工，加上未离职的三个，和以前一样，一共五个，两班倒时店长顶位。因为两个是新手，得培训，我是想好了要多留些日子。从老员工中提了一个叫静静的女孩做我的副手，给她的职位是副店长。她也高兴，干活很卖力，做清洁时就不肯歇息，到开业更是天天直落。因为没有许她高工资，其他两个女孩也就没有太多埋怨，也是高高兴兴地配合着工作。一个副店长两个班长，另外两个是新人，这搭配极好了，都很欢喜。但我给静

静许了总业绩提成，完成商场保底任务做多少提多少。所以她的心思是全店的业绩，心胸打开，对四个员工都好。

在武汉，我一来月余，天高皇帝远，公司不知道具体情况，我若说还脱不了手，他们也拿我没有一点办法，我可以继续不回去。

先生并没有催我回去，发过几次短信，我像跟公司说辞一样，他也没有埋怨。但我想，没有埋怨才不正常，他也是做市场的，做市场是忙，但忙到一点也脱不开身也是骗人的。他不揭穿我倒让我为难起来如何跟他沟通。说世上最亲密的人是夫妻，可夫妻间的玄妙关系是很难处理的，一个人想这样，另一个人想那样，谁让谁，谁先迈出第一步呢？让了的一方窝在心里的不适又如何消解？我的父母及他的父母一代看着天天吵，却是走到了现在，我跟先生不吵，看着互相支持互相体贴，实则婚姻岌岌可危。真不知道是我们哪一个人出了问题，还是两个人都有问题。回头想想，我们因为大龄，急于结婚，更像是为了完成谁交给我们的作业。如今我们完成了结婚这项作业，那个收作业的人并未出现，以至于我们无法知道我们做对了没有，若是不对，又如何更正。

专柜正常运作起来，静静在我面前很卖力表现，我本想劝她松懈一些，不要太强迫自己多么卖力，毕竟走长路靠的是耐力，不是爆发力，想想还是不说吧，年轻人努力一下也是好的成长。前两周的报表是我自己做的，第三周的让她来做，待一周结束，工作报表周一上午就做好拿给了我。我告诉她不用熬夜做，周二给也行，静静讨好地笑，说没有熬夜，她每天都做

流水，然后把周日的一合就好了。

静静高中毕业，工作两年多了，这年刚二十一岁。长得不是传统美女的样子，但蛮好看，她最打眼的是一张嘴，微微厚，涂了唇彩亮晶晶的，说话时有点小嘟嘴，对谁说话都像撒娇。若我是顾客，因为闹心出来逛街的，看她青春好看的样子加上那么说话，苍老的心也会喜悦起来的。她从嘴再往上看，能见她鼻子坚挺，细眉凤眼，要是再笑起来，那双眼就成一条缝了。要是说她的小嘟嘴会撒娇，那么她的一双眼就是藏心思的地方，她一笑，你就在她的脸上什么也读不到了，只剩下了笑。

静静问我："姐姐，你还回深圳吗？"她不叫我主管，叫我姐姐。当然，这些小姑娘的嘴都甜，叫所有的顾客都叫姐姐，好像叫自己姐姐那样自然。

我说："回的呀！我还要回去开展其他的工作。"

静静又问："那姐姐什么时候走啊？"问了，她又忙地补上一句："姐姐什么时候走，我们一起请姐姐吃个饭，姐姐教会我们好多东西啊，我们要谢谢姐姐。"

我笑，心里知道这么大的小姑娘小心思能到哪里，就顺着她的意思说："下周吧。"但我又说："可能月底又会过来，商场第一次返点后我要来结算装修的分摊。"

静静天真地笑，眼睛再一次眯上了。她说："那姐姐走前咱们要一起吃个饭喔！"

我说："好。"想着是时候给她空间，让她独当一面。我心里早已计划好，下周二看了她的报表就去郑州的专柜看看。

5

我还在去郑州火车的路上，妈妈打来电话，说爸爸被人打了。我问严重吗？妈妈吞吞吐吐，似紧张说不清，又似有什么不好说。我忙打电话叫县城工作的同学王维去看看情况，告诉他我爸真被打了，要带他去医院看看，老人骨头脆，明伤暗伤都经不起。王维在县城做生意，我也不清楚他的生意大小，只知道老家人能耐大，别管人是做什么的，一旦有事，什么关系都能联上。

等我坐上火车，同学已经赶到我家了解了情况，说没什么大事，就是老头被人照胸口推了两拳头，说胸口疼。我叫他把电话给我爸，问我爸感觉怎么样，要不要去医院。我爸说："严重不严重我也不知道，就是觉得疼。"

我说："那就去医院检查下，别落下什么病。"

我爸不说话，把电话给了王维。我叫王维走出来，到院子外跟我说话。

王维说："依我看不去医院也没事，但你们非要去，我就带老头去。陈云云，你知道我的意思吗？"

我沉静一下，听懂了王维的意思。听说村长和书记也在，怕是我爸多少把事情说严重了。

我又打我爸的电话："都僵着也不是个事，要不你就去医院看看，往前走一步，都喘口气。"

这么说我以为我爸能懂我的意思。不想我爸火了，说："喘什么气！他大锋朝我胸口打。她蒋惠英叫着我群山（爸爸的乳名）的名字骂，说我是回来争份子的，叫我滚回南庄去。我可是得我应该得的地，我爹在这里生，我在这里生，国家统一分的地，凭什么我不能回来领。他们老老哩（指二奶奶）欺负我娘，他们老哩（指大伯大娘）欺负我，现在可好，两个小哩（堂哥大锋及他的老婆蒋惠英）也要来欺负我。以前我为了你们三个一忍再忍，现在你们都长大了，我也一把老骨头了，我叫他大锋来打我，我不信他打死我他不坐牢。让他来打我。"

我一听，这事简单不了，堂哥大锋这次真惹着我爸了，捅了他窝了半辈子的气囊，怕是这次我爸真不罢休的。如他所说，年轻时他忍是为了把我们养大，现在我们都大了，他也老了，一把老骨头，拼了值了，多少年的一口气要放出来了。

我赶紧订从郑州到阜阳的票，不去看专柜了，得赶紧回去。王维也先回去了，给我留信息说：可大可小。我盯着信息揣摩半天。

回到家天就黑了，我爸喝了酒睡了，剩我妈守着门等我。

我问我妈："真不用去医院？"

我妈说："两根肋骨疼，贴了止疼膏药。捅了两拳，他大锋不承认是捅，说是推。你爸脱了衣服都看见了，推能红一块？"

我拿了手电筒出院子看，妈妈跟着。大锋的宅基地在我家南边，他盖的房子占了我家一溜地。打地基时我爸在外，等我爸回来，大锋说是工头不知道，挖地线外面了。工头呢，肯定知道里面的微妙，想息事宁人，使劲给我爸让烟，我爸看在大锋是晚辈的分上睁只眼闭只眼。不想房子盖起，大锋又要伸屋檐出来，我爸就不愿意了，说一次错是失误可以说得通，再伸屋檐就是故意的了，就是明着欺负人了。于是我爸不让机器吊材料盖屋檐，大锋心疼工钱，十几个人随便一歇就是大几千块，就来推我爸。我爸没料到大锋真动手，说：

"大锋你个孩子你真敢打我吗？你还讲不讲天理了？"大锋说："我就推你我怎么了！"又出了更重的一拳。

一会围了工人和邻居过来，我爸倒地上就坐在地上了。因为有人围观，大锋不敢再动手，就叫他老婆出来拉我爸，也就是蒋惠英。蒋惠英就去拉我爸起来，我爸不起，不知怎的，蒋惠英说我爸趁机碰她了，也倒在地上不起来。我爸不起来是仗着是老人，大锋把他捅疼了不起来。可蒋惠英不起来就是明着使计了。她坐着不起来就哭了，说我爸手碰她了，这真是要命的事，一个男长辈对侄媳妇手不干净是要吓死人了。我妈看得一清二楚，要上去扯蒋惠英的嘴，叫她改口，邻居也说没有的事，都看着呢。蒋惠英就改了口，她哭着喊着，叫着我爸的名字说他是回来争份子，叫我爸滚回南庄去。她这一叫我爸更来气了，说这话是该你说的吗？你一个侄媳妇，叫我滚回去你辈分还不够。于是我爸恼，叫着大伯的名字，叫他出来，说这话要是你教的我就跟你评理，你叫一个媳妇这么骂我你算什么英雄。还好我们族里还有个爷爷辈的人在世，我妈把他请过来评理。这个人就是四爷爷。往三十三年前数，一九七八年的那年，可就是他出面接下了我爸我妈和我姐姐的。四爷爷很老了，耳背听不清话，说不管谁，打人了得报官，于是叫了村长和书记过来。这时我的同学王维也到了。

听我妈讲到这里，已过十二点，我说我都知道了，先睡吧，明天再说。

妈妈把早饭做好，我还不想起床，但七点过，大锋他们施工的机器声响起来，我也睡不着了。我简单洗漱，问我爸一句话："你还想不想他盖成这房子？"

我爸说:"这事我想过,我要举报他,他铁定盖不了,他没有拿政府批文就盖了。但是搁咱农村,掀大梁、掘坟,这都是天大的事,这事我可做不出来。"

我说:"那你想怎么结束这个事?"

我爸说:"他占了咱们一溜地是真,本来没多少,我也没想计较,但现在我得要他一个态度出来。还有蒋惠英,她一个侄媳妇怎么能骂我,这个得他们老哩给个说法。我就要这两样。"

我思考一会,想这应该是姐姐去处理的问题,如今落到我头上了我该怎么做。我说行,我给你把这两样东西要回来。但你以后别再跟他们硬碰硬了,我们不在,没人给你出气。我又是一个出嫁的女儿,也不能老管这些事。我爸突然哽咽,说,他可不就是看在你弟弟是个残废才这么欺负我嘛!

我跟爸妈说我去找大锋,叫他们不要出院子。我找大锋前先去找了村长和书记,叫了他们一起来。本来他们不想来,我说,你们不去,我跟大锋要是没谈妥,我可是要举报他违建的,你们可要想好了,大锋违建顶多罚款,可到你们这里就是你们失职。现在的村长和书记都不似以前的官大爷了,是为人民服务的。我这一说,书记忙说叫大锋申请了,这大锋急性子,不等批下来,转眼就盖上了。我说那我不管,没批文先建就是违建,我爸顾忌咱们农村习俗不想掀大锋的大梁,不代表我不想掀,他可是打了我爸的,我爸还是他的长辈,他的亲三叔,我要给我爸出这口恶气可是一个举报电话的事。

书记跟村长忙说跟我一起去找大锋。我们还没进大锋家的院子,书记叫我等等,他先进去说说。

像小时候一样我见着大锋叫他大哥,我说:"大哥,昨天的事我都知道了,我找了村长和书记来,咱们还是把事处理了你再开工,不然你这虽是宅基地可以盖房,但据我所知你没拿批文,所以你这算是违建。你三叔对你很仁厚了,你打了他,他还是要看在你是小辈的分上也没想要举报你违建。但我可不一样,我跟你平辈,你揍我爸,我不需要对你有这个仁厚,你没有好态度,我可是要举报你的。所以现在我是来跟你商量,你要不要跟我爸道歉?"

不知道大锋是有点知错了,还是知道一旦被举报的后果,又或者是书记怕举报连累他失职提前对他说了要害,大锋听我叫他大哥面色就挺和缓的。但这时他媳妇来了,突然往我面前一站,说:"你想怎么样?"

我对蒋惠英说:"大锋是我大哥,我跟我大哥说话你冒不生地上来插话,你这得是多不给我大哥面子啊!让外人看到了,以为我大哥的家都是你当着。"我这些泼皮的话当然是故意说给大锋听的。

大锋脸一沉,冲蒋惠英说:"忙你哩去,喳喳什么!"

蒋惠英可能在担水泥,一腿子一屁股的水泥浆。

大锋说他昨天上午跟工人吃饭喝了酒,都不记得是怎么回事了。

我说你不记得没关系,有记得的人,我爸胸口红一块,现在还贴着止疼膏药呢,我同学还给我爸拍了照片,人证物证我都有。这样,你三叔不跟你计较,我也不跟你使孬,有一算一。你能应咱们就私了,不能应我就举报你违建,另外还得报警你打了我爸。

大锋脸一沉又一提，随后，又一沉一提地忽闪几下。因为胖，脸上的肉一块一块的，像经不起剧烈运动而喘息。

大锋摸着烟，说："你说你说。"

我说："一，你打你三叔了，这是事实，你得道歉。我们没去医院，没有医药费，但你把他打疼了，你买只鲤鱼给他补补，咱们农村就这规矩，赔理赔鲤。二，你确实占了我家的宅地，按国家征收宅基标准，你占多少赔多少钱，钱肯定不多，但你一分也不能少。三，你请上我大伯大娘，再叫上你媳妇去给我爸道歉，她是晚辈不该叫我爸的小名，更不该叫我们滚蛋，就是我大伯大娘你们谁也没有这个资格。这条上再补一项，叫我大伯大娘保证，你们以后世世代代不准再说我们是回来争份子的话，这话很伤人。就这几条，我等你一天，给你时间买鲤鱼，明天上午十二点前不见你们的态度，我就举报。"

大锋又是一阵皮笑肉抖，说是是是，我跟我妈我爸说说。

我转身了又停住，看了看大锋和他新建的房子，四四方方的红砖楼，二层还未封顶，窗子位留好了，大大的窗户，想必将来那里是一个个大大的落地窗，里面布置着城市人有的一切，在这片土地上，多少代的农民终于翻身，将成为向往的城市人。这么想着，觉得这房子要是真扒了也怪可惜。

我回家吃早餐，我爸说："要是我跟你妈都不在了，大鹏可咋办？"

我不想接话，能怎么办，他们又不是不知道弱有弱的办法存活，只是看你要不要放下那个脸面。我心里其实是生爸爸的气了，他就是太要脸面了，才把自己弄得这么苦。

大伯大娘出面，该提的鲤鱼也提了，就是说话抬着脸。我让他们一行四人加四爷爷坐下，给他们沏茶倒茶，蒋惠英张不开口，都是我大娘说话。她说："我没教育好小孩，不知道从哪听来的话都往外说，你们是亲三叔亲三婶子，说起来都是亲老哩，别跟小孩子一般见识。你不举报俺，我这代表一家子谢谢你，好了吧。这样说行了吧？"

我看爸爸的脸色，又看四爷爷的脸色。四爷爷耳聋听不见没有反应，我爸低着头不吱声。

我看大锋，大锋低着头。我说："大哥大嫂的态度呢？"

大锋用胳膊肘捅大嫂，大嫂破口大骂："你个孬种捅我干吗，不是你让说哩？"

大娘一看场面很乱，忙开口说，好了好了，大锋代表说一句。

大锋说："我喝了酒真不记得了，要是惠英真那么说了，那得给三叔赔不是。"说着站起胖身子低一下下巴。

本来我们是占着理，人家才勉强有这么一场道歉，走形式，不是真想道歉。这点上我跟爸爸无不是心知肚明，一辈子的冤和怨了，彼此都在肚子里积成结石，此生难化开，我爸也未必稀罕他们真有歉意。

我觉得差不多可以收场了，眼不见心不烦，赶快送他们一家人走是上策。我说："好了好了，都还没吃午饭，早点回家吃饭吧。"爸爸妈妈都坐着没起来，我把他们一家人送了出去。

我爸说："装都装不好！"

我说："那你还想怎样，要不是书记怕失职、大锋他们违建怕咱们举报扒他们的房子这两层关系,他就再捅你两拳也不会上门来道歉的。他们什么态度你心里很清楚,有个形式就好了,你还真希望他们诚心道歉,那是妄想。"

四爷爷好像打瞌睡醒过来了似的,说:"都走啦,好,我也回家吃饭去。"

我妈让四爷爷把鱼拎走,四爷爷不肯。四爷爷前脚走,我妈后脚就把鱼尾剁下来挂院门上了。可是,有什么意思呢!在这层关系里,爸爸妈妈真的从此就不虚弱了吗?

我想借机歇息两天,妈妈见我不急着走,忙去后院杀鸡。我没阻拦我妈,我实在太想好好在这片大地上睡一觉了,像小时候放牛放羊,任它们在河边大口大口吃草,我在河半坡上躺着看树叶动,看风卷河面,看云吹散,然后在不知不觉中闻着身边的青草睡着了。如果可能我想再那么睡一回,一觉睡到三十一年后的今天,中间什么也不必发生。

新房子原意是给爸爸妈妈有个好房子住盖的,后来做了弟弟的新房。但弟弟在外不回来,弟媳在县城不回来,他们的卧室和楼上为马小花准备的房间都空着,三楼更是连装修都没做,空荡荡的,人走上去,抬脚走路都是回声。我选了二楼一个房间叫爸妈置了床和柜子,偶尔回来时住在那间房里。房里除了新置,有一件从老宅搬来的书桌,是当年我和姐姐房间里的那个,看着感慨万端。去年我回来,我要从一堆杂物中搬这个书桌过来,妈妈不让,妈妈说看着她的旧东西容易想那个人。我说想就想吧,要想不看见旧东西也是想。妈妈说,那还是不一样,不见那个东西忙着过日子想不起来,什么时候找东西碰着了,本来手里忙得不得了,身子就是挪不

动,干不动活,还是不见好。我说,我没事,我就要见着多想想她,想她那么小在院子里忙这忙那的,我才能把她这份当老大的活接了,不然我真是不想管你们这些破事,一会这了,一会那了,我那么小出去,这那的跟我有什么关系?

你这又生气了,又嫌我们拖累你了。

不光嫌你们拖累我,是我也想不明白我为什么要做这些事情。大鹏他受伤了,也没个教训,又去搞传销,你们还把电话打到阿宝爸爸那里,你们就不想想我为不为难。妈妈哭了,我也蛮后悔把这些话说出口。

又经一年人世间的磨砺,像去年那些话我是再不会说出口了。我很快睡着了,直到妈妈在一楼开抽油烟机炒菜,响动和香味飘上来,我还在迷迷糊糊的梦中。

第七部分　我和你

1

姐姐觉得她考得很好,但为什么没能上县里的初中呢?姐姐只当自己糊涂了考砸了,还觉得对不起一直关照她的班主任。她五年级的班主任是教地理和历史的老师,副科老师当毕业班的班主任是有说法的,因为这个老师教出来的学生地理和历史在整个县里的考分总是第一。姐姐的语文也好,作文可以拿到县里去比赛。数学也好,她的数学老师别提多喜欢她了,一有验算

题就叫我姐,"陈平平你上来给同学们验算一下。"姐姐坐第一排,路少,平平常常地低着头上去,一点儿也不扭捏。要是写得意了下来时就笑一下,笑还是低着头笑,平平常常走路一样下来。老师说姐姐稳得住气,将来能成大事。等到教我时就说我跟我姐不像一家人。

姐姐四门课都好,没理由考不上县里的初中。她去找语文老师道歉时,语文老师都想为她哭一场了。

姐姐到了乡里的中学读初中。这几乎毁了她。

我虽然学习差,也考上了乡里的初中。那时候考不上初中的就只能自动下学了。初中分班是按考试的成绩好坏的比例分的。记得当时乡中学有三个班,我在甲班。

小学在大队上,生源只是一个大队里几个村子的学生。初中在乡里,生源是几个大队上来的学生。人就越来越杂了。我上初一后第一学期就遇着老师罢课。姐姐比我好运,她上初一时刚好遇着这个学校的第一批大学生往乡级的中学分配。那些大学生很洋气,女的烫发穿到膝盖的短裙,男的戴眼镜穿西服。这些大学生老师,不但教姐姐她们说普通话,还教她们办联欢会,教男同学如何礼貌大方地环着女同学的腰跳舞。初中一年级姐姐他们学得还是很好的,因为大学生老师刚分下来,还觉得乡村新鲜,还没有养起脾气。但到了第二年大学生就有想法了,一个个要设法调走。女老师要嫁回城里人,男老师要跟城里人结婚,简直是八仙过海各显神通。出生在大城市的大学生老师后来都回大城市了,调不走的大学生老师不满乡级中学的待遇,开始罢课,开学很久老师也不到位。他们的理由本来是来实习的,怎么就要他

们留在这里不走了,他们不同意把个人关系调到乡校来。

我们那时候读书,初一才开始学英语。大学生一来,原来的英语老师都免掉了。为了提倡普通话,语文老师也都换了。我们这一届开学后,大学生老师罢课不到位,老老师又免掉了,我们班上是既没有语文老师也没有英语老师,学生的心一开学就散了。数学老师是个老老头,有人没人他只管上他的课,从不操心有多少学生上课,有时他一抬头发现少一半,他问人呢,还在的学生就哄堂大笑。

姐姐的班上也没好到哪里去,教了他们快两年的老师也罢课的罢课、回城结婚的回城结婚。

我们班四十七个人,只剩二十一个,这时还有我。有个班还剩十七个,学校把原来的三个班拼成两个班,我被分到乙班。乙班基本全是差学生。春末一次逃课被我爸发现了,我爸生气地对我说:"你要不好好学,你回来种地,别浪费钱,一学期七十二块钱,还有学杂费,你以为少啊。"社会变得很快,学费也升得很快,姐姐前一年上初一才五十四块钱,到我就七十二了。

我是在外逃课被我爸抓个现行,一点也抵赖不了,低着头不敢笑也不敢还嘴。我爸把我领了回家,也不跟我说话,他自己又出去干活去了。

爸爸给瓜园里干活,他是大人,一天五块钱。晚上回来,他说像我这大的小孩一天干满也能拿四块钱,我要是不想好好学了,把钱省下来供我姐读,他觉得我姐是能安心读好书的,将来肯定还得往上供。

我说不上就不上,瓜园不是一天能赚四块钱吗,我给你把学费赚回来还不行吗?

第二天一早，我就跟我爸一起去瓜园了。

我爸以为我干几天就干不下去了，会想要回头上学。但是我没有，我跟我爸商量，早上我不去，我要睡懒觉，我只干上午和下午行不行。

爸爸听了怪寒心的，把饭碗一摆："你想怎么样怎么样吧！你要是不上学了，我跟你妈以后也轻松些。你赚的钱往不往家里拿不要求你，你不花钱了就是为我们省的了。"

姐姐害怕，吃完饭去洗碗时把我拉到灶屋里问我："你真不想上学啦？"

"真不想上。学习不好上学能干吗？你有本事学好，你好好上吧。将来你上大学少不了好多学费。你别劝我上，我真回去上了，将来你考上大学可能没钱上。"

这一年是一九九二年的春天，我虚岁十三，已经懂得说狠话了。

姐姐爱哭，一边刷碗一边哭。

隔几天一个小雨的下午，瓜园里不上工，我去学校把板凳搬回来算是正式辍学了。

跟我下学前后脚的时间，大我一个月的堂姐也辍学了。她上学晚，还没上初一，她才五年级。我们一起在瓜园里上工。慢慢的我们都能上满工了，早上也去，上午也去，下午也去。很快，一学期的学费我就赚回来了。

我跟堂姐在瓜园一直做到秋天。瓜收完了，种大白菜时不用那么多人，我们商量着去城里找活干。后来她去了饭店端盘子，我去了一家裁剪铺做学徒。堂姐端盘子直接拿工资，我当学徒期还得交饭钱。学了三个月我走了，我可不想还回去找我爸我妈要钱。过了生日，说起是十三周岁，虚岁已经十四了，我觉得我是大人了。

年底年后的时间，我进了一家服装厂做事。一家私人的服装厂，做衣服反着季地来，夏天做秋衣秋裤，冬天做背心裤头。偶尔也有停工的时候，一停十天半月的，这段时间，老板就只管我们吃饭，不发工钱。我们在城里玩得也算开心。

一个小小的县城，几条街就走完了，百货公司只有两层，新华书店只有两间。一个城里，只是城北的几个厂子里的烟囱高高的，看着雄伟，让人望而却步。剩下的地方能去的我们都去过了。

我们很快对这个县城厌倦了，对夜晚街上的露天歌厅也厌倦了，我们想到了电视里说的南方。

秋季，我跟我爸说我要出去远的地方打工。这时姐姐已经在合肥读完中专一年级了，刚升二年级。虽然这时我很想出去，并无门路，爸爸说先让我跟菜园的大白菜车去合肥看看姐姐，过完这年再想办法。爸爸多少还是不放心姐姐一个人在合肥，怎么人才去合肥一年多，就变得病快快的了。姐姐是一直身体不好，爱生病，也因为这个爸爸让她读了医校。但姐姐以前再生病，人看着还是健康有力气的，自从去了合肥读书后，她变得一点气力也没有了，就连说话的气随时都要断了。爸爸本来以为读了医校不说工作，自己的身体总能调养好吧。但事实上，姐姐是越来越虚弱了。

大白菜车很大，白菜也堆得很高。驾驶室两人，后排三个大人加我一个共坐四人。在走之前他们就计划好了行程，到达合肥的时候最好刚刚好是黎明，这样就不用在城外等待，可以把车直接开去农贸批发市场。爸爸妈妈想给姐姐准备一些东西带上的，后来想想还是什么也不带了，他们想省城呢，什么东西有钱买不到，就连妈妈给姐姐做的褂子也只是带了一书包那么多。我早就给姐姐准备好了礼物，是我们厂生产的运动服。这是早早就准备好了的，并让服装厂的老板从我的工资扣去相应的费用。我给自己选的是鹅黄色的，胸前绣的是一只活泼的小狗，给姐姐的是一套乳白色的，除了袋口有一点绣针装饰，其他地方什么图案也没有，看上去干干净净的。

白菜车按计划的时间出发。车顶上盖着一张很大的帆布。在最中间的位置装车的时候就预留出一个浅窝，人要是在乘车室里坐累了可以到后面这个浅窝里躺着。

我和一个十七八岁的女孩没坐多长时间就去到浅窝里躺着，等睡一觉醒来天色已黑，一个圆圆的黄月亮随我们快速地去省城。

她是选去卖大白菜的。她会唱很多孟庭苇的歌，其中有一首叫《你看你看月亮的脸》。刚好我也会唱这首歌，她一起头我就跟着唱了起来。她起初有些烦我跟着唱，我一唱她就停。几次之后我想她是不喜欢我跟着她一起唱吧，就不唱了，静静地听着她唱。不知道乘车室的人能不能听到她唱歌，要是能听到应该会鼓掌的吧，她唱得实在是太好听了，好像电视里的孟庭苇躺在了我身边一样。她唱《冬季到台北来看雨》，好像都要哭了。

她后来唱累了，问我："你知道台北是哪里吗？"

我说："就是台湾吧。"

她说："台北不是台湾，台北是台湾的一个地方。"

我不知道，我没有回她。后来两个人不说话了，听着风声从我们身边吹过。她读完了初中，家里人不让读了，然后她就一直在瓜园里干活。春天夏天忙着种西瓜，秋天收白菜，她这已经是第二年帮人卖白菜了。

我有点不太懂事，我跟她说我的姐姐在合肥读书，我是去看姐姐的。她忙问我姐姐多大，我说十六岁，她喔了一声，说她十七了。

我们聊起来，她竟跟我的姐姐一届，只不过不在姐姐的那个班。她在的班上班主任还是老教师，姐姐在的班班主任是大学生。她说姐姐那个班的学生都跟着大学生老师学坏了，每年开学和放假都要开联欢晚会。她知道我姐姐，就是做主持人的那个。那个男主持她也认识，他的妹妹跟她一个班。她还说，那个男主持追求我姐呢。我说，啊，我可不知道。

初一第一学期结束的时候我还参加了她们班上的联欢晚会了呢，竟想不起那个男主持长什么样子。

我问她还去上学吗？她说："还上什么。我家里都给我说婆家了。"

她还会唱郭富城的歌，叫《独自去偷欢》，我听不懂歌词，多少会一点调，偶尔也会跟着她唱。她不烦我了，由着我小声地跟着她唱。

2

我们如计划在黎明时分到达合肥一处农贸市场。我帮着卖了半天白菜，一到中午就拿着爸爸给我写的地址去坐车找到了姐姐所在的学校。如今想来，学校是个什么样子我是一点儿也记不起来了。但我记得她们的宿舍，一共住了六个人，姐姐住一个高低床的下铺，床上干干净净的。她床上拉的布帘，白底上印染了蓝色的小碎花，说不清那是什么花，淡淡的，在我看来十分好看，我觉得用来做连衣裙也会很好看。姐姐的被子是淡蓝的，床单则是姥姥还在世时织的粗棉布。这种布好像怎么也用不烂，我很小的时候就在用，十几年过去了也不见破，而是布料更柔软，染线织得条纹颜色更柔和了。

姐姐高兴见着我，用她的饭盒给我打饭吃。那天晚上，我吃了一个馒头和一碗稀饭，还有很多菜。姐姐说她用了三张饭票。反正我吃得很愉快。第二天我没回农贸市场去帮忙卖白菜，上午在姐姐的宿舍里等她下课，下午她跟两个同学一起带我去了包河公园。姐姐还在公园大门口租了一部相机，买了一个胶卷，我们四个人整整照完了一个胶卷。姐姐穿着我送给她的白色运动服，正如我想的一样，非常非常好看。我也穿着胸前有一只小狗图案的运动服，姐姐也说我穿着很好看。

第三天一早我回了农贸市场帮他们卖白菜，已经接近尾声了，只能零卖，我也帮着卖出了不少。

第四天的下午姐姐跟她的一位同学来看我，还好这天她来了，不然我们夜间就要出城走了。

姐姐给我带来了一双黑色的皮鞋。这太让我意外了，这双鞋没有多漂亮，但是我的第一双皮鞋。

姐姐的同学说："你姐姐要两个月不吃饭了！"我问姐姐很贵吗？姐姐不吭声，说没事，她的钱够花。还是她的那个同学多嘴，说你姐姐很省的。我当时身上带了一百块钱，要拿给姐姐，姐姐怎么也不要，我只好把一百块钱分成两份，一半给她一半自己留着，她才接下。然后姐姐的那个同学说："这下好了，你姐姐这两个月又有饭吃了。"我姐打她的同学。她的那个同学咯咯地笑，看她那样子跟我的性格应该很像的。她笑起来嘴咧得很开，鼻孔张得很大，眼睛眯成了一条缝。我没有觉得她长得不好看，反而是后来很多年后还一直记得她，记得她那天下午咯咯笑的样子。

我介绍我姐跟来卖白菜的那个女孩认识，那个女孩突然不承认她跟姐姐是一届的学生。她说她没有读过初中，她不认识我姐。那个女孩走开了，姐姐还笑我说瞎话。

大白菜车空了，连夜装了一车化肥往我们的那个地方拉。我跟那个十七岁的女孩还是躺在车厢里。化肥没装满，才只是半车，我们一点也不担心车颠簸时会掉下去了。

夜里我们看着星空说话，我问她为什么要说瞎话，害得我姐和她的同学笑话我。女孩说，你个小屁孩你懂什么。我看她有些生气害怕她，她眼睛不眨地盯着星空大声地唱歌。

回来后，我还是回到服装厂上班。厂里搬了新址，老板自己买了一块地盖了一排楼做厂房。老板是下海的高中英语老师，老板娘也是老师。老板娘的三妹妹二十六七岁，烫着大波浪的头发，穿着很紧身的皮裤子，什么时候见她都穿着高跟鞋。她还会开车，每次都把车喇叭按得很响，连在二楼车间的我们都听得见。她把车停稳后，会扭着身子下车，有时先出大波浪头，有时会先出屁股。先出头的时候只是挎个包，先出屁股的时候总是从另一个位置上拖出很多的东西。大包小包。然后她吃力地抱着那些东西嘚嘚嘚、嘚嘚嘚地踩着高跟鞋去她姐姐的卧室里。

我们的老板娘没有她这个妹妹漂亮，身体有些矮胖，脸色苍白，一天到晚喜欢吃瓜子。

没来这个服装厂做工之前，我以为我们整个县的人都很穷，都不可能有电视上那样有钱的人、那样漂亮的人。后来我知道我错了，什么地方都有有钱的人，都有很好看很漂亮的人。

3

进入腊月，我们部分人开始放假，留下几个人在厂子做包装。

第二年开年做了两个月后，我们又有一部分人放假了。这时我们村一个我按辈分叫叔叔的人从广东回来办事，走的时候，爸爸请他把我带出去。

我们村出去打工的人基本都在广东省一个叫普宁的地方，最先出去的是一个人，后来有十几个人。男的多，他们大多在建筑工地上干活。女的听说只有一个，比我大好几岁，是比姐姐还高一届的初中毕业生。听说她在玩具厂上班，一个月能拿三百多块钱的工资。

妈妈帮我打了一个包，包上一床粗布被单和我的几身衣服。然后把家里的鸡蛋都煮熟了，用一个塑料袋子包上塞进了我的包里。妈妈还想给我带床被子，叔叔之前交代了爸爸，不用带被子，那边热，等到冬天也赚了钱了，在那边买。我还记得，妈妈一边给我包鸡蛋一边哭，说再过几天就到端午节了，就不能过了节再走吗？我被妈妈的举动惊着了，原来妈妈还会为我哭！这惊讶让我一时想不起以前追着我打的妈妈了，眼前的这个妈妈看起来非常软心肠，好像那种看到路边没人要的孩子都要流眼泪的人。我看看爸爸，爸爸绷着脸不说话，我也不敢说话。

爸爸把我送到客车上，然后跟我的这位叔叔紧紧地握手。我爸用两只手握叔叔一只手，握了又握，好像不想把叔叔的手还给他。一车人不可能让我爸爸就这么握着叔叔的手不放，都说"放手吧，放手吧"，爸爸才放了手。爸爸放手了，还是一脸对叔叔讨好地笑，眼眉都变形了，爸爸这么笑也让我觉得不像是以前的爸爸了，好像一个假的爸爸。

我跟着叔叔从县城转车去河南驻马店坐火车。到了火车站要排队买票，我们排在队伍的最后面。不一会，我们的后面也排了很多人，这时不管往前还是往后看，队伍都看不到头。

我们都没有座位，一直站着。火车越往南开人越多，后来从门口都上不来人，都是从窗户往里爬。爬进来的人脚落了地，不知道该站哪儿，点头哈腰地冲人笑笑，好像说："我就站这儿吧。"这样的笑让我想起送我们上车的爸爸，但没有我爸爸笑得那么用力。爬进来的人要是女孩不太有人计较，要是像叔叔一样年纪的男人，会被人挤到后面去，不管他怎么点头哈腰都没有用。我因为个子矮，每次上来人后都会被叔叔推到两排座席间的桌子旁站着。叔叔也像从窗户爬进来的人那样向人讨好地说："孩子小，让她往前站。麻烦照顾照顾。"没有谁愿意往后退，都指望着通过窗户向外看看，不然视线无处安放脚底下站不稳。

两个座席，有时能坐三个人四个人。谁实在站不住了就只好讨好座席上的人，"劳驾你让我坐会吧，腿要断了。"求爷爷告奶奶一样。找人让位得找对人，得找面

256

善的人，不然你怎么说他也当没听见。两个黑夜一个白天的路程，谁不想多坐一会儿。

到了天黑，站不住的人开始找睡觉的地方。男的爬行李架，抱着行李睡。不怕脏的会坐下去缩到座席底下，也没什么好垫的，就那么缩进去就睡着了。车上总归是男的多，女的少，能挤着找个位置坐下的大多是女的。

我抱着一个牛仔包打瞌睡，把脸放在包上，有时就真睡着了。睡着了也不会倒下，后面人挨着人，脚挨着脚，我的前面就是桌子，实在是没有地方能倒得下去。

我已经站了大半天了，两条腿立不起来，全靠上身往上提着才不会往下弯。一个比叔叔大好多的男人，看我实在撑不下去了，叫我坐在他的旁边。这时两个人的座席上已经坐了三个人，我被那个男的拉着坐在了他与过道位置上的人的中间。靠过道的人不敢吭声，因为三个人中只有这个男的有票。他曾掏出票给坐在他位置上的人看，"我有票，我有票，你坐的是我的位置。我让给你们坐，你们不给我坐了，天底下哪有这个理！"我坐下时，腿像有很多的刺扎进去一样，不疼，只感觉有东西往里扎，从扎出来的孔里往外冒一股一股的冷气。这感觉让我想到用妈妈纳鞋底的针扎装了水的塑料袋，水直线型地往外冒。我管不了认不认识他了，把行李包放在腿上很快趴着睡着了。

下半夜了，天将亮的时候，我感觉我的手被人拉着，开始我不愿醒来，我的手从手指慢慢被人握在了手里。我终于醒来，见正是给我让位子的男人拉着我的手偷偷摸着。我抬起头找叔叔，没见着叔叔我不敢吭声。我还想多坐一会儿的，我想最好能给我坐到下车，所以我不敢发出声来。

我只暗暗地反抗着，把手使劲往回缩，男人也感觉到了，不再抚摸我，但是还是握着我的手不放。

我又醒来，是因为他埋着脸偷偷用嘴唇蹭我的手。我突然一阵恶心，想吐，比毛虫子在手背上爬还恶心。我猛地起身时把坐在过道位置上的人冲倒了。他醒来了，一脸的埋怨，用眼睛狠狠地瞪着我。我说我不坐了，我要站着。他站起身让我走了出来。车窗外透进来微微的光，我看到叔叔就站在后面一排，他看着我站出来的，伸出手把我拉到他的旁边。我心里很委屈，但是不敢说也不敢哭，只能一口水一口水地往肚子里吞。其实嘴里根本没有水，并且那时非常口渴。

快到中午时，叔叔上了一趟厕所后就回不到我身边了，他只好远远地叫我的名字，叫我在原地不要动，他等人挤得动了就会过来。他还从厕所的窗户买了一袋橘子进来，让人传递给我。皮子青青的橘子，我以前没见过也没吃过，不知道能不能吃。后来见身边有人剥了皮，里面是红红的，赶快学了别人的模样剥开来吃。又酸又甜的橘子，吃了两瓣心里顿时清明了起来。这一站已是九江。

这辆火车是要到广州的，我们不去广州，我们去普宁，叔叔说要在韶关下车坐大巴去普宁。我下了车，不敢离开叔叔半步，紧紧地拉着叔叔的衣服。从小到大，我没见过这个叔叔几次，见时也没跟他说过话，他不是我的亲叔叔，但这时他是我唯一信赖的人。我嘴里叫他叔叔，觉得像叫爸爸妈妈姐姐一样的感情。

等我们下午坐上大巴，我就开始睡觉，我已经整整三天两夜没有躺着睡了，我睡得很香。等我醒来，见外面灯光照亮的地方写着汕尾。叔叔还在睡，或者他中间醒过我不知道。我没有叫醒叔叔，我趴在车窗往外看，一直到清晨。过了汕尾不久，太阳还没有升起来，车就到了占陇，叔叔叫我下车。我抱着我的牛仔背包下了车，心里想，终于到地方了。

叔叔直接把我带到一个工厂大门口。厂里还没上班，门卫是个老头，叔叔上前问能不能叫一下陈芳。我没敢跟过去，自从上了火车我就傻了，我眼目看到的世界跟我想的完全不一样。等到了占陇从客车上下车脚落了地，更是觉得这个世界奇怪，做梦一样。下了车从一条小路到玩具厂门口，一路都是红色的地面，说土不像土，说沙不像沙，可能是这几天下过雨，路面的水洼也全是红。澄清的水洼能看到水还是透明的，被车轮新碾过的地方水则是红的，什么浆一样。

叔叔问过门卫回到我身边，告诉我要等上班了才能打分机去陈芳所在的部门。

我有些失语，像累得没缓过劲，也像迷路。叔叔说什么就是什么，我也不问。

待到上班时间，叔叔说了陈芳所在的部门，门卫也打了电话，但等部门的电话回复过来，门卫说陈芳已经离厂，部门没有这个人了。

叔叔的眼睛瞪得大大的回来，告诉我这话时还是那样瞪着眼睛。我不知道发生了什么，只能看着叔叔。我有什么话要说，发现开不了口。我已经第四天没洗脸了，叔叔也没洗，我不知道我的脸上是不是也像他的脸上一样看上去有黏黏糊糊的东西。

只听三叔说："先跟我去工地吧。"我捡起地上的背包，跟着叔叔又沿着那条有水洼的小路离开了。

叔叔在路边买了早餐，我像叔叔一样端着碗蹲在地上，努力把嘴张开喝了一碗温烫的青菜粥。叔叔问我吃不吃油条，我说不吃。说完我发现我又能开口说话了。

坐了小巴，然后又转了摩托车，到了叔叔在的工地。叔叔让一个女人带我去洗澡，很简陋的一个地方，用木板和塑料布围起来的棚子，门也关不严，我试了几次才把门缝对齐。我不敢站在棚子的中间洗澡，一间房子那么大的洗澡间，让我觉得太空旷了，只好躲在一个角落蹲下慢慢地洗。

这边天气已经炎热，洗了澡我换了一件粉红短袖衬衫，然后又洗了衣服。工地上就开饭了，我跟叔叔他们一样端一个大海碗蹲在地上吃饭。

叔叔跟大部分的人讲普通话，只跟几个人讲家乡话。跟叔叔一样讲家乡话的人我一个也不认识，听叔叔说是蒙城和太和的。蒙城和太和是离我们县很近的两个地方。他们的家乡话跟我和叔叔讲的不太一样。有个女的问我，会讲普通话吗？我想了想说，会啊，我在合肥时跟姐姐的同学讲过普通话的。她说，那你要开始讲普通话了，普通话讲好了，出去找工作跟人家说话人家才能听得懂。我说好，我试着开始跟她讲起了普通话，但讲一会普通话又不会讲家乡话了。这个女的是工地上煮饭的，河南人。家乡话跟我们差不多。我帮着她干活，洗菜切菜都做。不煮饭的时候，她也做小工，挑水泥，或者往手推车里码砖。我跟着她试了试挑水泥的活，发现水泥太重了，我根本挑不动。她不让我做这些事情，说这些活不是一个小孩子干的，然后笑吟吟地跟我说："你现在做这些重活，将来就长不高了。"

工地上有人定时送菜过来，在工地上待过几天之后，有一次我坐送菜的人的摩托车又去镇上找工作。我比起下大巴车时精神好多了，虽然还是有点稀里糊涂像在梦里一样分不清方向，但我学会了记路，记左右，从哪里来就从哪里沿路回，慢慢地就能自己在镇子上走动了。

那时的招工广告都是贴在路边的墙上或电线杆上，我看到有招工张贴也去找到工厂见工（应聘），可我没有身份证人家不要我填表，一连几天我没有一次见工成功。

有一天在回去的路上，我见一个路口的电线杆上写着招菜园女工，我找了一家士多店打了电话过去，告诉接电话的人我在什么地方。不多时一个骑摩托样子黑黑的男人过来接我，他说他就是接电话的人，是菜园老板。

他是本地人，会一些简单的普通话，我们交流起来没有太大问题。他让我坐上他的摩托车，抓住后座上的铁架，然后很快地朝一条水泥小路上开去。

到了地方，见过菜园的老板娘，听老板娘跟老板商量后，老板娘可能觉得我做不了什么活，跟我说包吃住一个月两百块，问我做不做。我没有意见，我说包吃住我多少都做的，然后听了老板娘的安排。老板娘叫我负责带她的两个儿子和洗衣服，事情做完后还要帮她割菜捆菜，反正地里的活我能做什么就得做什么，做不动再说。她的普通话不如老板讲得好，但好在还有一个大约五十岁的江西女的给她打工，她帮忙给我讲解了一些老板娘的意思。我后来叫她黄阿姨。黄阿姨负责煮饭、种菜、割菜、浇水等一切菜园里的活。

我当晚留了下来，用老板家的电话给叔叔的工地上打了一个电话，告诉他我找到工作了，明天去工地上拿我的行李。叔叔电话里确定我不是被骗了之后说："那就先干着吧，等你家里把你的身份证寄来，再去找工厂做。"我说："好。叔叔你放心，我没有被骗。菜园里还有一位黄阿姨是打工的呢。"

"你能把那一位黄阿姨叫过来跟叔叔讲一句话吗？"叔叔说。

我说能，慌忙放下电话跑出去叫黄阿姨。黄阿姨听到我叫，拍拍手上的泥来了。黄阿姨嗓门很大，冲电话说："你放心，都是出来打工的，我会教她的。"

黄阿姨说完话叫我听电话，叔叔说："好。你就在那儿做吧。"叔叔似乎真的放心了。

我打完电话，坐过去跟大家一起吃晚饭，不知道谁给我装的饭，满满的一碗。晚饭除了白米饭和炒菜，另外有一碟软软的红色绿色的东西，我不知道是什么，没敢吃。饭桌上要么是老板娘跟老板说话，要么是老板娘跟黄阿姨说话。不管老板娘说本地话还是普通话我都听不太懂，只听黄阿姨答"我知道，我知道"。等大家吃完饭，我帮黄阿姨收拾碗，问她那一碟红的绿的是什么。黄阿姨说："草果，昨天端午节老板娘做的。供神的。供完神就给人吃。"我才知道昨天是端午节，但是昨天叔叔他们工地上怎么没有过节呢？我以为黄阿姨煮饭也应该是黄阿姨洗碗，老板娘叫我洗，让黄阿姨给两个孩子洗澡。老板娘这么安排我没有说什么，想想洗碗我还是会的，那就洗吧。洗碗和给两个孩子洗澡，我宁愿洗碗的，两个孩子是男孩，我可不想看着两个男孩子光溜溜地站我面前，然后我还得给他们搓澡。

第二天天刚亮，我就被叫起来干活。

天彻底明亮之后，老板就已经驮着四大筐菜出去送菜了。他是批发给人家，也会往工厂或工地上送。但要是批不完他还得零卖完才回来。说好的我今天去叔叔的工地上拿行李，吃过早饭，把老板一家人的衣服洗完，到路边坐了一辆摩托车到大路上去坐小巴。

傍晚的时候我回到菜园，老板娘说，这一天不能算上工，从明天起才能算。我接受老板娘的安排，然后我自己把行李拿到黄阿姨住的屋里。我看到屋里比昨天多了两块木板，知道是老板娘为我准备的，就自己把木板搭在一个看着像床又不像床的砖台上，把行李放了上去。我不会支蚊帐，去找黄阿姨帮助，黄阿姨正在地里割油麦菜，她不愿意帮我，说我都是出来打工的人了，又不是在自己家里，别那么娇气这也不会那也不会。老板娘也在割菜，黄阿姨那么说她也没吭声。我听了黄阿姨的话没敢回话，转回去屋里。我想，原来黄阿姨并不像她跟叔叔说的那样会教我做事的。

我看着黄阿姨的床，学着在四个角竖着支起四根竹竿，然后再把穿到蚊帐里的四根横的竹竿用绳子与之前的四根竖的竹竿绑在一起，蚊帐就支起来了。支好后，我还上去躺在里面试了试，感觉还是很好的。昨天我跟黄阿姨睡一个床，她的床很大，有我的床两个那么宽。

夜里，黄阿姨打呼噜。早上天不亮我们就得起床，她穿好衣服后问我："我打呼噜吵不吵你？"

"不吵。"我说。第一次，我发现我不敢说实话。以前不管是在家还是在县城打工，我都是不撒谎的。在县城打工时，有个胖胖的裁剪工也打呼噜，都不用她问我，我都会找着跟她说："你打呼噜吵死了。"

黄阿姨起床后煮饭，我跟老板娘整理昨夜割下来的菜，去黄叶，扎捆。然后一把一把地排在四个大筐子里。扎捆的送给固定的客户，散装的是要到市场上批发或者零卖。两个大筐挂在摩托车后座的两边，两个小一号的筐子放在两个大筐上面。大筐下面有铁架托着，上面有木棍架子隔着，等大筐空了，把木棍架子拿开小筐可以直接坐在里面。老板的摩托车很大，四个筐子架上去，看上去还是稳稳当当地不会倒。摩托车是烧柴油的，发动起来，嗯嗯地响，很有力，听起来又很倔强。

等老板吃完饭上路，天才真正明亮。这时，老板的两个儿子也在屋里叫了，他们每次都是被老板的摩托车发动起来的嗯嗯声吵醒。然后就看他们光着屁股出来朝水渠里撒尿，等回去上了床才叫妈妈给他们穿衣服。

等老板娘给两个孩子穿好衣服出来，我们一起吃早餐。早餐是一锅清水稀饭和萝卜干，谁吃谁装。老板吃剩的一锅炒米饭是黄阿姨分好碗的。分多少吃多少，没有多的可以添加。

吃完早餐，我的第一件事是洗衣服。我没来之前，洗衣服是黄阿姨的活，现在分给了我。

等我洗完衣服搭在菜架上晒好，就要马上加入老板娘和黄阿姨的劳动。挑水、浇水、锄地、培垄、栽苗、搭架，反正她们干什么我得干什么。到中午时，黄阿姨去煮午餐，我还要留下来继续跟着老板娘一起干活。说要我带两个孩子的，只是偶尔老板娘看不见两个孩子了才叫我去找回来。两个孩子大的五岁小的三岁半，大的带着小的玩，知道有水塘的地方不能去，有水草的地方不能去，确实也不太需要我去看着。

我在菜园打工的几个月里，两个孩子只有小的有过一次危险，掉到了自家的水塘里，但是大的已经很懂事了，拿了长柄水舀子准确地舀起了弟弟的头，然后叫他抓着水舀子爬了上来。爬上来了才抹着脸上的水哭着来找老板娘，我们也才知道细弟掉到了水塘里。

天越来越热，好像已经是我们皖北的炎夏。但比皖北的空气潮湿，稍一动弹，就出汗，身上黏黏糊糊的。吃完早饭，我去小溪边洗衣服，两个孩子会悄悄地跟着我去小溪里玩水。我第一次去小溪边，就是老板娘让他们两个带我去的。老板娘说："大弟、细弟，带外省妹去洗衣服。"大弟听了还愣一下，细弟反应得还快些，撒腿就往外跑。细弟跑开，大弟才跟着跑。我提着桶远远地跟在后面。他们兄弟俩到了之后一直面向我，看着我到达。小溪的水不知从哪里淌来的，很清澈，一直哗哗地流。我因为分不清方向，不知溪水是从哪往哪里流。溪水看着不深，我蹲下来洗衣服后，大弟扑通一声跳进了水里。溪水受到搅荡后并不浑浊，不像老家的小河，脚一下水，水底便起一层泥雾起来，像天上翻滚的云朵。细弟警惕些，要蹲下身把脚伸到水里，身子才慢慢地往下滑。水看着不深，等两个孩子下去，深的地方也能漫着大孩子的胸脯了。大的很无畏，在水里扑腾起来，尝试着把水撩拨到我身上。我冲他们笑，细弟原来看着大弟，见我笑，哈的一声也笑了起来。笑起来我以为是把我当朋友了，哪知他也撩起水向我洒来。我突然意识到我表达错了意思，我不应该笑。

我挽起裤腿装着下溪水里打他们，他们笑哈哈地从另一处上岸了，拿起自己的衬衫，穿着湿的短裤跑开了。

他们跑开，我才真正地洗起衣服来。我在家用搓衣板洗衣服，想想在这里只能在石头块上搓了。

溪水一直地流，上游也有人在洗衣服，下游也有，可水一点儿也不见脏。

我在这个菜园做了六个多月，到大约农历的九月底或十月初，因为这年闰八月，阳历已经是十二月初了，潮州平原的秋意已明显到来。我被老板娘辞退了。

因为头天我请了一天假去找叔叔，看家里把我身份证寄来了没有。但是等我找到叔叔曾经在的那个工地，大楼已经建好了，叔叔他们已经离开了。我没找到叔叔，回到菜园后觉得后怕，便躲在蚊帐里哭。我那时想事情还不周全，没想到叔叔可能会给我电话，只想我再也找不到叔叔了。

老板娘听见我哭，走到屋里，说了句潮州话又出去了。然后叫黄阿姨来问我怎么了，我不想说话，只是强忍着把哭声减小一些。可能真是哭得太久了，惹得老板娘不高兴，说："哭，哭，哭，只会哭还出来打什么工！"之前我觉得委屈时也哭过几次，哭一哭心里舒服些，便不用人劝自己就不哭了。吃饭时红肿的眼睛他们也是看到的，有次老板娘叫我哭着不要吃饭，我便真不吃饭了躲屋里去哭。老板不知道冲老板娘说什么了，老板娘追着老板一顿狠骂，惹得老板要扬手打她。老板发起脾气来，说话连珠炮一样，老板娘就不敢吭声了。

这天晚上我没有去吃饭，第二天早上像往常一样早起，因为芹菜捆不得，我只用剪刀剪去大根，等老板娘往筐里装。吃过饭，老板骑车出去，我下地做了些活，想着想着又哭了。老板娘生气了，过来大声地问我："哭什么？外省妹仔你哭什么？"声音很大。我知道老板娘也并非有多大的恶意，只是她的嗓门实在太大，好像在指责我一样。她或许就是见不得我哭哭啼啼的。我跑开了，还是哭。待我哭够了回来，老板娘把我的被子卷好了，甩了两百块钱叫我走人。

我今天已经哭够了，不想哭了，我想找黄阿姨说情，她只低着头帮细弟换一条裤子，并不理我。我拉了拉她的衣服，她蹲着，还是不理我，等她把细弟换下来的裤子拿在手上站起来走时，我突然意识到什么，我争着去洗衣服，黄阿姨没松手，找一个桶把衣服泡了起来。桶里只有一件衣服，我不知道要不要拿去小溪边洗。老板娘把我从桶边拉出门外，用普通话说："你走吧，不用你了。"

我只好走了，拉好背包的拉链背着走了。大弟和细弟站在门口看我出来，等我走到门口他们一下子跑开了。我离开菜园朝两边是晚稻的水泥路上走时，他们一直跟在我的后面。我到来时以为能跟他们成为朋友，但后来我们之间并没有像我以为的那样，相对我他们更信任黄阿姨一些，要什么也找她去要。我没有学会他们说的潮州话，他们也没有跟我讲过一句普通话。他们跟黄阿姨讲话时是用两种语言夹杂着一起讲的，黄阿姨能知道他们说什么。他们的爸爸妈妈完全没有教他们两个学习普通话的意思，从不刻意教。他们两个说的普通话是跟黄阿姨学的。

天色还早，在天黑之前我应该能赶到流沙去。流沙是本地人对普宁市的叫法，我到来的这年已经改成"普宁"了，但很多人还是管普宁市叫流沙。

4

茫然时，路途更显得漫长。我不知走了多远的沙土路，直到走到一条通向占陇镇的大路上，才敢停下来。这条路上有小巴坐，我可以先坐到占陇再转车去流沙。

我还一次也没有去过流沙。在占陇镇下车的时候，一起从车上下来一对姐弟，个子都是高高大大的，讲东北话。

我上去跟他们搭讪："你们好，听你们讲普通话，我想问个路行吗？你们去流沙吗？我想去流沙，我还没有去过流沙。"我紧张得语无伦次。

弟弟跟姐姐一样高，看样子弟弟还会长个子。弟弟看看姐姐，姐姐活动一下嘴："我们去流沙，你要去流沙跟我们坐一样的车就好了。你要去流沙哪里？"

"汽车站。我去汽车站。"我不知道我可以去哪里，胡乱地说了个地方。

"喔，汽车站，长途汽车站在金叶酒店那一片。你坐上车跟卖票的说到长途汽车站就好了，到了他会叫你。"

我还想跟她说，我想去流沙找工作，但又不敢说出来，话到嘴边只好变成"谢谢你"。

从占陇去流沙的小巴不很多，我们一起等了好长的时间。这期间姐姐问我："你一个人出来啊？"

"不是，我跟我叔叔出来的。"我想告诉她我找不到叔叔了，想想还是不敢说，只抬头望着她的脸。我想知道她是不是坏人。

"焦成，你看她多大？"姐姐问弟弟。

"你问她嘛，干吗让我猜？"弟弟埋怨

地说。

姐姐并不因弟弟埋怨有什么情绪，反过来问我："你有十六岁吗？"

我想了想，已经是秋天了，我已经过了十六岁生日了吧，于是回她："我有十六岁。"

"我是说看着差不多。"姐姐像是自言自语地说。她反过脸对弟弟说："焦成，她还没你大。"

姐姐又看了看我，思索着什么对我说："我给你写个我的BP机号吧，以后你要想找我们玩可以给我留言。"那时还是数字机，留言是留到CALL台上。机主收到CALL机代码，要打到CALL台去问留言是什么内容。

她说："我叫焦利，我弟弟叫焦成。"焦利掏出小笔记本一边写字一边说。

我收了她的CALL机号码，想跟她说一些话，可心里还是不太敢，就只好仔细地把焦利给的纸条折了又折。

焦利说："别折那么小，不好找。"

我尴尬地笑了，把折得很小的纸块抻开两折放进了牛仔背包外面的袋子里。他们姐弟俩在一个工业区下车。我到汽车站天就黑透了，街道上的行人很少，有三三两两的人，大多是些喝了酒的男青年。我盲目地在大街上行走，想找一个地方落脚。

我没有想过要住旅店，后来走累了又折回头在车站附近的街铺前坐下来。因为这里有一些席子和被褥，看来有人在这儿过夜。

到了更晚的时候，会有一些看不出是什么行当的男人过来问在这里露宿的人要不要做生意。我不明白那些男人说的做生意是做什么生意，缩着身子不抬头，但能知道有人起身跟他们走了。更晚的时候，

我抱着牛仔包睡了一觉，有个喝了酒的男人冲我问了又问，我烦了，我说做什么生意，做什么生意，你烦不烦？说着抽出坐的砖头要朝他砸去。男人看上去一点都不觉得烦，他娴熟地拉开裤裆掏出一个东西，说做这样的生意。我吓得惊叫起来，甩开行李就往人多的地方跑。

也有像我一样讨厌那些醉酒的男人的，我们认出了对方，互相挪挪位子靠近些坐。后来有一个女孩掏出烟来抽，没抽几口就呛得直咳嗽。

这时在我们的旁边停下一辆面包车，从上面下来三个男人，其中的一个男人怀里披着一个女孩。那女孩开始不怎么看得清，走近才看见她娇小的身材和冒肉的胸脯。她叫我们旁边那两个光着大腿的女孩，小红、小影，过来啊，熊哥到处找你们两个，我就知道你们两个躲在这里。

两个光腿的女孩起身跟着他们走了。那个被烟呛得咳嗽的女孩依然在咳嗽。

我没有身份证，在一个招工的工厂门口排队时，出来发表格的人每人发一张表格，填好后才能拿着表去面试。这时我已经学会撒谎了，我说我的身份证在另一个厂押着，要是找到新工作了才去辞工要回来。这些谁也没有教我，都是我临时想着编的。这次我没有被录用，因为我没有身份证。这是一家台资企业，里面有上千的工人，每天希望来他们厂工作的排成队，他们无所谓少不少我一个。

第二天我又去一家小厂去见工，排队领表填好表待去面试时，后面的一个人提醒我要把身份证一起拿在手上。我说我没有，她说，你没有怎么能进得了厂呢。我说，那怎么办，我真没有身份证的。她见

我不像撒谎，掏了一个身份证出来，她说是她捡的，叫我先用这个身份证。我听了她的，又找人要了一张表格按着这个身份证上的资料填了。我叫陈九香，江西九江人，十八岁了。在菜园打工几个月我早已经晒得很黑，面试的人觉得我很像江西的农村人吧，个子小小的，黑黑的，又胆怯又茫然。

借我身份证的人叫曾小红，也是江西人，九江的，她虽然已经三十五岁了，皮肤又细又白，像彩色电视上城市里人一样的肌肤。

我们成了老乡，分到一个宿舍。

我们进的工厂是一家玩具厂，我做装配工，她在服装部门，给我们装配好的溜冰娃娃做裙子做夹克衫，或者做小熊的什么衣服。衣服都很小，一件衣服才巴掌那么大。她一个月有近六百的工资，我一个月两百六十。我已经很满足了，天天坐在车间里不用晒太阳，不知道比菜园的工作好多少倍了。我很感谢曾小红。她没出来之前是家乡小学的老师，她的床头放着《红楼梦》《宋词》《情深深雨濛濛》等一些书。

上班之后，我很快就忘了跟叔叔失联的事情，试用期过后，我写了一封信回家，写了一封信给在合肥读书的姐姐，还把在菜园赚的钱分五百块寄去了姐姐的学校，给家里也寄了二百，我这时手上还有二百块钱。我想，反正找到工作了，很快就会发工资了。

爸爸很快回了我的信，说我满十六周岁后就去给我办了身份证，很快就能给我寄过来了。我没有提与叔叔失联的事，爸爸似乎什么也不知道。钱他收到了，叫我要舍得花，我寄回去的他会帮我存着。爸爸没有问我过年回不回去的事，他大概知道出来打工的都是不回家过年的吧，路那么远，光坐火车都要差不多两天的时间了，还要倒汽车，路上要走三天。

姐姐也给我回了信，相对爸爸的一页纸，姐姐的话实在太多，从她学习，到将来毕业写了五页纸。然后还没等我想好怎么给她回信，她又写来了一封，从此一封连着一封，每周我都能收到她的信。这让我的打工生活一下子丰富起来，期待她的信，看她的信，回她的信。

曾小红后来也帮我看信，教我姐姐信里一些字词的意思，直到有一天，我也能给姐姐写上三五页纸的回信。

姐姐穿了我给她织的毛衣照了照片寄来，她快要毕业了，她说毕业了争取来广东，到时来看我，跟我在一个城市，周日或者放假了可以约我一起去玩。

很快第二年的春天，姐姐说她要来广东了，她要去珠海一家叫西区医院的地方做护士，那里是一个新区，那里建了一家全新的医院，需要很多很多的医生和护士，他们好几个同学会由一个老师带着过来，在这边实习，将来也在这边工作。

我问曾小红，珠海在哪儿，她带我买了一张地图，我发现，我跟姐姐离得还是很远很远的。

我期待着姐姐到珠海工作了来看我。

5

事实上，姐姐到了秋天还没有来普宁看我。但她说她已经在十月十一号前到了珠海，有三个月的培训期哪儿也不能去，如果表现不好就不能留在这边。但她说要是我去找她，她能去接我。

从春天到秋天，我又换了两家工厂做工，一家是玩具厂，一家是服装厂。一次是因为工厂停工，一次是因为我被栽赃，说我偷了厂里的东西。其实是车间主任的老婆偷衣料，要给她刚高中毕业的弟弟做一件格子衬衫，做一条西裤。我差不多是被厂里赶了出来，流落到一家家庭作坊一样的小工厂做服装。我想去找姐姐，姐姐说她会在珠海的长途汽车站接我。我背着行李坐长途汽车去珠海时，在中山被卖了猪仔，大客车把我放在了一个叫坦洲的地方，叫我坐船去珠海。按约定的时间，姐姐应该到拱北汽车站接我了，可是我还在坦洲不知道怎么办。中山市那时大约才刚刚开发，四处苍茫，远望芦苇荡像大海一样会制造波浪，会咆哮，甚至会翻起一个个浪花，而人走近了，那样的景象又都看不见。芦苇荡太高了，我看不见顶，又不知道路在何方。最后我走出很长的一条土路，在一个码头坐摩托车去了三乡。当我找到电话打给姐姐，姐姐已经哭哑声了，说她都想报警了。我说我没事，我没有哭，我可以先找一个旅馆住下来，明天再找地方坐车。折腾一圈下来，这时我和姐姐都发现了一个新的问题，我没有边防证，我明天仍然去不了珠海找她。姐姐说她去拱北汽车站时也有人查车，她用了医院的工作证过去的。我打开地图看到珠海就在眼前了，突地又觉得那是一个非常遥远的地方，我们之间隔着数不清的芦苇荡。那时办边防证还需要到户籍地办，看来我只好暂时留在中山，直到爸爸从家乡帮我把边防证寄过来。

在中山停留的时期，我到了一家鞋厂做工。这是一家台资企业，有许多个分厂，珠海也有一家。许多个厂里新招的工人都要放到一个地方去军训，不学岗位的专业知识，但会考核一些莫名其妙的东西，比方礼貌礼仪，比方应变能力。参加军训的人中有两名司机、三名业务员、两个仓管，其他的都没有具体岗位。可能因为是台资企业，他们的职位称谓很特别，比方一位台湾的主管，把另一名管军训的人称为"干事"，这个称谓是我这代人很少听到的词了。还好，我能理解他们都是领导。军训进行了三分之二，我被台湾主管选为业务员，他说，若我做得好，将来也是可以升为"干事"的。这算是破天荒的事了，他们都用惊讶的眼光看着我，又看看台湾主管，最后像默许一样低头同意了台湾主管把一个初中生选为业务员，而他们中拿着高中、中专文凭的人只能去车间做普通操作员。

后来我还见过这位训话的台湾主管几次，他到我在的分厂跟分厂经理谈话，两个人用台湾话谈笑风生，门关上了，声音还是能传到隔壁的业务部。

经理有个秘书，人很漂亮，有一周我们业务部负责办公室卫生，只有我一个人做事，她告诉我可以报告经理，我说不用，天天打扫，很快就做完了。因为我们要在同一个规定的地方洗茶具，她也会叫我帮忙洗，洗完放在她指定的开水桶里泡着。或许她觉得我洗得干净，一周要结束时，她告诉我可以去做办公室秘书，她会帮我争取的。我说我才初中，她说，那你去弄个中专证。我说我没有读过中专，她说三乡的一个什么地方可以做中专证。我想想我最终是要去珠海找姐姐的，没有去弄中专证。一个月后我们又遇着，我又帮她洗茶具和功能不同的毛巾，她说，做办公室秘书以后能有机会做经理秘书的。我说你就是经理秘书啊。她说，你这个人怎么这么蠢，我肯定不会让你做这里的经理秘书的。她还试着问我他堂弟怎么样，我问她谁是她堂弟，她说了一个名字，我说我不认识。她说那我介绍你们认识吧，我说算了，你是要给我介绍男朋友吧，我说我有男朋友了。她问我男朋友在哪里，我说在老家。她问我那个了没有。我说什么那个了，她说那就好。她生日，约我去玩，说给我介绍她堂弟，我没有去。

业务实习期过去，我由小业务员升为大业务员。这说法也是挺有意思的，小业务员就是跑指定路线，大业务员可以跑任何路线。有一天，我听广播里指派我到珠海去，心里一阵激动，然后去秘书那里领了临时通行证，随去珠海的业务车去了珠海。

分厂在一个叫吉大的地方，送完货，我们在珠海的大街上兜了一圈，我第一次知道麦当劳、上岛咖啡厅、国贸、免税商场这些名字。我们自然都没有进去。

我给姐姐写信，告诉她我去过珠海了，我甚至跟她做了一个很傻的约定，下次我们可以在我去珠海的日子见面。

但我不知道我什么时候可能再去珠海，这个不是我自己能决定的事，只能等待分派。

过年工厂放假，厂里不用跑车，我也不用跟车交货。我们的宿舍区分男女，男女分开住，但女区一到三楼是娱乐区，在规定的时间内，男的也可以到女区这边来玩，打桌球、看录像、唱卡拉OK。另外，这边还有一个卖东西的地方，被称为商场，从方便面到水桶到蚊帐到电饭煲，什么都有。姐姐来看我，在去宿管登记后住到我的宿舍里。一个宿舍八个床位，上下铺，大家都拉着床帘，但宿管要求白天必须把床帘拉开挂好，衣物叠放整齐。姐姐说真干净，比她们医院里的宿舍还干净整齐。她说，她见过好几次尸体。她说，尸体也没什么，在学校里也见过，可是她受不了医院的消毒水味和漂白水味，她常常恶心得不得了。她说，云云，我要是来你们工厂能做什么？我说不知道，你中专毕业，应该能当干事吧。她说这年头怎么还有这样的称呼，我说，这里是台湾人的工厂，台湾人这么叫，我们都跟着这么叫。她说，那我来你们这里打工吧。

我盯着她看，夜里翻来覆去睡不着。她们医院过年不放假，也不是不放假，是一部分人放假，一部分人不放假，她就是不放假留值的一部分人。我问姐姐你给人打针吗？她说不打，她会晕，她选择在护士站管药和做器皿保洁的工作。她还给我解释什么是器皿。我说我知道那两个字是怎么写的，也知道是什么意思。我想，她读了那么多书，爸爸妈妈都指望她有一个铁饭碗，都指望她在城市工作，她怎么能跟我一样进工厂打工呢？

姐姐走后，我很想不开，一个人四处溜达，我还特意去了一次上次被卖猪仔的地方坦洲，我还看到那个抱着行李蹲在路边不知道何去何从的自己。年三十饭堂加餐，有领导讲话，有人唱歌跳舞，一个叫戴开群的司机唱《忘情水》。他唱完下来，何斌斌给他鼓掌，我也跟着鼓掌。何斌斌说戴开群的女朋友回长沙跟公务员结婚去了，问我要不要做戴开群的女朋友。我一时尴尬，愁苦怎么回答，戴开群说，他乱说，你别听他的。

大年初一我在工厂的商业街上瞎晃荡，比起去年在普宁过年，似乎这个年更加无味，因为跟姐姐离得近了，她又能抽空来看我，我们再没有写信，所以年初一我想读一读信也没有机会了。男同事们要去中山市那边去玩，问我去不去，我说不去。戴开群说去吧，那边有更好的卡拉OK厅，还有舞厅。我说好吧。但我没有跟戴开群发展成男女朋友，他说也好，要是我同意跟他谈朋友，我会被他带坏的。

过完年刚开工不久，戴开群问我还去珠海吗？我说等我姐姐下个月转正式工了我再决定去不去。他说，你若想去珠海我帮你申请。他还说你可以带上行李不回来了。我说不回来被抓了怎么办，他说那就叫你姐保你啊！我说我姐还不是正式工呢，还没有发正式工作证呢。他说，那我保你。我说我带了行李就是离厂了，回来也没有工作了。他说不会的，他姐姐会帮我补请假条的，就当你请假了。我才知道他说的姐姐是他的堂姐，我们分厂经理的秘书。

如他计划，我去珠海再也没有回来。我先在一家电脑培训班学打字，三个月后一边上班一边去夜校学会计。夜校在吉大，我常常顺路去我曾去过的吉大的厂区，但我也知道，戴开群陈斌斌他们若这天来送货，这个点也早已回到中山那边去了。

一九九七年七月一日香港回归，珠海市区公交车免费，商场打折。我在的公司放假，姐姐上完早班也不回去睡觉，要陪我逛街，我们拿着免费发放的小红旗高高兴兴地走在人群中唱歌。

再后来，一九九九年春天，一个小雨的天气里，姐姐拿着姐夫给她写的十七封信去了深圳。同年底，我也到了深圳，在一家商场做营业员。

第八部分　你的姓名

1

网购火起来的时候，我与先生浑然不觉，他做家电市场，我做服装市场，日常生活中的两大刚需，我们分别从熟悉的渠道采购，所以当别人家热热闹闹都在网购的时候，我们还没有意识到网购的时代已然到来。几乎是过了一个年又上班，先生被告知公司实体零售滑铁卢般跌入谷底。部分连锁商场宁愿违约也不愿意再提上季度的订货，更有要求余货退回生产商的。在先生面临被公司辞退或主动辞职的时候，早几年跳槽出去的同事找到他入股电商，并由他负责小家电采购的把关和洽谈这块。先生身份一时颠倒，由服务零售商的生产商摇身成为电商巨头。身份的转变使他一下子成为被人供养被人尊敬甚至巴结的对象，要知道，以前都是他巴结别人。这种工作形式的转变使先生的性格一时开朗起来，休息日和假期也有好心情带着全家出行游玩了。阿宝这时不满六岁，还在上幼儿园大班，正是探索个人独立的阶段，她很高兴爸爸的变化，一到周末就收拾好她的拉杆箱准备去旅行。哪怕只住一天酒店，她也忙得不亦乐乎，搭配衣服，收拾行李，琢磨带什么玩具出门，都成了她过周末的头等大事。

一家人愉快的日子过了半年，阿宝准

备上一年级,忙过她入学,紧跟着的是我所在的服装公司面临裁员。很显然,服装行业也受到了网购的冲击,整个行业都在缩减实体店,等待新一轮的商业转机。本来都以为服装是个特殊行业,与书不同,与小家电不同,与零食市场不同,它需要试穿,需要上身才能知道一件衣服是否合身,是否能配上一个人的气质。公司市场部的两个部门早半年前专门开过关于网购冲击的会议,认为它即使来到服装业,也是针对低端市场,而像中高档定位的品牌,本来依赖体贴服务与试穿来决定销售业绩,以为丢失这两块,品牌的中高档定位难以成立,顾客买不到合意的服装,得不到周到的服务,那么他的购买行为将会毫无动力。但事实是不到半年,十月一日本该是一年的销售黄金时段,却以惨淡收场,两个品牌,全国一百〇七家专柜、专卖店尚不及早年不到五十家店的营业额。本来看好的春季订货会也不及上年的预订,而这时工厂的冬装已经入库,一时都觉得今年的冬装销售不容乐观。

于是公司决定元旦加大促销力度,凡会员,不限级别,金钻、银钻、普通VIP均可尊享充值相当于五折的优惠。公司自然想到了需巧立名目才能把充值尊享低折的话说圆满,于是以品牌周年庆回馈说法给所有注册会员发出充值邀请,充一抵二,多充多优惠。总经理生怕光这样发消息不够诱惑,问我们还有什么方案没有,黄钰提出凡充值成功都可凭电子回执在全国柜台免费领取与充值等额的礼品。于是老板让仓库把往年的库存整理出来,看有哪些产品是可以用来做礼品的。衣服不行,可能会因为款式及尺码大小不合,有人不想要,但围巾不挑人,没有尺寸限制,任谁好歹都能选上一条两条,自己用或赠人都不枉费。我们最后把这个活动取名叫"一享一送,与您欢庆"。

公司的这个促销一时反应很好,但很快,听各地专柜回馈到公司的信息,说很多品牌都在做充值促销,基本上谁先出手谁赢。反应慢、到元旦跟前才开始做充值促销的收益多不理想。等到了元旦,这场充值促销的效果更加明确,做得好的专柜很热闹,做得不好的门可罗雀。我们公司是这场促销战中收成很好的,一时,全国的专柜都报来好的业绩,就连平常营业额不能保底的专柜都过了保底关。促销方案成功,人人都有奖励,一线员工们等待着奖励和提成,可是公司明白,糖果发完就是摊牌的时候,冬季销售过去,春季来临之前将裁去销售一线三分之一的员工及撤销掉三分之一的专柜。

部门例会说到裁员,大家都默不作声。这消息来得太意外,大家都没有准备,平时跟部门经理关系不错的几个人也低头不语。黄钰年轻,刚升到片区主管,她左看右看,又看看经理,嘴一撇做出哭的表情。她并非真哭,不过是年轻人玩的协助心理的外在表情表演。头一次例会开得这么尴尬,大家都不作反应,经理觉得难以收场,说:"那照例报一报业绩吧!"可是也没人积极,有说报表还没有传过来的,有说得周二。这些理由都不过是再正常不过的理由,却也是不愿合作最容易说出来的理由。九点的例会,不到十点就散会了。于是第二天老板亲自给我们开会,说裁员难进行是人之常情,手心手背都是肉,裁谁他都不舍得他都伤心。那么我们可以先从业绩上看专柜,先撤专柜,这样是不是就好办多了?

我琢磨若市场部经理先开的那一场不

成功的会议是打预防针，老板亲自开的这场会就是手术现场。这么想我突然意识到这两场戏是同一个剧本，两环紧密相扣，并不是一场戏没唱好才需要补一场。一上午四小时的会开完，我没有被辞退，反而把几个商场合并给我。我主管的片区撤掉两个专柜，主管片区扩大后又进来五个，这样我分管下的专柜就有十一个了。一个主管管辖十个专柜是上限，副经理级才能管十个以上的专柜。都说我这是要升职了，我心里却没有这么想，我在想公司这样做是不是在为进一步收紧实体店、进一步裁员作准备。会议开完，大家都起身走，我坐着不动，我说："老板，我申请辞职或申请另外的职务。"

老板问："这是为什么？"

我只得如实说："现在国家允许二胎了，家庭希望要二胎，所以我也在准备二胎。但我这个年龄算大龄孕妇，若还是原来的工作强度，我怕我支撑不下来。这是一。我还有第二个原因，我认为实体店在未来的两年内还会继续下滑，继续撤专柜还会发生，到时的场面会比现在更惨烈。家电市场比服装行业提前经历网购的冲击，现在的家电市场已经在电商上有了自己的经验，并在继续扩展。服装行业，当然，这个会议咱们上半年开过，以为中高档品牌的冲击不会那么早到来，但事实它已经来了，我们眼下正在处理这个后果。从小家电行业的经验来看，我相信很多服装品牌的同行已经在着手准备电子商务这块，我们公司也应该做准备了，我想加入这块的拓展和业务。这样一来我出差的时间少好备孕，二来也赌它的前程。"

传说老板曾任高官的秘书，写材料是把好手，下海创业后身上也还是有些文艺气，所以跟人合伙开公司后，又独立创建了自己的服装公司和品牌。而我们公司的内部杂志一直由他主编，他声称视野与美学不差于市场上的时尚杂志，若不是他太忙，他是要把我们的内刊杂志弄个刊号来公开发售的。

老板想了想问我："电商这块你有什么想法？"

我提出了几条建议：

一，把公司网站改版，不光是发布公司大动态，改版后可以做成品牌展示与销售一体网站。当然，这得拿到电子平台营业许可。或者销售这块与已经成熟的电商平台合作，但如何合作得深入了解他们的运作模式再去洽谈。

二，所有市场广告投放转移到移动荧屏，纸媒都在大幅度缩减版面，纸媒传播大势已去。连纸媒人自己都开始辞职创业新媒体，纸媒人创建的个人公众号火了几个，一些企业也在做企业的公众号，公众号有可能会是一两年内最火爆的信息传播平台。我们公司是否考虑把品牌和杂志的内容转移过来，即等于我们要做一本电子杂志，并且这个可以和电子销售挂钩，联合起来，尝试一种新的可能操作的销售模式。

我本来还有几条意见要提，老板说："好了，好了，我晚点专门找你谈这个，中午了，咱们先吃饭，前台早把饭叫好了。"公司凡开会不用自己订饭，由前台一起叫餐，公司买单。

周三到周五，老板并没有找我谈话。周五下班市场经理手机留言给我，叫我周六上午来公司开会，并说明，老板开会，市场部与人事部少数人参与。

公司并非多大规模，又是私企，部门

划分一直混乱。听说最初的内刊由市场部在兼管，后来转给了企划部。人事部本来管着招聘及培训，后来把培训给了市场部的拓展部。总之部门与功能划分杂乱。这次开会说是市场部与人事部开会，其实还含有企划部的人，即负责内刊的部门。

老板比谁到得都早，市场部人在，企划部人在，设计部和产品部的人也都在，二十人的小会议室将近坐满。老板说，换大会议室。于是大家呼啦啦又从小会议室换到大会议。

大家都做了准备而来。按说市场部轮不到我来，因为周二我在老板面前提了意见，所以把我预算进来。老板把话题抛出，要筹划新的网站，做好电子销售的准备工作，所以大家在现有岗位上还要多拿出一份精力来协助这一块，若这一块做好了，路走对了，那么成果就有他的份。老板这么说好像说有一个蛋糕在做了，谁努力谁能吃着。

因为我不是主要参会人员，不过一个旁听者，他们最后讨论下来，目标锁在公司网站的投资建设上，如何找人扩大网站，如何架构网站结构，以及如何在公司的内部网站上完成销售。我听得一片茫然，觉得力量过大了，他们这种搞法，好像先生后来入股的电商平台的气势。

轮到我发言，我说："公司网站的部分我就不参与了，如果公司考虑品牌以后可以入驻别人的电商平台，我或者可以负责这一块。这方面我有点小的资源，因为先生的公司就是做这个的，与他们合作或与其他台商合作我能很快掌握一些操作要领。另外，我觉得公众号建设应该抓起来，而咱们公司也有人力和资源可以完成这一块。"

老板现场拍板，说："那企划部出两个人，陈云云你加入团队建议，弄起来试试。"

我有点叫苦不迭，我这等于给自己添了一份麻烦。会后我找老板商议，我若参与公众号建设，那要把我主管片区的专柜管理减少五个店，我才好把余力用在公众号的建设上。我以为这是一个无理要求，不想老板竟同意了。

老板同意后，我留了原有的六个专柜，把新划入我主管片区的五个店让了出去，听说由黄钰接管。也好，这个小姑娘好胜，好胜是最好的动力，希望她和专柜都有一个好前程。

2

二〇一二年十二月底，我们的公众号三人小组成立，当时的定位是朝着一个简化版电子杂志的方向去办的，发布国际潮流形势，采写国内时装界动向，呈现和展示公司两个品牌的形象和产品。但这规划公众号模板实现不了，直到第二年三月还在内测。后来我跟先生闲聊说我这部分的工作进展不顺，他告诉我，要实现我们这样的需求得另写程序，或在原公众号模板内增加内容。总之，他说："没那么容易。"

另写程序的工程太大，老板并未同意，公司的公众号一时搁置，只发些极简单的通讯内容。公司网站还在建设，也不能实现电子杂志的构想，在老板亲自授权后，我把工作向合作拓展，很快谈妥一家网购平台，进驻了我们的品牌。

网店建设起来比公司的网站建设容易很多，因为是用的别人成熟的模板，从谈好合作不到一个月，我们品牌的第一家网店就建成了。这时我们把网店地址的二维码放在公众号里宣传，群发消息给原所有实体店会员,让大家网上激活会员资格领礼品,这无疑是很有效的一个宣传手段,很快网店就被带动起来,有了营业额。这时我提出实体与网店两方配合,网上购买的衣服码数不合适的可以在实体店调换,实体店没有上架的款式也可以在网上选购调货到实体店试穿。一时畅销款走量可观,我们非常意外,它那么容易,来得那么突然。我们这时是把两个品牌合在一个网店里进行销售的,很明显的,原一线品牌几乎卖不动,二线品牌的定位本身性价比高,一两百的T恤、配饰走量明显。两三百的连衣裙、外套,五六百的大衣也走量不错。打折优惠下来,实际交易价格在五百一件之内的都还比较好走,实际交易价格五百以上的比较难走量。我们紧跟着推出预订款,即先出样衣,然后挂网预订,后来这个业务一直做得很好。

人工成本走高,物价持续上涨,国内高档品牌这时的价格基本赶上国外的品牌价位。这时香港自由行更大程度地对内地多个城市开放,由原来的限次行,改为无限次行。出国游也越来越流行,随便报个什么团就可以出国了,这也大大地冲击了国内的高档品牌市场,都觉得如果是一样的钱,为什么不去香港买呢,为什么不去法国巴黎买呢,为什么不去意大利买呢?那可是时装的发源地,是圣殿,是时尚人朝拜的地方。另外去韩国、日本旅游也越来越方便,本来哈日哈韩的潮流人士,直接飞去韩国、日本购买化妆品和时装了。不光是服装,包括化妆品在内的高档品牌的商品都越来越难卖。这种情况下公司悄悄地把A品牌的产品改成升级版的B品牌,价格还是B品牌的价格,这样一来,把积压多年的库存稍作改头换面重新出售,

竟也提升了网店形象和好口碑。

准生二胎政策正式全面放开,我怀上的孩子在一个月后流产,尚分不清男女,但仍是让我痛心不已。阿宝这时已经懂事,问我小弟弟小妹妹死了是吗?

我说:"不能算死,他还没有成型,就是他没有了,没有来,也没有存在过而已。"

阿宝说:"你伤心了吗?"

我说:"是啊,妈妈还是伤心了,以为他会来,妈妈都准备好迎接他了。"

阿宝说:"那他以后还会再来吗?"

我说:"我不知道。"我这么回答阿宝后才默默自问,我还希望他到来吗?

先生叫我休养,我问他,还是非要二胎不行吗?

他说:"阿宝越来越大了,我们的生活条件也好起来了,但日子也会越来越乏味。"

我没回应先生,我明白那个意思,明白两个人共同生活又没有交流愿望和动力的困境。或者我真应该好好养身子,不怕胖,不要节食,有规律锻炼,增强抵抗力,以健康的体魄保护好怀上的孩子。这么一想,似乎孩子是因为我没有的,心里再度难过起来。

医生说,女方体弱,要是怀的是男孩还是会流产。因为不知道可能怀上的是男是女,为将来可能怀上的孩子成功保住,我开始注射先生的血清。这个技术国内收费比香港贵,且难说更成熟,医生推荐我们去香港的一家医院做。

一边是超额的工作,一边是大龄备孕,我突然意识到我不再是我,我成了一个工具,一个电器,开关不在我的手上,我随着时间与别人给的指令由一个环套入另一个环,像在一个个模板里,地方圈好了,

等待我滚动。

或者，为阿宝想想，我们也应该再要一个孩子，将来我们老了，她也有个伴。

排卵针打完，我浮肿不堪，眼皮张不开，嘴唇厚沉，吃饭喝水都牵动得难过。我想起姐姐，想起她生蜻蜓前的样子，虽然她不是打排卵针导致的。我倒未必是怕死，我觉得为了生孩子这样折腾或许应该使女性警惕起来，为何而生？为谁而生？国家计划生育三十余年，现在放开二胎，我这个年龄的女性正好卡在一个尴尬的节骨眼上，不上不下，还没到彻底不能生的时候，但也早已不再年轻。这个问题当然不是个人的问题，不是年轻时不想生，而是那时候还不允许生二胎。但现在生不了，似乎只剩下了某一个人的问题，抵抗力差、卵巢老化、卵泡不成熟等等。

阿宝的同学们陆陆续续有了弟弟妹妹，阿宝有次摸我的肚子说："妈妈，这里面有宝宝吗？"

我说："没有呢，宝宝还没有来。"

阿宝说："赖向薇的妈妈今天抱着小宝宝去接她了，好可爱的小宝宝啊，眼睛小小的，小手手这么小这么小。"阿宝说着伸出自己的手比着。

我说："你小的时候，手也是那么小呢。"

这年夏天，四十六岁的台湾籍女星伊能静传出怀上二胎。办公室的人都说，真够拼的。

黄钰结婚了，性情大变，说："这么拼还不是为了保住一个男人。"

另一个比黄钰更年轻的女孩大令说："有什么好保的，真要变心的保也保不住。"

来找我核对网上销售数据的会计程姐说："有个孩子还是不一样的。"

黄钰问我："陈姐怎么看？"

我定了定心说："我若要生肯定得是我很想要一个孩子，其他的说不好。"

大令说："还是陈姐境界高。"

我忙说："别给我戴高帽，或者是我作为女性没有那么伟大。"我这么回大令自然是回避了许多的话题。

3

酒店试业期间，客人不多，我们的工作多是打扫卫生。那种新装修出来的瓷砖墙壁和地板总也弄不干净，我们拿刀片一点一点地刮，拿湿毛巾一点一点地擦，看着光可照人，以为一尘不染了，不想部长拿白手套抹一抹砖缝，又叫擦一遍。若我们谁说很干净了，部长便会把细棉丝的白手套伸到那人的鼻子尖上让看清楚到底干净了没有，说你们泥腿子习惯了，就以为五星级酒店也跟你们家一样？我们谁都不言语，继续埋头干活，我们在墙上、在地板上、在玻璃上看到的都是自己，没有灰尘。

试业三个月，酒店还是不开张，姐姐打电话来说，你要不要到深圳来？我问她在做什么？姐姐说做文员啊。我说那你做文员，我又做不了，我过去能做什么？姐姐说营业员你做不做？我知道什么是营业员，就是在商场卖东西的，我不是跟姐姐一起逛过免税商场的嘛，姐姐春季去深圳给她的男朋友买格子衬衫时带我去过。我说我做，餐厅服务员的活我都做了，商场营业员的活不是更干净嘛，我为什么不做？姐姐说，那你就来。

我向领班辞职，所在的中餐厅部长听说了在例会上训话，说："养你们四五个月了，还没正式开业就想走，那不白养你们了?"听部长这么说,好像也不是我一个人要辞职。

中餐厅部长是东北人,二十七岁,去澳门接受过半年的酒店管理培训。英语不甚好,会"Hello"、"Good morning"、"Follow me"、"Please"这些简单用语,但她能讲一口流利的广东话,跟澳门人和本地人讲广东话对答如流。她那么能干,我们都怕她。

我斗胆说:"酒店还不开业,我们一个月拿五百工资太少了。"

部长说:"怎么,你们还没干活就给你们五百还嫌少啊,你们爹妈在农村一个月拿多少,啊,拿多少钱?"我不吭声。

下班训话时部长又说:"澳门就要回归了,再等等就回归了,回归了我们就正式开业了,这个节骨眼上要是还有人提辞职……"她讲话很擅长转折,然后继续说,"都给我听好,分好岗位的,所有现在在岗的,谁辞职我也不会批。要辞职可以,把这四五个月的工资交回来,把饭钱交回来,把培训费交出来。咱们可是请的澳门大酒店的人来给你们培训的,你们接受的可是正宗的酒店管理培训,不是你们在大排档夜总会学来的端茶倒水洗盘子。再说一遍,都给我听好了,澳门就要回归了,回归了我们就正式开业了,开业了就按五星级酒店的工资给……"她眼睛一骨碌,说话又转折,"迎宾部,你们几个把小脸洗干净,把口红涂上,把身子扭好看了,做不好就去楼面端盘子。跟你们说,这可是给你们机会,过几天会有一批旅游学校的学生来实习,哪个都比你们小脸漂亮,别以为就你们长得好看。"她又看看我,"陈云云,你是陈云云是吧,你多高?"

"我一米五八。"我回。

"你怎么才一米五八?你长这么好看白费了。你怎么不穿高跟鞋?"

"我是上菜的,我们发的鞋是黑布鞋。"

"你能穿多高的高跟鞋?"

"我是平板足,穿不了高跟鞋。"

酒店说是十月前开业,我来之前他们都基本准备好了,就等开业了,可我来三个月了酒店还没开业。一推再推,这次听到的消息是要在澳门回归那天开业。

一九九九年十二月十九日下午,全酒店的电视都在播放澳门回归的转播,说是第一百二十七任澳督韦奇立会在澳门总督府进行最后一次降旗仪式。紧接着四点半,韦奇立走出澳督府,站在门口位置,等待降旗手把降下的葡萄牙国旗折叠好送到他的面前。然后韦奇立紧紧抱着他们的国旗,面向嘉宾致意。

很奇怪的,未降旗之前,酒店各部门都没有客人,降旗之后,酒店陆陆续续地进来很多客人,中餐厅还不到晚饭时节,大厅却很快坐满了客人。他们一时也不要什么,只是喝着茶水聊天。中餐厅的电视上依然播放着澳门回归的转播,厨房早就准备好了食物,装备好了盘子,只等部长发话,厨师们好把热腾腾的饭菜摆上。

大厅里的客人聊着什么,高高兴兴,我们听不到电视上的国家领导人讲话,也听不到客人们的交谈。直到中葡双方交接仪式完成,国歌响起,大厅里才安静下来,刚刚用广东话交谈的客人也有人操起普通话跟着电视唱国歌。

奏完国歌,大厅里再次喧闹,我们如游鱼般传菜上菜,忙得脚下手上一刻也停不下来。这是我们从来没有过的忙碌,大厅里也从来没过过这样的喧哗。

我们只忙着脚下别绊了,手上的托盘

别斜了，酒水别倒了，开水别用完了。等电视上播放文艺晚会，我们才撤完客人桌上残留着的食物餐盘。这边刚撤下，又紧接着上水果拼盘。凌晨下班时我们累得都没法整队了，一个个东倒西歪的，部长也没有力气给我们训话，说："散了吧散了吧，都回去休息，明天正常上班。"安静下来，我还站着，脚上和腿上丝丝地疼，心里都能数出脚上有多少个水泡。

千禧年过后，春天的时候，我到了深圳，找到一份在商场专柜做营业员的工作。我们的专柜是卖衣服的，我们又被称作导购，有客气的顾客还会叫我们导购小姐。我们的工装挺好看的，随着专柜卖的衣服换季，我们的工装也换，时尚又好看。我觉得跟姐姐来深圳是对的，要不然我不知道要在珠海的酒店里端盘子端到什么时候。姐姐让我再学会计，把在珠海没有考过的会计证拿到手。我去学了，也拿了会计证，但是我不想做会计，我宁愿做导购，穿好看的衣服，在深圳这个新世界里自由自在地生活。

4

弟弟第一年没考上大学，复读后春季还是没考上，他本来想再复读，爸爸不许，爸爸说你二姐没读书还不是能拿一两千工资。

我说哪有两千，加提成一千五六，爸爸说，那也不少。姐姐说，那就去深圳吧，高中生在深圳也能找到活。

我跟姐姐请假回了趟老家，看弟弟跟爸爸闹脾气闹到什么程度了。小麦刚抽穗，还没扬花，但麦芒已经尖锐，手拂上去，刺刺痒痒。我跟姐姐在麦田里照相，边跑边笑，假装捉蜻蜓，却怎么也捉不到一只。弟弟不死心，还不想去深圳，我跟姐姐在家乡玩了几天，又一起回深圳上班。不想我们走了，弟弟随后就来了。

5

春天还是记忆中的春天，草木都在发芽，麻鸭在破冰的河面呱呱地叫着。北风的天气，桥上还是有些冷，在南方住习惯了，即便是春天的风还是受不住，我在桥上站着不到五分钟就想赶快到桥下去。桥下就是生我养我的村庄，那里有树和房屋挡着应该暖和些。

县城发展扩建，我们大队被划入经济开发区。村庄的所有田地正在被政府征收，就连我们村庄前河边高低不平的细碎的田地，都被推土机推土填坑整合成一片整地。我问爸爸这片地用来做什么。爸爸说："哪知道呢，说是盖厂，后来盖在王湖了，又说开果园，荒两年了也不见种，倒是横河那边种了一种啥果树，去年挂了果，啥子樱桃，跟咱老院子里的樱桃不一样，又黑又大。"

我说："村里的地都是啥情况，哪块地是租给人家的，哪块地是被征收给赔偿的?"

爸爸说："咱老百姓也弄不清啥是租啥是征收，依我看都是征收，反正老百姓都没地了。"

我说："收上去租给人家每年给老百姓租金，租期到了地还是老百姓的，这是租地。要是一次性给完赔偿就是征收，以后不属于老百姓了。"

爸爸说："有啥区别哩，不过是给哩多给哩少的问题。"

顺着这个话头说下去我觉得没意义，

于是问爸爸："那这次是哪一块地给一次性赔偿？"

爸爸说："哪块？西南面靠着王湖的那一块，咱们家最大的一块地。"

我说："那不是以后种不了小麦，种不了红薯了？"

爸爸说："那哪里还有得种。不光是咱这儿，到处都在征收地，照这形势看，老百姓以后不能靠土地吃饭了！"

爸爸又重复这话，看来心里不是弄不清租用和征收，是重心不在那上面，或者他一直在惋惜将失去土地，失去种地的资格，失去农民的身份。我不知道他能不能弄清楚自己在想什么，但我也不想帮助他明确，或者他这样稀里糊涂的状态能使他更轻松更快乐。

我拣好话说："你们这一代人老了，也就没有人会种地了，收就收了吧。"

爸爸说："你这两年没回来，村里的宅基地被长营的人买了许多盖房子，都盖两层三层的，以后农村也不是农村啦，是城市人一样的楼房。"

我说："宅基地不是不能买卖吗？"

爸爸说："是不能卖，但架不住有人要买就有人想卖。自古上有政策下有对策，农民有农民的办法。"

我说："那不是以后住了什么人也不知道？"

爸爸说："那是住什么人都不知道的，谁也说不准什么样的人会来买。时代早就变啦，农村也不是原来的农村啦。"

我觉得爸爸老了，思维很乱，但想想爸爸的话，觉得也是这回事。又问他："长营划新区了不是有赔楼房吗？咋跑到咱这儿买地盖楼？"

爸爸说："那楼房能住？那么高，那么小，年轻人住住还行，像我跟你妈这么大年纪的都不想住楼房，还都是想接地气，盖个一两层的住着舒坦。"

我这次去武汉跟商场谈撤专柜的事宜后，专程转回来为征地赔偿签字，爸爸在巷子口接着我，一路聊着回到我家院子。

弟弟弟媳都不在家，妈妈听说我回来了赶集买肉去了，要给我包饺子。

爸爸问我急不急着走，能住几天。我说，至多两天，再多不行。爸爸说那下午就去大队签字，明天去看看你姥爷，后天好走。

我问："我姥爷不好了吗？"

爸爸说："也没有不好，不是你两年没回来了吗，他这个年纪了你还能看几次？"我说是，我没想到这一块。

爸爸说："糊涂啦，我跟你妈你大姨常去看他，他还记得谁是谁，你三姨三姨夫不常去，他都叫不上名了。"

我问："八十几了？"

爸爸说："八十七，你说你还能看几回？"

我说："是是是，我这回回来得去看看我姥爷。"

我嘴上这么说着，心里一片愧疚。但我愧疚不是对我姥爷，我愧疚的是孙子辈的人都关心不到祖辈。若有这种愧疚，我愧疚的也不是姥爷，更可能是姥姥。有一年我生病被送去了姥姥家，姥姥一刻不停地背着我，做什么事都背着，怕我生病身子冷。大概姥姥也是这样对我姐姐的，我们没有爷爷奶奶，谁生病了都是送给姥姥带，好不影响爸爸妈妈干活。我对姥爷的印象并不好，他年轻时被征兵，后来没到战场就生病回来了。人家说他是逃兵，他气得不行，天天冲我姥姥发脾气，还打姥姥，那时还没有我妈。后来姥姥又生下我妈我三姨我舅舅，姥爷还是打姥姥，直到

275

我都懂事了，姥爷依然对姥姥不好。我姥姥在我读小学四年级时病逝，他才后悔，觉得不该那么对我姥姥。其实大家都不太喜欢我姥爷，但是他老了后谁也不跟他计较了，有什么好吃的都会想着他，我爸我妈更是十天半月就要去一次，给他送煲好的烂肉，所以他现在最记得我爸我妈和我大姨，他要连他唯一的儿子也认不出来了。

下午去大队签字，办公的是上面下来的人，不是我们大队的人，所以我不认识。

他让我们出示户口本和身份证，我的户口迁出了，但我家的户口本一直没变，我的档案还是在第四页。户口本的户主自然是我爸爸，第二页是我妈妈，第三页是我姐姐，第四页是我，第五页是弟弟。

"陈云云，曾用名燕平，对吗？"办事员问。

"对的。"我回。

"你的户口二〇〇七年迁出对吗？"

"对的。"

"好的，在这签字，按手印。"

"陈平平。"办事人叫。

我爸接话过去说："陈平平只能我代签了。"

"上面有规定，必须本人带证件来签，不能代签。"

我爸说："这个孩子不在了，本人来不了。"

"什么是不在了，本人来不了就不能领他那一份赔偿。看看这里，这边这边，看清楚了，有文件的。"

我按完手印，抬头看办事员，我说："陈平平是我姐，死好几年了，但是国家三十年不动地，'减人不减地'，我们家就还有她的地，所以她这份赔偿我们家人是可以代领的。你赔偿有文件，国家三十年不动地也有文件，国家大，大队小，依照先大后小原则，你们办事要依国家的为准。"

办事员可能被我呛着了，瞪着眼看我。我爸忙拉我说："云云，云云，好好说话。"

我说："我没有说错，说的也是家乡话，要是没说清，我可以用国家的普通话再说一遍。"

我爸吓着了，说："你这孩子怎么这么说话，好好说好好说。"

办事员三十的样子，或者不到，很年轻，眨眨眼想缓和一下气氛。他说："这事我还没碰到，这样，你们过去那边坐一会，我问问领导。"办事员说着用手机打电话。

我爸忙把我拉到一边。

我爸我妈过来签字，我妈的姓名那一栏画的圈，在圈上按了手印。我弟是超生，虽然交了很多年罚款，最终还是没有给他分地，所以我家等我和我姐的签完就可以给我们发赔偿金了。我爸打电话时说过，等拿了钱，我的赔偿给我，我姐的留给小蜻蜓，他的和我妈的留给弟弟，不能因为他没有地就不给他钱花。我说我没有意见，也代表我姐没有意见。我爸知道我开玩笑，电话里就笑着说，一家人，好说，你要是现在有需要，我跟大鹏说先拿给你用，他不敢说什么的。我说不用的，我们的房贷快还完了，以后两个人赚钱就是给阿宝上学用，没有需要急着用钱的地方。我爸说，那行，你要用就说。我说好，等我回去再说吧。

办事员讲完电话，招手叫我们过去。他挺为难似的对着我爸说："大叔，是这样，你看我也打电话问领导了，领导的意思说前面你们村也有你们这样的情况，上面处理的方法是你们家人可以去开死亡证明，然后你们拿着那个证明再来代签就行

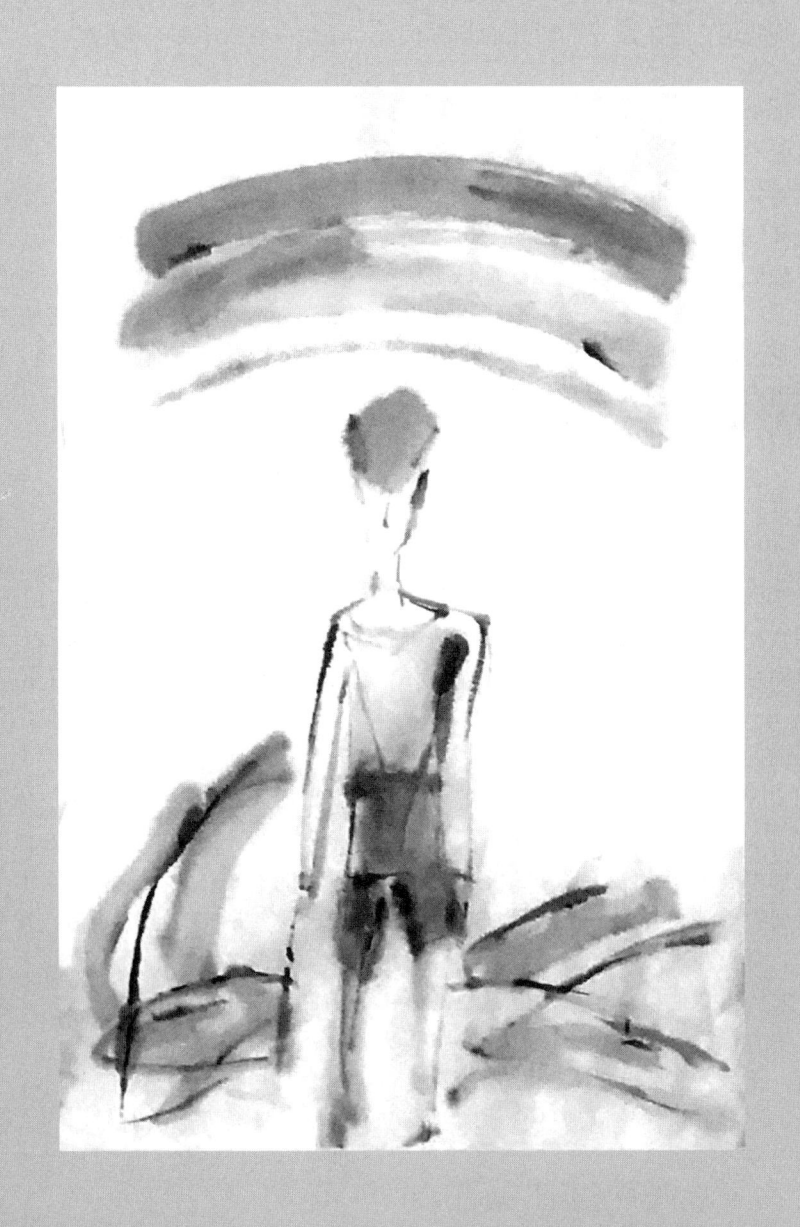

了，所以得麻烦你们再跑一趟，开好证明了再来。"

我爸觉得人家挺讲道理的，就说："好好好，那我们去开，就是到时又麻烦你们一回。"

办事员说："没事的大叔，你去办好了再过来就给你们代签了。"

我看我爸那么和气，也不好再说什么，于是也和气地问办事员去什么部门开。

办事员说："这个不太清楚，应该是民政部门。"

我爸又认真地谢了人家一回。

走出大队我说我爸："你们老农民就是怕当官的，那么和气干什么，地都被人家征走了，还谢天谢地的。你们是农民，一辈子就是靠土地吃饭，没了地，你们以后靠什么吃饭？"

我爸说："你看现在当官的态度多好，人家那么和气，你不该和气点啊？征地都是大家同意的，同意了就不能再对人家办事的有气。这是你不对。"

我说："好吧，我不对，我态度不好，我没有礼貌，就你们这一代人有礼貌行了吧。"

我爸懒得跟我抬杠，大步地往回走。我在后面看着他的背影，觉得爸爸除了头发白了，身板并不显得多老态。突然有点想我小时候坐在他自行车后面抱着他的感觉了。想着，我赶上爸爸，挽着他的胳膊往家走。长大后都是姐姐喜欢这样挽着他，我还想不起有过这样悠闲地挽着他的胳膊散步的时候。

出了大队办公楼就是麦田，我们没走乡村新修的水泥路，我们自有自己的路线往我们的村庄走去。

我们经过麦田还是麦田，因为是阴天，麦芒并不反光耀眼，只见麦田上一层蒙蒙白白的微光随风摇摆。

不知道爸爸高兴什么，说："云云，想不想去看看咱那一块地？"

我说好吧。然后我们往我家那块正要被征收走的土地走去。

这块地上还种着小麦，长得苗壮倔强，一棵一棵的像小树，一看就是丰收的一年。

爸爸说："多好的地，咱们年年翻地冻土，土松得都跟面似的，一块硬疙瘩都没有，真不种庄稼了还怪可惜的。"

我说："你又心疼了不是，刚才你还对人家谢天谢地的呢。"

"一码归一码。"我爸说。

我说："既然是一码归一码，我问你个事行吗？"

爸爸说你说。

我说："大鹏之前搞传销你怎么不管？现在倒好，谁也管不了他了，家都不回。你又不是不知道传销不是好事。"

爸爸看着麦田，叹息地说："你还是没看懂这里面的事，他出了事那个样子，去哪干活人家都不要他，就拉他搞传销的那个人不嫌弃他，说他好，说他够哥们重义气，能干成大事。你说他能不信人家的话吗？我要是非把他拉回来，我拿什么事给他干，没个活给他干，他能干出什么事来谁也拿不准。"

半晌，我们都不说话。

又半晌，还是爸爸先说话："咱们都不知道，他要不干的时候，别人关他几个月叫他打电话要钱，他硬是撑着不给你打也不给我打。"爸爸长声叹气，"人啊，不上当上够，谁能知道回头。早就不干啦！两个人卖早点，也不用自己干活，从别人那里拿货，只管卖。"

我说:"够花吗,还有个读书的。"

爸爸说:"应该够,过年还给你妈买大衣寄回来。"爸爸说着抬脚,说,"这鞋也是他俩买的,跟你妈的大衣一起寄回来的,还怪好穿。"

第二天自然是先开姐姐的死亡证明更重要,我咨询了在民政部门工作的朋友,朋友告诉我死亡证明在发身份证的公安局开。

于是我跟爸爸去到公安局户籍科,不想还是遇到麻烦了,办事员让出示医院开的死亡证明。

我爸说过去这么多年了,还去哪儿找啊,再说当初医院开的证明也不在我们手上,在男方拿着。爸爸用"男方",不再说女婿。早年有人问起姐姐的孩子谁带,爸爸回人家的是女婿带着。

办事员左思右想,说:"大叔您看这样行不行,我们不了解你们下面的情况,你们大队应该比较了解队里,您让大队开个说明,盖上大队的章再来我这儿办。"

这位办事员也很客气,口口声声叫着大叔,我爸最受不了人家客气,忙说:"是这个理,是这个理。"

爸爸都这么说话了,我只好又陪着爸爸去大队开说明。大队办事倒也不麻烦,书记是我爸认识的人,也了解我家的情况,很快叫人帮我们开了说明。然后我们又跑到公安局,才终于开了姐姐的死亡证明。等我们来来回回又回到大队"征收办"去替姐姐签字办理赔偿,事情就很简单了,办事员摊开姓名簿,翻到我家的那一页让我爸代签。我爸戴上老花镜,吸上一口气,郑重其事地在陈平平姓名栏签上他的名字陈好柏。写完,爸爸还不忘在自己的名字后面注上"代签"二字。

6

因为我订了第二天的火车,午饭后,爸爸把电摩托车换成柴油三轮,拉着我和我妈去看姥爷。

我们经过长官镇,经过大王庄。在经过大王庄时,爸爸照例停下车跟路边认识的人打招呼。我妈也随我爸下车,我不想下,像小时候一样,下去也分不清谁是谁。爸妈回来,我们又朝东南去三公里,终于到了白棚村。但是爸爸没有把车在白棚村停下来,而是经过白棚村去了白棚村所在的大队。我小时候常来这里玩,原来是一所学校,只有教室,没有围墙,区别学校区域与麦田的是一排泡桐树,一棵一棵长得笔直而神奇。再后来拉了围墙,泡桐树只剩了院墙大门口一棵。等到舅舅初中毕业,那棵泡桐树背后能藏个人那么粗了。那么大的一棵树在农村并不常见,因为农村人种树也像种庄稼一样,要一茬一茬地种,一茬一茬地收,大了能换钱了就放倒了。后来学校空了,那棵树也没有了,再后来就成了敬老院。我们还没到跟前,远远地就能看见围墙上用白粉刷的"白棚大队敬老院"字样。

看门的人是个老头,认识我爸我妈,见我们停车远远就说:"又来看白本齐啊!"

爸爸说:"小孩从外面回来,来看看老人家。"

看门人拿出登记簿,等我爸去登记。爸爸停车,叫我:"云云你去写。"

我过去登记,在被访人栏写上白本齐,在来访人栏写上白二妮,然后写来访时间,二〇一七年三月八日十五点四十五分。

写完我犹豫一下,想起了什么。

倒影 ■ 冯华

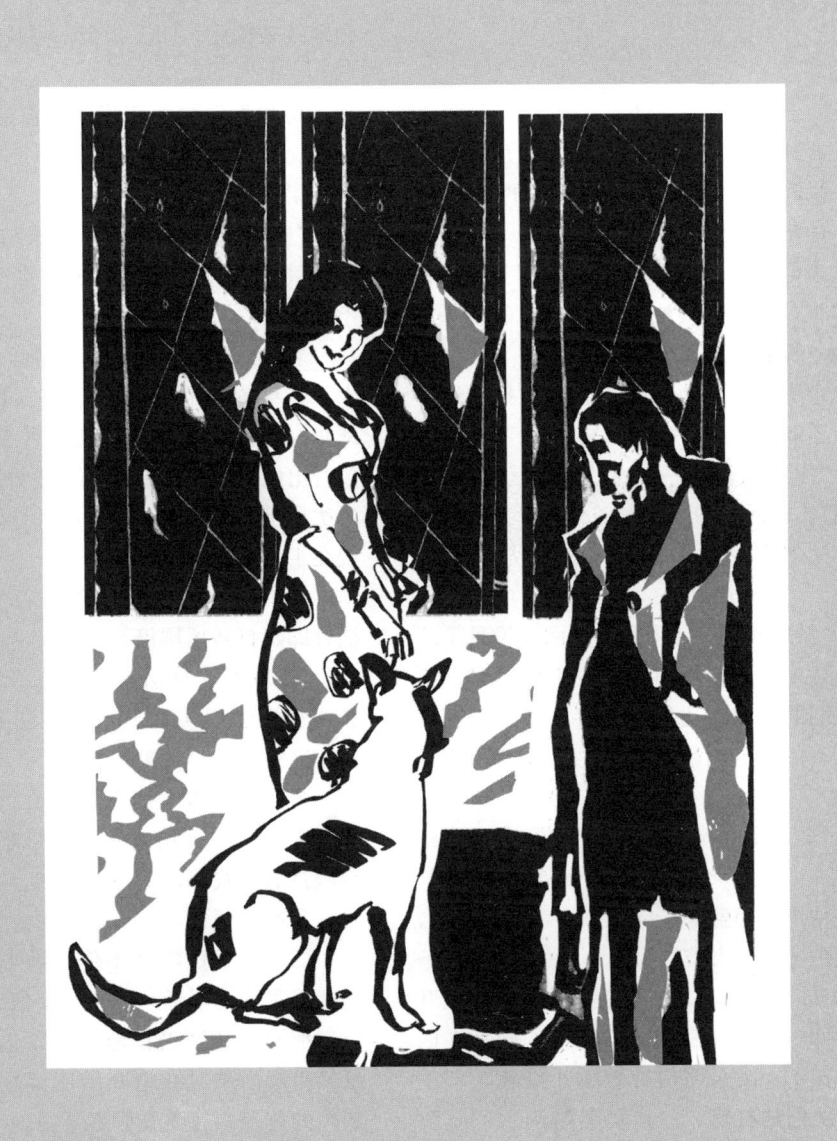

引子：一个凶手

人和动物究竟有什么区别？房门打开的一瞬间，这个问题跳入余明白的脑海。

达尔文以闪电的速度扑过来。余明白还没来得及反应，达尔文已经蹿上余明白的肩头，哼哼叽叽地舔他，湿软的舌头抹了他一脸的口水。

余明白很感动。虽然达尔文把他踩疼了，还散发着热烘烘的体臭。

"你还认得我？这么久了还认得我？"余明白一连问了好几遍。

达尔文继续舔他，用狗的方式做出回答。

"没想到你还认得我，快两年没见了。"

达尔文是条串串狗，说不清品种。上次见面的时候，达尔文才半岁多，现在长足了，体重至少翻了一倍，踩在肩上沉甸甸的。

"真是条好狗，有情有义。"余明白继续说。

从进门起就像在自言自语。直到此时，余明白才得到人类的回应。

"你当它认得你？它是认得鸭肝。"开门的邱妍语气和表情一样冷淡。她站在门口，扫了一眼余明白拎着的小纸箱，似乎没有关门的打算，"其实不该给它们吃鸭肝，对身体不好。"

余明白假装没听懂邱妍的话外之音，把小纸箱递给邱妍。

"放冰箱吧。这两天热，冰有些化了。"

"冰箱满的，没地方放。"邱妍没接余明白递过来的纸箱，"要不你带回去自己吃吧。"

"达尔文和老大都喜欢鸭肝……"余明白继续装糊涂，四下张望，寻找另一条狗，"老大呢？"

想和养狗的人交流，打着狗的幌子最有效。

果然——

"里屋趴着呢。前阵子尿结石刚折腾完，最近听力又不行了，谁进门都听不见。"

老大是邱妍养的另一条狗，至少十五岁了，身体的毛病越来越多。提到老大，邱妍有些刹不住，一口气说了半天。余明白看出她的冷淡明显减轻，趁势关上房门，再次把手里那箱鸭肝递给她。这次，邱妍接在了手里。

达尔文一溜烟从余明白肩头下去了，绕着邱妍打转摇尾巴。

"我就说它是认得鸭肝吧。"邱妍似乎被达尔文的现实提醒了，又恢复了冷淡。何止冷淡，简直尖刻残忍。

余明白忍着。他在心里发愁，这样的气氛中，该怎么切入主题。毕竟，这才是克服自尊来找邱妍的主要目的。

几次要开口，一再被打断。

邱妍的手机响个不停。她当着余明白的面接了两个电话，回了一串信息。

那箱鸭肝被扔在地上。冰化了，水从纸箱里渗出来，纸箱开始变得软烂。像余明白的尊严，快要支撑不下去。

在等待的过程中，不知是紧张还是低血糖，余明白感觉心越来越慌，手也有些发抖。他犹豫着，是否该立刻离开这里。

达尔文比女主人念旧情，跑到余明白

身边，摇头摆尾蹭余明白的腿，帮他挽回了一丝尊严。余明白几乎是带着感激，用充分的爱抚回报达尔文。

好容易等邱妍忙活完，余明白决定还是从鸭肝切入话题。

"鸭肝快化了……"余明白赔着笑脸，俯身去拿纸箱，看见纸箱旁放着一个千斤顶，不知为什么会放在这里，"我帮你放冰箱……"

"省省吧，老余！"邱妍一副不想再浪费时间的表情，"你就直说，到底什么事情找我？我挺忙的，不像你那么……快活。"

快活？

这个词对此时的余明白来说，绝对是莫大的讽刺。

她怎么能这样？

余明白感觉耳朵里开始轰轰作响，手抖得更厉害了。

再努力一次。最后一次。再不行就掉头离开。

余明白心一横，深吸一口气。

"能不能……把我那十万块钱还我？"他尽量让自己的语气听起来不像在哀求，"最近确实周转不过来，又有急用，要不然……我也开不了这个口。"

邱妍愣了一下，轻蔑地笑了，"不会吧？老余，一把年纪了，怎么越混越惨，居然来讹女人的钱！"

这是邱妍留给余明白最后的清晰记忆。之后的所有对话、所有情节、所有画面，对余明白来说，都不能算是记忆，更像是做了一个噩梦。梦中的疼痛、羞辱和愤怒，无论多么真切，只要醒来，都变得恍惚，颠三倒四，不合现实的逻辑。

按照现实的逻辑，余明白怎么可能身处如此境地？

邱妍躺在血泊中，就在余明白面前一米处。

血迹是从邱妍头部扩散开的，已经凝固，边缘离余明白的脚只有0.1厘米的距离。不知何时暗下的天色中，看不出血迹的颜色，却能感受那浓稠的质地。

邱妍仰着头，眼睛半睁半闭，一动不动，专注地看向身体斜前方。仿佛那里有件东西，值得她长久地观察研究。

那是一个千斤顶。个头不大，拎在手里沉甸甸的。究竟有多沉，余明白说不清。

说不清的事情还有很多。

比如：和邱妍的争执是如何升级的？

比如：他心底的屈辱是何时转化为愤怒的？

比如：促使他拎起那个千斤顶砸向邱妍的，到底是愤怒、疯狂还是绝望？

余明白真的说不清。他甚至都说不清此时自己内心的感觉。

所有那些描述心情的词汇，恐惧、懊恼、悔恨、迷茫、无措……对于此时的他来说，都太简单、太浅薄。

一个女人的尸体横在余明白面前，他却呆呆地坐着，思考自己究竟是什么心情，忘记了时间，忘记了地点。

直到一个熟悉的声音响起。是手机的微信提示音。

余明白本能地掏出自己的手机看了看，随即意识到，那声音来自邱妍的手机。

手机又响了一下。

余明白从地上跳起来。

手机并不在邱妍手里。房间里的光线已经很暗，手机收到信息时唤起的屏幕光成为黑暗中的指引，余明白一下子看见门口柜子上的手机。他扑过去抓起手机，同时感觉脚下的鞋底黏糊糊的，像踩了胶水道，为什么又答应江小流？"

"她让我买娃娃的时候可没说是要送给李雪。她要说了，我能这么糊涂答应她？"

"既然答应了，以您的言出必行，总得想办法完成任务吧？"

"我试过了，不止一次。"彭大勇也没那么理直气壮了，转脸看别处，视线自然而然落在那个布娃娃身上，"被拒了，差点儿挨批。"

马一路沉默了。

他俩一起看着那个小学生般乖巧的布娃娃，无法不回忆起曾经的那一幕。

为了抓住最后时机，突破嫌疑人李雪的心理防线，他们利用了李雪的女儿豆豆。那是当时李雪暴露出的唯一软肋。

他们成功了，却都没能体会到太多成功的喜悦，反而有隐隐的痛心和愧疚。

"还是普克好。"彭大勇试图打破这种复杂的沉默，"睡一觉，什么都忘了，不用为这种事情平白难受。"

"您把布娃娃还给江小流的时候，她怎么说？"马一路最关心的始终是江小流。

"你还不知道她？就一个字，哦。啥表情也没有，抱起娃娃就走了。"

"哦。"

"你说，江小流会不会生气了？嫌我办事不力？"彭大勇罕见地有点儿心虚。

"您忘了？江小流不会生气。"

彭大勇一愣。他确实忘了。除了江小流，谁还不会忘事儿？

马一路从认识江小流那天起，就知道江小流除了拥有超常的记忆力、难以超越的模仿再现能力之外，还有另一个特点：无法感受情绪。

也正因为江小流这些特质，才有了704碎尸案的侦破，有了三人小组，最终有了李雪父女共谋杀死并分尸李雪丈夫的案子。

但马一路没告诉过彭大勇，李雪案侦破之后，他与江小流之间有过一次谈话。

关于李雪案，唯一的一次。

李雪父女系列杀人案的侦破源于江小流。

江小流发现李雪对她撒谎，找马一路报案，想证明李雪在撒谎，最后却证明了李雪和父亲杀了人。被杀的是个人渣，李雪那样做，很重要的原因是想保护女儿豆豆，结果李雪不仅失去了深爱她的父亲，也失去了她深爱的女儿。

事后江小流曾对马一路说，早知如此，就不该找马一路报案。

马一路清楚地记得那段对话。

"你后悔了？"

"后悔也没用，对吧？"

于是马一路不可控制地问出了那个深藏心底、极为敏感的问题："江小流，能不能说一下，那年在海上，到底出了什么事？"

江小流17岁那年，和父母一起在海上出了事故，一年后江小流从大学退学回家，变成后来的样子。除了江小流和她已成为植物人的父亲，没人知道当年到底发生了什么。

马一路和江小流接触越久，越觉得那个事故非同一般，而江小流不知有意无意，从不提及。

面对马一路的提问，江小流回答得干脆迅速，像是早就准备好了这样的答案："不能。"

马一路明知不可为而为之，追问江小流为什么不能说。

"因为我忘了。"江小流这样回答。

江小流已经无数次用事实证明：她是一个想忘也忘不了的人。她也很清楚马一路知道这一点。

因此马一路明白，江小流对他说的其实是另一句话："我在撒谎，你来证明。"

正在这时，马一路的手机响了。一看来电名字，正是江小流。

"喂，江小流，我在彭所这儿呢，我、我、我……"马一路实在做不到对江小流撒谎，最简单的方法就是老实交代，"我和彭所正研究你是不是生气了。"

彭大勇气得冲马一路挥舞拳头。马一路索性转过身，眼不见为净。

"没生气。"江小流在电话里言简意赅地说，"你过来一趟，有警情。"

马一路当初认识江小流，就因为江小流给他打电话，也是这样言简意赅地说有警情。后来破了704的碎尸案，704也成为三人小组的办公场所，以及普克的康复中心。

"你在哪儿？"

"704，普克也在。"江小流顿了一下，补充说，"还有报案人。"

2

所谓的报案人，名叫陈奇峰。之所以说"所谓"，因为陈奇峰不承认自己是在报案。

马一路匆匆赶到明月花园9栋704。

江小流和普克都在客厅，此外还有江小流电话里所说的"报案人"。是个陌生男人，三十出头，皮肤白净，穿一件中规中矩的条纹衬衫，一看就是坐办公室的职业。他坐在椅子上，两手交握放在膝盖上，显得有些拘谨。看见马一路进来，他立刻站起来，视线扫过马一路身上的警服，神情明显变得更紧张。

马一路看出来了，主动和他打招呼："你好。你就是报案人？"

"不不不，我不是报案，就是……给你们提供些……信息。"对方这样回答。

马一路看看江小流和普克，知道江小流会给他解释。

江小流站起来，走到客厅门口，按下可视监控门铃的按钮，门铃声响起。

马一路知道江小流要用她最擅长的方式还原事情的原委，男人却一脸茫然。

门铃声中，江小流"变身"为三个人：她自己、门铃屏幕中的人、普克。

江小流盯着屏幕，拿起对讲话筒。"看见你了。"江小流用她一贯的平淡语气说，"你找谁？"

江小流面无表情地准备放下话筒。"普克"从房间出来。

"我好像听见门铃响。""普克"说。

"一个不认识的人来找咱们，没说话走了，"江小流说，"应该还会来。"

话音刚落，门铃又响了。

江小流又拿起对讲话筒，既不生气，也不好奇。"再不说话我就挂了。"江小流说。

"对不起，对不起……"这次，"屏幕中的人"开口了，像是下定了决心，"请问是704吗？"

"对。"

"我想……我想和你们谈谈。"

"谈什么？"

"能不能……先让我进去？"

"不能。我又不认识你。"

屏幕的对讲时间到了，自动断掉。

江小流站在原处不动。片刻，门铃再次响起。

不等江小流开口，"屏幕中的人"主动说话了，急促而诚恳："我不是坏人，我叫陈奇峰。我有非常重要的事情想……想向你们求助！"

"我们不是居委会。"江小流的回答和表情一样冷漠无情。

"我知道，我知道你们是警察……""陈奇峰"更急迫了，声音都有些发颤，"我花了很大力气找你们……"

江小流盯着屏幕看了两秒钟，伸手按了开门键。

"这人要找咱们报案。"江小流说。

"何以见得？""普克"问，"他虽然知道咱们是警察，但只说有重要的事情想求助。"

"他应该不知道，我在派出所门口就看见他了。昨天，他在派出所门口转了半天。"

"普克"想了想，点头。"说明他虽然想找警察，但却放弃了派出所。""普克"说，"他还知道咱们是警察，又花力气找咱们……你说得对，看来是要找咱们报案，只是案子比较特殊，不便正式报警。"

有人敲门。江小流打开房门。"陈奇峰"迟疑地站在门口，打量里面的人。

"请进。""普克"明显比江小流客气，"既来之，则安之，不用怕。"

"你好……二位好。""陈奇峰"虽然拘谨，但不失礼貌。

"你好，陈奇峰。""普克"回答，"我叫普克，她是……"

"江小流，对不对？""陈奇峰"抢先说，"就是那个记忆力超强的女孩儿！"

"你还打听到什么？"江小流毫不意外，"704碎尸案？"

"陈奇峰"一呆。"这不就是704吗？""他"脸上浮起一丝惊恐，四下张望，"难道这里也……出过事儿？"

"听说是。""普克"微笑，笑容有些复杂，"如果你打听得足够细，应该知道除了记忆力超强的江小流，还有一个每天醒来就忘了昨天的警察吧？就是我。"

"你看上去不太像个警察……但听说你很厉害。"

"确实，忘性超级厉害！"

一句简单的玩笑，似乎让"陈奇峰"放松了情绪，"他"又看看江小流。

"你看上去更不像警察。""陈奇峰"用一种本能的、对年轻异性带有一丝取悦的态度对江小流说，"要不是事先了解过，我肯定以为你是个只知道追星的邻家迷妹……"

说到这里，"陈奇峰"被江小流打断了，"第一，我不是什么邻家迷妹。第二，我从来不追星。第三，我是光明路派出所正式签了合同的协警。第四，你是不是觉得自己很擅长勾搭异性？"江小流的话听上去很不客气，其实并不带什么情绪，"到我们这里可以免了这一套。"

"不好意思，不好意思……""陈奇峰"大窘。

"言归正传，说说你想求助的内容。""普克"解围，"你费了那么多周折找到这里，看你的黑眼圈，估计这两天压力很大，没睡好。"

"那我就不兜圈子了，""陈奇峰"一副豁出去的表情，"我怀疑……我怀疑我的一位女性朋友可能被害了！"

"女性朋友。"江小流重复了这几个字。

"我承认……""陈奇峰"闭着眼睛,眉头紧锁,两手下意识地紧握成拳,"是我的情人。我现在非常、非常、非常担心……""他"停下,像是不敢说下去。

"担心她有生命危险?""普克"问。

"如果那样倒简单了。""陈奇峰"深吸一口气,低下头。"他"在颤抖,"比那个更可怕。"

"普克"思忖片刻,"我纠正一下自己的说法,你怀疑你的情人已经不在人世。你并不指望能救她,因为她被害已经是过去时。出于你的职业、家庭和你们的隐秘关系,你不能报警,但你又有较大的把握怀疑自己的猜测,不能听之任之。你可能从某种渠道听说了我们办过的案子,认为和你遭遇的事情有相似之处,所以想方设法找到这里。你并不是个行事莽撞的人,我想也许你带来了某种你认为会引起我们重视的线索或证据。如果我判断错了,请如实告诉我。"

"陈奇峰"怔忡了好一会儿才开口:"一个字都没说错。我找对人了。"说完,他从怀里掏出一样东西,"这个录音笔,可能就是证据。"

"录音笔?这么小巧精致。""普克"接过录音笔,"我记得我也有一个,但比这个粗笨多了。"

"回头给你买个新的。"江小流说完,又问,"为什么说可能是证据?"

"我认为是,但还得请你们判断到底是不是。""陈奇峰"不安地说,"这需要时间。录音很长,一共有四十多个小时……"

"你等一下,"江小流拿出手机,开始拨电话,"我们还有个搭档,我叫他过来。"

接下来的内容,就是马一路亲历的部分了。

"喂,江小流,我在彭所这儿呢,我、我、我……我和彭所正研究你是不是生气了。"

"没生气。你过来一趟,有警情。"

"你在哪儿?"

"704,普克也在,还有报案人。"

江小流挂断手机。

"我们是三人小组。"江小流走到椅子上坐下,像在自言自语,"等人到齐了再说。"

然后江小流陷入沉默。

客厅里一片安静,马一路看看普克,又看看陈奇峰。他们脸上都写着惊讶,但程度有所不同。普克除了惊讶,更多的是惊喜。

"结束了?"马一路问江小流,听上去有些没头没脑的。

江小流点点头,从椅子上起身,走回他们面前。

直到此时,马一路总算可以有意无意地露出一丝得意,用新闻发言人的语气向普克和陈奇峰作出宣告:"你们应该看出来了吧?她在模拟还原事情经过。"

"看出来了,简直是一人分饰所有角色的小剧场演出,惟妙惟肖。台词、表情、声音、语调……无不精准。我算是从头到尾的观众,我可以作证。"普克不知道,其实这样的"演出",自他认识江小流之后,几乎每天都有机会欣赏,只是第二天他就忘了。

"我的天!"陈奇峰难以置信地看着江小流,"怪不得他们说你是执法记录仪!"

"执法记录仪也没她厉害。"马一路的自豪溢于言表,仿佛被夸赞的是他自己,

"她还能还原事件发生时的气味、温度、PM2.5指数……执法记录仪行吗？"

陈奇峰向江小流做了个拱手的姿势，大概实在不知如何表达自己的膜拜心情。接着，他又把拱手礼送给了普克。

"你也很厉害。刚才我在门口，你说既来之，则安之，不用怕，我就纳闷你怎么知道我在怕，想问没敢问。后来再听到你分析我的情况，我就明白，找你们是对的，你们肯定行！"

说到这儿，陈奇峰又把现成的拱手礼送给马一路，略显随意，胜在动作幅度更大。

马一路喜滋滋地心领了。

"现在我能说了吗？"陈奇峰看向江小流。

"人齐了。说吧。"

"那我就直说了，不管你们怎么看我。"陈奇峰直入主题，"我觉得我的情人已经被杀了，还被分尸了。录音笔里就有证据。"

"为什么不报警？"马一路抢先问，"人命关天，就算不想暴露你和情人的地下关系，起码可以把录音笔匿名交给警察。"

"我想过。但录音笔里有四十多小时的录音，而且大部分都是没用的。就算是证据的部分，不特别说明也很难理解。"陈奇峰解释，"说了你们可能不信，这段录音在我手里快两年了，我也是前几天才听完，这才发现……那件可怕的事情。"

"快两年了？"普克问，"你是指你得到录音笔的时间，还是指录音笔录下你所说的证据的时间？"

"录音笔是我自己的，三年前买的。我说的快两年，指的是录下证据的时间。"陈奇峰拿出自己的手机，打开触屏，调出备忘录，查看了里面一个文件，这才非常确定地继续他的讲述，"具体说，录音笔是2016年6月15号晚上11点多我放到情人那里后开始录的，一直到2016年6月17号晚上9点多我取回录音笔，停止录音。前后录了将近两整天，差不多46个小时。我所说的证据部分，分散在这46小时的录音里。而且有些细节，要听到那段关键的内容，才能把事情联系起来……"

普克打断陈奇峰："关键的内容，指的是杀人还是分尸？"

"分尸。"陈奇峰非常明显地打了个哆嗦，但语气确定，"断断续续分了几个小时。"

"录音是没有画面的。你当然没有亲眼目睹，只能根据录音判断是分尸，对吗？"

"对。但我绝对不是胡乱猜测！"

"我明白你的意思，我只是尽可能客观地分析你不报警的合理性。"普克解释。

"说白了，我们该不该浪费时间听你讲这个故事。"江小流突然冒出一句。

"这件事听上去太离奇，但我以人格发誓，绝对没有一丝编造！"

"我们自己会判断。"江小流淡淡地说。

马一路听得很专注。他也很想参与到这种对话中，只是大脑的反应速度不允许，只能用目光催促普克继续他的分析。

"你能通过录音判断是分尸，是建立在你了解背景信息的基础上，换了别人就不一定能做到。"普克接着说。

"对！"

"所以你担心，如果匿名把录音笔交给警方，没有具体说明的前提下，警方即使负责地打开录音，也不太可能完整地听完并获取有效信息。"

"太对了！我就是这么想的。连我自己都放了快两年才听完，怎么能要求警察一口气听完而且全听明白?"

"那不一定。"马一路有些不以为然,"你太小看我们警察了。"

"让他说完。"江小流瞥了马一路一眼。

"你继续。"马一路讪讪地说。

陈奇峰感激地看看江小流,又收回目光,低头翻来覆去地看自己的手,没有立刻往下说,似乎在整理思路。

"有好多话想说,脑子里太乱了……"

"从头开始。"普克说话的方式,有种能令人安静下来的奇特力量,"先告诉我们,你所认为的受害人的姓名,便于你讲述。"

陈奇峰看着自己的手,又沉默了片刻。

"邱妍。"他轻声说,"她的名字叫邱妍。"

3

按照陈奇峰的讲述,他和邱妍的情人关系开始于大约三年前。

他们相识于一次饭局。陈奇峰一眼捕捉到邱妍眼里的孤独,饭局后他们一起去酒吧,陈奇峰印证了自己的猜测。

邱妍那年三十四岁,曾有过一段创业史,后来失败破产。破产后落下一些债务,前男友提出分手,邱妍回归单身。陈奇峰比邱妍小五岁,结婚三年。两人认识的时候,陈奇峰的妻子刚刚怀孕。

很快,他们开始了秘密的情人关系。具体多快,陈奇峰没有给出明确的时间点。

陈奇峰在一家事业单位就职。工作稳定,不算太忙,这给他与邱妍的约会制造了便利。

约会地点基本是在邱妍家。说是家,其实是临时居所。邱妍创业失败后,为降低生活成本,在一个城郊接合部的老旧小区租下一套两居室的房子。之所以没租更便宜的单室套,是因为邱妍需要地方堆放创业时囤积的货物。此外,邱妍还养了两条狗,都是她捡回家的流浪狗。一条叫老大,已经很老了。另一条很聪明,邱妍给它起了个神气的名字,叫达尔文。每次陈奇峰听了都想笑。达尔文确实很聪明,见过陈奇峰一次,第二次就认识了,会亲热地打招呼。

陈奇峰每周去邱妍那里约会,有时一次,有时两次,频率稳定。大部分都是晚上下班后,以单位加班或饭局的名义。偶尔也会在白天,工作比较闲的时候。每次约会,陈奇峰待的时候都不会太长,毕竟他是有家庭的男人。约会前,两人总是用微信确定好时间,之后陈奇峰会立刻删除所有对话。

邱妍的房子在二楼,老旧小区没有电梯。陈奇峰每次出入都很小心,好在邱妍也只是临时租住此处,时间不长,和周围邻居并不熟悉,从未引起注意。陈奇峰没有邱妍住所的钥匙。邱妍曾有意无意地问过陈奇峰一次,是否要给他配把钥匙,陈奇峰婉转地谢绝了,邱妍也就没再提起。

陈奇峰的想法是,反正每次见面,邱妍肯定都在住处等他。对他而言,身上多一把钥匙,多一分泄密的危险。邱妍心里怎么想,陈奇峰没问过。这种容易引火烧身的问题,还是不问为妙。

介绍完自己与邱妍的关系背景之后,陈奇峰正式切入主题。

也就是那支录音笔的由来。

2016年6月15日,天气很热。

下午三四点的时候,陈奇峰给邱妍发

微信，问她在哪儿。

邱妍回信息说在家，问陈奇峰怎么了。

陈奇峰说没什么，又问邱妍在忙什么。

他们前一天刚见过面。一般见面之后的几天，陈奇峰都不会联系邱妍，直到下一次见面前，陈奇峰才会再发信息给邱妍约时间。

陈奇峰不发信息，邱妍也很少主动联系他，显得很"懂事"。这也是陈奇峰欣赏邱妍的原因之一。

那天下午陈奇峰给邱妍发信息，是他忽然发现，在与邱妍见面后的第二天，自己居然很想念邱妍。

从两人建立关系开始，陈奇峰就很确定他和邱妍不会有未来。他的事业、婚姻、性格、社会形象都决定了这一点。他只是不确定两人的关系何时会结束，将以什么方式结束。基于此，陈奇峰平时与邱妍之间很少谈论情爱，即使在床上。陈奇峰不谈，邱妍也不要求，这让陈奇峰很轻松。

因此，那天下午陈奇峰意识到自己在想念刚见过面的邱妍时，心里隐隐有些意外。

过了好一会儿，邱妍才回复信息，说在处理事情。

陈奇峰追问处理什么事情，还半开玩笑地问需不需要他帮忙。

邱妍回复说不需要，她能搞定。

陈奇峰没忍住，跑到单位的洗手间给邱妍拨了个电话。

第一次，邱妍手机正在通话中。隔一会儿，陈奇峰又拨了一次，这次邱妍迅速接了电话，但语气中稍有些烦躁。

陈奇峰记不清当时和邱妍在电话里具体怎么交流的，只能说个大概。他问邱妍是否一切正常，邱妍说正常，又说她在处理事情，回头再联系。简单说了几句，电话就挂了。

就在这短短的通话过程中，陈奇峰听到达尔文的声音。不是吠叫，是被人宠爱抚摸时发出的享受的哼叽声。陈奇峰每次去邱妍那里，只要抚摸达尔文，达尔文都会发出这种声音。

陈奇峰很确定，他与邱妍通话时，抚摸达尔文的肯定不是邱妍。达尔文哼叽的声音，与邱妍隔开了一点距离。

回到办公室，陈奇峰得出结论：一定有另外的人在邱妍的住所。那人没发出声音，不知是男是女，但和邱妍一定不是陌生的关系。

通话时，邱妍也没告诉陈奇峰还有别人在场，而这本来是很自然的事情，除非……

陈奇峰被这个"除非"弄得心神不宁。

当晚十点左右，陈奇峰对怀孕的妻子编了个谎话，离开家。先开车到办公室，从抽屉里取出他的录音笔，然后打车去了邱妍住的小区。

到小区时已经快十一点了。

陈奇峰先去邱妍的停车位看了一下。邱妍的车停在她租的车位上。

陈奇峰又来到邱妍住的楼下。从北阳台的窗户看到里面透出很暗的灯光。陈奇峰知道，那是客厅里的夜灯。邱妍曾对他说过，一个人在家睡觉也会开着客厅的夜灯，一来安全，二来起夜方便。

陈奇峰又绕到南边，邱妍的卧室没开灯，窗帘紧闭。他沿着楼梯上楼，来到二楼邱妍住所的门外，在黑暗中贴着门听了听。里面没有声音。如果两条狗在，至少达尔文一定会跑到门口察看情况，陌生人经过它会吠叫，熟人来它会在门口迎接。

陈奇峰判断，邱妍应该是下楼遛狗去了，她总会在睡前遛一次狗，免得两条狗夜里憋尿的时间太长。于是他立刻下楼来到邱妍住所的北面。已经很晚了，外面没有人。陈奇峰爬上邱妍住所的北阳台。他知道北阳台的门锁早就坏了，看上去锁好的阳台门，从外面一拉就开。

陈奇峰顺利地从阳台进了房间。

他做好心理准备，万一弄错了，邱妍和狗都在，他就告诉邱妍，他想她了，邱妍应该不会生气。所以进房间后，陈奇峰还叫了两声邱妍的名字。但如他猜测的那样，转了一圈，狗和人都不在，只有客厅的夜灯亮着。

陈奇峰抓紧时间，摸黑进了邱妍的卧室，把那支录音笔打开，塞到床边一个堆货的纸箱里。纸箱里装满了邱妍破产前经营的家居用品，陈奇峰特地调整了录音笔的位置，既便于收录声音，又不易被人察觉。之后，陈奇峰又从阳台门离开，以免在楼道碰到邱妍。

本来他还想在小区里转转，看看邱妍是不是真在遛狗，以及是不是独自遛狗。但他收到了妻子发来的信息，问他什么时候到家，这才放弃了这个念头，匆匆打车回家，甚至忘了去单位取车。第二天早晨想开车送妻子上班，才发现车没开回家，所幸反应快，应付过去了。

上班时间，陈奇峰给邱妍发信息，邱妍没回。连发几次都没回。

陈奇峰有些不安，担心会不会自己放的录音笔被邱妍发现了。临下班前，他没忍住，给邱妍打了个电话，发现邱妍的手机关机，只得回家，当天没再和邱妍联系。

第三天，也就是2016年6月17日，是星期五。白天，陈奇峰又给邱妍发信息，问她是否一切都好，过了几分钟，收到邱妍的回复，就三个字：都挺好。

陈奇峰看邱妍回复了信息，知道邱妍开机了，但拿不准邱妍对他的态度，决定打个电话试探一下。

邱妍的手机果然是开机状态，却没接听电话。

陈奇峰实在忍不住，趁中午吃饭时间，开车去了邱妍的小区。为了有个合理的解释，他在路上给邱妍买了份盒饭。

邱妍的车仍停在租用的车位，但陈奇峰发现，车停得有些歪。他放录音笔的那个晚上，车停得很正，说明这两天邱妍动过车。邱妍住的小区离城区较远，交通不是很方便，她平时出门一般都会开车。此刻车在车位，她应该没外出。

陈奇峰又给邱妍打电话，邱妍仍未接听。

陈奇峰在小区找了个空位，停好车，拎着盒饭去邱妍的住处。在邱妍住处门口，他再次拨打邱妍手机，想核实邱妍是否在里面，手机却已经关机了。

陈奇峰贴着门上听动静，听见了达尔文跑到门口的脚步声。

车在车位，狗在房间，陈奇峰有很大的把握认定邱妍应该在。于是他敲门，还叫了邱妍的名字。但里面无人回应，连狗的声音也消失了。

这时，楼下有开门声，有人上楼走到楼梯转弯处，是个中年妇女，问陈奇峰找谁。陈奇峰灵机一动，说是给201的邱女士送外卖的，但敲门没人应。中年妇女说自己是楼下101的，上午听到201家有动静，人应该在。

陈奇峰当着中年妇女的面又敲邱妍的门，还是没回应。妇女建议陈奇峰打电话，陈奇峰只得装模作样又打了一次，仍是关机。

妇女说中午她忙着做饭，也许没听见201又出门了，但她很确定，上午201肯定有人在，脚步声很清楚。

陈奇峰不想恋战，敷衍了两句就拎着盒饭下楼离开，然后开车返回单位。

次日就是周末了，陈奇峰担心自己不方便出门，于是当晚九点多，又开车前往邱妍的小区。

到达后，他发现邱妍的车位是空的，判断邱妍应该开车出门了，于是将自己的车停在邱妍的车位，再次从邱妍住所的北阳台进入房间。这次，两条狗都在，客厅的夜灯却关着。

达尔文第一时间从里面出来，亲热地迎接陈奇峰。老大因为年龄太大，视力听力都不好，没反应，还是陈奇峰进卧室差点儿踢到它，才发现它缩在卧室角落的狗垫上。摸它，它也不太动，喘个不停。

陈奇峰没敢开卧室灯，用手机电筒照亮，在他放录音笔的纸箱里顺利找到了录音笔。

离开时，他仍然走的是阳台，同时注意到，上次来时留了一条缝儿的阳台窗户，这次从里面插上了。

陈奇峰带着录音笔回到家已经很晚了。接下来两天是周末，陈奇峰一直没机会听录音，也没再和邱妍联系。周一陈奇峰带着录音笔去上班，刚到单位就接到妻子电话，羊水提前破了。陈奇峰赶紧把录音笔锁进抽屉，开车赶回家，送妻子去医院。

妻子早产半个月，给陈奇峰生了个女儿。

女儿出生后有些小状况，在医院多住了半个月。陈奇峰向单位请了半个月假，每天为照顾妻子女儿忙个不停。之前关于邱妍的那些困扰，压根都排不上日程。

女儿治疗后恢复健康，接回了家。

陈奇峰虽然回单位上班，仍旧忙忙碌碌，一直到女儿满月后，他才想起录音笔的事情。

录音笔6月15日晚上11点多放进邱妍卧室，6月17日晚上9点多取回，录下将近46个小时的内容。陈奇峰白天上班不方便听，晚上回家更不方便听，只能利用开车上下班的时间听，每次听不了多久。

录音笔的质量不错，不仅续航时间长，收录声音也很细致。陈奇峰断断续续听了几个小时后，忽然产生了一种奇怪的感觉。

15日到17日，将近两天时间，邱妍的住处有人，但听不到邱妍的声音。

自己放下录音笔并开始录音后，离开卧室，翻阳台离开邱妍住处，录音笔录下了这些声音。大约一刻钟后，有人开门，带着两条狗回到邱妍住处，录音笔也录下了声音。再之后，有人走进邱妍的卧室，狗也在卧室进进出出。再之后，卫生间方向有水流的声音。再之后，除了狗偶尔走动的声响，房间里变得很安静。

陈奇峰听了几个小时后，忍不住把音频文件快进，跳着听。

没什么特别的收获。大部分时间里，听到的只有声音的空白。

陈奇峰失去了耐性。他想到一个比较有效率的办法。记起自己取回录音笔那天曾去邱妍住处"送过外卖"，于是他对照时间轴，在文件中查找相应时间。果然找到了。

虽然录音笔放置在卧室，还是录下了他在外面敲门、叫邱妍名字的声音，甚至和楼下邻居在门外的对话也能隐约听见，只是清晰度略差。

引起陈奇峰强烈反应的却是另一个声音。

当他敲门后,达尔文从卧室冲到客厅门口。达尔文应该是认出了外面的自己,按它的习惯到门口迎接。而在达尔文从卧室往外冲的那一刻,录音里出现了一个男人的声音——

男人像是脱口而出,压低声音叫了一声"达尔文"。

陈奇峰听到这个声音后,脑子忽然就有些乱了,按下了停止键。

陈奇峰不知道自己听这些录音有什么目的和意义。

邱妍对他本来就没有情感责任。他也从未给过邱妍任何承诺,哪怕只是空头支票。他们之间也从来没有过利益往来。对邱妍来说,也许他本来就是个打发寂寞单身时光的炮友,正如他曾在心里想过的那样。即使后来头脑发热,有过一些恋爱中的男女才有的情绪,那也是他自己的事情,没资格要求邱妍负责。何况,他已从一个男人升级为父亲。该收心了。

这样一想,陈奇峰觉得没必要再浪费时间去听那些录音了。

他本想删掉那个录音文件,不知怎么,临要删除又改了主意。反正除了他,就算有人听了录音,也听不出什么名堂,大部分时间都是声音的空白。不如留下,当作一段隐秘关系的隐秘纪念。

陈奇峰进而又想,既然已接受这种结果,不如大大方方去和邱妍当面说声再见,甚至可以分享他初为人父的喜悦,并送上他对邱妍的祝福。因此,陈奇峰又一次去了邱妍的住处找她。

令他意外的是,邱妍租住的 201 正在大兴土木地装修。

陈奇峰问了一下装修的工人,得知装修已经开始快一个月了,但付钱装修的业主并不姓邱。正说着,付钱的业主来盯装修进度,是个四十来岁的男人。

陈奇峰装作随意地打听了几句,得知他是 201 的新房主,房子是他从原房主手里买来的学区房,准备明年孩子上学住。

陈奇峰不便多问。

既然无法和邱妍当面告别,只能说明缘分真的尽了。

那支录音笔被陈奇峰锁进办公室的抽屉,一直没动过,直到几天前。

陈奇峰带妻子、女儿回岳父母家,一起给两位女性过母亲节。

虽然是洋节,凑外国人的热闹,但陈奇峰还是很识趣,为岳母准备了母亲节礼物,还以女儿的名义给妻子准备了礼物。

一眨眼,女儿就快两岁了。继承了陈奇峰和妻子的优点,特别天真可爱。

其乐融融的家庭气氛中,陈奇峰忽然想起了一个人。邱妍。

陈奇峰想到,邱妍忽然退出他的生活,才使他得到现在的幸福宁静吧?那一刻,他对邱妍产生了强烈的感激,以及淡淡的挂念。

陈奇峰早就把邱妍的手机号码从通讯录里删除了,但他发现那个号码存在他脑子里。他又一次拨了那个号码,打算给邱妍一个朋友式的问候。电脑语音提示陈奇峰,那个号码已经注销了。

陈奇峰知道,邱妍的手机号从她开始用手机起就没换过,哪怕是在破产被人追债的日子里,最多也就是关机。

那个晚上,陈奇峰从噩梦中惊醒。醒

来躺在黑暗中想了一会儿，陈奇峰决心一定要和邱妍取得联系，哪怕简单地通个电话，说一句"你好、再见"也行。

第二天，陈奇峰费了不少力气，打了不少电话，终于有了收获。没找到邱妍，但联系到了邱妍的母亲。

和邱妍在一起的那段时间，邱妍很少谈及自己的过去。只有一次，陈奇峰问到邱妍的家人，才知道邱妍家就在宁江。父亲已经过世，母亲还在，一个人独居。

当时陈奇峰随口说，既然经济状况不好，不如搬回去和母亲住，能省些生活成本，还可以顺便尽孝。邱妍说，这辈子她和母亲只有两种情况才可能见面，要么母亲死了，要么她死了。

陈奇峰没想到邱妍会这么恨母亲。

"从小到大，我妈只对我做了一件事情：否定我。不管我做什么，她永远否定我。"说这话时，邱妍的语气平静而坚决，"我就是穷死饿死，只要她在，我就不会回家。"

因此，陈奇峰是在试过所有的方式后，才尝试寻找邱妍母亲的。

邱妍的母亲是宁江郊区一家老企业退休的厂医。陈奇峰打通她的电话时，原以为会听到一个粗暴的老女人的声音，没想到正好相反。邱妍母亲态度很温和，声音听上去几乎和邱妍的声音一模一样，吓了陈奇峰一跳。

陈奇峰自称邱妍的老同学，准备搞同学聚会，却联系不到邱妍，问邱妍母亲是否有女儿的新号码。邱妍母亲在电话里让陈奇峰等一等，她正好收到邱妍寄来的母亲节礼物，快递包装还在，上面可能有邱妍的电话。

陈奇峰听了这话一惊。邱妍给母亲寄母亲节礼物？

一会儿，邱妍母亲不无遗憾地告诉陈奇峰，快递上没留发件人电话，然后又用温和的语气说，不奇怪，邱妍从小就这么不可靠。

陈奇峰强忍内心不安，追问邱妍的母亲收到了什么节日礼物。

回答是永生花，以及一张母亲节贺卡。

邱妍的母亲对陈奇峰补充说明，她最讨厌花了，不管是鲜花还是假花。不过也不奇怪，邱妍从小这样，专门和她对着干。她把永生花当成假花了。

挂断电话后，陈奇峰第一时间从抽屉里翻出那支录音笔。

他特地到宾馆开了一间房，骗妻子自己要出两天差，又向单位请了两天病假，然后躲在宾馆房间，准备听完那支录音笔上将近46小时的录音。

戴着耳机听到半夜，陈奇峰躺在床上，困得要命。耳机里传来的一系列声音，先是令他有些困惑，继而清醒，接着他一骨碌从床上跳起来。

那一系列声音，离放置录音笔的位置很近，应该就发生在旁边的床上，特别清晰。金属拆解肉体、骨骼、韧带……才可能发出这样的声音。有点儿像在厨房后场。区别是，动静没有厨房后场那么放肆、张扬。尤其一些砍、剁的声音，明显被类似棉被之类的声音包裹，力道大但强度低。

陈奇峰终于明白，邱妍为什么会忽然退出他的生活。

因为她死了。

有人杀了邱妍，然后在她卧室的床上将她分尸。

陈奇峰放置的那支录音笔，恰好记录了这个过程。

4

当然,以上所有内容,全部基于陈奇峰个人的讲述。

讲述过程中,马一路和江小流都插过话,提过问题。

比如一开始,陈奇峰说他和邱妍成为情人时,他妻子刚怀孕。

"你知道你老婆怀孕,还和邱妍这样?"马一路忍不住问陈奇峰,"你怎么想的?"

陈奇峰呆呆地看着马一路,愣了一会儿。"对男人来说这不是很……"说了一半,陈奇峰看看马一路的神色,马上改口说,"我知道我错了。"

马一路还想说什么,江小流在旁边看了他一眼,马一路醒悟,自己又感情用事了。

"实在没忍住。不问了。"马一路悻悻地说,"我又不是你老丈人。"

江小流也插过一次话。

陈奇峰描述他和邱妍的交往,对邱妍用了"懂事"这个词。

"为什么说她懂事?她不主动联系你,也可能是因为对你没兴趣。"

陈奇峰不知道该怎么回答。面前这个年轻的姑娘,瘦高苍白,表情冷淡,看上去对一切都漠不关心,眼睛却又黑又亮,深不见底,令人不敢直视。

普克解围道:"从他前面说的情况看,邱妍对他应该是有好感的。以我的理解,他在讲述中加入个人情感的描述和分析,是为了给那将近 46 小时的录音梳理情感逻辑。"

开始江小流和马一路还不太理解普克这个解释的意思。随着讲述的推进,他们却越来越明白了。

陈奇峰所经历的事情,如果没有一个情感逻辑作为参照,很难用日常的标准去判断。只有接受了这样的逻辑,才能理解事情如何沿着这样的逻辑发生、发展,直到迎来最后的结果。

事实上,陈奇峰讲到后来,马一路已经会帮他自动脑补那些没讲出来的内容。

比如,邱妍的母亲在电话里告诉陈奇峰,她收到了邱妍的母亲节礼物。

"不对呀。"马一路立刻指出问题所在,"这不符合你对邱妍的了解!"

"邱妍的母亲收到邱妍送的礼物,却批评邱妍和小时候一样不可靠。"江小流也发现了问题所在,"这和邱妍之前对她们母女关系的定义相符,母亲永远在否定她,却和邱妍送礼物的行为产生矛盾。"

"这就是逻辑的意义。"普克说。

普克很少打断陈奇峰的讲述,直到陈奇峰以那个骇人听闻的结论完成他的讲述。

"我终于明白邱妍为什么忽然退出我的生活了。她死了。有人杀了她,然后把她在她卧室的床上分尸,我放的那支录音笔记录了这个过程。"陈奇峰筋疲力尽地说,"我保证,今天我对你们说的全是事实。"

"结尾除外。"普克说,"这个部分只能说是你的猜测。"

"你们听完录音,就知道我不是信口开河。"

大家都看着那支录音笔。

马一路实在没忍住好奇,问陈奇峰是怎么找到他们的。

陈奇峰告诉他们,前不久他无意中在网上看到一条新闻,讲的是李雪的案子。

那条新闻的重点在于李雪与健身教练

的私情，文风清奇，情节支离破碎，但陈奇峰却敏感地捕捉到其中一个并不引人注目的细节——此案的成功侦破源于一个年轻女孩儿的"捕风捉影"。

当陈奇峰在宾馆床上听到那段录音，认定邱妍已死并被分尸后，他在是否报警以及以何种方式报警这个问题上，进行了激烈的思想斗争。他很清楚，他所认定的事实，在外人眼里一定比影子还要虚无缥缈。

最后，陈奇峰对自己说：如果能找到八卦里提到的那个"捕风捉影"的女孩儿，他一定把自己知道的一切对她和盘托出。

"现代社会，你真想找到一个人，"陈奇峰意味深长地说，"只要这个人还活着，就一定能找到。"

陈奇峰果然找到了三人小组。

有一句潜台词，陈奇峰没说。

"但我再也不可能找到邱妍了。"

5

离开704前，陈奇峰在门口低头站了一会儿。

马一路觉得，陈奇峰已经快被内心的自责压垮了，虽然表面看起来，他还算镇定。"现在自责也没用，你也救不了她了。"马一路想安慰一下陈奇峰。

陈奇峰看向马一路，"拜托你们了。有任何需要我配合的，尽管告诉我。"

"你随叫随到？"马一路半开玩笑半认真地问。

陈奇峰的脸一下子涨红了。

马一路又有些后悔，拍拍陈奇峰的肩。

陈奇峰走了。

704的门一关，江小流就把刚才马一路和陈奇峰的对话还原了一遍。

"这段我没看懂，"每一个细节都演示还原完毕，江小流说，"谁能给我解释一下？"

"解铃还需系铃人。"普克把球踢给了马一路。

马一路有些暗自得意。难得也有江小流不懂、要向他请教的问题。

"哪里不懂？"马一路故作轻松，"一目了然嘛。"

"陈奇峰从头到尾没说过一句对不起邱妍的话，你凭什么认为他自责？"

"反正我就是这么感觉的。"马一路其实也说不清。

"你说随叫随到的时候，为什么是那种古怪语气？"江小流抛出一连串的问题，"陈奇峰为什么脸红？他脸一红，你为什么又要拍他肩膀？别跟我说全是感觉。"

让江小流这一问，马一路自己也有些懵。

"有这么多信息？"马一路讪讪地笑，"我自己都不清楚。"

两人都转脸看普克。

普克笑了，"看来这种任务归我？那我试试看。"普克边回忆边分析，"陈奇峰虽然从头到尾没说过一句愧对邱妍，但以他和邱妍的关系，花这么大力气找到咱们报案，承受着道德压力，事无巨细讲述整个过程。他当然知道已经无法改变邱妍被害的事实，对我们也没提出任何诉求，驱动他的只有内心的自责。"

"说出了我的心声！"马一路急忙附和。

"接下来陈奇峰表态会全力配合咱们，马一路问是不是随叫随到，其实是带着点儿善意的嘲讽……"

"我确实没恶意，就是看他心情太沉重了，想调侃一下。"马一路有些后悔，"说完才意识到，这种情况下开这种玩笑，好像不太合适。"

江小流听他们说完，略想了想，说："嘲讽是因为陈奇峰有家有老婆，报案都不敢正式报，更不可能随叫随到。陈奇峰脸红是因为听懂了嘲讽。马一路拍陈奇峰肩膀是因为发现自己开玩笑不合适，安慰一下陈奇峰，给自己找补。"江小流一口气说完，最后问道，"对不对？"

马一路本想辩解一下，话到嘴边，决定还是本色做人："对。非常对！"

"人真会给自己找麻烦。"江小流说，"结果就是自作自受。"

马一路悄悄看看江小流，揣摩江小流的话里是否有更深的含意。

江小流脸上仍是那副对世界漠不关心的表情。

"陈奇峰所说的事情，你们怎么看？"普克把谈话拉回了主题。

"我觉得他应该没撒谎。"马一路说。

"没撒谎不代表就是真的。"江小流说。

"所以咱们才要查。"马一路又说。

"值得查才查。"江小流又回了一句。

马一路终于确定自己那种微妙的感觉不是空穴来风了。江小流不想管陈奇峰的事情，出于她没说出来的某种原因。

装糊涂？还是直接说穿？马一路犹豫片刻，选择了容易把握的前者。

"我听普克的。"马一路把球踢给了普克，"普克怎么说就怎么办。"

普克没有马上说话，走到茶几前，拿起陈奇峰留下的那支录音笔，仔细端详。

"没想到现在的录音笔这么小巧，却有这么大的内存。"普克对很多事物的认识都停留在十二年前，"我记得我那支录音笔，充一次电最多录几个小时。"

马一路隐隐觉得普克不仅仅是想和他们讨论录音笔。

果然，普克继续往下说。

"这么一个小小的电子器件，我不知道它是怎么发明出来的，不知道它的工作原理，不知道它如何更新换代，不知道它的未来。"普克若有所思地看着手里的录音笔，"但我现在拿着它，知道里面可能藏着一个秘密，涉及一条生命的非正常消亡。我想弄清楚这个秘密，和其他事情都无关，因为我是个警察。"

马一路愣了愣，赶紧跟上普克的步伐："我也是！"

江小流沉默了一下，说："我只是个协警。"

普克对江小流微笑："早上你给我'洗脑'的时候告诉我，咱们是三人小组，你也是其中一员。"

"而且是最重要的一员！"马一路说，"没有你就没有三人小组！"

江小流低头思索了几秒钟。

茶几上还有一个U盘，也是陈奇峰留给他们的，里面是他拷贝的录音笔文件。

江小流走过去拿起那个U盘。"录音太长了，咱们分头听吧。"江小流往门口走。经过马一路时，她扔下一句话，"普克听不了那么久，你能听多少听多少。"

江小流拉开704的房门走了。

马一路侧耳倾听，确定江小流下楼了，才松一口气，崇拜地看着普克。

"你是怎么做到的？"

"做到什么？"

"江小流不想管陈奇峰这桩事情，这是明摆着的！"

"这是你的感觉。我看到的不是这样。"

"那你看到的是什么？"

"我看到的是，江小流记忆力超强，这也意味着她脑海里会有海量的信息，她需要对信息进行选择……刚才我只是让她知道，选择信息的原则是什么。"

马一路努力地思索了好一会儿，问："原则是什么？"

"具体问题具体分析。"普克微笑，"每次遇到问题可能都不一样。"

马一路泄气了。他原以为普克有什么专治江小流的妙招，结果还是得拼修为、拼段位。

"不过有个好消息要提醒你。"普克看出了马一路的失落。

"什么好消息？"

"其实当时你也看到了，"普克说，"陈奇峰想对我们讲述案情，江小流坚持要等你来，足以说明咱们各有所长。"

普克一句话，就成功地令马一路心花怒放。

6

接下来的三天，马一路一直没看见江小流。

除了充当江小流和普克的"保姆"，马一路更正式的职业其实是个片儿警。从早到晚处理各种鸡毛蒜皮的纠纷，是马一路的琐碎日常，恰与他的宏大英雄梦相反。

马一路对录音笔事件态度积极，也许正因为，只有证实陈奇峰的故事并非编造，他才有参与侦办刑案的机会。

实现这个目标的基础，首先是听完那将近46小时的录音。

这并不是个轻松的工作。

普克每天早晨醒来就忘记昨天经历的一切，记忆退回到12年前。即使第一天从录音中有所收获，也无法留到第二天。

马一路只能利用派出所工作的间隙，断断续续地听。如陈奇峰所说，那段录音里绝大多数时间都是声音的空白。马一路的耐心很快在这些声音空白中消散。

直到三天后。

这个周末马一路不在所里值班，回了父母家，为上周漏过的母亲节给母亲赔罪。马一路对父母拍胸脯，中午由他亲自下厨。母亲兴致勃勃在厨房给马一路打下手，说是帮忙，其实是全程指导。

正忙着，江小流的电话来了。

"你在哪儿？"

"在家。"

"在忙？"

"没事儿。"

"我们在704等你。"

"好，"马一路连个思考的过程都没有，直接说，"我马上到。"

挂断电话，马一路看见旁边母亲的脸色，这才反应过来。"妈，我有急事儿，去一下就回。"马一路对母亲赔笑脸，一边摘身上的围裙。

到了704，马一路发现江小流和普克都在他住的房间，房间里的电脑开着，屏幕上是一个看上去很复杂的文件。

普克主动和马一路打招呼。马一路明白，江小流已经完成了对普克今天的"洗脑"，可以直接进入后面的程序。

"江小流听完了录音。她做了一个音频文件的时间轴说明，我刚听完她的介绍。"普克看看电脑上的时钟，"用了两个半小时。"

"光介绍就两个半小时？"马一路看一眼旁边的江小流，"那你做文件得做多久？"

"没多久，"江小流语气淡淡的，声音却有些哑，"比听录音好多了。"

"你是希望重听一次介绍，"普克问马一路，"还是直接听结论？"

"听结论。"马一路当机立断。

"陈奇峰没撒谎。"江小流说，"这案子我们应该查。"

"好极了！"马一路兴奋地挥拳，随即意识到不妥，"我意思是……意思是……"

"之前你是对的。"江小流简明扼要地结束了马一路的尴尬。

虽然马一路选择直接听结论，江小流还是尽可能高效地做了解释说明。

江小流不仅听完了全部录音，还按时间轴对录音中所有声源都做了标记，标明声源的性质和内容，以及可能性的分析和推测。

比如在录音的第1分钟内，分别有呼吸声、物体磨擦碰撞声、脚步声，江小流根据陈奇峰的讲述，分析这一系列声音分别与陈奇峰将录音笔放置于邱妍卧室、调整录音笔位置、离开卧室的行动线相符。在录音的第16分钟，由远及近先后出现开门声、关门声、人的脚步声、狗的脚步声；之后的第18分钟是流水声，狗来回跑动的脚步声，狗的喘息声，细小物品与金属的碰撞声；再之后的第19分钟是狗的哼叽声以及狗的进食声……江小流推测这些声音来源于陈奇峰离开邱妍住处后，有人遛狗回来，开门，关门，打开水龙头洗手，狗狗四处跑动，有人给狗食盆倾倒狗粮，然后狗狗进食。

除了这一类邱妍住所室内发出的声音，江小流还特别标记了某些节点具有参照意义的声音。

比如在录音的第11小时18分钟，出现了雷声，江小流标记，那是2016年6月17日上午10点12分，宁江开始的一场短暂雷阵雨。雷阵雨持续了将近20分钟，共响雷15次，次数与音量大小均和录音中的声源相符。

"这段比对了我自己的记忆，担心不准确可以去气象局查资料核实。"

马一路当然没有这样的担心。即使去气象局能查到当天的雷雨，却未必能查到每一次雷声响起的时间及音量强度。

完成这些背景介绍后，江小流切到之前陈奇峰所说的关键部分——录音中被陈奇峰认定为分尸的内容。

在江小流听来，这个部分的持续时间比陈奇峰想象的要长。

根据江小流对录音声源的精细分析，分尸开始于2016年6月16日上午9点35分。

这个时间点，第一次出现了金属锯子的声音。声源离录音笔不超过一米，基本可以判断，锯子的工作地点就在卧室的床上。不知为何，这个声音只持续了几分钟就停止了。紧跟着的是有人努力克制呕吐的声音。那人显然不愿自己呕吐在"工作现场"，捂住嘴冲出卧室，跑到相邻的卫生间。远远的、持续的呕吐声。马桶冲水声。水龙头的冲洗声。

这个过程中，有一条狗反复进出卧室，后来跳上床，持续走动，之后传来接连不断的尖锐声响，声音有些类似短促的鸽哨。之后，有一个沉重的声音数次响起。仿佛有物品不断从高处跌落。伴随着沉重的喘息声。又有类似鸽哨声，仔细分辨，可确定来自不同的声源。

接着传来动物舔舐的声音。与此同时，

类似鸽哨的声音骤然加大，近乎刺耳。很快，人类的脚步声从外面跑回卧室，一串含糊混杂的声响，夹杂着几声尖锐的、清晰的狗叫。混乱之后，脚步声往返进出卧室，关门声，卧室里安静下来。

卧室门外仍有"鸽哨"声反复几次，伴有类似敲门声，后来慢慢消失。安静中，隐隐能听到窗外传来的汽车喇叭声，飘忽的布谷鸟叫声，含糊不清的交谈声。

离录音笔很近的位置，忽然传来一个新的声音，十分清晰。声音复杂，很难准确形容。像小动物受伤后的哀鸣，像被毛巾捂住嘴的尖叫，像垂死挣扎时的求救，像……一个男性极力压抑却无法克制的哭泣。

这个声音持续了将近半小时。时高时低。从激烈到衰竭。最后以一声低低的、筋疲力尽的叹息结束。

短暂的安静后，陈奇峰认定的分尸才算正式开始。

锯、砍、剁、切割、包装。

2016年6月16日上午开始，持续进行了几乎整个白天，傍晚时分停止。

中间只开过一次卧室门，走出卧室，关上门。几分钟后，又开门回到卧室，卧室门打开又关上的间隙，能听到卫生间抽水马桶的声音。

至此，江小流对以上这一系列声音做了一个综合的分析总结。

"2016年6月16日上午9点35分，一个男性在邱妍卧室的床上开始分尸。刚动手就想吐，他捂着嘴跑出卧室，去卫生间呕吐。卧室里有两条狗。一条狗先跳上床，另一条多次努力才上了床。它们奇怪主人的状态，想叫醒主人。卫生间里的人听到卧室的声音，跑回卧室，发现狗在舔主人。他制止了狗并把狗赶出卧室，关上门哭了。平静后继续开始分尸，直到傍晚结束。"

江小流开始这段总结时，马一路就高高地举起手，像小学生课堂上想要发言。

江小流没理马一路，一口气说完，这才回应马一路："我知道你想问什么。分尸的人一直没说过话，我为什么认定是男性？"

马一路多少有些无奈地点点头。预先准备好的子弹直接被对方接住，会削弱一个男人的力量感。

"有两个原因。第一，你忘了，我听完了全部录音。和陈奇峰说的一样，6月17日中午1点02分，陈奇峰到邱妍那里敲门，一条狗从卧室冲出去，有个男人叫了一声'达尔文'，跟着追出去，这个声音很确凿。第二，要感谢你。"

马一路一愣，"感谢我？"

"听到那段哭泣的声音，我有一种感觉，"江小流说话时的表情，倒是看不出任何情绪，"哭的就是个男人。我找不到理由，所以说感谢你。"

三人小组成立之初有明确分工，江小流负责记忆，马一路负责感觉，普克负责推理。

现在江小流为自己的"感觉"向马一路道谢，令马一路感觉不太踏实。

"这算是夸我还是损我？"马一路问。

"随你怎么理解。"

普克问马一路："这段录音你听了吗？"

"还没顾上，"马一路本能地为自己辩解，"天天在所里忙……"

"我也没听，"普克说，"也可能前两天听了，但今天还没听。总之我对这段录音内容没有自己的理解。但从刚才江小流的讲述和分析看，我认为符合生活常识和逻辑。另外，我要从自己的角度，呈现她刚才所说的那种'感觉'之下的逻辑。"

普克接着对江小流说："首先你已经听完了所有录音，将录音中的内容与陈奇峰讲述的相关部分进行过比对，证实相符。其次，你用自己关于天气的记忆与录音进行比对，证实相符。第三，录音中真实存在的那一句确凿的'达尔文'，与陈奇峰的背景讲述自然相符。这三点其实是一条隐藏的逻辑链，环环相扣，足以得到一个推论，那个哭泣的声音来自一个男性。这个思考过程非常短暂，以至于你自己都以为那只是一种感觉。"

江小流听完，想了想，说："原来如此。这么说，我的另一个'感觉'，其实也是逻辑链。"

"什么感觉？"马一路忙问。

"这个案子不难破。"江小流说。

"说来听听。"普克说。

"第一，这个男人和邱妍认识，可能还很熟。他知道狗的名字，狗也认识他。第二，这人在邱妍死后遛过狗，在小区里露过面。第三，录音开始的时候邱妍可能已经死了，不知道他是如何杀的人，但从整个过程的声音推测，分尸不是预谋，只是善后。第四……"说到这里，江小流忽然停下，像是在感觉，又像在思索。

最后，她选择了一种不同于以往的描述风格："第四，他的哭泣和克制哭泣，说明他很痛苦。"

马一路等了一会儿，才意识到江小流已经说完了她的"逻辑链"。

"前三条我能理解，熟人作案，露过脸，非预谋，这些对破案都有帮助。最后一条，痛苦……跟破案有什么关系？"马一路问。

"痛苦意味着在情感上对自己行为的彻底否定。"普克替江小流回答马一路，"和残酷冷血的反社会人格相比，一个痛苦的凶手在人群中确实更容易辨认。"

7

"累坏了吧？"

"还好。"

"辛苦你们了。"

"应该的。"

"来，喝杯茶，休息一会儿。"

"不用，先把活干完。"

"看你脸色不太好，还是先坐下休息一会儿……"

余明白还想坚持，和他搭档的小李已经从女主人手中接过了茶杯，走到旁边的椅子上去喝茶了。余明白只得接受了女主人的善意，从她手里接过另一杯茶。

低头看看椅子，椅子上铺着干净漂亮的布质椅垫。白色蕾丝花边，精致的刺绣。余明白没坐，站着抿了一口茶。淡淡的豆香，龙井的特有气息。是今年的新茶。

多久没喝过这样的好茶了？又抿一口。感觉体内一股暖流汩汩而下。

"坐呀。"女主人笑着说。

她的笑容很亲切。但余明白只是垂着眼睛，盯着手里的茶杯。

"谢谢，不坐了。裤子脏。"

他们在给女主人家更换新的阳台窗。

先拆掉原来的旧窗和框架，再按之前订制的尺寸，将新的窗框安上。女主人家在16楼，阳台面积很大，新窗框是整体结构，无法从电梯运上来。他们必须用绳子从阳台吊上楼，然后再安装新窗框。又脏又累又危险，不是个轻松活。

"这有什么？椅垫脏了可以洗的。坐下歇口气。"女主人笑容可掬，几乎要伸手按住余明白的肩膀了。

余明白赶紧退后一步。他把椅垫的绑带解开一根，挪开垫子，让出椅面一角，歪着身子坐下。

女主人又给他们端来了切好的西瓜。

"现在西瓜很贵的，好几块钱一斤。"小李毫不客气地吃一块、拿一块，吃得汁水滴答，"老余你不尝尝？真甜！"

余明白很想帮小李擦掉嘴角的汁水，但他只是摇摇头，喝了一口茶。

女主人亲手拿了一块送到余明白面前，"你怎么不吃？刚切开，很新鲜的。"

余明白稍稍偏开身子，说："不用客气，我喜欢喝茶。"

已经很久没喝过了。好茶舍不得，赖茶不想喝。平时更不会有客户像女主人这样，拿出上好的新鲜龙井，泡给两个干粗活的工人喝。

"吃一块吧，我亲手切的呢。"

"我们这位余师傅不吃水果的。"小李边吃边笑着告诉女主人，"越是汁水多的水果，他越不吃！"

女主人惊讶地看着余明白，"真的？为什么？"

"不光水果，肉也不吃，啥肉都不吃。"小李继续爆料。

余明白看出来，如果不回答女主人的问题，她是不会罢休的。"不为什么。"余明白说，"就是习惯。"

"不吃肉的人挺多的，"女主人笑起来，"吃素的人又不吃水果，这搭配挺稀奇。"

"天下之大，无奇不有。"余明白脱口说。

女主人听了这话，上下打量余明白。动作不显眼，但余明白察觉了。

刚才这话说得有些文，不太符合他现在的身份。余明白暗自后悔，提醒自己不要继续逞能，默默低头喝茶。

女主人却并不就此放过他，又问："余师傅今年多大了？"

余明白不想回答她这个问题，但女主人的态度，又让他觉得不能不回答，只能含糊地说："不小了。"

"老余还挺谦虚！不小了，哈哈哈……"小李毫不留情地出卖了余明白，"他五十二了，比我爸还大一岁。"

"看不出来，我还以为余师傅不到五十呢。"女主人善意地安慰余明白。

余明白沉默片刻，友好地对女主人笑笑，说："老了。"

"五十二算什么老呀？不过……这个工作又苦又累，我以为都是年轻人干呢。"

"挣钱多。"余明白说。

不知怎么，余明白越不想多话，女主人却越对余明白有兴趣，又追问："是不是家里负担重？"

余明白犹豫了一下，旁边小李又越俎代庖了："老余光棍一根，有啥负担？挣的钱又舍不得花，也不知道攒着干啥。"

余明白忍无可忍，从椅子上站起来，扭头剜了小李一眼。

"歇够了吧？干活！"说完想把茶杯放下，一下子找不到地方放，只好递给女主人。

女主人没立刻接茶杯，"不着急，喝完这杯再……"

余明白把茶杯放在窗台上，低头说了一句"谢谢"，径直走回阳台，拿起工具继续干活。

直到傍晚，所有的工程结束，余明白没再说过一句话。

开始女主人还时不时到阳台查看一下工程质量和进度，后来彻底放心了。再后来，几次催余明白休息，余明白总是摇头，继续干活。小李被余明白拖着也没办法休息，几次发牢骚，余明白都置之不理。这些，女主人都看在眼里。

收工前，女主人给他们叫了外卖盒饭，比一般雇主家的丰盛。

"两位师傅辛苦了。活也干完了，放松一下。"

她还善解人意地告诉两个工人，今天换窗，家里乱，她让丈夫下班后带女儿到公婆家吃晚饭，他们可以慢慢吃。

小李趁女主人去厨房时，悄悄对余明白嘀咕："这女的，人真不赖！男人找着这种老婆，真他妈有福气。你猜她多大？"

"少废话。"余明白低声说，"我收拾垃圾，你赶紧吃饭。"

"假正经。"小李撇撇嘴，"这活儿干了好几年，头一回有好菜，而且还是好女人。"

余明白试图阻止小李说这种话，他觉得这是对女主人的冒犯。"有点儿出息行不行？"余明白声音更低了，"人家尊重咱们，咱们更得自重。"

"喊！自己活成个鸟样儿，说这些屁话！"

余明白火往上冒。但女主人过来招呼他们吃饭，他硬把火压下去，简单地告诉女主人他不饿，然后一个人去了阳台，默默清理工程垃圾。

女主人几次来劝余明白吃饭都没用，余明白后来连客气话都不回了，只是闷头干活。收拾完工程垃圾，顺手把阳台原来的陈年旧垢也清理掉。发现阳台升降晒衣杆坏了，也帮着修好了。

女主人最后一次到阳台，发现阳台焕然一新，再三向余明白道谢。余明白提醒女主人，升降晒衣架上还少了个专用螺丝，他用手头的配件临时替代，让她别忘了去买一个换上，价格很便宜。

女主人答应了。回头查看一下，小李仍在餐厅吃得高兴。女主人放轻了声音："余师傅，你真是单身？"

余明白一愣，看看女主人。

"不知怎么，感觉你应该是有家有牵挂的人。"女主人解释，"你们开始干活前，看你帮我收拾孩子的玩具，我就有这种感觉。"

女人果然比男人更敏感，靠直觉观察世界。

余明白沉默了几秒钟。面对这样的善意猜测，他无法撒谎："我有家。"停了停，苦笑一下，补充，"有过。"

女主人笑了："我就说嘛。让我猜猜，你是不是也有个女儿？"

这次轮到余明白面露惊讶了。

女主人观察他的表情，有些得意："没猜错吧？"

"对，我家也是女儿。"余明白承认。

"在上学还是……"

"已经工作了。"

"在本地？"

余明白没有马上回答这个问题，下意识地看一眼女主人。

"我听你口音不像本地人，觉得你应该是为了女儿才到这儿工作的……"女主人的解释被打断了，她的丈夫带着女儿回到家。

女儿第一时间冲到阳台。是个十来岁

的小姑娘，看到换了样子的阳台，显得很兴奋。拉着妈妈到各个角度看风景，不停地发表内心感受，以及对未来的憧憬。

"哇噻，好漂亮的阳台！"

"全是落地窗！"

"妈妈快看那边的湖！"

"咱家现在是豪华景观房啦！"

"阳台可以种花啦！种好多盆花！天天都能晒到太阳……"

叽叽喳喳，小鸟一般快乐的女儿。一览无余的快乐。瞬间令外面暗下来的天色都有了光亮。

余明白呆呆地看着她们说笑，完全忘了身在何处。

直到男主人也走进阳台。

"哟，旧貌换新颜呀。"男主人笑着走到妻子面前，伸手捋了一把她的头发，"老婆辛苦了，真能干！"

"干活的又不是我。"女主人笑着指指一旁的余明白，"辛苦的是余师傅。"

男主人客气地对余明白点头道谢，虽然客气，却是那种"主次分明"的客气。

余明白熟悉这种感觉。他一下子回到了现实，开始低头收拾工具。

男主人带着女儿离开了阳台。阳台又重回安静。

女主人走近余明白，悄悄往余明白手里塞了什么。

"余师傅别声张，这是单独给你的……"

余明白没反应过来，低头一看，是几张百元大钞。他像被烫到一样缩回手，钱掉在地上。

"不用、不用……"余明白低声说，"公司会给我们结账。"

女主人捡起钱，又往余明白手里塞，"我知道，这是另外给的。今天多亏你，不然现在肯定完不了工！何况余师傅还帮我收拾得这么干净。"女主人真诚地说。

"真不用，都是顺手小活儿，不值什么。"余明白还是不肯接。

"拿着吧，"女主人硬把钱塞到余明白手里，不容余明白拒绝，"感觉你心里挺苦的，也帮不上什么忙。一点点小心意，再推就不好了。"

余明白忽然鼻子一酸——多久没感受这样的温柔对待了？他没再推让。

离开女主人家时，外面已经彻底黑了，衬得室内灯火雪亮。干了一整天活的余明白，穿过客厅时，第一次认认真真观察了这个别人的家。

房子面积很大，看上去住了至少十年，生活的痕迹很明显。但也因此，比新房更有家的味道。客厅有一面照片墙，上面贴满各式各样的照片。一看就知道，女主人有个幸福的三口之家。刚才阳台上那个小鸟般叽叽喳喳的女孩儿，所有的照片里，都在肆无忌惮地欢笑。

男主人和女儿的交谈声，从里间一个房间传出。

"爸爸，求你了……"女儿在向父亲撒娇。

"求也没用。"仿佛可以看见父亲板着脸，严肃的表情。

"今天不练了行不行？作业还没做完呢。"女儿继续撒娇，像快化掉的糯米糖。

"练完再做，爸爸陪你。"父亲有原则有底线，后面藏着温柔的呵护。

"爸爸，你好烦哦。"只有在爱中长大的孩子，才有这样的有恃无恐。

接下来响起断断续续的钢琴声。

那声音尚不成章法，在余明白耳中却如此美妙。

余明白怀着珍惜的心情，将他看到的那些画面、听到的那些声音刻入脑海。

余明白和小李一起下楼。刚走出楼洞，他借口忘带工具，趁单元门还没锁闭，又返回楼洞。

一楼楼道里有几排上锁的邮箱，上面贴着各家的房号。余明白找到女主人家的房号，掏出那几张百元大钞，塞回邮箱。

他在邮箱前默默站了一会儿，依依不舍地转身离开。

第二章　一张画像

1

彭大勇很后悔，赶到 704 之前，应该先把晚饭解决。谁让给他打电话的是普克呢？

"大勇，你能不能到 704 来一趟？"

彭大勇已经坐在餐桌前，一手拿筷子，另一手抓起一只麻辣小龙虾了，也只能放下筷子和小龙虾，匆匆赶到明月花园 9 栋 704。

三人小组都在，看上去像是有事儿，也不给彭大勇介绍一下背景，直接让他听一段音频。

吱吱啦啦。砰砰砰。窸窸窣窣。各种声响。

三个人一起盯着彭大勇，问他能不能听出音频里是什么声音。

"能不能提示一下背景？"彭大勇怀疑三人小组有考他的意思，试着讨价还价。

"不能！"三人小组异口同声，严辞拒绝。

彭大勇只能放飞思绪。肚子咕噜噜地叫起来。

"谁做饭呢？"彭大勇听从了身体的本能，"又是切又是剁的。"说完又觉得不对，再侧耳倾听。

"好像又没在案板上，听着声音有点儿闷。"

三人小组互相看看。

马一路说："到底是彭所，姜还是老的辣！"接着又让彭大勇听另一段音频。

没头没脑的，彭大勇更迷糊了，肚子也更饿了，轻易地投降了："猜不出来。公布谜底吧。"

"不是让你猜，"江不流纠正道，"是让你听。"

"边听边分析，大勇，你能做到的。"普克给他鼓劲。

"你们吃晚饭没？"彭大勇采取了迂回战术。

"别说晚饭，中饭都没吃。一整天了，就垫了两包饼干！"马一路有些委屈。

"要不我请你们吃小龙虾？"彭大勇循循善诱，"咱们一边吃一边聊？"

"那对你不公平。"江小流说。

"为什么？"

江小流扭脸看看普克，"彭所真饿了，智商不在线，直接告诉他吧。"

"就是，他猜不出来的。"马一路赞同，"我也饿了，说完咱们好吃饭。"

"不许说！"彭大勇一声断喝。江小流评价他智商不在线，勉强能忍；马一路也表达同样的意思，他绝对不能忍。

彭大勇忍饥挨饿，重听了两段三人小

组挑出来的录音，然后分别盯着普克、马一路，仔细研读他们的表情。跳过了江小流，因为那张脸提供不了可研读的内容。

马一路被彭大勇刀子似的眼神逼得受不了，想转移矛盾，说："我们可是三人小组，不能厚此薄彼，您这眼神也给江小流匀匀……"

话没说完，就看见彭大勇倒吸一口凉气。

"又有碎尸案？"

江小流说："没想到彭所听力比我还好，这么快就明白了。"

"等等、等等！这意思是，你们真的又发现一起碎尸案？"

于是江小流把前因后果告诉了彭大勇。

彭大勇越听脸色越沉重。

"我怎么知道是在碎尸？"彭大勇自己揭开谜底，"不是听出来的，是根据你们三个人的表现，结合我对你们的了解，按照逻辑分析出来的。没想到真对了！"

"现在下结论还为时过早，"普克说，"但碎尸是重案，必须尽早和你商议，看看接下来怎么办。"

彭大勇沉思了好一会儿才开口，显得相当谨慎："你们说，那段录音有四十多小时？"

"45小时57分23秒，差不多46小时。"江小流说。

"全听过了？"

"我全听完了，普克和马一路听了一部分。但我把全部音频文件做了整理，相关部分今天都给他们听过了。"

"那个叫陈奇峰的，你们核实过他身份吗？"

"他就怕我们怀疑他报假警，特地给我们留了他的身份证信息。"马一路说，"我查过了，这人身份没问题"

"我们也找不到他编故事报假警的动机和意义。"普克补充，"这是我们决定听录音的前提。"

"录音我只听了你们给我听的一小部分，"涉及刑事案件，尤其还是碎尸重案，彭大勇说话滴水不漏，"我也解释了我认为是碎尸的理由。但实际上，就凭这些，我还没法认可这个结论。"

"那当然。"普克太了解过去的老搭档了，哪怕他们中间隔着十二年的记忆空缺，"目前我们得到的是一个碎尸案的背景故事，一段将近46小时的录音，一个身份确凿的严肃报案人。证据链中最重要的环节其实都没有。但我个人还是觉得值得一查，哪怕最终证实只是个笑话，也是好事。"

"你们别误会。"彭大勇说，"一桩疑似碎尸案摆在这儿，我不可能阻止你们查。但该提醒的困难，我必须得提醒。"

"比如？"江小流问。

"比如，就凭眼下这些所谓的证据，根本立不了案。"

"确实。"马一路摆出内行的态度，"不够立案条件。既没有尸体，也没有现场，报案人都不敢正式露脸。"

"还有呢？"江小流继续问彭大勇。

"还有，这录音是啥时候的来着？"彭大勇反问。

"2016年6月15日到17日之间。"

"今天是哪年哪月哪日？"彭大勇故意问，顺便瞥了普克一眼。

普克明白彭大勇的意思，接过彭大勇的问题，"今天是2018年5月16日，星期六……不是2006年夏天那个星期六。"显然，今天普克已经完成了他的"洗脑"。

彭大勇满意地点点头。"也就是说，就

算你们怀疑的这个案子真发生了，那也是差不多两年前。"彭大勇问江小流，"你知道命案侦破的黄金时间是几天？"

"警察不管陈年旧案？"江小流模仿彭大勇的腔调，反问道。

"调查取证就是一道关！"

"一道关太少，没劲。"江小流继续以彭大勇的语气说话。

"按你们的说法，报案人的情人……"彭大勇假装听不出来。

"报案的叫陈奇峰，受害人叫邱妍。"

"陈奇峰取回录音没几天，邱妍住的地方就换业主了，新业主把房子重新装修了。"

"听上去是不是很可疑？"

"我是想提醒你，如果那房子是作案现场，技术取证的可能性已经很小了。"

"但不等于零。"马一路小心地插话。

"我相信马一路。"江小流说。

"技术取证当然很重要，"普克也加入了，"但不是唯一的途径。"

"普克你不知道，这些年刑侦手段变化很大，"彭大勇对普克解释，"对图侦、技侦的依赖已经到了让我们老刑侦伤心的地步，要不然我舍得放弃刑侦到派出所养老？"

"不管到什么地步，逻辑推理都有用。"普克说。

"刚才彭所还用逻辑推导出碎尸案呢。"马一路对彭大勇咧嘴笑，"是吧，彭所？"

"马一路说过，我就是执法记录仪，总得发挥作用。"江小流说，"反正闲着也是闲着。"

彭大勇看着他们三个，举起双手，"我举双手支持三人小组。"

"彭所的意思是，我可以暂停片儿警工作，全身心投入这个案子的调查？"马一路立刻捕捉到他最关心的信息。他不是不热爱本职，但必须承认，干刑侦，当神探，那才是他心心念念的梦想。

彭大勇瞪了他一眼，说："案子还没立，查空气？"

"比如，就凭眼下这些所谓的证据，根本立不了案。"江小流立刻重放了刚才彭大勇的原话，包括原音原表情。

彭大勇当然明白，江小流在用她的方式回护马一路。他不动声色，继续对马一路说："你看你，一有案子就兴奋了吧？一兴奋就冲昏头脑了吧？"彭大勇和蔼可亲地看着马一路，"刑案不够立，失踪人口总可以查吧？"

"对呀！陈奇峰报邱妍失踪快两年了，当然可以查！"彭大勇的提醒很有效，马一路反应过来了。

调查思路就这么确定了。

2

调查邱妍的失踪，要从证实邱妍的存在开始。

没想到，这个过程就用了好几天。原因很简单：陈奇峰自称和邱妍维持了近一年的情人关系，却对邱妍的真实信息几乎一无所知。

马一路给陈奇峰打电话了解情况时，特地挑了陈奇峰的上班时间。

"说话方便吗？"

"你等一下……一会儿我打给你。"

马一路等了将近一小时才接到陈奇峰打来的电话。

"不好意思，刚才单位领导同事都在，不好意思啊。"这会儿陈奇峰说话直接多了，"你们查出来了吗？"

马一路哭笑不得地说："查案子又不是

打游戏，我们连你报失踪的人口是否属实还不知道呢。"

"当然属实！我告诉过你们她叫邱妍。"

"身份证号报一下。"

"身份证号？邱妍的身份证号？"

"对。你的身份证号我们已经有了。"

"我没她的身份证号。我只有她的手机号，但手机已经销号了，不知道还有没有用。"

"有用没用都告诉我。除了这个，所有你了解的和她相关的信息都告诉我。"

陈奇峰把那个已经销号的手机号码报给了马一路。如他所说，确实还记在脑子里。除此之外，他能提供的有关邱妍的信息实在不多了。

"我还知道她母亲家的电话，费了好大力气查到的。有了电话你们就方便查了吧？毕竟你们是警察。"

"除了这两个电话号码，邱妍的照片你总能提供吧？"

"不好意思，我没她照片。"

"手机上的自拍照也行。你俩的合影也行。"

"都没有。你知道我的情况……"陈奇峰含蓄地提醒马一路，"小心驶得万年船。"

马一路忍不住说："你是驶得万年船了，邱妍呢？"

电话那头沉默了。

马一路也不催他，安静地等着。如果陈奇峰在承受一种折磨，那是他应得的。马一路甚至有意无意地拉长时间，让陈奇峰体会更多的痛苦。

马一路脑海中忽然闪过普克说过的一句话："痛苦意味着在情感上对自己行为的彻底否定。"

他忽然心软了。

陈奇峰终于开口："我知道，你和那个小……江小流都不喜欢我。但我还是想真心实意地谢谢你们，谢谢你们帮我。"

"你弄错了。"马一路打断陈奇峰，同时提醒自己不要偏离方向，"我们不是为了帮你，是为了……不说这些了。我再确认一下，除了刚才你说的两个电话号码，关于邱妍，你再也提供不了别的信息，是不是？"

"是。"

"你说你和邱妍主要通过微信联系，她的朋友圈你总能看到吧？朋友圈里总有她的照片吧？"马一路又想到一条线索。

"邱妍从来不发朋友圈。她的相册内容是空的。"

"会不会是分组屏蔽你了？"

"不是。我也好奇，问过她，她说她的生活没什么可炫耀的。"

马一路拿着手机愣了一会儿。

"喂？喂？马警官，你还在吗？"

"在。"马一路实在忍不住，"还得问你一个隐私问题，你也可以不回答。"

"对你们，我知无不言，只要我知道答案。"

"你和邱妍在一起是为了什么，我不管，我就想知道，邱妍为什么和你在一起？"马一路担心自己的语句产生歧义，又斟酌了一下，进一步解释，"我是说，按你的描述，邱妍和你在一起，得不到感情，得不到金钱，更得不到未来……她到底图你什么？"

"她……"陈奇峰语塞。

"难道……"马一路一咬牙才说出来，"就为了性？"

"那倒不是。"这次陈奇峰回答得很快，像是对这个答案很确定，"我俩在一起，其实那个也……也一般。"

"那到底为什么?"马一路对这个问题紧咬不放,不是出于对八卦的热爱,他只是想听从自己的"感觉"。而普克说过,"感觉"其实建立在隐藏的逻辑链之上。"与其和你这样不清不白浪费感情,邱妍不如认真谈个恋爱,你说是不是?"

说完,马一路意识到,陈奇峰无论如何没法回答这个问题。

可出乎马一路预料,陈奇峰居然回答了!

"不瞒你说,我也有过和你一样的想法。"陈奇峰说,"后来我有点儿明白了。"

"明白什么?"

"是因为她的性格。邱妍的性格,用一个现在流行的词,不知道合不合适。佛系。"

"啥系?"

"就好像是,你给她,她就要。你不给,她不取。一切可有可无,听天由命的意思。"

马一路只得放弃对这个问题的探讨。他并不认为陈奇峰在用"佛系"搪塞他,却也并不相信这是正确的答案。到目前为止,马一路对于邱妍的印象,全部来自陈奇峰的讲述。但听得越多,越令他茫然。当务之急,就是尽快通过已有的线索,去核实邱妍究竟是一个幻象,还是真实的存在。或者说,曾经真实的存在。

陈奇峰虽然只提供了两个电话号码,但还是起到了作用。

邱妍的手机号码确实已经销号,查不到什么有价值的信息。另一个电话号码,陈奇峰声称是邱妍母亲家的固定电话,并且他与邱妍母亲通过电话。通话就发生在前几天,很容易核实。

结果证实了三件事:一是陈奇峰没撒谎,他确实在他所说的时间与他提供的号码通过电话;二是陈奇峰颇具侦探潜能,他找到的确实是邱妍的母亲;三是通过邱妍的母亲,马一路查到了邱妍本人的身份信息。

邱妍的户口还落在父母家的户口本上,始终没迁出。马一路据此调出邱妍的身份证号,立刻将身份证上的照片拍照,发给陈奇峰。

"是不是她?"

"像。"

"是?还是像?"

"是。"

陈奇峰特地打电话给马一路,说明他之所以第一眼无法确定的原因。身份证照片上的邱妍比他认识时年轻,发型也不同,而且毕竟他们也快两年没见了……后来陈奇峰从照片中右耳耳垂上的痣确认,这就是他所说的邱妍。

"那颗痣我很熟悉。"陈奇峰的语气有些惆怅,"不会认错。"

马一路本来想问陈奇峰一个关于痣的问题,后来觉得太残酷,把话咽了回去。

"你是不是想问陈奇峰,如果让他单独从某个部位认那颗痣,他能不能认出来?"

对邱妍身份的查找核实,马一路没有要求江小流和普克参与,一来他觉得自己能搞定,二来他有些心疼江小流,一连几天都在听录音,睡眠时间太少,想让江小流补补觉。至于普克,因为每天都需要更新信息,马一路认为还没到最需要普克发挥作用的时候。

直到确认邱妍是个真实的存在,马一

路才把自己的调查进展如实告诉了两位搭档。

他刚说完，江小流就问了这句话。

马一路张口结舌，不知怎么回答江小流。

普克观察马一路的表情，点点头，说："看来当时你真想问这个问题。"

"算陈奇峰走运。"江小流说，"要是我在，他必须回答这个问题。"

马一路犹豫了一下。

"我有个建议，为了降低智力成本，咱们尽可能把想法说出来讨论，推理的工作留给案件。"普克看出了他内心的担忧。

马一路只得说出自己的担忧："不知怎么，我跟陈奇峰交流的时候，老想怼他。心里也提醒自己，别太感情用事，太不成熟，过一会儿又怼上了。"

江小流看看马一路，没吭声。

"不奇怪。如果你早认识你们彭所十几年，你们肯定会惺惺相惜。"普克说。

"真的？"马一路半信半疑，"彭所动不动批评我感情用事，难道他自己也有这毛病？"

"感情用事并不是毛病。"普克说，"在我看来，越是出色的刑警，越是感情充沛。感情和理智有机地结合，才可能造就一个好警察、好侦探。"

马一路顿时感觉眼前一亮，情不自禁露出笑容。

"另外，还有一个品质也必不可少。"普克说。

"什么品质？"马一路急切地追问。

"就是像你这样，"普克笑起来，"给点儿阳光就灿烂。"

马一路咧嘴笑了。普克每天都会失去新的记忆，但马一路似乎每天都能从普克这里获得鼓励和肯定。这对马一路来说，岂止是一点儿阳光？

"我明白了！"马一路忽然嚷道，"这里面是有逻辑的！"

"什么逻辑？"普克问。

"陈奇峰说的对，我和江小流都不喜欢他。"马一路说，"可为什么我从开始就特别想查这案子，一边怼他，一边更想往下查！"

"为什么？"江小流问。

"只有查下去，证实这个案子真的发生了，才能证明陈奇峰因为他犯的错误将承受一辈子的痛苦！"

"就算邱妍被杀，也不可能是陈奇峰杀的。"江小流还没想通。

"但陈奇峰是因为出轨才经历这样的结果。他老老实实在家待着，就用不着受这样的折磨了。"马一路说，"我以为自己感情用事，自相矛盾，现在发现感情下面其实藏着逻辑。原来我也是可以讲逻辑的！"

马一路的兴奋溢于言表，像发现了新大陆。

普克笑了，"只要经过学习和训练，人人都可以讲逻辑，生活中到处都是逻辑。"

"我也明白了。"江小流忽然说。

"明白我也是可以讲逻辑的，是不是？"马一路还沉浸在自我发现的喜悦中。

"不是。"江小流却就此结束了这个话题，转向另一个话题，"这案子接下来怎么查？"

"证实一个人失踪，先证实这个人最后的存在。"普克说。

江小流开始发挥她那神奇的作用。

"陈奇峰说，他最后一次和邱妍联系是2016年6月17日。他给邱妍发信息，邱妍回复了信息。具体几点钟陈奇峰记不清了。根据他后面所说的内容，他是中午去邱妍住处敲门的，发信息应该是当天上午。"

"邱妍给陈奇峰回复信息的内容，陈奇峰有没有告诉咱们？"普克问。

"告诉了。陈奇峰问邱妍是否一切都好，邱妍回复都挺好。"江小流说。

"陈奇峰为什么会问邱妍是否一切都好？听上去似乎有前因。"

"因为从6月15日下午陈奇峰和邱妍联系过之后，一直到17日，陈奇峰都没联系上邱妍。而且15日下午陈奇峰和邱妍通电话的时候，感觉邱妍身边有别人，所以才在晚上十点多去邱妍那里放录音笔。"

"15日下午陈奇峰和邱妍通过电话？"

"对。先发信息，后来通了电话。"

"几点通的电话？"

"陈奇峰说是下午三四点钟，具体时间他记不清了。"

马一路一直努力跟紧普克和江小流的对话节奏，这时插话："6月17日陈奇峰和邱妍联系，与15日的情况有区别。要是我没记错，17日邱妍回复了陈奇峰发的信息，因此陈奇峰确认邱妍手机开机了，于是打邱妍电话，手机虽然开机但一直没接。"

"你没记错。"江小流认可马一路的说法，"这重要吗？"

"我觉得挺重要，"马一路很认真，"说明6月15日邱妍还活着，17日就不一定了。"

"马一路很细心，这是个非常重要的细节。"普克说。

"15日失踪还是17日失踪，就两天的差别。"江小流说。

"但对杀人分尸来说，意味着作案时间的确定。"普克说。

"17日陈奇峰只收到了邱妍手机的信息，有可能这信息是别人用邱妍的手机回复的，也意味着回复信息的人可能就是凶手。"马一路说。

江小流思索片刻，"我同意。有一个信息，之前和所有信息混在一起，我没特别注意，听你们一说，我觉得可能有用。"

"什么信息？"马一路和普克同时问。

"我听完了整段录音。所有这些声音里，只有分尸，没有杀人。"

"你是指没听到杀人的声响？"普克问。

"对。"

"杀人也可以很安静。比如毒杀。"普克说，"还有很多不发出声音的杀人方法。"

江小流一愣，"理论上是可以，但我还是觉得杀人过程没被录到。"

"观点你有了，现在需要证据。"普克不紧不慢地说。

"你别急，慢慢想。"马一路在旁边给江小流打气，"我也觉得你说的有道理，咱们一起想！"

江小流仔细梳理记忆。

"录音笔是6月15日晚上11点左右开始录的，录下了陈奇峰离开的声音。一刻钟之后，有人遛狗回来。16日凌晨3点32分有人出门，上午9点11分回来。接下来就是9点35分，开始分尸。你们说，遛狗的人是谁？"

"可能是邱妍，也可能是凶手。"普克说。

"如果遛狗的是邱妍，那凌晨3点32分出门的是谁？"

"仍然可能是邱妍，也可能是凶手。"

"那么上午9点11分回来的人，也仍然可能是邱妍，还可能是凶手，对吗？"

"不可能是邱妍！"马一路隐隐意识到什么，"9点35分就开始分尸了，分尸的时候凶手总得在场吧？"

"注意，分尸的时候，凶手必须在场，邱妍也必须在场。"

"……是这个道理。"

"所以不可能存在凌晨3点32分邱妍出去，上午9点11分凶手回来的情况。"普克接上江小流的话，"前提是你能从声音确定，每次进出只有一个人。"

"能确定。我保证。"

"也就是说凌晨出去的人肯定也是凶手……"马一路绞尽脑汁，"但这能说明什么？并不能排除遛狗的人是邱妍呀。"

"如果遛狗的是邱妍，那意味着陈奇峰放录音笔的时候，凶手也在房间。"普克说。

马一路倒吸一口凉气。

"这可能性……也不是完全不存在。"马一路说，"没准凶手特别淡定呢？再说陈奇峰也说了，当时他没开灯，就是摸黑到卧室里放的录音笔，没看见凶手也正常。"

"再给你们补充一个信息，"江小流说，"录音笔的位置就在床边，分尸就在床上，所以床上的任何动静都特别清楚。"

普克这时渐渐明白了江小流的意思。

"录音里有没有出现过人上床，或把尸体搬上床的声音？"普克问。

"没有。"江小流说，"举个例子，刚分尸的时候凶手跑出去吐了，两条狗上过床，录音里一清二楚。"

"那就可以充分说明，录音开始的时候，邱妍已经被杀了。后面一系列的声音，都来自凶手。"普克说，"邱妍的遇害时间可以缩小到2016年6月15日下午她与陈奇峰通电话之后，到当晚陈奇峰放置录音笔之间的几小时内。"

"确定了作案时间，该轮到作案地点了。"马一路似乎被这场头脑风暴激发了战斗力，"可能性最大的当然就是邱妍住所，但有没有可能是在其他地方杀的，再转移到后来的地点分尸？"

"陈奇峰下午和邱妍通电话时，听到电话里有人在逗达尔文。"江小流说，"邱妍住的是老旧小区的二楼，而且没电梯。"

"那就意味着，如果凶手是在别处杀了邱妍，不仅要求当时邱妍带着狗，还要求杀人后，凶手要带着死去的邱妍和活着的狗返回邱妍住处，并且要赶在天黑之后、陈奇峰放录音笔之前顺利完成转移。"普克说。

"这种可能性几乎为零。"马一路说。

"思路正确。几乎为零，但不意味着就是零。"普克仍旧鼓励马一路，"这个想法我们仍然要保留。"

"如果我早告诉你们录音中没有搬尸体上床的声音，作案时间开始就能确定，用不着绕那么大圈子。"江小流说。

"恰好相反，那一圈绕得相当有价值。让我们开始了解凶手的性格。"普克说。

马一路和江小流互相看看，显然，他们并没看到普克所说的价值。

"江小流是说过，她听完录音，觉得分尸的人很痛苦。"马一路说，"别的……我真没什么感觉了。"

"马一路都没感觉，我更不可能有。"江小流脸上是她一贯的表情。

"通过刚才反复的追问和推敲，我看到了这样的场景。先按最大的可能性，假定第一现场就是邱妍的住处。"普克特地放慢了语速，以使江小流和马一路都能跟上他的思路。

"一个男人来到邱妍的住处拜访。他们是旧相识，即使不是朋友，彼此也没有敌意。客人对邱妍的狗很友善，狗也认识这位客人。

"他们交谈过程中，邱妍的手机不断响起。邱妍还当着客人的面接听了情人的电话。电话时间不长，这个短暂的过程中，客人亲昵地抚摸邱妍的狗，狗也享受这种抚摸。说明客人性格温和，也比较有涵养。

"邱妍结束电话时，并没有和客人发生冲突。但几个小时后，邱妍已经变成一具尸体。这中间的空白，我们暂且空下，过后再回来填补。

"邱妍被害的具体时间，一定在15日晚上11点之前。客人不仅杀死了本没有敌意的旧相识，并且将尸体安置在床上。

"客人是如何杀死邱妍的？是预谋还是临时起意？从录音内容看，临时起意的可能性更大。一个预谋杀死旧相识的凶手，通常会制定更稳妥的方案，尽可能排除一切干扰，比如邱妍的狗。

"在冲突中临时起意杀人，可选的方式基本只有两类。第一现场在邱妍家中，随手抓起一件重物，或者一把菜刀甚至水果刀；也可以掐住邱妍的脖子，或用绳子、电线造成邱妍窒息身亡。

"第一类方式杀死邱妍，通常会带来大量血迹；第二类方式虽然不流血，但人在死亡时的大小便失禁，仍然会使现场一片狼藉。

"同时，一个本来没有敌意的旧相识，变成眼前一具尸体，对一个并无杀人故意的普通人来说，也会带来强烈的心理冲击。

"几个小时内，客人克服心理不适，开始处理现场，将邱妍的尸体移到床上。这个时候，他应该已经冷静下来，明确了处理尸体的思路，并且首先去遛了邱妍的狗。

"面临如此重大危机时，没有慌张地扔下一切逃走，而选择了冷静地善后，凶手温和的性格下，藏着理性和冷酷。

"16日凌晨时凶手离开邱妍住处，没有带走或试图带走邱妍的尸体，他出门的目的是去准备分尸工具。

"九点多他又回来了，这次他带来了工具，几乎没有耽搁时间，立刻开始分尸。他温和的性格下，除了理性和沉着，还透出明显的决断，具有很强的行动力。

"他高估了自己的冷酷。分尸进行得不顺利，障碍来自于内心的痛苦。一个貌似强大但韧性不足的人，往往会在这个阶段放弃分尸，凶手却在心理调试后，将分尸进行到底。他的冷酷决断之下，还有更深一层的坚韧执着。

"我们还能看到凶手什么特质？

"15日他已经杀死了邱妍，16日将邱妍分尸。17日陈奇峰给邱妍的手机发来信息，问邱妍是否一切都好，凶手假冒邱妍回复信息，告诉陈奇峰都挺好。

"凶手为什么回复信息？尸体已经分割包装完毕，但还没运走，他要稳住陈奇峰。为什么用'稳住'这个词？他从'是否一切都好'这句话中，读出了陈奇峰隐藏的担忧。

"凶手不仅狡猾，还非常细心，能够准确地捕捉看似平常的文字中暗藏的信息。他应该接受过较好的文化教育，如果没有，则一定热爱学习……目前我能看到的关于凶手的性格，就这么多。"

普克一口气说到这里，停下。

马一路和江小流都没有立刻开口。

"我的记忆有缺失，只能做到这一步。"普克说，"欢迎你们纠正和补充。"

马一路连叹几声"厉害"，想发表些有见地的观点，发现自己的脑海已经被普克的描述占据了。

"我无话可说。"马一路说,"感觉被你洗脑了,像看到了凶手本人,目击了整个过程。"

"这样不好。"普克摇头,"我所说的一切仍只是假设,需要你们帮我查找逻辑的矛盾和漏洞,这样才能得到更准确的分析。"

"可我真没发现什么矛盾和漏洞。"马一路转向江小流,"你呢?"

"我也没什么发现,但我有一些信息的补充。"江小流说,"凶手开始分尸,自己受不了,跑出卧室呕吐。当时两条狗都在卧室,先后跳上床,录音里有舔东西的声音……"

"它们肯定不明白主人怎么了,想叫醒主人,不是想……"马一路实在说不出后面的内容,但普克听懂了。

"狗有可能是想唤醒主人,"普克平静地说,"也有可能是出于本能而舔舐血液。"

"狗在干什么我不知道,凶手肯定知道。"江小流说,"他回到卧室看见这一幕,马上冲过去把狗弄下床,关到卧室门外,然后他自己就哭了。"

"凶手哭了?"普克对这个信息很敏感。

"对。哭了。不是那种明目张胆地哭,想哭又不敢哭出声,忍也忍不住的那种哭。"江小流模仿了一小段声音,非常真切。

普克思索片刻,脸上掠过一丝迟疑,"后来呢?凶手哭过之后。"

"哭了一会儿,平静了。继续分尸。"

"狗呢?"

"一直关在卧室外面,中间凶手去过一次卫生间,进出都把门赶紧带上。"

"奇怪。"普克自言自语。

"什么奇怪?"江小流问。

"这个信息说明凶手的悲悯心,"普克第一次显得不太确定,"这种悲悯甚至超越了人类和动物的界限,是真正的悲悯。"

"悲悯?"马一路笑了,甚至怀疑普克是不是在开玩笑,"我怎么觉得这是一边吃肉一边念经。"

"这种问题我不懂。"江小流说,"不过听上去有些矛盾。"

"坦白说,我也觉得有些矛盾。即使凶手不是故意杀人,但杀人之后能够如此冷静地分尸善后,很难想象他的内心还能充满悲悯。"普克说,"当然人性的矛盾也不少见,希特勒就是个典型的例子。我们可以先记下这个矛盾,以后说不定会发现其中的特别意义。"

"我记住了。"江小流说。

三个人沉默了一会儿,都有些说不出的倦意。

马一路为了抵御这种倦意,勉强打起精神说道:"除了陈奇峰这条线,是不是还需要从别的角度再核实一下邱妍最后露面的时间?比如邱妍的母亲,邱妍的左邻右舍,特别是楼下 101 的邻居。"

"这就是接下来我们要做的工作。"普克认可马一路的提议,"所有和邱妍有关的社会关系,都要尽可能梳理。"

马一路和江小流同时说:"人是社会关系的总和。"

这是三人小组成立以来,普克多次告诉他们的重要理论,"是马克思说的"。他们曾藉此破了李雪的案子,都牢记在心。

大家商议了一下工作方案。马一路忽然走神了。江小流立刻发现了,夸张地呆着一张脸在马一路面前晃悠,神似马一路。

马一路"惊醒"了。

"太夸张了。"马一路讪讪地笑,"影后的表演有些过火。"

"想到什么了?"江小流问,"普克才提醒过,咱们的想法都要说出来讨论。"

"我是怕说出来有点儿……"马一路犹豫一下,还是决定坦白,"刚才我忽然想到一个问题。陈奇峰放录音笔的时候,邱妍已经死了,而且就放在床上?"

江小流想了一秒钟,语气确定,"对。"

马一路闭上眼睛,想象了一下那个画面,赶紧又把眼睛睁开,"真可怕。"

"陈奇峰有没有对咱们描述过他放录音笔的详细过程?"普克没有忽视马一路这种感觉,问道。

"陈奇峰说,他从阳台进去的时候,还叫了邱妍的名字,以防邱妍在。"江小流告诉普克,"转了一圈,发现邱妍和狗都不在,他就摸黑进了卧室,把录音笔放在床边的纸箱里。"

"摸黑意味着卧室没有亮灯,其他地方呢?"普克追问。

"客厅的夜灯亮着,"江小流说,"陈奇峰在楼下就能看见。"

"我记得陈奇峰说,他放录音笔的时候,特地调整了一下录音笔的位置,"马一路注意到另一个细节,"既便于收录声音,又不至于被人发现。如果卧室漆黑一片,换了是我,肯定要用手机照个亮。"

"他就在床边,又有亮光,难道没看见床上的邱妍?"江小流有些怀疑。

"不是没有可能。注意力集中在某件事情上,就有可能忽略另外一件事。"普克说,"哪怕另外的事情更重要。"

"我不相信。"江小流直言不讳,"反正我不可能。"

"不仅有这种可能,甚至还有另一个可能:视而不见。"普克说,"他看见了床上的人,却没意识到那个一动不动的人就是邱妍,因为他脑子里认定邱妍不在。"

马一路情不自禁打了个哆嗦。

江小流略想了想,说:"就像我脑子里那些信息,我什么都能记住,但只有经过筛选的才有价值。"

"对,人类的大脑很强大,但不是万能的。"普克说。

"打个电话问陈奇峰,他放录音笔的时候有没有看一眼卧室的床。"江小流说。

"可以问问。"普克也赞成。

马一路拿出手机,调出陈奇峰的电话,正准备拨号,看看手机上的时间,不知不觉已经是夜里九点了。马一路又把手机收起来,"等明天吧。"

"才九点。"江小流说,"不会这么早睡觉。"

"这会儿他应该在家,和家人在一起。"马一路脸上露出一丝复杂的表情。"问他这么残酷的问题,感觉有点儿……还是等明天上班以后我再打给他。"

江小流看看马一路,冒出一句,"你的感觉比我的记忆还多。"

"刚才我们说到悲悯,这就是悲悯。"普克微笑地看着马一路。

他们沉默了一会儿。

江小流站起来,不看他们,低头看着地面。

"今天马一路发现他是可以讲逻辑的,我也有个发现。"江小流平静地说,"我发现开始我不想查陈奇峰的事情,是因为我爸爸也出过轨。"

江小流走到客厅门口,打开房门。楼道没开灯,衬得她削瘦的身形如同剪影。

"晚安。"江小流走到外面的黑暗中,

关上了704的房门。

3

马一路整夜没睡好。

这一晚他仍没回家，睡在704他的"宿舍"。楼下同一房间的同一位置，就是江小流的床。

两个念头反复占领马一路的脑海，此起彼伏。一个念头是安静的画面：黑暗中陈奇峰蹑手蹑脚从一张床边经过，床上静静地躺着情人的尸体。另一个念头正相反，只有声音没有画面：江小流用她惯常的平淡语气，一遍遍说，"我爸爸也出过轨。"

马一路不明白，自己的大脑为什么要将这两件事情放在一起折磨他。

陈奇峰是陈奇峰，江小流的爸爸是江小流的爸爸。又不是同一回事，更不是同一个案件——

案件！

马一路不得不从床上弹坐起来，制止自己的荒唐思路。

江小流家在海上发生了事故，江小流活着，妈妈死了，爸爸成了植物人，现在还躺在脑科医院的康复病房。这应该是事故。但今晚江小流那一句"我爸爸也出过轨"，将"事故"变成了"故事"。每一个案件深处，往往都藏着一个故事。

为什么"我爸爸也出过轨"，就"不想查陈奇峰的事情"？

江小流真的彻底失去了情感吗？

如果真失去了情感，江小流为什么要在母亲节替李雪的女儿给李雪送那个布娃娃？为什么得知陈奇峰在妻子怀孕时出轨，江小流会因爸爸同样出过轨而拒绝调查？

在情感充沛的马一路看来，这都是情感充沛的证据。

一个情感充沛的女孩子，为什么要隐藏这种充沛？

为了隐藏某种真相？

……

马一路不得不再次弹坐起来，制止自己越来越荒唐的思路。

直到天亮，筋疲力尽的马一路，迷迷糊糊被敲门声惊醒。

马一路望着天花板，一时想不起自己是在哪儿。

轻轻的敲门声继续。

马一路彻底醒了。挣扎着下床去开门，同时意识到敲门的应该是普克，开门后他必须给失去前一天记忆的普克完成"洗脑"，帮普克认识今天的世界。

果然是普克。神清气爽的样子，看来已经洗漱过了。

马一路揉着眼睛，还没来得及理顺思路，普克上下打量他一眼，抢先开口："早上好，马一路。"

"早上好，普——"马一路顺嘴说了一半，愣了，"你，你认识我？你知道我是马一路？"

"三人小组成立不少日子了，难道我不该知道你就是马一路？"普克看上去比马一路更惊讶。

"可，可你……"马一路有些蒙，忽然念头一转，"我知道了，昨晚你没睡觉！或者跟我一样压根没睡着！"

"我像一夜没睡的样子吗？"普克精神十足，表情严肃，"你昨晚没睡好我相信，我是在你的翻腾声中睡着的。但你说压根没睡着就不客观了，刚才我敲门前，听见里面鼾声如雷。"

马一路又呆了几秒钟，突然想明白了，激动地上前一步，紧紧拥抱普克，"太好了！太好了！"

"什么太好了？"普克被马一路抱得太紧，骨头都咯咯响。

"你的记忆终于恢复了！我就知道会有这一天！"马一路无法克制突如其来的喜悦，那是一种发自内心的喜悦，"彭所知道不得高兴疯了？"

提到彭大勇，马一路回过神来，赶紧放开普克，转身去找手机，"我马上给彭所打电话告诉他，你终于找回记忆了……他等这一天等了十年！"

普克急忙上前拉住马一路，停止了他小小的"恶作剧"。

"对不起，和你开了个小玩笑，"普克的表情从严肃变为歉疚，又透出一丝喜悦，"也算是个自我测试。严格说来，还意外收获了对新搭档的进一步认识。"

"什么意思？"马一路一下子没反应过来。

"我的记忆并没有恢复，早上醒来仍然以为今天是2006年夏天那个星期六。"普克说，"但今天我尝试由自己完成对自己的'洗脑'，看来还算成功。"

"你是说……你刚才是假装认识我？"

"准确地说，我认出你是马一路，并非记得你是马一路。"

"你得赶紧告诉我，你是怎么给自己'洗脑'的？"

普克从裤兜里摸出一件东西，递给马一路。一眼可知是个电子器件，长度和手掌差不多，两指宽，颇厚实，拿在手里沉甸甸的。

"这是什么？"马一路问完，忽然想起来，"是录音笔？"

陈奇峰送来录音笔那天，普克曾提过一句，他以前也有一个录音笔，只是比陈奇峰带来的那支粗笨得多。

"对，我的古董录音笔。"普克笑着说，"你们彭所帮我找到了。"

说完，普克从马一路手里拿回录音笔，调出一个录音，播放。录音笔里传来普克的声音。音质清晰，情绪平稳。

"今天是2018年5月24日，星期四。你一定听出了我的声音。对，我就是你，普克。普通的普，克服的克……"

"你用录音笔给自己洗脑！"马一路顿时醒悟，"绝了！"

普克按下录音笔的暂停键，"你总觉得自己笨，其实一点儿都不笨，听了一句就明白了。"

马一路来劲了，"你是昨天录的音，应该是昨晚咱们开完会后录的。那时候你对我已经有了具体的印象。你把这种印象录下来，这样就不用每天再花时间重新认识我。"

"非常正确。"

"你也用这个办法认识江小流？"

"对。"

"可这是对性格的描述，怎么能保证和真人对上号？"

"要感谢你们为我配备的智能手机，还有你们为我精心设计制作的'洗脑'视频。"

那是三人小组刚成立时，针对普克的遗忘症，共同商议出的方案。利用一部智能手机以及彭大勇对普克的了解，实现每天早晨对普克的"洗脑"。虽然有效，但无法独立完成。

而今天，普克独立"唤醒"了自己的记忆。

"你太聪明了！"

"是你和江小流聪明，拯救了我的记忆。"

"不、不、不，我必须纠正你，"马一路直摆手，"不能把我和江小流相提并论。她是绝顶聪明，我……你有没有在录音里告诉自己，我其实算是你俩的……保姆？"

普克没有直接回答马一路，他翻看了一下录音笔中的文件名，找出其中一条，按下播放键，仍是他的声音。

"介绍一下你的新搭档。光明路派出所社区民警马一路，27岁，男，身高一米八三，中等体格。浓眉大眼，两颗虎牙，身体语言丰富，关注微表情。总觉得自己笨，其实有超常的感受力，内心悲悯。热爱刑侦，梦想成为……"

"打住，打住！"马一路面红耳赤，"我……我还是不听了，怪难为情的。"

普克立刻停止播放。

马一路又有些后悔。当面听到他人背后对自己的赞美，除了相信其真诚，还有什么更好的选择？但已经说过"打住"，总不好意思再央求普克，"请让我继续暗爽一下"。只得作罢。

"前几天你看见陈奇峰的录音笔，就有这个想法了吧？"马一路问，"江小流要给你买个新的，你又不肯要。"

"新的功能当然更强大，但我的记忆没法识别它。"普克解释，"旧的就不一样了，它在我的记忆里，睁眼看见它，不用任何人提醒，自然而然就可以打开。"

"这办法真是太好了！不光可以用来给自己'洗脑'，还可以用来记录每天的信息。"

"其实最初我就是这样想的。每天靠你和江小流……"

"主要是江小流。"马一路插话。

"你和她思维方式不同，视角不同，缺一不可。"普克说，"现在加上我自己的记忆，三人小组的效率会更高。"

"没想到陈奇峰给咱们帮了个大忙！"马一路发自内心地说，"我忽然没那么讨厌他了。"

"讨厌陈奇峰？"普克露出一丝惊讶，"为什么？"

"你不是有录音笔吗？录音里没记这个？"

"录音笔只记录每天的信息要点。如果所有的信息都记下来，反而没效率了。"

"明白了。就像你对江小流说过的那样，不经筛选的记忆等于没有记忆。"

"我对江小流说过这样的话？"普克笑了，"还好她不像普通姑娘那么易感，不用担心冒犯她。"

马一路心里忽然涌起强烈的好奇。普克是如何"认识"江小流的？录音里，他会如何记录他对江小流的真实印象？

马一路费了很大力气，才打消那个明知不妥的念头。刚才普克播放他对马一路印象的录音，令马一路觉得自己"被裸体"，马一路当然不可能把江小流置于这样的境地。

"你可得把你的录音笔保管好。"为转移注意力，马一路对普克说，"要是被别人拿到，岂不是等于直接进入你的大脑了？"

普克微微一怔，认真地想了一会儿，颇有些忧虑，"你提醒得对，尤其涉及案件内容，安全保密很重要。以后要想办法解决这个问题。"

马一路顺便给普克介绍了当下社会电子产品如何想方设法保护个人隐私，犯罪分子又如何无孔不入地窃取人们的隐私。

普克听得津津有味，仿佛刚从十二年前穿越到今天。

"真是道高一尺，魔高一丈。"普克很感慨。

"有时候真不知道，到底谁是道，谁是魔。"

"魔可以成为道，道也可以成为魔。魔道之间没有绝对的界限，就像人性没有绝对的善恶。"

马一路忽然走神了，心里默念了好几次"阿弥陀佛"。不是因为他悟道了，而是刚才关于大脑隐私的讨论令他后怕。

幸亏脑子里的念头不会被外人看到。否则，以后还怎么和江小流搭档？

4

得知普克自己解决了"洗脑"难题，彭大勇自然喜出望外，连带对陈奇峰的报案也增加了重视。他私下对马一路拍胸脯说，别管道和魔，有解决不了的难处，还有他彭大勇这个坚强后盾。

有了彭所这句承诺，马一路心里踏实多了。

江小流听说这个消息时的反应，倒让马一路和普克都有些意外。

"是吗？真可惜。"

"为什么说可惜？"普克问。

"每天帮你'洗脑'，强迫自己完成一次信息筛选的练习，"江小流说，"还可以锻炼逻辑思维能力，多好。"

普克悄悄和马一路交换了一个眼神。

马一路读懂了。虽然不清楚普克在录音里是如何认识江小流的，但马一路知道，江小流用实际行动印证了普克对她的认识。

按商量好的方案，调查的起点是邱妍的住处。这是陈奇峰最后见到邱妍的地点，按录音笔中的记录，邱妍也在这里被人分尸。

邱妍曾经租住的小区，和陈奇峰描述的一样，位于主城外，曾经的城乡接合部。小区相当老旧，勉强有围墙，门口也有个保安室，门卫在里面喝茶，对进出人员懒得看一眼，可想而知小区的安保状况。大门上方的高处有摄像头。普克观察了一下，发现线都没连接，算是个假监控。

"也好。"马一路习惯性地发挥他的乐观主义精神，"就算是真监控，记录撑死了保留三个月，大部分十天半个月。两年前的肯定没戏。"

虽说不抱希望，还是去物业尝试了一下。不出所料，听说他们要了解近两年前的小区信息，工作人员连连冷笑。

"知道这小区的物业费一平米多少钱？两毛。知道有多少业主按时交物业费？没几个。知道我们一个月拿多少工资？说了丢人。你们是什么人？要是记者暗访，正好帮我们呼吁呼吁，不交物业费就别指望能有物业管理！别说两年前，你问我两天前的事情也只能送你们三个字：不！知！道！"

"除非你们是警察，除非小区里发生了杀人案……真那样就好了，小区业主就知道交了物业费才有钱请保安，有保安才不会发生杀人案！"

江小流是被马一路拉出物业办公室的。

江小流对此很不解，"我没想和他吵架，只想让他亲耳听听他逻辑里的漏洞而已。"

"我知道，我就是……"马一路赔着笑脸，"你那么精彩的演出，他又没掏钱买票，咱不能让他白看是不是？"

普克笑着说："嘴真甜。"

马一路赶紧凑近普克身边，低声说："这个就别录了。"

既然小区的安保形同虚设，三个人倒不用担心遭人盘问，暴露警察身份了。

暂时隐瞒警察身份是马一路的主张。作为社区民警，他很熟悉类似环境中八卦的传播速度。房子已经有了新业主，不管最后结果如何，马一路不希望因此给新业主的生活带来负面影响，更不希望引起整个小区的不安。

按陈奇峰提供的地址，他们找到了邱妍租住过的3栋201室。从楼下看，201一眼可知近两年装修过，门窗远比楼体新。

"陈奇峰说自己是从阳台进入房间的，"有了录音笔的普克，果然提高了工作效率，不必再每条信息都向他们求证，"看上去难度确实不大。"

马一路摩拳擦掌，跃跃欲试，"要不要我亲自爬一趟试试？"

"不如先核实一下新业主在不在家，免得警察变成了白日闯。"普克说。

"要上门问，咱们还是得分分工吧？"江小流问。

"看来咱们以前就这样合作过。"普克一听就明白了，"上次扮演的是什么角色？"

"保险公司业务员、经理和司机。"江小流分别指着自己、普克和马一路，"最后穿帮了。责任在我。"

"我也有责任……"马一路忙说。

"这有什么可谦虚的，我又不会受伤。"江小流不让马一路说。

"那么这次咱们表演个难度低一些的？"普克问马一路，"只要能进去看看，而且理由充分。"

"看房子！"马一路提议，"就说想买房，看到网上挂了这个房源。"

"你想买，人家没想卖怎么办？"江小流立刻指出问题，"那就不会让咱们进去看。"

"有道理。"普克说，"何况新业主买房还不到两年，又重新装修，卖的可能性不大。"

马一路不吭声，低头原地绕圈，绕了十来圈才停下。

"还是说网上看到这个房源，但不是201，是101或者楼上哪户，随便编一户就行。"马一路不慌不忙，看上去颇有把握，"就说看小区环境不太好，有些犹豫，所以先从侧面了解一下，顺便打听一下价格，看看内部房型啥的。"

"那更不可能让咱们看了。"江小流说。

"为什么？"马一路问。

"自己的房子没想卖，怎么可能为别人的房子操心？"江小流说，"逻辑上不通。"

"自己的房子没打算卖，还真有可能为别人的房子操心。"马一路笑着说，"这种事情不能全看逻辑。"

"那看什么？"

"看……"马一路想不出合适的词，只好选了个最简单的，"感觉。"

"又是感觉。"江小流有些不以为然。

"别忘了，普克说过，感觉也可以建立在逻辑之上。"马一路扯虎皮做大旗，拉上了普克做他的后盾。

两个人都转脸看普克，等普克表态。

"你的感觉不会凭空而来，"普克问马一路，"是不是有过类似的经验？"

马一路得到普克的鼓励，定神说："我也不知道算不算一回事儿，去社区解决纠纷，都是公说公有理，婆说婆有理，不能只听当事双方的说法，最好听听邻里的声音。试过几次我就发现，左邻右舍提供的信息不仅比想象的多，而且个个态度积极，经常能起到关键作用。"

"我还是不相信这个方法可行，但我相信马一路。"江小流说。

"这个超出了我的个人经验。"普克想了想说，"没有更好的方案，我觉得可以试试。"

于是决定按马一路的方案来。

接下来就是角色分配。

"别让我演房屋中介就行，"江小流说，"上次就是砸在我这个业务员身上。"

"如果201没打算卖房，根本不会搭理中介。就算201碰巧想卖房，也不会信任主动找上门的中介。"马一路看上去胸有成竹，"我建议放弃中介的角色，咱们就演想买房的一家人。"

"我没买过房，更没买过二手房。我名下的房子都是我爸妈买的，我只负责去签字。"

如果对江小流不了解，马一路肯定会认为江小流是在炫富，哪怕江小流轻描淡写说出的都是实情。

马一路看看普克，又看看江小流，心里默默估算了一下，"按咱们的年龄，普克演哥哥，我演弟弟，江小流只能演妹妹了。"

"这样年龄虽然说得过去，但不太符合现实。"普克摇头说，"现在就算一个家庭有三兄妹，基本只会出现在农村，咱们三个看上去都不太像。"

"可以是兄弟俩，"江小流说，"我是马一路的女朋友。"

"这样很合适。"普克立刻赞同，"弟弟准备和女朋友结婚，我这个当哥哥的陪你们找房子。以你们的年纪，看二手房合乎情理。"

"可……"马一路又有些结巴了，"可……"

"你不想演我男朋友？"江小流问。

"不是不想演，我怕演不像……"马一路壮着胆子说出心里话，却不敢对着江小流说，而是看着普克，"不是怕我演不像，是怕……江小流不像。"

"我有过男朋友。"江小流若无其事地说，"我能演。"

马一路换了个托辞，"演情侣，最主要的在于情绪。"这是江小流的弱项，这样解释，江小流应该能够理解，"咱俩这状态，一看就是……工作关系，比保险公司业务员还容易穿帮！"

"你说了不算，观众说才算。"江小流坚持。

"毕竟咱们要面对的不是观众……"马一路也坚持。

江小流忽然上前拉住马一路的手，想想还不够，把马一路的胳膊拉紧，抱在怀里。微微歪着头，想和马一路脸贴脸。发现两人身高略有差距，江小流换了方式，踮起脚，扬起的下巴搁到马一路肩上。

她的尖下巴硌着马一路的肩窝，马一路像被点了穴。

"普克看，我们像不像情侣？"江小流问。

马一路浑身僵硬，一动不敢动。又下意识地配合江小流，脸上挤出幸福的笑容。

普克认真端详了一下，表情有些复杂，"像……闹别扭的小情侣。"

"那也是情侣。"江小流下巴仍搁在马一路肩上，呼出的热气弄得马一路痒痒的，"哪对情侣不闹别扭？不闹才像假的。"

马一路还有什么可说的？

确定了上门需扮演的身份，又商议敲门后可能遇到的种种情况。

马一路滔滔不绝说了半天，忽然发现江小流和普克都默默地看着他。

"是不是哪儿说错了？"马一路心里有些发毛，"说错了你们尽管指出来。"

"说得很细致，考虑很周到。"普克笑着说，"在你身上我隐约看见一个熟人的影子，所以有些恍惚，不是有质疑。"

"哪个熟人？"马一路松了一口气，随口问。

江小流抢在普克之前说："彭所。"

"你也看出来了？"

"我猜的。"江小流说，"你能记住的熟人应该不多。"

马一路怕江小流的实话会引起普克的情绪波动，一边悄悄给江小流使眼色，一边问："那你又为什么含情脉脉地盯着我？"

话一出口，马一路的脸腾地红了。本想用开玩笑的方式转移普克的注意力，说完却意识到严重不妥，流露了内心的期待，简直像被活捉了现行。

"我没有含情脉脉。"江小流说。停了停，又盯着马一路，"我含情脉脉了吗？"

马一路不知所措，幸亏普克给他解了围。

"你应该含情脉脉，"普克认真地说，"这才符合小情侣的人物设置。"

江小流歪头看看马一路，嘴角露出一丝笑容，表情天真，"这样对不对？"

那一丝笑容，如此自然。马一路难以辨别究竟是江小流对记忆的重现，还是她此刻的真实流露。

马一路夸张地做摩拳擦掌状，藉此隐藏情绪波动，"都觉得没问题就上阵吧。"

上阵结果出人意料地顺利。

虽然是上班时间，但201家里有人，是位六七十岁的老太太。

装修过的201有两道门，老太太开了里面的门，隔着铁栅栏门狐疑地打量三个陌生人。没有明显的敌意，但也谈不上友善。

马一路只用了三分钟，就令老太太主动打开两道门，将他们请进了201室。五分钟后，三个人已经挤坐在客厅窄小的双人沙发上，喝到了老太太端上来的茶水。再过五分钟，马一路成功地将话题引向了他们所需的目标。

201室是老太太的女儿女婿为儿子上中学买的学区房。房屋交易合同的签署日期是2016年6月20日，过户手续在两个月后完成。交易日期如此准确具体，因为老太太亲自找出交易合同来给马一路过目。

房屋的事实交割发生在合同签署当天。老太太清楚地记得，合同就是在201室签的。签完合同，老太太的女儿用手机给卖家转了定金，卖家将房屋钥匙交给了新的房主。老太太当时陪女儿来，也在现场。

房屋交易合同上面清楚地显示着交易价格。对这个价格，最震惊的是普克。他对房价的认识还停留在十二年前。

老太太一眼看出了普克的震惊。

"贵吧？没办法，现在学区房比新房贵多了！"老太太用深谙世事的语气暗示普克，"所以你这个当哥哥的，要多帮帮弟弟。"

老太太还告诉他们，本来这个小区又老又破又没有物业，谁也瞧不上眼。2016年，附近新建一所重点中学的分校，小区变成了学区房，价格连夜飙升，而且房源抢手。女儿女婿为了抢这套房子，咬牙多加了十万现金,才从原房主手里拿下。

"难怪这房子交易那么快。"普克顺水推舟接过话,"刚才听您说,当天签合同,当天就交钥匙了。"

"还不是怕卖家变卦?"老太太说起来仍是恨恨的,"本来不用这么急的。卖家把房子租出去了,还有两个月才到期,说好到期再办手续。可突然又有人愿意加价买这房,卖家趁机两头抬价,坏得很!"

"房子租期还没到,卖家就算要提前卖,也要等租约期满才能让租客搬走。签合同那天,原来的租客已经搬走了吗?"普克敏感地捕捉到老太太话里隐藏的信息,问道。

"别提了!人走了,东西都在。"提及往事,老太太满脸不高兴,"满坑满谷的破烂,害得我们收拾好几天!"

"破烂?"普克笑着问,"原来的租客是收废品的?"

"那倒不是。听卖家说,是个做小生意的,做不下去了,货也没地方放,就扔在这儿了。还跟我们说值点儿钱,让我们自己处理。"老太太撇撇嘴,"值啥钱呀?都是些没用的玩意儿。我们直接找收废品的搬走了,没要他钱,我们也省点儿力气。"

普克停下,瞥了一眼旁边的江小流和马一路。

江小流一时没领悟普克的意思,马一路却明白了,接过普克的接力棒。

"卖家真没眼力!阿姨家是那种贪小利的人吗?还在乎他那个顺水人情。"马一路笑着对老太太说。

这话正中靶心,说到了老太太心坎里。

"就是呀,舍得花那么多钱买这个破房子,谁在乎那一点儿!我们在城里有大房子,要不是为了孩子上个好学校,谁愿意住这儿?"老太太满肚子的苦水像是被马一路引出来了,"说实话,要不是我女儿求我陪孙子,我才不住这种破地方!可我不住就苦了孙子,只好我这个奶奶受委屈了。"

马一路从对面沙发上起身,在老太太身边蹲下,拉住老太太的手,简直就是老太太的亲孙子。

"阿姨,要不是您看上去更年轻,您真让我想起我奶奶了。"马一路虽然有套近乎的意思,但感情却很真挚。"小时候我在奶奶家住了好几年,现在我做梦还经常梦见她……"

趁马一路和老太太手拉手说亲热话时,普克悄悄凑近江小流,低声问:"陈奇峰是不是17号拿回录音笔的?"

"对。"

"他再过来是哪天?"

"具体日期没说。估计最少是一个月后了,当时装修工人说装修快一个月了。"

普克点点头,看看马一路。

马一路拉着老太太的手,两人正轻言细语。不知道聊到什么话题,都有些眼泪汪汪。普克悄悄给马一路使眼色。马一路沉浸在与老太太的情绪中,没注意。

江小流忍不住提醒他,"奶奶,我能不能看看你家的房子?"

"小姑娘,你男朋友叫我阿姨,你怎么能叫我奶奶?辈分不对呀。"老太太被江小流打断,相当不悦。

马一路赶紧转身背对老太太,拼命冲江小流挤眼睛。

"不好意思,阿……阿姨。"江小流勉强改口,"我不太懂这些辈分,我……"

马一路怕江小流言多必失,赶紧插话,"我女朋友是独生女,家里也没什么亲戚,她还以为辈分叫得越高越尊重呢,阿姨别

325

见怪。"

简单一句话，老太太又被马一路哄得开心了，拉着马一路的手不放。

"这有什么见怪的？现在的年轻人，像你这么懂事的可不多了！"老太太冲江小流挥挥手，"就两间房，也没啥可介绍的，你自己随便看。"

江小流趁机走开，按商量好的分工，行使她的"记录仪"功能。

普克借着马一路创造的良好氛围，客气地问老太太："阿姨，您这房子什么时候装修的？"

好的氛围是成功交流的一半。接下来，老太太对普克有问必答。

"一收拾好就开始装了。"

"您意思是，把原来租客的东西处理掉就开始了？"

"是啊，一天都没耽搁。"

"为什么那么急呢？"

"孩子9月开学，装修最少得两个月，装好总得空几天，吹吹风透透气。就这样，住进来头半年还有气味。"

"我看您这房子，装修风格挺简洁的，面积又不大，居然也要两个月？"

"别提了，说到这个，我又是一肚子气。现在的人啊，素质太差！"

"您是指……"

"以前的房客呗。走的时候，东西塞得满满的就罢了，乱七八糟也罢了，到处洒的油漆，简直不像个样子！"

"油漆？什么颜色的油漆？"

"红的绿的，五颜六色，地上墙上，哪儿、哪儿都是！"

"不是说房间里塞得满满的，怎么又到处是油漆呢？"

"东西上也洒的都是，墙上地上也是，感觉像存心乱洒似的。"

"会不会是以前的房主弄的？"

"签合同那天我们也跟他抱怨，他赌咒发誓原来房子不是这样。想想也不该，自己的房子弄成这样，脑子有病啊？肯定是租他房子那个房客干的，然后一拍屁股走了，反正又不是自己的房子。"

"那你们没问原来的房主是怎么回事儿？"

"当然问了。"

"他怎么解释？"

"也没怎么解释，就说房客也跟他道歉了，说不小心把油漆弄洒了。"

"他有没有说房客是个什么样的人？"

"那倒没说……我看他是咬准了有人抢着买房，根本也没当回事儿，随便敷衍我们两句。"

"房子弄成那样，必须重新装修了。"

"可不！本来这房子买来就打算住三年。孙子这学校只有初中，没高中，过三年还得换学校。三年嘛，随便混过去，然后就卖掉。想着最多刷刷墙，打扫干净就行了。没想到糟蹋成那样，只好重装了。"

"我看地砖像是新铺的，原来也是地砖吗？"

"要是地砖就不用换了。原来的房主铺的复合木地板，一弄上油漆，非换不可了！"

普克停下来，若有所思。

这时江小流转了一圈走过来。想和老太太说话，犹豫了一下，靠近马一路身边，拉住马一路的胳膊，看上去像个对男朋友充满依赖的女孩儿。

马一路没有心理准备，吓得哆嗦了一下。还好他立刻醒悟，假装淡定，"参观过了？感……"他本想问江小流感觉如何，

326

又怕直言不讳的江小流说出真话，赶紧换个说法，"没挑出什么毛病吧？"

说完又怕得罪房主老太太，对老太太笑着解释，"不是说您这房子不好啊。我这女朋友，什么都好，就是眼光特别高！"

"眼光高才挑到你呀。"老太太笑着说，看上去完全发自内心，"挑到你这么好的男朋友，能保护她一辈子，多好！"

江小流正要说话，马一路从背后轻轻掐了她一下，江小流抬头看了他一眼。

"我不会乱说话的，我就想问……阿姨一个问题。"江小流说话怯怯的，看上去有些小鸟依人。

"有什么就问什么。"老太太笑容满面地看着眼前这一对"小情侣"，"你们年轻人买房不容易，多问问是应该的。"

江小流仰脸看着马一路，真像个听话的小女生，对男朋友充满了崇拜，"我可以问了吗？"

马一路好容易才装出大男人应有的姿态，"问吧问吧，就你问题多！"

江小流这才转向老太太，"阿姨，卧室窗外原来是不是有棵大树？"

"咦？你怎么知道？"

"外面一排树，都差不多高，您家外面的这棵个头最矮，上面枝叶很少，像新挪来的。"

老太太没有立刻答话，先转脸看马一路，笑着说："你女朋友眼睛真尖，以后可别想蒙她！"然后才回答江小流，"本来那儿有棵大杨树，去年宁江不是把杨树都砍了吗？那棵树也砍了，换了现在这棵半大不小的。"

这件事情马一路很清楚。杨树春天吐杨絮，已经成为宁江的公害，去年开始更新行道树种，大部分杨树都换掉了。不过马一路没领悟江小流为什么要问这个问题。

"原来那棵树是不是特别大？"江小流继续问。

"是啊，好几十年的树就那么砍了，看着挺心疼的。"

"树上是不是有个鸟窝？"

"哎呀，这你都能看出来？"

"我……猜的。"

"原来有个喜鹊窝，搬进来的那年孵了一窝小喜鹊，可热闹了。第二年又是一窝，砍树的时候，小喜鹊还不会飞，连窝掉到地上，大喜鹊绕着飞啊飞，哭了好几天呢。"

"那棵树的树枝是不是都伸到您家窗户边儿了？"江小流追问，"风大的时候是不是会刮到您家的窗户？"

这次老太太没回答江小流的问题，吃惊地看看江小流，又转脸看看马一路。

马一路意识到不好，又有穿帮的危险，一时间却想不出应对办法。

普克及时接上来，"女孩子的想法就是浪漫。喜鹊又不是松鼠。就算有树枝伸到阿姨家的窗户，小喜鹊也不可能爬进来。"

"哦。"江小流说。

普克补了一句，"可怜的喜鹊。"

老太太愣了一会儿，看样子是相信了普克的补救，也叹气，"是啊，怪可怜的，可也没办法。喜鹊要是懂这个，那就不是喜鹊，成鹊精了！"

5

从小区出来，三人到小区外的路边，找到江小流那辆特斯拉。

车门还没打开，忽然有个中年男人冒出来，吓马一路一跳。明明路边一个人都没有，不知中年男人从哪儿钻出来的。

中年男人胳膊上戴了个黄袖章，手里拿着巴掌大的一沓纸，看上去像停车费收据。眼皮耷拉着，面无表情地冲马一路伸出手，"三十。"

普克四下看看，此处并没有停车标志，不止一辆汽车停在路边。

"三十元?"普克问。

"废话!"对方仍然耷拉着眼皮。

"这里没有禁停标志，也没有收费停车提示。"普克客气地问，"我们停车时也没看到人，请问这三十元是什么费用?"

中年男人撩起眼皮扫了普克一眼，没理普克，把手中的那沓纸朝马一路晃晃，"停车费，三十!"

马一路正要理论，江小流已经拿出了手机。

"手机支付行不行?"江小流问。

对方立刻从兜里掏出一张二维码的卡片，江小流打开手机正准备扫码，马一路拦住她。

"给你五块，算你辛苦费。"马一路对中年男人严肃地说，"再没完我马上打交管局电话，看你手里那沓票是真的还是假的。"

中年男人微微一惊，盯着马一路看了两秒钟，嘴里嘟囔一句，"刚才要不是我看着，还有人想划你们的车呢。"

"五块。要不要?"马一路板着脸。

中年男人不再和马一路讲价，把二维码亮给江小流，"五块就五块。"

江小流却不肯扫码了，回头问马一路，"这人是骗子? 那为什么要纵容他?"

"谁是骗子?"中年男人下意识地退后一步，嘴上仍硬撑着，"别血口喷人!"

江小流立刻把一分钟前普克与中年男人的对话原样重复，声音、表情、语气，无一走样。中年男人看完，下意识地又往后退了一步。

"你……"

"我虽然是协警，但他俩是正牌警察。"江小流轻描淡写地问，"你信不信?"

中年男人没再犹豫，撒腿就跑。一眨眼就没影了，和他出现时一样神奇。

马一路好气又好笑，"何苦呢? 本来能挣五块的。"

"知道他是骗子还要付钱，你是不是警察?"江小流直接问马一路。

"说骗子也太严重了。"马一路有些尴尬，"毕竟……毕竟咱们没证据。"

"那是你不想要证据。"江小流一针见血。

江小流脸上仍是那种熟悉的平淡表情，但在马一路眼里，却明摆着是谴责和失望。马一路愣了一会儿，决定以他一贯的态度面对江小流，不敷衍，不回避，"我承认，我一眼就看出他是假收费员。我不认识他，不了解他是个什么样的人。可这种人我见过很多，说实话，对他们谈不上讨厌。都是些失意的人，要不然也不至于这么糟蹋自己。可能因为我是个社区民警吧，不想给他们的生活雪上加霜。"

"我能理解马一路。"普克看出马一路的窘迫，安慰道，"警察眼里的世界也不是非黑即白的。"

江小流看看马一路，没再说话，打开后排车门，上车坐下。

马一路暗松一口气，也和普克上了车。马一路照例是司机，普克坐在副驾驶座。

"你怎么知道他不是真的收费员?"江小流还没忘记刚才的事，但她没再用"骗子"一词，态度显然有了变化，"我就没看

328

出来。"

"你没看出来很正常,"马一路知道江小流"放过"他了,"你又不食人间烟火。"

"什么意思?"

"这种地段,就算正规收费也不可能收三十,最多十块、十五块。"

"就这么简单?"

"就这么简单。"

江小流不吭声了。

"说简单也不简单。"普克笑着说,"这算是一种生活智慧。就像刚才到201,马一路从头到尾都在展现他的生活智慧,真让人叹为观止。"

马一路又高兴又难为情,"我有那么优秀?我自己怎么没觉得。"

"有。"江小流说,"我正想问你,你怎么能把201的老太太哄得团团转?她连买房合同都拿给你看。你问她银行密码,说不定她也会告诉你。"

"我也没怎么使劲呀。"马一路半开玩笑半认真,"可能还是因为平时社区里和那些阿姨、老太太交道打得多,积累了经验吧。"

一提到"阿姨""老太太",江小流又想起另一个问题,"今天我看201明明是老太太,你为什么要叫阿姨?"

"咱们不知道她的具体年龄,看她在家也穿得齐齐整整,肯定比较在意自己形象。现在城里女性又在意形象的,都希望自己显年轻,宁可往小叫,别往大里叫。"

"那你拉着她的手说想起自己奶奶,她眼泪汪汪动感情;我叫了句奶奶,她就批评我乱辈分。"

"这个细节我也注意到了。马一路那句话是有前提的。"普克笑着插话。

"阿姨,要不是您看上去更年轻……"江小流翻书一样翻看脑海中的记忆。

"当时老太太正谈孙子,形成了心理学上的投射,马一路自然而然成了她的孙子。"

"老太太真傻,马一路真狡猾。"江小流说。

"说我狡猾我没意见,"马一路替素不相识的老人辩解,"老太太给咱们提供了那么多信息,咱们得有点儿感恩之心。"

"而且老太太并不傻,再多待一会儿就能识破咱们的表演。"普克说。

"是不是喜鹊那部分?"江小流问,"我看出老太太有点儿起疑,可我不知道为什么。"

"老太太说,小喜鹊连窝落到地上,大喜鹊绕着窝飞,哭了好几天。"普克提醒江小流,"一个哭字,透露了内心情感。"

"你就'哦'了一声,太冷漠。"马一路说完,又赶紧补充,"这不怪你,她不了解你的……特色。"

江小流歪头想了想,"这些事情太复杂,还是做个执法记录仪更适合我。"

"你问老太太关于树的问题,是不是在求证和录音有关的内容?"普克问。

这一点马一路也想到了。心里暗自遗憾,没抢在普克前面问出来。

"对。"江小流说,"我听录音的时候,有些声音明白是怎么回事儿,有些不明白。比如6月17上午10点多的那场雷阵雨,可以听到打雷、下雨,同时还有敲玻璃的声音,一会儿出现,一会儿消失。"

"是那棵被砍掉的大杨树!"这次马一路抢先说出来了。

"按老太太的说法,应该是。"江小流说,"原来那棵树的枝叶一直伸到201的卧室窗口,风一吹树叶有响动。窗户关着是一种声音，大风大雨是另一种声音。现在窗外的那棵树不可能发出这些声音，有了老太太的解释，录音就合理了。"

"我就知道，你不会平白无故跑来提那些怪问题！"马一路像洗清了自己的冤屈似的。

"还有，陈奇峰到卧室放下录音笔，开始录音。然后离开卧室，穿过客厅，从阳台下楼。我在201按这个步骤重走了一下，时间和录音基本符合。"江小流继续说，"我还听出录音里有个细节，回头可以向陈奇峰求证。"

"什么细节？"普克问。

"陈奇峰放好录音笔，经过床时，忽然停了一下……"

"哎呀，忙了大半天，"马一路一拍脑袋，"忘了给陈奇峰打电话问那件事情了！"

"哪件事情？"这是昨天的事情，普克真忘了。

"待会儿再跟你解释，先听江小流说完。"马一路对江小流说，"不好意思，不是故意打断你，你继续。"

"陈奇峰为什么停下？之前我反复听那段录音，听不明白。今天我知道了。当时窗户开着，风吹动树叶发出声音，听上去像脚步声。陈奇峰误以为有人，停下来观察。那声音又不见了，陈奇峰这才离开。"江小流说，"还可以确定一件事，那时候卧室的窗户是开着的，大约半小时后，窗户关上，树叶的声音几乎听不清了。一直到17号那场雷阵雨，声音又变得不一样。所有这些声音，因为那棵被砍掉的杨树，都变合理了。"

普克听完，对江小流说："你可以成为执法记录仪，但执法记录仪无法成为你。因为你除了记录，还会逻辑分析。"

江小流点点头说："我和马一路，都在和你学逻辑。"

"是啊是啊。"马一路忙对普克说，"刚才在201，你也有收获吧？"

普克确实有所收获。

之前通过对录音的分析，普克曾为录音中那个被怀疑为凶手的男人做了一个性格画像。今天在201，通过与老太太的交流，那个画像在普克脑海中变得更加清晰、具体。

"还是按照之前的推测，凶手并非预谋杀人，而是在临时冲突中杀死了邱妍。他对尸体的处理过程我们已做过分析，短暂的慌乱失措后，体现的是温和表象下的理性和冷酷，超强的行动力，不达目的誓不罢休的执着，以及良好的文字修养。

"而今天我们又看到了他性格中的另一个重要部分：社会属性。

"从我对老太太提的那些问题，你们可能已经看出，我试图求证201成为邱妍被害及碎尸的第一现场后，凶手如何不留痕迹地撤离。在现代社会，这本该是一件最难的事情，甚至超过杀人和分尸。处理尸体固然很难，但还可以归结为一个人的战斗。撤离，则是一场个人面对群体的混战。

"在这样一个人群聚居的小区，不留痕迹地撤离，近两年时间内不被人发现，绝不能简单地解释为运气。当然他的运气并不算好，碰到了一个陈奇峰。

"他的运气其实很差。他去找邱妍时，并没想杀死邱妍，事情却意外走向了另一面。无论对谁而言，这都是很糟糕的局面。但这种糟糕的局面，没有夺走他原本的能力，甚至激发出更多的'潜能'。这种'潜能'使他游刃有余地处理了所有的危机。

"用更具体的方式描述，可能更容易理

解我对他的认识。凶手杀死邱妍，经历一段心理慌乱期后，决定冷静下来处理这糟糕的局面。他清楚地想好了处理尸体的手段，同时也想到，仅仅将尸体处理掉，并不能使他真正脱离危机，更重要的，邱妍是一个社会人，必须合理地切割邱妍与这个社会的关联，否则用不了多久就会暴露。

"凶手与邱妍是旧相识。从目前情况看，他应该知道这房子是邱妍租的，甚至知道房子租期将到，也知道房东准备卖房。他是通过什么方式知道的，目前不得而知。但从他泼洒油漆的动作推测，他是想通过这种方式迫使后面入住的人重新装修房屋，在不知不觉中帮助他销毁第一现场的犯罪痕迹。

"陈奇峰在邱妍已经死后，仍收到邱妍手机的回复，说明凶手不仅冒充邱妍安抚陈奇峰，很可能同样以邱妍的名义，与邱妍的房东有过联系。房东之前已与现房主谈好卖房，只等租约到期后办理交易手续。但学区调整使得这套房子价格上涨，有人愿意加价买房。也许是房东主动与邱妍协商，也许是凶手得知这个信息后，主动与房东协商。

"总之，凶手掌握了房东急于加价卖房的心理，看出房东重利，于是利用这一点，以邱妍的名义提前解除与房东的租约。对房东来说，这恰是瞌睡遇到了枕头，何乐而不为？于是双方一拍即合。

"凶手以邱妍名义与房东交流，只能通过手机信息。从之前对凶手的分析，他有较强的文字敏感，以及不错的文字驾驭能力。除此之外，能够看穿房东的心态，利用这种心态安排实施他的计划，充分体现了他对社会和人性的认知水平。凭借这种认知，凶手玩了一个漂亮的金蝉脱壳，把一个杀人分尸的第一现场，巧妙传递给新的房主。

"凶手一定知道这是冒险，但处于他的险境，也只有险中求胜一条路。这说明了凶手性格中具有一种赌性，极端状况下，有勇气置于死地而后生。

"如果不是遇到一个陈奇峰，也许老太太家在201住满三年后，又将房子卖给下一任房主。不会有人知道这套房子里曾发生过那样的惨案，邱妍就这样悄无声息地人间蒸发。

"根本不会有人报警。警方当然不会进入201进行技术取证。

"即便警方现在进入201取证，也基本不可能取到有价值的痕迹。凶手应该对刑侦知识有所了解，才会想方设法，借助他人的力量，将现场进行如此彻底的破坏……"

普克说到这里，被江小流打断了。

"凶手会不会是个警察？"

"不可能！"马一路大惊失色。

"为什么不可能？"江小流说，"全天下的警察都是好人？"

"这话我不敢说，可……"马一路支吾了半天，寻求普克的支持，"普克并没说凶手是警察，只是认为凶手具有较强的反侦察能力，对不对？"

"对，马一路的理解更准确，不过……"普克似乎被提醒了，犹豫了一下，"江小流倒是提醒了我，一个具有反侦察能力的凶手，为什么不可能是个警察？"

马一路抱住脑袋，发出一声哀嚎。江小流看了马一路一眼。

"普克又没说凶手就是警察。反侦察能力强的，除了警察，还有可能是惯犯。"江小流淡淡地安慰马一路。

331

"对啊。"马一路立刻被安慰到了,打起精神,"惯犯的可能性更大!"

"凶手是警察还是惯犯,现在谈都为时过早。"普克说,"刚才所有的分析都建立在猜测和推理的基础上,接下来要做的就是寻找证据,证实这些猜测及推理。"

"可证据不是全毁了吗?"马一路一时没反应过来。

"找房东。"江小流说,"按普克的分析,凶手和房东肯定有过交流,一问就知道。"

"我怎么没想到?"马一路有些懊恼,随即又找到兴奋点,"找房东容易,交给我了。"

"你看,咱们每个人都有自己的长项。"普克对马一路说,"事实上,今天你的作用更大。如果不是你……"

江小流忽然打断普克,"冒牌货又来了。"

马一路和普克沿着江小流的视线一看,刚才那个收停车费的中年男人正走过来。

马一路一愣,随即解开早就系好的安全带,恨恨地准备开门下车,"这家伙,不给他点儿教训不行……"

"他是来自首的。"普克说。

"我不信。"江小流说。

马一路犹豫了一下,又坐回座位,"看看你俩谁猜的对。"

片刻之后,中年男人来到他们的车前,手里拎着一个花花绿绿的塑料袋。迟疑地绕着车转了一圈,探头探脑地张望,最后停在驾驶座旁的窗外,伸手轻轻叩窗。

马一路板着脸,打开车窗,正要开口,中年男人把塑料袋往窗户里一塞,吓了马一路一跳。

"不好意思,全在这儿,以后我不干了。"说完,中年男人撒腿就跑。和之前那次一样,转眼就不见了踪影。

塑料袋里是几沓捆扎整齐的零钞。显然,这都是假冒收费员的"非法所得"。

马一路看着那袋零钞,喃喃地说:"真是来自首的……"

江小流从后排探过身,问普克:"你看见的我都看见了,为什么我没猜出他是来自首的?"

普克瞥了一眼马一路,表情意味深长,"我还猜出,刚才马一路看起来是要下车教训他,其实是想再给他一次改过的机会。"

马一路目瞪口呆地看着普克。显然普克说对了。

"神了。"江小流说,"这是什么逻辑?"

"人性的逻辑。"普克说,"了解了人性,就会觉得很平常。"

"怎么才能了解人性?"江小流追问。

"我个人的经验,试错是了解人性最有效率的办法。"

"试错?"马一路也很好奇。

"一个人不该做的事情做了,不该犯的错误犯了,这样的过程最容易呈现真实的人性。"普克说,"人生就是在一次次试错中,从起点走向终点。"

回程的路上,三个人想着各自的心事,都有些沉默。

普克忽然开口,打破了这种沉默,"小马,其实你很适合当一名社区民警,你干得很优秀。"普克很真诚。

"我也这么觉的。"江小流说。

马一路没有立刻回答,默默地开车。

好一会儿,马一路说:"可我就是想当刑警。这才是我的梦。"

6

201原来的房主，马一路很快就找到了。

房产交易记录上留的是一个男性的名字，和201老太太给他们看的合同上卖家名字相符。

签合同那天老太太陪着女儿见到了卖家，交谈中得知不少关于卖家的信息。因此拿到联系电话后，马一路采用了最有效率的方式，打通了房东的电话。

"你好，我是光明路派出所的民警，我叫马……"

没说完，电话就被挂断了。

马一路哭笑不得，知道自己被当成的骗子或广告推销员。信任已经成为这个时代最稀缺的产品。

直到第三次拨通电话，马一路才正式和房东对上话。马一路开门见山，直接告诉对方，他卖掉的房子有一些问题需要当面核实，见面地点由房东决定，可以选在光明路派出所，或者房东的工作单位。

"为什么不选在704见面？"电话挂断后江小流问马一路。

"经验加逻辑。"普克替马一路回答，"电话第一次拨通，马一路刚报出身份就被挂断了，说明对方戒备心很强。第二次，同一个来电号码，对方没接就直接按掉，说明性格里存在'宁可错过一千、不能放过一个'的一面。"

"第三次他怎么又接了？"江小流追问。

"同样的号码连打三次，大概率不是骗子。"普克说，"而且第一次马一路已经自我介绍是警察。"

马一路对于普克能够准确说出他的心理活动，已经习以为常，并能顺势推进，"防骗子，最可靠的地点就是派出所。如果怕麻烦，最省事的地点是单位。"

"704是咱们的地方，对他来说没意义。"江小流明白了。想了想，又问，"他会选派出所还是单位？"

通话时马一路让房东选见面地点，房东在电话里犹犹豫豫。马一路没催他，让他想好了再决定，主动挂了电话。

"这就不好说了，要看他心里有没有鬼。"马一路说。

"如果他主动打电话来，应该会选在派出所见面。"普克说，"如果你再打电话问他，他可能会选择在电话里谈。"

话音刚落，马一路的手机响了，是房东打来的，要求在光明路派出所见面。

马一路和房东约好时间，结束电话。

不用马一路问，普克主动解释给他听，"其实刚才你已经隐约意识到问题了。房东是个警觉的人，警察要约他面谈，他心里如果底气十足，会直接要求在电话里谈。心里有担忧，想了解警察到底为什么找他，又不希望这种谈话会扩大影响，最好的选择就是派出所。"

"原来电话一响就开始斗智斗勇了！"马一路说，"怪不得老太太说卖家特精明！"

"是不是也说明卖家心里真的有鬼？"江小流问。

"鬼有很多种，不一定是咱们要捉的那一只。"普克说，"但如果真有鬼，咱们可以做好准备，借鬼打鬼。"

按约好的时间，他们在光明路派出所的会议室见到了201原来的房东。

事先商议好，主要由马一路和房东交流，普克配合打穿插，江小流负责"记录"。

为烘托效果,马一路特地穿上了警服,江小流和普克还是照常便装。

"那房子早卖了,有什么问题都跟我没关系。"房东一坐下就警惕地亮出他的态度,目光在马一路身边的江小流、普克身上扫来扫去。

马一路说话很客气,但透着强硬,"别紧张呀,来都来了。"在自己的地盘,这种气场装起来不算太难。

"谁紧张了?我有什么好紧张的。卖房子又不违法。"

"就是啊。所以我说别紧张,就是请您过来,帮忙核实几个小问题。身正不怕影子歪,对不对?"

"你……您问,您问,我知道的一定如实相告。"

"谢谢您配合。201的房子是……"

"对不起啊,我插个话……您的身份我已经知道了,您身边这两位是……"

"哦,他们是我同事。"

"他俩……也是警察?"

"这就不是您关心的事情了。总之咱们是在派出所,您总不至于担心在这里吃亏上当吧?"

"那当然,那当然……不过我还有个疑惑,您是光明路派出所,我现在的户口,还有卖掉的房子,都不归光明路管……"

"噢,您意思是,我们最好还是去您户口所在地的派出所谈?"

"主要看你们要谈什么……"

"我这不正想和您谈嘛,一直谈不下去。您说,谈还是不谈?尊重您意见。"

"那……您问吧。反正我也没什么可隐瞒的,就是卖了套房子。"

"谢谢您配合。201的房子,您是以什么价格卖掉的?"

房东一愣。

这时,普克忽然凑到马一路耳边,对他低声耳语,"重复这个问题。放慢语速。"然后普克回到原来的状态。

马一路继续和蔼可亲地看着房东,重复刚才的问题,放慢了语速,"201的房子,您是以什么价格卖掉的?"

"这……这应该是我的个人隐私吧?"房东笑着,试探地问。

普克再次凑到马一路耳边,说话时,目光故意避开房东的视线,"从现在开始,把'您'改成'你'。别的按照原计划来。"

马一路按普克的耳语执行,反问:"你觉得呢?"

房东脸上试探的笑容消失了。他迟疑了几秒钟,说出了一个价格。这个价格和之前在房产交易中心查到的交易价格一样,但比老太太所说的交易价格低了二十万。

在201的友好闲聊中,老太太告诉马一路他们,为了少交税,他们做了阴阳合同。但这不是今天的主题。

听完房东说的价格,马一路不置一词,将问题引向计划的方向。

对马一路接下来的问题,房东的态度发生明显变化,不假思索,有问必答。

"你那套房子,卖掉之前是自己在住?"

"不是,房子租出去了。"

"租给什么人?租金多少?怎么付?租了多久?"

"租给一个女的,姓邱,叫什么……一下子想不起来了。租金一个月两千二,年付。预交三个月当押金。就租了一年。"

"就租了一年,是说合同签了一年,还是实际住了一年?"

"她想租三年,但合同是一年一签。实

际只住了一年。"

"再想想，实际住满一年了？"

"……没满一年，差不多了。"

"差多少？"

"差……让我想想，她好像是六月下旬搬走的，本来合同签到九月满一年。"

"哪年？说具体些。"

"2016年6月，具体哪天，真记不清了。不过可以查到。她一搬走，房子马上就和后面的买家签了合同。"

"租金年付，就是说她搬走的时候，还有三个月租金在你手里吧？"

"没三个月，就两个多月……而且是她主动提出搬走，也是她主动提出剩下的租金、押金都不用退，算作给我的补偿。"

"什么补偿？"

"她把房子糟蹋得不成样了。说实话，那几千块都算便宜她了。看她是个女的，态度又比较诚恳，我才没跟她计较。"

"这是你的说法。她本来想租三年，还没满一年，好好的为什么主动提出搬走？"

"……我承认，开始是我跟她提出来，问能不能提前结束租约，我可以适度给她一点儿补偿，她没答应。但后来确实是她主动跟我提出来的，我可以对天发誓！"

"对天发誓有用吗？"

"你们不信，可以把她找来，我当面跟她对质！"

"你说后来她主动提出提前解约，有证据吗？"

"证据？什么证据？"

"比如说，当时你俩是怎么谈判的？见面还是打电话？"

"也不算什么谈判，就是商量……我跟她商量的时候是打电话的，她拒绝了。后来她跟我商量的时候，给我发的微信。"

"语音还是文字？"

"文字。"

"信息还在吗？"

"开玩笑，快两年了，她又不是我女朋友，就是个房客……"

"意思就是，你没证据证明是她主动提出解约的，对吧？"

"到底出什么事儿了？"

"你只要回答你知道的问题就可以了。"

"真出事儿了？那个邱……邱……"房东突然一拍桌子，"想起来了，邱妍！女字旁那个妍……她出什么事儿了？"

马一路回头看看普克。此时房东的反应，不在他们的预期之内，马一路拿不准如何应对。

普克及时接过接力棒，"你认为邱妍会出什么事情？"

"我……我哪儿知道呀？"短短的间歇，房东又找回一丝镇定，"我跟她又不熟。"

普克思索片刻，态度和蔼，语气从容，和马一路刚才的咄咄逼人有所区别，"这样吧，我有个小请求。你说你先给邱妍打过一次电话，提出提前解约，她拒绝了你的要求。能不能把你们通话的内容大概复述一下？"

"我只能说个大概……隔了那么久了。"

"行，尽力就好。"

房东做出努力回忆的样子。为显示诚意，稍有些用力过猛。

"我打她电话，她接了。是我求人嘛，我就客客气气地跟她说，家里急需用钱，必须把房子尽快卖掉救急，正好有买家愿意立刻买……没等我说完，她直接说，租房合同没到期，到期再说，然后就挂了。就这样。"

"她是什么态度？"普克问。

"电话里也看不到人，听声音，就是平平常常的语气，和她平时说话差不多。"

"你们平时通过电话？你了解她的说话风格？"

"通过几次。有两次是房子下水有问题，她让我找人修。还有一两次，都是为了有线电视费之类的事情……每次就几句话，算不上了解。"

"刚才说的这个电话是什么时候打的？"

"记不清了。就是她搬家前几天吧。"

"几天？"

"说不准。记不清了。"

"她主动给你发信息提出解约是什么时候？"

"也记不清了。"

"你打电话给她，和她发信息给你，这两件事情大概隔了多久？"

"哦，这么一说我想起来了，就隔了一两天。"

"一天，还是两天？"

"我想想……算一天吧。头天下午我给她打电话，第二天晚上她给我发信息。"

"你给她打电话大概是下午几点？"

"记不清了，反正还没下班，我还在单位。"

"单位几点下班？"

"五点。"

"第二天晚上她给你发信息大概是几点？"

"大概九点半吧。"

"这个时间为什么这么明确？"

"我晚上一般这时候洗澡。那天晚上正准备洗澡，她发信息来主动说解约，我挺高兴的，当然得先把这事儿谈定，所以有印象。"

"她主动提解约，正符合你的需要，简单几条信息就能谈定了吧？"

听到普克这个问题，房东忽然流露出一丝异样的神情，下意识地坐直身体。

"等一下，"房东说得很慢，很小心，"我怎么觉得这个问题里好像……有陷阱？"

"陷阱？"普克有些惊讶，随即以理解的态度解释，"可能是我的表达产生了歧义。我换个说法。其实我是想了解你们用信息交流的大概内容，和之前问你们通话内容一样。很抱歉让你误会了。"

房东观察普克的表情。普克很诚恳。

房东又悄悄扫了两眼马一路和江小流，慢慢把身体靠回椅背上，"我也没误会，只是……确实是她主动提解约，又提供了方案，我也觉得能接受，当然就比较……顺利了。"

"是的，合情合理。她提供的方案，你一定还有印象吧？"

"她就说，她母亲突然病了，她准备搬回她母亲家住，方便照顾病人。事情比较急，房间里她的东西都不要了，剩下的房租押金也不用退了。房子弄得太乱，她来不及收拾，还跟我道歉来着。"

"如何交接呢？"

"她说钥匙留在房间里。既然多余的房租押金不用退，也就不用见面交接了。"

"除了房租和押金，还有水电燃气这些费用，你们有没有谈？"

"没谈。房子小，她就一个人住，我想就算欠费也不可能太多。"

"房子卖给下家之前，你有没有去看过？"

"当然得看一下。一看，吓我一跳。"

"为什么？"

"太乱，太脏。气得我够呛！我说她怎么那么大方，多余的房租押金都不要了。"

"一个单身女性住的房子，能脏乱到什么程度？"

"说乱吧，主要是东西多。我以前也去看过，堆的全是她以前卖不掉的货。但那天再去，看见洒了好多油漆，花花绿绿，洒得到处都是，看上去就比较吓人了。"

"怎么个吓人法？比如说，你看到那个场面，心里第一个念头是什么？"

普克的这个问题，又让房东谨慎起来。他犹豫了一会儿，说："也没什么……就是觉得怎么弄成这鬼样子，让我怎么给买家交房。"

普克看出卖家的谨慎，想了想，换了另外的问题，"你看见房子弄成那样，气得够呛，有没有打个电话质问她？"

"还真打了。她关机了。估计就是怕我找她麻烦！"

"后来还打过她电话吗？"

"没打了。反正房子也卖掉了，懒得再和她扯皮。"

"邱妍和你商量解约的时候，肯定也说好了她哪天走、你哪天去吧？"

"说好了。她说她还得住两晚，然后我就可以去收回房子。"

"打个比方，她是前天晚上给你发信息商量解约，让你今天去收，对吗？"

"对。我就是隔了两晚去的。"

"房子那么糟糕，你又没打通她电话，然后你怎么处理的？"

"我到外面找了个收废品的。本来指望能把那些东西全搬走，结果收废品的眼界高，有的要，有的不要，只好让他把要的先挑走了，剩下的实在没办法，就堆那儿了。"

"所以你和后面的买家看房签合同的时候，还是乱糟糟的。"

房东听了这话，一愣，"你……你们和买家也见过面了？"

"见过了。"

"那……那……"

"没关系，有什么想了解的问题，也可以问我，能回答的我一定回答你。咱们礼尚往来。"

普克越是心平气和，房东看上去越是紧张。明显想问什么，但越是想问，越不敢开口。

普克掐准时机，轻描淡写抛出了一句话，"其实你手里是有证据的。也许你还随身带来了。"

房东一惊，"什么……证据？"

"刚才你问马警官我的身份。"普克对房东笑笑，"我是个刑警，主要侦办刑事案件。"

房东的脸色眼看着由白变红，又由红变白。沉默了一会儿，房东从裤兜里掏出自己的手机，"我和邱妍的微信对话确实删了。删之前我截图保存了，我可以给你们看。"

"好啊，谢谢你。"普克很有诚意地说，"你很有先见之明。"

7

应马一路和江小流的要求，分析房东提供的微信对话之前，普克解释了他与房东斗智斗勇的原理。

为便于讲述，普克将自己变成了房东。

"假设我是房东。我接到一个自称警察打来的电话，要为我前两年卖房子的事情见面谈谈。本来我可以拒绝见面。可卖房子时为了少交税，我和买家做了阴阳合同。我心里有些不踏实，还是决定去见面。

"除了阴阳合同，我心里还有一个小秘密，对任何人都没说过。我暗自担心，警察找我和这个秘密有关，但在探到底之前，我绝不能主动泄露秘密。

"见了警察，看上去有些不妙。虽然表面还算客气，但显然已经掌握了一些情况，而且他们的重点似乎不在阴阳合同。我发现他们更关注的是以前那个房客邱妍的情况。邱妍怎么了？出什么事了？和我的房子有什么关系？我得小心把握，不能引火烧身。

"看上去越发不妙了。肯定是邱妍出了什么麻烦，警察一直盯着问。和她有关的事情不能含糊了，最好实话实说。那个便衣警察说他是刑警。刑事案件可不是开玩笑的。

"我早觉得那年邱妍突然搬走有点儿奇怪。不是有点儿，是相当奇怪，非常奇怪。邱妍该不会是……我不是警察，我可管不了那么多，我只不过急着卖房子。不管她出了什么事情，我都没责任。当初确实是她主动和我联系，要求提前解约的。

"证据？开始警察就问我，和邱妍的对话有没有保留，我含糊其辞混过去了。现在看来，那个什么定律真是太有道理了。想起来了，墨菲定律。涂满黄油的面包掉在地上，总是有黄油的那一面着地。担心的事情总是会来。

"幸亏我明智。那年看见一屋子的油漆，隐隐觉得不对劲，又联系不上邱妍，我就把我俩的聊天记录保存了。万一哪天需要，至少还有个证据，证明邱妍发生任何事情都和我无关。

"那个叫马一路的警察让我选见面地点，我就看出问题了。应该不只是阴阳合同，否则找我的应该是税务局或房管局，不该是派出所民警。带上我和邱妍的对话记录，该拿出来的时候拿出来，别和警察过不去。"

普克说完，马一路和江小流都沉默了一会儿。

"真不明白，自私自利还可以这么理直气壮。"马一路说。

"人不为己，天诛地灭。"普克叹气，"自古就有这样的理论支持。"

"看你和房东斗智很过瘾。"江小流对普克说，"你解释完我看到所有的信息都在我脑子里，可我就是拎不出来。"

"别急，马上就到你的用武之地了。"普克安慰江小流，"有了房东和邱妍的对话记录，就能建立真实具体的时间轴，不再是凭空猜测。"

和普克预测的一样，房东与邱妍的微信对话并不复杂，来回几次就实现了房东期待的结果。

2016年6月16日21点31分，邱妍给房东发信息，"打扰了，睡了吗？"

房东立刻回复信息，"还没睡。什么事？"

两分钟后，邱妍第二条信息，"昨天你说的事情我又考虑过了，房子可以提前解约。我母亲病了，家里需要人照顾，我打算搬回去照顾母亲，正好给你腾出房子。之前没准备，房子里比较乱，我没时间收拾了，不好意思。咱们的合同还有几个月到期，已交的房租和押金不用退我了。我留在房子里的东西都不要了，随你处置。你看可以吗？"

过了一分钟，房东回复邱妍，"可以。"

又过了一分钟，房东又发信息，"怎么交接？"

三分钟后，邱妍回复房东信息，"我再住两个晚上。后天我把钥匙留在客厅桌上，房子就还给你。备用钥匙你有的吧？"

房东立刻回复，"有。"

邱妍发出最后一条信息，"合作愉快。再见。"

三个人认真看完这些记录，开启深度研读模式。

"凶手以邱妍名义给房东一共发了四条信息，每一条都经过深思熟虑。除了字面的意思，你们还读出了什么隐藏的内容？"普克问。

"第二条信息是事先写好的。"江小流说，"两分钟之内写不了那么多字。"

"除非用电脑输入。"马一路补充，"但陈奇峰说过邱妍那里没电脑。"

"我同意。"普克点头，"合理退租是凶手最主要的目的。他必定会反复斟酌，提前拟好文字，确认房东方便交流，这才发出信息。"

"那为什么收到房东没睡的回复后，过了两分钟才发出这条事先写好的信息？"马一路问，"本来可以立刻就能发出的。"

"我再住两个晚上。后天我把钥匙留在客厅桌上，房子就还给你。备用钥匙你有的吧？"江小流用一种缓慢的语速重复"邱妍"的这条信息，"这条信息是凶手现场写的，用了三分钟。第一，说明凶手两分钟写不了第一条那么多字。第二，说明凶手考虑到长信息需要时间写，不想房东发现他是提前写好长信息的。"

"有道理。"马一路恍然大悟，"凶手真够细心的！"

"还不够细心。不然不会被咱们发现。"江小流说。

"应付房东差不多够了。"马一路说。

"我赞同你们的观点，"普克说，"凶手不仅细心，而且对文字非常敏感。拿第三条信息举例，短短几个句子，既明确了交房子的时间，又婉转地试探了房东是否有备用钥匙。我相信如果房东回复没有备用钥匙，凶手也一定准备好了应对方案。"

"如果直接问房东有没有备用钥匙，不管房东有没有钥匙，都容易引起怀疑。现在这样问就自然多了。"江小流领悟了普克的意思。

马一路嘴里念念有词，反复揣摩那条信息，又有了新发现，"这句话我感觉还藏着东西！先说再住两晚上，接着又说后天留钥匙、还房子……"

"凶手担心只说两晚还不够明确，又加上'后天'这个更明确的时间点，以防房东提前闯入201……"江小流插话。

"当时凶手已经大概算好自己离开的时间，出于谨慎，又多留了一点变动空间……"普克推测道。

"发信息的时间是2016年6月16日晚上，那时候凶手已经完成分尸……"江小流继续补充。

"凶手计划在17日完成抛尸，处理完现场，然后离开201。这样万一房东18号来看房发现问题，凶手很可能已经逃出宁江了。"马一路越说越激动。

"江小流配合一下，"普克说，"咱们试试陪凶手回到2016年6月15日那天。"

"没问题。"江小流说。

"我负责补充、整理。"马一路毛遂自荐。

曾经如同海市蜃楼般虚幻的画面，曾经支离破碎的信息，在三个人的整合下，逐渐清晰地呈现在面前，触手可及：

2016年6月15日下午，凶手来到邱妍家。他们是旧相识，彼此没有敌意。邱妍的两条狗也认识凶手，甚至与凶手是朋友。凶手和达尔文尤其亲近。

将近4点时，邱妍收到情人陈奇峰的信息。邱妍正在家中接待凶手，回复信息有些慢，但并没对自己的安全产生任何担心。

这个时间段，邱妍还接到了房东的电话。房东急于卖房，在电话中对邱妍提出提前终止租约，邱妍当着凶手的面拒绝了房东。

邱妍与房东通话时，陈奇峰也在拨打邱妍的电话，发现占线。陈奇峰不放心，稍后又打邱妍电话，电话通了，邱妍有些烦躁。也许她意识到眼前的局面有些小麻烦，但不至于引起她的不安，认为自己能"搞定"。

凶手在邱妍处理这一系列电话和信息的过程中，耐心地爱抚达尔文，还没和邱妍翻脸。

但是接下来，邱妍显然没能"搞定"局面，和凶手发生了冲突。

邱妍死了。

凶手也许用了一段时间让自己接受邱妍已死的事实。

凶手终于恢复冷静，决定面对现实，处理眼前的大麻烦。

邱妍是单身，这是凶手已知的事实。陈奇峰的存在，凶手似乎并不知情。

凶手想到邱妍当着他面所接的房东电话，决定利用这个巧合，使邱妍合理地从这套房子里消失。

15日晚上10点多，凶手已按自己的计划，初步处理完第一现场的痕迹，将死去的邱妍放置于卧室床上。

这是凶手在这套房子里选择的最佳分尸地点。

此时尚不能开始分尸，因为没有合适的工具。

为了不引起任何人怀疑，凶手努力使一切维持在邱妍生前的状况。

甚至在夜里11点前，凶手还下楼去遛了邱妍那两条狗，然后又带狗返回201室。

凶手不知道，自己下楼遛狗期间，邱妍的情人陈奇峰怀疑邱妍"不忠"，悄悄从阳台入室，在卧室床边放置了一支录音笔。

遛完狗的凶手，也许短暂地休息了几小时，也许是更详细地完善自己的计划。直到16日凌晨3点多，凶手独自离开邱妍的住处。

2016年6月16日上午9点多，凶手带着准备好的分尸工具，返回201室，开始分尸。

分尸比凶手预期的更难进行，但凶手凭借性格中的坚忍，用了整整一个白天，完成了这个计划。

他只停下来两次，一次是呕吐和哭泣，另一次是去洗手间解决基本生理问题。

6月16日晚上，分尸完毕的凶手预估了抛尸所需时间，开始计划中的第二步行动。九点半，凶手用邱妍的手机与房东取得联系，利用房东的人性弱点，谈好了房屋提前解约方案。

6月17日上午，凶手在201做最后的整理工作，包括泼洒油漆。陈奇峰给邱妍发来信息询问情况。凶手从信息内容察觉陈奇峰的不安，为安抚对方情绪，回复信息说都挺好。之后陈奇峰打来电话，凶手没接，但注意到陈奇峰的来电，产生警惕，关掉邱妍的手机。

中午，陈奇峰来到邱妍家门口，拨打

邱妍的手机但手机已关机。陈奇峰在楼下看到邱妍的车在，又听到室内狗的声音，认定邱妍在家，于是敲门叫邱妍。房间里的达尔文听到熟人陈奇峰的声音，从卧室冲出去。凶手阻止过程中，本能地叫了狗的名字。门外的陈奇峰并没听见，但录音笔录下了凶手的声音。陈奇峰没敲开邱妍的房门，离开。也许他的到来促使凶手进一步加快抛尸节奏。

当晚9点多，陈奇峰来取录音笔，凶手不在，邱妍的车不在，两条狗都在。此时凶手开着邱妍的车，带着邱妍的尸块，正在外抛尸。

6月18日，房东按之前与"邱妍"的约定，到201收房。看到201一片狼藉，气愤地拨打邱妍电话，邱妍的手机关机。

考虑到"邱妍"放弃几个月的房租及押金，卖房又得了高价，房东见好就收，到外面找了收废品的，处理了房中部分被油漆污染的物品。

6月20日，房东与买家在201见面看房，签了买卖合同。买家支付定金后，一边按交易流程办手续，一边开始装修，为孩子9月开学入住做准备。

自此，201室不再与邱妍有关。所有可能留下的凶杀痕迹及证物都被凶手悄无声息、合情合理地处理掉。邱妍人间蒸发，从此被人彻底遗忘。

前提是，陈奇峰没放那支录音笔。

2018年5月13日是母亲节。陈奇峰为成为母亲不久的妻子过节，想到邱妍的离开使他回归家庭，对邱妍心生挂念，拨打邱妍手机，发现邱妍从未换过的手机号已经注销。

陈奇峰开始不安。凭借对邱妍不多的了解，他查到了邱妍母亲的电话。在与邱妍母亲的通话中，陈奇峰得知就在母亲节那天，邱妍母亲收到了女儿寄来的母亲节礼物。陈奇峰深知邱妍母女关系恶劣，意识到邱妍的突然消失另有玄机。特地到酒店开房间，重听那段从未完整听过的录音。

听到分尸的部分，陈奇峰认定邱妍并非失踪，而是早在2016年6月被人杀害并被分尸。

结束这个类似拼图游戏的环节时，江小流立刻发现他们拼起的图画中那些缺失的细节。

"还少两样东西。"江小流说，"邱妍的母亲，邱妍的狗。"

马一路听了，虽然觉得不太合适，还是有些忍不住想笑。他赶紧用拳头堵住嘴，假装咳嗽了几声，找回警察应有的严肃。

"邱妍的母亲不能算东西……我是说……你们懂的。"马一路被自己的解释弄得有些忙乱，"她母亲咱们肯定要去查，这个我没忘。但邱妍的狗，要不是把整个过程拼起来，我真给忘了！"

"我也忘了。"普克说，"注意力一直放在凶手如何处理邱妍的尸体这个重点，居然忽略了这一点，不应该。"

"两条狗最后一次出现是啥时候来着？"马一路习惯性地问江小流。

"2016年6月17日晚上9点多，陈奇峰爬阳台到邱妍那儿取回录音笔，"江小流张嘴就来，"当时两条狗都在。"

"第二天房东到201看房，有没有看到狗？"普克问。

"房东没提狗的事儿，当时咱们也没想到问。"江小流说。

马一路立刻拿出手机，"这容易，打个电话问问房东就清楚了。"

经核实，6月18日房东去201收房，房间里并没有狗。

"房东特别对我强调，他是知道邱妍养狗的，他自己也养狗。收房时看见房间里堆的全是东西，还特地查看了一下，确实没看见狗。"接下来这句话，马一路特地加强了语气，"不仅狗不在，狗垫狗食盆什么的都没看见。"

江小流立刻翻出脑海中对录音的记忆。

"201至少放了两个狗食盆，一个是金属的，放在卧室外。"江小流说，"另一个听声音像陶瓷的，就放在卧室里。"

"我不是怀疑你的记忆啊，"马一路对江小流说话总是多一分小心，虽然他明知江小流不会生气，"只听录音，就能判断出这些？"

"45小时57分23秒的录音，里面有无数细节，没办法都告诉你们。"江小流语气平静而确定，"有些声音我拿不准，比如风吹树叶、树叶打窗，是后来核实的。还有些声音，听个大概，我在家做过比对试验。不能说绝对准，但不会差太多。"

"那我就不担心了。"马一路说。

普克思索片刻。

"我没养过狗，没这方面经验。"普克问，"两条狗需要配两个狗食盆？201面积不大，房间里又堆满了东西。"

"我也不懂。小时候养过一只猫，只有一个食盆，还有一个水碗。"江小流说。

说到这个话题，马一路来劲了。

"我没养过狗，但跟辖区里各种养狗人打过各种交道，听过太多养狗常识。你们猜，有个养狗的给我起了个什么外号？"

"猜不着。"江小流说。

"狗……警察？"普克半开玩笑地尝试。

"NO、NO、NO！"马一路神气活现地宣布，"狗司令！"

普克忍俊不禁，江小流却没领会到笑点。

"骂你，你还这么神气？"江小流问。

"骂我？"马一路皱眉想了想，摇头，"明明是对我的赞美！说来真是神奇，我们辖区几乎所有的狗，不管认识不认识的，见了我都很亲热……"

"是不是你随身带着火腿肠之类的，可以随时收买感情？"普克笑着问。

"绝对没有！我好歹也是个警察，去社区一般都是为群众排忧解难、调解纠纷，兜里揣着火腿肠像什么话？"马一路没把这件事情当成笑话，认真解释，"还是那个给我起外号的阿姨跟我说了原因，我觉得靠谱。"

"什么原因？"普克听得津津有味。

"气场。"马一路神情颇为庄重，"阿姨说我身上有种司令的气场，狗鼻子最灵，老远就能闻出来。"

马一路话音刚落，江小流忽然凑近他，抽动鼻子，嗅啊嗅。

"你又不是狗，"马一路笑着说，"你当然闻不出来。"

"这倒是。最夸张的研究结果称，狗的嗅觉是人类嗅觉的百万倍。"普克笑罢，努力找回之前的严肃，"言归正传，说回两个狗食盆。请问狗司令，这是否合乎养狗的情理？"

马一路认真想了想，"合不合理，不好说，但肯定合情。"

"又是感觉？"江小流问。

"这次不用感觉糊弄。"马一路说，"是根据陈奇峰和你提供的信息，再加上我当'狗司令'的经验。邱妍的两条狗，一条很老了，很少行动。另一条叫达尔文的活泼好动。它们吃饭的情况可能不一样，爱狗的人为了保护吃饭差的狗，会给每个狗配单独的食盆。"

"要是这样，有个细节我就明白了。"江小流详细地结合录音中的声音解释给马一路和普克听。

录音中不止一次，凶手给狗食盆里倾倒食物。食物撞击狗食盆，发出清脆的声响。应该是狗粮一类的颗粒状物品。卧室外的狗吃狗粮，声音嘎嘣脆响。卧室里的狗进食，发出的声音和外面不同。这声音很难形容，江小流发挥了她的神模仿、神再现能力。她背过身，不让马一路和普克看她的脸，不知如何制造了一种独特的声音。

声音一起，马一路和普克都明白了。

"这狗没牙了！"马一路说。

"狗粮里应该倒了水，泡成糊的狗粮可以直接舔食。"普克说，"卧室里这条狗应该是那条老狗，外面吃饭的是达尔文。"

"凶手比我有感情。"江小流这才转过身，面不改色地说，"知道照顾老狗。"

马一路听了心中一动，凝神思考。

普克看出来了。江小流还想说话，普克悄悄阻止她。

两人安静地等着。

足足想了半分钟，马一路从自己的思绪中抽离，眼睛闪闪发亮，"我有一个胆大包天的想法。你们别笑我。"

"我已经预感到这个想法的精彩了。"这是普克的心里话。

"我从来没笑过你。"这也是江小流的心里话。

受到鼓舞的马一路忍不住起身，在江小流和普克面前来回走动，一边走，一边说出他那个"胆大包天"的想法："这两天咱们的调查收获越来越多，看上去，凶手的影子越来越清楚，咱们离凶手越来越近。"马一路猛地停下，如同电影里常见的神探标配动作，竖起食指，面露神秘之色，"但真是这样吗？说实话，我不这么想。对细节了解得越多，我心里越是发毛。"

"我知道为什么。"江小流说。

"你知道？"马一路一愣。

"因为我也想到了。了解得再细也没用，所有的证据都毁了。我们连凶手长什么样子都不知道。"

"原来你也想过这问题了。"马一路多少有些遗憾，自己的思想仍不是独一份。好在共享这念头的是江小流，他又兴奋起来，"现在不一样了，就算咱们不知道凶手长什么样，就算别的证据全毁了，还是有可能找到凶手！"

"你可以直接说出来。"江小流不动声色地提醒马一路，"毕竟不是在拍电影。"

马一路被自己的口水呛了一下，连咳了几声，回到现实："我觉得邱妍的狗是突破口，"马一路以专业刑警的气势宣布，"咱们可以通过狗找到凶手！"

江小流和普克听了这话，都认真想了想。

"你觉得狗还活着？"江小流直言不讳，"我认为凶手早把狗杀了。"

"按马一路刚才对'狗情'的介绍，凶手应该是个爱狗之人。"普克隐约看到了马一路的思路，"他的细心自不必说，咱们早就有结论了。但在那种极端形势下，凶手还能耐心地照顾老年狗的需求，这不仅是耐心，可以说，对狗具有爱心。"

"不光这个。"马一路说，"你们再想想，陈奇峰打电话给邱妍的时候，听到有

343

人在爱抚达尔文，这也是凶手爱狗的另一个证据。"

"有道理。"普克说。

"以前你认为这说明凶手性格好，有耐心。"江小流知道普克忘了，提示他。

"二者并不矛盾，凶手既可以爱狗，也可以很有耐心。"普克说，"结合越来越多的信息，我们还可以推测，凶手当时很可能对邱妍有事相求，处于心理弱势地位。邱妍不断接电话，凶手必须借爱抚达尔文来减轻等待的焦虑，前提是狗能带给凶手情感上的慰藉。"

"怎么知道凶手对邱妍有事相求？"马一路注意到普克新提出的这个细节。

"邱妍告诉陈奇峰有事要处理，她能搞定；邱妍与凶手之前和平相处，很短的时间内却被杀害；凶手来到邱妍的住所，邱妍当着凶手的面处理电话事务，凶手还在爱抚邱妍的狗。"普克说，"综合这些因素，凶手应该是为了某事来求邱妍，这件事情使他不得不在邱妍面前放低姿态，克制尊严。"

"这思路靠谱！"马一路有些兴奋，"我在社区调解各种人际纠纷，这种现象很常见。求人的一方，态度谦卑。被求的一方，喜欢装大爷。"

"对被求的一方来说，这也是一种心理战术。消耗对方的尊严，磨损对方的战斗力，从而降低自己的付出或损失。"普克说，"很可能就是在这样的切磋中，凶手被邱妍激怒，失去控制。"

"就算你俩说得对，凶手是个爱狗人士……"江小流说，"也不能说明邱妍的狗还活着。他费那么大力气毁尸灭迹，难道会带着受害人的两条狗浪迹天涯？太文艺了。"

"你有没有看过一部电影？《这个杀手不太冷》，里面的职业杀手带着个小女孩儿，小女孩还抱着一盆花……"马一路说了一半，自己又摇摇头，"不过带狗逃亡好像是挺冒险，不太符合凶手的谨慎。"

"你们的观点都有道理，不过还是站在各自的视角去考虑凶手的行为。或者咱们应该换个角度，回到凶手逃亡的起点。"普克说。

"从我开始，我是凶手。我费尽心机处理了第一现场，顺利抛尸，终于可以告别这个噩梦了。现在我留下201的房门钥匙，拿着受害人的车钥匙，站在门口，最后扫一眼自己制造的满室狼藉……"

普克停下来，看着马一路和江小流，目光里隐藏期待。

马一路明白了普克的暗示，迟疑片刻，闭上眼睛，努力使自己置身于普克描述的氛围。

"我刚拉开房门，达尔文立刻跑过来。它很活泼，以为我要带它出门玩……"马一路闭着眼睛说。

"别忘了还有另一条狗，叫老大。"江小流也走入普克营造的虚拟空间，"它很老了，牙齿都掉了，我要用水把狗粮泡软了单独喂它吃。"

"它们那么信任我，陪我度过了那个可怕的噩梦。"普克说，"杀邱妍本来就是意外，绝不可能再杀了这两条狗。何况杀狗又容易制造新的动静。"

"能不能就把它们留在这儿？毕竟接下来我是个逃犯，不是那个酷酷的杀手……"马一路说。

"我对房东说要搬回去照顾母亲。留下两条狗，房东肯定会找我。"江小流说。

"所以只有一个选择，带它们走。也带

上它们的窝和食盆。它们很听话,上了我的车……不,是它们原来主人的车。车上熟悉的气味令它们很踏实,因为它们不知道发生了什么,不知道明天将去往何处。"普克说。

"明天我可能就会被警察抓住,也可能是后天。总之这事儿迟早会发生。那时候狗怎么办?"马一路说。

"就算警察一下子抓不到我,但他们会找我。他们不知道我的样子,但知道我带走了邱妍的狗。养狗的人很多,但不会每个人都养了两条狗,一条叫老大,一条叫达尔文。"江小流说。

"带狗逃亡确实不现实。好在还有很多人像我们一样喜欢狗。可以为它们找个新主人,找一个更安全更稳定的家。"普克说。

"达尔文又活泼又聪明,肯定有人喜欢。"马一路说。

"谁会要老大呢?那么老,狗粮都吃不动。"江小流说。

"理智地看,老大垂垂老矣,再让它经历颠沛流离,不如让它安详离开。"普克说。

"怎么才能让它安详离开?"马一路说到这里时,眼圈微红,仿佛这正是他面临的真实处境。

"听说宠物医院可以安乐死,打一针就睡着了。"江小流说。

"医生会不会要求留下宠物主人的身份信息?即使留一个假的,他们也许会记住我的样子。"普克眉头紧锁,满面愁容。

"那……怎么办?"马一路快坚持不下去了,脸涨得通红,脖子上的青筋爆了起来。

"办法很多,"江小流瞥了一眼马一路,"但可以跳过去,直接到结果。"

普克点头赞同。

"老大死了。"普克说,下意识地垂下眼睛,像在哀悼,"该给达尔文寻找一个新家了。"

"给达尔文找个什么样的家?我俩感情更深。"马一路熬过了刚才的艰难,搓搓脸,长长呼一口气,"得是个正经人家,必须得爱狗。"

"我是个逃犯,哪有那么容易?"江小流说,"又不能挨家挨户敲门送狗。"

"只能边走边看,注意观察,寻找符合条件的人家。"普克说,"现在首先要考虑的是,我要去哪儿?"

"不管去哪儿,先离开宁江。"马一路当即说。

江小流立刻拿出手机,打开地图软件,"离开宁江有哪些路?"

"放弃高速公路,既不方便帮达尔文找新家,收费处又有监控探头。"普克说。

"除了高速就是国道、省道和县乡公路……"马一路说。

"达尔文那么活泼,一定更喜欢广阔的空间,自由的生活。"普克说。

"狗自由了,会不会变成流浪狗?"江小流说,"没吃没喝,刮风下雨没处躲。"

"我要是达尔文,想要个什么样的家呢?最好有吃有喝,有主人疼,还有自由……这种家,赶我走我都不走。"马一路对这幅理想画卷,充满狗的神往。

"你犯规了。"江小流问马一路,"你到底是凶手还是达尔文?"

马一路沉吟,一时间有些难以抉择。

"有答案了。"普克说,"如果我是凶手,我会开车沿着县乡公路寻找一家路边饭店,确定饭店主人喜欢并且需要一条狗,我就把达尔文留给他们,然后独自离开。"

8

彭大勇听到马一路的请求时,以为他在开玩笑,"模拟画像?画狗?"

"对,最好能请个经验丰富的专家。"马一路在彭大勇的声势面前,少有地沉着,"毕竟察鉴证科的画人无数,但不一定都画得了狗。"

彭大勇盯着马一路看了足有十秒钟,以他对马一路的了解,看出这确实不是个玩笑。

"和普克、江小流学了些日子,让我看看有什么长进。"彭大勇的音量降下一些,"给你三句话的机会,把来龙去脉说清楚。"

"四句行不行?"

"再多一句就不及格。耍嘴皮子也算在内。"

马一路吸足一口气,开口了:"这几天我们已经完全证实了那段46小时录音的真实性,通过对录音的分析和报案人提供的线索勘察了可能的案发现场并证实那确实就是第一现场。现在的麻烦是我们基本掌握了凶手杀人分尸抛尸的过程但因为时间久远无法取证也不知道凶手到底长什么样,好在我们可以利用凶手带走的死者的狗寻找凶手下落。报案人见过死者的狗可惜没照片所以要请彭所帮我们找位有经验的专家按报案人的描述画出狗的样子……"

马一路本想用一口气把这几句话说完,差点儿气绝。

彭大勇冷眼看了一会儿马一路俯身撑着膝盖拼命喘息,伸手拍拍马一路后背。

马一路一边喘息一边仰头看彭大勇,被彭大勇脸上慈祥亲切的表情吓着了。

"不……不……不……"马一路上气不接下气地问,"不及格?"

"优秀。"简单点评两个字后,彭大勇迅速切换频道,"我正好知道这么一位,经验丰富,画像一流。巧不巧的,以前是警犬基地的训导员。"

彭大勇是个典型的行动派,不仅迅速帮三人小组联系好了市局的画像专家,还通过邱妍母亲的家庭电话查到了她的家庭住址。

马一路主动建议,为提高效率,三人小组兵分两路,他带陈奇峰去市局找专家画像,江小流和普克去见邱妍的母亲。普克已经学会给自己"洗脑",战斗力大大提升。又有江小流在,更是双保险。

大家都没意见,于是分头行动。

陈奇峰向单位请了假,马一路开车去接他。

在车上,马一路反复斟酌,几次想开口,总是说不出来。事实上,马一路要求兵分两路,是想和陈奇峰有个单独谈话的机会。

马一路清楚江小流对陈奇峰的看法,加上江小流对情绪感受的缺失,马一路担心,他们当面询问陈奇峰那个残酷的问题时,陈奇峰除了要承受问题自身带来的折磨,还得承受江小流直言不讳的摧残。有时候,直言的杀伤力超过所有武器。

那个问题是:陈奇峰进入邱妍卧室放置录音笔时,有没有看见床上的邱妍?

马一路最初想到这个问题时,把自己惊出一身鸡皮疙瘩。

江小流认为绝无此可能。

普克没做绝对的判断,只从理论上阐述了不同的可能带来的相同结果。

346

他们决定打电话询问当事人本人。但马一路下意识地将这个电话拖延至今。

马一路清楚地听到，自己脑海中两个声音在打架。

"问一句怕什么？反正看没看那一眼，邱妍都已经死了。问！"

"既然邱妍已经死了，何必让他知道那么可怕的一幕？别问！"

马一路说不准哪个声音才是对的。

但马一路记得普克曾对他和江小流说过的一个词：悲悯。

说实话，他不太清楚"悲悯"和"同情"有什么区别。只是在认识江小流后，认识普克后，三人小组成立后，马一路开始慢慢察觉，原来文字和文字之间，有着那么微妙的不同。

这些微妙的不同，开始与马一路与生俱来的"感觉"呼应，一次次产生共振。马一路觉得，在这些共振的引导下，自己逐渐开始跟上江小流和普克的节奏步伐。证明之一就是，彭大勇预判他"不及格"，结果给了他一个"优秀"。

马一路在如此丰富的内心戏中，将车开进了市局，一路上都没对陈奇峰问出那个问题。

下车的那一刻，马一路明白了：他不想亲口问陈奇峰那个问题，不管答案是什么。

马一路如释重负。

给达尔文画像的过程比想象的简单。

彭大勇找的这位模拟画像专家，对狗的了解远远超过陈奇峰和"狗司令"马一路。

专家把最后的定稿给陈奇峰看，陈奇峰下意识地伸出手，脱口而出："达尔文！"

手碰到电脑屏幕，陈奇峰才醒悟，这甚至不是达尔文的照片，而是一幅模拟画像。

"差不多了？"

"一模一样！"

"一模一样是不可能的。"专家很严谨，"熟人看了挑不出毛病就算完成任务。"

马一路转头对陈奇峰说："你再仔细看看，挑不出毛病就打印了。"

陈奇峰又盯着屏幕上的画像，专注地看了好几分钟。

他看画像，马一路看他。马一路看见，陈奇峰的眼镜片上渐渐蒙上一层雾气，呼吸明显变重了。

"真挑不出毛病了。"陈奇峰转开脸，摘下眼镜，擦镜片。

马一路再三道谢，并请专家把画像打印出来。

"高手就是高手！"马一路心里有个准则，只要赞美是发自内心的，就不算马屁。他真诚地赞美专家，"我有个外号叫狗司令，您绝对是模拟画像界的狗专家！"

专家用复杂的眼神看一眼马一路，不便发表评论，开始默默打印达尔文的模拟画像。打印好一张，专家准备递给马一路，陈奇峰抢先接到手里，低着头，盯着画像看。

不单马一路，连专家都注意到，陈奇峰手里的画像"簌簌"地抖动。

"你的狗啊？"专家随口问陈奇峰。

陈奇峰本能地摇头，犹豫了一下，想点头，又觉得不妥，僵在那里。

"是他……朋友的狗。"马一路忍不住替陈奇峰打圆场。

"哦……"专家又看一眼陈奇峰，也许看出气氛凝重，想开个玩笑，"你们彭所找我帮忙，不可能是狗走失这种破事儿，也不可能是狗被害了。难不成这是条犯罪嫌疑狗？"

"为什么不可能是狗被害了？"马一路问。

"被害就有尸体，还用得着我画像？"专家说完，想想，又很严谨地纠正道，"从逻辑上说也不一定。杀人能分尸，杀狗还能吃肉。"

陈奇峰抓着画像掉头就走，招呼也没打一个，逃也似的冲出察鉴证科的办公室。

专家一愣，"哪句话刺激他了？"

马一路叹气，又不能对专家解释详情，只能打岔，"谢谢您帮忙，给您添麻烦了。"

"小意思。大勇是我老朋友了。"

"干您这行也挺有意思吧？碰到案子，您画张像，就能当通缉令了。"

"那是以前。现在到处是监控，好久没碰到有意思的案子了。"

"唉，我们彭所也老这么说。"马一路有些泄气，转念一想，又打起精神，"不过这也是好事儿，天网恢恢，疏而不漏，坏人一抓一个准。"

专家把打印好的几张狗画像一起交给马一路，难掩脸上的落寞和怅然。

"我可是越来越无聊了。不行哪天我还回犬队，去干我的老本行。"

马一路再次道谢后，带着画像离开察鉴证科办公室。一出门，看见陈奇峰靠在走廊的墙边，灰头土脸地等他，手垂着，紧紧攥着那张达尔文的模拟画像。

马一路走到陈奇峰面前，轻轻从他手里抽出画像，抚平，和自己手中那几张归到一起，"走吧，回704，再聊聊……达尔文。"

陈奇峰点点头。从他的神情变化可以看出，聊达尔文，显然比聊邱妍要轻松。

回程路上，马一路开车，陈奇峰主动聊起达尔文。

"你们觉得达尔文还活着？"陈奇峰问。

"有这个可能。"在外行面前，马一路颇有些"老刑侦"的沉着。

"老大呢？"

"不好说。"

"也是。老大本来就老得不行了。牙掉光了，眼睛差不多瞎了，耳朵也聋了。她还问过我……"

"她？"

"就是……"陈奇峰似乎已经没有勇气说出邱妍的名字。

"哦，明白了。"马一路本可以不配合，但还是配合了，"她。"

"她还问过我，要不要给老大安乐，就是……"

"明白你意思。"

"后来还是没忍心。她还说……"陈奇峰又犹豫了，停下。

"我听着呢。"马一路不得不催他。

"我不知道这话该不该说……"

"都这时候了，还有啥该说不该说的。"

"她还说，以前她那么恨她母亲，有过机会送她母亲死，她都没那么做……对老大，更做不出来。"

马一路一个急刹车，差点儿被后车追尾。他赶紧开窗对后面的车伸手示意道歉，尽快找了个安全地点靠边停下。

"刚才那句话，麻烦解释一下。邱妍有机会送她母亲死……那句。"马一路不沉着了。

"她只是那么说说，并没真的……"

"我知道她没干，她母亲还活着。但我

要知道前因后果，越具体越好！"

陈奇峰努力回忆了一会儿，"其实她也没说太具体。大概就是我问她怎么不回母亲家住，还能节省开支那次，我们就着那话题聊了几句。她说有一次她跟母亲吵架，母亲发心脏病，在她面前差点儿过去……当时就她母女俩，要是她不管，她最恨的人就会从这个世界消失……"

"但她还是决定管了？"

"是呀，犹豫了几秒钟，还是救了，也救活了。"

"那她们母女怎么还没有化……化……"马一路一时想不起来那句文言文了。

"化干戈为玉帛？"

"对对对！"

"她守在她母亲床边。你知道她母亲醒过来，第一件事情是什么？"

"别卖关子了，快说！"

"她母亲打了她一个耳光。当然不太重，刚从鬼门关回来，身上还没力气。"

"不可能吧？天下还有这种母亲？"

"她没必要编这种话骗我，我又不认识她母亲。"

"她们母女到底有什么深仇大恨，至于这样？"

"不知道。按她的说法，她也不知道。"

马一路愣了一会儿，掏出手机，想了想，找出江小流的号码，拨号。

电话几乎立刻就通了。

马一路用手捂着话筒，压低声音，像说悄悄话，"你们还在邱妍母亲家吧？我跟你说个重要情况……"

马一路的低声私语被江小流打断了。

"我们在704，你可以正常说话。"江小流问，"什么重要情况？"

"你们已经回了？"马一路恢复了正常音量，却有些纳闷，看看手机上的时间，"路挺远的，刚够来回的时间。地址不对？"

"对。"

"搬家了？"

"没搬。"

"人不在？"

"在。"

"那怎么这么快就回来了？"

"你什么时候回？"

"正在路上。还有陈奇峰。准备回来一起聊聊。"

"回来说。"

马一路还没来得及再说，电话挂断了。

马一路隐隐觉得江小流在电话里的态度有些奇怪。但奇怪本来就是江小流的"标签"。

反正马上就要见面，马一路没再和陈奇峰继续讨论邱妍和母亲的事情，开车回704，心里却翻江倒海，提了一万个问题，甚至还冒出过"杀死邱妍的该不会是她母亲吧"这样的问句，又立刻在心里否掉了。

马一路和陈奇峰一起回到704，却只有普克在。

普克告诉马一路，江小流接完马一路的电话后，说她累了，下楼休息去了。

"累了？"马一路一愣，"江小流说她累了？奇怪。"

普克还没来得及说话，陈奇峰抢先插话，"你们见到她母亲了？有没有新的信息？"

"她，指的就是那个谁……"马一路的眼神和语言一样婉转，"反正咱们都懂。"

其实不用马一路说明，普克也明白。

"一言难尽。"普克脸上也有些踌躇，"虽然见到面了，但基本谈不上什么交流，不到十分钟就离开了。"

"她母亲是不是很糟糕？"陈奇峰抢先问，"会不会是她母亲杀了她？"

马一路大吃一惊。一瞬间，差点儿以为陈奇峰侵入了他的大脑，偷看了他在车上的思维。

"怎么可能呢？"马一路急忙说，"你又不是不知道，凶手是个男的。"

"她母亲也可以花钱请个男的杀人呀。"陈奇峰盯着马一路的眼睛，"刚才在路上，我觉得你也这么想过的。"

普克及时解救了马一路，"这可能性基本为零。原因就不对你解释了，但请相信，我们不会凭空做这种判断。"

这意思很明白。陈奇峰是个聪明人，悄悄看一眼马一路，不再坚持追问。

短暂的沉默中，马一路发现自己满脑子都是一个念头：江小流怎么了？

江小流不是机器，当然会累。但以马一路对她的了解，今天这种情况，江小流绝不会累，退一万步说，即使真的累了，江小流也不会说出来，并且扔下他们回自己家去休息。

要么是病了。要么是……

普克像是读出了马一路脑海中那些嘈杂的声音，"你去楼下看看，我正好和陈奇峰聊聊。"

马一路拔腿就要走，急迫心情可见一斑。普克却追上他一步，特地离开陈奇峰几步远。

"要问陈奇峰的问题，还没问吧？"普克低声说。

"你怎么知道我还没问？"

"问了，他就不是现在这种情绪了。"普克回头瞥了陈奇峰一眼，"你去看江小流吧，我来和陈奇峰谈。"

9

江小流开门看见马一路，一点儿都不惊讶。

马一路有些拿不准，江小流的平静是因为她一贯如此，还是已经预料到马一路会来。

"没打扰你吧？"马一路小心翼翼地问，"普克说你累了……"

"我说我累了，不是真累了。"江小流面不改色，"我就想一个人待着。"

感觉又一次被印证。

"就想一个人待着"，非常清晰的逐客令。马一路听得很明白，但他像是没听懂。

门半开着。江小流在门里，马一路在门外。江小流手扶着门，随时准备关门。

马一路站在原地思索了几秒钟，没挪窝，对江小流露出一个诚恳的憨笑，"反正我是狗司令，种类含糊。你就当自己是一个人，我保证不出声。"

江小流微微仰头凝视马一路，漆黑的眼眸，闪着幽幽的光亮。她沉默着。

马一路觉得这段沉默很短。也可能很长。

江小流终于开口了。

"达尔文画好了吗？"

马一路愣了一下，才反应过来谁是达尔文。"画好了。画得特别像！"马一路很高兴江小流又回到了他熟悉的轨道。

"你又没见过达尔文。"江小流淡淡地说。

"陈奇峰说特别像。"马一路想想，又补充，"当然啦，他的话还是得打折。要是你见过达尔文，你说像，那才算！"

"咱们去找达尔文吧。"江小流说，"带

上画像。"

从604到704就一层楼,马一路没坐电梯,沿着步行楼梯跑步上楼。

刚到704门口,马一路就听见门内传出的嚎啕声。男性的嚎啕,简直撕心裂肺。

马一路不用看就知道是谁在哭。

马一路自己用钥匙开门,偏过身子,轻手轻脚走到客厅,不看普克和陈奇峰,摸了两张达尔文的模拟画像,尽快转过身,轻手轻脚走到门口,离开了704室。

和江小流一起坐电梯下楼,那哭声犹然在耳。

江小流当然也听见了。"哭有什么用。"江小流冷冷的语气,并不是问句,更像是一个断语,"婴儿生下来就哭,该疼的时候照样疼。"

决定通过达尔文寻找凶手,是个笼统的计划。

根据陈奇峰的描述,首先画出达尔文的模拟画像。接下来应该带着画像去邱妍住过的小区走访,确认画像准确,获取相关信息。然后按三人的推定,沿离开宁江的县乡公路,寻找那个可能成为达尔文新家的饭店。

但邱妍在她死去的小区只住了不到一年,即使她生前因为遛狗与小区里的养狗人有过接触,那也是两年前的事情了。究竟有没有人认识画像上的达尔文,希望相当渺茫。就算有人认识并记得达尔文,之后他们要做的事情,更像是大海捞针。

"没什么大不了的,开着车,沿着公路,一家饭店、一家饭店地问呗。"马一路总是干劲十足,却又藏着孩子气的天真念头,"还可以一路走、一路吃。"

现在还没到"一路走、一路吃"的阶段,他们带上达尔文的模拟画像,先去邱妍住的小区,找那些可能认识达尔文的人,核实画像的准确性。按"狗司令"马一路的说法,养狗人之间的熟悉程度,会超过普通的小区邻居,他们一般自称为"狗友"。

"我得先给你敲个警钟,"马一路开着车,郑重其事地提醒江小流,"到小区找'狗友'了解情况,你必须克制一下你的脾气。"

"什么脾气?"

"万一……不是万一,是99%的可能,会有'狗友'对你以亲戚关系相称,你可千万、千万、千万别对他们一二三四,更不能冷嘲热讽纠正他们的说法。"

"亲戚关系?"

"你可能会成为狗狗们的姐姐、阿姨……总之,越是叫得亲近,越说明把你当自己人!"

"你当过什么亲戚?除了狗司令。"

"自从有了这个称号,他们再跟我拉亲戚,我都自我介绍说,叫我狗司令好了。"马一路说完这话,自己把自己逗笑了。

他用眼角余光瞥一眼副驾驶座上的江小流,江小流侧脸望着车窗外,只看到她半边脸颊。

江小流似乎能用这半边脸颊看到马一路的小动作。"你是不是想逗我笑?"江小流看着窗外问。

"我真是在给你认真介绍狗情。"马一路赶紧收回目光,"当然啦,要是能把你逗笑,肯定超有成就感。"

江小流转过脸,看着马一路。

马一路眼角的余光看见,江小流嘴角微微上翘,平日冷漠的一双眼睛,此时像两弯新月,隐隐的卧蚕托举新月,透出从未见过的俏皮。

351

"你看,"江小流说,"我笑了。"

马一路双手放在方向盘上,眼睛直视前方,不敢转头,"不看。"

"为什么?"

"你想笑还不容易?脑子里装着无数种笑脸呢。"

"这次是真的。"江小流说,"是我自己的。"

马一路迅速转脸看了江小流一眼,又迅速转回头直视前方。

江小流此时的笑容,和他以往见过的那些都不一样。那些笑容和江小流模仿再现的那些人属于配套产品,而这一次,只属于江小流。独一无二的江小流。

马一路不知道该说些什么,他也没敢再看第二眼。但他第一次对自己的记忆力如此自信,认定自己会记住这个笑容,永远不会忘。

"真好……"马一路悄悄吞掉了后面那个"看"字,怕被江小流识破,赶紧补上一句,"你应该多笑笑。"

"像你那样?"江小流问。

"别呀。"马一路露出了他的招牌笑容,"像我就麻烦了!三人小组的智力水平立刻急转直下。"

"你高估我了。"

"在这个问题上,我从来没失误。"

"今天去邱妍妈妈家,我就失控了。"江小流说,"我也说不清为什么。"

马一路被江小流的话唤醒,瞬间回到现实,"哪种失控?"

"情绪失控。"

"情绪?"

"你没听错。"

"可你……"

"所以我说,我也说不清为什么。"

"普克说,你们见面不到十分钟,基本谈不上交流。"

"我们一坐下,她就开始说她女儿的坏话,我们根本插不进嘴。"

"啊?"

"和陈奇峰说的一样,客客气气的,但每一句话都在说邱妍不好。笨,懒,丑,恶毒,母亲节给她送假花咒她死……我不想给你原样重复那些话,更不想重复她的表情和腔调。"

"不用,我知道大概意思就行。"

"后来我趁她停下来喝水,说了一句话。我说,你女儿死了。"

"你们告诉她了?"马一路没来得及掩饰自己的震惊。

"不是我们,是我。"江小流说,"我没征得普克同意,直接说了。我告诉你我失控了。"

"那……她的反应呢?"

"她笑了。"

"什么?!"

江小流又一次转过脸来,对马一路露出笑容。这次的笑容,是邱妍母亲的。笑得那么舒畅,那么解恨,那么……令人毛骨悚然。

然后江小流如同邱妍母亲附体般,笑着对马一路说:"我赢了。"

马一路赶紧又转回脸,看着前方的路,同时清楚地看见自己胳膊上冒出密密麻麻的鸡皮疙瘩,情不自禁打了个哆嗦,"她为什么会说她赢了?邱妍是她女儿!"

"当时我的想法和你一模一样。"

"然后呢?"

"没然后了。"

"你没把你的想法问出来?"

"我看着她,觉得自己快冻僵了。"江

小流收拾表情，又转脸望向车窗外，声音里却透出一丝倦意，"只能起身走了。"

"换了我……"马一路说了一半，停下，想了好一会儿，"我也得走。"

"普克比我冷静，多待了两分钟。不知道有没有别的收获。你可以问问他。"江小流说。

马一路没告诉江小流，是普克让他下楼看她的。自从普克学会自己"洗脑"，省却一些麻烦时，却也增添了一些……马一路找不到一个合适的词来形容这种感受。

比如说，从前马一路可以在普克面前放肆地暴露自己对江小流的迷恋，因为马一路知道，普克睡醒就会忘记昨天的一切。而现在，普克每晚都会用他那支古董录音笔记下当天他脑海中的重点信息。马一路不清楚，在普克意识里，哪些是工作上的重点，哪些是个人的隐私。

普克会不会如实记录马一路对江小流那些情不自禁的情感流露呢？

如果马一路问普克，普克应该会如实相告。但那就仿佛有机会进入一位朋友的大脑，一览无余看见所有的真实、所有的秘密。马一路不敢这样做。

不知是因为满脑子胡思乱想，还是因为那个只属于江小流的微笑，马一路觉得这次的路途特别短，很快就到了目的地。

车还是停在上次停过的位置，马一路下意识地四处张望了一下。

"我看过了。"江小流一下子就猜出马一路在张望什么，"冒牌货不在。"

"肯定是金盆洗手了。"马一路说。

"也许是打一枪换一个地方。"江小流说。

"这想法太悲观了。"马一路笑着说。

"是你太乐观了。"江小流没笑。

仅仅十分钟后，生活就用实际行动证实，悲喜交加才是它的真实色调。

马一路和江小流带着达尔文的画像在小区里转悠了一圈，果然认领了两个"狗亲戚"：一条小贵宾，一条大金毛。

贵宾的主人是个四五十岁的中年妇女，头发染得金灿灿的，如同"金毛狮后"。她的贵宾犬也染了毛，耳朵是紫的，尾巴是金色，和主人的头发相映成趣。金毛的主人是位老先生，听力不太好，但视力不错，也很健谈。

"狗司令"的气场不是吹的。两条狗对马一路都一见如故。金毛的口水简直像给马一路洗了个热水澡，贵宾的脚下像安了弹簧，绕着马一路一圈圈地蹦跳狂吠。

马一路担心江小流怕狗，回头安慰她，"别看它一个劲嚷嚷，其实是心里害怕。"

"金毛狮后"一下子就喜欢上了马一路。

"一看这位帅哥叔叔就懂狗！"爱屋及乌，她也同样热情地安慰江小流，"你不要怕它，它从来不咬人的。它最喜欢你这样的美女姨妈了！"

马一路拼命给江小流使眼色。同时暗自祈祷那位老先生别再将他俩认成花式亲戚。

在车上对江小流的提前预警很有效果，江小流只是退后一步，并没有"一二三四"澄清事实。她直接拿出一张达尔文的模拟画像，亮给两位狗主人看。

马一路本想和"狗亲戚"寒暄几分钟，拉近狗主人的感情后见机行事，没想到江小流已经直入主题。

"这条狗丢了。你们见过吗？"

"达尔文呀……""金毛狮后"笑起来。旁边坐着的金毛站起来，耳朵动了动。

353

"达尔文丢没丢,倒真是不好说。""金毛狮后"笑着说。

马一路一呆,看看江小流。江小流一如既往地淡定。

"就是达尔文。我们在找它。"江小流问,"丢了就是丢了,没丢就是没丢,为什么不好说?"

一直很乖的金毛,忽然冲江小流"汪汪"地吠叫两声,马一路立刻挡在江小流面前。

江小流拨开马一路,对着金毛说:"达尔文。"

金毛立刻又叫了两声,同时转头四下张望。

"它认识达尔文。"江小流对马一路说,"它一直没叫,听到我说达尔文的名字才叫的。"

"他们在说什么?"老先生把手拢在耳朵上,问"金毛狮后","露西怎么不高兴了?"

"露西不是不高兴,是高兴!""金毛狮后"提高声音,在老先生耳边嚷,"露西听到他们问达尔文,想告诉他们,达尔文是她的达令!"

老先生笑起来,转头看着马一路和江小流,声音和表情完全是一位欣慰的爷爷在谈论自己的亲孙女。

"别听她乱拉郎配。我们露西早就绝育了,它和达尔文完全是纯洁的革命友谊。"

露西反复听到大家念叨达尔文,定不住了,来回走动,哼哼叽叽,想走开的样子。

到底是"狗司令",马一路虽然慢江小流一步,此时也悟出了什么,"金……"差点儿就叫出"金毛狮后"了,及时改口,"金毛……我是说露西,听咱们说达尔文,感觉像要去找达尔文呢。"

"对呀,就是想去找达尔文!""金毛狮后"放低音量,显然有意不让老先生听见,"老爷子太古板,达尔文是个串串,个头儿又比露西小一半,老爷子不肯承认它俩有男女感情!"

江小流说:"应该是……"

马一路猜到江小流要纠正"男女"一词使用不当,顾不上冒犯江小流,果断插话。

"露西要去哪儿找达尔文?"马一路竭力保持镇定,但嘴角却紧张得微微抽搐,"露西知道达尔文在哪儿?"

"这你们就要问露西了。""金毛狮后"笑着摸露西,"露西、露西,快告诉这位帅哥叔叔,你的达令在哪儿呀?"

露西似乎能听懂他们的对话,仰头看着马一路,哼哼的声音更急切了。

马一路思索了一秒钟,看看江小流,江小流也看着他。然后两人一起转脸看露西的主人,那位反对自由婚恋的老先生。

马一路上前一步,凑到老先生耳边,大声问:"爷爷,能不能借你家露西用一下?"

这句话老先生不仅听清了,而且很不高兴。

"用?""爷爷"反问马一路,"你会把你孙女借给人家用?"

老先生从长椅上站起来,牵起露西的狗绳,"露西,咱们回家!"

马一路傻眼了。

江小流忽然快步上前,拦在老先生和狗面前。

马一路正提心吊胆,江小流在露西面前蹲下,和露西脸对脸。

露西立刻感受到江小流的善意,又湿

354

又软的大舌头直接舔到江小流脸上。

"露西，咱们去找达尔文好不好？"江小流用平时要求马一路的语气对露西说。

露西用一连串"湿吻"回应了江小流。

江小流站起身，挽起老先生的胳膊，低头接过老先生手里的牵引带，大声说："爷爷陪我们一起去看达尔文。"

老先生转怒为喜，笑眯眯地被江小流挽着，跟着金毛露西往前走。

马一路看着这一幕，脑子有些转不过来。

"你女朋友挺聪明呀，比你会哄老人家。"

马一路被"金毛狮后"的话惊醒了。看看老先生走路慢，又有江小流挽着，马一路不怕掉队，抓紧时间从"金毛狮后"这里再挖点儿信息。

"露西真要去找达尔文？"

"喏，这不是正要带你们去。"

"难道达尔文……离得不远？"

"记得吗？刚才你们说达尔文丢了，我说它丢没丢，不好说。"

"记得！记得！"

"达尔文有一阵子确实不在小区了，听说主人搬家带走了。可隔了大半年，它自己突然又跑回来了，也不知从哪儿跑回来的。在小区转了两天，又跑了。"

"啊？那它现在到底……"

"没说完呢。它在小区转了两天，跑了。隔个把月，又回来了，转两天，又跑了……就这么来来去去，也不知它从哪儿来的，也不知它回哪儿去。你说这到底算丢了还是没丢？"

马一路怔怔地想了一会儿，意识到一个重大问题，"姐，那这次达尔文是啥时候来的，姐知道吗？"

"说起来咱们也算有缘分。跟你说啊，整片小区养狗的不老少，认识达尔文的，估计就我和露西的爷爷。""金毛狮姐"热情地介绍，"我这人你也看出来了，比较热情，以前达尔文妈妈和小区里谁都不啰嗦，就跟我还聊几句。除了达尔文，她还养了条狗，叫老大，那时候就十几岁了……"

马一路知道"达尔文妈妈"的意思，但还是忍不住插话问了一句，"达尔文妈妈……"

"就是小邱，叫啥我不知道。三十好几了，还是单身……"

这时马一路听见前方传来江小流叫他的声音，抬头一看，露西带着江小流和老先生走出老远，准备转弯了。

马一路不得不打断滔滔不绝的"金毛狮姐"，"谢谢姐，咱们真是太有缘了！回头我一定再来找姐，好好聊，聊个透！姐，我先过去找达尔文了！"

"行，你快去吧。达尔文回来有两天了，跟露西也缠绵过了，说不准马上就走了！"

马一路撒腿就跑。后面传来"金毛狮姐"不无遗憾的呼唤，"哎呀，忘了加个微信！"

"等我找到达尔文，一定回来找姐加微信！"马一路边跑边许下郑重的承诺。

金毛露西果真带马一路和江小流找到了她的"达令"达尔文。

体格比贵宾大，比金毛小，看上去是条杂交的串串狗。模拟画像专家画出的达尔文，几乎和眼前真实的达尔文一模一样。唯一的区别在于，眼前这只是活的。

马一路拿出画像，还想再做个详细比对，江小流一句话就打消了他的念头，"我比过了，一样。"

马一路又把画像收起来了。想了想，换了个方式进一步核对该狗的"身份信息"。

"达尔文！"马一路以狗司令的气势点名。

正和露西耳鬓厮磨的"达尔文"听见马一路的叫声，一顿，支棱起耳朵，扭头看马一路，同时尾巴也直直地竖起来。

"你真是达尔文？"马一路走近一步，想伸手摸狗，"来，达尔文，让哥哥……让叔叔……"

马一路的策略失败了，"达尔文"立刻退后两步，以狗的警戒姿态冲马一路发出威胁的低吠。

旁边露西的主人，那位老先生，显然很了解狗，急忙阻止马一路，"别惹它，它这意思是，你再靠近它就咬你！"

马一路看看旁边的江小流，低声说："有什么好办法确定这就是达尔文？要真是，咱们一定得想办法跟着它。"

"他们都说就是达尔文。"

"万一是误会呢？咱们需要证据链。"

江小流想了想，忽然向前靠近"达尔文"一步，"达尔文"发出更高一级的警告。

马一路已经做好以肉身保护江小流的准备，忽然听见江小流轻轻唤了一声，"达尔文！"

马一路一愣。这声音既陌生又熟悉。他忽然反应过来，这是那段录音中，凶手唯一一次开口留下的声音。

高度戒备的"达尔文"听到这一声，似乎也愣了一下。耳朵天线般地立着搜索信号。

江小流再次重复刚才的叫声，并尽力将自己的音质做出调整。

马一路浑身冒出密密麻麻的鸡皮疙瘩。录音笔录下的录音中，江小流特地标注过的、具有时间轴意义的那些片段，马一路反复听过很多次。其中就包括陈奇峰去201敲门时，凶手制止达尔文冲到门口那个情节。以马一路的听力，已无法分辨这声音与录音中那一句的区别。

"达尔文"放弃了警戒，慢慢靠近江小流。虽然仍有些疑惑，但明显不再有敌意。

江小流又用录音中的声音再唤了一次"达尔文"。

达尔文凑近江小流，鼻子快速抽动，开始仔细地嗅闻江小流，好奇而困惑。

"就是达尔文。"江小流对马一路轻声说。

马一路一脸惊喜，却又更加紧张。

达尔文嗅了几下江小流，似乎从气味上察觉她并非记忆中的熟人，失去了兴趣。达尔文从江小流身边走开，再次回到露西面前。两条狗在用狗的语言交谈。相互蹭来蹭去，颇有些依依不舍的意思。

"达尔文又要走啦。"露西的主人笑着，大声说，"露西，和达尔文说再见，咱们也要回家啦。"

马一路急忙提醒江小流，"达尔文要走了，可能要回它的新家去。"

露西的主人牵上露西的牵引带，准备离开。

江小流扭头问马一路："我身上没现金，你有吗？"

马一路不明白江小流要做什么，还是立刻回答，"不太多，大概有个两三百。"

"给我。"

马一路赶紧掏兜，把所有的现金掏出来，塞给江小流。

"先盯着达尔文，别让它跑了。"

"怎么盯?"

"你是狗司令,我不是。"

马一路赶紧上前,以无比宠溺的语气开始和达尔文拉关系、套近乎,就差四脚着地、吐舌头了。

江小流拿着钱,追上露西和它的主人。她迅速调整状态,一秒钟变成一位乖孙女,"爷爷,求您帮个忙好不好?"

"什么忙?"

"把露西的牵引带卖给我行吗?"

"牵引带?你又没有狗,要这个做什么?"

"求您了!"江小流像全天下最受宠的亲孙女一样,对爷爷撒娇,"露西那么乖,您不用牵引带也能牵它回家的,对不对?"

哪个爷爷受得了亲孙女这样恳求?老先生没再废话,从露西身上解下牵引带和绳子,递给江小流,"不要钱,送给你啦。"

"谢谢爷爷!谢谢露西!"

江小流直接把钱塞到老先生的口袋里,拿着牵引带跑回来。

达尔文已经厌倦了"狗司令"的把戏,开始一路小跑往前走。马一路正紧张地跟着,看见江小流回来,暗松一口气。

"帮我给达尔文穿上。"江小流说。

马一路二话不说,接过牵引带,拦在达尔文面前。达尔文似乎感受到某种威胁,目露凶光,狰狞地警告马一路。马一路怕惊跑了达尔文,不敢轻举妄动。

还是江小流在达尔文面前蹲下,用录音里的声音一次次唤它,达尔文才稍稍放松。

趁这个机会,马一路赶紧把牵引带给它套上,拉着绳子,等待江小流下一步指令。

江小流掏出手机,打开微信,点开与马一路的对话框,"打开微信,和我对话。"

马一路立刻照做。

"打开位置,和我共享实时位置。"江小流边说边打量马一路,目光落在马一路的脚上,"鞋带解一根给我。"

"鞋带?我的?"马一路实在没忍住,问了一声。

"对。"江小流穿了一双一脚蹬的板鞋,"我的鞋没鞋带。"

马一路不再多话,立刻解下一根鞋带。

达尔文已经开始挣扎,扭头去咬马一路手中的绳子。

江小流继续用叫声安抚达尔文,同时接过马一路的鞋带,将鞋带穿过自己手机背面的手机扣,用鞋带将手机与达尔文身上的牵引带牢牢固定在一起,然后解开牵引带的绳扣。达尔文带着牵引带和江小流的手机撒腿就跑。

马一路看着眨眼就跑远了的达尔文,又看看手里的手机,明白了,"用手机共享位置追踪达尔文?"

"对。"江小流从马一路手里拿过手机,"你开车,我找路。"

马一路开着车,沿着离开宁江向北的公路前行。

带路的是达尔文。

从共享位置图中那个移动的小图标可以看出,达尔文一路向北,有时沿着公路,有时穿过田野,大方向始终不变。

根据江小流报出的实时位置,马一路开车先上了绕城公路,接着经过一段国道,最后上了一条路况明显不好的县乡公路,足足开出四十多公里,已经越过宁江的边界,进入相邻的城市。

一路上,马一路和江小流只有过几句简单的交流。

"手机会不会跑丢了?"

"丢了再买一个。"

"露西的爷爷,和你爷爷像不像?"

"有点儿像。"

"达尔文是在跑狗界马拉松吗?"

"肯定是冠军。"

"邱妍的妈妈,是不是让你想起什么人了?"

"……达尔文可真能跑。"

一路开开停停,天色将晚。手机软件的共享位置图上,那个小图标终于停了下来。

"达尔文应该到家了。"江小流看看车窗外的田野,远处有淡淡的炊烟升起,"普克说对了,达尔文的新家是个路边饭店。"

他们的车停在一条乡镇公路的路边。前方十几米处有一家饭店,大大的招牌上写着"好再来",隐隐绰绰飘来葱爆油锅的香味。

马一路的肚子十分应景,咕噜噜地发出鸣响。

第三章 一个父亲

1

余明白是第一个到的。

饭店是对方指定的。五点开门,余明白五点前就等在饭店门口。

服务员将余明白引至提前预订的小包间时,想当然地认为他肯定饿了,"要不要先给您点份点心垫垫肚子?"

服务员是个年轻的胖姑娘,颜色鲜艳的饭店工作服被她穿得鼓鼓囊囊,笑容很真挚。一看就从农村出来打工不久,普通话说得不好,尤其是"您"字,听上去像"林"。

"谢谢,不用。"余明白客客气气地回答,"我不饿。"

"那我先给您倒杯茶。"

"谢谢,也不用。"余明白还是客客气气,"我也不渴。"

"给您倒一杯吧,"胖姑娘回头悄悄看一眼包间门口,没人,对余明白笑着,小声说,"茶不要钱,不过不太好喝。"

余明白忍不住也笑了,"那好吧,麻烦你给我倒杯茶,谢谢。"

茶倒来了,热腾腾地冒着热气。余明白看了一眼,觉得身上更热了,额上渗出汗来。

胖姑娘也看出来了。

"热了吧?我帮您把外套脱了。"

"谢谢,不用。"余明白像在复制之前说过的话,"我不热。"

"还不热?都出汗了!"胖姑娘不仅热情,还有种傻乎乎的执着,"这几天我连短袖都穿不住,穿着外套肯定热死了。"

余明白不得不用稍微严肃一点儿的方式,阻止胖姑娘的热情。

"我真的不热,姑娘。今天要见重要的客人,外套不能脱。"余明白特地从椅子上欠起身,"麻烦你把菜单拿给我,别的暂时都不用了。"

胖姑娘总算看出余明白的认真了,"噢,好吧,我去拿菜单。"

余明白暗松一口气。时至今日,他仍

然不是很擅长拒绝，宁可用一万个"谢谢"来替代一个"不"。

胖姑娘刚出去，就在外面和人说话。听不清对话的是谁，只能听见胖姑娘的大嗓门。

"哪个包间？谁订的？姓什么？"

片刻，刚关上的包间门又推开了。

"余先生，是不是您的客人？"

胖姑娘身后是个瘦瘦的影子，被挡住了一半。余明白又从椅子上欠起身，这才看清，"是的，是的。"

胖姑娘这才让开门，把身后的客人"放"进来，本能地上下打量一眼，带着对同性的较量和挑剔，"请进。我去拿菜单。"

胖姑娘关上包间门走了。门口留下的是个和她形成鲜明对比的年轻女孩儿。漂亮，苗条。简单的白T恤，蓝色牛仔裤，一把细腰。身材勾勒得刚刚好。

余明白起身拉开身边的椅子，"来啦。坐吧。"

女孩儿走到余明白拉开的椅子旁，迟疑了一下，拉开另一把椅子，和余明白隔了一个座位，坐下。

"我坐这儿吧。"她停了停，又像在解释，"人少，不用坐那么挤。"

"好的。也是。而且你应该和黄远辉坐一起。"

女孩儿似乎有一丝惊讶，看看余明白。"你知道他名字？"她轻声问。

"你告诉过我。"余明白回答。

"我好像没说过……"

"电话里提过一次，你可能忘了。"

"哦，我……我以为没说过，记不清了。"

"这种小事情，不用专门记……我是说，人一生的记忆太多了，只要记得最重要的事情就行。"

女孩儿没有马上回答，转脸看着余明白。

余明白凝视她，等待她的回应。

直到女孩儿承受不住，低头避开余明白的视线，轻轻点头，"嗯，我知道。"

片刻的沉默。空气像凝结了一样。

"我以为你俩一起过来呢。"余明白微笑地说。

"我让他去接他父母了。我骑车过来方便。晚高峰，他开车可能会有点儿堵。"

"不要紧。时间还早。是我提前到了。"

包间门推开，胖姑娘拿着菜单进来了，径直走到余明白身边，将菜单递给余明白。

"给您菜单。"胖姑娘问余明白，"现在点菜吗？"

余明白接过菜单，却递给旁边的女孩儿，"你点吧。想吃什么就点什么。"

"待会儿点。"女孩儿说，"我不会点菜，一会儿让他们点。"

"还是咱们点吧。"余明白说，"今天我请客。点些好菜，别考虑钱。"

"要是咱们请客，还是自己点放心！"胖姑娘明显站在余明白的角度，贴心地建议，"我可以帮您挑性价比高的，看上去体面，又不至于太贵。"

女孩儿看了一眼胖姑娘，显然不想当着她的面讨论这个话题，婉转地谢绝她的建议。

"我们先商量一下，点菜的时候再叫你好吗？"

胖姑娘却像没听见，身子侧向余明白，微笑地等着余明白指示。

余明白看一眼女孩儿，又看一眼胖姑娘。

"谢谢，我们考虑一下，一会儿再点。"

余明白对胖姑娘说，仍不失客气。

胖姑娘只得无奈地对余明白笑笑，转身离开包间。

女孩儿回头看看包间门，看门已经关上了，又回头来冲余明白吐吐舌头，"她好像有点儿讨厌我？"

"可能是因为……"余明白看看包间门，虽然是关着的，他还是谨慎地压低声音，"你的普通话比她说得好吧。"

女孩儿扑哧笑了，原本稍嫌紧绷的态度松弛了一些。

她盯着余明白看。

余明白在她的注视下，额上的汗更多了。

"没想到你会穿西装。"女孩儿说，"挺精神的……热不热呀？"

"精神就行。"余明白顿时觉得清凉了许多，"没觉得热。"

"其实不用穿这么正式。就是见个面嘛。"

"第一次见面，当然要正式些。"

"本来黄远辉选的另一个饭店，太隆重了，怕你不自在。他听我的，换了这家。"

"这家很合适，正好不卑不亢。"

"他父母挺随和的，你见了就知道了。"

"我可没你那么好应付。"

女孩儿又笑了。余明白也跟着笑了，牵动眼角的皱纹。女孩儿看见了那些皱纹。

"好久没见。你瘦了，还黑了。"

"千金难买老来瘦。年龄大了，瘦点儿好。"

"我说过好多次，别给我寄钱了，我的工资够用，而且……"

"别用黄远辉的钱，至少现在别用。"

"我没用他的钱，以后也不打算用……"

"结婚了就不一样了。结婚了就是一个家庭，你们就是一体的。"

"真的吗？"女孩儿脱口而出。

余明白一愣，看看女孩儿。女孩儿嘴角的笑容看上去有一丝讽刺。

余明白认真想了一会儿。

"如果没有这个信心，就不要进入婚姻。"余明白说，表情严肃，"记住了吗？"

"嗯。"女孩儿的回答有些敷衍。

"记住了吗？"余明白加强语气。

"记住了。"女孩儿迅速转移话题，"最近在忙什么？什么时候到平川的？"

"最近……新换了个工作，所以趁空来平川看看你。"

"新工作还是在宁江？"

"对。"

"做什么？"

"还不是老本行。"

"在平川待几天？住在哪儿？"

余明白拿过菜单，翻开，盯着花花绿绿的菜式照片，认真地研究。

"先把菜点了吧，一会儿他们来了，就弄不清谁请客了。省得到时候抢得难堪。"余明白说。

"黄远辉说这次他家请客，是他父母主动约见面的，就别抢了。"

"不行。我还没见过他们，万一不满意，吃了人家的嘴就软了。我请客。"

女孩儿盯着余明白，看他一脸严肃认真的样子，笑了，"万一不满意，就不许我和黄远辉谈了？"

"至少得先整改，到我满意为止。"

"要是我自己觉得满意呢？"

"那……当然还是你自己说了算。"余明白轻轻叹气，语气有淡淡的伤感，"女儿大了，总归是别人的。"

"爸爸……"

余明白放下菜单，抬头对女儿微笑，"你知道的，余思，爸爸现在唯一的愿望，就是你能幸福。"

2

尾随达尔文进入"好再来"饭店之前，马一路和江小流先给普克打了个电话。

马一路把之前的情况简要说了一下，向来冷静的普克在电话那头都有些激动，称赞他们了不起，虽然，他还不太明白什么叫"位置实时共享"。

马一路来不及飘飘然，问普克接下来怎么办："江小流说直接进去问，我觉得有点儿不妥。那狗不是达尔文还好说，要真是达尔文，万一狗主人就是凶手，或者是凶手的亲戚朋友呢？"

普克在电话里沉默了一会儿。

马一路这才意识到，自己脱口而出的假设，即使不是在否定之前普克的推理，至少也可以算作一种质疑。是不是太莽撞了？

马一路正犹豫是否要解释自己另辟蹊径的动机，普克已经开口了："难怪大勇说你优秀，你的想法补充了咱们之前遗漏的思路。我有两个建议，一是你们先按兵不动，我和彭所一起过去。二是你们隐蔽身份，见机行事，独立处理。"

"我选二。"马一路立刻说。

"相信你们能处理好。"普克说，"注意安全。"

挂断电话前，马一路犹豫了一下，还是问了普克一句，"陈奇峰……还好吧？"

"不太好。"普克简短地回答。

和江小流商议过"行动方案"后，两人进入"好再来"饭店。

饭店不大，生意冷清，只有一张条桌上坐了两个客人，各自埋头吃面条。正对门口的收银台前，一对中年男女正在说话。男人圆头圆脑，眉眼和善，一脸喜庆模样。女人一看就很麻利，说话语气明显是老板娘，"这达尔文，没白养！出去一趟捡个手机回来。以后得经常让它出去遛遛……"

"见鬼了，这是咋回事儿？"

"啥鬼不鬼的？明明是财神！"

"说啥呢？又不是咱的手机。"

"那你去问达尔文，让它告诉你是谁的手机！"

马一路和江小流听见"达尔文"三个字时，互相看了一眼。

马一路正想再叮嘱江小流按之前的方案行动，江小流先开口了："刚才商量的方案都作废，随机应变吧。"

"为什么？"马一路一愣。

"之前没料到，我的手机壁纸用的是你照片，他们认出你了。"

马一路来不及多问，为什么江小流的手机壁纸会用他的照片。抬头一看，正遇上收银台前那两人惊诧的目光。

他们看看马一路，看看手机，再看看马一路，再看看手机。

圆头圆脑的男人从女人手中夺过手机，走到马一路面前，打量他。"是你手机吧？"他碰一下手机按键，将亮起的屏幕壁纸给马一路看，"一看就是你。"

手机屏幕上的壁纸照片真是马一路。不是正式的摆拍，像是抓拍或截图。图中马一路不知为什么，张着大嘴，笑得像个傻子。

"是我的手机。"旁边江小流抢先说，"照片是他。"

男人痛痛快快把手机还给江小流,顺手指着饭店角落。达尔文正趴在那儿,气喘吁吁,但斗志昂扬地啃一块大骨头。

"也不知这狗东西从哪儿弄来的。"男人郑重解释,"跑出去两天,刚回来。我们一看,身上咋多了个狗绳,还绑了个手机!"

江小流接过手机,歪头想了想,说:"这是你家饭店吗?"

"对呀。"

"你是老板?"

"对呀。"

"你家可以手机付款吗?"

"可以呀。"

"有包间吗?"

"有呀。"

"菜单在哪儿?"

"喏,墙上。"

"把你家最贵的菜给我们上十个。"

"十个菜?你们……几个人?"

"就我俩。"

"那太多了,打死你俩也吃不完。"

"吃不完打包。我们就一个要求。"

"什么要求?"

"请你陪我们一起吃饭。"

"我?"

"行不行?"

"这个……"

老板正犹豫,收银台前的老板娘急了,"这有啥好想的?你陪他们吃饭,菜我来烧!"

老板娘亲自下厨,让老板陪客,陪这对年轻、古怪、出手阔绰的客人聊天。这样的生意可不是天天有。

上到第五个菜,达尔文的来龙去脉就弄清了。

"好再来"以前养过一条中华田园犬。老板亲自动手,在饭店外墙一侧建了个砖瓦狗屋。饭店养的狗,伙食自然不错,狗长得很肥,在一个冬天被人偷走了。

老板很心疼,一直不肯接受自家狗狗可能变成狗肉火锅的残酷现实。狗房子没拆。都说狗记性好又恋家,老板希望有一天狗会自己逃回来,那时家还在。

2016年6月的某一天,有位中年男性顾客开车经过"好再来",停车进店吃饭。不过在老板看来,这位男顾客停车的目的不是吃饭。虽然点了菜,但主要是像马一路江小流这样,找老板东拉西扯地聊天。

男顾客显然注意到了饭店外面的狗房子。聊了一会儿,聊到了狗。老板忍不住说起自己丢失的狗,痛骂偷狗人,说到动情处,红了眼圈,差点儿流泪。男顾客安慰了老板几句,付了账,起身出去了,点的菜都没怎么动。

没想到过了几分钟,男顾客又回来了,这次还牵着一条狗。他当着老板的面,让狗演示各种指令。

狗狗确实很聪明,老板一下子就喜欢上了,也不在乎是纯种还是串串。

男顾客这才对老板说,有人想淹死这条狗,被他救下来了,但他实在养不了。看老板这么喜欢狗,打算送给老板养。

当时老板还有些犹豫,惦记着自己丢掉的狗会不会再跑回来。男顾客恳求老板留下狗,还说就算老板原来的狗回来了,也可以一起养,两条狗正好可以做伴,别人想再偷也没那么容易。

"谁不需要个伴儿呢?"男顾客说。

这句话打动了老板。加上这狗确实很聪明,老板就答应了。

男顾客告诉老板，这条狗的名字叫达尔文。这名字很洋气。而且达尔文只认这名字。以后就一直用这名字了。

男顾客走的时候，悄悄给桌上留了几百块钱。其实他已经结过饭钱了。

男顾客开的一辆红色轿车。车开出去，达尔文冲出饭店跟着车一直追，追出几百米远。男顾客只得停车，下车把达尔文抱回饭店，让老板用绳子拴好，这才走掉。

为了让达尔文适应新家，老板不得不用绳子拴了它一阵子。

达尔文慢慢适应了新家。好吃好喝，住高大上的狗别墅，老板又爱狗。后来就不拴了，达尔文把这儿当成了家。

但有个奇怪的现象。隔一阵子，达尔文就会跑出去两三天。也不知去了什么地方，隔两天，自己又回来了。有时候还一瘸一拐的。老板察看达尔文的爪子，肉垫都磨破了。看来跑了不少路。老板很好奇，多次盘问达尔文，可惜语言有障碍，问不出个名堂。

有一次，那个送狗的男顾客忽然打了个电话到饭店。当时老板不在，接电话的是老板娘。男顾客问达尔文是否一切都好。老板娘没老板那么随和爱聊天，就说达尔文一切都好，没提它时不时跑出去的事情。

后来老板听老婆说了这事儿，夸她处理得对。那位男顾客比老板还疼狗，要是知道达尔文总跑出去，说不定会回来把达尔文领走。老板可舍不得，现在达尔文已经成为他的家人了。

这顿饭，江小流一口没碰，连马一路都没顾上吃几口。

江小流要负责记录。普克不在，马一路不仅要承担"感觉"的任务，还要像普克一样，边听边思考，一边梳理逻辑，一边寻找问题。

所幸这位老板确实和善，又很健谈。关于达尔文和男顾客的话起了个头，他就滔滔不绝，每次马一路想插话，都得看准时机。

讲述过程中，老板除了陈述事实，也加入了不少自己的个人分析和情感体验。比如谈到他丢失的狗，老板非常悲愤，"店里来吃饭的，看见我那狗的，一个一个都说，这么肥，做火锅够吃好几顿！我养那么肥，是让你们吃火锅用的？吃啥火锅不好？鸡鸭鱼肉，想吃啥肉我都能给你做……非要来偷我的狗！"

谈到那位送达尔文的男顾客，老板一眼就有了他的判断，"是个好人。有文化，待人好，肯吃亏。可身上也不是没毛病。"

马一路听到这一段时，紧赶慢赶插进问题，"老板觉得他有啥毛病？"

"啥毛病不清楚，反正说话不是很老实。"

"哪句话不老实了？"

"说是来吃饭，其实是想送狗。送狗就送狗呗，编那么多瞎话！"

马一路本能地瞥了一眼江小流，江小流泰然自若，马一路心里悄悄说了句"对不起"。

"没准他本来真是想吃饭，"马一路也不知为什么要替那位男顾客辩解，"后来看老板爱狗，才临时决定送狗的。"

"不可能！你想想，他跟我说，有人想淹死达尔文，让他救下来了，他又养不了，所以送给我，这话一听就是编的！"

马一路正在琢磨，江小流已经开口了，"不是他的狗，他怎么知道狗叫达尔文？"

"对对对，你女朋友就比你反应快！"

马一路悄悄瞥了江小流一眼。

江小流若无其事，继续向老板提问，"老板记不记得，达尔文来的那天是2016年6月几号？"

"这可记不清了，只记得是6月下旬。"

"6月下旬是梅雨季，那天有没有下雨？"

"让我想想……反正达尔文追出去那会儿肯定没下。"

"你指的是那人留下达尔文，开车离开，达尔文从店里追出去那会儿？"

"对。那人又停车，抱着达尔文送回店里了。抱着哦，走了好几百米，你说他对狗好不好？"

"那时候是上午、下午还是晚上？"

老板正苦思冥想，老板娘进来送菜。

之前几次进出包间，老板娘知道他们在聊达尔文，插过几次话。这下老板抓到了帮手，"你记性比我好。你想想，那男的送达尔文来那天，下没下雨？"

"上午下了，中午就没下了。"老板娘果然记性好，张口就来。

"那男的开车走，达尔文追出去那会儿，大概是啥时候？"

"七点多钟，不到七点半，天将将要黑。"

"你确定？"江小流问老板娘。

马一路看江小流问话实在太直接，赶紧用他的人间烟火气加以调和润色。

"科学家说女性记忆力就是比男性好，特别是在生活细节上。"马一路尽量使自己的问话别太像警方的讯问，"我们就是挺好奇，差不多两年前的事情，老板娘怎么这么有把握？"

老板娘狠狠地瞪了老板一眼。

"我当然有把握了，我又不是个呆瓜！"

老板娘说，"那天是我生日。呆瓜记不住我生日，我自己还记不住？"

"你生日是6月17号还是18号？"江小流问。

"18号，18号，女人十八一枝花……"老板显然在为自己忘记了老婆生日弥补过错，"我也想起来了，确实是18号，我老婆生日。那人走了以后，我还给老婆下了碗寿面。是吧，老婆？"

"现在认错晚了。"老板娘撇撇嘴，转身要往外走。

马一路忽然意识到，对他们来说，也许老板娘比老板更有价值，忙起身拦住老板娘。"菜够多了，不用做了。"马一路又发挥了嘴甜的特长，"大姐累了半天，也坐下歇歇，一起聊聊。"

"那哪行？"老板娘脸一沉，"剩下的菜都准备上了，你们不要，算谁的？"

"担心这个呀？"江小流说，"菜不用做了，钱我照付。"

"这怎么好意思？"老板娘如释重负。

矛盾立刻解决了。

"送你们狗的人，二位知不知道姓名电话？"马一路问夫妻俩。

"不知道。他没说，咱也没问。"

"那人长什么样，你们还记得吗？"马一路问夫妻俩。

"长得普普通通，"老板娘冲老板努努嘴，"跟他差不多成色。"

"他哪有我气派！"老板立刻挺起圆鼓鼓的肚子，显示自己的气派，"人是好人，就是有点儿蔫头耷脑，感觉……日子过得不咋样。"

"你咋知道人家过得不咋样？"老板娘顶他，"人家开的车比你的店还值钱呢。"

"谁知道那车是不是他的？一个老男人

开辆红色小车,看着别扭。"老板对马一路说,"我不是吃不着葡萄说葡萄酸,说不清咋回事,反正就是这感觉。"

"说了半天,还是不知道他长什么样。"江小流说,"身高、体重、年龄、鼻子、眉毛、眼睛……这才是形容长相。"

受江小流启发,老板和老板娘一起,冥思苦想了一会儿。

"不高、不矮、不胖、不瘦……有点儿蔫头耷脑。"老板说,"我就能想起这个。"

"年龄也说不好,说四十多也行,五十差不多,六十也说得过去。"老板娘说,"反正不是年轻人。"

江小流对这样的回答不满意,但马一路在下面用脚轻轻碰碰她的脚,江小流闭嘴了。

"你们的意思我明白,有些人就是这样,长相让人记不住,就记住那感觉了。"马一路笑容可掬地对夫妻俩说,"这人挺神秘啊。那他应该也没告诉你们,他打算去哪儿?"

夫妻俩都摇头。

马一路绞尽脑汁,隐约觉得还有什么该了解的,却一时想不出来,就这样结束,又实在不甘心。

马一路想了想,站起身,看着江小流。

"想不想去卫生间?从下午憋到现在。"马一路问。

"不想。"江小流干脆地回答。

马一路冲江小流使眼色,被老板娘发现了。

"你男朋友想让你和他一起去卫生间,有悄悄话对你说。"老板娘直言相告,"收银台左手就是。"

马一路红着脸,和江小流从包间出来。

既然被戳穿了,也不用再装模作样去卫生间,马一路直接把江小流拉到角落里悄声说话,"我总觉得还有个重要问题得问,就是想不出来。老板话太多,我脑子里全是线头,你帮我理理,最好核心意思一二三四列出来。"

"好。"江小流说,"第一,2016年6月18号中年男人来吃饭,其实是给达尔文找新家。第二,不确定男人的姓名、长相、年龄和去向。第三,男人开了辆红色的车。第四,达尔文时不时跑出去。第五,中年男人打电话来问达尔文怎么样……"

"停!"马一路眼睛一亮,"我知道要问什么了!"

"中年男人是什么时候打电话来的,"江小流也反应过来,"说不定无意中留下了电话号码。"

"你太聪明了,江小流!"

"是心有灵犀。"

马一路下意识地伸手捧住江小流的脑袋,在她的额头上啄了一下。啄完,反应过来。懵了。低头一看,江小流正仰头看他,一双眼睛黑白分明。

"对不起,对不起……"马一路一连说了十几个对不起,"真不是故意的,我……"

"老板娘在偷看咱们。"江小流说,"要装就装像点儿。"

江小流踮起脚,仰起头。马一路猝不及防,嘴唇被一层柔软温润的物质覆盖。

只是短短一瞬。

江小流的嘴唇离开了马一路的。

"先把问题想清楚,"江小流用她一贯的冷淡语气叮嘱马一路,"你问,我记。"

回到包间,马一路已经在心里明确了思路。

核心问题是:给饭店老板送狗的中年

男人后来曾打过一次电话，询问达尔文的近况。这个电话是什么时候打的。

看起来很简单的问题，弄到一个明确的回答并不容易。

"电话是我接的，就是饭店的固定电话。"老板娘说，"啥时候的事情可记不住了。"

"大概什么时候？"马一路发挥社区民警的工作经验，耐心细致，循循善诱，"比如说，是刚送完狗？还是过了好久？还是最近？大姐记性这么好，这个总有印象。"

"肯定不是刚送完狗，得有一阵子了。"

"有一阵子，大概是多久？几个月？半年？一年？"

"差不多……大半年？还是一年？真记不清了。"

马一路态度太好，以至于老板娘都有些为不能提供准确回答暗自羞愧。这种羞愧，马一路也感觉出来了，极力安慰，那种温暖简直能融化寒冰。老板娘觉得自己就是那块寒冰，冻僵的回忆慢慢回温、消融。

"哎，有点儿影子了！"老板娘忽然激动起来，"接电话那天特别冷，饭店没客人，就没舍得开空调。我手冻僵了，电话拿在手里都拿不住，还掉了一次。"

"是不是去年过完年？"老板好一会儿使不上劲，干着急。这时总算有机会接上话，"我记得有一天你唠叨半天，说生意不好，电费都挣不回来，逼我把空调关了。"

"就是那天！"

"去年过完年？"马一路赶紧追问，"确定是去年？2017年？"

"没错。过年饭店关门休息，年初五开门迎财神。好像就是迎完财神没两天。"

"没两天大概是几天？三天、五天还是七天？"

江小流用的是刚才马一路的问话方式，"有一阵子，大概是多久？几个月？半年？一年？"太惟妙惟肖，而马一路就在旁边，看上去有些诡异。

老板和老板娘都吓了一跳。

马一路赶紧接过话，"刚过完年，客人肯定不多。你们做过路生意，很多跑车的都是正月十五过后才出门……"

"有了！"老板娘似乎对马一路的启发格外敏感，语气确定地说，"就是元宵节前两天。正月十三，不会错。"

"刚才你说年初五过后没两天，现在又说元宵节前两天……"江小流说，"这两天差别挺大的。"

"差不多，差不多……"马一路又在桌子下悄悄用脚碰碰江小流的脚，桌子上，他仍是笑容满面，"大姐肯定记得电话是上午、下午还是晚上打来的吧？"

"上午。"这次老板娘毫不迟疑就给了答案，"我当是客人打来的，还想着财神挺照顾生意，没到中午就有人订餐了。结果不是。"

"当时他怎么说的？"

"他挺客气。我不是当他要订餐嘛，他先道歉，说不订餐。又问有没有打扰我做生意，然后才问达尔文怎么样……"

"他没自我介绍？"

"他一问达尔文我就想起来了，用不着介绍。他说话有一点口音，不是我们这儿的人，也不是宁江人，应该再往南一些。"

马一路看了江小流一眼。

江小流立刻明白了他的意思。为避免再次造成惊吓，江小流低下头，不让老板夫妻看到她的脸。"达尔文！"是录音里那略显急促、压抑、短短的一声低唤。

"就是他!"老板娘还是震惊了,"妈呀,你一个小姑娘,咋学一个老男人学那么像!"

"就是,就是。太像了!"老板也一迭声地说。

更意外的事情发生了。

原本关着的包间门,仿佛有人在外面抓挠。门只是掩着,几下抓挠之后,门开了。达尔文站在包间门口,耳朵支棱着,警惕地张望。

老板看见达尔文,一愣,随即从椅子上起身,走到包间门口,俯身搂住达尔文,揉它,"这家伙,别是以为那人又来了吧?"

江小流看见马一路目光发散,像飘到另一个世界去了。这种表情,他们曾在普克脸上见过。每次看见这表情,他们都知道,普克脑海中有重要的信息飞过。

"想问我什么?"江小流低声问。

"狗……"马一路喃喃低语,"达尔文……"

"达尔文怎么了?"江小流迅速筛选脑海中关于达尔文的记忆,"狗,达尔文……是不是狗和达尔文同时具备的信息?"

马一路仿佛看见夜空中一道流星划过。他闭上眼睛,真切体会到普克曾有过的感觉。

马一路睁开双眼。经过一个漫长的下午和傍晚,他的眼睛已经熬红了,又瞪得老大,看上去有些吓人。

"达尔文怎么进来的?"马一路问江小流,非常严肃,"不是指今天,是……"

"2016年6月18号那天。"江小流直接接过马一路的话,"那人结账出去,过了几分钟,牵进来一条狗。"

"牵!"马一路说,"那人带了达尔文的牵引带!"

"可能还有达尔文的食盆和狗垫。"江小流说,"这重要吗?"

马一路没吭声,但他的眼神和表情都回答了江小流:重要,非常重要。

"大哥大姐,"马一路情不自禁将饭店老板和老板娘视作了亲人,态度无比诚恳,"那人把达尔文送你们的时候,有没有留下狗绳?或者别的什么东西?"

老板狠狠拍了一下自己的大腿,老板娘看着都疼,赶紧伸手帮他揉了揉。

"刚才我说那人是好人,就是说话不老实,有个证据我咋也想不起来。你这么一问,我想起来了!"老板兴冲冲地说,"他用狗绳牵着达尔文来的。我们答应留下达尔文,他又回车上拿了个狗垫,说省得我们破费买新的,而且达尔文喜欢这个窝。明摆着那狗绳和狗垫就是达尔文以前用过的,他还蒙我们说不是他的狗,是他救下来的。你说,这算不算证据?"

"绝对算!"马一路按捺住激动的心情问,"他带来的狗绳和狗垫,你们还留着吗?"

老板扭脸看老板娘。显然,这种家庭大事都由老板娘安排。

老板娘叹口气,目光在马一路和江小流之间,雷达一般,扫过来,扫过去。

"你俩给句实话,问了这一晚上的话。到底你俩是间谍,还是达尔文是间谍?"老板娘说,"绳和窝都在外面那栋狗屋里,臭得要命。说好了,你们自己爬进去拿,我可不管啊。"

3

晚餐结束的时间,和余明白预计的差不多。整整两小时。刚好够双方礼貌地聊完天，不至于太深入，也不至于太敷衍。

如女儿所说，黄远辉的父母都很随和。尤其黄远辉的母亲，完全当得起"慈母"这个看似普通、实则不易的称呼。这一点，最令余明白感到欣慰。

双方家长是第一次见面。从对方的态度看，他们对余思很满意。考虑到儿子黄远辉已经29岁，他们希望能尽快进入下一个流程。

余明白只表达了一个观点，一切由女儿余思自己决定。女儿愿意嫁，他这个父亲全力支持。女儿想再等等，他也绝不会催。

对余明白的态度，黄远辉父母不仅充分理解，而且相当赞赏。

"其实我们家也一样，儿女的情感、婚姻，我们不干涉。"黄远辉父亲曾是大学老师，后来成功转战商界，难得仍保留着几分读书人的耿直和清雅，"这次是远辉告诉我们，他俩都做好准备进入婚姻了，我们才约您见面。没有催促的意思，主要是表达一下我们的诚意。"

黄远辉则不必提了。余明白了然于心。

父女俩提前在包间碰面时，余明白不小心说出了黄远辉的名字，当时余思颇惊讶。余明白解释说，以前女儿电话里曾对他提过一次，他记住了。

其实并非如此。

余明白用了将近半年的时间去了解黄远辉，性格、为人、事业、家庭、情感关系……直到余明白认定，这个名叫黄远辉的小伙子，是值得女儿余思托付终身的人。

只是这一切，余明白都没告诉过余思，和那些余明白独自经历过的秘密一样，将被永远深埋心底。

这是一次愉快的晚餐，也是余明白有生以来最昂贵的一顿饭。是他自己看着菜单上的价目表点的菜，余思和纯朴的胖姑娘都没拦住。

从早到晚挂在高层建筑的外墙，冒着危险，透支体力，拼命挣钱、省钱、存钱。

微笑着告诉准备去结账的未来的女婿，他已经付过款了。这种尊严感，不是谁都能体会的。

为了女儿的未来，为了女儿的幸福，余明白觉得很值。

离开饭店前，余明白悄悄给那个残留着乡间拙朴气息的胖姑娘塞了两张百元大钞。胖姑娘面红耳赤地推拒这笔"小费"，余明白特地解释这不是小费，而是一份"父亲的感激"，惹得胖姑娘眼圈都红了。

胖姑娘一直将他们送出饭店。趁大家不注意时，她对余思说："你好幸福，有这么好的爸爸。"然后跑回饭店。

余明白没注意到这个细节。他正忙着和黄远辉的父母客气地道别。

很多事情都提前想好了，这个环节，在事先的安排中却疏漏了。

他是独自来饭店的，路远，坐的公交车。怕迟到，怕太匆忙弄得一身臭汗，预留了太长时间，所以到达那么早。余思是从医院下班后，骑共享单车来的。黄远辉听从余思建议，开车接父母一起到的饭店。

余明白原以为，晚饭后他会和黄远辉的家人以及女儿余思在饭店门口分手，各奔东西。没想到此刻出了意外。

黄远辉把车开到饭店门口，下车，余明白正准备和黄远辉的父母挥手道别，黄远辉拉开车后门，却不是请自己父母上车，请的是余明白，"叔叔，我和思思送您。"

余明白一惊。"不用，不用，"一惊之后，迅速想出拒绝的理由，"你还是送你父母和余思,我一个人打车很方便的。"

"别客气,远辉和余思送你是应该的。难得见面,你们还可以再聊聊天。"黄远辉的父亲随手一指,如同变魔术似的,一辆黑色奔驰悄无声息地驶过来,"我们有司机送,早就安排好了。"

这样的情势,只有接受,不可能拒绝。

余思自然是坐在前排,黄远辉身边副驾驶的位置。余明白独自坐在后排。虽然是从右门上的车,他还是挪到了左边的座位。这个座位在驾驶座后面,黄远辉不会很方便看见他,而他可以很方便地和斜前方的余思交流眼神。

一坐定,余明白就想到,接下来他必须为自己找一个"合适的住址"。当然不可能是他现在住的那个地方,因为他告诉女儿,也告诉今晚在场的每个人,他是临时来平川出差的,住几天就走。

"叔叔住哪个酒店?"黄远辉果然问,"我看看我知不知道在哪儿。不知道我就用导航。"

心理预案很重要。哪怕只提前两分钟。

对余明白来说,这是血淋淋的教训。

选一个离黄远辉和余思的工作地点及住址都远的酒店,相对更安全。

短短两分钟内做出这样的选择,对一个临时来平川出差的人,几乎不可能,但对余明白来说很简单。

余明白报出一个符合设定条件以及自己身份的酒店。

三星级,水准与今晚就餐的饭店档次相当,与自己目前的"职业身份"相当。即使水准略低,也可以用"节俭"来解释,同时更能突出今晚菜单的隆重,合乎情理。这样的酒店报出来,黄远辉较大概率不会知道酒店的星级,那些琐碎的细节似乎有些思虑过度。但余明白清楚,宁可思虑过度,也不能不防万一。

生活往往就毁于那原以为永远不会发生的万一。

酒店离黄远辉的日常活动范围很远。黄远辉果然不知道地点,打开了语音导航。导航里那个温柔的女声娇嗲地报出了酒店的简要信息,包括它的星级身份,然后向驾驶员求证信息是否准确。

黄远辉迟疑了一下,带着笑意说:"本来我和思思说,叔叔对平川不熟,我来安排酒店,思思不肯。"

余明白温和地接话:"和她没关系,是我不想麻烦,这酒店挺好。"

黄远辉如果再多说就会显得不礼貌。如余明白预期的一样,他没再坚持,确认了导航地址。

之前饭桌上的两小时交流,该谈的都谈的差不多了。此时三个人处于同一封闭空间,忽然陷入一种微妙的沉默。

这种沉默,拖延越久越古怪。余明白决定率先打破。

"小黄,给你讲个笑话。有一个小姑娘,大概四五岁吧。自己坐着玩橡皮筋,忽然'啪'的一下,橡皮筋勒断了,弹到小姑娘的右手。小姑娘疼得眼泪都快流下来了。然后她就伸出右手,使劲打自己的左手。这下子,左手右手一起疼,小姑娘终于忍不住哭了……"

余明白坐在黄远辉身后的位置,慢悠悠地讲。看不见黄远辉的脸,却看到正驾车的黄远辉,腾出一只手,伸到旁边握住余思的手。

余思侧过脸,对黄远辉微笑。目光又继续后移,和余明白的眼神相遇。她微笑着,凝视了父亲几秒钟。

余明白也微笑着凝视她，然后将脸转开，望着窗外，继续讲他的"笑话"："小姑娘的爸爸就拉着她的手问她，这只手已经够疼的了，为什么还要打那只手呀？小姑娘一边哭，一边说，谁让它们长在一起呀？要疼一起疼。一起疼就不那么疼啦。"

余明白说到一半时，余思已经伸出空着的右手，掩住自己的脸，无声地笑。前方的黄远辉紧紧攥一攥余思的右手，拉到半空，亲了一下。余明白看见黄远辉投向余思的眼神。短短一瞥，也能看出那眼神中的亲昵与怜惜。

"小姑娘好聪明！"黄远辉笑着说，"小小年纪就这么富有哲理。"

"是呀，她从小就很聪明。"余明白说。

"还没讲完呢。"余思笑着提醒黄远辉。

"是吗？"黄远辉很凑趣，"叔叔，然后呢？"

"她哭着说完那句话，爸爸就抓起她的小手，重重地打了好几下。"余明白继续。

"啊？"黄远辉明显很意外，"为什么要打她？"

"爸爸说，谁让你打疼我女儿的？"余思抢在余明白之前回答了黄远辉的问题。如此迅速，像是那段记忆就在嘴边，等待破茧而出。"谁让我女儿哭，我就让谁哭……然后我就哇哇哇哭得更厉害啦。"

黄远辉先是想笑，又有些笑不出来。想了想，微微偏过脸，抬头看着后视镜。余明白的目光与黄远辉在后视镜中相遇。黄远辉的认真里透出一丝困惑。

"然后呢？"黄远辉问，不知是问的谁。

余明白等的就是这句"然后"。

"然后爸爸用一条钢尺把自己的手打肿了。"余明白平静地说，"爸爸对女儿说，记住啦，以后不要伤害自己，爸爸也不会让任何人伤害你。讲完了。"

车里沉默了。

足足过了半分钟，黄远辉开口了，"叔叔请放心，我会永远保护思思。不让任何人伤害她，我更不会伤害她。"

"叔叔相信你。"余明白说，"那叔叔就放心了。"

又沉默了一会儿。

"小黄，麻烦你过了前面路口停一下车，"余明白客气地说，"我忽然想起还有件工作上的事情要和人谈，暂时不回酒店，谈完再回去。"

"那……叔叔和人约在哪儿见面？我们送叔叔过去。"黄远辉更客气。

"还没约，下车了再约。"余明白的口气变得略强硬了一些，"不用和我客气，你只要照顾好思思，就是对叔叔最大的尊重，叔叔很感激你。"

"叔叔言重了。"黄远辉有些不知所措，但还是很诚恳，"照顾思思对我来说不是义务，是发自内心的感情。"

"我明白，但还是要谢谢你。也希望你们在一起，彼此能给对方幸福。"余明白说，"就在这儿停吧，谢谢。"

车在路边慢慢停下，余明白从左边座位挪到右边座位。

余思在前面准备解开安全带，余明白伸手按住她的肩头。

"不用送爸爸，你了解爸爸性格的。"余明白的手在女儿肩头停留了片刻。这是几年来，第一次与女儿如此真切地接触。他努力克服了内心的不舍，将手从女儿肩头拿开，淡淡地说，"工作不要太辛苦，保持联系。再见。"

"好的，爸爸再见。"余思没再坚持，"保持联系。"

"叔叔再见。"黄远辉说,"我会好好照顾思思。"

余明白对黄远辉点点头,没再说什么,推门下了车,关上车门。

他站在路边,等着车开走,车却停着不动。

余明白忽然想起,黄远辉是个有教养的小伙子,也许是出于礼貌,不便扔下他先离开。余明白有意拿出手机,假装拨号,一边拨一边弯腰让驾驶座上的黄远辉可以透过车窗看见他的动作,然后对黄远辉摆摆手。

果然。黄远辉这才将车缓缓开出。

余明白手机放在耳边,看着黄远辉的车远去,直到融入更远的黑夜。他这才将手机放回包里。四下看看,辨认方向。

夜晚的平川,还是会令余明白感到陌生,毕竟不是土生土长的家乡。他想了好一会儿,意识到这里离他要去的地方很远,正好是城市对角线的两端。

余明白走了两个路口,在站台等了二十分钟,坐上公交车。最后一班公交车了,车上只有两三个乘客。余明白坐在车尾的一个窗口,这里有半扇可以推开的车窗。

风呼呼地吹在余明白脸上。五月下旬,平川的夜晚还有一丝凉。比宁江凉。

余明白的目的地是他在平川真正的住处。并不是什么酒店,只是城郊接合部一间几平米的出租屋,由一个老旧小区的自行车棚改建的。有些业主当成储藏室,有些拿来出租。严格地说,都算违章建筑。

对余明白来说,这里除了便宜,更大的优点是,生活在这里的人如同城市的蟑螂,无人关心,无人过问,也无人知晓。

公交车驶过城市的街道,驶过一幢幢新的、旧的建筑。余明白试图用目光在夜色中搜寻,自己曾在哪幢楼的哪扇窗内吊过窗架,安装过玻璃。

黑夜融化了一切,什么也认不出来。

没什么可惆怅的。本来就是个临时谋生的饭碗,连职业都称不上,何况余明白根本不想在这个城市留下任何痕迹。

如同今晚之前的那些日子一样,悄悄生活在女儿身边。小心地隐藏,不让她看到爸爸的影子。

这样就可以抹去过去,抹去生活的倒影。

眼里只有现在和未来。

4

马一路和江小流从"好再来"饭店返回 704 时,除了达尔文的牵引带和狗垫之外,还有满满几大盒打包的剩菜。

江小流本来不让马一路打包,马一路念叨了好几遍"谁知盘中餐,粒粒皆辛苦"。

"可以给达尔文吃,"江小流说,"不算浪费。"

"负责的养狗人,绝不给狗吃人饭。"马一路说。

"谁说的?"江小流半信半疑。

"狗司令说的。"马一路挺起胸脯。

"多扎几层塑料袋。"江小流让步了,"那么多怪味混在一起,我会吐。"

"回去我负责帮你清洗后备箱,保证清洗得比第一现场还干净。"

收获满满的马一路忍不住耍了个贫嘴。没办法,心情实在太好了。

"那么多怪味",除了打包食物之外,还有马一路爬进狗屋,打着手电,从各种杂物里翻找出来的牵引带和狗垫。

371

马一路知道有些人有囤物癖，尤其是老年人。他在所辖社区不止一次遇见过。达尔文是条狗，还很年轻，没想到也有囤物癖。

邱妍家用过的牵引带和狗垫，老板娘悄悄扔过几次，都被它自己衔回来了。老板因此认定，达尔文肯定有寻回犬的血统。啃过但没咬碎的大骨头、田野里捡回的各种不知名残骸，也藏在它的"别墅"深处。

所幸如此，马一路才得到了他最想要的证物。

回程中，江小流一直坚持掩着鼻子和马一路交流。

"那些怪味关在后备箱了，你用不着捂鼻子。"马一路好心相劝。

"你不在后备箱。"江小流看着马一路，面无表情。

马一路这才意识到，自己曾在那栋"别墅"的空气里至少浸泡了20分钟。他闻闻自己，真诚地道歉："真不好意思，忘记这茬了，要不我把衬衫脱了扔后备箱？"

不等江小流回答，马一路自己又反应过来。他就穿了件短袖，脱了就是半裸，更不妥，何况还有裤子。

"别管了。"江小流切换了话题，"那些东西真能提取到邱妍的DNA？"

"不一定，但有可能。"提到邱妍，马一路自然而然严肃起来，"狗垫不好说，邱妍每天遛狗，和狗绳直接接触，提取DNA的可能性很大。"

"都快两年了。"

"现在的刑侦技术很先进，二十年前的证物上都能提取到DNA，两年不算长。"

"提取到邱妍的DNA能说明什么？"

"说明达尔文确实是邱妍的狗，不再只是咱们的凭空猜测。"

"那又说明什么？达尔文又不是凶手。"

"达尔文确实不是凶手，但把达尔文从第一现场带出来的人，就有可能是凶手。"

江小流想了想，"明白你的思路了。"

"我……什么思路？"马一路问。

"接下来咱们根据那个打到饭店的电话锁定打电话的人，就能证明是那人把达尔文从第一现场带走的，也就能证明他是杀死邱妍的凶手。"

"你说得有点儿快，让我想想。"

"就是普克说的证据链。"

"好像是这个思路，不过好多细节我还没想太清楚。"

"还有一个问题。"江小流又说。

"你尽管问，我尽力啊。"马一路尽力表现出谦虚。

"怎么确定从狗绳狗屋上提取的DNA是邱妍的DNA？"

"技术部门有办法。"

"我知道可以用头发、皮屑、邱妍用过的物品去找DNA，但邱妍早就消失了，这些都找不到怎么办？"

"可以和邱妍的母亲进行DNA比对。"

江小流不说话了。

"没问题了？"马一路半开玩笑半认真地说，"难得有这种你不懂、我半懂不懂的机会。"

"我知道你什么意思。"

"我什么意思？"

"我不想谈邱妍的母亲。"

"为什么？"

江小流又沉默了。

马一路不敢太强迫她，"实在不想说，就不说了。要不我给你唱首歌？本人还有一个外号，叫马路天使，周到夸我的歌声和天使差不多。"

372

"周到夸你?"江小流说,"那我想听。"

周到是光明路派出所的老资格刑警,逮着一切机会挖苦打击马一路。

"我给你唱首我最喜欢的歌吧,'我的太阳'。"

"帕瓦罗蒂唱过的'我的太阳'?"

"想不想听?"

"唱吧。"

"我可真唱了啊。"

马一路开始唱,而且用的是意大利语。他开唱之前,江小流已经腾出捂鼻子的手,虚掩在耳朵上。

马一路唱了两句后,江小流放下手,怔怔地看着马一路。

最高音处,马一路嗓子破音了,不无遗憾地停下来,扭头看看江小流,江小流眼睛一眨不眨地看着他。

"我以为你又想逗我笑,"江小流说,"结果不是。"

"这意思是我唱得还行?"马一路欣慰地说,"可惜高音每次都唱不上去,要不然我起码混个宁江警界的马瓦罗蒂!"

"我对你撒谎了。"江小流说。目光完全不回避马一路。

马一路一愣。

"你想知道我们家的事故真相,我不想说。"江小流说,"我当然有不想说的理由,但现在我发现,我更不想对你撒谎。"

马一路开着车,不敢长时间看江小流。

转脸看一眼,扭回头看路。忍不住又看一眼,又回头看路。

"我……我都不知道说什么好了。"马一路说。

"心理咨询师说,其实我不是真的失去情感,我只是把情感隔离了,关进了小黑屋。"江小流说,"他不知道我是怎么做到的,我也不知道。"

"邱妍的母亲……"马一路犹豫了好几秒钟,才下决心问出来,"让你想起你妈妈了?"

"其实她一直都在,我把她隔离了。有时候她会跑出来,我再把她关起来。"

这当然不会是"想念",甚至都算不上"想起"。直接用"她"指代"妈妈"这个称呼,更别提"隔离""关"这样的词汇。

什么样的母女关系才有这样的心理距离?马一路无法回答自己提出的这个问题,只觉得心里拔凉,还隐隐作痛。

"我……还是不知道该说什么。"马一路说的是心里话,"就觉得……挺心疼的。"

"我不了解邱妍。但今天从她母亲家出来,我心里在想,也许邱妍死了比活着还要好。"

马一路很震惊。

"你可以批评我的想法,"江小流从他的表情看出来了,"但我就是这样想的。"

马一路沉默了一会儿。"咱们换个话题,行么?"

连心理咨询师都无法解决江小流的问题,这个话题,马一路实在不知道如何进行下去了。

"那你接着给我唱歌吧。"江小流对马一路的提议十分配合,"高音部分可以跳过去。"

一路开车,一路唱歌。和江小流一起回到704时,已经是深夜了。

拎着满满一大袋打包盒,以及同样用塑料袋装起来的狗垫狗绳上楼,马一路自觉地让江小流单独先坐电梯,他等下一趟。

马一路走进704时,看见彭大勇也在,有些意外。

"走的时候是陈奇峰，回来就变成彭所了。"马一路讪笑。

"陈奇峰回家了。"普克告诉马一路，"情绪基本稳定，你放心。"

彭大勇神情严肃，马一路看见他就有些惴惴不安。

还没来得及问候，江小流已经开始"回放"几分钟前的场景。

江小流准备用钥匙开门，听见门内的说笑声，停下。

"……这小子，没想到进步真挺快。"一听就是彭大勇的声音，"也不奇怪，名师出高徒，有你这个好老师在这儿，错不了！"

"主要还是他自己悟性好，另外说明你有眼力。""普克"说，"好好培养，以后他们肯定比咱们当初强。"

江小流开门进入。

"彭大勇"一愣，探头往江小流身后看，"怎么就你一个？马一路呢？"

"他坐下一趟电梯。"

"你俩……闹矛盾啦？"

"为什么这么问？"

"一个电梯还装不下你俩？"

"他回来你们就知道了。你们刚才在表扬马一路？"

"别告诉他啊……更别回放给他看！""彭大勇"赶紧叮嘱。

"有进步就应该表扬，年轻人才有信心。""普克"笑着说。

"不行，表扬太多翘尾巴。年轻人一翘尾巴就……别说了，那小子上来了。"

江小流以彭大勇正襟危坐并摆出严肃的表情作为这段回放的结尾。

"你看你，都说了别回放给他看嘛。"当着马一路的面，彭大勇有些尴尬。

"你确实说了，我答应了吗？"江小流若无其事地反问。

彭大勇只能用转移话题的方式转移自己的尴尬，皱起眉头，用手扇风，"什么味儿？熏死人！"

马一路将装有狗垫狗绳的塑料袋往彭大勇面前一举，彭大勇连连后退。"这可是重要证物！"马一路兴冲冲地说，"达尔文在邱妍家的狗垫和牵引带，上面很可能有邱妍的DNA！我冒着被熏晕的危险从达尔文的别墅里找出来的。"

普克之前显然已经和彭大勇交换过信息，彭大勇一听，又走回马一路面前。盯着装证物的塑料袋看看，又转向马一路手中另外拎的那一大兜，"都是证物？"

"这一兜不是……"马一路略有些难为情，他的节俭常被彭所拿来当成笑话，一时想不出怎么解释才能保住面子，"这一兜是……"

"马一路带给大家的宵夜。"江小流语气淡定，帮马一路圆了这个小谎，"今晚有好多信息要回放，会睡得很晚。"

从"金毛狮后"和露西的主人老先生开始，直到离开路边饭店"好再来"。江小流把整个过程给大家"回放"了一遍。

马一路拉江小流离开包间假装上洗手间，马一路和江小流之间那两次"小动作"，也没遗漏。

马一路面红耳赤，准备为自己的情不自禁做出合理解释，发现普克和彭大勇都全神贯注于接下来的内容，根本没注意他的反应。马一路及时闭嘴。

"马一路带给大家的宵夜"也有了直观

的解释。"回放"到这个情节时，彭大勇不动声色地扫了一眼茶几上那一摞打包餐盒。

进入返程车上马一路与江小流那段关于DNA的对话时，普克和彭大勇的聚精会神都写在了脸上。

至此，江小流终于结束了今晚的"回放"。

说"今晚"其实不太准确。已经过了零点，他们在704迎来了新的一天。

普克和彭大勇没有立刻说话。他们各自凝神思索了一会儿，忽然同时看了对方一眼。隔了十二年，老搭档的默契仍在。

"精彩。"普克对马一路和江小流说，"你们的配合天衣无缝，无可挑剔。"

"普克的观点就是我的观点。"彭大勇目光转向茶几上那堆打包的餐盒，"马一路去拿几副碗筷，咱们边吃宵夜边慢慢聊，商量一下后面的方案。"

马一路立刻起身走向厨房。

"别给我拿。"说了太多的话，江小流的嗓子有些嘶哑了，"别让我影响你们的食欲。"

5

彭大勇有句口头禅，光明路派出所的民警们都很熟悉：人是铁，饭是钢，一顿不吃饿得慌。

那天晚上马一路没舍得浪费、打包带回来的剩菜，成为三人小组及他们的直接领导彭大勇凌晨讨论会的重要能源，帮他们提前看到了曙光。

首先确定的是，那个原本虚无缥缈、只存在于录音中的影子被马一路和江小流抓住了，通过那条名叫达尔文的串串狗。

彭大勇几乎打了包票，只要经费能解决，极可能从达尔文的牵引带和狗垫上提取到邱妍的DNA。江小流立刻表态经费不是问题。大家都明白她的意思。虽然现在遇到这种情况她已经不再轻描淡写说出那句"我有钱"。

得到邱妍的DNA后，需要与邱妍母亲的DNA进行亲子比对。以现在的刑侦技术来说，这不是难题。

那个为达尔文找到新家的中年男人，"好再来"饭店的老板和老板娘对他的外貌有各自不同的描述。有模拟画像专家在，画个八九分，就可以成为寻人参考。

中年男人开的那辆红色轿车最容易核实。陈奇峰第一次对三人小组讲述离奇案情时，就不止一次提到邱妍的车，他对此车应该有了解。即使不确定，通过邱妍的身份信息也能从交管部门查到。但彭大勇担心，就算车辆信息俱全，想通过近两年前的道路监控获得线索的可能性极小，除非有巧合或奇迹的发生。刑事侦查的一个原则是，不能指望奇迹或巧合。

将达尔文留在饭店大半年后，送狗人曾打来的那个电话，成为目前至关重要的线索。

根据江小流的"回放"，电话呼入的时间被圈定在2017年2月1日到2月11日之间，即去年农历新年的年初五至正月十五。保险起见，比老板娘的模糊描述前后各放宽了几天。距今也有一年多了。

不过根据彭大勇的经验，这个时段的数据在电信后台应该还能查到。

"这人那么狡猾，就算查到那个电话，说不定也经过处理。"江小流说，"现在网络电话随便改号，冒充110的诈骗电话我都接到过。"

"你说的情况确实存在，但这人毕竟不

是骗子,不一定像骗子那样办事儿。"马一路说。

"不是骗子,只是个杀人分尸的凶手。"江小流说。

"我不是想替他说好话,我只是想表达……我的感觉。"马一路辩解。说完这句,他下意识地瞄了彭大勇一眼,怕挨骂,"这人确实又凶残又狡猾,但普克分析过他的个性,他也有很矛盾的另一面……是吧,普克?"

"我同意马一路的观点。"普克说,"先不提之前对这人的性格分析,单从他打电话这个动作看。他打电话到饭店,只有一个内容,确认达尔文还在这个新家,而且生活得不错。这意味着什么?意味着打电话时他处于一种相对放松的心理状态。"

"有道理。"彭大勇说,"这种心理状态,戒备程度通常会比较低。"

"而且那时候还是过年!中国人过年的时候心里最容易动感情!"马一路说。

"不一定。"江小流说。

"马一路说的对。春节对大多数中国人来说,不仅仅意味着放假,更意味着亲情、家庭……这些与感情关联的内容。"普克说,"这人给达尔文找了个新家,过了大半年打了一个电话。这之前的大半年他没打,之后的一年多也没再打,足以说明他打电话的原因就是过年触动了他的感情。"

"我还有个感觉!"彭大勇在场,马一路稍显顾忌,"能不能说?"

"废话!"彭大勇毫不客气,"案情分析会,有话必须说!"

"我忽然想到,陈奇峰放的那个录音笔,凶手是完全不知情的。"马一路说,"将近46小时的录音,只录到凶手一句话……"

"就三个字,达尔文。"江小流补充。

"对,就叫了一句达尔文,还是在他毫无心理准备的情况下,一着急叫出来的。除此之外,所有的时间,他一句话也没说过。这说明什么?"马一路问。

"说明他特别谨慎?"彭大勇说,"你们得出过这个结论。"

"马一路这个问题特别好!"普克说,"以前我一直把这个现象归结为凶手的谨慎。他当然很谨慎,但现在我突然意识到,除此之外,他还很孤独。"

"明白了。"江小流语气平静,"一个孤独的人,可以很多天不说一句话。"

"像我这种人,就算一个人待着,也会唠唠叨叨、自言自语说个没完!"马一路说。

"还算有点儿自知之明!"彭大勇笑了,笑罢,又回到刚才的思路,"这么一分析,那个电话更有价值了。那人打电话时应该不会过于处心积虑,刻意伪造电话号码。"

"否则他根本就不会把达尔文留在世上。"普克说。

"更别提费那么大力气,给达尔文寻找一个新家。"马一路说。

"超温暖的家。"江小流补充。

能在圈定的时间内锁定那个来电,或许就能锁定那个男人所处的地理位置。如果运气足够好,他用的是合法使用的手机号码,那简直值得欢呼了。现代社会,一张真实的身份证,一个手机号码,基本可以揭开一个人绝大部分的伪装。

这些日新月异的变化,对记忆停留在十二年前的普克来说,如此新鲜,令他惊叹。普克一次次将他心目中的要点,用他那个"古董"录音笔录下来。

每次看见普克录音,彭大勇都在心里对自己提出同一个问题,该不该告诉普克他曾经历的那个悲剧?正是那个悲剧,使普克的记忆开始萎缩,逐渐回撤,直至回到2006年夏天那个星期六的傍晚。

天将亮时,每个人都疲倦到了极点,包括江小流。

普克手里拿着录音笔,已经睡意蒙眬。

"大勇,还有什么我该记住的?"普克迷迷糊糊地对彭大勇说,"我快撑不住了。"

正是这句话,一下子令彭大勇找到了答案。不告诉普克,永远不告诉他。如果必须有人记住那些痛苦,不该是普克。彭大勇情愿自己就是这个人。谁让他们是那么多年那么默契的好兄弟、好搭档。

彭大勇歪倒在沙发扶手上入睡之前,依稀看见斜对面的马一路和江小流。

他俩也撑不住睡着了。

马一路坐在地毯上,背靠沙发。沙发上的江小流一手撑着下巴,瘦瘦的胳膊肘支在马一路的肩上。

又是一对好搭档。

彭大勇咧着嘴,带着自豪的微笑进入梦乡。

6

三人小组的运气不错。或者说,彭大勇的运气更不错。

六一国际儿童节那天,彭大勇给他眼里总不够成熟的马一路送了份儿童节大礼。

马一路从达尔文新家的"别墅"里捡回来的牵引带和狗垫上,都成功采集到多种DNA。有人类的,有动物的。

虽然江小流不在乎钱,彭大勇还是本着细水长流的精神,仅要求技术部门对人类DNA做了鉴定。共有五名不同人类DNA样本,三男二女。"好再来"饭店的老板和老板娘各有贡献。陈奇峰的DNA在狗垫上出现。

排除这三人的DNA后,另外各有一男一女的DNA分类待查。

普克和马一路又去了一次邱妍母亲家,特地没叫江小流一起。除了取得邱妍母亲的毛发,还意外得到邱妍父亲和邱妍本人的旧物:邱妍父亲的一把骨灰;邱妍小时候用过的一个发夹。发夹缝里卡着一根细软的头发,是邱妍的。这两样旧物保存在属于邱妍的一个"百宝盒"里。

据邱妍母亲介绍,邱妍父亲没有墓地,只留了这一把骨灰。其余的骨灰,她从殡仪馆回来的路上,随手扬洒在路上了。

邱妍的"百宝盒",是小时候拿来收藏她珍视的各种宝贝的。邱妍离家生活后,邱妍母亲都扔了。只有这个发夹,是邱妍母亲送给女儿的,留下了。

得知警方需要邱妍的DNA样本,以调查她的"失踪",邱妍母亲提出了她的困惑,"上次来的那个小姑娘,一副要死不死的模样。她不是说邱妍已经死了吗?怎么现在又说是失踪?"

那一刻,马一路彻底体会到什么叫透心凉。

本来马一路很想问问邱妍的母亲,和女儿到底有什么深仇大恨,后来放弃了。

放弃的原因与江小流无关,和前两年宁江市的一条社会新闻有关。有个小区的业主找派出所报案,说对门邻居家的两个小女孩好几天没看见出门了。该业主知道,小女孩的妈妈是个吸毒人员,才二十多岁。两个女儿,一个四五岁,另一个刚满周岁。

年轻妈妈因为吸毒被抓过，放了。出来后一个人照顾两个女儿，必定很艰难。左右邻居就算不同情这个年轻妈妈，多少也有些同情那两个女儿。平时经常搭把手，帮帮忙，有时年轻妈妈出门去"找生计"，打个招呼，邻居还会将孩子留在自己家照看两天。

可这次年轻妈妈出门好几天，临走没打招呼，也不知是如何安排孩子的。邻居实在觉得不对劲了，敲门，怎么也敲不应，只好报警。

派出所民警跟着邻居上门，同样敲不开，强行破门进入。两个小女孩都已经死了，饿死的。稍大的那个姐姐，死在卧室门口。她努力想把门打开，妈妈特地用东西卡住卧室门，以免女儿从里面打开门，逃出来。

在这个人人嚷着要减肥的时代，两个小女孩被她们的妈妈遗弃在家中，活活饿死。后来警察找到小女孩的妈妈，才发现她又怀孕几个月了。

这个新闻不仅在宁江传得沸沸扬扬，也上了全国的热搜。

马一路当然也知道新闻的大致内容，但他没敢细看，怕自己受不了。受不了的具体内容，马一路跟谁也没说过，包括他母亲。那几天马一路的母亲天天念叨这个新闻，痛骂那个饿死女儿的年轻妈妈，马一路总是借故走开。

马一路受不了的是脑海中一个幻相。幻相中，他就是那个接受业主报案的社区民警，他亲眼看见了两个被妈妈饿死的女儿。

这个幻相折磨了马一路很多天，后来才慢慢淡去。

不是因为遗忘了那两个死去的小女孩，

她们始终留在马一路的记忆深处。马一路不再像开始那样为她们感到痛苦，因为他找到了减轻痛苦的方法。

大家常笑话马一路年纪轻轻，处理社区里那些鸡毛蒜皮的纠纷时不厌其烦，婆婆妈妈的程度甚至超过那些跳广场舞的阿姨大妈。

和那些说话啰嗦、没完没了的老人聊天，帮他们在菜场砍价，一次次叮嘱他们多锻炼身体，少买保健品，不要相信路上捡的中奖彩票。马一路也不明白为什么，做这些事情的时候，他的痛苦开始减轻。

偶尔他会想，说不定哪天有人和他闲聊时，随口告诉他，楼里邻居家两个小女孩，已经有两天没露面了。如果那样，马一路还来得及去敲门。

马一路不是哲学家，也不是心理学家，他就是个小警察。

为什么会有饿死女儿的妈妈，为什么会有邱妍母亲这样的妈妈，这不是马一路能想明白的命题。索性就不去想了。

有一个问题，普克已经忘记了，江小流又没来，马一路自己想起来问了。

关于母亲节那天邱妍母亲收到的那份节日礼物，陈奇峰说，是一张母亲节贺卡，还有一朵永生花。

马一路问邱妍母亲，礼物还在不在，回答是都扔了。

礼物是快递寄给邱妍母亲的。陈奇峰打电话时，邱妍母亲曾热心地帮他查看过快递包装，上面没留发件人的电话。这会儿包装当然早就扔了。

马一路仍不甘心，追问："快递是从哪个地方寄来的，总有印象吧？"平时马一路和老年人说话，总是一口一个"您"，现在是能省则省。

好在邱妍的母亲似乎也并没察觉。对马一路的这个问题，她认真回忆了一会儿。

"平川。"邱妍的母亲对马一路和普克说，"我虽然老了，比邱妍脑子清楚。那朵假花是从平川寄来的。"

"能确定吗？"

"我又不是邱妍。"邱妍的母亲不以为然地回答，"我说话是负责任的。拆快递的时候我还想，平川没有亲戚朋友，谁寄来的呀？要是四川，说不定是我的大学同学。那个同学很滑稽，当年追求过我……不过也不会是他，前几年听说他也死了。"

马一路转脸看看普克，"我没什么可说的了。"

普克看出了马一路的克制。他想了想，转向邱妍的母亲，凝视她因年老而浑浊的眼睛，"听说有一次您发心脏病，是邱妍救了您，有这回事儿吗？"

马一路有些意外。不是因为陈奇峰把这件对马一路说过的事情又告诉了普克，而是因为普克用他的方式记录重要信息时，将这条信息列入"重要"的行列。

更让马一路意外的是，对普克的这个问题，邱妍的母亲回答得很干脆："对呀，有这事儿。"

"您醒过来的时候，打了邱妍一个耳光？"

"打了又怎么样？"她理直气壮地说，"又打不疼。"

"我只是奇怪，邱妍作为您女儿，到底犯了什么错？"普克不由自主放低了声音，像怕惊扰了邱妍似的，"您这么恨她。"

"谁说我恨她了？"她笑着说，"她是我生出来的，如果我恨她，生出来的时候就可以掐死她。"

马一路实在忍不住，拉了普克一把，站起来，普克也跟着站起来。

"不再坐坐啦？"邱妍母亲的语气竟然有一丝不舍，"我一个人也挺无聊的。"

离开邱妍母亲家时，马一路没说话，倒是普克除了道别，特地多说了一句话，"永生花不是假花，不过对您来说也不重要。"

出门后，马一路和普克都沉默了一会儿。

"没想到你也知道永生花。"马一路说，"永不凋谢的鲜花，这些年才有的新玩意儿。"

"上次和江小流来，听邱妍母亲提到。回去查了一下才知道什么叫永生花，特地记下来。世上没什么是永生的，本来母爱算个例外……"普克叹了口气，没说完。

"从她身上我可看不出一分一毫的母爱。"马一路恨恨地说，情不自禁模仿刚才邱妍母亲的语气腔调，"如果我恨她，生出来的时候就可以掐死她……有这样的母爱吗？"

"江小流和她母亲是不是也有什么状况？"普克忽然问。

马一路一愣，看看普克。

"你这样的性格，今天这种反应很正常。江小流那天反应比较激烈，和平时不太一样。"普克解释，"和我之前记录中的不一样。"

马一路认真地思考了一会儿。

"有件事情今天正好和你声明一下，"马一路诚恳地对普克说，"凡是江小流的个人情况，我都不方便和你谈。不是因为我喜欢她，或者别的什么，这种感觉就像……就像……"

"像一种背叛？"普克帮马一路选择了一个词。

"对，背叛。"马一路说，"除非哪天她当着咱俩的面，一起谈。"

"明白了。理解你的感受，也尊重你的选择。"普克坦然地说，"这个要点我会记下来。"

马一路犹豫了一下，"另外我想强调一下，普克，我很崇拜你，也特别信任你。绝对是我的心里话！"

"是不是担心刚才说的话会影响我对你的判断？"普克对马一路微笑，"如果我是那样的人，大勇就不会放心把我交给你了。"

马一路心中涌起一阵热潮。

"……大勇就不会放心把我交给你了。"

普克这样说，意味着什么？

对彭大勇来说，普克既是个刑侦天才，又是个失去独立生存能力的"婴儿"。彭大勇对普克的保护，是一种母亲对婴儿的保护。普克深深了解这一点。

"大勇就不会放心把我交给你"，是普克对马一路的信任，更是彭大勇对马一路的信任。

马一路没再和普克继续这个话题，那种自豪感却在心里持续了很久。

因此，六一国际儿童节那天，彭大勇又调侃马一路是永远长不大的儿童时，马一路不仅没觉得尴尬，反而和彭大勇开起了玩笑。

"别光嘴上祝我儿童节快乐呀。"马一路说，"小气鬼，也不给我发个儿童节大红包！"

"行啊，说发就发！"彭大勇立刻拿起手机。

马一路的手机收到微信提示音，一看，果然是彭大勇发来的红包，不好意思了，"我开玩笑的……"

"别不好意思，我特地打电话把你叫到办公室，就是想给你送个儿童节礼物。"彭大勇难得这么认真地解释，"你喜欢红包，那是帮我忙，省事儿了！"

"干嘛呀彭所？我怎么觉得心里不太踏实？"

"先把红包领了再说。"

"真不好意思领……"

"小红包，逗你玩的。儿童节嘛，凑个趣。"

"那我可真领了啊。"

"马上领。别养成拖拖拉拉的毛病。"

马一路把红包点开，吓一跳，居然是两百元的大红包。"彭所，别吓我……"马一路真有些紧张了，"您那点儿私房钱，发这么大红包，太违背自然规律。我……我还是还给您吧。"

"你小子，现在都敢当面嘲笑我了……"彭大勇笑容满面，"幸亏今天是六一儿童节，不是520。520的红包咱也不是发不起，主要怕你嫂子看到，解释起来麻烦！"

马一路看出彭大勇是真高兴，灵机一动，"彭所，是不是技术那边有啥结果了？"

"这是今天送你的第二个儿童节礼物。"彭大勇说，"这可是份大礼。"

邱妍的案子是以失踪人口调查立的案。自然不能"享受"命案调查的种种"待遇"。三人小组成立之初，调查李雪一案时，就曾经历过类似的窘境和尴尬。直到案件的推进，成立了命案调查专案组，在彭大勇的争取和省厅领导支持下，三人小组获得与专案组共享技术信息的"特权"，三人小组这才如虎添翼，最终成功结案。

彭大勇私下经常抱怨，现在当刑警没意思，所以转行到派出所。说到底，技术

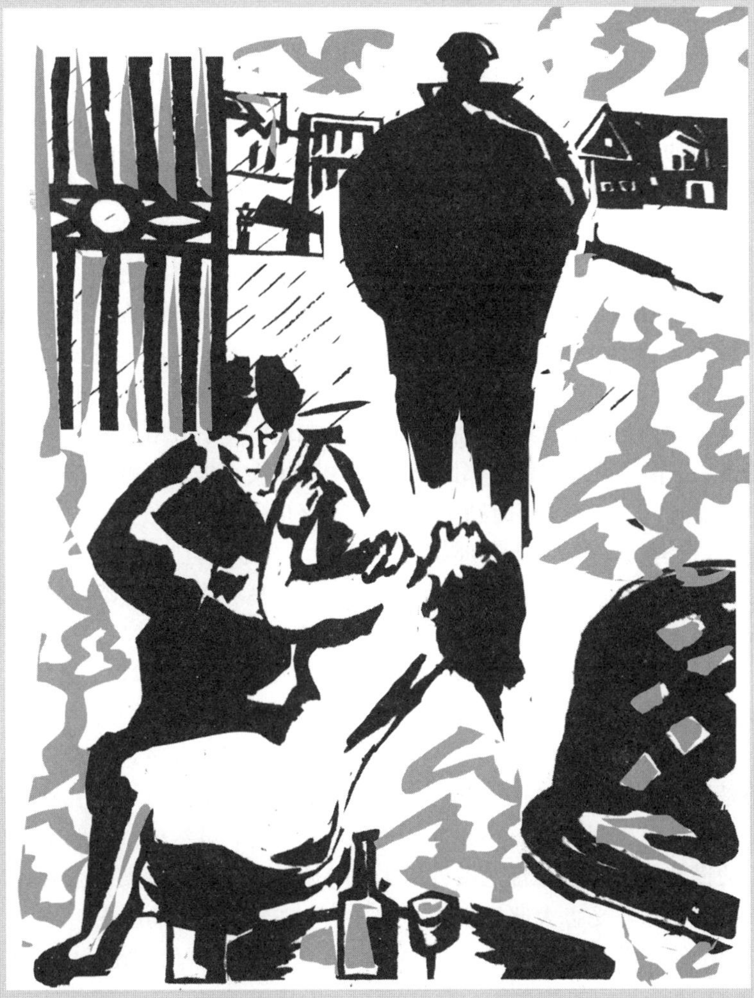

但彭大勇当然明白，对整个社会而言，技术进步意味着安全保障的巨大提升，否则，彭大勇就不可能在六一国际儿童节这天，给马一路送上这份特殊的"礼物"。

从达尔文的狗垫和牵引带上采集的DNA，经过各项比对，可以确认来自邱妍本人。

除了邱妍的皮屑和毛发，还采集到邱妍的血液。血液在狗垫上找到多处，在牵引带上只有极不显眼的两个小点。所有血液的新鲜度都基本相似，可判断为来源于同一时间段。牵引带上的两点血迹，均呈喷溅状，说明牵引带上的血液很可能是邱妍遇害时留下的。

按陈奇峰的回忆，狗垫平时铺在邱妍的卧室角落。上面的血迹可能是邱妍死后，两条狗沾到血迹，又返回狗垫时蹭上去的。牵引带平时就挂在客厅椅背上。邱妍可能就在客厅遭袭，致使血液喷溅到牵引带上。

仅仅这两滴喷溅状血液当然不可能致死，第一现场必定存在大量受害者的血液。凶手用缜密的方式处理了那些血液，却没注意到牵引带上留下的那两滴。

狗垫是深棕色虎斑花纹的棉垫，虽然蹭了多处血迹，但肉眼根本看不出来。否则以凶手的谨慎，断然不会将这两件杀人现场的重要证物，与受害人邱妍的狗一起带走，并留给他人。

至此，技术采集到的共五名人类DAN样本，四名都有了着落。根据排除法，剩下的那名男性DNA样本，极有可能来自于凶手本人。

这还不是全部。

彭大勇把这份儿童节大礼的最后一环呈现给马一路时，马一路忍不住喊了一句，"妈呀！"

那是厚厚一沓电信部门提供的原始数据。

将达尔文送给"好再来"饭店的那个中年男人，在送出达尔文大半年后，于2017年的春节期间，用一个手机号码拨打了"好再来"的固定电话。讨论这个电话时，三人小组根据各种因素推测，这个电话很可能成为追查凶手身份的重要线索。

"让你们说对了。那人打电话时确实没刻意防备，用的就是他那大半年常用的一个手机号。号码是阳城号码，号码登记的身份证不是。但查了那个身份证，身份证是盗用的，和这案子没关联。从手机号的使用情况推断，送狗的人离开宁江，直奔阳城，在阳城用他人身份证办了个手机号，用了大半年。接着凶手就离开阳城，去了平川……"

"平川？！"

马一路脑子里瞬间闪过邱妍母亲的脸，过电般打了个激灵。

"我虽然老了，比邱妍脑子清楚。那朵假花是从平川寄来的。"

邱妍的母亲果真没记错，那份邱妍绝不可能寄出的母亲节礼物，是凶手从平川寄出的。虽然马一路此时根本顾不上去想，凶手为什么要替被他杀死的邱妍寄一朵永生花给她痛恨的母亲。

"对，平川。在平川继续用了半个月左右阳城的号，不用了，估计换了新号。本来以为这条线就断在平川了，结果又拎起一根线头。说起来比较复杂，看你猴急的样儿，我直接说结果吧。阳城的号弃用之前，和一个平川的手机号有过一次交集。一查这个平川的号码，查到一个身份信息。

382

再查查过往记录,感觉这个身份证的主人,就是你们要找的人。"彭大勇故意停顿了一下。

"这么确定?"马一路勉强按捺自己的急切心情,"什么样的人?"

"这人叫余明白,现年52岁。户籍在易水,年轻时在阳城工作。2011年来到宁江,有个宁江的手机号。2016年6月下旬,宁江的手机号停用销号。从手机号、身份证使用情况看,2011年到2016年6月主要定居在宁江,偶尔去易水和平川。"

"易水是他户籍所在地,平川呢?"

"他有个女儿在平川,先是读了个护校,好像是中专,毕业后没直接工作,又继续读书,现在工作了,在平川一家医院当护士。"

"有女儿说明有老婆,老婆是不是在易水?"

彭大勇听了马一路这个问题,微微一愣,"这个我倒没在意。户籍资料显示是已婚……你怎么知道他老婆在易水?"

"这些年他除了宁江,就是易水和平川。平川有他女儿,老婆应该就在易水了。"

"刚想夸你成熟,你又简单了。"彭大勇说,"既然有老婆,老婆当然跟他一起。住宁江,去阳城,去平川……干嘛非得在易水?"

马一路眨巴几下眼睛,想过来了,"对呀,我这脑子怎么想的?一想到这人,就觉得他是一个人……他是有家有老婆的呀。"

"不怪你,到底没结婚,没经验。"彭大勇说,"再说你们之前对这人做过各种分析,认为这人比较孤独。产生这个错觉不奇怪。"

"谢谢彭所给我找台阶,不过……"

"不过什么?"

"我说了,您别觉得我是为了找回面子,故意跟您较劲啊。"

"现在你非说不可了。不然就是为了找回面子,故意制造莫须有的悬念!"

马一路笑了。他忽然想起,有一次普克曾说他和彭大勇的很像,那时马一路心里颇不以为然,现在却觉得,普克真是火眼金睛。

"我第一反应,余明白来来去去总是一个人,有可能像您说的是个错觉,也可能不是。"马一路说,"我们一路查到现在,听到看到的都是一个人的信息。当然有可能余明白根本就不是我们找的凶手,也可能他是,老婆一直藏在他背后。不管怎么说,不能只凭日常经验就做判断,得通过调查,拿到证据才能说话。彭所,我这建议您觉得有没有道理?"

彭大勇认真听完马一路的话,盯着马一路看了几秒钟,咬牙切齿地挤出几个字,"妈的,开始给我当老师了?"

"打死我也不敢,"马一路吓一跳,"您千万别……"

"得了,别装孙子!"彭大勇忽然笑了,"刚才你那堆话,虽然啰嗦了点儿,但有道理。我无条件接受。是我倚老卖老,有些细节自以为是了。"

马一路赶紧以手抚胸,帮自己顺气,"不带这么吓唬儿童的……"

"话说回来,我倒真有点儿纳闷。"彭大勇打断马一路,转回正题,"说半天了,你一直没明确表态。你认为这个余明白到底是不是你们要找的人?"

"不是我们要找的人……我觉得这个余明白,就是咱们要找的人!"

彭大勇愣着,没回过味儿。

"'咱们'就不光是三人小组了,也包括您。"马一路解释,"别骂我矫情,我这都是跟您的好基友、普克大神学的。"

"再这么下去,普克都被你带坏了!"彭大勇笑骂,"我送你这么一份儿童节大礼,难道你不该回我一个大礼?注意啊,此礼非彼礼。跟我玩文字,小样儿!"

马一路定神想了想。"彭所,我老实和您交代,其实我现在心情特别兴奋特别激动,就是为了在您面前显得成熟才假装平静的。"马一路一改之前的各种调侃、较劲、耍嘴皮,只剩下发自内心的诚恳,"特别感谢您,这是我这辈子收到的最好的儿童节礼物。"

马一路上前两步,张开双臂,紧紧拥抱了彭大勇,然后松开惊呆了的彭大勇,迅速转身,逃也似的离开了所长办公室。

7

虽然还没到庆功的时候,704还是小小地热闹了一下。

彭大勇借开"案情分析会"的名义,带来一瓶珍藏多年的老酒,非拉着普克和马一路陪他喝。江小流,彭大勇是不敢拉的,拉也没用。

马一路身高体壮,本该是块能喝的料。但光明路派出所的都知道,他是徒有其表,只能坐在酒桌边吓唬人,一端杯就露馅儿。

马一路和江小流都没想到,普克不仅能喝,而且懂酒。品了一口,简单点评几个字,彭大勇就心花怒放,好像那酒是他亲自酿造的一样。

"问你们一个问题。"彭大勇咂一口酒,"喝到好酒是一种什么感觉?"

"难受。"江小流说。

"我指是不是生理感受,是一种……比喻。"喝了酒的彭大勇比平时文艺多了。

"我说的就是比喻。"江小流说,"不过我不知道什么是好酒,对我来说都是酒精。"

"马一路说。"彭大勇放弃了江小流。

"我也不知道什么是好酒……"

"少来这一套!"彭大勇不留情面地揭发马一路,"那年你父母请我吃饭,那瓶五粮液我看你可没少喝!"

"我那不是心疼嘛,我爸自己都没舍得喝的五粮液,不能全让你喝了。"马一路半开玩笑半认真。

"我的感受可能要让大勇扫兴了,"普克说,"对我来说,喝到好酒的感觉,就是喝到好酒的感觉。"

"这算什么感觉?"彭大勇果然皱眉。

"如果非解释不可,只能说,那是一种真实的感觉。"普克说,"真实的感觉,任何虚假或比喻都不可替代。"

"听不懂。算了,其实我就想让你们听听我的想法。"彭大勇很坦白,"喝到好酒的感觉,就像破案。"

"破案?"马一路凑趣地追问。

"一开始很疑惑,接着就调动味蕾四处寻找,然后不停地咂摸,再然后是怀疑,再寻找,再咂摸,再怀疑……最后眼前一亮,所有的记忆细胞全跳出来,连在一起,那叫一个爽!和破案的过程一模一样。"彭大勇一气呵成,说完,仰头将杯中酒一饮而尽。

马一路、普克和江小流,不由自主地交换了一个眼神。

对于彭大勇的这个"比喻",他们显然有各自不同的评判,但解读却是一样的。

普克第一个说:"剩下的酒先留着,留

到真破案的时候再喝。"

"我同意。起码抓到凶手再说。"马一路说。

"抓到凶手也不见得就破案了。"江小流说,"前面有例子。"

江小流说的"例子",指的是李雪案。因为同案重要嫌疑人李方正的死,失去太多重要证据,至今仍在补充侦查阶段,结局不明。

彭大勇本来已经准备再给自己倒上一杯,听完这些话,再看看他们的表情,没法倒了。

"你们这意思,我盲目乐观了?"

彭大勇问的是"你们",眼睛却盯着马一路。明摆着,柿子专挑软的捏。

马一路悄悄瞟一眼普克,又瞟一眼江小流,心里暗暗叫苦。

正琢磨如何措辞,普克挺身替他挡箭,"大勇,既然是案情分析会,不如咱们就分析分析案情。"

"不是我不想分析,案子交给专案组了,剩下的事情就是抓人了,还有什么可分析的?"

彭大勇说的是实情。

录音笔事件以邱妍失踪立案,调查到现在,各种证据形成的证据链,已充分说明邱妍很可能被杀害并被分尸、抛尸。

多年来,宁江公安始终保持着"命案必破"的记录。每起命案必然成立专案组,便于整合资源,集中力量,共同侦破。邱妍案的所有物证资料都已转到专案组。各种刑侦技术手段也都可以依法使用,效率立刻提升。

经查,余明白2011年来宁江后曾与邱妍有过生意上的合作,确定两人相识,且两人银行账户有过钱款往来。邱妍破产后,卖掉她名下的两套房子还债,仍有部分债务未能清偿。有债权人表示,余明白曾以邱妍朋友的名义,出面协调过双方的债务纠纷。当时双方还去了派出所,并在派出所留有身份证号码及本人签名。

经"好再来"饭店的老板夫妻证实,将邱妍的狗送给他们的人,与余明白身份证上的照片相符。

余明白的身份证在2011年至2016年6月之间,处于正常使用状态,多次购买火车票,往返于易水、平川,且多次通过网络平台预订易水和平川的酒店。2016年6月之后,此身份证再没有使用过。该身份证名下的宁江手机号呈现同样规律。这个时间与邱妍"失踪"的时间相符。

到目前为止,综合所有证据,可以确定余明白为邱妍案唯一的嫌疑人。

基本确定余明白就在他女儿定居的平川市。

专案组已安排了侦查员前往平川,待核实相关线索后,即可正式抓捕嫌疑人余明白。

"你们说,抓人有什么可分析的?这也不是你们的长项对不对?"彭大勇虽是提问,语气表情完全可以当作总结。

"余明白现在是邱妍案的重要嫌疑人,这没问题,但目前证据够不够正式抓捕?"普克直言不讳,"看上去证据很多,但都是间接证据,逮捕令比较危险。"

"就算抓不了,传唤肯定没问题。只要能弄到他DNA,和第一现场的对上号,那就是铁证了。"

"万一和现场的对不上号呢?"普克问。

狗垫和牵引带上采集的DNA,经鉴定

都有了着落，只有一个男性DNA样本，等着某人对号入座。大家普遍怀疑那个样本的唯一出处就是凶手，这是彭大勇和普克都了解的情况。普克提出这个问题，让彭大勇一愣。

"就算对上号，也不算铁证。"没等彭大勇回答普克，江小流的问题也来了，"既然余明白和邱妍是熟人，留下DNA很正常。"

"这么一想，还真是挺麻烦的。"马一路本来只觉得还不到喝庆功酒的时候，普克和江小流的问题一出来，他发现脑海里曾有过的担忧又冒出来了，"哪怕再进一步，录音鉴定那个叫达尔文的声音就是余明白，也只能证明余明白在邱妍死后去过第一现场，没法咬定就是他杀的人。"

"如果我是余明白，而且我确实是杀死邱妍的凶手。现在被你们抓住，我也可以给你们编一个听上去不可思议，但逻辑上无法推倒的故事。"普克说，"从我们获得的所有信息看，这个人编故事一定比我更严谨，绝不能小觑。"

"他会编，我就不信咱们不会拆。"彭大勇顽强反击，"从零开始，都到这一步了。"

"没尸体，没目击者，录音没画面，电话、信息、监控没记录。"江小流问，"怎么拆？"

"先让我想想……"

"大勇，你思考之前，我先问一句。刚才你提到侦查员已经去平川了，接下来他们的行动方案你了解吗？"普克说。

"这次咱们没进专案组，肯定不会跟我说。不过按常规，估计他们会先接触余明白的女儿，从侧面掌握余明白的情况，然后再动手。"彭大勇如实回答。

"侧面？"江小流不解。毕竟她只是个刚入行的临时工协警。

"就是先向余明白的女儿打听余明白在哪儿，最近有没有联系，知不知道余明白犯案……"马一路解释道，"要是能通过他女儿说服他自首，那是最好的啦。"

"把案情告诉他女儿？万一他们是同伙怎么办？"江小流问。

"当然不可能直接告诉他女儿。"彭大勇笑了，"侦查员又不是吃干饭的，都受过专业训练。这么跟你说吧，就我和普克以前办过的案子，至少有三起是我们通过嫌疑人的亲属，劝嫌疑人投案自首的。"

"如果他女儿很聪明，和爸爸感情又很深……"江小流罕见地没把一句话说完就停下。

彭大勇立刻挑明了江小流的暗示，"通知余明白逃跑？顺便给你普个法，那叫包庇。包庇也是犯罪，懂了吧？"

彭大勇刚才一直被三人"吊打"，总算找回一点儿老刑侦的"熟旧感"。

"彭所，这酒能不能再给我倒一点儿？"马一路端起酒杯，"一口就行。喝完，今晚我想回家去住。"

彭大勇二话没说，给马一路倒了大半杯。

"多倒了些，以示诚意。"彭大勇说，"喝多少你随意，千万别勉强，剩下的我不嫌弃。"

马一路端起杯子，龇牙咧嘴，表情痛苦，一口气把酒喝光了。

彭大勇一阵心疼。

"我先走啦，趁我还没晕，赶紧打车回家。"马一路说着往外走。

"谁让你走了？"彭大勇好气又好笑，"案情分析会还没完哪。"

"反正今晚肯定结不了案,"马一路借酒壮胆,直抒胸臆,"您想扳回一局也得等明天了。各位明天见!"

说完马一路匆匆忙忙关上门走了。

"这小子!我有啥想法他能猜到?"彭大勇不知怎么,笑容有些讪讪的,"真把自己当神婆了。"

江小流的目光在彭大勇脸上扫了个遍,"马一路从来没想当神婆,只想当神探。彭所不信,我可以替马一路分析一下……"

"打住!打住!"彭大勇感觉自己处于X光机的扫描之中,及时制止江小流对他展开全方位的分析推理,"我承认今晚结不了案还不行?既然结不了,咱就不争朝夕了。我宣布,今晚的案情分析会到此结束!"

马一路匆匆离开704,对大家说"明天见"时,没想到"明天"来得这么快。

知道自己酒量浅,马一路不敢在路上多耽搁,出门连滴滴都没顾上叫,看见一辆出租车直接就上了。

马一路到家就歪在沙发上,睡着了。

凌晨四点多,马一路的父母都被吵醒了,从卧室出来。

马一路和衣躺在沙发上呼呼大睡。

酒醉的马一路实在太沉,父母弄不动他,六月天也不怕他着凉,就随他睡在沙发上,母亲给他盖了条毛巾被。

手机在马一路身子底下压着,不停地震动,没震醒他,吵醒了父母。

母亲从马一路身下抽出手机,看见来电显示是彭大勇的名字。

虽然舍不得,还是咬咬牙,硬把马一路摇醒了。

"你们彭所电话,"母亲说,"这时候打电话,肯定是要紧事儿,你咬牙接一下。"

父亲赶紧给马一路递上一杯水,马一路一边咕嘟咕嘟灌水,一边晕乎乎接听手机。

"彭所,我……"

"余明白自首了。"彭大勇在电话那头说。

"谁?"马一路嘴里含着一口水,还有些迷糊。

话一出口,突然清醒了。被水呛到,一阵狂咳。

彭大勇像是就等着这个期待中的效果,耐心地等了半天,根本没催马一路。

马一路总算咳完喘定,看看父母都在旁边不安地守着。他先安抚父母去接着睡觉,然后继续接电话。

这个过程中,无数个问题在马一路脑海中飞过。

其中一个问题是:记忆中昨晚的事情真是昨晚发生的?

会不会其实已经过了半个月?半年?甚至好几年?

否则,昨晚讨论时还只是个影子凶手的余明白,居然已经投案自首了?

"彭所,我知道您肯定不会说错,我就是怀疑自己听错了,"马一路对着电话那头的彭大勇开诚布公,放慢语速,一个字、一个字咬着问,"您刚才说,余、明、白、自、首、了?"

"余明白自首了。"彭大勇语气轻松地重复,"而且是亲自赶回宁江市局自首的,现在送看守所了。"

马一路沉默了一会儿。

"真不敢相信。"马一路不得不坦白,"我怀疑自己在做梦。"

"别说你,刚才他们给我打电话,我也以为自己酒还没醒。"彭大勇忍着笑说。

"谁给您打电话？专案组？"

"我知道你还是怕弄错了。本来可以等上班再说，可这案子是你们一手抓起来的，到了最重要的环节，你肯定不想错过。普克、江小流这会儿都不方便叫醒他们，我才专门给你打电话。"彭大勇在电话里非常耐心地解释，"老实说我也挺好奇。你要愿意，现在咱俩就可以赶过去，当面验证真伪。"

天刚亮时，马一路和彭大勇在看守所见到了余明白。

两位去平川抓捕余明白的侦查员，也连夜赶回来了。

余明白几个小时前来到宁江市局，对门口的执勤武警说自己杀了人，回来自首。

值班人员经过查询了解，核对身份证件，这才按程序将余明白送到看守所。

同步通知专案组负责人。

负责人通知在平川的侦查员。

侦查员接到通知时的反应，据说和马一路差不多。

"这反应速度也太快了！"其中一位侦查员也是老刑侦了，和彭大勇很熟，"下午刚让他女儿当我们面给他打了个电话，现在就回来投案了。"

"电话是当着你们面打的？"彭大勇那颗热爱刑侦的心仍未改变，充满好奇。

"当面，免提，从头到尾一个字不落。"

"怎么说的？让我学习一下，一个电话就让杀人分尸的嫌疑人自首，这可不是一般的能耐。"

"又不是我们的能耐。我俩在旁边听着，没跟嫌疑人对话，就是他女儿说了几句。"

"那是他女儿的能耐？"

"他女儿压根也没劝他自首。俩人通话总共不到一分钟，想劝他自首都来不及说。"

"越说我越好奇了，反正不到一分钟，说给我们听听。这案子还是这小子张罗起来的。"

"这小子"，当然是指旁边的马一路。

"这就是你那个三人小组里的小'保姆'吧？"在同行面前，侦查员说话大大咧咧，也不管马一路的感受。好在马一路皮实，知道这就是一线刑警的说话风格。"听说还有个小丫头，比执法记录仪还灵？"

"那是真灵！"彭大勇用上了激将法，"别说一分钟的电话，就算一小时的电话，她都能原样说给我们听，一个字错不了！"

"听说过她的特异功能，我可没那本事。"侦查员看似云淡风轻，其实多少有些暗自不服，"但我有手机呀。现在有手机，啥不能录？也一个字错不了！"

说完，侦查员播放了那段余明白父女的通话。

电话是余明白的女儿当着两位侦查员的面拨通的。号码是余明白在平川的手机号。之前正是通过这个手机号，才查到余明白的身份信息。

如侦查员所说，余明白父女的这个电话，总共不到一分钟。

"是我，爸。"

"我知道。打电话有事情？"

"你在哪儿？"

"你在哪儿？"

"我在医院。"

"哪个医院？"

"我在上班。爸，你还没说你在哪儿呢？"

"在平川。"

388

"可上次吃饭，你说你到平川出差，待两天就走的。"

"有什么事情吗？"

"你是不是有什么事情瞒着我？"

沉默。

"爸……"

"不用说了。爸爸的事情，爸爸自己处理，一向都这样。"

"爸……"

"不说了。再见。"

余明白与女儿的通话已经结束了。但侦查员的手机录音里，还有几句侦查员和余明白女儿的对话。

"这就挂了？"侦查员显然没想到结束得这么快。

"嗯。"女儿的声音很轻。

"这反应……不对头呀。"侦查员没掩饰自己的怀疑情绪。

"开的免提，你们都听见了……"女儿的声音有些不安，停了停，"到底出什么事了？"

录音到此结束。

8

余明白对于自己杀害邱妍并分尸、抛尸一案，主动回宁江投案自首，详尽供述了案情经过。

审讯过程异常顺利。

"既然选择投案自首，对于自己所犯的罪行，我一定知无不言，言无不尽，对犯罪事实不会有任何歪曲或隐瞒。"

审讯一开始，余明白就对负责讯问的侦查员这样表态。

"如果在某些细节问题上出现含糊，完全是因为案件发生已经两年，而且案发时情绪不稳，可能存在记忆偏差，绝非刻意抗法。"

似乎读出了侦查员脸上习以为常的怀疑，余明白以更加诚恳的态度做出保证。

"五十知天命。到了这个年纪，我已经认命了，不希望自己像只老鼠，一辈子躲在阴沟里。"

余明白说这话时，两位负责讯问的侦查员都看清了他眼里深深的倦意。

侦查员们经历过无数次审讯，与太多嫌疑人斗智斗勇，积累了足够的阅历和智慧。

他们一致认为：诚恳的态度还可以伪装，那种身心俱疲的倦意，很难装出来。

按余明白供述，他是2011年春天到宁江的。

余明白在宁江并没有亲戚朋友，之所以选择这里，是考虑到宁江的经济发展环境不错，希望谋得事业上的改善。

他做了种种努力，但都没能如愿。

和邱妍就是在这个过程中相识，大概在2012年。

两人认识的时候，邱妍三十出头，有个男朋友，经济条件不错。

余明白很快意识到，即使到宁江，以他各方面的现实条件，想找合适的工作已经很难，因此准备自己创业。

邱妍当时除了做代理化妆品生意之外，还有一套门面房。

余明白想租邱妍的门面房开店，邱妍觉得余明白为人比较忠厚可靠，提出两人合伙，余明白接受了这个方案。

两年后，邱妍因被另外的合伙方欺骗，不仅自己的投资打了水漂，还欠了几百万的债。

邱妍和男朋友分手了，一套自住房卖了，最后门面房也不得不卖了。

当时邱妍状况很惨。

余明白与邱妍的合作主要靠口头约定，邱妍为还债卖掉门面房，两人之间的经济账就有些扯不清了。

按余明白的说法，除了门面房卖掉，关停生意，造成一些无形损失外，邱妍还从他这里陆陆续续挪用过现金，总计超过十万元。

当然这种说法已无法向邱妍求证。

看邱妍状况不好，余明白当时也不好意思向邱妍要回这笔钱。毕竟两人除了合伙人关系，也有几年朋友的交情。

之后有两年，两人一直没见面。

到了2016年，余明白自己急需用钱，实在没办法，与邱妍取得联系，得知邱妍新租住的地点，准备上门要回自己那笔钱。

要钱是件为难事，余明白在电话里没敢直接张口。

邱妍有两条狗，余明白知道邱妍爱狗，买了一箱鸭肝，借口给狗送鸭肝，邱妍果然同意见面。

2016年6月15日下午四点左右，余明白带着给狗买的鸭肝来到邱妍租住的201室。

邱妍对余明白的态度比较冷淡。余明白感觉邱妍有些敷衍他，自己也觉得挺难堪。

为了要钱，余明白不得不假装没察觉邱妍的态度，希望能坐下和邱妍好好聊聊自己的难处，再开口要钱。

邱妍看上去有些忙，当着余明白的面接了几次电话，还发短信、微信什么的。

余明白更觉得邱妍是以这种方式婉转地逐客。

平时他并不擅长调节气氛，邱妍扔下他接电话处理信息的时候，他只能逗邱妍的狗，一来缓解自己的尴尬，二来讨好邱妍。

好容易等邱妍停下来"处理"和他的事情，一开口就谈崩了。

邱妍不承认欠了余明白的钱。余明白想和她说理，却越说越僵，从说理变成争执。

争执的细节余明白记不清了。

不仅现在记不清，事发当时他也很恍惚。隐约记得邱妍侮辱了他的人格，两人从言语争执上升为肢体冲突。

肢体冲突的过程很短暂。邱妍打了他一个耳光，骂他废物、人渣，余明白就失控了。

余明白进门时看见门口地上放着个千斤顶，当时没多想。彻底失控的时候，他随手抓起这个千斤顶砸了邱妍一下。

就一下。

邱妍倒地。挣扎几下，很快就不动了。

看见一地的血，余明白就晕了。并没有晕倒，只是迷迷糊糊，像时间停止了似的那种晕。

一直到邱妍的手机一再响起提示音，余明白才清醒过来。

事情已经不可挽回。

余明白看到邱妍手机上的时间，从此这个时间刻在了他的脑子里。

2016年6月15日19时27分，星期三。

然后余明白意识到，他必须想办法处理邱妍的尸体。

决定处理邱妍尸体的时候，余明白已经明白，只有分尸一条路可走。

邱妍租住的房子在二楼，老房子没

电梯。

余明白很难把一具完整的尸体"安全"转移到楼下，用车运走，而且不被人发现。

何况看过太多新闻，完整的尸体无论抛弃在哪里，都很容易暴露。

只能分尸，然后逐步抛尸。

201是个两室套，面积不大，又堆满了邱妍以前做生意时的各种存货。

发生冲突是在门口的小客厅，邱妍也是在那里倒地死去。老旧房子隔音很差，门外上下楼的声音听得一清二楚，在此处分尸显然不合适。

余明白选中的分尸场所是邱妍所住的卧室。

虽然也堆了杂物，还住了狗，但有一张双人床。

余明白首先把尸体从小客厅转移到卧室的床上。

接着清理邱妍倒地后流淌的大量血迹。

那时天已经黑了。

余明白不敢开灯，所幸客厅有一个感应夜灯。借夜灯的光亮，余明白将肉眼可见的血迹清理干净。

邱妍养的两条狗，余明白都认识。一条狗叫老大，很老了，基本待在卧室不怎么动。另一条狗叫达尔文，年轻活泼。

两条狗都不明白主人已经死了。

余明白清理完现场，已经是夜里十点多。两条狗平时早就该遛了。老大还算好，达尔文急得一直哼哼，往门口跑。

余明白没办法，看看比较晚了，壮起胆，用牵引带拴着两条狗，下楼遛狗。

老大没走几步就走不动了，余明白就抱着老大，牵着达尔文，遛了半小时左右。

很幸运，遛狗时没遇到小区邻居。

这个过程中，余明白想好了接下来的计划。

下午邱妍当着余明白的面接过几个电话，其中一个电话是邱妍的房东打的。

当时邱妍没避讳余明白。房东急着卖房，想提前和邱妍解除租约，邱妍不同意。

挂断电话后，邱妍还和余明白抱怨了几句，说小区忽然成了学区房，房价涨了，房东见利忘义要毁约，就算退她房租、押金她也不干。东西多，搬家太麻烦，所以之前才和房东好租三年。

余明白决定利用这个偶然得知的信息，解决分尸抛尸后的麻烦。

遛完狗回到201室，余明白先给狗喂了狗粮，开始解锁邱妍的手机。

本来他还很担心这个环节会出麻烦，没想到出乎意料地顺利，用邱妍的指纹，直接就解锁了手机。之后余明白改了手机密码，方便处理后续事情。

分尸需要工具。余明白查看了邱妍家的厨房，没找到合适工具。

短暂休息了两小时，6月16日凌晨三四点钟，余明白离开邱妍的住处，开着邱妍的车去买工具。

邱妍的车钥匙就在门口柜子上，车是以前邱妍事业风光时开的那辆，余明白认识。

部分工具是余明白回到自己租住的地方取的，大部分工具是余明白分次在一些开门早的店铺买的。

上午九点多，余明白开车带着各种工具返回201室，开始分尸。

分尸持续了差不多整个白天。傍晚时基本结束。

初步估算了打扫分尸现场以及抛尸所需的时间后，当晚余明白用邱妍的手机给邱妍的房东发信息，以邱妍的口吻对房东提出解约，并表示放弃剩余房租及押金，以弥补房屋混乱给房东造成的麻烦。

和余明白预计的一样，双方的"谈判"非常顺利，解决了余明白最大的隐忧。

与房东约定交房时间后，余明白必须尽快抛尸。

当天晚上，余明白将所有包装好的尸块转移到邱妍的汽车后备箱，开车离开小区，按事先确定的地点分批抛尸。

外出抛尸前，余明白又遛了一次狗。这次没带老大，只带了达尔文。他知道此时遛狗很危险，但受不了达尔文磨他，只能速战速决。

分尸使用的工具，以及卧室床上被血液污染的物品，没能一次带走，留待次日处理。

差不多抛了一整夜。

6月17日早晨天快亮时，余明白开着空车回到小区，此时他已经筋疲力尽，必须睡一会儿补充体力。

邱妍卧室的床上，原来的物品已经打包收好。余明白从柜子里找到干净的床上用品，铺好，在床上睡了两三个小时。

睡醒之后，余明白对现场进行最后的清理。

这个过程中，有人给邱妍发微信。这人在邱妍微信里的昵称是"疯子"，在手机通讯录里也是"疯子"。

余明白发现，邱妍死前接的电话中，其中一个就是"疯子"打的。

当时邱妍三言两语结束了电话，没听出什么名堂。现在余明白开始担心，这个"疯子"和邱妍的关系非同一般。

"疯子"问邱妍是否一切都好，余明白回复都挺好。

"疯子"立刻拨了邱妍的手机。

邱妍死后，余明白曾关掉过邱妍的手机。与房东联系退租事宜打开手机后，担心交房前房东还会联系邱妍，所以没关机。

现在"疯子"一再发信息、打电话，余明白意识到危机，关掉了邱妍的手机。

中午时分，突然有人来敲201的门，隐隐有个男声叫邱妍的名字。

当时余明白正在卧室收拾打包需要抛弃的物品。听到敲门声，达尔文冲出去。余明白担心惹麻烦，追到门口，将达尔文抱回卧室，假装室内无人。

所幸敲门的人很快离开。

下午余明白出去了一次，买回几桶油漆。

天黑后，余明白将所有需要抛弃的物品转移到邱妍车上，开车带出去扔掉。

再回来时已经接近6月18日凌晨。

余明白按计划，将买回的油漆在室内四处泼洒，目的在于破坏原有的地板等设施，迫使新房主重新装修房屋。

18日凌晨，余明白准备离开201时，忽然意识到，自己居然忘了考虑两条狗的问题。

如果早一些考虑到这个问题，余明白一开始就会把两条狗带离现场，甚至可以直接放在他自己的租住处，事后再处理。

把狗留在201一走了之，肯定不现实。余明白曾以邱妍的名义对房东说自己会搬回母亲家，照顾母亲。此时留下狗，后患无穷。

余明白只得带上两条狗，以及狗的物品，一路开车向前。

路上，余明白将那条老狗用牵引带绑上石头，沉入一个水塘。

但达尔文，是余明白的"朋友"。余明白既无法"处理"，也不能带走。

余明白决定尽可能给达尔文找一个新家。

最后终于发现有个路边饭店，各方面条件都合适。余明白将达尔文留下，连同达尔文平时用的狗垫和牵引带。

之后余明白沿途寻找，经过一条荒僻无人的河时，拆掉车牌，将邱妍的车沉入河中。

余明白销毁了宁江使用的手机卡，避免麻烦。

接下来将近两年时间，余明白先去了曾经工作过的城市阳城，看看有没有谋生的机会。待了大半年，没找到合适的工作，只得前往平川。

余明白的女儿在平川工作，他以前也多次去过，觉得或者可以在那儿生存。

为尽量隐匿身份，余明白一直以打零工为主，避免使用身份证件。

到平川一年多，虽然与女儿保持联系，但一直未敢透露实情，也没见过女儿。

女儿始终认为余明白还在宁江工作。

直到前段时间，女儿男朋友的父母提出双方家长见面，余明白才骗女儿说自己到平川出差，与男方家长见了个面。

大家吃了顿饭就散了。包括女儿也是。

审讯到这个环节时，余明白的一段交代给侦查员们留下了深刻印象，尤其是那位同样身为父亲的侦查员。

"杀人的事情，你有没有告诉你女儿？"

"没有。"

"真没有？"

"绝对没有。"

"那你为什么在平川待了一年多？"

"人都是感情动物。我虽然罪大恶极，也有感情。"

"你没回答我的问题。"

"我意思是，我这辈子很失败，什么事情都做不成，到头来还发生这种事情。邱妍是我朋友，从我杀了她那天起，我没有一天不后悔，也没有一天不恐惧，这两年可以说是生不如死。我知道自己的结局是什么。基本上是扳着手指在倒数剩下的日子。这种情况下，想离女儿近一些的心情，您能理解吗？"

"……能理解。"

"说明您很可能也是位父亲，那就更好解释，为什么我绝对不可能告诉女儿我杀了人。"

"所以你还若无其事地和未来亲家见了面。"

"对。"

"既然你根本没告诉女儿你杀人的事情，为什么她一给你打电话，你就立刻回宁江自首了？"

"审我这么长时间，你们对我的性格肯定有所了解了。我这人很细心，要不然当时也处理不了那件事情。"

"你是说，你女儿并没有在电话里给你通风报信，但你自己听出不对了？"

"我举个例子，没有冒犯您的意思。有人出于某种目的绑架了您的孩子，让孩子像平时一样给您打电话，您会受骗上当吗？何况我还是个倒数着日子的亡命徒。"

"所以你一听就知道警察盯上你了？"

"对我来说，没有别的可能。"

"那你怎么不直接告诉你女儿你要……忘了，你得在女儿面前保留父亲的面子。"

"谢谢您的理解！"

"以你的智商，就没想过逃跑？"

"累了。杀人偿命，我一无所有，只能以命抵命了。"

根据余明白供述的抛尸地点，警方对嫌疑人分批丢弃的尸块进行寻找。

绝大部分因时间久远，都找不到了。

至关重要、足以定性的一部分，奇迹般地存留下来。

余明白在宁江那些年没什么朋友，空闲时间喜欢到荒郊野外去散心，无意中结识了一个盗墓的。

余明白懂些天文地理，两人聊得投机，那人为证明自己是高手，带余明白看过一个盗洞。是个民间小墓，一般人根本看不出来。

抛尸时，余明白将最容易暴露的头颅弃于这个盗洞。

两年过去了，这颗头颅和过去的墓主尸骨一起沉睡于墓中。

警方带余明白去现场指认，引起附近村民围观。有一条小道消息传播开来，不知真伪。

据称，就在余明白抛尸后那个夏天，另有一个盗墓者找到了这个墓。虽然看出已被"前辈"下过手，还是不甘心，进去查看，结果发现了墓主之外多出的那个头颅。

那时候头颅还比较新鲜。

盗墓人没敢报警，还因此大病一场，后来洗手不干了。

无论如何，警方对这个余明白指认为邱妍的头颅进行各项技术鉴定，确认是邱妍无疑。

马一路他们从"好再来"饭店找回的狗垫、牵引带上，另一个无名DNA样本，确认属于余明白。

陈奇峰提供的录音中，那一句"达尔文"，经鉴定为余明白的声音。

寻找邱妍那辆汽车费了不少时间。沉车时间是深夜，余明白对具体地点的记忆稍有偏差，加上水流及泥沙影响，汽车在水底产生了移位。

还是找到了。

没有车牌。从发动机串号确认是邱妍的车。只是无法再进行生物取样。

结合嫌疑人本人供述、证人提供的录音、被害人遗骸、证人证言以及所有生物样本，整个案件已形成完整证据链。

余明白杀人分尸案侦查工作进入材料整理总结阶段。

很快案件将移交检察院进行审查并将提起公诉。

第四章　一个女儿

1

余明白投案自首后，专案组的工作一路顺利。

三人小组不是专案组成员，之前手头所有材料都转交专案组。案件侦查基本没遇到什么障碍，三人小组算是闲置起来了。

彭大勇经历了上次"庆功酒"的尴尬，吸取教训，决定等法院判决出来后再喝这顿酒。不过以他的世故，很快察觉到一种微妙的气氛。

先是发现马一路的情绪不对头。这次余明白的案子，马一路实实在在立了功。按说以马一路的性格，再怎么谦虚低调，像现在这样一点儿都不嘚瑟，不太合情理。

无论夸他、赞他、激将他，他就回一句，"案子正查呢。"有两次彭大勇听见马一路后半句嘀咕，"就怕没那么简单……"

案件相关材料转交专案组没几天，马一路跑到彭大勇的办公室。

先是东拉西扯和彭大勇闲聊，迅速被彭大勇识破，让马一路有话直说。

马一路还是很婉转，向彭大勇打听，余明白投案那天凌晨，从平川赶回来的侦查员放给他们听的那段录音，能不能"弄"一份回来。

"弄？"彭大勇目光如炬，盯着马一路，"说清楚了，明着弄，还是暗着弄？"

"当然得合理合法……"马一路用词严谨，但语气透着心虚。

"弄不了。"彭大勇说，"现在都是物证了，你懂的。"

马一路也没坚持，叹了口气，明显失望地准备走，彭大勇叫住他。

"情绪不对呀。"彭大勇直说了，"'弄'录音的事儿，不是你一个人的想法吧？"

"他俩可没这么说。"马一路到底老实，尤其在彭大勇面前，"再说，问问也不违规，对不对？"

"他俩没这么说，意思是他俩也有这想法；也有这想法，意思是他俩对这案子的态度也和你一样。对不对？"彭大勇可没那么容易糊弄。

马一路犹豫再三，决定不再遮遮掩掩。

"彭所，实话实说，我们三个都觉得余明白的自首有点儿反常。"

"普克也这么觉得？"

"对。"

"那他怎么没告诉我？"

"他说他还没想清楚，又知道你性子急，想等我们把思路理顺了，再跟您……汇报。"

"汇报……"彭大勇盯着马一路，"普克对我一辈子也不会用这个词儿。"

"您千万别吃醋，普克心目中您永远是第一位！"

彭大勇真想踹这小子一脚。换了以前，至少也得骂一句，"啥本事都没有，油腔滑调全球第一"，这回忍了。马一路的成长，全在彭大勇眼里，不能再随便说人家"啥本事都没有"。

"今晚下班我去704，咱们再来个案情讨论会。有啥想法，大家畅所欲言。"彭大勇犹豫了一下，拍拍马一路的肩，"尤其是你，有话千万别憋着。"

马一路咧嘴笑了，"今晚带不带酒？"

"带个头！"彭大勇顺嘴骂完，心中一凛。他刚听说在盗洞里找到那颗头颅的事情，难免有些敏感。又正色补一句，"我带耳朵，你只管带舌头。"

晚上704的"案情讨论会"，马一路遵照彭大勇的命令，首先畅谈了他的想法。

"我简单说说我的几点困惑。"

马一路很少在一个"会议"的开场发言，心里多少有些紧张。

但和江小流相处久了，紧张时想想江小流的淡定，就像酷暑天洗了个冷水澡。

脑子里想法太多太乱，想想江小流的"一、二、三、四"，舌头自然而然就捋顺了。

"第一，以前普克带我们对余明白做过性格分析，这次余明白突然自首，和他的性格出现矛盾。第二，让余明白自首的那个电话，虽然很短，但怎么想都觉得奇怪。第三，余明白对整个案件的交代，太完整太细致，不符合一般重大杀人案件嫌疑人的行为特征。第四，第四……不好意思，第四一下子想不起来了。"马一路一口气说到这儿才停，不容易。

"没事儿，下次提前做个笔记就不会忘了。"彭大勇出奇地耐心。

"我做了，没拿出来。"马一路有些难为情，本想来个精彩亮相，只成功了一半。

"讲得很好。不过我得先问一句，这完全是你个人的困惑，还是你们三人的集体困惑？"

马一路扭头看看普克，又看看江小流，转回脸诚实地看着彭大勇，"集体困惑。"

"我就说嘛，起码第三点，不像你说的话，和我对你的了解产生了矛盾。"

"为什么？"

"那句话是一个老刑侦的经验总结。以你的阅历说不出来。"

"马一路确实意识到了这个问题，我只是根据自身经验证实了他的看法。"普克说，"事实上，这一点我们排在第三位，说明它的重要性次于前两点。"

"放在最前面的肯定最重要对吧？那咱们就从第一点开始聊。"彭大勇心平气和地说，"立案之前我就听过你们对余明白的性格分析。要是我没记错，余明白这人，性格本身就充满矛盾，对不对？"

"对。"普克说。

他们都记得，当初通过江小流对那段录音的记忆和信息提炼，加上马一路的"感觉"，经过讨论，普克对那个根本没露过面、只发出三个字声音的嫌疑人，做了一个相当细致的性格分析。

嫌疑人与邱妍是旧相识，性格温和，有涵养。嫌疑人不是蓄意谋杀邱妍，而是冲突中临时起意，杀人后产生了强烈的心理冲击。嫌疑人短时间内克服了心理不适，开始冷静善后。温和的性格下，藏着理性的冷酷。嫌疑人选择了残酷但有效率的分尸作为善后手段，立刻行动，性格决断，行动力极强。

嫌疑人在分尸之初，遭遇了心理障碍。经过短暂调整，继续执行计划，直至完成。冷酷决断之下，藏着更深的执着坚韧。嫌疑人根据陈奇峰发给邱妍的信息，读出文字里隐藏的微妙内容，回复妥当。受过良好教育，具备较高的文字修养。嫌疑人因为邱妍的狗认死去主人的尸体而极度痛苦，接近崩溃，他的极度残酷下，又有一种超越物种类别的天然的悲悯。

如果说，温和、理性、冷酷、坚韧……都可以称为性格的复杂，还不算矛盾，那么普克使用"悲悯"这个词形容嫌疑人，别说马一路和江小流，连普克自己都觉得矛盾得不可思议。

那天三人小组的讨论，彭大勇不在场，现在为了使彭大勇有更具体的认识，江小流特地现场"回放"了最后那一节。

"悲悯？""马一路"笑了，甚至怀疑普克是不是在开玩笑，"我怎么觉得这是一边吃肉一边念经。"

"这种问题我不懂。"江小流说，"不过听上去有些矛盾。"

"坦白说，我也觉得有些矛盾。即使凶手不是故意杀人，但杀人之后能够如此冷静地分尸善后，很难想象他的内心还能充满悲悯。""普克"说，"当然人性的复杂也不少见，希特勒就是个典型的例子。我们可以先记下这个矛盾，以后说不定会发现其中的特别意义。"

江小流刚结束这段"回放"，彭大勇立

刻信心倍增,"这不已经说明问题了？嫌疑人……现在可以明确说就是余明白,余明白这人从根儿上就是个矛盾体,不能按常人标准评判。你们想想,换了你们,就算意外杀了人,谁能下得了狠手分尸抛尸？说白了,余明白可以算作反社会人格,这种人咱们正常人是理解不了的。"

"如果是反社会人格,就不会在明知风险极大的情况下,冒险为达尔文安排一个新家。"普克说。

"彭所没见过饭店老板,绝对是余明白精心挑选出来的好人！"马一路说。

"你们意思是余明白在一条狗的身上体现了善心。那我问你们,另一条狗呢？余明白自己交代的,用石头绑上沉水塘淹死了！"彭大勇说。

"淹死另一条狗的行为,其实补充说明了我们对嫌疑人性格的判断。"普克说,"那条狗很老了,嫌疑人从他的角度'理性'地结束了狗的痛苦。"

"这是人的思维,不是狗的思维。"

"所以之前我们才说,嫌疑人有一种超越物种的悲悯。在他眼里,所有生命都是平等的,无关种类。"

"他真有你们幻想的那么善良,应该带上两条狗一起浪迹天涯才对。"

"他知道自己未来的日子会充满痛苦。杀死老狗是一种无奈,他为年轻的达尔文找了一个不错的新家。"

"痛苦啦,无奈啦,这都是小说里的词儿,"彭大勇说服不了普克,有点儿发急,"杀人碎尸的凶手,配不上这种文艺腔。"

江小流一直像事不关己似的旁观普克和彭大勇争论,这时忽然开口,"彭所觉得我文艺吗？"

彭大勇一愣,"啥意思？"

"有个词叫女文青。我是不是女文青？"

彭大勇认真想了想,摇头,"你肯定不是。"

"陈奇峰那段录音,开始有个细节我听不明白。后来普克分析嫌疑人性格,我才知道那个细节代表什么。"

"代表什么？"

"两条狗有两个食盆,嫌疑人给那条老狗倒的狗粮,老狗没牙了吃不动,嫌疑人特地倒了水把狗粮泡软给它吃。"江小流问,"彭所认为这代表什么？"

江小流提到这个细节,马一路的记忆也被激活。

"还有一个细节！"马一路说,"'好再来'老板说,嫌疑人把达尔文留在饭店后,开车走了。达尔文从饭店跑出去追车。嫌疑人发现达尔文追车,停了车。下车抱起达尔文,一路抱着走了几百米送回饭店。达尔文又不是个几斤重的小狗,估计得有三四十斤……我觉得这里面代表的意思,和刚才江小流说的一样。"

彭大勇愣了一会儿,搓搓脑门说："我都让你们说迷糊了,咱们到底在讨论啥问题？"

"当初我们认为嫌疑人的性格存在矛盾,没找到原因。"普克说,"现在嫌疑人的行动再次与性格产生矛盾,仍没找到原因,咱们不能忽略这个事实。"

"性格矛盾也归咱们管？"彭大勇半开玩笑地说,"警察的担子也太重了！"

普克了解自己的老搭档,也能理解彭大勇此时的心情。

"大勇,自从学会给自己'洗脑',我意外得到一些新的体会。当年咱们一起办案,目标是相同的,就是高效、公正地侦破案件,得到一个正确结果,这一点无可厚非。但最近我意识到，过程和结果之间的平衡非常重要。无限关注过程，就无法高效得到结果，忽略过程的细致，可能会遗失至关重要的内容，最终将影响结果的准确和公正。"普克说，"这个平衡没有定律，很难把握但又必须努力去把握。"

普克刚说完，马一路赶紧凑到江小流耳边，对她低声耳语，"这段回头多给我'回放'几次，不然根本背不下来。"

"下次我'回放'的时候，你用手机录个视频，声音画面都有了。"

"哎呀，我怎么没想到?"

"以后你都可以这么做。但有个条件，只能你看，不能给别人看。"

"为什么?"

"我不想自己一次次被人盯着看，你除外。"

马一路悄悄看一眼江小流。江小流离他只有三厘米的距离，柔软的耳垂，皮肤白得透明，细细的绒毛清晰可见。马一路赶紧把身子往后缩，以免江小流听到他怦怦的心跳。

普克这段话，对彭大勇来说也需要一点儿时间来消化。

几分钟的沉默，正好给每个人时间安静地思考。

彭大勇的思考显然有了结果。

"说吧，你们想做什么?"彭大勇直截了当地问，"你们三个一直不用余明白替代嫌疑人这个词，难道另外认定了嫌疑人?"

"看看什么叫老搭档……"普克笑着对马一路的江小流说，"千万别以为彭所成了彭所就离开刑侦了。"

马一路立刻作势要鼓掌，被彭大勇一个握拳的手势，吓得又缩回了手。

"冲我来。"普克开玩笑地冲彭大勇勾勾手指头。

彭大勇把那个握起的空拳砸向普克，两人的拳头在空中轻轻一碰，都笑了。笑罢，神情都恢复了严肃。

"邱妍的死，余明白毫无疑问是嫌疑人，甚至私下里也可以称他为凶手。"普克说。

"但是?"彭大勇听懂了普克的暗示。

"但是我们担心，给余明白戴上凶手的帽子之后，会自觉不自觉地框住我们的视线。"

"我解读一下，你看我的理解有没有跑偏。你们认为余明白肯定是杀死邱妍的凶手，但凶手……不止余明白一个?"

"这倒是个新思路!"马一路一愣。

"录音里现场肯定只有一个人，一个活人。"江小流说。

"录音是从善后工作开始的，冲突杀人的过程不在其中……"普克若有所思，"理论上说，这完全有可能。"

彭大勇从他们三人的对话中听明白，自己并不是跑偏，而是开了条新路。

"看来你们原来的想法并不是我刚才说的想法。"彭大勇说，"先听听你们原来的想法是什么。"

"概括地说，我们认为余明白给我们的结果，并不是案件的全部，而是局部。"普克说。

"也就是说，你们认为余明白投案自首交代的那些内容，有真有假?"彭大勇问。

"他主动说出来的部分，应该基本是真的。但交代这些真实内容的目的，可能正是为了隐藏他没交代的其他内容。"普克回答。

彭大勇正揣摩普克这话，马一路忍不住插进来，"我举个例子，不知道恰不恰

398

当。小时候我特调皮，经常挨我妈揍。小小年纪的我发现了一个规律，闯了祸，只要我主动对我妈认错，我妈揍也揍，但下手轻。为了检验我的发现，有一次我故意同时干了三件坏事儿……"

马一路的讲述被大家同时打断了。

"你？"彭大勇不信。

"故意？"普克笑了。

"哪三件？"江小流问。

马一路一脸严肃，继续往下说："相信我，我也有过变坏的可能性。总之，那天干完坏事儿，我主动找我妈坦白交代了其中一件，以我小孩儿的理解，级别最轻的。你们猜怎么着？我妈不仅没揍我，还给我买了个当时特别想要的奥特曼，根本没再追查另外两件坏事儿是谁干的。"

"另外两件事情你妈发现了吗？"江小流问。

"当然发现了！为了检验真理，我可是做好牺牲的准备！"

"牺牲屁股的准备吧？"彭大勇又好气又好笑，"没准你妈以为你脑子坏掉了，不敢再刺激你……拿这事儿打比方，不合适，性质有天壤之别。"

"我部分同意大勇看法，性质确实不同，但马一路的思路是有道理的。"普克说，"杀人分尸绝对是重罪，余明白主动承认这个罪名，基本等于给自己判了死刑。与此同时，也制造了一种便利，让人误以为他事关生死都说了实话，细枝末节没必要再追究。"

"这话我接受。但你们到底发现什么细枝末节不对劲了？"彭大勇问。

马一路突然脑子一激灵，开场时缺的那个"第四点"冒了出来。

"第四，余明白的老婆哪儿去了？余明白整个案件交代得那么完整细致，该提的人都提了，只有老婆他从来没提过。"马一路有些激动，"彭所，六一儿童节那天我就问过这问题，您没忘吧？"

"记得。但你不是这么问的。"

那天彭大勇给马一路送了份"儿童节大礼"，查到了邱妍案唯一嫌疑人的身份信息。

彭大勇清楚地记得，关于这个细节，他与马一路之间有几句对话。

"有女儿说明有老婆，老婆是不是在易水？"

"这个我倒没在意。户口本上显示是已婚……你怎么知道他老婆在易水？"

"这些年他除了宁江，就是易水和平川。平川有他女儿，老婆应该就在易水了。"

"既然有老婆，老婆当然跟他一起。住宁江，去阳城，去平川……干嘛非得在易水？"

彭大勇尽他所能，把这段内容复述给面前的三个人听，自动略去了不利于自身形象的内容。

虽然没有江小流的本事，却也得到了马一路本人的高度认可，"没错。彭所再练练，也能当执法记录仪了！"

"之前我们商议的时候，第四点困惑其实是关于余明白家庭生活的缺失。"普克对彭大勇说，"刚才马一路忘了第四点，本来我准备自己补上，现在他不仅想起来了，而且把家庭生活的缺失，明确为余明白妻子信息的缺失。我个人认为这样更具体，更有利于我们的调查。"

"要是审讯时我们在场就好了，信息会

更全。"江小流说。

"现在审讯都全程影音记录，不过咱们不在专案组，按规定肯定看不到了。"马一路对江小流解释。

"我也没参与，只知道个大概。"彭大勇说，"目前审讯记录咱们肯定看不了。不过……"

彭大勇迟疑着。大家都耐心地等待。

彭大勇决定坦诚面对他一手建立起来的这个三人小组，"原本想着这案子立案时已经很清楚了，就没和上面争取让你们进专案组。现在看来没那么简单，不行我再豁出老脸去协调协调……"

"和李雪案一样，让我们当编外的就行！"马一路忍不住插话。

"大勇，你的顾虑虽然没说出来，但我都能理解。我们三个之所以能关注到这些，是因为我们进入的时间、角度和专案组不同，绝无质疑的意思。"普克说，"不过这些事情你比我懂，只要你愿意支持我们，我就放心了。"

"那还有啥好说的？"彭大勇说，"捋起袖子加油干。"

2

关于余明白，三人小组的每个成员都提出了他们各自的疑问。

没能和余明白本人对话，是一个不利之处。但按普克的世界观，一个"不利"的另一面，必然是一个"有利"。

余明白有很强的文化修养和语言能力，这一点通过他处理与邱妍房东的"谈判"可见一斑。不和余明白直接对话，就不易受到他的语言干扰。

在此基础上，三人小组根据他们现有的素材、信息，提出的所有疑问都相对客观。

目前对于各种疑问，难分主次、顺序和层级，暂时将所有问题罗列如下：

余明白在录音中表现出明显的矛盾性格，这种性格是天生如此，还是后天因故形成？

余明白接到女儿那个不到一分钟的电话之后，是否还有别的外因，促使他连夜赶回宁江投案自首？

投案自首的嫌疑人，的确会主动讲述案情。但像余明白这样，"想警方之所想，满足办案之所需"，将案件链条供述得如此完整，究竟是他的诚意所致，还是另有企图？

余明白处理了邱妍的尸体及第一现场后，开车带狗离开宁江，他的首要目的地是哪里？

宁江不是余明白的户籍所在地，他在宁江也无亲属关系。2011年余明白来宁江之前，没有在宁江读书、工作及长期生活的经历，他为什么会来宁江？

余明白受过高等教育，是国家包分配的最后一批大学生，毕业分配到阳城一家大型国企工作。2004年辞职回到经济水平远低于阳城的易水，是否为了照顾他在易水的家庭？

余明白的户籍信息显示他的妻子名叫谢丽娟，无业。余明白的交代中未曾提及谢丽娟，目前他们的婚姻是否仍然存续？

余明白的女儿名叫余思，在平川一家医院当护士。余明白和余思的父女关系如何？

如果说父女关系好，为什么余明白杀人后离开宁江，先去阳城待了大半年才去平川，去平川后一直不和余思见面，只在

400

余思男友父母的要求下，双方才见了一面？

如果父女关系不好，余明白又为什么一直留在平川，靠打零工度日？

余明白从录音中一个虚幻的影子，变成真实的嫌疑人，暴露他的就是他在平川登记并使用多年的一个手机号码。余明白杀人前并不在平川生活居住，为什么总是保留一个平川的手机号码？

余明白2004年从阳城的单位辞职，离开阳城后一直没回过阳城。杀死邱妍后，为什么第一个去的地方就是阳城？

如果平川有余明白挂念的女儿余思，阳城是否另有余明白更加挂念的人？那个人是谁？

余明白户口本上的妻子谢丽娟目前在哪儿？会不会就在阳城？

如果阳城令余明白挂念的人是妻子谢丽娟，余明白的交代中完全没提及此人，是因为与案情无关，还是恰好相反？

余明白与妻子谢丽娟过去的夫妻关系如何？

如果婚姻仍存续，他们后来的夫妻关系如何？

如果婚姻已不存续，谢丽娟与女儿余思是否仍保持联系？

谢丽娟与女儿的母女关系如何？

余明白接到女儿余思电话后，决定投案自首，是否与谢丽娟有关？

余明白受女儿男友的父母之邀见面，谢丽娟是否在场？

如果不在场，余明白是如何向对方父母解释说明的？

余明白逃亡之前，常去的两个城市，一个是平川，一个是易水。他回易水做什么？

普克代表三人小组，将所有问题罗列出来后，对彭大勇做了个简单阐述。

"我们发现，虽然我们提问的时候排名不分先后，但问题自然而然地有了先后顺序。"普克说，"从时间看，离我们最远的是余明白2004年离开阳城，我们需要了解那一年余明白的状态。离我们最近的是促使余明白自首的那个电话，我们需要了解电话的内容并分析所有的相关信息。"

"先从最容易下手的开始。"彭大勇对普克说，"你说的那个电话，就是指余明白女儿打给他的那段吧？"

"对。听说不长，不到一分钟。"普克说。

"还听说什么了？"彭大勇明知故问。

"听说感觉很奇怪，"普克说，"具体怎么奇怪，我们没在场的人也很好奇。种种原因，还没弄清楚电话内容。"

彭大勇转向马一路，问话时，着重加强个别字眼的语气，"我记得当时你在场吧？那个电话的内容弄清楚了吗？"

"我不是江小流，可能弄得没那么清楚……"马一路不是很自信。

"要不咱俩一起拼凑拼凑？正好也让表演大师江小流给咱们指点指点。"

"那太好了！"马一路喜出望外，"这……不违反规定吧？"

"两个表演艺术爱好者来段小剧场演出，违反啥规定？"彭大勇反问。

"那我就放心了。"马一路摩拳擦掌，准备上阵，"您看您演谁？您先挑，我都行。"

"一共三个人，我和老同事，还有你。你说我演谁？"彭大勇说，"我当然本色出演！"

"可……那个电话里也有两个角色呀。"

"你说，你叫我爸合适，还是我叫你爸

合适?"彭大勇一脸严肃,"反正你叫我。我叫你,我肯定都笑场。"

"彭所刁难马一路。"江小流站出来打抱不平了,"不公平。"

"没关系,彭所考验我的应变能力呢。"别说,彭大勇这一将军,马一路真有了他的应变方案。"我呢,勉强一人分饰多角。彭所就本色出演,顺便兼一个舞台艺术总监。我哪儿演错了,台词说乱了,您负责纠正。这样行不行?"

"我看行。"

于是,马一路凭借难以恭维的表演水平,勉强还原了那段内容。当然无法和江小流的"回放"相提并论,但在"艺术总监"彭大勇的不断提示、纠正下,不到一分钟的电话内容,基本重现。

"是我,爸。"
"我知道。打电话有事情?"
"你在哪儿?"
"你在哪儿?"
"我在医院。"
"哪个医院?"
"我在上班。爸,你还没说你在哪儿呢?"
"在平川。"
"可上次吃饭,你说你到平川出差,待两天就走的。"
"有什么事情吗?"
"你是不是有什么事情瞒着我?"
沉默。
"爸……"
"不用说了。爸爸的事情,爸爸自己处理,一向都这样。"
"爸……"
"不说了。再见。"

到这里,马一路特地停下来,给"现场观众"解释说:"电话就这么长,接下来还有几句余明白女儿和侦查员的对话,我感觉也有些怪……"

"看你演得挺来劲,我不当艺术总监了,跟你 PK 一下演技。"彭大勇主动提议,"我演我的老同事,你当然是余明白的女儿喽。"

又有了接下来的两句对话。

"这就挂了?"
"嗯。"
"这反应……不对头呀。"
"开的免提,你们都听见了……到底出什么事了?"

至此,"演出"结束。
"果然奇怪。"普克说。
"爸爸怪,女儿也怪。"江小流说。
"你们觉得怪,很正常。侦查员当时就觉得不对头,要不是余明白连夜回宁江自首,这事儿肯定得往下追。"彭大勇说,"我没上心,必须打板子。尤其听你们提了那么多问题,再听这段,感觉就是两人在对暗语。"

江小流听了彭大勇这句话,瞥一眼马一路,然后立刻变身为几天前的马一路。

"我得先问问彭所能不能跟你们细说,他要能帮咱们弄到那段录音就好了……不管怎么说,反正当时我听余明白和他女儿那段电话,感觉像两个间谍在对暗号!"

"看,你俩心有灵犀。"江小流说。
"余明白的女儿叫余思,是医院的护士,对吧?"普克问江小流。

402

"对。"江小流说。

"侦查员当时觉得余思和父亲的通话不对头,有没有多问问余思?"普克问。

"我俩聊了几句,侦查员说余思正在医院上班,不方便多问。本打算第二天再去,结果半夜余明白就投案自首了。"彭大勇说。

普克思索片刻,"余思打给余明白的这个电话,值得咱们逐句分析。"

"我先问个问题。"江小流问普克,"之前提到他们父女,咱们一直说余明白和女儿,为什么听完那段电话内容,你的视角变了?"

"余明白之所以连夜赶回宁江投案,是希望警方割断他与女儿的关联。而我希望咱们的调查,既保持这种关联,又不忽略余思作为独立个体的存在。"

"就是说,你觉得余思和余明白都是嫌疑人?"江小流问。

"至少这段短短的通话中,两人具有同等嫌疑。"普克说,"不信咱们可以分析讨论。"

"是我,爸。"——作为女儿的开场白,勉强正常。

"我知道。打电话有事情?"——我当然知道是你,我的女儿。平时你很少给我打电话,今天打电话来,一定是有事情。

"你在哪儿?"——我不知道怎么和你说,爸爸。事情很复杂,很微妙,很……

"你在哪儿?"——为什么要问我在哪儿?这从来不是咱们之间该问的问题。你问了,这意味着什么?

"我在医院。"——虽然你知道我在医院工作,但……爸爸,你注意到我说话时与平时的不同了吗?

"哪个医院?"——当然注意到了。你想暗示我什么?无论是什么,至少我明白,你不能直接告诉我。

"我在上班。爸,你还没说你在哪儿呢?"——有人打断我上班,来问我你此刻在哪儿。爸爸,我好担心……

"在平川。"——来找你的人不会平白无故来找你。他们应该知道我在哪儿。说实话对你更安全。

"可上次吃饭,你说你到平川出差,待两天就走的。"——我是这样告诉他们的,你懂吗?爸爸,而且没想到上次你骗了我,我很难受。

"有什么事情吗?"——有什么事情,我心里已经有数了。我只想大概掌握一下事情的严重级别。

"你是不是有什么事情瞒着我?"——爸爸,我必须让他们相信,不管你做了什么,我都一无所知。

沉默。——我必须尽快想出对策。让我想一想,哪怕一秒钟。

"爸……"——爸爸,他们就在我身边,无声地催我,我不知道该怎么办……

"不用说了。爸爸的事情,爸爸自己处理,一向都这样。"——我想好了。不用担心,所有的事情都由爸爸来承担。记住,以前这样,现在也这样。

"爸……"——我很难受,爸爸。但我只能接受你的安排。以前这样,现在也这样。

"不说了。再见。"——再多说,他们会起疑的。也许不能再见了,我亲爱的女儿。

"这就挂了?"——咦?我一直听着这父女俩的对话,没听到女儿给父亲通风报信的内容啊。

403

"嗯。"——我做了一个普通人可以做的。你不能拿我怎么样，哪怕你是警察。

"这反应……不对头呀。"——警察的经验和直觉告诉我，他俩的对话不像正常父女之间的对话。有隐情，是什么？

"开的免提，你们都听见了……到底出什么事了？"——你们拿不出证据，我就是光明正大的。现在应该是你们告诉我，我爸爸到底怎么了？

3

离开刑侦岗位多年，彭大勇仍和普克记忆中一样雷厉风行。

如他所说，三人小组能说服他，他就能说服领导。何况三人小组的成立，本身就有赖于省厅领导的支持。这次的案子，又源于三人小组接受了陈奇峰的私下报案。

马一路如愿以偿，三人小组再次成为专案组的"编外人员"，以他们的独特方式展开对余明白一案更深入的调查。

在此前提下，彭大勇为三人小组的调查创造了更多便利：马一路和普克可以对余明白进行正式审讯。江小流因协警身份不能参加，但这本来就不是她的长项，审讯全部录音录像，足以弥补江小流不在场的遗憾。

对于三人小组不分主次列出的那些疑问，彭大勇充分发挥了他多年刑侦工作的特长。人在宁江，却很快挖到了阳城、易水和平川的一些相关资料。

余明白的户籍和籍贯都是易水，父母均已过世。

余明白的妻子谢丽娟是外地人，嫁给余明白后，户口从家乡迁入易水，从此户口信息一直没再变更过。

谢丽娟比余明白小两岁，高中没读完。从身份证照片看，长得很漂亮。

结婚那年谢丽娟23岁，户口本上登记的是无业，但据旧日邻居说，谢丽娟婚后在家附近开了一个杂货店，算是个体经营户。

余明白大学毕业后，分配到阳城一家大型国企工作，开始是技术员，2004年辞职前已经是单位的机电工程师。从阳城原单位辞职后，余明白回到易水，第二年在易水找了个企业干老本行，但企业很快倒闭。自此之后几年间，余明白一直在易水，但工作不断变动，始终没有起色。

这期间，谢丽娟继续经营她的杂货店。店小利薄，后来又开始受到网络平台的影响，杂货店经营惨淡。

2009年春节后，谢丽娟的杂货店正式关门停业。具体停业时间无法确定。杂货店本来就在城乡接合部的老旧区域，很快进行了商业开发，再也无迹可寻。

余明白和谢丽娟只生了一个女儿，名叫余思。旧日邻居都说余思继承了父母的优点，从小聪明漂亮。

2004年之前，余明白在阳城工作，谢丽娟在易水开店。两地之间相隔几百公里。女儿余思户口在易水，一直留在易水生活、上学，主要由谢丽娟照看。

余明白很疼爱女儿，寒暑假常把女儿接到阳城住一阵子。

余明白辞职那年，12岁的余思正好小学毕业，暑假时照例去了阳城。余思在阳城待了多久，已无法了解。当年9月，余明白从原单位辞职，回到易水。

据一位旧日邻居说，余明白从阳城回易水后，家庭关系发生了比较大的变化。

余明白在易水的家庭住址，与谢丽娟开的杂货店距离不远。最初谢丽娟选在那里开店，可能就是出于方便。

那片区域有一块海拔不高、面积不大的山丘。余家住的是一套靠山坡的自建老宅。和周围十几户邻居一样，都是独门独院，外面就是大片菜地，再往外百米左右才有公路。这十几户人家，类似于一个独立的小村庄，相互之间比较熟悉，邻里关系也相对紧密，只有余家算是个例外。余明白父母那一辈还好，主要是从余明白开始。

余明白从小聪明，读书好，性格比较内向。上面有两个姐姐，后来都远嫁了，极少回娘家。

余明白上大学的时候，他母亲帮他介绍了一个女朋友，就是谢丽娟。谢丽娟是外地人，长得很漂亮。家乡是贫困地区，又重男轻女，她年纪轻轻就出来打工。周围邻居对谢丽娟的印象是颇能吃苦，嘴比余明白甜。

余明白大学一毕业，两人就结婚了。第二年，谢丽娟生了个女儿。

余明白在阳城工作，和谢丽娟算是两地分居，回家时间不多。加上性格内向，和周围邻居也只是见面点头的关系。

后来余明白父母相继过世。城市大举开发，邻居们也陆续搬离，只有余家一直在原地没挪过窝。余明白从阳城回到易水时，老邻居已经走得差不多了，只剩五六户还住着人，大部分是老人。

提供信息的这位旧日邻居，和余明白年龄相当，因先天眼疾没有视力，一直没工作，那时仍和父母住在老宅，因此对余家后来的事情也有所了解。据她说，余明白与妻子谢丽娟婚后关系一直不好。

这位邻居无法判断一个婚姻谁对谁错，清官还难断家务事呢，何况她从来没结过婚。但也许因为眼盲，邻居听力格外好一些。每次余明白从阳城回家，邻居就能听到夫妻俩争执拌嘴。余明白为人斯文，拌嘴声音也低。谢丽娟婚后比婚前泼辣许多，说话不顾忌。

一句话可以总结：夫妻俩彼此都对这个婚姻不满意。至于为什么没离婚，外人就不好评判了。

那位盲眼邻居认为，可能和他们的女儿余思有关。

余思大部分时间和母亲生活在一起，但感情上似乎与父亲余明白更亲近。每次余明白从阳城回易水，夫妻俩吵架，余思都小声劝架，很小的时候就这样，劝着劝着就哭了。孩子一哭，大人也吵不下去了。婚姻大概就是这样维持下来的。

直到2004年，余明白从阳城辞职回到易水。

在盲眼邻居的耳中，余明白回来后，夫妻俩再没怎么吵过架。肯定不是因为夫妻关系变融洽了，这一点邻居很确定。余明白很少出声，余家只要有声音，基本就是谢丽娟的叫骂。骂丈夫，骂女儿，骂鸡骂狗骂老天……骂得语焉不详，但非常难听。曾经被旧邻们评价为"漂亮、嘴甜"的谢丽娟，变成了一个中年怨妇。

与此配套的是，在这些咒骂声中，余明白和女儿余思的变化也很大。余明白看上去越来越沉默，越来越窝囊。原本聪明伶俐的余思，见了人就低头走，再没有小时候的活泼可爱。

余思小学时成绩很拔尖，考上了不错的中学。但初中勉强读完，高中都没上，考到了外地一所护校，读中专。

盲眼邻居很喜欢小时候的余思，还问过她，为什么不上高中，像她爸爸那样考大学，有个更好的未来。邻居一直记得余思的回答，是一个反问句，"有什么用？"想到余明白的处境，盲眼邻居对余思这句反问，竟无言以对。

余思到外地上学后，好像只回来过一次。大概是在2009年的春节，余思放寒假回到老宅，走路一点儿声音都没有，要不是轻声和盲眼邻居打了个招呼，简直像个鬼。

从那以后，盲眼邻居就没遇到过余思了。

事实上，那个春节之后，余家就再没发出什么声音。当时邻居还问过父母，余家是不是搬走了，也没打个招呼。父母都年事已高，也弄不清楚。再之后，邻居的父母也相继过世。一个盲人在这里生活越来越不方便。隔一阵子，邻居也卖掉房子搬走了。

这些年，易水城市外扩，原来的城乡接合部都变成了市区。余家所在位置由于那片山丘，开发得相对较晚。周边的田地菜园都建起楼盘了，这边才有开发商下手。余明白的盲眼旧邻得知旧宅区域要开发，有些后悔自家房子卖早了，错过升值。后来又听说，那片地开发商一直没拿下来，有一家钉子户，不管开发商出什么价都不卖，拖到现在还没能拿下。

邻居好奇，特地问了是哪家，结果是余家。

"有意思吧？"彭大勇把从易水了解到的情况一五一十告诉了普克他们，"这些年余明白在外面混得像个 loser，其实人家只要说个 yes，几百万就到手了。"

"易水拆迁也这么贵？"马一路吓得吐舌头。

"面积大，钉子户，又是商业开发。据说拖了几年，开发计划都快黄了。"彭大勇说，"听当地派出所的说，这价在易水也是天价了，可户主咬死不肯拆。"

"户主确定就是余明白？"普克问。

"没错。"

"谢丽娟呢？"

"也在户口本上。而且民政局也没有两人离婚的记录。"彭大勇说，"更有意思的是，开发商拿不下户主余明白，也试过找谢丽娟，没找着。"

"谢丽娟是从哪年开始失去消息的？"普克问。

"按那位老邻居的说法，2009年春节之后就再没听过余家的声音。"彭大勇又补充，"我也是听他们转述，这个没听到过余家的声音，到底是你们文艺的形容，还是确确实实没听见过，得再求证。"

普克点点头，思索片刻。"如果证实那年之后谢丽娟再没有消息，"普克意味深长地说，"那就意味着，又多了一个失踪者。"

"另一个是邱妍。"马一路说完，觉得自己的补充显得多余，有点儿窘。

"我们听懂了。"彭大勇对他夸张地点头微笑。

马一路更窘了。

"马一路又没说余明白杀了谢丽娟。"江小流说。

这话一出，大家都吓了一跳。

"我说错了吗？"江小流问。

普克巧妙地接过江小流的问题，"现在说对错还太早，太多信息需要进一步了解。"普克问彭大勇，"平川那边有没有什么值得一说的？"

"没什么新鲜内容，就之前侦查员了解的那些。平川我不熟，还在找关系，看能不能再挖一挖。"

"不行我们去一趟。"停了停，普克又说，"应该说，听了他们父女那个电话后，平川咱们必须亲自去。"

"什么时候去？"马一路急着问。

不知为什么，对于外出调查，马一路有一种特殊的"迷恋"，大概是喜欢那种"一路上有你"的感觉。

"平川肯定要去，但去之前要先做一件事情。"普克对马一路说，"我想你应该也很有兴趣。"

4

普克预料的没错，去平川前做的那件事情，马一路何止有兴趣，简直是梦寐以求。

他和普克一起，在看守所提审了余明白。

事先商议好，主要由普克和余明白交流，马一路除了记录，仍是发挥他的长项：感觉。

"交流？"马一路听普克用这个词，以他对普克的了解，知道普克不会是用词不当，"我以为到这会儿，应该是理直气壮地审讯了。"

"从余明白投案自首的过程看，他早就做好了面对审讯的准备。再次提审，对他来说仍是打有准备之仗，我们偏偏不打仗。"普克很高兴马一路注意到两个词的内在区别。

"那我们干什么？"

"谈心。"

"谈心？！"

"从陈奇峰找到咱们，开始听那段录音到现在，你对余明白的印象是什么？"

"太复杂了……"

"给你三个词来概括。"

马一路努力、认真地想了好一会儿，"矛盾、痛苦、坚韧。"

"不错。"普克说，"如果我选三个词，会稍做变动：矛盾、孤独、坚忍。"

"你的更准确！"马一路心悦诚服，"其实痛苦就是矛盾的一部分。"

"既痛苦又冷漠，既残酷又悲悯，余明白一直给我们留下这些矛盾的印象。矛盾是他的前史，坚忍是他整个犯罪行为的内在支撑，剩下的是什么？"

"孤独。"马一路隐隐明白普克的思路了，"我当社区民警的经验是，看上去再孤独的人，你跟他交心，他就很容易对你敞开心扉。"

"余明白处境不同，打开他的心扉可能没那么容易。"普克沉着地说，"可试试又何妨？"

普克和马一路还是第一次正式见到余明白。

审讯室里的余明白看上去比他的真实年龄显老，黑，瘦，头发花白。与之相反的是，黑和瘦使他显得结实强健，毫无一般中年男人的油腻。眼角的皱纹，花白的头发，和他的平静、淡定、松弛结合，令人不由自主忘记他的年龄。哪怕手上戴着手铐，依然如此。

余明白在审讯椅上坐定后，马一路上前为他解开了手铐。

余明白第一反应，有一丝意外。意外之后，余明白客气地对马一路点点头，"谢谢。"

"不客气。"马一路也回之以礼，回到

桌前坐下。

接下来是普克的开场白,"你好,余工。"

余明白第二次流露出意外。他抬头看看普克,又看看普克身边的马一路。

"我叫普克。普通的普,克服的克。我旁边的是小马,马警官。"

余明白想说什么,迟疑了一下,又咽回去。只对普克点点头,没说话。

"你本来以为我叫错了你名字,接着觉得不可能,又不想和我多说……"普克微笑地说,"我们确实不可能弄错你名字。你过去是工程师,听到余工这个称呼,是不是很亲切?"

余明白犹豫了一下。"谢谢你的尊重。"他平静地回答。

"没得到法院的最后判决之前,你只是嫌疑人,还不是罪犯。人和人的相互尊重是应该的。"普克态度平和,既不冷淡也不过分热情,"何况罪犯也有人的基本权利,你说呢?"

余明白凝视了普克几秒。

普克和马一路都读出了余明白眼神里的思索。

余明白将视线降低,落在审讯桌上的某一点,目光放空,不再和普克发生眼神对接。完成这个动作后,余明白对刚才普克的问题做出反应,轻轻点点头。

"你可能有些奇怪,之前该说的都说过了,为什么今天又提审?"普克说。

"我是犯罪嫌疑人,提审是应该的。"余明白态度平静,眼神继续放空,"不管你们问什么,知道的我一定会说,不知道的就很抱歉了。"

"今天只想和你聊聊天,你不愿意说话的时候可以保持沉默,我们保证不视为抗拒审讯。"普克态度亲切。

这次余明白既没说话,也没点头。

"你女儿叫余思,很有文化内涵的名字。应该是你起的吧?"普克用闲聊的语气问。

余明白听到余思的名字,在座位上挪动了一下,立刻又克制自己,回到刚才的坐姿。

看到余明白保持沉默,普克准备继续往下聊,余明白却开口了,"对,我起的。"余明白的语气和表情一样平静。

"我就觉得是你起的名字。余,是我,余思,代表你希望女儿学会思考。思考永远是个好习惯,我思故我在。"普克语气很轻松,真像在和一个朋友闲聊。

余明白抬眼,迅速扫了普克一眼,又将视线落回原来那个点。"思也可以是思念、思想、思维……"余明白说,"随便选的一个字,没太多讲究。"

"那是我过度解读了。抱歉啊。"普克诚恳地说。

余明白勉强露出一丝微笑。没说话。

"不过不管这个'思'如何解读,你女儿肯定没辜负你起的名字。"

余明白没看普克,没动,也没说话。凝视前方那个虚空的点。

"老邻居都说,余思从小聪明漂亮,继承了父母的优点。"

余明白沉默。

"其实不用别人评价,从余思的生活、学习轨迹就能看出来,她是个好孩子。"

余明白沉默。

"我现在是单身,听说也没生过孩子……"普克说到这里,自嘲地笑了,"这话听上去挺奇怪的,但确实是实情。我是个患有失忆症的刑警,每天早晨醒来,记忆就回到十二年前。"

余明白始终保持沉默。

但马一路发现，余明白又迅速地扫了普克一眼。

普克说的完全是实情。这确实是谈心，哪怕对方不用语言响应。

"那时候我没结过婚，也没生过孩子，没有做父亲的体验。不过常听同事朋友聊各自的孩子，也有些听来的经验。听说，男孩儿小时候调皮，成绩差，上中学后开窍了，成绩就上去了，女孩儿正好相反。"普克慢条斯理，继续说。

余明白仍然沉默。

"为什么我说余思没辜负她的好名字？像她这样天资聪颖的女孩，初中毕业上了一所护校，想必是无奈之举。但中专毕业后，她继续读书，而且越读越好……总之，你女儿读完本科，还进了不错的医院工作。这些都说明，她一直在思考，一直在努力。"

沉默。

"你好像不太愿意和我聊女儿的事情。"

沉默。

"我本以为，有这样一个好女儿，做父亲的应该很骄傲……不，肯定很骄傲。"

沉默。

"否则你出了事情，离开宁江后，不会大部分时间都留在平川，最后还是从平川赶回宁江自首的。虽然没和女儿在一起，但那里毕竟是离女儿最近的地方。"

沉默。

"我以俗世的眼光来看，觉得你留在平川，却不和女儿见面，也不让她知道你在平川，是一种发自内心的父爱。"

余明白继续沉默，但普克和马一路都看到，余明白的身体不听从他的意愿，明显抽搐了一下。

"我完全能理解这份父爱。作为父亲，生活动荡，到了知天命的年龄，又成为杀人嫌疑人，不得不亡命天涯……"普克有意停顿片刻。

余明白强迫自己沉默。他努力控制自己的身体不要发生异动，但身体的本能背叛了他。他不得不将两只手紧紧握在一起，极力减轻颤抖的幅度。

"但我还是要守候在女儿身边，默默看着她，保护她，爱她……在她需要我的时候，随时可以出现。比如，她有了不错的男朋友，男朋友的父母希望与未来的亲家见面时，我不仅要出现，而且会以体面的方式出现。"普克不动声色地将叙述视角做了转换。

而真正的余明白，在身心的高度紧张中，似乎完全没意识到这个微妙的转换。

"如果能看到她幸福，那就是我的幸福。和她生活在同一个城市，走过同一条路，看见同一扇窗，对我来说，这个城市就是我最后的家……和我曾经的那个家完全不同。"

余明白的沉默一直伴随普克的轻声叙述，直到"我曾经的那个家"出现，他一愣。

普克从刚才的叙述视角中抽离，回到自己的状态。"左邻右舍都搬走了。开发商出的价钱不错。"普克用闲聊的语气，若无其事地问余明白，"你们父女又都没打算回去住，为什么不把老房子卖了？"

"关你什么事！"

余明白猛地站起身，被审讯椅上的挡板狠狠拦住。强大的反作用力将他推回原位，发出一连串巨响。门外两名警察急忙开门进来。

马一路也被这突发状况吓了一跳，本能地起身。身边的普克却气定神闲，坐着不动。

马一路慢慢呼出一口气，走到两名警察身边，对他们耳语几句，警察出去了。

马一路走到余明白身边。

余明白俯身在审讯椅的挡板上，一声不吭，刚才巨大的撞击造成的疼痛一目了然。

"要紧吗？"马一路轻声问，"不舒服的话可以给你叫医生。"

余明白慢慢直起身子。能看出他在用意志克制疼痛，使自己看上去尽可能显得平静，"不要紧。对不起，我有些激动……现在没事了。"

"确实不要紧？"马一路的关切是真实的。

"确实不要紧。谢谢你。"余明白感激地看了马一路一眼。

马一路走回审讯桌前，坐回普克身边。

"普警官，马警官，不好意思，刚才太冲动，请你们原谅。"余明白开口了，"之前你们对我的平等态度让我产生了错觉，误以为自己是个自由人，冲撞了你们，特别是普警官。真的很抱歉，我不是故意的。"

"我明白，"普克语气温和，"能理解。聊天嘛，有情绪反应很正常……"

余明白直接打断了普克，"我是情绪失控。刚才那一下，也算帮你们认识到我的另一面。平时我性格比较温和，也喜欢互相尊重、其乐融融的人际关系。但有时遇到不如愿，或者一时想不通，会突然之间失去控制，做出不可理喻的事情。"

余明白似乎已经决定，要对面前两位警官敞开心扉了，滔滔不绝，侃侃而谈。

"比如邱妍。我们曾经是合作伙伴，也是朋友。就因为一点儿利益，我做出那样灭绝人性的事情，说实话，我自己都不敢相信。但那就是事实……"

"对不起，轮到我打断你了。"普克客气地说，仿佛这真是一场平等的聊天，而非对杀人分尸嫌疑人的提审，"我能不能问你一个问题？"

余明白犹豫了一下，"当然。"

"你和谢丽娟的婚姻那么不如意，为什么不离婚？"普克问。

余明白凝视普克。普克也凝视他。

余明白低头思索。普克给了他充足的思考时间。

余明白抬起头，"我也问两位警官一个问题，可以吗？"

普克和马一路交换了一个眼神。

"只要我们能够回答。"普克说，"一定如实相告。"

余明白笑了笑。这笑容看上去，有种难以形容的凄凉惨淡，"你们恨过什么人吗？恨之入骨的那种恨。"

普克和马一路都认真地想了想。

"年轻的时候恨过前女友。"普克诚恳地说，"但应该没到恨之入骨的程度。后来有没有再恨过别的人？已经不记得了。"

"我没有。"马一路说完，犹豫了一下，又补充，"其实也恨过的，但都是不认识的人。"

补充后面这半句时，马一路心里想的是那个饿死两个女儿的年轻妈妈。

余明白点点头。"马警官恨过的应该都是我这样的恶人吧？"不等马一路回答，余明白迅速往下说，似乎怕自己的话一旦被打断，就再没机会说出来，"今天和二位的聊天很愉快。说实话，我这人很孤僻，很多年没怎么和人聊天，都快忘了这感觉。"

"咱们可以接着往下聊。"普克说。

余明白坐在审讯椅上，忽然伸了个长长的懒腰，伴随着一声如释重负的叹息。

"虽然聊得很愉快，但我真的累了。"余明白彬彬有礼地对普克和马一路说，"这次就到此结束，谢谢二位警官。"

5

回704的路上，马一路默默地开车，不时悄悄看一眼副驾驶座上的普克。

结束对余明白的提审后，普克就一直没怎么开口。马一路多次研究普克的微表情，想确定普克的真实情绪，却始终没有把握，不敢造次。

马一路第N次观察普克时，后排的江小流开口了，"普克，马一路想安慰你，又不确定你需不需要安慰。"

普克这才从自己的思绪中惊醒，看一眼旁边的马一路，马一路的讪笑证实了江小流的描述。

"谢谢小马，"普克说，"但你为什么会认为我需要安慰？"

"因为……"马一路认真地想了一下才说，"我感觉你有些失望。"停了停，马一路又补充说："其实我比你还失望。满心以为那家伙就要交代了，谁知道突然来了个急刹车！"

"我在外面看监控，也以为余明白要认罪了。"江小流说，"没想到忽然就结束了。"

"我简直怀疑他在故意耍咱们！"马一路的语气有些恨恨的。

普克特意侧过身，既方便和马一路说话，又可以与后排的江小流交流视线。

"你们也有这种印象？"普克问。

"从他被你激怒开始，我就感觉他快撑不住了。"马一路说，"他问咱俩有没有恨过什么人的时候，我心里已经开始倒数读秒了。"

"我是从他大段独白开始发现不对的。"江小流说，"和前面的信息比对，明显不同。"

"你是不是指他解释自己情绪失控的那段？"马一路问。

"对。"江小流说，"之前他一直很被动，话也少，那段话太长了。"

"而且太主动，太刻意！"马一路"啪"地拍了一下方向盘。

"像是不想再被你们掌控，要夺回控制权。"江小流说。

"我感觉到了，也感觉到普克感觉到了。"马一路像说绕口令。

"所以普克故意插话打断他。"江小流说。

"余明白不甘心，双方胶着了一会儿。"马一路说。

"他把马一路也拉下水了。"江小流说。

"这家伙的控制力太强了，很容易被他带着走……"马一路有一丝羞愧。

"普克逻辑那么强大，也没控制住，你不用不好意思。"江小流说。

一直到此时，普克才有机会插进来，"刚才我一直在反思，是不是自己太主观了，误读了和余明白的整个交流过程。看来咱们的观点是一致的，不管是从逻辑、感觉还是数据分析的角度，都不该是目前的结果。"

可事实摆在面前。

三个人沉默了一会儿。

"你们认为，余明白想掌控什么？"普

411

克忽然说,"我掌控的目标很明确,希望按咱们已有的证据探寻他的弱点,找到突破口。他呢?"

"防守?"马一路试探地说。

"不像。"江小流说,"他明明在主动暴露弱点。"

"我有同感。"普克说,"在他的处境,以攻为守太过冒险,不符合我们所了解的他的性格和行事风格。"

"那他到底想掌控什么?"马一路茫然了。

"我也找不到答案。"普克说,"看上去他已经踩足油门就要冲下悬崖,突然就刹车掉头,一定有我们没注意到的逻辑存在……小马,请掉头送我回专案组,我要重看余明白之前所有的审讯记录。"

将普克送回市局,马一路和江小流本打算陪他一起重看审讯记录,普克谢绝了,笑着说:"阅读是我目前还有能力独立完成的工作,而且我需要一个独立安静思考的空间。给你俩放个短假,正好清理一下缓存。"

马一路还不太放心,直到普克保证,有任何发现就立刻给他打电话,又约好晚上接普克的时间,这才开车和江小流离开。

车开出一段路,马一路还和江小流嘀咕,忘了安排好普克的晚饭。

"彭所真了解你,"江小流说,"没人比你更适合当保姆。"

马一路笑了。这话如果从其他人嘴里说出来,马一路会觉得受伤,江小流这样说,马一路认为这是一种表扬。

"当好保姆是我必须修炼的过程,成为神探是我希望得到的结果。"马一路脱口而出,说完,忍不住夸赞自己,"我居然说出这么睿智的话,简直不得了!"

副驾驶座上的江小流看了马一路一眼,淡淡地说:"确实睿智,只是我听着有些耳熟。"

"难道我以前就说过这话?"

"看来你真的忘了。"江小流想了想,"找个人少的地方,帮你清一下缓存。"

人少的地方,是一个城墙边的小公园。护城河沿着古城墙安静地流淌,临近黄昏,游人散去,广场舞大妈们还没有出现。夕阳下,只有风吹树叶的声响。

江小流站在河边栏杆前,面对马一路,"那天我对你说,以后我给你回放的内容,你可以用手机录下来。"江小流说,"今天有空,你想录哪段我就回放哪段。"

江小流"回放"的第一段,是刚才她"听着耳熟"的那一段。

"大勇,自从学会给自己'洗脑',我意外得到一些新的体会。当年咱们一起办案,目标是相同的,就是高效、公正地侦破案件,得到一个正确结果。这一点无可厚非。但最近我意识到,过程和结果之间的平衡非常重要。无限关注过程,就无法高效得到结果。忽略过程的细致,可能会遗失至关重要的内容,最终将影响结果的准确和公正。这个平衡没有定律,很难把握但又必须努力去把握。"

江小流"回放"的过程中,马一路的记忆却提前跳到了后半部分。

他清楚地记得,江小流对他说"我不想自己一次次被人盯着看,你除外"时,他不得不极力隐藏的怦怦心跳。

江小流结束这段"回放",对着马一路的手机镜头说:"纠正一下刚才我的说法。

普克说得好，你也很睿智。"

马一路看着手机屏幕上的江小流，笑着说："这句赞美我也录下来了。"

江小流直视镜头，目光在马一路的手机屏幕中，与马一路的目光相遇。江小流嘴角轻轻翘起，脸上绽出一个淡淡的、真实的微笑。

只是短短一瞬。马一路暗自庆幸，他录下了这个笑容。这次不需要江小流解释，他也明白这笑容为他而生。

"还想让我回放哪段？"江小流吝啬地收起笑容，"随便点播。"

马一路按下停止键，仔细地将这段视频内容保存好，再次回到准备拍摄状态。

"那就来一段……"马一路想了想，硬着头皮说，"那天我妈勇闯704的回放吧。"

江小流根本不需要情绪过渡，直接在马一路的手机镜头前重现了那天的场景。所有人的所有细节，无一错漏。

很长的一段，马一路眼看着屏幕上的背景随着天色逐渐暗下来，而一人分饰多角的江小流，却自带舞台追光效果，耀眼夺目。

马一路不得不按下停止键，因为他的手机提示电量即将耗尽。

天色已晚，两人沿着河边一条小路慢慢溜达。对岸城墙下，广场舞已经陆续开场。各种不同风格的音乐，在五光十色的射灯中混合碰撞，营造了一种奇异的梦幻效果。

马一路早就饿了，但江小流不想离开，他再饿也要忍着。

"你会游泳吗？"江小流忽然问马一路。

"马马虎虎会一点儿。"马一路故意轻描淡写地说，"上警官学院的时候，破过自由泳200米记录，可惜第二年记录又被别人破了。"

"我不会游泳。"江小流似乎没听出马一路的重点，"小时候学游泳呛过水，再下水就记起那感觉，可能永远也学不会了。"

"那是留下心理阴影了。"马一路同情地说，"别人还能忘掉，你又忘不掉。"

"有一年暑假，我们家去毛里求斯度假。你去过毛里求斯吗？"江小流问。

马一路忽然觉得心跳加速。他没去过毛里求斯，但知道那是个美丽的印度洋岛国。"没去过。但我看过宣传片，风景太美了。"马一路克制自己的声音，谨慎地选择用词，避免透露内心的紧张。

"是很美。整个岛都被珊瑚礁围着，印度洋的风浪进不来。"江小流的语气和平时没什么两样，"我们去的那次，正好碰到圆月。月亮从海上升起来，海水像面镜子，一丝水波都没有。我从来没见过那么大、那么亮的月亮，天上一个，水里一个。"

马一路迟疑了一下，拿不准自己应该当一个顺从的听众，还是抓住时机探求他一直想要了解的真相。

江小流解决了马一路的难题。她忽然停下，背靠栏杆，仰头望着马一路。"问你个问题，"江小流盯着马一路的眼睛，"你现在是马一路还是警察？"

马一路一愣。

"有件事情我只想对马一路说，不想对警察说。"江小流说。

马一路认真思考了一下，拿出手机看看上面的时间，已经快八点了。"现在我是下班后的警察。"马一路说。

江小流凝视马一路，似乎在思索这个回答究竟是狡猾还是巧妙。

马一路感觉自己被江小流的凝视炙烤了好久，后背的汗都淌下来了。

江小流终于开口了,"你一直很想知道我17岁那年发生了什么。"

马一路只敢轻轻地哼了一声,"嗯。"

"我是和爸爸妈妈一起去的毛里求斯。"

"嗯。"

"是我妈妈提出来去那里度假的。"

"嗯。"

"他们经常吵架,吵了又和好,过几天又吵。"

"因为……"

"因为爸爸出轨。不止一次。"

"唉……"

"我让妈妈和爸爸离婚,他们都很生气,都不愿意离,我继续看着他们互相折磨,没完没了。"

"你……太难了!"

"然后妈妈提出一起去度假,去毛里求斯度假。"

"你愿意吗?你不会游泳,而且应该是……怕水的。"

"我妈妈也不会游泳,一点儿都不会。爸爸说我是遗传了妈妈。"

"你妈妈也不会?你俩都不会游泳,她还提议你们一家去毛里求斯度假?"

"妈妈说她看了很多宣传,说那里很美。"

"虽然你不会游泳,你妈妈也不会游泳,但你妈妈提出全家一起去那儿度假,你为了全家开心,答应去了。"

"后面的内容是你加的。"

"加的对不对?"

"对。"

"然后呢?"

"前几天,全家都很开心。那时候我和现在不一样,那时候我也会开心、害怕、焦虑……和所有人一样。"

"我明白。就是那次事故之后,你才变得……与众不同了。"

"不是事故。"

"那是……什么?"

江小流忽然停了下来,凝神思索。轮到马一路凝视她,大气都不敢出,生怕惊扰了她的回忆。等了足有两分钟,江小流并没开口,转过身去望着栏杆下的护城河。

马一路实在忍不住了,追问:"江小流,当时到底发生了什么?"

江小流又沉默了一会儿。

"普克问余明白,他和谢丽娟的婚姻那么不如意,为什么不离婚?那也是我的困惑。"江小流转过身来,平静地说,"该去接普克了,看看他有什么收获。"

马一路明白,这次的机会已经结束,江小流不打算再告诉他真相了,不管出于什么原因。同时马一路也意识到,的的确确有一个真相,潜藏在那个"事故"之下。

马一路原以为自己会有些生气。江小流的举动放在别人身上,马一路会怀疑自己被耍了。江小流这样做,马一路只体会到隐隐的心疼,以及深深的遗憾。

开车去接普克的路上,马一路一直没怎么说话,却没忘记半路停下来给普克买了份快餐。以他对普克的了解,有很大把握普克会忽略晚饭。

果然,普克上车后,什么也顾不上说,狼吞虎咽吃光了马一路给他买的快餐,看上去是饿狠了。

"马一路猜到你会忘记吃晚饭,本来我不信。"江小流对普克说。

"一直在看余明白的讯问记录,确实忘了。"吃饱后的普克看上去心情颇为愉快,"谢谢你,小马,简直救了我的命。"

"这是一个全职保姆的基本职责。有什

么新收获吗?"

"有。"普克语气确定,"我知道余明白想掌控的是什么了。"

马一路和江小流同时问普克是什么。

"节奏。"普克回答,"不出意外的话,咱们很快就会和余明白再次会面。"

"咱们要再审余明白?"马一路问。

"普克说的是咱们很快会和余明白再次会面,"江小流纠正马一路,"和你的说法不同。"

"可我还是没明白,余明白想掌控什么节奏?"马一路说。

"是不是交代的节奏?"江小流隐隐悟到了,问普克,"你认为不是咱们要再审余明白,而是他会主动找咱们交代?"

"对。"普克微笑点头。

"为什么?"马一路恨不得在脑子里踩一脚油门,追上普克和江小流的速度,"如果他打算交代,为什么还要兜这样一个圈子?"

"刚才江小流说你猜到我会忘记吃晚饭,你是怎么猜到的?"普克反问马一路。

"应该不算猜,是根据对你的了解,总结出的规律。"马一路如实回答。

"普克重看了审讯记录,也总结出了余明白交代的规律。"江小流说,"普克看过的我们也都看过,现在我发现规律了。余明白所有的交代中,那些他希望我们接受的信息,总是说得格外多、格外细,而且带有感情色彩。"

"比如今天他对我们描述他的情绪失去控制,还有对谢丽娟的恨?"马一路问。

"非常正确!"普克赞许地点头,"重看所有审讯记录,这种规律会更鲜明。"

"但这和余明白想要掌控交代节奏有什么关系?"江小流问。

"余明白太聪明、太严谨了,"普克耐心地解释,"而且他绝不会停留在固有的经验上行事,会根据现实的发展不断调整节奏。他早就做好了自首的准备,但要根据他的需要安排节奏。他发现警方注意到他第一次自首反应过快,他必须给第二次自首设置一个盘旋空间,使得这次自首变得更真实可信。"

"他真有这么神?"马一路有些半信半疑,"咱们会不会太高估他了?"

"杀死邱妍后,他所有的行动都证实了他的能力。"普克说,"如果说他还有弱点,那就只有一个。"

"我知道是什么。"江小流说,"感情。"

"今天回看之前的审讯记录,有句话给我留下了深刻印象。"普克说,"侦查员盘问余明白有没有告诉过女儿杀人的事情,他用了很大篇幅解释他没有。他说……"

"人都是感情动物。我虽然罪大恶极,也有感情。"江小流替普克逐字说完。

马一路默默思考了一会儿。

"我同意你们的观点了,"马一路说,"我也大胆预测一下,余明白的第二次自首应该不会晚于明天上班之前。"

"为什么?"江小流问。

"如果余明白不希望咱们去平川打扰他女儿……"马一路的话说了一半,手机响了。是彭大勇打来的电话。

马一路简单地接完电话,将车减速,掉头。

"专案组让彭所通知咱们,余明白精神崩溃了,主动表示要和今天那位得了失忆症的普警官谈心。"马一路按捺住得意的心情说,"虽然他没提到我,但我肯定不会错过这么好的学习机会,对吧?"

415

6

在余明白的第二次自首中,他如此解释他为什么杀死妻子谢丽娟。

余明白是个孝子,谢丽娟是余明白母亲指定的"儿媳候选人"。两个姐姐都远嫁,使余明白的母亲很受伤,也很恐惧未来无人为他们养老送终。最终在母亲定夺下,余明白接受了并无感情基础的谢丽娟。

余明白也毫不讳言,那时候他还很年轻,没谈过恋爱,更不懂什么叫婚姻。那时候谢丽娟很年轻,很漂亮,嘴甜,从贫困地区来,对余明白充满崇拜。

旧时代也有白头偕老的包办婚姻,新时代为什么就不能有?余明白用这个理由说服自己,走进与谢丽娟的婚姻。

余明白没讲述太多婚姻的细节,只用了一句话来总结他与谢丽娟的婚姻:"杀了她,对她是解脱,对我是放生。"

当然,余明白也承认了自己的极度自私、灭绝人性。这一点,在坦白杀死邱妍并分尸抛尸的过程中,余明白就一再强调过。

"说到底,我就是个恶人。是野兽。罪不可恕。"余明白这样定义过自己。

余明白还交代了作案的大概经过。之所以是大概,因为时间久远,比邱妍案更久远,细节实在记不清了。

"只记得当时过年,女儿也从学校回来了,本该一家人高高兴兴过个团圆年。结果谢丽娟又开始找我麻烦,我们就吵起来了。我要面子,女儿大了,不想让她看见父母总这样,也怕影响她以后的婚姻观,就催她先回学校。没想到女儿一走,谢丽娟更疯狂了,不仅侮辱我的人格,连我过世的父母也连带着侮辱,我就失控了。当时正在厨房准备年夜饭,手里拿着菜刀,随手甩过去,就……没法回头了。"

余明白特地将自己杀死谢丽娟与邱妍两案作了对比。

"形式上看,我杀谢丽娟和杀邱妍,都是冲动的后果。但逃亡的这两年,我反复思考,觉得两者之间有本质差别。"余明白用讨论学术问题的态度说,"杀邱妍完全是意外,没有任何主观故意,之后也非常后悔,非常愧疚。但杀谢丽娟,是潜意识里埋藏很久的念头,或者说是计划,所以可以算是故意谋杀。"

虽然余明白将两次杀人定义为不同性质,但也坦承,有了第一次的经验,第二次就从容多了。

谢丽娟死后,并未分尸。余家老宅独门独户的院子,为埋尸提供了天然便利。老宅的邻居们陆续搬离,更减少了余明白的担忧。但理工科出身的余明白,仍然保持着基本的谨慎。多年来,虽然在外漂泊打工,每年总要抽时间回易水,看看老宅,看看谢丽娟是否"安然无恙",证实一切"安好",再放心离开。

除了生活上的不便,余明白绝不会再住进老宅,原因不必解释。直到开发商盯上那个地块,余明白才重新紧张起来。

余明白考虑过,找一个更合适的地方,将谢丽娟悄悄转移安顿。这个想法看似简单,但在当下这个时代,实现起来并不容易。余家成了唯一的钉子户,开发商特地派人住在余家隔壁,余明白一回老宅,就被人盯着谈判,彻底失去了转移尸骨的机会。

一拖再拖,拖到邱妍的惨剧发生。余明白再也腾不出精力去"照管"谢丽娟了。

院子里的秘密迟早会被发现。

也许是因为和普克、马一路的谈心真的很愉快，余明白甚至还和他们开了句玩笑，"我这人天生不会做生意，没想到因为杀了谢丽娟，差点儿被我做成一桩大生意。开发商为了拔掉我这个钉子户，价越出越高。有些老邻居听说了，都后悔房子卖早了，应该跟我一起和开发商血战到底，可以发笔横财。"

余明白顺便咨询了一下普克，那套老宅是他名下的私产，以他目前的状况，能否与开发商达成交易。

余明白知道自己肯定是死刑，两起人命加分尸，属于"案情极其严重、影响极其恶劣"的那一类。"我死了，谢丽娟也死了，唯一的继承人能否合法继承那套老宅？"余明白问，"女儿当然不会去住了，但卖房的钱还是应该归她的，对吧？"

对余明白这个问题，当时普克也认真回答了："实事求是地说，继承法我不太熟，但我可以帮你请教一下律师。我也顺便问一下，你现在还没请律师，是否需要我帮你介绍擅长刑案的律师？"

"谢谢，不用了。"余明白说，"我这种人，不值得再浪费一分一毫。不管是时间、金钱还是感情。"

"你是哪种人？"普克问。

余明白怔了一会儿，轻声回答了普克的问题："罪人。"

7

有了余明白事无巨细的交代，专案组下一步的行动方案相当简洁：带余明白去易水余家老宅指认埋尸地点，挖地掘土，搜寻谢丽娟的遗骨，一挖一个准。寻找这片老房子的旧邻居，了解更多案件相关细节，获取人证物证。

与此同时，专案组的"编外人员"三人小组，则有了他们自己的安排。

彭大勇作为三人小组的"灵魂人物"，再次被召唤到704，共同商讨行动方案。

普克开门见山，直奔主题，"大勇，能不能发挥一下你的特长，悄悄安排两个人去一趟阳城？"

"安排人去阳城没问题，"彭大勇看了马一路一眼，"要是算上马一路，三个人也没问题。"

"我们三个要去平川呢。"马一路忙说。

"我知道你不想跟他们分开，"不知是彭大勇故意，还是马一路的错觉，"他们"两个字的重音，主要放在前一个字上，"可所里整天忙成那样，一个萝卜一个坑……"

"我们可是三人小组，不能分开。"马一路找了个堂皇的理由，"再说您也知道，他俩都是……我得认真履行保姆的职责！"

马一路的话虽然藏着他的小心思，但却戳中了彭大勇的软肋。

"我和江小流两个人也没问题，"普克说，"尤其现在我也能给自己'洗脑'了。"

"以前'洗脑'也不是马一路的工作，是我的。"江小流说。

大家都听懂了。江小流希望三人小组一起去平川，不分开。

马一路的愿望可以往后放，毕竟他皮实，自愈能力强。但江小流开口了，不能不重视。

"不行到上面借人？"普克说。

"想法没明朗之前，先不惊动上面，以免误伤无辜。"彭大勇想了想，咬牙说，"豁出去了，我带周到跑一趟。重温一下刑警生活也挺好。"

马一路发自内心想赞美彭大勇，硬是忍住了，他用另一种方式表现自己的成熟，"彭所说想法没明朗之前……指的是什么想法？"

彭大勇看一眼普克。普克点点头。

"我先声明，这是普克的想法，我行动上支持但不代表我完全认同。"彭大勇说，"估计你俩听了也得吓一跳。"

"我动不动就跳的，想让江小流跳，可没那么容易。"马一路说。

"我自己说吧，万一错了，最多我不录进录音笔，第二天就忘了尴尬。"普克半开玩笑半认真，对马一路和江小流说，"事先没和你们透露，因为目前没有任何支持的证据。现在要出发了，必须说了。我怀疑杀谢丽娟的不是余明白，而是余思。"

听了普克这话，马一路没跳，江小流跳了——不是行动上的跳，江小流坐在那儿没动，整个人的表情都呆了。

马一路没被普克吓一跳，倒被江小流吓着了。"你怎么了？"他轻声问。

江小流眼珠一转，看着马一路。但马一路发现，江小流其实没在看他，不知看向何处。马一路真有些紧张了。看看普克和彭大勇。

彭大勇恰好凑近普克耳边，两人正耳语什么，没注意江小流的反常。

马一路迟疑一下，伸手轻轻碰了碰江小流的肩膀。

江小流像是忽然从梦中惊醒了，打了个激灵，眼神收回来。

"你没事儿吧？"马一路轻声问。

"没事儿。"江小流伸手将耳边一绺碎发轻轻拢到耳后，转脸看着普克，"余明白想救余思，这点很清楚。可凭什么认为余思是凶手？"

"余明白为什么要救余思？"普克问。

"余思可能是知情人，"江小流说，"知情不报也是包庇罪。"

"2009年余思才17岁，还是未成年，仅仅是包庇，基本不会对她追究刑责。"

"再严重一些，也许余思给爸爸帮了忙……"江小流说，"最多是从犯。"

"和余明白谈心时，我有种强烈感觉，余明白在极力求死。"普克问江小流，"不知你看出来没有？"

"余明白解释了，他是个罪人，罪不可恕。"

"任何人都有求生的本能。余明白和邱妍是朋友，意外杀死邱妍后充满愧疚，但也并没有立刻求死，而是选择了分尸并且逃亡。"

"也许是因为他想去平川照顾他的女儿。"

"在平川一年多，余明白只见了女儿一面。"

"因为他知道自己犯了死罪，不想过多牵连女儿。"

"这正是余明白提供给我们的逻辑。"

"只要是合理的逻辑，难道因为是余明白提供的，我们就不能接受？"

江小流的咄咄逼人已经很明显了，马一路实在忍不住，试图调节气氛，"普克的意思是……"说了一半，又不知道怎么往下说，只好用目光向彭大勇求助。

"讨论是好事儿，观点不同才能激发灵感，找到突破口。"彭大勇甩给马一路一句，"你别打岔。"

马一路有些讪讪的。

好在普克完全不介意江小流的"挑衅"，"既然有分歧，我们就从分歧产生的节点开始讨论。"普克的目光投向江小流，

418

"余明白想救女儿,这一点你也认同,对吗?"

"对。"江小流显然控制了自己的情绪。

"他有过两次'救'女儿的动作。第一次是接到余思的电话,立刻赶回宁江自首。"

"对。"

"第二次是发现我们将余思和他家的老宅以及谢丽娟联系起来,他努力掌控节奏,目的仍是自首。"

"对。"

"两次自首,都是激情杀人。但对作案动机及过程的交代,第一次是客观陈述,第二次带有大量主观情绪渲染?"

江小流没有马上回答,凝神思索。显然,她在自己永不遗失的记忆库中翻捡到了相关细节。

"两次确实不一样。"江小流说,"这能说明什么?"

"说明余明白第一次自首,潜意识里仍在求生。而第二次自首,则是彻底的求死。"

"就算这样,又说明什么?"

"有一种心理学现象,镜像效应。"普克说,"在余明白身上发生了二次'镜像'……"

"我不懂什么叫'镜像'。"江小流打断普克。

"简单地说,'镜像'是通过别人看自己,余明白是通过自己看余思。"普克说,"余明白内心深处知道,女儿罪行严重,只有通过自己的彻底牺牲才可能挽救女儿。"

江小流沉默了。

"老实说,这点我也有些怀疑。余明白和谢丽娟的婚姻再怎么失败,也轮不着女儿出手。"彭大勇说完,转向马一路,"你怎么看?"

面对如此严肃的问题,马一路不敢造次,认真想了一会儿才开口,"普克和余明白谈心的时候,我就想过一个问题。余明白一直说他和谢丽娟的关系很糟糕,但从来没正面提过女儿在这个家庭中的状态……"

"提过。"

这次江小流打断了马一路。把她从监控中看到的余明白那段坦白完整"回放"。

"只记得当时过年,女儿也从学校回来了,本该一家人高高兴兴过个团圆年。结果谢丽娟又开始找我麻烦,我们就吵起来了。我要面子,女儿大了,不想让她看见父母总这样,也怕影响她以后的婚姻观,就催她先回学校。没想到女儿一走,谢丽娟更疯狂了,不仅侮辱我的人格,连我过世的父母也连带着侮辱,我就失控了。当时正在厨房准备年夜饭,手里就拿着菜刀,随手甩过去,就……没法回头了。"

"看,规律又出现了。"马一路说,"之前余明白一直不谈细节,不谈女儿,这一段却谈得特别仔细。"

"因为这是案件必不可少的环节。"普克说。

"这个环节描述清楚,才能让我们相信,余思和母亲的死毫无关系。"马一路说。

"对咱们说清楚有什么用?"江小流说,"余思又不知道余明白怎么说的。"

"也许他们父女间早就有约定。也许除了咱们知道的那个电话,他们还有过别的联系。"普克说,"总之,有很多疑点需要寻找答案。人是社会关系的总和,余思在平川学习生活多年，总能找到了解她的人，得到我们需要的信息。"

"我负责阳城。"彭大勇说，"要是没记错，应该重点了解2004年余明白为什么从原单位辞职，以及邱妍死后那半年，余明白再去阳城到底想做什么、做了什么。"

"我们在平川着重考虑的时间节点是2009年。那年春节，余思从护校回家过年。按余明白的说法，余思提前返校，对父亲杀死母亲一事毫不知情。"普克说，"一个17岁的女孩儿，想藏住真实的情绪并不那么容易，也许这就是我们的入手点。"

普克说到这里，马一路和彭大勇都下意识地看了一眼江小流。

江小流看上去和平时一样，眼神冷淡，面色苍白。她没再发言。

普克注意到他们的反应，但不明白原因，"我是不是漏掉了什么内容？"

马一路和彭大勇又下意识地互相看了一眼。

"没有……"他们异口同声地回答，"没有，没有。"说完，都没敢再看江小流。

商定了方案后，兵分两路。彭大勇亲自带所里的侦查员周到去了阳城，三人小组开车直奔平川。

开的当然还是江小流的车。几百公里的长途，就没开特斯拉，换了另一辆奔驰。

"我记忆里，这还是第一次坐奔驰出差。"普克说。

"下次江小流没准会让咱们坐私人飞机，"马一路边开车，边响应普克的玩笑，"那我得赶紧考个飞行执照。"

江小流没说话。

马一路悄悄从后视镜里看了一眼后排的江小流。江小流侧脸看着车窗外。看不到她的脸。

这一路江小流都没再开口。有一次马一路甚至试着轻轻哼唱《我的太阳》，也像雨水落进大海，没引起任何反应。

就这样一路开到平川，江小流才开口说了全程第一句话："酒店我订好了，我把信息给你。"她低头翻手机，但显然是对马一路说话，"直接去酒店，先把行李放下。"

到了酒店，仍是江小流一贯的风格，五星级，每人单独一间房，江小流刷自己的卡。

在前台办手续时，普克趁江小流刷卡签字，把马一路拉到旁边。"她怎么了？"普克低声问。

马一路不知道怎么回答。

"路上我反思了一下，还是不太清楚。"普克轻声说，"如果是别的女孩儿，我不奇怪，但江小流今天的情绪波动相当明显。"

"你也知道她……"马一路含蓄地问。

"录音笔里有。"普克说，"但不可能事无巨细，只能记录要点。"

"说实话我也不太清楚，肯定有原因，但……"马一路说到一半，看见江小流办完手续，赶紧说，"她来了。这件事情说来话长，回宁江再告诉你。"

江小流拿着房卡走回他们面前，将房卡分别给了两人。仍和从前三人出差一样，普克住在中间，马一路和江小流一左一右两个房间。

分头放下行李后，三人一起到普克房间开会。要根据已获得的信息，初步确定下一步的调查方案。

思路很简单，一切调查围绕余思展开。

线索其实也很简单。

余思2008年从易水考到平川一所中专护校，三年后中专毕业。恰逢护校升级扩招，余思考上升级后的大专。读了一年大专后改为专升本，并以优秀的成绩本科毕业，之后进入易水最好的三甲医院当护士。因为一直在平川就读、工作、生活，余思的社会关系比较容易寻找。

相对复杂的，倒是如何在调查中做好保密工作，以免惊动余思本人。

接下来两三天的调查中，一直没用上从前三人小组常用的"角色扮演"方式。每天三人小组的调查结束，都会在普克房间，与在阳城调查的彭大勇视频通话，交换信息。

第一天彭大勇就告诉他们，余家老宅院子里挖到的遗骨，经与老宅中谢丽娟个人物品上获得的DNA样本比对，证实是谢丽娟。此外彭大勇已查知，2004年之前，余明白在原单位的工作一切正常。因专业能力强，为人踏实勤勉，还多次被评为先进个人，提前从技术员变成工程师。因此对于2004年余明白突然辞职，原单位多位前同事都印象深刻，只是不明白个中原因。这是接下来彭大勇将继续深挖的内容。

普克则代表三人小组告诉彭大勇，余思2008年到平川上学后，给同学老师留下的印象有一个明确的分水岭。第一学期，善良、内向、胆怯、沉默、极度不自信，是大家对余思不约而同的评价。2009年春节后是第二学期，余思的性格发生了明显改变。坚强、开朗、自信、执着、乐于助人成为她新形象。

为什么会有如此明显的性格改变？他们尝试在调查中提出这个疑问。

回答不一，众说纷纭。

有老师说，孩子长大了，自然会变得成熟，但坚强开朗从何而来？这位老师不能回答。有同学说，可能因为余思的成绩提升，找到了自信。随即又自我否定了这个回答，因为发现弄错了因果顺序。余思的性格首先发生改变，之后以全新面貌投入新学期的学习，才带来了成绩的提升。

有一个男同学的讲述，引起了三个人的注意。

"我觉得余思肯定有心理问题。"这个男同学曾和余思做过一学期的同桌，"可惜那时候不像现在，现在学校就配了心理咨询师。"

"什么心理问题？"普克问。

"PTSD。"

"创伤后应激障碍？"普克追问。

"对。"

"你是指第二个学期开始吗？"

"不是，是第一个学期，我有这种感觉。"同学现在仍在医院工作，但不是余思那家医院，"当然那时候我不懂，后来学了心理学，回头对照才这么认为。"

普克听了有一丝意外，思忖片刻，他谨慎地说："有人认为第一学期的余思更像是抑郁症的表现。"

"我知道抑郁症是什么样子，我自己就得过。要不然后来我也不会自学心理学。"同学坦然地说，"我说余思更像PTSD而不像抑郁症，是因为我们同桌期间，PTSD的三种核心症状她都有充分表现。"

"能不能具体说明一下？"

"比如说，我和她同桌，难免身体会有接触。每次碰到她，哪怕是冬天穿着棉衣，她的反应都很激烈。我指的是情绪激烈，事实上她又非常压抑，绝不表现出来。但那种高度警觉，相信我，和抑郁症不一样。"

"你的意思是，余思对异性接触很敏感？"

"说反感可能更合适。所以第二学期我坚决要求老师给我换了座位。"同学说，"我可不想整天被同桌当成强奸犯。"

调查的第二晚，彭大勇在视频里显得有些激动。

彭大勇告诉三人小组，也许他们已经找到了当年余明白突然辞职离开阳城的原因。这个原因，很可能和余明白杀死邱妍并处理尸体后，先到阳城待了大半年有关联。

2004年余明白辞职前，曾与一个名叫严峻的男同事打过一架。

严峻比余明白早工作几年。与其说是余明白的同事，不如说是余明白当年的师傅、密友。两人交往非常密切。严峻是阳城当地人，余明白家在易水，与谢丽娟婚姻不合，回家时间很少，平时住在单位宿舍，周末、节假日常去严峻家做客。余明白的女儿寒暑假到阳城时，父女俩也经常去严峻家。严峻和妻子也有个女儿，比余思大两岁，现在已经结婚生孩子了。

余思小学三年级之后去阳城时，不方便再住父亲的宿舍，就住在严峻家中，不少同事都了解这个情况。

余明白与严峻打架那次，只有一个同事亲眼目睹，但不明白打架的原因。

"感觉余明白要把严峻往死里揍，那么忠厚的一个人，从来没见他那样过。"同事这样描述，"问他怎么回事儿，一个字也不肯说。"当时如果不是同事死命拉架，没准真会出事儿。

事后同事也借安慰的名义，想从严峻嘴里套出原由，严峻敷衍了几句，完全不符合大家对余明白的印象以及生活常识，同事认为严峻肯定是在胡扯。

之后余明白很快辞职。

余明白离开阳城后，2016年夏天之前，再没出现在原单位。但2016年夏天，有另外不止一个前同事在阳城见过余明白。其中有一个前同事，曾经看见余明白，却不敢直接相认。他是去一个小区看朋友时遇到余明白的。当时余明白身穿清洁工的衣服，正在这个小区打扫卫生。看样子已经干得挺熟练，不像临时学雷锋做好事。

2017年春节前，一直在原企业发展顺利的严峻突然传出死讯，并且死得颇为离奇。

严峻是在一个小区的高层坠楼身亡的。那个小区并非严峻家所住的小区。阳城警方当时对此事做过调查，查出严峻在这个小区租住了一套房子，已有数年之久，但家人对此毫不知情。经现场勘查，没发现严峻的坠楼有外力强迫迹象。

从物业及邻居那里零星得知，严峻定期来此，每次待的时候不长。每次严峻来之后，都会有一个中年女人随即赶到。让邻居奇怪的是，每次中年女人都会带着一个小女孩儿。

最初邻居猜测这套房子是严峻的"小公馆"，那个中年女人带来的可能是严峻的私生女。很快邻居纠正了自己的看法，因为从猫眼中看到，女孩儿不是同一个。有时看上去十四五岁，有时看上去年龄更小。

严峻坠楼身亡后，小区一度传出流言，严峻是在这套租来的房子里进行不法勾当，中年女人是一个淫媒。还有一个更可怕的说法。中年女人最早带来的是自己的未成年女儿，后来女儿长大了，就开始带来另外的小女孩儿。

警方也听到了传闻，准备深入调查时，

严峻的家人却提供了严峻患有抑郁症的证据。由于证据充分，严峻坠楼又无外力强迫迹象，最终阳城警方将严峻的死定为自杀。至于中年女人及小女孩儿的传闻，没有任何人出面指证，而严峻本人已死，只得不了了之。

尊重死者家属的请求，警方对外未将严峻之死与小区私下的流言挂钩，此事很快平息了。

那位没敢和清洁工余明白相识的前同事，因此并不了解严峻之死的细节。如果了解，说不定会知道他并没认错人。因为他遇到余明白的小区，正是严峻坠楼身亡的小区。

"我现在有种感觉，严峻的死极大可能和余明白有关。"彭大勇说，"今天我们还和严峻的老婆通了电话，隔着电话我都能感觉不对劲。那种情绪，不是丈夫自杀身亡后的正常情绪，倒像是……"

彭大勇一时找不到准确的形容。

"是不是羞耻感？"普克问。

彭大勇一拍脑袋，视频里都能听到他对自己下手之狠，"就是这个词！"

"如果这个词用得准确，如果你的感觉准确，大勇，我现在有个残酷的猜测。"普克对彭大勇说，也是对身边的马一路和江小流说，"确实很残酷。"

马一路觉得透不过气来，虽然普克还没说出他的残酷猜测，但他已有了自己的"感觉"。

"你是不是怀疑当年严峻侵犯了余明白的女儿？"彭大勇情不自禁压低声音，仿佛余明白的女儿就在附近，怕被她听到，又是一种侵犯。

普克没说话，只是点点头。

"你们是说2004年？"江小流问。

普克点头。

"2004年，余思才12岁。"江小流说。

没人接话。

那一刻，房间里静得能听见每个人的呼吸声。

好一会儿，彭大勇才努力打破这种沉寂，"你们今天有什么收获？"

"我们联系到一个余思护校时的同学和室友，是本地人。"马一路说，"她和余思关系比较好，有一年余思回易水过年，没两天又回来了。学校放假没法住，就住在她家。电话里不方便说太细，明天我们准备去找她了解一下情况。"

"不会打草惊……"彭大勇说了一半，忽然改口调整了说法，"不会惊动余思本人吧？"

"应该不会。她和余思好几年没联系了，我们也是绕了一大圈才找到她。"马一路说。

"那就行。"停了停，彭大勇叹气，"其实现在可以直接找余思了。毕竟是个小姑娘，不会像她父亲那么……有经验。"

"我们还是想尽可能谨慎。"普克说，"即使刚才的猜测成立，里面还是有个矛盾无法解释。余明白恨严峻、杀严峻都可以理解，但谢丽娟的死……到底是为什么？"

"是不是谢丽娟知道了女儿被……伤害的事情？"马一路问。

"如果谢丽娟知道这件事情，作为母亲，应该心疼女儿、保护女儿，"彭大勇说，"那样的话，余思怎么可能杀了谢丽娟？"

"咱们还没证明这一点。"江小流面无表情地说。

"对、对、对，你提醒得对！"彭大勇急忙说，"有了阳城这个新情况，原来的猜测搞不好得推翻重来。老实说，本来我就不太相信……"

"或者说不太愿意相信。"普克说，"其实我们都一样。现在尤其如此。"

房间里再次陷入沉寂。

8

这一晚，大家似乎都格外疲倦，谁也没有继续讨论案情的兴致。

早早收工，各回各的房间休息。

虽然提前上床，身心都很疲倦，马一路却翻腾了大半夜，怎么也睡不踏实。

来平川之前，马一路和普克持相近的观点，怀疑杀死谢丽娟的不是余明白而是余思，余明白之所以自首，完全是为了保护女儿。

事实上，这两天的调查，越来越趋近于他们的观点。

目前严峻的真实死因尚不能确定，但与现有证据链的重要节点形成鲜明呼应。

余明白当年突然辞职离开阳城，意外杀死邱妍后再次返回阳城，很可能都是为了严峻。严峻离奇坠楼身亡后，余明白即离开阳城前往平川，从此一直与女儿余思生活在同一座城市，却从不让女儿知晓他的存在。

为什么这样做？

余思在护校第一学期的性格表现，很多人都以为是内向、不自信所致。只有将这种性格表现与整个证据链对照，才会明白，那根本不是性格本身，而是余思旧日同桌认为的 PTSD！余思很可能在 12 岁的时候，遭受了她视之为亲人的伤害。

不是一般的伤害，而是性侵。不是一般的亲人，是她父亲余明白的同事、朋友，是她心目中值得信赖的长辈。而那个长辈，也有一个女儿，是余思的小姐姐，她们常常亲密地住在一起，一起玩，一起笑，一起分享彼此的情感和秘密。

如果这样的经历还不算创伤，对一个 12 岁的女孩儿来说，什么才算创伤？

这个创伤没有随着时间的流逝而自愈。直到女孩儿长大，伤疤仍在，并且更深更疼。

这一切，作为父亲的余明白都看在眼里。余明白当年没能保护女儿，使年幼的余思受到毁灭性的伤害，这对一个疼爱女儿的父亲来说，该是何等的懊恼和自责？这种懊恼和自责，使余明白以求死之心来保护女儿，无论从逻辑还是情感来看都足以成立。

至少对马一路来说，绝对如此。

但是，在这条已经相当清晰的逻辑链中，还有一个难以解释的空缺。谢丽娟被埋尸于老宅小院。杀谢丽娟的人，为什么会是她的亲生女儿余思？都说母女连心呀。可不也有饿死两个女儿的年轻妈妈，真实存在于现实世界？

那位盲眼邻居亲耳听到谢丽娟"骂丈夫，骂女儿，骂鸡骂狗骂老天……骂得语焉不详，但非常难听"。骂丈夫可以理解，为什么会骂余思？12 岁的余思才是那个真正受伤害的人。

12 岁。一想到这个年龄，马一路的心就揪成一团，痛得不行。

翻腾到后半夜，马一路终于坠入一个逻辑混乱的噩梦。梦里马一路不再是个警察，而成为一个疯狂的杀人凶手。时而是凶手的视角，时而又像俯瞰梦中世界的上帝。醒来的那一刻，马一路多么庆幸这只是一个噩梦。同时一个声音忽然闪现脑海。

"如果我是余明白，如果我意外杀死了邱妍。"马一路听见自己内心的声音，"我大概也会用余生去做自己最想做的事情，然后才能死而无憾。"

什么事情是余明白最想做的？

杀死那个侵犯女儿的罪犯，为女儿报仇雪恨。

第二天，按前一天的约定，三人小组去见了余思护校时的同学，姓陈。

小陈护校毕业后，直接就改行了。上个月刚做了妈妈，在家休产假，不方便出门。前一天得知马一路他们的身份后，将见面地点约在家里。她是个很和善的年轻姑娘，对客人的唯一要求是"小声点儿"，怕吵到刚满月的儿子。

因此，整个谈话过程都像在说悄悄话。

当然没告诉小陈找她的真正原因。马一路编了一个合情合理又不算欺骗的借口。

谈及2009年那个春节，小陈不仅有印象，而且记忆非常清晰。她清楚地记得，大年初一她出门去亲戚家拜年，经过学校附近，发现余思坐在学校围墙外，看上去整个人都冻僵了。

小陈很惊讶，问余思为什么不在家过年，余思除了发抖，一句解释都没有。

那时候她们同学同舍已经半年，小陈知道余思平时话就特别少，但人很善良。当时余思快冻死了，小陈就直接把余思带回自己家。

余思在小陈家住了几天。那几天，余思也没怎么说话，只是不停地帮她家做各种事情。弄得来家里拜年的亲戚都以为，余思是小陈家新来的小保姆。

晚上余思就和小陈挤一张床睡觉。一共睡了四个晚上。第一晚，小陈知道余思根本没睡着过。第二晚也是。第三个晚上，余思大概太累了，不仅睡着了，而且睡得很沉。半夜时，余思突然叫了一声，把小陈吵醒了。

小陈迷迷糊糊看见余思坐起来，就问余思是不是想上厕所。

"我把她杀了。"余思说。

小陈吓得一激灵，彻底醒了，赶紧打开灯也坐起来。

当时余思的眼睛是睁着的，但看上去又像丢了魂似的，不知道究竟是醒着还是睡着。

小陈有些害怕，怀疑余思是在梦游。听说梦游的人不能惊动，她只伸手轻轻碰了碰余思，结果余思的反应很强烈，一甩手，狠狠地打在小陈身上。小陈疼得叫了一声。

余思像是彻底醒了，呆呆地看了小陈一会儿，然后像被抽了筋似的，眼睛一闭，倒下就睡着了。

第二天睡醒，小陈问余思晚上做了什么梦，余思说不记得了。小陈把夜里的事情讲给余思听，余思听的时候，脸上很茫然。看上去真不记得了。

这之后，余思又在小陈家住了一晚。年初五，余思接到一个电话就走了。

小陈担心余思是不是怕打扰她才走的，还去学校附近的旅馆找过余思，发现余思确实住在那儿。而且房间里还有满满两个大行李箱，全是余思的东西。

余思解释，是她爸爸从家里带来的。还说父母可能要离婚，爸爸让她暂时不要回家去，免得受干扰。余思还请小陈为她父母要离婚的事情保密。小陈答应了，并且从来没对任何人说过。

寒假之后开学，小陈和余思虽然仍是同班同宿舍，但距离却慢慢拉开了，主要是因为余思有些变化。

　　护校的前途大家都知道。以前余思成绩也一般，和大家一样，对学习就是完成任务。新学期的余思，用现在的说法就是"开了挂"。一方面她确实比所有人都努力，另一方面，似乎连智商都跃升了一个层次，整个人的性格也变了。如果说第一学期时余思是一个电池的负极，那个春节之后，余思就变成了电池的正极，而且是满格电源。小陈特别解释，她不知道这个形容对不对，就是想表达那样一个意思。

　　总之，"开挂"后的余思开始了一种全新的生活状态。小陈当时还想过，原来父母离婚还有这样的作用，简直令人羡慕。

　　有一次小陈实在没忍住，问过余思，她父母怎么样了。

　　余思平静地告诉小陈，"他们分开了。"

　　"分开了"肯定意味着不在一起了，离还是没离，小陈没好意思继续追问。

　　小陈毕业后没当护士，家里托关系找了一个清闲的工作。原来的同学有的去医院当了护士，有些也转行了。小陈听医院的同学说，余思读完本科，也到平川最好的医院当了护士。

　　"有些同学笑话余思，多读那么几年，居然还是当护士，有什么意思？"小陈说，"我觉得她们是吃不着葡萄说葡萄酸。余思以后肯定不会只当护士，本科护理可以当护士长，还可以转药房什么的。反正从那年春节以后，我就觉得她的人生和我们不一样，好像她天生就应该有更好的前途，只是不知道半道被什么耽搁了。"

　　小陈还告诉他们，虽然好几年没见过余思了，但陆续听到过一些关于她的消息，女生最关心的总是和感情有关的八卦。

　　"上护校那会儿，余思肯定是没谈过恋爱的，这我敢肯定。"小陈说，"连男老师都离得越远越好，去校长办公室一定得拉个女同学陪着。"

　　有同学告诉过小陈一个八卦，小陈半信半疑。余思读专升本时，有个男生狂追她。两人接触了几个月，后来不交往了。

　　"那男的不怎么样，放话出来，说余思根本不能碰，碰一下就跟要杀她似的……"小陈说，"现在这些男的，好像谈恋爱就必须滚床单，不愿意滚倒成了变态。我只想对他们说一个字，滚！"

　　不过小陈生孩子住院时，听说余思已经有男朋友了，是个不错的小伙子。小陈还准备等孩子办满月酒的时候，请余思和男朋友一起来喝杯酒。

　　"这样她结婚的时候，我才有理由去喝她的喜酒呀。"小陈笑着说。

9

　　三人本打算直接去医院找余思谈，到了医院一问，余思今天大夜班，白天不在医院。

　　余思科里的护士长，一眼看出三个人不是本地的，问他们找余思有什么事情。马一路不想惊动更多人，硬着头皮撒谎，说是余思家的亲戚。

　　护士长一下子就识破了。

　　"他俩我不敢说，你脸上写着俩字：警察。"护士长用快刀斩乱麻的爽利对马一路说，"是为余思她爸的事儿吧？我得说句公道话，余思是余思，她爸是她爸。余思可是个少有的好姑娘，我还指望以后她接我班呢。"

　　果然好事不出门，坏事传万里。马一路尴尬得不行。心里又有种说不出的滋味。

"真的,你们要认识余思就知道了。干我们这行的心肠都硬,余思不这样……"护士长犹豫了一下,压低声音,"你们调查她爸的事情,最好别在病区,对她影响不好。"

马一路趁机问护士长,是否知道余思在哪儿。

护士长给了他们一个地址,说是余思目前租住的地方。

"她和小黄快结婚了,你们注意点儿方式。"护士长补充说。

"小黄是……"

"黄远辉,她男朋友。特别好的一个小伙子,跟余思天生一对。"护士长压低声音,语气却相当犀利,"别你们查完了,拍屁股走了,给余思留一堆闲话……你们当警察的也积点儿德!"

三人按护士长给的地址,找到余思租住的小区。

护士长的话如警钟一样在马一路脑海里盘旋。"咱们把车停外面吧,省得保安问东问西。"马一路说。

普克和江小流都同意。于是在小区外找了停车的地方。虽然停车麻烦,还要交费,马一路也心甘情愿。

下车往小区走。正要进小区门,里面有一男一女两个年轻人,手拉手,有说有笑地从里面出来。

"是余思。"江小流说。

他们有余思的身份信息。马一路知道,江小流不会认错。

"怎么办?"马一路忽然有些紧张,低声问,"那个应该就是她男朋友……"

余思和黄远辉从他们身边经过,从他们脸上只能看见恋爱中的耀眼神采。

"先跟着吧。"普克轻声说,"尽量单独谈。"

三人装作若无其事,远远跟着余思和黄远辉。

两人先是手拉手到小区外的一家餐馆吃饭,就坐在窗边的座位。隔着玻璃窗,远远地看着他们拿菜单点菜、交谈、边吃边聊。只有画面,没有声音。余思话不多,黄远辉看上去更健谈。

三个人像在看默片。那扇窗就是小小的人间荧幕。

隔着桌子,黄远辉时不时伸手握住余思的手,余思对他微笑。

江小流看着这一幕,忽然说:"你们饿了吗?我饿了。"

马一路一愣,问江小流:"你意思是……"

"他们吃他们的,咱们吃咱们的。"江小流说,"他们又不认识咱们。"

马一路有些拿不准,扭头看看普克。普克想了想,看看江小流。

"除了吃饭,有没有别的计划?"普克问,"比如顺便听听他们聊些什么。"

江小流点点头,说:"被你看穿了。说不定还可以多一些证据。"

马一路急忙说:"但我和护士长保证过……"

"放心,绝对不会当着黄远辉的面拆穿余思,"江小流截住马一路的话,"我没那么缺德。"

似乎没有反对的理由了。何况他们也确实该吃午饭了。于是三个人一起进了餐馆,江小流走在最前面,径直走向余思和黄远辉的餐桌。

马一路正吃惊,江小流已经在一张餐桌前停下,拉开椅子坐下。餐桌离余思和

427

黄远辉的桌子只有几米远，江小流选择了面对那张餐桌的座位。坐在她的位置，正好可以面对面看见余思。

事先已经简单商议过，他们不打算让余思注意到他们的存在，但万一被注意，他们就按上次去查邱妍租住处的方式，由江小流和马一路假扮一对小情侣，普克则是马一路的哥哥。

看到江小流选的座位，马一路犹豫着，不知该和江小流并肩坐下，还是与普克一起坐在江小流对面。

江小流用命令的语气对马一路说："你坐对面。"

马一路心里又吃了一惊。江小流平时说话冷淡，但此时的语气不是冷淡，而是霸道。但马一路太习惯于听从江小流了。他老老实实地在普克身边坐下。在这个位置，他们只能看见江小流，看不见背后的余思。

三人坐定，江小流主动叫来服务员点菜。马一路的记忆里，江小流对吃什么从来不感兴趣，总是让马一路点菜，反正她自己吃得很少。

江小流一口气点了七八个菜，马一路不得不开口阻止她。

"够了够了，咱们吃不了那么多。"马一路小声说。

"你说够就够？我都快饿死了，又不让你花钱，小气鬼！"江小流嗓门远比平时高。

马一路呆住了。普克也注意到江小流不同寻常的态度。但他们背后不远就是余思和黄远辉的桌子，此时那个方向很安静，不知是两人恰好没说话，还是已经注意到这一桌的存在，停下来观察他们。

马一路和普克都不便回头，以免引起不必要的麻烦。更不能开口询问江小流，她的反常表现到底意味着什么。

餐馆生意平平，客人不多，菜上得很快。江小流点的菜陆续都上来了，相当丰盛。但胃口向来很好的马一路却食不知味，因为基本不动筷子的江小流一直以各种方式挑剔他、抱怨他、数落他。

马一路很清楚，这不是江小流，而是江小流记忆库里的某位"怨妇"。不清楚的是，江小流这样做的目的是什么，接下来会发生什么。

马一路不敢争辩，也不能争辩。普克几次试图以哥哥的身份劝阻江小流，但不奏效。

最过分的一次，江小流瞪了马一路和普克身后一眼，大声问："看什么看？没看过两口子吵架！"

马一路立刻明白，江小流的态度已经引起了别人的反感。虽然不便回头查证，他仍有很大把握认定，所谓别人，就是余思。

果然，马一路听到身后余思那一桌的方向传来一个年轻女性的声音，"服务员，埋单！"应该是余思。语气中透出压不住的厌烦。那厌烦显然不是冲着服务员来的。

隐约还听到一个男声低低地说："吃饱了吗？要不咱们换张桌子？"

马一路看见桌对面的江小流拿起筷子，夹了一个鹌鹑蛋送入口中。但他的注意力全放在身后，竖着耳朵倾听余思、黄远辉的低声交谈。

"算了，不想吃了，埋单走吧。"

"是够烦人的……"

"服务员怎么还不过来？我去……"

"你坐着，我去收银台埋单。"

身后椅子一阵响，有人起身从马一路

身边经过，走向收银台。确实是黄远辉。

桌对面的江小流忽然咳起来。马一路从黄远辉身上收回视线，发现江小流伸手捂着胸口，不停地咳，脸越来越红。

"你怎么了？"普克先站起来，"是不是呛到了？"

马一路急忙起身，撞得桌子稀里哗啦一通乱响。他冲到江小流身边，之前一直牢骚不断的江小流，此时完全说不出话来，不断咳喘，脸色由红转白。

"鹌鹑蛋！鹌鹑蛋！鹌鹑蛋！！"马一路一连串地嚷。

普克也绕过桌子，跑到江小流身边。江小流的窒息症状已经非常明显。马一路和普克想把江小流呛住的食物弄出来，一通手忙脚乱却没成功。

这时，马一路听见刚才那个年轻的女声说："海姆立克！"

马一路茫然地抬头，看见余思冷静地站在他们面前。

"什么克？"马一路头脑一片空白。

余思瞥了他一眼，说："把她抱起来，站好。"

马一路急忙抱起瘫软的江小流。余思绕到他们身侧，指挥马一路，"让开，交给我。"

马一路不放心，抱着江小流不敢放，余思伸手插到江小流的后背处。

"别担心，我是护士。"余思声音柔和了许多，轻声说，"放手好了。"

马一路非常小心地将江小流交给余思。余思从后面抱住江小流，拳头放在江小流上腹部，快速用力挤压，同时还对马一路露出一个安慰的笑容。

江小流狠狠咳了一下，一个完整的鹌鹑蛋从她嘴里喷出来，滚出老远。

黄远辉也听到动静，从收银台跑过来，正看见这一幕。

余思没等黄远辉开口，轻松地说："没事了。埋过单了？咱们走吧。"

马一路和普克急忙向余思道谢。马一路谢了又谢，恨不得抓住余思的手狠狠握几下。

黄远辉看到马一路眼圈都红了，像是了解他的心情，对他笑笑，说："小事情，她就是这样的人。"

黄远辉拉起余思的手要走，余思想了想，停下，转脸看江小流。

江小流脸色苍白，弯着腰，两手支在膝盖上，还在大口地喘息。

"你怎么样？"余思问江小流，态度平和，就像医院里对待病人，"好些了么？"

江小流仰起脸，看着余思。迟疑片刻，对余思点点头，想说什么，没说出来。

余思盯着江小流看了两秒钟，也迟疑了一下。然后轻声对江小流说："一份感情不容易，好好珍惜。"

说完，余思转身走开，和黄远辉手拉手离开了餐馆。

确定他们出去了，江小流走回马一路和普克面前，看上去已经恢复了平静。

"我没事儿了。接下来怎么办？"江小流问。

"真没事儿了？"马一路仍有些不安。

"真的。"江小流看着普克，"还要继续跟吗？他们回小区了。"

普克看着江小流，凝神思索片刻，说："继续吧，但要格外小心，他们已经认识咱们了。"

江小流点点头，说："我去埋单。"

知道余思和黄远辉又回到了小区，为避免麻烦，他们没进小区，就在小区门外的车里等。

三个人上车后，刚坐定，江小流就开口了，"你们可以批评我，我就是想看看她是什么样的人。"

马一路的担心被证实了。他看看普克，普克的表情说明他也猜到了。马一路有些生气，又不知道怎么批评江小流，毕竟她已经用她的方式认错了，而且没造成什么后果。

"太危险了！"马一路发自内心地说。

江小流看着窗外小区大门的方向，不吭声。

"刚才你是真的被卡住了？"普克问江小流。

江小流点点头，仍然不出声。

马一路忍不住替江小流向普克解释："她不会装的，她肯定有过被卡的记忆。"

江小流转过脸来，瞥了马一路一眼，说："小时候被鹌鹑蛋卡过一次。"停了停，又说，"你们不觉得她是个好人？她那么讨厌我，还是救了我。"

马一路和普克都陷入了沉默。

几个小时后，余思和黄远辉驾车从小区里出来，三个人远远地跟上。

黄远辉直接送余思到了工作的医院。余思下车和黄远辉挥手道别，走进住院部大楼，黄远辉驾车离开。

马一路将车停在楼下，护士长的警告再次在他脑海鸣响。

"你俩先下车追余思，最好能在外面谈，别到她科里。"马一路匆匆地说，"我到前面停好车就来找你们。"

普克答应了，和江小流一起下车，在余思进电梯前追上了她。

"余思！"江小流直接叫出余思的名字。

余思停下，回头看见江小流和普克，微微一愣，显然认出了他们。

普克正想说话，江小流上前一步，抢先开口："他叫普克，是个警察。我叫江小流，是个协警。我们从宁江来。"

余思又是一愣，脸上若有所思。

"给你讲个小故事。有个17岁的女孩儿，爸爸经常出轨，妈妈很抓狂。全家人去一个海岛度假，租了一条小船去看珊瑚。妈妈抱着女孩儿一起跳海，她们都不会游泳。爸爸救起女儿，已经没力气了。后来被别人救起来，变成了植物人，已经在医院躺了五年多。妈妈想杀死女儿，最后却杀了自己。女孩儿活下来了，性格变得很奇怪。医生说女孩儿的脑子里有个小黑屋，痛苦恐惧都关在那儿。这样活着，才不会生不如死。"江小流把这个"小故事"讲得又快又流畅，像是提前演练了很多次。

普克震惊地看着江小流。这个情节完全在他的意料之外。

余思起初也很震惊。听着听着，余思平静下来，一直听完了江小流的故事。

"对不起，今晚我大夜班，病区离不开人。"余思礼貌地对普克和江小流说，"等我明早交过班再和你们谈。"

普克正要说话，马一路停好车，一路小跑地过来了。

余思看看马一路，忽然笑了。"你也是警察吧？从餐馆出来我男朋友就这么怀疑了。"说完，余思又对三人礼貌地点点头，走向电梯。正好电梯门打开，她直接进去了。

马一路不明就里，看看普克和江小流。

普克和江小流的表情看上去都和平时不一样。

"什么情况？"马一路意识到什么，有

些不安,"这么快就谈完了?"

"还没来得及谈……"普克说。

"我给余思讲了个小故事。"江小流说。

马一路一愣,"什么故事?"

"你问普克吧。"江小流若无其事地说。

马一路转脸看普克,等他说。

普克若有所思,既不看江小流,也不看马一路,也不说话。

"到底……怎么回事儿?"马一路感觉到一种微妙而凝重的气氛,想用轻松的方式化解,"我这保姆才离开三分钟,你俩就想谋反啦?"

普克又沉默了片刻。看看天色,夕阳已经沉落。

"余思说她明早交过班再和咱们谈。"普克平静地说,"我想我们就相信她的承诺,明天再谈吧。"

"我同意。"江小流说。

"可……"马一路有些犹豫,想了想,还是说,"好吧。明天咱们最好起个大早,到这儿等他们交班。"

三人在外面快餐店随便应付了晚饭,回到酒店,照例到普克房间,与彭大勇交换情况。

视频中,彭大勇神情凝重,三言两语告诉他们今天的进展。

他们见到了严峻的妻子,得到一些新的证据,基本可以确定严峻的"自杀"另有隐情。

详情彭大勇不愿在电话里多说,只说要带着证据回宁江,找专案组汇报后再做安排。

"简单总结一句吧,那家伙是个畜生,死有余辜。"彭大勇在视频中对三个人说,然后问,"今天你们和余思谈了吗?"

"见到了,还没能细谈。"普克说,"约好了明早她交班之后见。"

"你们对那小姑娘……尽量客气些。"说完,彭大勇情不自禁地长叹了一声。

"好,你放心。"普克说。

马一路和江小流都没说话,彭大勇居然也没太注意。

"今儿真他妈累,要是没啥事儿,我现在想倒头就睡。"彭大勇看上去身心俱疲,"忘了这操蛋的世界。"

"我没什么要说的了。"普克回头看看马一路,又看看江小流,"你们还有什么要和彭所交流的?"

"我没有。"江小流说。

"我……也没有。"马一路说。

"那就这样吧。任何事情等明天再说。"普克说。

挂断电话。三人简单商量了一下明天去医院的时间,以及和余思谈话的方式。

"你们先回去休息,我再想想怎么和她谈更合适。"普克说,"江小流说的对,她是个好人,可……"

普克没说完,轻轻叹了一声,然后和马一路、江小流道了声晚安。

两人离开普克房间,一左一右,各回各的房间。

马一路走到自己房间门口,拿出房卡准备刷卡时,在门外愣了一会儿。傍晚在医院,因为去停车晚到了几分钟,马一路知道自己一定错过了什么重要信息,而不仅仅是一个"小故事"。

马一路已经很了解江小流了。江小流不会平白无故给别人"讲故事",更别说给他们目前的调查对象"讲故事"。何况这个调查对象是余思,何况还发生了餐馆里的插曲。

和马一路不同,出发来平川之前,江小流只知道余思身上藏着秘密,却不相信余思可能是杀死谢丽娟的凶手。与其说不相信,不如说不愿相信,无法接受。

这几天,马一路从未直接问过江小流的感受。当然不是因为不关心,是太关心。

当余思的过往越来越清晰地呈现在三人小组面前,马一路就越来越能想象江小流对余思的感同身受。感同身受,一直是马一路的长项。感同身受,就会产生"同情"。江小流会因为同情,给余思讲一个什么样的"小故事"?江小流不肯直接告诉马一路,让马一路问普克,当时普克也不肯说。

马一路从未如此确信自己的感觉。他感觉这个小故事背后一定藏着另一个故事。

怀揣这样的念头,马一路走到普克的房间外,敲响普克的房门。

片刻,门开了,普克手里拿着他的古董录音笔,显然正在做他的每日信息总结。看见门外的是马一路,普克轻轻一怔,拿录音笔的那只手,下意识地放到背后。

马一路敏感地捕捉到这个细节。

普克的目光追随马一路的视线,发现那视线的落点,又是一怔,随即反应过来,手从背后抽回,把录音笔亮给马一路看。

"完全是本能,别多心。"普克微笑地解释,"我正在整理信息。有事儿吗?"

"你不止一次告诉我,感觉背后往往藏着逻辑。"马一路没头没脑地说。

"对。"普克说,"只是有时候我们还没把逻辑理顺。"

"今天我错过了江小流给余思讲的小故事,我感觉有些不对头。"马一路说,"江小流让我问你,现在你能不能告诉我?"

普克没有马上回答,马一路看出他在努力思索。

足足思考了两分钟,普克才开口,"你的感觉很准确。但我现在还不能告诉你。"

"为什么?"

"你知道我在录音里给你和江小流的标签是什么?"

"不知道。"

"搭档。"普克说,"对我来说这意味着绝对的信任。我必须信任你,也信任江小流。所以在彻底弄明白这件事情的意义之前,我不能贸然告诉你江小流讲的那个故事,否则就是……"

普克没说完,但马一路听懂了,"就是对江小流的背叛,对吗?"

"对。"普克有些担心地问,"你不会误解我的意思吧?"

"这意思要是还不明白,我也不配给你俩当'保姆'了。"马一路如释重负,"有你这话我就踏实了,现在我可以放心睡觉了。"

这一夜,马一路果然睡得比前几天沉,直到被敲门声惊醒。看看时间,才五点一刻。他们约定六点出发,马一路定的五点半的闹钟,还没响。

敲门声在继续。

马一路迷迷糊糊走到门口,拉开门一看,是江小流和普克。

"你们这么早?"马一路揉着眼睛问。

"睡不着就起了。"江小流说,"早起早出发。"

马一路匆匆穿衣洗漱,三人开车去余思的医院。路上还简单讨论了一下该怎么和余思谈,余思会有怎样的反应,他们又该如何应对。

谈着谈着,马一路隐隐有了一种奇怪

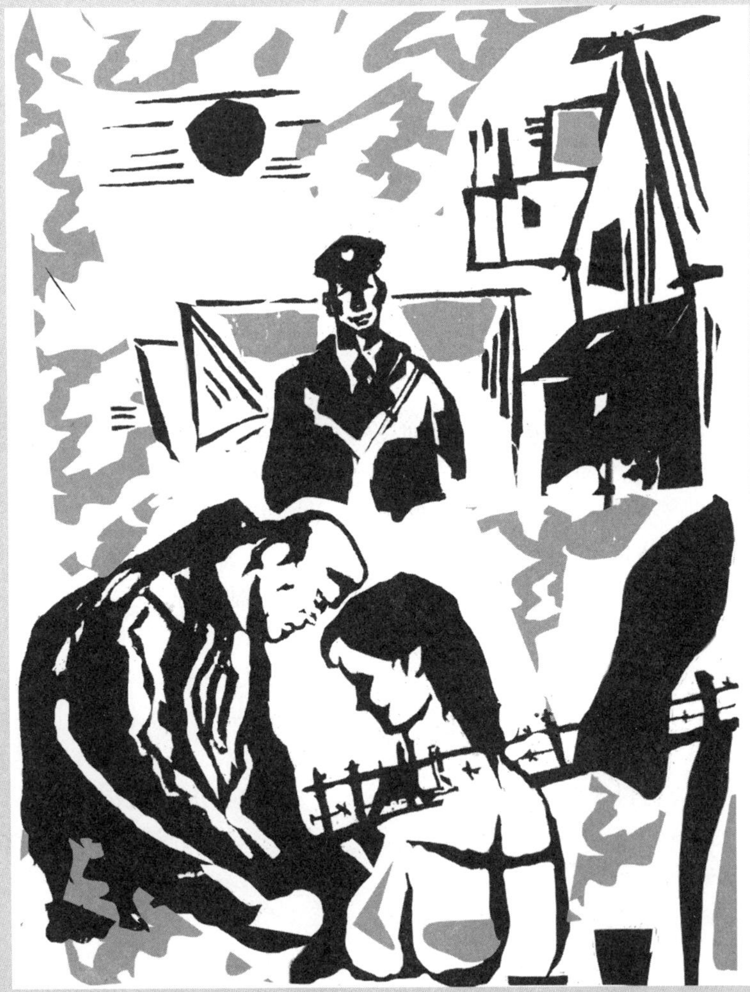

的感觉，却始终拿不准那感觉究竟是什么内容。

直到车进了医院停下那一瞬间，马一路突然明白自己的感觉是什么了。马一路感觉，普克的情绪和昨天不太一样。

今天的普克，和以往马一路脑海中的印象接近，温和、理性、冷静，而昨天的普克，情绪比今天凝重的多。

"普克，今天你'洗脑'了吗？"马一路不知怎么，脱口问了普克一句。

"当然。"普克说。

"哦……"

马一路说完就觉得自己太神经过敏。如果没洗脑，普克根本不会认识他，一路上更不可能和他们讨论案情，以及将如何与余思面谈。

"是不是我漏了什么信息？"普克却没忽略马一路的问题。

"也没有，就是感觉……"马一路笑了，"你知道我这人的特点。"

"什么特点？"普克问，看上去很认真，完全不像在开玩笑，"江小流没告诉我。"

马一路的笑容凝结在脸上。他从后视镜里看了一下，江小流正准备推开车门，看不到她的脸。

不知是因为想到什么，还是听到马一路与普克的对话，江小流又缩回手，转过脸。

马一路的目光在后视镜中与江小流相遇。

"今早是江小流给你'洗脑'的吗？"马一路问普克。

"是呀。"普克说，"否则我怎么会认识你？"

马一路思索片刻，决定用开玩笑的语气，问出他重视的问题。

"我还以为自从你学会用录音笔给自己'洗脑'，已经不用我们照顾了呢。"

"录音笔？"普克有些茫然，"你是说陈奇峰找我们报案的那支录音笔？"

马一路脑子里"轰"的一下，"你自己的录音笔，你的古董录音笔，十二年前那支！"马一路说，"最近你一直随身带着，每天晚上用来做记录的。"

"那支录音笔啊，我记得！"普克恍然大悟，接着更困惑了，"你们帮我找到了？"

马一路不说话了。他实在不知该说什么，脑子里乱哄哄的。再看看后视镜，江小流却已经推开车门，走下车去。

"怎么了？"普克看出马一路的异样，"有什么不对头吗？"

马一路正要开口，却看见余思从楼里走出来，已经下车的江小流迎着余思走过去。马一路顾不上解释，急忙下车，普克也跟着下了车。

余思看上去有些疲倦，但显得很平静，主动和他们打招呼。

"早上好，你们提前来了。"余思说，"还好我也提前把工作安排好了。本想先回去收拾一下，再来和你们碰面……这样也好，走吧。"

"去哪儿？"江小流问。

"跟你们回宁江呀。"余思坦然地说，"或者去易水？我不太懂这些。"

"我们想和你聊聊，"江小流抢着说，"随便找个安静的地方就行。"

马一路忍不住转脸看看江小流，江小流的注意力全在余思那里，无暇顾及其他。

马一路从江小流的目光中读出焦灼。

"为什么你认为要跟我们去宁江？"马一路下意识地靠近余思一步，"或者去易水？"

余思看看江小流，又看看马一路。然后她的目光不再犹疑，停留在马一路脸上。

"因为是我杀了谢丽娟。"余思平静地说，"不是我爸爸。"

停了两秒钟，看到面前的三个人都没说话，余思像是忽然想起了什么，从身上背着的斜挎包中掏出一支小小的东西。大小和一支唇膏差不多，外形也像。

"我爸爸是不是说谢丽娟是他杀的？"余思拧开那个"唇膏"的盖子，从里面倒出一样东西，摊在掌心给他们看，"爸爸不知道我留下了这个。"

马一路看见余思的掌心躺着一节小小的指骨。无法确定是哪根手指的哪个指节。

"大年三十，我们一起准备年夜饭，我和谢丽娟在客厅做萝卜圆子，手里都有刀，爸爸在厨房。

"谢丽娟又开始骂我，我不知怎么了，忽然就把手里的刀剁下去，剁掉谢丽娟一根手指。

"她手上冒着血，抓起一把菜刀要砍我，我把手里的刀扔过去，刀插进她胸口。她低头看了一眼，吓坏了，哭着冲厨房喊救命。

"爸爸冲出来，谢丽娟已经倒下了。爸爸让我立刻穿上衣服离开家，回学校去。

"我听爸爸的话回了学校，在围墙外坐了一夜。第二天碰到一个同学，带我回她家住了几天。

"大年初五，爸爸来找我，给我在学校旁边的酒店开了房间，他把我的东西都带来了，让我以后不要再回家。爸爸告诉我，人生只要记得最重要的事情就可以了，别的都忘掉。

"爸爸走后，我觉得棉鞋有些硌脚。检查了一下才发现，谢丽娟那根砍断的手指居然飞进我的棉鞋里，我踩着那根手指走来走去好几天都不知道。

"后来我用药水处理了那根手指头。这些年我一直带在身边，每次想起过去，就拿出来看看。知道谢丽娟已经死了，我就不再害怕，可以继续往前走。"

余思一口气说完，面对面前沉默的三人小组，露出一个无比轻松的笑容。

10

带余思回宁江的路上，几百公里车程，车上四个人几乎都没开过口。

快进入宁江时，车驶过宁江大桥，余思忽然紧贴车窗往外看，像对三人小组说，又像自言自语，"宁江好漂亮。其实13岁的时候我来过一次宁江。"余思望着滚滚江水，轻声说，"我被人强奸了，谢丽娟知道了，天天骂我婊子、贱货、垃圾，还骂爸爸……我实在受不了，有一天从她店里偷了几百元钱，想把钱花完就去死。"

马一路开车，无法回头。透过后视镜，他看见江小流转脸凝视余思。

余思一直望着大桥下的滚滚江水。江水无尽地向前翻涌。

"我坐火车到了宁江，玩了好几天，真的很开心……钱快花完了，我去药店买了几瓶治头疼的药，一口气全吃了。沿着大桥走啊走，还没找到跳桥的地方就睡着了……醒来看见爸爸。我一辈子忘不了爸爸的眼神。"

车驶过了大桥。

余思离开车窗，往后一靠，看了看与她并排而坐的江小流，正遇到江小流的目光。

余思对江小流微微一笑。

435

"我知道。"余思轻声说,"爸爸很爱我。"

副驾驶座上的普克沉默了一会儿。

"那不是你的错。"普克说。

"有什么用?"余思苦涩地笑笑。

"她为什么要那样对你?"江小流问,"我是说你妈妈。"

"我也想知道,小时候不敢问,"余思低声说,"后来我长大了,却永远不会有答案了。"

马一路从后视镜中看到江小流转脸望向车窗外。窗外的光影在她脸上不停地变幻。

马一路看见一个小小的光斑从江小流眼角滚落。

如同清晨荷叶上的一颗露珠。

尾声:一个倒影

1

余明白离开宁江后,直奔曾经工作多年的阳城。

他潜伏在这座城市,用了大半年的时间追踪昔日的同事、朋友、师傅严峻。改头换面,以一种卑微的身份,近距离地观察、审视他记忆中那个熟悉的人——不,是魔鬼。至少对余明白来说,对余思来说,严峻是不折不扣的魔鬼。

余明白原本只想简单地杀掉严峻复仇。后来余明白发现了严峻那套租来的房子,改变了计划。

严峻差不多每周都会去那个地方,每次都会"见"不同的女孩儿。都是未成年。严峻喜欢年龄小的,越小越喜欢。

"清洁工"余明白摸清严峻的行动规律后,借助身份便利,轻易地进入那套房子,安装了隐藏监控探头,拍摄了足够多的证据。

专案组并没有看到那些视频,都被人毁掉了。毁掉证据的是严峻的妻子。因为那些画面留在世上,只要想想就会令她发疯。

严峻在一个陌生小区的高楼坠楼身亡后,严峻的妻子和女儿都非常痛苦,也很困惑。母女俩不明白,严峻为什么会在一个她们完全陌生的地方莫名死去,直到快递小哥送来那份神秘的快递。

快递里有一个移动硬盘,硬盘里有很多文件。每个文件名都像是同一个系列的不同章节:罪行1,罪行2,罪行3……对应不同的日期,差不多每周一次,持续到严峻死亡之前。

唯一不同的文件名,简明扼要地写着"真实死因"。

严峻的妻子不太懂电脑,在女儿帮助下,怀着急切的心情,首先打开了这个文件。

是一段手机录制的视频。视频中,严峻面对镜头,坐在椅子上。没有捆绑,但浑身瘫软,大汗淋漓。

一个平静、沉着的声音与面对镜头的严峻对话。

"想和她们说点儿什么?"

严峻摇头。

"还是说几句吧,算是个告别。"

严峻还是摇头，一脸的心如死灰。

"一句话都不留，她们不清楚你为什么死，会一直想念你，一直痛苦下去。"

严峻颤抖起来，哭了。

"你骗了她们一辈子，到这个时候，总该为她们做点儿什么，多少弥补一下。"

严峻呜呜地哭出声，看不出是因为悔恨还是恐惧。

"如果你不说，只好由我说了。"那个声音听上去并无威胁之意，富有耐性，但很坚决，"你知道这一天我等了多少年？等我开口，听到真相的就不只是她们，而是全世界。"

严峻像是终于接受了现实，停止一切挣扎，平静下来，第一次开口，"能不能别让我女儿知道？"

"当年你给女儿喂安眠药，强奸我女儿的时候，也是这样想的吧？"

严峻低下头。无法再直视镜头。

沉默了一会儿，他用死人一样的声音匆匆说出了告别语："老婆，孩子，我对不起你们。就当我用自己的命偿债了。用不着想我，好好过你们的日子。"

"真实死因"的视频到这里就结束了。接下来发生了什么，不得而知。能确定的就是严峻死了，高楼坠下，当场身亡。

审讯室里的余明白对此也不愿作出详细说明。

"总之，他跳了，人死了。"余明白只是简单地交代，"如果不跳，还是得死，死得更难看。"

严峻的妻子女儿经过商议，决定不再要求警方追查严峻的真实死因，并提供了严峻患有抑郁症的各种证明，以应对外界的纷扰传闻。

母女俩彻底删除了那些文件名为"罪行"的系列视频。严峻的妻子没告诉彭大勇那些视频的具体内容，只对彭大勇做了这样一个总结。

"看了那些视频，我特别感谢小余。"当年余明白叫她嫂子，她叫余明白小余，"要是让我发现真相，说不定我会自己动手杀掉严峻。"

2

从平川带余思返回宁江的那天晚上，一直忙到深夜，马一路才和普克一起返回704室。江小流没和他们一起去市局，一到宁江就下车回家了，带着她自己的行李。

马一路和普克将余思送到了看守所。

余明白也关在同一个看守所。当然，父女俩无法相见。

回到704时，两人都很疲倦了。普克看马一路要出门，问他是不是打算回家休息。马一路迟疑了一下，还是如实告诉普克，他准备到楼下604去找江小流。

"是啊，你去安慰她一下也好。"普克说，"看得出来，她对余思很同情。"

马一路没说话，直接下楼，到604敲门。

刚敲了一下，门就开了，仿佛门内的人正等着他来。

马一路看着开门的江小流，鼓起勇气。

"现在我是个警察。"马一路看着江小流的眼睛说，"我想和你谈谈。"

江小流没出声，直接把手伸到马一路面前，摊开手掌。普克丢失的那支录音笔躺在她手中。

马一路呆呆地看看录音笔，又看看江小流。

"拿去吧。"江小流这才说，"答案都在

里面。"

"什么答案?"马一路晕乎乎地问。

"听了就知道了。"江小流说,"这世上我最不想骗的人就是你。"

马一路从江小流手中接过录音笔,江小流准备关门,马一路忙伸手挡住房门。

"我……我该怎么做?"马一路问。

"随便你。"江小流平静地说,"我都无所谓。"说完,江小流关上了房门。

马一路拿着那支录音笔,昏头昏脑上楼,回到了704。普克还没睡,正在桌前用纸笔整理一天的工作要点。

"江小流睡了?"普克问,"这么快就回来了。"

马一路走到普克对面坐下,看见普克面前的纸上一条一条写了不少内容。虽然是倒着的,仍能认出其中有余明白的名字。

"你相信余明白真是意外杀死邱妍的吗?"马一路问。

"早上江小流是这样告诉我的。"这个早上普克的录音笔失踪了,是江小流一大早去普克房间给他"洗脑"的,"现在我觉得,要看怎么定义'意外'这个词了。"

"我没听懂……"

"余思说爸爸很爱她,你认为呢?"

"这是肯定的。"

"余明白发现女儿被强奸的那年,自毁心理就生根了。他的潜意识在等待一个机会,让他可以彻底摧毁自己的生活,然后他才能理直气壮地为女儿复仇。"

"所以他一杀了邱妍,立刻就去了阳城?"

"就像一个死囚,不知死期何时到来,占据他内心的是无尽的恐慌和焦虑。一旦确定死期,眼前的世界顿时不一样了。突破生死的界限,内心不再恐惧,只剩下自由。"

"难怪……"

"难怪什么?"

"邻居印象中的余明白、'好再来'老板眼里的余明白,还有咱们在审讯室见到的余明白,好像不是同一个余明白。"

"咱们在审讯室见过余明白了?"普克已经忘了。

"见了,你还和他谈了心。"马一路说,"所以他崩溃了。"

普克轻轻叹了口气。马一路从普克眼里看到一丝歉疚。

"当警察也有不好受的时候吧?"马一路问。

"是呀。"普克说,"尤其是当一个好警察。"

"可我还是想当个好警察。"

"你就是个好警察。"

马一路沉默了一会儿,从兜里掏出普克那支古董录音笔,放在普克面前。

普克眼睛一亮,一下子就认出来了。但他已经忘记这中间发生的那些波折。

马一路简单地给普克讲述了关于录音笔的事情,餐馆的插曲,以及前一天在医院楼下,他错过的江小流讲给余思听的"小故事"。

"江小流说,答案都在里面。"马一路盯着那支录音笔,"我想来想去,还是不打算听了。你说过,你给我和江小流的标签是'搭档',我觉得你肯定能处理好这件事情。"

马一路说完,把录音笔留在桌上,起身走回自己的房间,关上了房门。

片刻之后,马一路的房间里传出音乐声,动静不小。是帕瓦罗蒂的男高音,《我的太阳》。

普克打开他记忆中熟悉的录音笔，逐一播放他自己录制的那些音频文件。

最后一段录音，普克反复听了几次。

"傍晚我们去医院找余思，江小流在马一路没到之前给余思讲了一个小故事。我怀疑这是江小流自己的亲身经历，她在用这个故事暗示余思，余明白愿意用自己的生命换取女儿的平安，余思只需封存记忆保持沉默。这是一个非常严厉的指控，需要严谨求证。在此之前我必须保持对搭档的信任，不对任何人透露。"

再一次听完，普克放下录音笔，凝神沉思。

马一路房间里的歌声已经换成了欢快的《祝酒歌》。

普克作出了他的决定。

他拿起录音笔，再次播放关于江小流那段录音，同时选择了删除键。

录音暂停，屏幕上显示文字，警告他删除操作将导致该文件永久不可恢复，询问是否继续。

普克没有迟疑，选择了"继续"。

文件删除成功。

普克重新建立了一个文件，稍加思索，对着录音笔开始录音。

"今早去医院找余思，在我们表明来意之前，余思主动自首，承认当年是她意外杀死了她的母亲谢丽娟。"

经历了一段沉默后，普克又补充了一句话，"杀死母亲后，余思才得到了新生。"

普克按下停止键，结束录音。

马一路的房间里，帕瓦罗蒂的男高音开始唱《今夜无人入眠》。

普克收起录音笔，收起桌上摊着的纸笔，关掉客厅的灯，回到自己的房间去睡觉。

明天，又将是新的一天。

图书在版编目（CIP）数据

收获长篇小说.2020.夏卷 /《收获》文学杂志社编.
-- 上海：上海文艺出版社,2020
ISBN 978-7-5321-7727-1
Ⅰ.①收… Ⅱ.①收… Ⅲ.①长篇小说－小说集－中国－当代 Ⅳ.①I247.5
中国版本图书馆CIP数据核字(2020)第115911号

名誉主编：李小林
主　　编：程永新
副 主 编：钟红明　王　彪

发 行 人：毕　胜
策　　划：李伟长
责任编辑：李　霞　于　晨　江　晔
封面设计：李　筱
插　　图：木　森
特约法律顾问：王　嵘　光　韬

书　　名：收获长篇小说.2020.夏卷
编　　者：《收获》文学杂志社
出　　版：上海世纪出版集团　　上海文艺出版社
地　　址：上海绍兴路7号　200020
发　　行：上海文艺出版社发行中心
　　　　　上海市绍兴路50号　200020　www.ewen.co
印　　刷：苏州市越洋印刷有限公司
开　　本：710×1000　1/16
印　　张：27.5
插　　页：2
字　　数：500,000
印　　次：2020年8月第1版　2020年8月第1次印刷
I S B N：978-7-5321-7727-1/I.6136
定　　价：55.00元
告 读 者：如发现本书有质量问题请与印刷厂质量科联系　T:0512-68180628